Rebel

REBECCA YARROS

Rebel

roman

Traduit de l'anglais (États-Unis) par
SUZY BORELLO

Titre original : REBEL

HARPERCOLLINS FRANCE

83-85, boulevard Vincent-Auriol, 75646 PARIS CEDEX 13.
Service Lectrices — Tél. : 01 45 82 47 47

www.harlequin.fr

ISBN 978-2-2804-2010-5

À Emily Lynn, ma petite Rebel à moi, mon inspiration, mon cadeau de mariage préféré, ma comparse de binge-watching des Frères Scott, *ma copine et, par-dessus tout, ma fille. Ne doute jamais que tu es le changement dont ce monde a besoin.*

1. Penna

Las Vegas

Le gosse me dévisageait encore.

Je me tenais dans le foyer du Bellagio, où je lisais distraitement mes SMS. Sauf qu'en levant les yeux, je me suis aperçue que cette grande gigue de préado me fixait bêtement, avec sa casquette Fox Motocross et son T-shirt des Nitrus Circus World Games. Vu sa manière de me reluquer entre deux coups d'œil jetés à son téléphone, il savait qui j'étais.

Coup de bol, à cet instant-là, j'ai reçu un texto de Little John. Ça m'a permis d'oublier que le gamin devait être en train d'indiquer mon emplacement sur Twitter.

Génial.

Tout est prêt.

Merci. On se retrouve devant dans un quart d'heure ?

Je continue de penser que c'est une idée de merde.

Bien noté.

J'ai glissé mon téléphone dans la poche arrière de mon jean. Le gosse s'est approché de moi pendant que ses parents se rendaient à la réception.

— Excusez-moi…, a-t-il lâché d'une voix chevrotante.

Je lui ai souri.

— Oui ?

— Je sais que ça va paraître débile, mais est-ce que vous êtes… Rebel ?

Grillée.

— Bien joué, ai-je admis, en m'efforçant d'avoir l'air sympa.

Il a écarquillé les yeux, et mon sourire s'est fait plus franc.

— Je t'adore ! a-t-il ajouté, avant de virer au rouge pivoine. Enfin, j'adore te regarder. Merde alors ! Je ne suis pas un taré, ni rien, hein ?

— Pas de souci, l'ai-je rassuré avec un petit rire. J'avais compris.

Quelques selfies plus tard, il était sur un petit nuage.

— Je peux te demander un truc ? ai-je repris en signant sa casquette.

— Tout ce que tu voudras.

— Tu veux bien attendre quelques heures avant de poster ça sur les réseaux sociaux ? C'est hyper important.

Il n'en tiendrait sûrement pas compte, mais cette promesse me tranquilliserait.

— Bien sûr, pas de problème ! a-t-il répondu en hochant la tête avec enthousiasme.

— Merci.

Voyant ses parents approcher, je lui ai rendu sa casquette. Je m'étais déjà retournée pour me diriger vers le bar lorsqu'il m'a de nouveau interpellée.

— Rebel, ça veut dire que tu es de retour ?

— C'est ce qu'on va voir, ai-je répondu avant de m'éloigner.

Ça me sciait toujours d'être reconnue en public. C'était dingue qu'on soit devenus aussi célèbres ! Sauf que là, ça ne me faisait pas le même effet que d'habitude. Peut-être parce que je m'apprêtais à œuvrer seule pour la première fois, sans Pax, ni Landon, ni Nick… ni Brooke. Et que je n'avais pas participé à une cascade des Renegades depuis trois mois.

Non. Ce n'était pas ça. Le truc, c'est qu'on avait réussi à me reconnaître alors que moi, je ne savais plus trop qui j'étais.

Rebel. J'ai gagné ce surnom assez tôt, ne m'étant jamais conformée aux normes sociales que mes parents auraient voulues pour une petite fille. J'ai remplacé les maisons de poupée par des séances de motocross, de snow-board, de parachute et de saut à l'élastique. Les Jeux de l'extrême ont pris la place des bals de fin d'année. Défiant tous les clichés, j'ai décroché une médaille d'or au Whip qui, avant moi, n'avait été réservé qu'aux mecs. Ensuite, plutôt que de rejoindre la ligue junior de base-ball, j'ai cédé à mon amour de l'adrénaline et des sports extrêmes pour fonder les Renegades avec mes trois potes les plus proches, qui sont devenus mes frères. Si on voulait me pousser à faire quelque chose, la meilleure façon était de me dire que j'en étais incapable. Je me rebellais.

Mais, cette fois, c'était différent.

Ce coup-là, c'était contre mes amis que je me rebiffais, en agissant en douce.

Fuyant le vacarme du casino, je me suis dirigée vers le bar, où Patrick était censé me retrouver. Mon débardeur fluide, mon jean slim et mes Vans noires faisaient tache dans le décor, mais j'avais l'habitude de sortir du lot.

Un rapide coup d'œil aux alentours m'a permis de conclure qu'il n'était pas encore là.

Je me suis approchée du bar et me suis appuyée sur le comptoir en granit.

— Je vous sers quelque chose ? a demandé la serveuse.

— Un verre d'eau citronnée, s'il vous plaît, ai-je commandé en m'installant sur un siège.

— Je vous apporte ça tout de suite.

— On vit dangereusement ? a lancé près de moi une voix grave et teintée d'un léger accent.

Je me suis retournée, et j'ai failli suffoquer. Quel sourire ! Ce type était canon, le genre qu'on ne pouvait s'empêcher de reluquer. Il avait des cheveux noirs coupés en brosse, des yeux aux profondeurs noisette, le teint hâlé et une bouche si craquante que j'ai dû me cramponner au comptoir pour ne pas traîner la langue par terre. Ses joues étaient creusées de jolies petites fossettes, et… *Non mais visez-moi ces bras !* Les manches retroussées de sa chemise laissaient entrevoir des biceps aux contours alléchants. Mon ventre s'est noué : ça faisait des années qu'un mec ne m'avait pas émoustillée à ce point.

Il a haussé un sourcil et son sourire s'est fait aguicheur, ravageur. Il était parfaitement conscient de l'effet qu'il produisait sur moi, mais son air enjoué n'avait rien à voir avec les manières salaces et arrogantes auxquelles j'étais habituée. Lâchant un sourire à mon tour, j'ai secoué la tête, agacée contre moi-même. Je côtoyais au quotidien des beaux mecs baraqués sans que ça m'affole particulièrement, et voilà qu'un inconnu dans un bar me faisait perdre les pédales !

Un inconnu qui ne savait pas ce que je faisais, ni ce qui m'était arrivé au cours des trois derniers mois.

— Je suis Cruz, s'est-il présenté en pivotant sur son tabouret.

— Et moi, Pen… Penelope.

Ça m'a fait bizarre de donner mon prénom en entier, étant donné qu'on m'appelait toujours Penna. Sauf que, ce soir, je n'étais pas Penna. Ni Rebel. Merde alors, je n'avais aucune idée de qui j'étais !

— Penelope, a-t-il répété avec une pointe d'accent douce comme une caresse.

Trop craquant ! De quel genre d'accent s'agissait-il ? Espagnol ? Pas tout à fait. N'empêche que c'était franchement sexy.

— Tu ne bois pas, ce soir ? a-t-il demandé en passant le pouce le long de son verre encore plein.

Pas d'alliance en vue.

La serveuse m'a tendu mon eau citronnée et je l'ai remerciée. Puis j'ai posé un billet de cinq dollars sur le comptoir et je me suis tournée vers Cruz.

— Non. J'ai besoin d'avoir les idées claires.

— Tu n'es pas en âge de boire ?

— Tu aimerais le savoir, hein ?

Tu le dragues ou quoi ? Ce n'était pourtant pas mon genre. Il m'arrivait de donner cette impression pour les foules et les caméras, mais jamais dans un contexte personnel.

— Oui, j'aimerais bien, a-t-il avoué en se penchant vers moi.

Je me suis avancée pour lui murmurer à l'oreille :

— Je suis une jolie petite mineure qui va t'envoyer direct en taule. Compte sur moi pour t'en faire baver !

Qu'est-ce qu'il sentait bon ! Il dégageait un parfum chaud et luxueux… mêlé à une odeur que je ne parvenais pas tout à fait à identifier.

Il a froncé les sourcils, comme s'il essayait de savoir si je plaisantais ou pas.

— Je déconne ! me suis-je enfin esclaffée avec un rire

gai et insouciant. J'ai vingt et un ans. J'en aurai vingt-deux le mois prochain.

— Ouf ! a-t-il lâché, tout en me glissant un regard qui a fait grimper en flèche mon taux d'hormones.

J'ai bu une gorgée d'eau, espérant tempérer le feu qui montait en moi contre mon gré.

Avant que j'aie pu me jeter à l'eau, j'ai senti une vive claque sur les fesses.

J'hallucine !

Faisant volte-face, j'ai flanqué un coup de coude dans le ventre du type derrière moi, et plaqué une main sur sa gorge pour l'épingler contre le comptoir.

C'était ce crétin de Patrick.

— Tout doux, Rebel ! Je voulais seulement m'assurer que tu restais sur le qui-vive, a-t-il lancé avec un sourire narquois, les bras en l'air.

— Dégage ! La prochaine fois que tu essaieras de me tripoter, tu te retrouveras avec des moignons à la place des mains.

— Ce n'est pas beau pour une jeune fille de parler comme ça, a-t-il rétorqué, feignant l'étonnement.

— La ferme, Pat. Tu n'aurais jamais tenté ça si Pax ou Landon avait été là.

Je l'ai lâché pour regagner mon tabouret. Cruz devait me prendre pour une cinglée, maintenant.

Patrick m'a décoché un nouveau sourire et s'est assis à côté de moi, tout en désignant le téléviseur au-dessus du bar. La chaîne ESPN diffusait les temps forts de la compétition du jour aux Jeux de l'extrême.

— Oui, mais ils ne sont pas là, a-t-il souligné. C'est d'ailleurs pour ça que tu m'as appelé.

— Je t'ai appelé parce que tu es le seul Renegade qui

ne se trouve pas à l'autre bout du monde ou à Aspen, et que j'avais besoin d'une personne de confiance.

J'ai jeté un coup d'œil à Cruz, qui s'était retourné vers ses amis.

Tant mieux. Ce n'est pas comme si ça aurait donné quelque chose, de toute façon.

— Bon, disons que je préfère les Jeux d'été, a déclaré Patrick, attirant de nouveau mon attention.

En tant que Renegade, il était dans la moyenne : un excellent athlète, mais pas le meilleur.

Plutôt beau gosse. Il n'était pas Cruz, cependant.

— Et moi qui croyais que tu avais juste envie d'un tête-à-tête ! a-t-il murmuré en se penchant vers moi pour balayer mon visage de son souffle chaud.

Clignant des yeux, je me suis reculée. *Non, mais je rêve !*

— T'as bu ou quoi ? me suis-je indignée, priant pour que ce ne soit pas le cas.

Les Renegades étaient téméraires, et jouaient même avec le feu, mais il y avait une limite qu'on ne franchissait jamais : on ne mélangeait pas substances et cascades. Ce genre de conneries pouvait vous tuer.

— Quelques verres, a-t-il avoué en haussant les épaules. Pas de quoi en faire un plat. Je peux sauter quand même.

— Non, ai-je déclaré en me détournant, mes projets fondant plus vite que les glaçons dans mon verre.

— Qu'est-ce que tu racontes ? Bien sûr que si !

— Non, ai-je répété en me retournant vers lui. Hors de question. C'est trop risqué.

Que faire ? Laisser tomber ? Attendre et appeler des renforts ? Admettre que je n'étais pas capable de m'en sortir toute seule ?

— Qui t'es, pour prendre ce genre de décision ? s'est-il emporté, l'air menaçant.

Une colère froide s'est emparée de moi.

— Je suis une des Originals. C'est ma cascade, mon matos, et je te dis que t'es plus dans le coup.

— Va te faire voir, Penna ! a-t-il lâché en quittant son tabouret. Un jour, quelqu'un va te faire tomber du joli petit piédestal sur lequel tu crois te tenir. Tout le monde sait que t'es HS. Démerde-toi toute seule. Je me casse.

Il s'est éloigné sans m'accorder un regard, et j'ai brusquement regretté que mon verre ne soit pas rempli de vodka. Il avait raison sur un point : j'étais HS. Difficile à admettre, mais, quand mes amis s'éclataient à Aspen, où ils fêtaient les médailles qu'ils venaient de collectionner aux Jeux de l'extrême, et que moi j'étais terrée à Vegas… On ne pouvait pas le dire autrement.

Moi aussi, j'aurais dû y être, à me battre contre et avec eux. Rebel, elle, y serait allée. Elle était coriace, futée, consciente de sa valeur et de ses compétences. Sauf que je l'avais abandonnée dans le stade de Dubaï, écrasée sous le poids d'une moto et d'un projecteur que sa propre sœur avait fait tomber sur elle.

Pendant ces trois derniers mois, je n'avais plus été que la fade et insipide Penna. Malgré tous mes efforts, je n'avais pas réussi à réveiller Rebel, à la faire se redresser et remarquer que j'étais en train de dépérir.

Les médecins avaient remis ma jambe en état juste avant Noël. Un mois s'était écoulé depuis. Pourtant, j'avais accumulé les prétextes pour ne pas remonter sur une moto, une motoneige, ou tout ce qui aurait été susceptible de refaire de moi l'une des Renegades d'origine. Les mois passés avec la jambe dans le plâtre m'avaient mise à plat, mais je n'avais pas seulement besoin d'une rééducation physique. Mon cerveau était embrumé. J'étais incapable de me concentrer, et j'avais le cœur brisé. La seule personne que je n'avais pas le droit de regretter était justement celle qui me manquait le plus au monde : Brooke.

Et ce soir était censé marquer mon grand retour de badass.

Laisse tomber. Impossible d'agir en solo.

Enfreindre cette règle des Renegades était aussi grave que de rompre celle sur les substances. Il fallait être clean, sobre, et travailler en équipe pour effectuer les cascades.

— Tout va bien ? m'a demandé Cruz, m'arrachant à mes pensées et m'empêchant de m'apitoyer davantage sur mon sort.

— Oui, lui ai-je assuré, incapable de me forcer à sourire. Même si mes projets pour la soirée viennent de changer du tout au tout.

— Pour le mieux, si le projet, c'était ce connard qui t'a mis la main au cul.

— Ah, t'as vu ça ? ai-je lancé, remerciant le ciel qu'ESPN diffuse à présent les instants marquants du hockey.

— Oui. Je serais bien intervenu pour défendre ton honneur, mais tu avais l'air parfaitement capable de te débrouiller seule.

Il a levé son verre à ma santé, avant de le reposer sans en boire une gorgée.

— Merci.

À force de vivre entourée de types comme Landon et Pax, il ne m'arrivait plus trop de devoir me battre par moi-même. C'était plutôt cool d'être considérée comme forte et autonome.

Les convives d'un mariage ont poussé la porte. La mariée, vêtue d'une tenue blanche sans bretelles qui offrait un magnifique contraste avec sa peau couleur café, s'est penchée sur le comptoir à côté de moi. Ne voyant pas la serveuse, elle a sifflé.

Une fille comme je les aime.

— Une eau gazeuse ! Ma copine a bousillé sa robe.

— Alors, qu'est-ce que tu vas faire de ta soirée, maintenant que tes projets ont capoté ? a demandé Cruz.

J'ai jeté un coup d'œil à mon téléphone. Little John m'attendait dehors.

— Je ne sais pas trop.

C'est vrai, qu'est-ce que j'allais faire ? La question à mille dollars.

— On n'a pas grand-chose de prévu, a-t-il repris en désignant ses amis d'un signe de tête, mais je serais ravi que tu te joignes à nous. Ou alors, on peut rester ici tous les deux et ne pas boire, a-t-il ajouté en me décochant un nouveau sourire qui a failli arrêter les battements de mon cœur.

Avant que j'aie pu répondre, un des types l'a interpellé.

— Penses-y, a-t-il lancé en se retournant vers ses compagnons.

— Ma petite, si j'étais toi, je foncerais sans réfléchir, m'a conseillé la mariée.

J'en ai presque recraché mon eau.

— Pardon ?

— Si tu ne te le tapes pas, tu le regretteras, a-t-elle insisté en glissant à Cruz un regard appréciateur.

Une blonde s'est approchée, sa robe vert pâle marquée d'une tache rouge.

— Je suis vraiment trop nulle d'avoir fait ça ! s'est-elle lamentée avec un accent traînant.

— Ne t'en fais pas, l'a rassurée son amie. La séance photo est terminée, il ne nous reste plus qu'à faire la fête. Et puis, ça ne nous ressemblerait pas, si ça ne foirait pas un peu.

— Tu as ce qu'il faut ? a questionné une fille rousse en se joignant à elles.

— Voilà, a annoncé la serveuse en leur tendant une petite bouteille.

— Merci, a dit la jeune mariée en payant. Ember, tu gères ?

— C'est bon, a répondu la rouquine en commençant à nettoyer la robe de la blonde.

La mariée s'est retournée pour s'adosser au comptoir.

— Alors, tu vas accepter son invitation ou pas ? m'a-t-elle demandé en indiquant Cruz.

— Je… Euh… Je ne sais pas.

— Tu devrais ! La dernière fois qu'un type m'a regardée comme ça, eh bien… Disons qu'il a grimpé sur le comptoir pour m'impressionner et que j'ai fini par l'épouser.

Elle a souri en jetant un coup d'œil vers la porte.

Mon téléphone a émis un petit *ding*, tandis que trois hommes s'approchaient. Little John s'impatientait.

Alors, tu viens ou quoi ? Tu es en train de laisser passer ta chance.

J'ai dégluti, énumérant mentalement les scénarios possibles. Et si je tentais quand même un solo ? Landon et Pax seraient furieux, mais ils flipperaient de toute manière en apprenant que j'avais agi sans eux. Et si j'annulais ? Est-ce que je retrouverais le cran de m'y remettre un jour ? Après tout, je n'étais pas du genre à réfléchir, mais plutôt à me jeter à l'eau la tête la première.

— Vas-y, sérieux, a insisté la mariée avant qu'un malabar en costard la propulse sur son épaule.

— La conversation est finie, a-t-il dit avec un sourire. Josh, tu m'ouvres la porte ?

— Fonce ! m'a chuchoté la jeune femme, en se laissant emmener.

— Avec plaisir, a déclaré le dénommé Josh en poussant la porte, et tous les six ont quitté la pièce.

Tout en essuyant la buée sur mon verre avec le pouce, j'ai coulé quelques regards furtifs à la boisson que Cruz n'avait toujours pas touchée.

Et si…

C'était dingue comme idée, mais pas plus que ce que je m'apprêtais à faire.

— Alors, qu'est-ce que t'en dis ? a demandé Cruz, se tournant vers moi, tandis que ses amis se levaient pour partir.

Allez, saute dans le vide ! C'est tout ce que tu sais faire.

— Tu te débrouilles avec un parachute ?

— Mieux que toi, je te parie, a-t-il répondu en haussant les sourcils.

Je n'ai pu retenir un sourire.

— Tu risques de perdre !

J'avais beau avoir la gorge sèche chaque fois que je croisais son regard, jamais je ne m'étais sentie aussi bien.

— Quelque part, ça ne m'étonne pas.

— Cruz, tu viens ? s'est impatienté l'un de ses amis.

Il m'a considérée d'un air interrogateur.

— J'ai une meilleure idée, ai-je dit à voix basse.

— Explique-toi.

— Ça te dit de faire un truc super dangereux avec moi ?

J'ai retenu mon souffle pendant qu'il ne se contentait pas de me regarder, mais qu'il me *voyait*. Il n'a pas quitté mon visage des yeux, mais, l'espace de quelques battements de cœur, je me suis sentie mise à nu. Mon instinct me dictait de me détourner, mais j'avais envie de me noyer dans son regard, et j'étais déjà en train de sombrer.

— Tu m'en dis plus ?

— Non. Soit tu es partant, soit tu ne l'es pas, ai-je déclaré, moins sûre de moi que j'en avais l'air.

— Cruz ? a appelé l'un de ses amis.

J'ai lu dans ses yeux qu'il pesait le pour et le contre, et puis il a hoché lentement la tête, sans cesser de me fixer.

— Allez-y sans moi, les mecs. Je vous rejoindrai plus tard.

Mon cœur a bondi dans ma poitrine et mon pouls a piqué un galop.

Merde alors, ça va vraiment se faire !

J'espérais seulement qu'il ne m'avait pas menti sur son expérience. Combien de chances sur mille pour que je me retrouve assise dans un bar à côté d'un type capable de ça ?

C'est le destin, a murmuré mon cœur.

La ferme ! a répliqué mon cerveau.

Je n'étais pas du genre à nourrir des sentiments pour un mec. Les sentiments, c'est pour les lavettes.

— On y va ? a-t-il demandé en se levant, ses amis partant de leur côté.

J'ai posé les pieds par terre. Hou là ! Même du haut de mon mètre soixante-seize, il me dépassait d'une bonne dizaine de centimètres. Et quel corps de rêve ! Ce mec était drôlement bien foutu, encore mieux que Pax, ce qui n'était pas rien. Admirant ses bras aux muscles bien dessinés, j'en ai conclu que le reste devait être tout aussi parfait.

Adoptant la même allure, nous nous sommes dirigés à l'avant de l'hôtel, où Little John attendait.

— Si tu veux tout savoir, ce qu'on s'apprête à faire est sûrement un peu illégal, ai-je avoué en ouvrant le chemin.

— Tu es pleine de surprises, dis donc ! a-t-il simplement répondu, en me tenant la porte.

— Tu n'as pas idée !

Je n'en revenais pas moi-même.

2. Cruz

Las Vegas

Mon regard a glissé sur ses fesses pendant qu'elle s'installait dans la berline noire qui nous attendait devant le Bellagio. Je mettais un point d'honneur à ne pas me comporter en macho, mais bon, elle était là, sous mon nez. Ses rondeurs délicieuses, moulées dans un jean qu'on aurait dit cousu directement sur son corps, ne demandaient qu'à être pelotées.

— Tu viens ? a-t-elle lancé depuis l'intérieur de la voiture, en enfilant une veste en cuir.

C'était le début soit d'une histoire géniale, soit d'un film d'horreur. Dans les deux cas, j'étais foutu.

Je me suis assis sur la banquette et on a démarré avant que j'aie eu le temps de boucler ma ceinture. Le grand type chauve au volant m'a jeté un coup d'œil en s'élançant sur le Strip.

— Tu n'es pas Patrick.

— Bien vu !

C'était son chauffeur ? son garde du corps ? *Pas son ex jaloux, j'espère.*

— On y va, a dit Penelope en regardant par la fenêtre. Patrick était bourré, alors j'ai dû l'oublier.

— Tu déconnes ? a rugi le chauve.

— Non. Pas question qu'il vienne dans cet état.

Le type a pianoté des doigts sur le volant en attendant que le feu passe au vert.

— Merde. OK. Et qui c'est, ce mec ?

— Little John, voici Cruz, m'a présenté Penelope. Cruz, Little John. C'est notre responsable des cascades et un super pote.

« Little John ». Comme dans Robin des Bois ?

— D'accord, ai-je lancé, tâchant de suivre le mouvement.

Un responsable des cascades… Mais c'est qui, cette fille ?

— Qu'est-ce qui te dit qu'il va pouvoir le faire ? T'as chopé le premier beau gosse que t'as trouvé dans le hall, c'est ça ?

— Dans le bar, ai-je rectifié, tandis que nous redémarrions pour tourner dans une petite rue.

— Qu'est-ce qui te prend, Penna ? Tu ne peux pas faire ça avec le premier venu ! Pax et Landon vont péter un câble.

— Ce n'est pas mon problème, a-t-elle riposté, sa main se crispant sur sa cuisse.

Ce sont peut-être eux, les ex jaloux.

— Ouais. Mais c'est le mien ! Et lui aussi, ce sera mon problème, a-t-il ajouté en me désignant du pouce. Quand il claquera à cause de toi.

— Il a dit qu'il avait déjà sauté, s'est-elle défendue.

— Ah ouais ? a fait Little John en se garant à l'arrière de l'hôtel-casino Linq. Genre, quelques sauts en tandem avec un de ses potes, histoire de l'avoir fait une ou deux fois dans sa vie ? Il pourrait se blesser carrément, Penna.

Bon, ça va bien, là !

— Écoutez, je ne sais pas ce qu'on va faire, ni qui vous

êtes, mais j'ai sauté près de cent fois avec la 82e division aéroportée. Je n'ai rien d'un bleu.

Tous deux m'ont décoché un regard étonné. Mais ce qui m'a surtout plu, ça a été de voir Penelope écarquiller ses grands yeux bleus. J'avais le sentiment qu'elle n'était pas du genre à se laisser impressionner facilement.

— T'es dans l'armée ? a demandé Little John.

— J'ai tiré trois ans et je me suis barré.

— Merci d'avoir servi ton pays, a murmuré Penelope. Maintenant, je m'en veux de m'être foutue de toi.

Elle a froncé le nez de manière hyper mignonne.

— Ne t'en fais pas pour ça. Mais vous comptez rester là toute la soirée ? Parce que je me souviens d'une jolie fille qui m'a promis un truc dangereux et un poil illégal.

— « Un poil illégal » ? a répété Little John en jetant un regard à Penelope. Tu ne lui as rien dit ?

— Écoute, je me suis décidée sur un coup de tête.

— Toi, agir sur un coup de tête ? Le truc de ouf ! a-t-il lâché avec sarcasme.

— Arrête ton cinéma ! C'est bon, on peut y aller ?

Il a marmonné quelque chose qui ressemblait à « Bande de tarés », avant d'ouvrir sa portière. On lui a emboîté le pas pour contourner le véhicule. Little John a ouvert le coffre et nous a tendu deux sacs, contenant casques et harnais. Visiblement, on allait sauter de quelque part, et il s'agirait sûrement de BASE jump[1]… En gros, plus illégal, tu meurs.

— T'es toujours partant ? a demandé Penelope en jetant son matériel sur l'épaule et en glissant par le trou d'une casquette sa crinière blonde qui lui descendait jusqu'à la taille.

1. Sport extrême consistant à sauter avec un parachute depuis un point fixe et non depuis un aéronef.

Malgré sa silhouette menue, elle maniait le sac comme s'il n'avait rien pesé.

— J'ai aucune idée de ce qu'on va faire, alors, ce n'est pas super réglo comme question, ai-je déclaré en mettant la casquette noire qu'elle me tendait.

Elle a levé un doigt et j'ai regardé en l'air pour contempler le High Roller, la grande roue la plus haute au monde.

— C'est une blague ? Ce truc…

— … fait près de cent soixante-dix mètres de hauteur, ouais, a-t-elle conclu, se dirigeant déjà vers l'arrière du bâtiment avec Little John.

On est passés sous l'immense plate-forme métallique qui permettait de monter à bord, et mon esprit s'est mis à virevolter beaucoup plus vite que la grande roue.

— Si tu as la trouille, tu n'es pas obligé, m'a-t-elle lancé par-dessus son épaule.

Moi, la trouille ? Le saut en lui-même ne me dérangeait pas. Mais si on se faisait attraper, ça foutrait en l'air tous mes efforts des huit dernières années. Cette nana avait beau être craquante, envoûtante, grisante, je n'étais pas prêt à tout bousiller pour un saut illégal.

Elle s'est retournée vers moi en me tenant la porte.

— Si on se fait choper, ce qui n'arrivera pas, on se fera accuser, au pire, de violation de propriété, un délit mineur, quoi. Écoute, tu n'es pas obligé de le faire. Tu peux partir tout de suite, monter avec moi et t'installer dans la roue. Ou sauter.

Elle m'a dévisagé. À la voir, on aurait cru qu'elle se fichait de ma réponse. Mais ses yeux, eux, disaient le contraire. J'y ai lu de la souffrance, une supplication qui a touché mon âme, moi qui me croyais imperméable à ce genre de trucs.

Comme quoi, j'avais tort.

Elle n'avait rien d'une jeune fille en détresse et, même

si c'était le cas, elle n'en dirait rien. Ça m'a mis sur le qui-vive, et a éveillé en moi ce sens de la galanterie que ma grand-mère avait mis tellement d'efforts à m'inculquer.

Non, mais quelle galère !

Je n'étais pas casse-cou de nature, loin de là. La vie était pour moi un jeu d'échecs, et j'étais particulièrement conscient des conséquences de mes actions. C'était peut-être parce que je partais le lendemain pour plusieurs mois. Dire que je le faisais pour le frisson aurait été mentir. C'était pour elle, pour ce petit phénomène que j'avais rencontré à peine une heure plus tôt.

Un délit mineur, ce ne serait pas top, mais ça ne saboterait pas tous mes projets.

Tu pèses vraiment le pour et le contre, là ?

— Je monte avec toi !

Son sourire soulagé a fait naître une onde de chaleur en moi.

Bonne décision pour elle. Mauvaise pour toi.

J'ai dit au petit diable perché sur mon épaule de se la boucler et je les ai suivis dans le couloir sombre. Personne n'attendait son tour, comme si la file s'était momentanément interrompue.

— Je me suis occupé de tout, Penna, a dit Little John. On a déjà passé le contrôle de sacs, alors ils ne verront pas les parachutes. Voici vos billets. Veille à ce que le tien soit sur le dessus. Le type de l'entrée a mis une marque dessus, il ne vérifiera pas votre nacelle. Après, à vous de jouer. Je serai garé à l'arrière. Dès que vous aurez atterri, bazardez les parachutes. Vous êtes plus importants qu'eux.

— Compris, a répondu Penelope en prenant les billets.

— Tu es sûre de ce que tu fais ? s'est-il inquiété.

Elle a secoué la tête.

— Non. Mais si je veux redevenir qui je suis, je n'ai pas

le choix. C'est tout ou rien. Soit j'arrive à faire ce truc, soit je ne mérite pas d'être une Renegade.

— N'importe quoi !

— Non, c'est vrai, a-t-elle insisté en se dressant sur la pointe des pieds pour l'embrasser sur la joue. Merci. Je sais ce que ça t'a coûté. On se revoit en bas.

— Fais gaffe à toi et… Enfin… Débrouille-toi pour qu'il ne crève pas non plus, a-t-il ajouté, avant de tourner les talons et de nous laisser seuls devant les portes qui donnaient sur la plate-forme.

En entendant du bruit au fond du couloir, j'ai compris que la queue se reformait et qu'elle se dirigeait vers nous.

— Allons-y, ai-je lancé à Penelope en posant doucement une main dans le creux de ses reins, pour la guider par la porte.

J'avais déjà fait ça avec d'autres, bien sûr, mais, à ce simple contact, un frisson de désir m'a traversé.

Du calme. On n'a pas le temps pour ça.

J'ai vivement retiré ma main.

Qu'est-ce que je fous ?

Je n'ai pas arrêté de me poser cette question pendant qu'on s'approchait du type à l'entrée, qui a ouvert des yeux ronds en relevant la marque dans le coin. Avec un petit signe de tête, il nous a emmenés dans la nacelle transparente qui aurait pu loger vingt personnes, facile.

— La sortie se fera de l'autre côté, nous a-t-il indiqué. Le tour dure environ une demi-heure. Bienvenue au High Roller.

On a enjambé le vide de quinze centimètres qui séparait la plate-forme de la nacelle, et l'employé a claqué la porte, nous enfermant dans la sphère sombre nimbée de pourpre. Puis on a entamé notre ascension sans ressentir le moindre balancement.

Les écrans de télévision se sont aussitôt animés pour énoncer les statistiques de la grande roue. On a poussé quelques boutons pour les réduire au silence. J'ai posé mon sac par terre et Penelope a fait de même, puis on s'est mis aux fenêtres pour contempler les lumières de Las Vegas. Elles étaient encore au-dessus de nous, mais, bientôt, on les surplomberait.

— Je te dois une explication, a-t-elle murmuré, me prenant au dépourvu.

— Si tu veux, mais ma décision est prise. Tu ne me dois rien du tout.

Nos épaules se sont frôlées, occasionnant en moi la même décharge d'électricité que plus tôt. Cette nana, je ne la connaissais ni d'Ève ni d'Adam, pourtant, il y avait une vraie alchimie entre nous.

— C'est la première fois que je fais ça, a-t-elle lâché.

— Quoi ? Du BASE jump ? Un truc illégal ? Ou demander à un parfait inconnu s'il a envie d'enfreindre la loi avec toi ?

Je n'ai pu retenir un sourire face à l'absurdité de la situation.

Elle a lâché un petit rire, un bruit de gorge doux et lumineux qui ne m'a donné qu'une seule envie : l'entendre encore.

— Je n'ai jamais dragué de mec, encore moins dans un bar. Si on y ajoute le fait que je t'ai proposé de risquer ta vie avec une inconnue, on peut dire qu'il y a eu pas mal de premières, ce soir.

— Sérieux ? Moi, ça m'est encore arrivé la semaine dernière à Seattle, ai-je blagué.

Ça m'a valu un sourire à couper le souffle et un nouveau rire tout en légèreté. Bon sang, cette fille était à tomber par terre ! Elle avait les traits d'une beauté classique, presque grecque, avec les pommettes saillantes, un petit nez mutin et une bouche qui ne demandait qu'à être goûtée. Mais ses yeux… Leur nuance bleu clair aux éclats plus sombres me captivait.

— T'as quel âge, au fait ? a-t-elle lancé.

— Vingt-sept ans. Peur que je sois trop jeune ?

— Non, je voulais juste m'assurer que tu n'étais pas croulant.

— Aïe !

Son regard s'est attardé sur les immeubles qu'on dépassait pour s'élever lentement au-dessus des toits de Las Vegas.

— Je n'arrive pas à croire que j'ai fait ça.

Son téléphone a fait entendre un *ding*, puis un second, avant qu'elle ait eu le temps de l'extirper de sa poche.

— Merde, a-t-elle marmonné en regardant ses textos.

— Un problème ?

Pendant qu'elle parcourait ses messages, elle en a encore reçu un autre.

— Pax. Leah. Landon. Rachel. Nick. Ils savent que je suis là.

Une lueur de panique a traversé son regard, et elle s'est mise à se mordiller la lèvre inférieure.

J'ai jeté un coup d'œil à ma montre.

— OK, il nous reste une dizaine de minutes avant d'atteindre le sommet.

— D'acc, a-t-elle lâché, sans décoller les yeux de ses messages.

— Et il y a de fortes chances pour que je ne te revoie plus jamais après qu'on aura atterri.

— « On » ? a-t-elle répété en levant le visage.

— *Si* je saute avec toi, ai-je précisé. Le truc, c'est que tu es là avec quelqu'un que tu viens de rencontrer dans un bar, alors que, de toute évidence, il y a des gens qui s'inquiètent pour toi. Ça ne me regarde pas, mais ça craint un peu.

Elle a jeté un coup d'œil dans ma direction, puis vers

l'horizon, avant d'éteindre son téléphone et de le glisser dans sa poche arrière.

— Tu ne sais rien de moi.

— C'est peut-être pour ça que je peux te le dire.

Allais-je vraiment devoir sauter avec elle pour qu'elle se confie ? Quelque chose la rongeait, et elle n'allait manifestement pas s'épancher auprès des auteurs de ces mystérieux messages. J'ai reporté mon attention sur le sac à terre.

— Comment as-tu rangé les suspentes ?

Si je devais me jeter du haut de cette grande roue, je tenais à m'assurer qu'il y avait vraiment un parachute là-dedans.

— En huit, le truc standard.

— Pas d'élastique de lovage ?

— Et pas de glisseur, a-t-elle ajouté en haussant les épaules.

— Attends. Pas de glisseur ni de lovage ?

— Sans glisseur, on raccourcit le temps d'ouverture, et avec cent soixante-dix mètres…

— … ce gain sera précieux, en ai-je déduit.

La chute ne durerait déjà que quelques secondes. Si Little John se trouvait à l'atterrissage, qu'on pouvait se débarrasser des parachutes, que les casques permettaient de ne pas dévoiler notre visage aux caméras, ce serait peut-être jouable.

— Et l'élastique de lovage ne ferait qu'ajouter une étape inutile au déploiement, a-t-elle conclu.

— Tu as l'air de t'y connaître.

— Je suis une sportive grassement payée, a-t-elle avoué avec un petit sourire en coin. Enfin, c'était le cas avant, a-t-elle rectifié, presque dans un chuchotement.

— Plus maintenant ?

Elle m'a décoché un drôle de regard, et j'ai levé les paumes vers le ciel.

— Hé, je n'ai qu'une soirée, une poignée de minutes dans ton éternité, pour essayer de te comprendre, me suis-je justifié.

J'essaie juste de t'aider.

— Tu tiens toujours à comprendre les gens ?

— Oui. Je suis du genre à vouloir tout contrôler.

Et à jouer les héros, d'après ma grand-mère.

Malgré le poids de son regard sur moi, je ne me suis pas retourné. Je contemplais la ville, que nous commencions lentement à dominer.

— J'ai été blessée, il y a quelques mois.

Prenant sur moi, je suis resté muet. Elle n'avait pas besoin qu'on lui parle, mais qu'on l'écoute. Mes efforts ont été récompensés quand elle a poussé un soupir et poursuivi.

— Avec mon groupe, les autres sportifs, on forme presque une famille. Un de mes super potes, Nick, s'est retrouvé paralysé en bossant sur une nouvelle cascade, et ma sœur... Elle l'aimait. Quand il s'est refermé sur lui-même, elle a craqué. On était en train de filmer un documentaire, surtout pour aider Nick à se faire un nom dans la conception de cascades, et tout a foiré dès le départ. On a trafiqué le matériel, il y a eu des blessés, Leah a failli mourir...

Puis elle s'est secouée et a respiré un grand coup.

— Brooke, ma sœur, essayait d'atteindre Pax, mais c'est moi qu'elle a eue à la place. Elle m'a écrasé la jambe, a-t-elle précisé en faisant rouler sa cheville. Ça fait un mois que je suis apte à reprendre du service, mais, au lieu d'en être folle de joie, j'ai réclamé une attelle pneumatique pour prolonger ma convalescence. J'ai tenu à rester sur la touche.

— C'est pour ça que tu n'es pas avec tes amis ?

— Ils sont à Aspen pour les Jeux de l'extrême. Je

voulais prendre l'avion avec eux, mais j'ai compris que je ne pourrais pas les regarder faire en me demandant si j'aurais un jour le cran de m'y remettre. Il fallait que je le découvre toute seule. Si je leur en avais parlé, ils m'auraient dit d'y aller mollo.

— Et tu n'es pas du genre à y aller mollo…

Elle a levé les yeux au ciel. Cette expression à double sens m'avait échappé, et j'ai éclaté de rire. Mon inconscient me jouait des tours. C'était compréhensible, étant donné que cette fille avait un corps à se damner, qui appelait des séances torrides sous la couette. Mais ce n'étaient pas ses courbes parfaites qui m'avaient persuadé de monter à bord de cette grande roue et de prendre la décision la plus absurde de toute ma vie — c'était la lueur de vulnérabilité que je percevais dans ses yeux lorsqu'elle baissait la garde.

— Je suis plutôt du genre à plonger la tête la première et à réfléchir après, a-t-elle enfin répondu. Depuis que je me suis assise sur la toute première moto de Pax et que j'ai réclamé la mienne, je n'ai jamais eu peur de voler ni de tomber. Si je suis capable de faire ça, ce soir, alors peut-être que cette fille est encore là. Si je peux le faire, a-t-elle insisté en se tapant la poitrine, je pourrai peut-être un jour regarder ma moto sans avoir la trouille.

Je savais déjà que si la fille dont elle parlait avait vraiment disparu, elle ne se serait pas tenue là, à côté de moi. Elle n'aurait pas quitté la terre ferme. Sauf que ce n'était pas moi qui avais besoin d'en être convaincu, mais elle.

J'ai hoché la tête et inspiré à pleins poumons.

Tu vas sauter, on dirait.

— Tu as de bons avocats qui pourront nous tirer de là, mademoiselle sports extrêmes ? ai-je demandé en tendant la main vers mon sac.

— Le top du top ! De toute façon, comme je te l'ai dit, c'est un délit mineur, et on ne se fera pas choper.

— T'es sûre à cent pour cent ? ai-je lancé en inspectant mon sac.

Je regrettais de ne pas avoir le temps de le dérouler et de le replier pour me rassurer.

Saute ou ne saute pas, mais ne le fais pas à moitié, d'accord ? Tu lui fais confiance ou pas. Tu l'aides ou tu la laisses tomber.

— Je suis prête à te parier une bouteille de champ a-t-elle déclaré avec un sourire qui m'a coupé le souffle.

— Je m'en souviendrai.

Quelques ajustements plus tard, j'avais mis mon harnais, enfilé les sangles et mon casque. J'ai baissé les manches de ma chemise, histoire de protéger mes bras au maximum.

La nacelle se dressait maintenant au-dessus de la plupart des casinos qui nous entouraient.

— C'est trop beau, a-t-elle soufflé en balayant la vue du regard, les lèvres entrouvertes, les mains posées sur la vitre en verre.

— Renversant, ai-je répondu, sans la quitter des yeux.

Elle l'a remarqué, et s'est tournée vers moi en rougissant. Puis elle a désigné l'écran de télévision qui indiquait qu'il nous restait une minute avant d'atteindre le zénith de notre rotation.

— Il est presque temps…

Elle s'est dirigée vers l'autre côté de la nacelle et a ouvert la porte avec une facilité déconcertante. De la manche, j'ai essuyé ses traces de doigts sur la vitre.

La brise s'est engouffrée à l'intérieur, et l'air de janvier m'a éclairci les idées. J'ai franchi le seuil pour me tenir à côté de Penelope et contempler sous nos pieds le parking presque vide.

— Tu feras gaffe à cet arbre, m'a-t-elle dit en me le montrant du doigt.

— Et toi, à ce lampadaire.

— La vache, j'adore ça, a-t-elle murmuré, comme si elle n'avait pas fait exprès de le dire à voix haute.

— L'adrénaline ?

— L'excitation. La guerre qui se livre silencieusement dans mon corps entre ce que je veux qu'il fasse et les dangers qu'il flaire. Mon ventre qui se serre, et mon cœur qui bat à cent à l'heure. Cette seconde où je dois encore me décider.

Je savais très bien de quoi elle parlait, car, cet instant, je l'avais moi-même vécu — et j'étais encore en train de le vivre. Cette seconde où on se tenait au bord du précipice et où on décidait de basculer.

Levant les yeux, elle a fixé le crochet de sa sangle d'ouverture automatique à la tige en acier au-dessus de la porte. Je l'ai imitée et je me suis reculé pour vérifier notre emplacement sur l'écran.

— Il est temps.

Elle s'est avancée jusqu'à l'extrême rebord de la nacelle, ses Vans noires ressortant sur la plaque métallique. Puis elle a fermé les yeux et a levé au ciel un visage que la joie irradiait.

Trop belle !

Celle qu'elle cherchait était plus près de la surface qu'elle ne semblait le croire.

— On se retrouve en bas, a-t-elle lâché par-dessus son épaule avec un sourire éclatant.

Puis elle a sauté.

Elle n'avait peur de rien et, même si je n'avais pas porté de parachute, j'aurais sûrement sauté, rien que pour rester près d'elle. C'est dire la force de son magnétisme.

— Va à Vegas, qu'on m'a dit, ai-je marmonné. Tu vas t'éclater.

Tout en regardant son parachute se déployer, j'ai compté deux secondes entières, et je me suis jeté dans le vide.

3. Penna

Las Vegas

J'hallucine ! Tu l'as fait.

L'adrénaline qui me fouettait les veines accentuait mon euphorie. J'avais réussi ! J'étais redevenue moi-même !

Sans doute un peu abîmée, un peu brisée, mais moi-même malgré tout. Tant que j'avais ça, le reste avait un sens. Même si je redoutais encore les caméras, et que je ne pouvais toujours pas attaquer les rampes avec les autres Renegades, cet instant m'appartenait.

Le sol s'est précipité vers moi et le parachute a ralenti ma descente, mais pas assez pour un atterrissage en douceur. J'ai évité le lampadaire, dépassé l'arbre, et je me suis alignée sur le parking où attendait Little John. Puis j'ai fléchi les genoux pour me réceptionner sur l'asphalte en courant, tandis que la terre me souhaitait la bienvenue.

Je me suis retournée pour m'assurer que Cruz était là, et j'ai failli pousser un soupir de soulagement en le voyant atterrir cinq mètres sur ma droite. Nos regards se sont croisés à la faible lueur des lampadaires, et un éclair tangible mais indescriptible nous a reliés.

Puis l'instant a pris fin, et je me suis empressée de ranger le parachute avant l'arrivée des vigiles. Impossible qu'on ne nous ait pas repérés.

— Oublie le parachute ! a crié Cruz en courant vers moi.

Il s'était déjà débarrassé du sien. Little John a surgi en trombe et a pilé dans un crissement de pneus.

— Je vais y arriver ! me suis-je entêtée, en attrapant des brassées d'étoffe.

Cruz m'a fait pivoter dans ses bras et a détaché le harnais de mon parachute.

— Faut qu'on y aille. Lâche. Ce. Parachute.

Il n'a pas élevé la voix, mais ne m'a pas laissé le choix pour autant.

— D'accord, ai-je répondu.

De toute manière, il avait pris la décision à ma place. Il avait raison, les parachutes n'avaient aucune importance. Ils ne portaient pas de marque distinctive et ne permettraient à personne de remonter jusqu'à nous.

Il m'a pris la main, m'a entraînée jusqu'à la voiture et a ouvert la portière. Je me suis jetée sur la banquette arrière et glissée derrière Little John, pendant que Cruz s'asseyait à côté de moi.

— Go ! ai-je hurlé dès que la portière s'est refermée.

Little John a mis les gaz, traversant le parking à toute allure dans la direction opposée à notre hôtel. Cruz, la mâchoire serrée, s'est retourné pour regarder derrière nous.

— Jusque-là, personne ne nous suit, a-t-il informé Little John.

— Bien, bien, a marmonné ce dernier.

On a poursuivi en silence, gérant notre descente d'adrénaline, tout en restant à l'affût. Environ cinq minutes plus tard, Little John est entré dans un quartier résidentiel et s'est garé sur le côté.

— Une minute, a-t-il annoncé en sortant d'un bond.

— Waouh ! ai-je lâché, incapable de trouver un autre mot pour résumer ce qui venait de se passer.

— Ouais, a approuvé Cruz, en défaisant son casque et en se passant la main dans les cheveux.

Little John est revenu dans la voiture.

— Bon, j'ai remis la plaque d'immatriculation, on peut repartir à l'hôtel. Comment tu te sens ?

— Rebelle ! ai-je affirmé avec un petit sourire en coin.

— Trop cool, s'est réjoui Little John en tapant sur le volant. Si ça t'a ramenée, alors ça valait le coup.

— Oui, ai-je dit d'une petite voix.

Étais-je vraiment de retour ? J'en avais l'impression, j'éprouvais la même excitation qu'avant, le même sentiment d'avoir défié le destin et de dépasser mes limites. Mais est-ce que j'étais prête à reprendre ? à remonter sur ma moto ? à me retrouver devant les caméras ?

— Bobby va nous en vouloir de ne pas avoir filmé ça, a repris Little John.

— C'était pour moi, pas pour le documentaire. Le monde m'a déjà vue m'autodétruire une fois cette année, et je lui ai permis de garder les images. Là, c'était pour moi.

— Et ton contrat ? a-t-il demandé en empruntant l'allée qui menait au Bellagio.

— Je suis censée le laisser filmer tous les moments auxquels je prends part et qui dépendent des Renegades. Là… ce n'était pas le cas.

— Attends-toi quand même à recevoir un coup de fil.

Je me suis penchée pour lui faire un câlin contre son siège.

— Merci. Je sais que ce n'est pas ce que tu voulais pour moi, et je t'en suis très reconnaissante.

Il m'a tapoté la main et l'a serrée.

— Pour toi, Penna, je déplacerais des montagnes.

— Ça veut dire que tu me laisseras faire la grasse mat' demain ?

Il a éclaté de rire.

— Tu peux toujours rêver ! Le vol est à midi. Je serai dans ta chambre à 8 heures, t'as intérêt à être prête.

— Ça marche.

Je l'ai embrassé sur la joue, tandis qu'il s'arrêtait devant la porte et qu'il mettait le frein à main.

— À demain !

Cruz m'a ouvert la portière et je me suis glissée à l'extérieur. Il était tendu et son regard évitait le mien. Lorsqu'il a posé une main au creux de mes reins pour entrer dans l'hôtel, je ne l'ai pas repoussé. J'ai même savouré ce contact, et j'ai dû me retenir de me coller à lui.

Belle ironie ! J'avais enfin trouvé un mec qui me faisait craquer, et il ne me restait plus que trente secondes à passer avec lui.

On est entrés dans l'ascenseur sans prononcer un mot. Les portes se sont refermées, nous coupant du brouhaha du casino et nous isolant dans un silence tendu. Que dire à un inconnu avec qui vous veniez de faire un BASE jump illégal ? Que penser de mon sang qui s'échauffait, de son odeur qui me donnait une furieuse envie de me blottir contre lui ?

Qu'est-ce qui ne tournait pas rond chez moi ?

— Bon…

Ma voix s'est éteinte. Je me suis creusé la cervelle pour trouver un sujet de conversation, pendant qu'on appuyait sur les boutons de nos étages respectifs.

— T'es cinglée, a lâché Cruz, se tournant enfin vers moi pour m'inonder de son délicieux regard chaud. Tu le sais, ça ? T'es super canon — non, belle à tomber —, intelligente, forte et incroyablement attirante. Mais un peu dingue.

— Oui, ai-je chuchoté.

Il a cligné des yeux et a secoué la tête, comme s'il n'arrivait pas à croire à mon aveu. En même temps, je ne voyais pas comment on pouvait faire partie des Renegades sans perdre un peu la tête.

Et je m'inquiétais de plus en plus pour la mienne.

— Je n'ai jamais rencontré quelqu'un comme toi, a-t-il ajouté doucement, alors que nous approchions de son étage.

Il devait me rester cinq secondes avec lui avant qu'il ne disparaisse.

— C'est parce que personne d'autre n'est comme moi, ai-je affirmé en toute honnêteté. Je peux te dire avec une absolue certitude que je suis une Original.

J'ai esquissé un sourire à ce petit jeu de mots qu'il ne pouvait comprendre.

L'ascenseur a émis un tintement en atteignant son étage. Le temps était écoulé.

— Ça, c'est sûr !

J'ai senti mon ventre se nouer en le regardant s'éloigner vers les portes qui s'ouvraient sur un long couloir.

Je ne le reverrais plus jamais.

Et si je ne ressentais plus ce lien avec qui que ce soit ? S'il était le seul mec capable de m'inspirer des sentiments ? Si je m'apprêtais à passer à côté de l'histoire de ma vie, tout ça parce que, curieusement, j'avais peur de me jeter dans le vide ?

Ce « si » était inacceptable.

Il a tendu la main vers la porte pour la garder ouverte et m'a lancé un coup d'œil par-dessus son épaule.

— Merci pour cette soirée. Je ne l'oublierai jamais.

Moi non plus… et je n'avais pas envie qu'elle s'arrête.

— Tu as déjà séjourné dans une suite penthouse ? ai-je laissé échapper avant d'avoir pu m'en empêcher.

— Non, a-t-il répondu en contemplant mes lèvres.

Je vais vraiment le faire !

J'avais la gorge serrée, pire que pour les derniers Jeux de l'extrême.

— Ça te dirait ? Je te dois une bouteille de champagne, lui ai-je rappelé, priant pour que ma voix tremblante passe pour rauque et séduisante.

Son dos s'est tendu.

— Je te jure que c'est la mienne. Rien d'illégal, cette fois. Et je ne te ferai pas sauter de la fenêtre !

Il s'est lentement tourné vers moi, tout en maintenant sa main en place pour empêcher les portes de se refermer. Plus il me contemplait, plus mon sang s'enflammait, mon pouls s'accélérait et mon désir allait crescendo. Comment un seul regard pouvait-il m'exciter autant, aussi vite ?

— Penelope…, a-t-il lâché, à mi-chemin entre la prière et la supplication.

— Je sais ce que je te propose, lui ai-je assuré.

Je n'aurais qu'une seule nuit avec lui. Le lendemain, il ne serait plus qu'un souvenir, mais ça valait mieux que de se demander ce qu'il se serait passé si…

— Tu en es sûre ?

Il s'est approché de moi, laissant les portes de l'ascenseur se refermer derrière ses larges épaules. Mon cœur a battu la chamade pendant qu'il emplissait ma vision, et que mes pensées étaient obnubilées par l'envie irrépressible de le toucher.

J'ai hoché la tête ; il a secoué la sienne.

— J'ai besoin de l'entendre.

Il s'est penché sur moi, ses lèvres tout près des miennes, et j'ai senti son souffle sucré sur mon visage. L'ascenseur a recommencé à monter.

Bon sang, impossible de réfléchir, il était trop près ! Ses

yeux étaient emplis d'espoir et d'une intense lueur d'avidité. D'habitude, à ce stade, je rembarrais le mec, mais je n'avais jamais ressenti un truc pareil. Son désir manifeste m'insufflait un sentiment de puissance et m'intriguait, m'émoustillait, me traversait d'une douce onde électrique.

Il ne voulait pas de moi comme trophée. Il ne savait même pas qui j'étais.

Il me voulait, *moi*.

— Oui, ai-je enfin répondu, consentant autant à lui qu'à moi.

Pour une fois dans ma vie, j'allais me lâcher. Et merde pour les conséquences !

Sa bouche a effleuré la mienne, doucement, comme s'il me demandait physiquement de confirmer la permission verbale que je venais de lui accorder. Puis nos lèvres se sont retrouvées dans une caresse qui m'a poussée à me dresser sur la pointe des pieds pour en réclamer davantage. Ce baiser m'a transpercée de part en part. C'était le premier chapitre d'un roman d'amour, l'introduction haletante qui me donnait une furieuse envie de dévorer l'ouvrage en entier. J'étais déjà accro à son goût.

Il s'est reculé avec un sourire, tout en contemplant mon visage comme si j'avais été une œuvre d'art. Avant qu'il ait pu dire quoi que ce soit, l'ascenseur a fait entendre un tintement annonçant qu'on avait atteint mon étage.

Je lui ai pris la main pour l'emmener le long du couloir richement décoré jusqu'à ma porte. Les mains un peu tremblantes, j'ai sorti la clé de ma poche arrière et j'ai manqué la serrure.

Non, mais quelle gourde !

Cruz a posé une main chaude sur la mienne, tout en me caressant le lobe de l'oreille du bout des lèvres.

— Tu n'es absolument pas obligée d'ouvrir cette porte ou de m'inviter à l'intérieur, Penelope.

Oh là là, quand il prononce mon prénom…

J'ai dû réprimer un frisson. Le geste sûr, cette fois, j'ai déverrouillé la porte.

Dès que le clignotant est passé au vert, j'ai tourné la poignée et je suis entrée dans la suite, tout en jetant un regard au beau gosse qui se tenait sur le seuil.

— Tu as besoin d'une invitation ?

— Oui, a-t-il répondu, calant les mains sur l'encadrement, comme pour se retenir d'avancer.

Je devais prendre ma décision. Est-ce que j'allais vraiment inviter un inconnu dans ma suite ? Dans mon… lit ?

On ne connaît jamais vraiment quelqu'un tant qu'on n'a pas sauté en parachute avec.

Combien de fois l'avais-je dit à de nouveaux Renegades ?

Cruz attendait. Il dégageait une énergie sexuelle brute, et ses yeux étaient animés d'un désir patient. Quelque chose me disait qu'il agirait pareillement au lit : sans se presser, avec ardeur et minutie.

Pour la première fois de ma vie, j'avais envie qu'on me dévore.

— Entre, ai-je lancé d'une voix douce.

Trois enjambées plus tard, j'étais dans ses bras. Il a agrippé ma taille d'une main, m'a caressé le visage de l'autre. La porte s'est refermée derrière lui à l'instant où sa bouche trouvait la mienne.

En un baiser qui n'avait rien à voir avec le doux frôlement du début, il a passé la langue sur ma lèvre inférieure et, sous la légère pression de son pouce, je me suis ouverte à lui. Il a glissé en moi sa langue chaude et insistante pour la frotter contre la mienne avec une telle expertise que j'ai dû me cramponner à sa chemise.

Il m'a fait reculer jusqu'à ce que je percute la table derrière le divan, faisant tomber un vase dans un bruit sourd. J'ai perçu son sourire contre ma bouche, et je lui ai brièvement rendu la pareille, avant qu'il reprenne possession de mes lèvres, enfouissant une main dans ma crinière. Il a changé d'angle pour m'embrasser avec plus de fougue, jusqu'à ce que mon univers entier se réduise au contact de sa bouche sur la mienne, à la décharge électrique qui me traversait, et à mon envie impérieuse de me coller contre lui.

Il m'a embrassée, encore et encore, prenant tout ce que je lui offrais. Son goût était affolant, aussi sombre et puissant que son odeur. J'ai frôlé les muscles durs de ses pectoraux, puis enroulé les bras autour de son cou, les seins pressés contre son torse.

J'en voulais plus. J'avais besoin de m'immerger dans la douce flamme qui montait de mon ventre, de m'abandonner au besoin dévorant de sentir sa peau contre la mienne. Mes tétons raidis me rendaient hypersensible à chaque frôlement de tissu.

— La chambre, ai-je haleté.

— Où ça ? a-t-il demandé en me mordillant doucement l'oreille.

C'est trop bon !

— Au bout du couloir.

Il a attrapé mes fesses pour me soulever, avec une aisance qui l'a rendu encore plus sexy. J'ai passé les jambes autour de sa taille pendant qu'il happait de nouveau mes lèvres, en me portant vers la chambre.

Les rideaux tirés laissaient entrer les lumières du Strip, qui adoucissaient les angles de son visage. Il m'a allongée sur le dessus-de-lit duveteux. Cruz était beau comme un dieu, le sexe à l'état pur, mais là, au-dessus de moi, c'était au-delà de tout.

Chacun de ses baisers me coupait le souffle. J'ai étouffé un cri lorsqu'il a suçoté un endroit particulièrement sensible, dans mon cou, et j'ai enfoncé les doigts dans sa tignasse sombre et épaisse pour le serrer contre moi.

J'avais l'impression d'être ivre, grisée par sa bouche, son odeur, son poids sur moi. À l'instant où il s'est positionné entre mes cuisses, j'ai enfin compris tout le matraquage qu'on faisait autour du sexe. Les quelques baisers minables que j'avais reçus avant n'étaient rien comparés à ceux-ci. Embrasser Cruz me donnait le sentiment de friser la folie. Toute logique m'a quittée pendant qu'il me butinait la gorge, je n'étais plus qu'un être de désir.

Sa peau... Je brûlais de la sentir contre la mienne, d'effleurer les contours de ses muscles sous sa chemise fine. J'ai tiré sur l'étoffe et, quand il s'est agenouillé, mes jambes ont glissé et j'ai ouvert les cuisses. Le sourire aux lèvres, il a passé les mains derrière sa tête pour retirer sa chemise d'un geste précis.

Le souffle coupé, j'ai admiré son torse parfait. J'avais l'habitude des mecs baraqués, mais Cruz était le plus beau spécimen du genre qu'il m'avait été donné de voir. J'ai effleuré ses abdos, exploré les nœuds musclés de son torse. Un tatouage de l'Airborne ressortait sur la courbe de son biceps, mais le reste était vierge de toute marque, une peau hâlée et veloutée, à laquelle j'étais impatiente de goûter.

— Tu...

J'ai secoué la tête, incapable de trouver les mots adéquats. J'ai passé la langue sur mes lèvres gonflées par ses baisers.

— Tu es incroyable ! ai-je conclu.

— Je pense la même chose de toi, a-t-il dit, en glissant les mains entre mes seins sans en toucher les extrémités dressées. En plus pervers.

J'ai enroulé les doigts autour de la chaîne argentée qu'il portait autour du cou, et le médaillon s'est parfaitement emboîté dans ma paume, me permettant de l'attirer vers moi. Il s'est penché lentement, me mordillant la lèvre inférieure au passage.

— À quel point ? ai-je demandé, presque hors d'haleine.

— Très pervers, a-t-il répondu en descendant le long de mon cou.

S'il ne me touchait pas dans les deux secondes, j'allais exploser.

Il a frôlé mes flancs du bout des doigts et je me suis cambrée. Puis, comme s'il lisait dans mes pensées, il a refermé la main sur un de mes seins. J'ai poussé un petit gémissement lorsqu'il en a frotté le bout avec le pouce, jusqu'à ce que la pointe se dresse et que le reste de mon corps s'alanguisse. J'ai frotté les hanches contre les siennes et il a émis un sifflement quand j'ai caressé son membre dur sous son pantalon.

J'avais tant envie de lui ! Ç'avait beau être une sensation nouvelle pour moi, je l'accueillais comme toutes les expériences que j'avais pu faire : avec avidité. J'avais vingt et un ans et, si c'était ma seule chance pour éprouver ce type de désir, alors je m'y cramponnerais le plus possible.

— Cruz, ai-je soufflé lorsqu'il a posé la bouche sur mon sein pour enfoncer les dents à travers le tissu de mon débardeur et de mon soutien-gorge.

La sensation était exquise ! Il m'avait à peine touchée au-dessous de la taille, mais c'est précisément là qu'elle se concentrait. J'ai dû agripper ses cheveux, aux prises avec une divine agitation.

— Je t'en supplie, ai-je prié, creusant les reins pour me frotter contre lui.

— Redis-le, a-t-il grondé d'une voix rauque qui a inondé mon entrecuisse d'une vague de chaleur.

— Je t'en supplie, ai-je répété, sachant qu'il s'exécuterait.

Il s'est dressé au-dessus de moi et a accroché mon regard.

— Mon nom, Penelope. Dis mon nom. Une femme aussi belle, aussi grisante que toi ne devrait jamais supplier, encore moins quand je ne demande que de vénérer chaque partie de ton corps.

À ces mots, au désir qui scintillait dans ses yeux noisette, je me suis mise à fondre. Avec lui, je me sentais sexy, comme une sorte de sirène surpuissante. J'ai goûté à ses lèvres, avant de me reculer très légèrement.

— Cruz, ai-je murmuré.

Un grondement sourd s'est élevé de son torse. Il s'est emparé de ma bouche pour me posséder de la langue de la même manière que je brûlais d'être prise tout entière, m'assaillant de coups sûrs et puissants, afin de savourer son plaisir au maximum.

Une fois encore, j'ai poussé les hanches en avant, en quête d'une pression à même d'apaiser le désir qui tourbillonnait en moi. D'un geste, il a déboutonné mon jean avant de poser le front contre le mien et de mêler son souffle au mien.

— Oui, ai-je dit, car je savais qu'il voulait l'entendre. Caresse-moi.

Il a glissé une main par l'ouverture de mon pantalon pour effleurer la dentelle bleue de mon string. J'ai remercié le ciel d'avoir une obsession pour la jolie lingerie.

Puis toutes mes pensées se sont envolées lorsqu'il a repoussé l'étoffe pour passer les doigts le long de ma fente. Sa bouche sur la mienne, il m'a donné un baiser à couper le souffle, tout en plongeant le pouce en moi pour frôler mon clitoris.

Sous l'effet d'un éclair de plaisir ahurissant, j'ai interrompu notre baiser en étouffant un petit cri.

— Penelope...

Il prononçait mon nom comme s'il s'agissait d'une révélation, avec émerveillement et vénération, faisant tomber toutes les défenses que j'avais soigneusement érigées. À cet instant, je n'étais pas Penna. Je n'étais pas Rebel. J'étais la Penelope de Cruz, et c'était... absolument tout. On s'est regardés droit dans les yeux. Jamais, de toute ma vie, je n'avais ressenti une connexion aussi intense.

Je me suis emparée de ses épaules, j'ai enfoncé les ongles dans sa chair pendant qu'il me caressait, me donnant le besoin impérieux de...

Bam. Bam. Bam.

Quelqu'un frappait à la porte.

On s'est figés.

— Tu attends quelqu'un ? a-t-il demandé, le souffle régulier, mais les yeux animés d'une lueur sauvage.

J'ai secoué la tête.

— Non, mais ça pourrait être Little John qui veut savoir si je vais bien. Attends une seconde.

Quand Cruz m'a lâchée, j'ai maudit la bienveillance envahissante de mes amis. Curieux, on avait beau ne plus se toucher physiquement, j'avais l'impression que c'était encore le cas.

Il m'a avidement regardée boutonner mon jean et remonter la fermeture Éclair. Little John flipperait, s'il savait que j'avais emmené un inconnu dans ma chambre. Enfin, maintenant, Cruz était tout sauf un inconnu.

Je me suis penchée pour l'embrasser goulûment et savourer le goût de sa bouche, la caresse de sa langue, le frôlement de ses lèvres.

On s'est remis à marteler la porte.

— Merde… Une seconde, lui ai-je promis avant de quitter la chambre, de refermer derrière moi et de prier pour que mes cheveux emmêlés ne trahissent pas ce que je venais de faire. J'arrive, ai-je lancé, alors qu'on se remettait à tambouriner.

L'intrus avait intérêt à être déjà mort, sinon ça n'allait pas tarder !

Ouvrant la porte à la volée, j'ai aperçu le concierge de l'hôtel, l'air d'être en proie à la panique.

— Mademoiselle Carstairs, je suis vraiment navré, mais ces messieurs…

Deux policiers l'ont poussé, et la vue de leurs uniformes bleus m'a dégrisée instantanément.

— Penelope Carstairs ? ont-ils demandé.

— Oui ? ai-je répondu, au bord de la nausée.

— Nous allons vous demander de venir avec nous pour répondre à quelques questions, a déclaré le plus petit des deux, tout en me faisant pivoter pour me tirer les bras en arrière.

La cata…

— Aïe ! ai-je lâché malgré moi, espérant aussitôt que Cruz n'entendrait pas, qu'il ne viendrait pas voir ce qui se passait.

S'ils étaient là pour le BASE jump depuis le High Roller, ils s'en prendraient aussi à lui.

— Pourquoi on m'emmène ?

Le petit m'a entraînée dans le couloir, de froides menottes aux poignets.

— Où se trouve celui qui a sauté avec vous ? a-t-il demandé, zappant ma question, tout en y répondant.

J'ai haussé les épaules.

— Je ne sais pas dans quelle chambre il dort. Je l'ai croisé au bar.

Il m'a considérée avec méfiance et je lui ai souri. J'avais appris que la meilleure façon de mentir était de rester le plus près possible de la vérité.

— Vous admettez donc l'intrusion par effraction ?

— J'admets que j'aimerais appeler mon avocat, ai-je riposté en continuant de sourire.

Tant pis pour mon envie de me débrouiller toute seule ! Pax et Landon allaient me tuer. Cela dit, dans le domaine des cascades, la mauvaise publicité n'existait pas.

Le flic a secoué la tête avec un air dégoûté, et m'a guidée vers l'ascenseur. Il a passé quelques coups de fil pendant qu'on descendait au rez-de-chaussée, mais j'ai déconnecté, priant pour qu'ils ne trouvent pas Cruz.

Quel avocat allais-je appeler ? Pas celui de papa. Il avait déjà beaucoup à faire avec Brooke.

Mes pensées ont été interrompues par le tintement des portes qui s'ouvraient. On est sortis dans le casino bondé, et je me suis félicitée de savoir qu'à Vegas, une fille embarquée par la police n'avait rien d'étonnant.

J'ai baissé la tête au cas où on m'aurait reconnue, et le policier m'a fait passer par la même porte que celle où Little John m'avait déposée moins d'une heure plus tôt. Ils n'avaient pas chômé pour me retrouver !

Un autre agent attendait près d'une des deux voitures de patrouille. Il a ouvert la portière à mon approche avec un sourire en coin.

— Mademoiselle Carstairs, a-t-il déclaré tout en orientant doucement ma tête pour que je ne me cogne pas en m'asseyant sur la banquette arrière, la prochaine fois que vous voudrez faire une cascade illégale, il vaudra mieux vous assurer qu'un fan trop zélé n'a pas révélé sur Twitter à quel hôtel vous étiez descendue.

Le gosse dans le lobby. Merde. Merde. Merde. Merde !

Il a claqué la porte et je me suis retrouvée seule à l'intérieur, le temps qu'ils regagnent les sièges avant. La nuit s'annonçait longue, et je risquais de la regretter amèrement, une fois que Pax et Landon seraient au courant.

Je ne me faisais pas de bile pour la question de la légalité. Je devrais sans doute payer une amende, mais j'avais largement les moyens. Ce qui craignait, c'est que j'allais devoir appeler Brandon, l'imbuvable frangin en costard de Pax, qui nous tirait de ce genre de panade quand on allait trop loin.

Ou peut-être que non. Peut-être que je réussirais à me débrouiller toute seule, après tout.

On a commencé à s'éloigner du Bellagio, quand un autre agent est passé par la porte. J'ai tendu le cou pour mieux voir pendant qu'on amorçait un virage.

Non, non, non.

Je n'étais pas inquiète, j'avais la trouille du siècle.

J'allais devoir appeler Brandon, en fin de compte.

Cruz était menotté, lui aussi.

4. Cruz

Las Vegas

Mon genou s'agitait sous la table froide et métallique de la salle d'interrogation, et mes mains encore menottées reposaient sur sa surface lisse. Comme il n'y avait pas d'horloge dans la petite pièce, je ne pouvais pas savoir depuis combien de temps je poireautais là. Étant donné que je mourais de faim, ça devait faire des heures.

Des heures depuis que j'avais enfilé ma chemise et que j'étais sorti dans le couloir pour voir ce que fichait Penelope. Des heures depuis qu'on m'avait plaqué contre un mur comme si j'étais un dangereux criminel, et qu'on m'avait menotté les mains dans le dos. Des heures depuis qu'on m'avait traîné au poste, enfermé dans cette pièce et complètement oublié.

Pas de coup de fil.

Pas de toilettes en vue.

Aucun indice sur l'endroit où se trouvait Penelope.

Penelope. Je m'efforçais de ne pas songer à elle. Ça me rendrait dingue de me dire que je ne pouvais pas l'aider, mais elle s'immisçait dans mes pensées toutes les deux secondes.

J'espérais qu'elle allait bien. Qu'elle n'avait pas peur. Cette fille avait une sacrée trempe, je l'avais su dès le premier regard. Mais elle avait aussi un côté fragile, comme si l'armure qu'elle portait ne tenait qu'avec une corde effilochée.

Qu'est-ce qui m'avait pris ? Bon sang, j'étais censé quitter Vegas dans moins de vingt-quatre heures ! Est-ce que les dernières heures m'avaient coûté une vie entière de travail ?

Quel con d'avoir fait ce saut avec elle !

Mais elle avait besoin de quelqu'un, et j'ai eu envie d'être cette personne.

Et puis, avoir pu la tenir dans mes bras, la toucher, caresser les courbes soyeuses de son corps parfait… Le jeu en avait valu la chandelle. Je n'avais jamais connu ce genre d'alchimie avec qui que ce soit, et Penelope m'aimantait comme la lumière attire le papillon. Elle était belle, sauvage, envoûtante, irrésistible.

Mon regard s'est porté sur le mur tapissé de miroirs. J'avais vu assez d'épisodes de *Law & Order* pour savoir que des flics se trouvaient probablement de l'autre côté et m'observaient. Pour la première fois depuis notre rencontre, j'ai été soulagé de ne pas connaître son nom de famille. Je ne pourrais pas leur donner d'informations susceptibles d'être retournées contre elle. Comment avaient-ils fait pour nous trouver ?

La poignée de la porte a tourné et un policier est entré. Sans un mot, il m'a retiré les menottes. Puis il est reparti et deux hommes en costard sont entrés. Le plus petit, le plus âgé et plus costaud des deux, tenait un dossier à la main, mais c'était celui qui le suivait, le plus grand, qui était visiblement la figure d'autorité.

Il a croisé les bras et s'est adossé au mur. Sa manière de me fixer me rappelait mes années passées dans l'armée : il analysait chaque détail. Son air suffisant m'a fait comprendre que je ne l'impressionnais pas. Il paraissait du même âge que moi, sauf qu'il avait l'air d'un bel enfoiré.

Le premier a tiré la chaise devant moi en faisant racler les pieds sur le sol en lino. Il s'est assis lourdement dessus, a dégluti nerveusement, ajusté ses lunettes et glissé une feuille et un stylo vers moi.

— Monsieur Delgado, a-t-il déclaré, si vous signez ce document, je serai officiellement votre avocat et tout ce que nous évoquerons demeurera confidentiel.

J'ai cligné des yeux.

— Je n'ai pas eu droit à mon coup de fil.

— Inutile, a rétorqué le plus jeune. Vous n'êtes pas en état d'arrestation, et personne ne porte plainte contre vous. Mais ce deal ne tient qu'à deux conditions. D'abord, que vous signiez ce document affirmant que M. Schur est bien votre avocat.

Qui étaient ces gens ? J'ai lu le bref document qui correspondait à ce qu'il venait de dire, mais j'hésitais à le signer.

— Vous êtes un avocat commis d'office ?

— Absolument pas ! s'est esclaffé M. Schur.

Au vu de ses vêtements, je l'ai cru sur parole.

— Alors, pourquoi me représenter ?

— Parce que c'est ce que veut Penelope, a répondu le plus jeune d'une voix grave.

— Elle va bien ? Elle est où ?

L'homme a plissé les yeux.

— Elle va bien. Elle est dehors, elle attend qu'on en ait fini pour prendre son avion.

— Elle non plus, on ne l'arrête pas ?

Pas question que j'accepte ce deal si elle était punie.

Le type a réprimé un sourire.

— Elle non plus, m'a-t-il assuré avec plus de douceur.

J'ai pesé le pour et le contre. Enfin, j'ai décidé de faire

confiance à Penelope en griffonnant mon nom sur le trait indiquant :

« Client ».

C'était la deuxième fois que je lui confiais ma vie ce soir-là.

De l'autre côté de la table, M. Schur s'est visiblement détendu.

— Bon, maintenant que c'est réglé, si vous voulez bien signer cet accord de confidentialité, vous pourrez partir. Pas d'accusation. Pas de photo judiciaire. Aucune preuve attestant que cet épisode a eu lieu.

— Un accord de confidentialité ? me suis-je étonné en parcourant la feuille. Pourquoi ?

— Penelope veut vous éviter toute conséquence judiciaire, mais elle a également besoin de ce document, a répondu le plus jeune, toujours adossé au mur.

— Vous êtes qui, au juste ?

— Le type qui finit toujours par arranger le merdier dans lequel ils se fourrent inévitablement, a-t-il rétorqué avec un lourd soupir.

— « Ils » ?

— Signez, monsieur Delgado.

Je l'ai regardé d'un air méfiant.

— Comment vous connaissez mon nom ? Je ne l'ai pas dit à Penelope.

— Vous l'avez donné aux policiers lorsqu'ils vous ont amené ici. Dès que Penna a réclamé votre liberté, il a été de mon devoir de le savoir. Alors, laissez-moi m'occuper de ce bordel. Signez là, et vous pourrez partir.

— Penelope est dehors ?

— Juste le temps qu'on en ait fini ici. Ne vous attendez pas à la revoir un jour.

Qui était ce type, par rapport à elle ? Un frère ? un

ami ? un… amant ? J'ai refréné la vague de colère qui m'a submergé. Ça ne servait à rien de se foutre en rogne pour une fille que je ne reverrais plus jamais.

Alors, d'où me venait la brusque envie de claquer la tête de ce type contre le mur ?

— Écoutez, monsieur Delgado. Vous pouvez signer ce document et vous présenter à l'UCLA lundi comme prévu, ou vous faire accuser d'intrusion, ce qui ne devrait pas plaire à l'université. Qu'est-ce que vous décidez ? a-t-il conclu en haussant un sourcil.

Il était peut-être plus friqué que moi — tu parles, bien sûr que oui ! —, mais il n'avait pas à me regarder de haut. J'avais deux diplômes universitaires et une tonne de médailles chez moi pour le prouver.

Ça me faisait chier de l'avouer, mais il avait raison. Je devais signer ce papier, qui stipulait que rien de ce qui s'était passé ce soir-là ne pouvait être divulgué.

— Son nom à elle n'y est pas, ai-je fait remarquer.

— Eh non, a confirmé M. Schur.

— Je ne peux même pas connaître son nom de famille ? ai-je demandé en signant.

Le type a tendu le bras devant l'avocat pour s'emparer de la feuille.

— Merci.

Puis il a aussitôt quitté la pièce, talonné par l'autre.

Je me suis écarté de la table et je les ai suivis, m'attendant presque à ce que les flics m'attrapent et me disent qu'il y avait eu erreur. Les deux hommes avaient déjà passé la porte par laquelle on m'avait amené, et j'ai dû piquer un sprint pour les rattraper. Il fallait que je voie Penelope, que je m'assure qu'elle allait bien. Qu'on me permette au moins de prendre de ses nouvelles… D'avoir une infime chance de la revoir.

— Hé ! me suis-je écrié en apercevant le type dans la salle d'attente, tout en me rendant compte que j'ignorais son nom.

Il s'est tourné vers moi, la main posée sur la porte qui donnait sur l'extérieur.

— Oui ?

— Quel est son nom de famille ?

Il a ouvert, et M. Schur est sorti.

Ma gorge s'est serrée. Je n'avais pas ressenti un tel désespoir depuis mon dernier déploiement.

— Je vous en supplie, ai-je insisté.

Je m'en voulais de devoir quémander.

Le type a secoué la tête.

— Désolé, a-t-il lâché. Pas de soulier de vair non plus.

Il m'a adressé un sourire effronté qui m'a donné envie de lui casser la gueule, puis il est parti.

Je me suis précipité vers la porte. Le temps que je l'ouvre, je n'ai pu voir que les phares arrière d'une limousine extra-longue qui emmenait Penelope au loin. J'étais sûr qu'elle se trouvait dedans, je sentais sa présence au plus profond de moi.

Cet unique aperçu a confirmé ce que je savais déjà.

Cette fille était trop bien pour moi.

5. Penna

Las Vegas

— Mademoiselle Carstairs, m'a saluée poliment M. Schur en s'installant dans la limousine.

— Monsieur Schur, lui ai-je répliqué, parfaitement consciente que j'étais loin d'être sa préférée.

Puis j'ai demandé à Brandon qui s'asseyait à côté de moi :

— Il va bien ?

— On peut partir, a annoncé M. Schur au conducteur.

— Il a signé, a répondu Brandon, comme pour mettre fin à la discussion.

— Mais est-ce qu'il va bien ? ai-je insisté, tandis que la limousine s'éloignait. On a moisi des heures là-dedans !

Il m'a jeté un regard méprisant, que je lui ai aussitôt rendu. Je le connaissais depuis des plombes, il ne m'aurait pas comme ça.

— J'ai pris l'avion depuis LA une heure après ton appel, en compagnie d'un avocat. Je ne vois pas comment j'aurais pu vous sortir de là plus tôt.

— Ce n'était pas un reproche, ai-je précisé, dans mes petits souliers. Merci d'être venu aussi vite. Merci d'être venu tout court, d'ailleurs.

— Tu es quasiment ma petite sœur, alors évidemment que je suis venu ! Ça ne veut pas dire que je ne suis pas en rogne contre toi.

— Je sais.

J'ai compté trois respirations, mais je n'ai pas pu attendre une seconde de plus.

— Mais il va bien, Cruz ? Vraiment ?

Le soupir de Brandon aurait pu propulser toute l'équipe de voile américaine.

— Tu veux dire, le mec avec qui tu as fait du BASE jump ? Celui avec qui t'as couché, sans même connaître son nom de famille ? Oui, il se porte à merveille.

— Tu n'as pas le droit de m'emmerder avec ça, Brandon. Pas alors que tu t'es tapé presque la moitié de la population de LA.

La boule au ventre, j'ai constaté qu'on prenait la direction de l'aéroport et non de l'hôtel.

— Mes affaires…

— Elles sont déjà dans l'avion. Si on décolle dans l'heure, on pourra te ramener à LA, et te mettre à bord du vol pour Tokyo avec les autres Renegades. Ou as-tu oublié que tu es censée être de retour en cours dans moins de vingt-quatre heures ?

— Tu as déjà pris mes affaires ?

J'ai tâché d'oublier que je serais de nouveau à bord de l'*Athena* pour étudier en sillonnant le monde, et tourner un documentaire dans lequel je n'étais plus sûre de vouloir figurer.

— Oui. Entre le contrat juteux que j'ai offert au propriétaire du terrain sur lequel tu as pénétré par effraction, et la somme que j'ai versée sur le compte en banque du petit journaliste qui a réussi à obtenir l'unique image de la police où l'on te voit monter à bord du High Roller, j'ai envoyé quelqu'un dans ta chambre pour faire tes valises et régler la note.

Il a sorti son téléphone portable et s'est mis à répondre à des textos.

— Efficace, ai-je reconnu.

C'était cool de sa part, mais il m'avait privée de ma dernière chance de revoir Cruz. Une douleur que je ne savais pas comment gérer a jailli dans ma poitrine et je me suis frotté le sternum, comme pour l'apaiser.

Tu l'as connu une poignée d'heures, ne sois pas ridicule.

— D'après Paxton, on a largement le temps de t'amener à LAX. Leur avion décolle dans quelques heures.

Paxton. Landon. *Merde !* J'allais devoir m'expliquer, et je ne trouverais sûrement pas les mots qu'ils attendaient.

— Tu sais, il faudrait que je passe par mon appart, à LA, pour récupérer ma valise, alors…

— Tu es restée aux États-Unis pendant sept jours, tu as apporté combien de trucs ? a-t-il lâché en haussant un sourcil.

— Suffisamment pour ne pas vouloir en laisser, ai-je rétorqué, retrouvant en moi la fillette irascible qu'il avait connue dans le temps.

— Ils peuvent retarder le vol. C'est l'avantage de prendre le jet privé de Wilder Enterprises.

— Brandon, ai-je fait doucement, attirant son regard. S'il te plaît. Je ne peux pas les voir aussi tôt. Dis-leur que j'ai pris un vol commercial. Je serai là à temps pour les cours.

Il a fait glisser son doigt sur l'écran et a porté l'appareil à son oreille.

— Cynthia. Oui, je sais qu'il est 3 heures du matin.

Tout à coup, je me suis sentie coupable. Une fois de plus, je compliquais la vie des autres, parce que je partais en vrille.

— Je sais aussi combien je te paie, a poursuivi Brandon en levant les yeux au ciel. Bon. Est-ce que tu pourrais réserver une place pour Penelope Carstairs sur le vol de 18 heures pour Tokyo depuis LAX ? Oui, cette Penelope-là. Nickel, merci.

Il a raccroché et s'est mis à parcourir ses mails. Difficile de croire qu'il avait les mêmes gènes que sa tête brûlée de frère. Ils n'auraient pas pu être plus différents.

Une demi-heure plus tard, on montait à bord du jet privé qui portait l'emblème des Wilder. Je me suis installée sur un siège en cuir en face de Brandon, pendant qu'il terminait un autre appel professionnel, cette fois en allemand.

Pour la première fois de ma vie, j'ai redouté le décollage. Je n'avais pas envie de retrouver le bateau, les cascades, les amis qui avaient failli mourir à cause de mon imprudence. Je ne voulais pas revenir au puzzle dans lequel, avant, je m'insérais parfaitement. Je n'étais pas sûre d'y avoir encore ma place.

Mais ce soir-là, l'espace de quelques instants, je m'étais sentie à ma place avec Cruz. Il n'y avait eu aucune pression, aucune attente. J'avais simplement été moi, avec mes fragments brisés, et ça avait suffi.

— Tu veux bien me donner son nom de famille, au moins ? ai-je supplié Brandon.

Ça me permettrait de le retrouver sur les réseaux sociaux.

Brandon a détourné le regard vers le Strip, tandis que nous nous élevions au-dessus de Vegas.

— Non.

— Tu n'as pas à me protéger, Brandon. Je suis une grande fille.

Il m'a transpercée de ses yeux d'acier.

— Ce n'est pas pour te protéger. Tu n'es pas toi-même. Laisse tomber.

Je me suis redressée. J'avais l'impression d'avoir reçu un coup de poing dans le ventre. Brandon avait raison. En quelques heures, j'avais convaincu un inconnu hyper canon de faire du BASE jump, ce qui était illégal, puis je l'avais ramené dans ma chambre d'hôtel, où il s'était fait embarquer par la police. Même dans mes jours les plus dingues, je n'avais jamais fait ça. J'avais débloqué grave. Sans Brandon, Cruz l'aurait chèrement payé.

C'était mieux, dans le fond, que je ne connaisse pas son nom de famille. Comme ça, impossible de le retrouver.

Ce qui ne voulait pas dire que je n'en mourais pas d'envie.

— Alors, comme ça, tu n'as plus ton plâtre, a relevé dans l'ascenseur un type en Abercrombie.

— Eh oui, ai-je répliqué en regardant défiler les numéros de ponts sur l'écran lumineux.

— Bon, dis-moi, si jamais t'as envie de… t'éclater un peu, Rebel.

J'ai serré le poing sur la poignée de ma valise. J'étais de retour à bord de l'*Athena* depuis une vingtaine de minutes et je me faisais déjà draguer par un étudiant en rut. *Trop bien.*

Avec un petit tintement, les portes se sont ouvertes sur mon étage.

— Compte sur moi ! ai-je lancé avec un sourire sarcastique, en sortant de l'ascenseur. Jamais de la vie, ai-je ajouté à voix basse, traînant ma valise derrière moi le long de l'étroite coursive qui menait vers notre suite.

Le bateau oscillait doucement en quittant le port de Yokohama. À Tokyo, j'avais tellement procrastiné que j'avais failli le rater. Je regrettais presque que ce ne soit pas le cas. Mon mauvais pressentiment allait croissant à mesure que j'avançais, mais j'ai fini par ouvrir notre porte en passant ma carte magnétique.

J'ai contemplé l'entrée en marbre. Les suites réservées aux Renegades étaient démentes, mais on l'était tout autant.

— Chérie, je suis rentrée ! ai-je crié, quittant le couloir pour pénétrer dans ma chambre.

Rien n'avait changé depuis que j'étais partie, une semaine plus tôt, jusqu'au soutien-gorge posé sur le bras d'un fauteuil. Je n'ai jamais été très soigneuse, et j'ai toujours refusé que Hugo range mes affaires. Il a été assigné à notre cabine dans le cadre de son programme travail-études, un peu comme Leah, la tutrice de Pax, devenue sa petite amie. Mais ça me faisait vraiment bizarre de le voir aux petits soins avec nous.

J'ai jeté ma valise sur le lit et regardé par la baie vitrée qui donnait sur le balcon, les yeux rivés sur l'horizon qui rétrécissait.

J'ai entendu un bruit dans le couloir et je me suis retournée.

— Te voilà ! On s'est rongé les sangs, s'est écriée Leah, ses yeux d'ambre emplis d'inquiétude.

Elle était l'une des personnes que je préférais au monde : chaleureuse, super futée et d'une gentillesse sincère.

— On flippait surtout à l'idée que tu rates les margaritas ! a renchéri Rachel derrière elle.

Avec un sourire, j'ai passé un bras autour des épaules de Leah pour longer le couloir en direction du salon. Rachel, tigresse d'un mètre cinquante à peine à la crinière brun et violet, avait grimpé sur le plan de travail, pour verser de la tequila dans une machine à margaritas sur laquelle étaient inscrites les paroles de la chanson *Margaritaville*.

— Sans déconner ? ai-je lancé en rigolant.

Rachel m'a adressé un sourire par-dessus son épaule.

— Elles seront prêtes après le cours.

— On a cours, aujourd'hui ?

— Ce n'est qu'un TD, histoire de lancer officiellement le troisième trimestre, m'a rassurée Leah.

J'étais prête à parier qu'elle avait déjà choisi le sujet de son mémoire de fin d'année, et qu'elle l'avait même commencé.

— T'as pris quoi, comme matière ? ai-je demandé.

— Histoire de l'Amérique latine, a-t-elle répondu pendant que Rachel descendait du plan de travail, sa mission accomplie.

— Génial, je crois que moi aussi, ai-je affirmé.

— C'est le cas ! En fait, on a tous pris cette matière. Toi, moi, Rachel, Pax et Landon. Une seule et grande famille !

Elle s'est fendue d'un sourire qui dégageait un bonheur que je lui enviais, et je le lui ai rendu. Elle avait traversé tellement d'épreuves ! Elle avait même perdu son petit copain du lycée dans un affreux accident de voiture qui avait failli la tuer, elle aussi. Mais ses blessures avaient guéri, et elle avait vaincu ses peurs avec une élégance que j'espérais acquérir un jour.

— Quand on parle du loup..., a lancé Rachel en désignant la baie vitrée au fond de notre suite.

Mes deux plus vieux amis, qui étaient aussi les deux êtres au monde que j'avais le moins envie de voir, ouvraient les portes coulissantes.

Pax avait l'air furieux, puis il a aperçu Leah. Malgré sa carrure impressionnante et ses muscles sculptés pour le motocross, il se transformait en gros nounours dès qu'il s'approchait d'elle. Il l'a serrée dans ses bras pendant que Landon, avec son mètre quatre-vingt-treize et ses airs de snow-boarder à la Hemsworth, traversait la pièce pour embrasser Rachel. Visiblement, ils s'étaient réconciliés.

Ensuite, il m'a prise par les épaules et m'a pressée contre son torse. Il sentait les étés passés au skate park, le cèdre, la sécurité et l'amitié. Je me suis abandonnée contre lui et il m'a serrée plus fort.

— J'ai vraiment eu peur, Penelope. Quand on ne t'a pas vue à Aspen…

— Je sais, je suis désolée.

— Qu'est-ce qui s'est passé, bordel ? a presque crié Pax.

— Sur ce, Leah, on s'arrache, a déclaré Rachel en entraînant cette dernière par les portes coulissantes, tandis que Landon me relâchait.

— Bande de traîtres ! ai-je soufflé.

Leah m'a jeté un regard d'excuse en s'éloignant. Le bruit de la porte se refermant m'a rappelé un voyage en voiture avec mes parents, furieux contre moi. Cette porte close signifiait que je ne pouvais pas m'échapper, que j'allais devoir rester là, pour me coltiner une tornade de sermons.

Sauf qu'à l'époque, j'avais Brooke avec moi.

— Ne l'engueule pas, Pax.

— Penna n'a pas besoin que tu la défendes, Landon, s'est agacé Pax, les bras croisés sur son T-shirt de Fall Out Boy.

— Il a raison. Je suis désolée de ne pas être venue à Aspen. Je ne… pouvais pas.

— Mais ça ne t'a pas posé problème de faire du BASE jump depuis le High Roller à Vegas ? s'est emporté Pax. Et avec un inconnu, en plus ! De cette hauteur, tu aurais pu y passer. Sans parler des complications légales !

— Brandon, ai-je grondé, les yeux rivés au plafond.

— Qu'est-ce qu'il vient faire là-dedans ?

— Il ne t'a pas dit ?…

Je les ai regardés tour à tour.

Landon a secoué la tête.

— J'hallucine, ai-je marmonné, passant entre eux pour m'asseoir sur le divan.

Landon s'est installé entre Pax et moi, sans doute pour faire tampon.

— Il y a eu une vidéo YouTube, m'a-t-il expliqué. Si tu ajoutes ça au tweet qu'a posté un gosse à ton hôtel, et à ce qu'a dit Patrick…

— Patrick ? Il vous a raconté aussi qu'il m'a mis la main au cul comme si j'avais été une vulgaire pom-pom girl ? Ou qu'il était prêt à sauter avec moi totalement bourré ?

Qu'il aille se faire foutre, celui-là !

— Quoi ? s'est écrié Pax.

— Ouais, visiblement, il a oublié d'en parler. J'avais prévu de sauter avec lui. Quand il s'est pointé complètement torché, j'ai entraîné dans l'aventure un mec qui avait fait du parachutisme dans l'armée, et que je venais de rencontrer au bar. Bon, OK, ai-je admis en les voyant tiquer, ce n'était pas l'idée du siècle, ça aurait pu mal tourner, mais ce saut…

Je me suis interrompue à ce souvenir, le sourire aux lèvres.

— C'était top, les gars ! Les lumières, l'adrénaline. Tout était parfait… Enfin, jusqu'à ce que les flics apprennent qu'il s'agissait de moi.

— Quoi ? a lâché Landon, abasourdi.

— Oui. Les flics ont frappé à la porte de ma chambre, j'ai appelé Brandon, qui a tout arrangé — *pour nous deux* —, et j'ai pris l'avion jusqu'ici. Vous voyez, tout est bien qui finit bien.

— Penna, a soufflé Pax, en attendant que je lève les yeux vers lui. Pourquoi tu as appelé Brandon, et non pas moi ? Ou Landon ? Ou Nick ?

La souffrance dans son regard était telle que j'ai ravalé le commentaire désobligeant que je m'apprêtais à lancer.

— Vous étiez en train de fêter les médailles que vous aviez décrochées aux Jeux de l'extrême, et…

— Dis-le, m'a encouragée Landon.

— Et je ne voulais pas que vous me regardiez de haut et me jugiez pour ce que j'avais fait.

Pendant qu'ils digéraient mes paroles, on n'a rien entendu d'autre que le doux ronronnement de la machine à margaritas.

— Tu aurais dû être avec nous, a enfin déclaré Pax.

— Peut-être. Mais je ne le sentais pas. Il fallait que je le fasse toute seule, les gars. Il fallait que je me prouve que j'avais le cran de sauter de cette plate-forme, qu'après tout ce qui s'était passé, j'étais encore là.

— Et ?… a demandé Pax.

J'ai sondé mon cœur, dans l'espoir que la réponse surgirait, comme par miracle.

— Et je ne sais pas trop. J'ai sauté, mais quelque chose a changé. Moi, je crois.

— Tu veux prendre un peu de temps pour toi ? a suggéré Landon. Pas ici, bien sûr. Est-ce que tu as envie de retourner à LA, jusqu'à ce que le documentaire soit terminé ?

— Non ! s'est écrié Pax.

— La ferme, Pax ! Je t'ai dit qu'elle avait besoin de temps.

— Je peux parler en mon nom, ai-je affirmé d'une voix douce. Non, je n'ai pas envie d'être ici. Oui, j'aimerais rentrer. Mais si je pars maintenant, j'ai peur de ne jamais revenir.

— On sera de retour dans trois mois…, a déclaré Landon.

— Je veux dire, au sein des Renegades.

Voilà, c'était énoncé. Mais le poids qui me comprimait la poitrine depuis l'accident n'avait pas disparu, bien au contraire.

— Arrête tes conneries ! T'es une Original. On est ensemble depuis qu'on est gosses. On a créé les Renegades à partir de rien, on ne continuera pas sans toi.

— Je crois que les deux dernières montées sur le podium disent le contraire, ai-je souligné avec un sourire acerbe.

— Sur le plan individuel, oui, a admis Pax. Mais on reste les Renegades. Avant les films, les cascades, la publicité, les sponsors, avant tout ça, il y a nous. On. Est. Les. Renegades.

— Peut-être que je n'en fais plus partie, Pax ! Peut-être... que je ferais mieux de m'en aller.

J'avais l'impression que tout était sens dessus dessous, comme dans ces tableaux où les escaliers se trouvent au plafond, et le plafond, au mur. Tout était chamboulé.

Landon m'a attirée contre lui, et Pax s'est agenouillé devant moi.

— Penelope Carstairs. Que tu refasses des cascades ou pas, tu seras toujours l'une de nous. On attendra le temps qu'il faudra, on acceptera la décision que tu prendras. Vous êtes mes meilleurs amis, tous les deux, et je te promets qu'on trouvera une solution. Mais... S'il te plaît, reste. Laisse-nous une chance d'être là pour toi, comme toi, tu as toujours été là pour nous.

Notre amitié, la famille qu'on avait bâtie, c'était la seule chose dont j'étais sûre. Nick nous avait rejoints, Brooke m'avait aidée à garder le cap, et mon avenir m'avait paru tout tracé dès que j'avais touché à une moto. Puis Nick s'est retrouvé paralysé, Brooke a pété les plombs, et tout s'est mis à foirer.

La porte coulissante s'est ouverte derrière nous.

— Je ne voudrais pas vous interrompre, mais on va être en retard pour les cours, a annoncé Leah.

— Penna ? a demandé Landon.

— Je suis là, OK ? ai-je lâché avec un sourire forcé qui n'a pas semblé duper Pax. Allons en cours. On réfléchira à ça plus tard.

Pax a crispé la mâchoire, et Landon m'a serrée plus fort contre lui, mais ils ont acquiescé. Cette conversation n'aurait jamais tenu en dix minutes. Même dix heures n'auraient sûrement pas suffi pour en venir à bout. L'ennui, c'est que j'avais reconnu à voix haute vouloir rentrer. J'avais ainsi accordé du pouvoir à ces mots, qui écaillaient un peu plus le vernis de Rebel.

Je me suis changée en vitesse, empressée de me débarrasser de l'odeur de l'avion. J'ai opté pour un jean slim, mon T-shirt de Wonder Woman et une paire de Vans ; j'ai ramassé mes cheveux en un chignon flou sur le sommet de la tête, et j'ai balayé en arrière les mèches folles qui me tombaient sur le visage. Ce n'était pas comme si j'avais qui que ce soit à impressionner, alors, le maquillage du matin, enfin, de la veille, suffirait amplement.

Dix minutes plus tard, nous étions en classe. Landon et Pax m'entouraient, comme s'ils avaient la trouille que je prenne la tangente. J'ai sorti mon carnet et mon stylo violet de mon sac à dos pour les poser devant moi. Pax regardait par les baies vitrées qui s'élevaient du sol au plafond et s'ouvraient sur la mer à perte de vue.

Est-ce que ça aurait plu à Cruz ? Il était plutôt du genre à aimer la montagne ou l'océan ? Les deux, peut-être ?

— … Alors, elle a fini par partir, ai-je entendu Leah déclarer derrière Paxton, interrompant des réflexions que je n'aurais pas dû avoir.

J'ai pivoté sur mon siège.

— De quoi tu parles ?

— De notre prof du trimestre dernier, celle qui enseignait les cultures du Pacifique, Mme Messina, a répondu Rachel. Je crois qu'elle était aussi censée se charger de ce cours.

— J'ai remarqué le changement dans mon emploi du temps ce matin, a déclaré Leah.

— Je ne l'avais pas au deuxième trimestre, mais au premier, ai-je déclaré. Elle est partie ?

— Elle devait avoir le mal du pays, ou un truc dans le genre, a suggéré Rachel en haussant les épaules.

— Nouveau trimestre. Nouveau prof, ai-je conclu en me retournant vers mon carnet.

Je me suis mise à griffonner, esquissant vaguement la silhouette du High Roller. La couleur de mon stylo correspondait presque à celle des lumières de la grande roue.

Qu'est-ce qu'il avait été canon, ce soir-là ! Il avait paru fort, confiant, complètement maître de lui, même si tout lui échappait.

La porte s'est ouverte et refermée ; il était temps pour moi de poser mon stylo pour regagner la réalité. J'ai bâillé, épuisée par le décalage horaire. Ce qu'il me fallait, c'était une bonne nuit de sommeil, ou alors une bonne dose de caféine.

— Bienvenue au cours d'histoire d'Amérique latine.

En entendant cette voix grave avec son léger accent, j'ai lâché mon stylo. Tout à coup, il m'était devenu aussi inutile que mon cerveau.

— Ce cours tiendra lieu de TD d'études en mer. Je vais avoir le plaisir d'apprendre à vous connaître pendant les trois mois à venir, puisque vous allez devoir me rendre un mémoire de trente pages.

Tout le monde a gémi. Lentement, j'ai décollé les yeux de mon carnet pour regarder, au-delà du rouquin assis devant moi, l'homme qui s'appuyait nonchalamment sur son bureau. J'ai détaillé le pantalon qui moulait ses hanches, le contraste de sa chemise blanche aux manches retroussées avec sa peau bronzée, et la cravate lâchement nouée autour de son cou. Je me suis attardée sur ses lèvres, sur la ligne puissante de son nez et de ses joues, sur l'éclat noisette de ses yeux.

Il s'adressait aux élèves assis dans l'autre coin de la

pièce. Sa tignasse désordonnée indiquait qu'il avait dû se passer les mains dedans un bon nombre de fois, et son sourire éclatant creusait ces fameuses fossettes qui m'avaient fait fondre.

Mon cœur a cessé de battre et ma respiration s'est bloquée, comme si le moindre geste avait pu le faire disparaître. Une vague de chaleur m'a envahie, et le poids qui pesait habituellement sur ma poitrine s'est envolé, aussi sûrement que la dernière fois que je l'avais vu.

— Bon, on va s'y mettre sans tarder. J'arrive tout juste des États-Unis, mais je vais tâcher d'apprendre vos noms d'ici la fin de la semaine. Maintenant, si vous voulez bien m'accorder ce plaisir, ça fait huit ans que j'attends avec impatience de le dire : je suis le professeur Delgado.

Deux pensées m'ont frappée simultanément.

La première : Delgado. Au moins, voilà, je connaissais son nom de famille.

La deuxième : Merde alors ! Cruz était mon professeur.

6. Cruz

En mer

Le professeur Delgado. Après avoir trimé comme un malade pendant des années, j'ai enfin pu l'annoncer à une salle remplie d'étudiants. Oui, j'étais là uniquement parce que Mme Messina avait été ma conseillère l'année dernière à l'UCLA, mais ça ne changeait rien à l'affaire. J'étais professeur des universités… Tant que je ne foirais pas tout.

Vegas avait presque réduit cette chance à néant, ce qui ne m'avait pas empêché de penser à elle toutes les cinq minutes. Penelope n'était pas le genre de fille qu'on oubliait facilement.

J'ai inspecté la salle de droite à gauche en m'efforçant de croiser le regard de chaque étudiant. Je tenais à les connaître individuellement.

— Il nous faudra un peu plus d'une semaine pour traverser le Pacifique. Quand nous serons sur la côte, j'attends de vous que vous effectuiez quatre-vingt-dix pour cent des sorties prévues pour mon cours.

Je suis passé à la rangée suivante, où un type qui me disait vaguement quelque chose m'a brièvement déstabilisé. Puis un chignon blond a attiré mon attention et j'ai glissé le regard dans sa direction.

— Je sais que vous avez aussi d'autres cours, mais…

C'est. Pas. Vrai.

Assise au beau milieu de la pièce, ses lèvres soyeuses et magnifiques entrouvertes, ses beaux yeux d'azur écarquillés, se trouvait Penelope.

Ma Penelope.

J'ai aussitôt refoulé cette pensée.

Elle était à bord de ce bateau. Dans ma salle de classe. Je n'aurais pas à chercher sur Facebook toutes les Penelope aux cheveux blonds. Ni à traquer Brandon Wilder — j'avais au moins obtenu cette info auprès des flics —, pour le supplier de me dire où était ma Cendrillon.

Elle était en face de moi.

Un élève a toussé, et j'ai cligné des yeux. *Merde.* Je me tenais devant ma toute première classe de fac, et je dévisageais une étudiante.

— Bon, ai-je repris en contemplant la moquette pour éviter de reluquer Penelope.

J'ai secoué la tête et, me ressaisissant en un fragment de seconde, j'ai relevé les yeux. Si j'étais capable de rester un an dans une base d'opérations avancée sur la frontière entre l'Afghanistan et le Pakistan, je pouvais gérer cette situation.

Je me suis remis à dévisager mes étudiants.

— Pardon. Comme je le disais, j'attends de vous que vous suiviez quatre-vingt-dix pour cent de mes excursions à terre. Vos mémoires vont vous demander du travail, et vous allez devoir puiser dans toutes les expériences que je vais vous apporter.

Penelope, l'air stupéfait, penchait la tête sur le côté

comme si elle n'arrivait pas à croire à ma présence. Son visage reflétait tout ce que je ressentais.

Je me suis arraché à sa contemplation pour me tourner vers le bureau, où j'avais posé une chemise remplie de polycopiés.

Ne fous pas tout en l'air. Contrôle-toi.

Documents en main, je me suis avancé vers l'extrémité de chaque rangée pour distribuer une liasse à faire passer.

— Voici le plan de cours pour ce trimestre, ai-je annoncé en m'appuyant contre mon bureau, tâchant d'éviter Penelope du regard. Je vais vous demander de réfléchir à votre sujet de mémoire qui est à rendre le 15 mars, ce qui coïncide avec…

— … le Pérou, a conclu une jeune fille assise sur le côté droit de la salle.

— Le Pérou, ai-je acquiescé. Les sujets qui me paraissent d'intérêt feraient s'entrecroiser culture et histoire : comment les événements façonnent les individus qui forment leur nation et vice versa. Vous aurez de nombreuses occasions de vous immerger dans la riche histoire de l'Amérique latine au cours de ce trimestre. Comme je n'ai rien prévu d'autre pour aujourd'hui que de vous donner une liste de textes à lire et de vous distribuer le plan de cours, est-ce qu'il y a des questions ?

J'ai marqué une pause. Ne voyant aucune main levée, j'ai annoncé la fin de la séance, tout en précisant que mes heures de permanence et mon adresse mail se trouvaient au dos des documents que je venais de leur donner.

Tandis que les étudiants quittaient la salle, j'ai entassé mes papiers, priant pour que Penelope ne s'arrête pas. La porte s'est refermée, je me suis retrouvé seul dans un bienheureux silence, et me suis assis sur le bureau pour me frotter les yeux.

Ça va bien se passer.

Je pouvais faire semblant de ne pas la voir, de ne pas connaître l'esprit rebelle qui se cachait derrière ces yeux bleus. Ni ses baisers, qui avaient le goût du plus doux des péchés, ni ce que ça faisait de glisser la main dans son jean.

Bon, je débloquais, là ! Je ne pouvais plus me permettre ce genre de pensées. Je me trouvais avec elle à l'autre du bout du monde et elle était mon étudiante. Rien de plus. Une étudiante.

Ce qui signifiait que…

J'ai feuilleté le contenu de l'enveloppe en papier kraft posée sur mon bureau, et parcouru des yeux la liste de noms jusqu'à dénicher le sien.

— Penelope Carstairs, ai-je murmuré, savourant le poids des mots sur ma langue.

Ma gorge s'est serrée et ma surprise s'est muée en un sentiment plus sombre. Comment était-ce possible ? Comment avais-je pu retrouver cette fille démente, pour me rendre compte qu'elle m'était complètement interdite ?

— Ça va aller, me suis-je répété calmement, sachant pertinemment que c'était un mensonge.

Je n'étais resté qu'une poignée d'heures avec elle, ce n'était pas comme si on avait un passé commun.

Oui, mais ça a fait tilt entre nous…

On avait échangé quelques baisers, et alors ? On n'avait pas couché ensemble, on n'avait franchi aucune limite interdite. Je n'étais pas amoureux d'elle. Je la connaissais à peine ! Il y avait simplement eu une bonne alchimie.

Une alchimie plus que brûlante !

De quoi se retrouver calciné. Et perdre la raison.

J'ai balayé du regard le reste de la liste, et je me suis attardé sur un autre nom de famille. Génial, si ça se trouvait, ce n'était pas vraiment elle, ma Penelope.

La porte s'est ouverte et je me suis retourné vers celle qui me hantait depuis quarante-huit heures. Elle a inspecté la pièce et, une fois sûre que nous étions seuls, a refermé derrière elle en se mordillant la lèvre inférieure.

Je connaissais précisément le goût de cette lèvre, et elle avait aimé que je la suçote.

Une étudiante. C'est une étudiante.

— Mademoiselle Carstairs, ai-je énoncé doucement, avec un degré d'intimité qui m'a échappé.

— Professeur Delgado.

Merde alors, ça sonnait encore mieux dans sa bouche.

Elle a examiné le sol, le plafond, chacun des murs et la fenêtre, avant de me regarder enfin.

Quelques instants de silence sont passés, pendant que nous nous contemplions sans bouger. Ce lien intense, je ne l'avais pas imaginé. Il était réel, électrique, et mettait en péril ce que j'avais obtenu en travaillant si dur. J'étais de la braise, et ça n'avait rien de sexuel.

— Penelope, ai-je murmuré, m'accordant le plaisir simple de prononcer son nom.

— Cruz, a-t-elle dit avec un sourire timide.

Lorsqu'elle s'est avancée d'un pas, je me suis reculé, contournant la table pour la mettre entre nous.

— Reste où tu es…

Elle s'est contentée de hausser un sourcil. J'ai dégluti.

— Je suis ton professeur. Tu es mon étudiante.

— La galère, quoi, a-t-elle conclu, en se passant les mains sur le visage.

J'avais envie de les écarter, de la forcer à poser sur moi ses yeux couleur océan, pour que je puisse réparer ce qui clochait.

Sauf qu'il n'y avait rien à réparer.

J'avais tellement de questions à lui poser ! Pourquoi était-elle là ? D'où venait-elle ? Que faisait-elle à Vegas ?

— Paxton Wilder est ton petit copain ?

Merde, ce n'est pas du tout ce que je voulais lui demander !

— Un professeur se fiche de le savoir, a-t-elle répondu avec un sourire à couper le souffle.

Elle était trop canon pour mon bien.

— Disons alors que pour les cinq minutes à venir, je… ne suis pas ton prof, ai-je suggéré. Ensuite, on reprendra nos rôles officiels.

C'était ce qu'il y avait de mieux à faire, non ? Sinon, les questions qui me taraudaient me feraient péter les plombs.

— Ça intéresse Cruz, mais pas le professeur Delgado ? a demandé Penelope avec un sourire suffisant et incroyablement sexy.

— Un truc dans le genre, ai-je concédé.

Tu m'étonnes, que ça m'intéresse !

— Pax est comme un frère pour moi. Brandon aussi. C'est pour ça que je l'ai appelé pour nous tirer de cette embrouille à Vegas. Il a l'habitude de nous sortir des emmerdes.

— Ça t'arrive souvent ?

— De me faire arrêter ? Ou d'avoir des emmerdes ?

— Les deux…

Je me suis reculé d'un pas de plus, tâchant d'instaurer davantage de distance entre elle et moi. Ça ne changeait rien. L'air entre nous vibrait d'intensité.

Elle a haussé les épaules.

— Pax s'est fait arrêter à Madagascar, mais c'est une longue histoire, a-t-elle lâché d'un air sombre, comme si elle se remémorait l'incident. Mais, oui, on s'attire souvent des ennuis. C'est un peu notre spécialité.

— Vous rencontrez des inconnus dans les bars, vous les emmenez faire du BASE jump, et puis…

— Non, pas du tout ! C'était une première pour moi. Et puis, tu dois être le plus jeune prof de toute l'histoire de…, a-t-elle balbutié en agitant les mains. De l'histoire tout court !

— Joli, ai-je commenté en riant. J'ai fini le lycée à dix-sept ans. J'avais réussi suffisamment d'examens de niveau universitaire pour entrer à la fac en deuxième année. Quand j'ai intégré l'armée, j'ai suivi des cours dans le cadre de leur programme, durant mes trois ans de service. J'ai décroché ma licence juste après mes vingt ans, j'ai bossé deux ans sur mon master, puis j'ai enchaîné sur ma thèse, que je viens tout juste de soutenir. Mme Messina, ma conseillère, m'a demandé si je voulais la remplacer pour ces trois derniers mois, et il s'est trouvé que j'étais dispo jusqu'en automne. Je suis passé par Vegas pour dire au revoir à des potes avant de prendre l'avion.

— Mais tu es tellement jeune… et canon. Je t'ai dit que tu étais canon ? Et tu embrasses super bien.

Brusquement à l'étroit dans mon jean, j'ai tâché de ne pas la visualiser allongée sur le lit.

— Penelope, je suis ton prof.

— Pas pour ces cinq minutes, tu t'en souviens ? a-t-elle souligné en croisant les bras sous sa poitrine parfaite.

Elle n'a vraiment pas la langue dans sa poche !

— Bien vu.

La tension est allée crescendo, jusqu'à devenir presque palpable.

— Qu'est-ce qu'on fait ? a-t-elle alors demandé doucement, perdant ce côté rentre-dedans qui m'avait attiré à Vegas, pour révéler la vulnérabilité qui m'avait conquis.

— Il n'y a rien à faire. Je suis ton prof et tu es mon étudiante pour les trois mois à venir.

— Et après ?

— Tu rentreras chez toi, et moi, je partirai sur la côte Est. J'ai trouvé un job là-bas.

Elle a baissé les yeux sur le bureau, puis les a fermés. Ça m'a fait mal au cœur.

— Bon, si je m'inscrivais à un autre cours ?

— Penelope…

Elle a dégluti.

— Regarde-moi, ai-je dit, presque en chuchotant.

Ses prunelles bleues comme la mer des Caraïbes se sont posées lentement sur moi. J'ai failli flancher.

— Ça ne changerait rien. Tu restes une étudiante, et moi, un enseignant qui ne peut pas se permettre de perdre son premier poste, parce qu'il a…

La vache, impossible de trouver les mots ! Il n'y en avait pas. Ce n'était pas un coup d'un soir, puisqu'on n'avait pas fini la soirée ensemble. Si seulement ! On n'était pas en couple, et pourtant on avait connu une complicité intense. J'étais sûr qu'elle aussi, elle l'avait senti. Une fois de plus, elle a haussé un sourcil, me mettant au défi de trouver les mots justes.

— D'accord. Parce que le courant est passé avec une étudiante.

Elle a cligné des yeux et hoché la tête.

— Oui, a-t-elle répondu. Tu as raison, évidemment. Et puis, j'ai besoin de réussir cet examen pour décrocher mon diplôme, et ce n'est pas comme s'il y avait d'autres cours d'histoire en ce moment. C'est un petit bateau.

— Un petit bateau, ai-je acquiescé, tout en mesurant la difficulté de ce qui m'attendait.

Je la croiserais partout, dans ma classe, dans les couloirs, à la cafète, dans ma tête, mais jamais dans mon lit. Elle était, à cet instant précis, parfaitement intouchable.

— Tu veux que je laisse tomber ce cours ?

J'ai secoué la tête.

— Aucune raison de te punir, surtout si tu as besoin de cette UV pour valider ton année. Après tout, on ne savait pas qu'on se trouverait à bord tous les deux.

— Mais ça ne va pas te poser problème ?

L'inquiétude dans ses yeux et le petit pli qui s'est creusé entre ses sourcils m'ont presque fait changer d'avis. Peu importait qu'on n'ait passé que quelques heures ensemble, j'avais des sentiments pour elle, et je savais qu'elle aussi.

— Je pense que tant qu'on reste… discrets sur ce qui est arrivé à Vegas, tout ira bien. Je ne peux pas me permettre de perdre ce boulot.

Ni ma seule chance d'atteindre Elisa.

— Discrets… Qu'on garde le secret, tu veux dire ? a-t-elle précisé, en jetant un coup d'œil à l'horloge.

Nos cinq minutes étaient presque écoulées.

— Seulement si tu es d'accord. Je ne te demanderais jamais de mentir pour moi.

Même si ça peut me coûter cher.

— Bien sûr que je garderai le secret. Je ne veux pas que tu perdes ton boulot. Tu l'as dit toi-même, ce n'est pas comme si on l'avait su.

Elle a ajouté, lâchant un soupir exaspéré :

— Si seulement on n'était toujours pas au courant !

— Penelope, ai-je murmuré.

On aurait dit que la douleur qui venait de m'assaillir la poitrine avait coupé mes cordes vocales.

— Je sais. Je ferais mieux de partir.

— Attends, il nous reste trente secondes. J'aimerais avoir quelque chose de mieux à dire.

— Tu n'es pas obligé de dire quoi que ce soit.

Nous sommes restés là, les yeux dans les yeux, à écouter le tic-tac métronomique des secondes. Le bureau nous séparait, sorte de *no man's land* préventif, mais j'avais quand même l'impression qu'elle était encore dans mes bras à Vegas. Mes doigts me démangeaient d'effleurer le velouté de sa peau. C'était délirant. Du grand n'importe quoi !

— C'est fini, a-t-elle annoncé en reculant. Professeur Delgado.

— Mademoiselle Carstairs, l'ai-je saluée à mon tour, en inclinant la tête.

— Je suis sûre qu'on se recroisera. C'est un petit bateau…

Elle a esquissé un sourire forcé avant de sortir.

— Un petit bateau, ai-je répété dans la salle de classe vide.

— C'est bon, tu te retrouves ? a demandé Lindsay, tandis que nous quittions l'ascenseur, au niveau du neuvième pont.

C'était une enseignante, sûrement à peine plus âgée que moi, qui avait eu la gentillesse de me guider ce matin-là jusqu'à ma chambre, qui donnait sur la même coursive que la sienne. Elle était blonde et plutôt jolie… ou peut-être qu'elle était belle à tomber, mais, depuis Penelope, mes exigences crevaient le plafond.

— Je crois que oui, ai-je répondu. Jusque-là, j'ai trouvé ma chambre, les toilettes et ma salle de classe.

— Ta suite te plaît ? a-t-elle voulu savoir, comme nous nous approchions de la porte au bout de la longue coursive.

— Elle est superbe. Et j'aime bien l'enseignant qui la partage avec moi. Westwick, c'est ça ?

— Il est assez sympa, a-t-elle approuvé en hochant la tête.

— Tous les profs ont une suite ? me suis-je enquis, tâchant d'éviter de dire un truc du genre : « Euh, j'aimerais me retrouver seul pour réfléchir à ce qui vient de se passer avec Penelope, s'te plaît. »

— Oui. Les suites sont réservées aux professeurs, sauf celles du dixième pont, qui sont occupées par Paxton Wilder et sa bande de têtes brûlées. C'est son bateau. Ce sont plutôt de bons gosses, lorsqu'ils ne terrorisent pas tout le monde avec leurs cascades. Il y a à peine quelques mois, ils ont carrément fait du parachute ascensionnel derrière le bateau !

Ce navire appartenait à Wilder, un type de vingt-deux ans ? Des têtes brûlées ? *Penelope.* Mon esprit fonctionnait à plein régime pour engranger le plus d'informations possible.

— Vraiment ?

— Eh oui ! Oh là là, je suis une vraie pipelette ! Je suis sûre que tu aimerais te remettre du décalage horaire, hein ?

— Plutôt, oui, ai-je répondu en me forçant à sourire.

— Si je te montrais le réfectoire, plus tard ? a-t-elle proposé en posant la main sur mon avant-bras.

Hou là, non !

Je me suis avancé vers ma porte, clé en main, histoire de rompre le contact le plus naturellement possible.

— Ça me semble parfait. On pourrait aussi recruter d'autres membres de l'équipe ? J'aimerais me faire des amis.

Son sourire a perdu un peu de sa vivacité, mais elle a hoché la tête.

— Oui, tout à fait. Dix-huit heures, ça t'irait ?

— Nickel ! ai-je acquiescé.

On s'est salués maladroitement, et je me suis enfin retrouvé seul dans ma suite. Je me suis dirigé droit vers ma chambre, la première porte à droite, et j'ai jeté mon sac en cuir sur le lit, où ma valise ouverte débordait d'affaires que j'avais jetées n'importe où, en cherchant ma tenue de cours à la dernière minute.

J'ai sorti le dossier que j'avais constitué pour Elisa, et je l'ai ouvert pour contempler sa photo. C'était la dernière qu'elle m'avait envoyée. Ses yeux m'étaient trop familiers, et son sourire, je l'avais vu des milliers de fois… Bon sang, elle lui ressemblait comme deux gouttes d'eau ! J'ai épinglé la photo sur celles que je ne supportais pas de revoir, où on voyait ses bleus et où les cicatrices indiquaient l'emplacement des broches qu'on lui avait posées, la dernière fois qu'il lui avait cassé le bras.

Plus jamais ça, me suis-je juré.

Mais chaque jour de plus passé auprès de lui était un jour de trop, un jour où il était possible qu'elle ne s'en tire pas vivante. Celui où j'arriverais enfin à la retrouver était encore loin, mais j'étais en chemin. J'ai refermé le dossier et l'ai glissé dans le tiroir inférieur de ma table de nuit.

Contournant le désordre qui ne me ressemblait pas, je suis sorti sur le balcon privé attenant à ma chambre. Je me suis penché sur le bastingage blanc pour contempler l'océan et savourer la brise. Cet endroit précis serait mon refuge, où m'imprégner d'un calme indispensable.

— C'est ça, t'essaies de me faire croire que tu n'as pas maté son cul ?

En entendant cette voix féminine au-dessus de moi, j'ai failli éclater de rire. Pour la tranquillité, on reviendra ! Cela dit, j'étais à bord d'un bateau rempli d'étudiants, alors, si je voulais me mettre au calme, mieux valait regagner ma chambre.

Je m'apprêtais à rentrer en secouant la tête lorsqu'une autre voix m'a retenu, une voix que je connaissais.

— Non, absolument pas !

Je me suis figé.

— Arrête un peu ! Même Leah le reluquait, et elle est presque mariée à Wilder. Moi, je suis avec Landon, alors tu es la seule célibataire qui puisse nous donner un avis objectif sur notre nouveau prof.

Ce n'est pas vrai ! Elles parlaient de moi.

J'aurais dû retourner à l'intérieur, refermer la porte, déballer mes affaires et me rendre à la salle de sport.

Sauf que j'étais incapable de bouger.

— Il est pas mal, a-t-elle concédé.

— Penna, mais quelle menteuse !

J'ai fermé les yeux. Je ne m'étais pas trompé sur cette jolie voix.

— Pas du tout ! Il n'est peut-être pas mon genre, c'est tout. Peut-être que je préfère les grands blonds et pas…

— … les beaux gosses baraqués qui ne demandent qu'une chose, qu'on tire sur leur cravate pour les embrasser ? Quel est son prénom, à votre avis ? Je suis sûre que c'est trop beau.

— C'est un prof, alors c'est « monsieur », s'est agacée Penelope.

— Arrête de l'asticoter, Rachel !

J'ai enfin retrouvé l'usage de mes mouvements, mais, plutôt que de rentrer, je suis retourné m'accouder au bastingage.

— Bon, d'accord. Pardon, Penna. Je me dis juste que tu devrais sortir un peu plus. Tu sais qu'Alex n'arrête pas d'emmerder Landon pour qu'on le branche avec toi.

Ma gorge s'est serrée.

— Dans ses rêves ! a lancé Penelope en ricanant.

C'était dingue, mais, en entendant sa réaction, je me suis senti mieux.

— Bon, réfléchis-y quand même. Leah, tu viens ?

— J'arrive. On se retrouve au dîner, Penna.

J'ai entendu la porte coulissante se refermer au-dessus de ma tête. Levant les yeux, j'ai aperçu Penelope qui s'appuyait, elle aussi, sur le bastingage, ses cheveux blonds défaits et balayés par le vent. Elle ignorait que je me trouvais en dessous. Ravalant mon envie de la héler, j'ai regagné ma chambre et fermé la porte.

Elle n'était plus la fille envoûtante, magnifique, excitante et sérieusement névrosée que j'avais connue à Vegas. C'était une étudiante.

Et elle avait raison.

Ce bateau était bien trop petit.

7. Penna

En mer

Quand tout partait en vrille dans ma vie, je me réfugiais toujours ici. Enfin, pas à bord de l'*Athena*, mais dans le garage, à côté de ma moto. C'est donc tout naturellement que, les genoux calés contre la poitrine, j'étais assise sur le lino, à quelques mètres d'Elizabeth. Cette fichue bécane était une vraie fille. Les courbes de la RM125 étaient dures, comme les miennes, son moteur puissant, et elle était capable d'accomplir l'impossible avec le bon pilote.

Sauf que je n'étais plus sûre d'être la motarde qu'il lui fallait.

Comment j'avais fait pour me retrouver dans une embrouille pareille ? Pour que le seul type dont je m'étais sentie proche de toute ma vie soit justement celui dont je n'avais pas le droit de m'approcher ?

Mon prof. Celui que j'avais sauté.

Euh non, avec qui j'ai sauté, je veux dire.

Franchement, comme j'allais faire pour le regarder en cours ? Pour écouter sa voix irrésistible ? Pour contempler ses fossettes divines, ce cul qui appelait le pelotage ? Tout en me souvenant de la nuit où…

Non !

J'ai chassé ces pensées, ces souvenirs et mes désirs pour les ranger au fond de mon cœur, dans une petite boîte d'émotions bien ordonnée. Puis je l'ai fermée, verrouillée, coulée dans du béton et jetée par-dessus bord.

Il y avait suffisamment de conneries dans ma tête pour ne pas y ajouter ce genre d'histoires.

J'avais toujours adoré la course, les cascades, le sentiment de puissance et de liberté qui accompagnait le freestyle motocross. Jusqu'à présent du moins.

Mais qui étais-je, si je ne chevauchais plus une moto ? J'avais certes prouvé qu'il restait une part de Rebel au fond de moi en sautant depuis le High Roller, mais elle s'était terrée dans les sombres recoins de mon âme, dès que j'étais entrée dans le garage.

— Je crois que j'ai gagné mon pari ! a lancé Landon en s'asseyant à côté de moi, imitant ma posture.

Sauf que la sienne était une position de confort, alors que pour moi, c'était plutôt de l'autodéfense. Dans des instants comme celui-ci, je me sentais un chouïa plus proche de lui que des autres. Quand j'étais au plus bas, Pax me relevait, mais Landon était prêt à s'abaisser à mon niveau pour m'aider à me redresser.

— Quel pari ? ai-je demandé en posant le menton sur mes genoux.

L'air froid s'immisçait sous mon short, mais je ne trouvais pas l'énergie de bouger. Je refusais de m'approcher d'Elizabeth, sans m'avouer vaincue pour autant.

— J'ai parié avec Pax que tu serais là.

— Tu l'as deviné ?

Il a esquissé un petit sourire.

— Je sors avec ta coloc.

— Tricheur ! l'ai-je accusé, sans pouvoir retenir un petit rire.

— Je plaide coupable. On a une réunion de production dans dix minutes.

Je sentais qu'il faisait tout pour ne pas me mettre la pression, et mon cœur s'est serré.

— Et tu veux que je vienne ?

— Je veux que tu aies envie de venir.

— J'aimerais vouloir beaucoup de choses, Landon, ai-je répondu, les yeux rivés sur l'une des moulures roses d'Elizabeth.

Je voulais faire de la moto, abandonner tout ce qui me pesait sur cette Terre et m'envoler avec elle, retrouver ce doux réconfort qu'elle avait toujours su me procurer.

— Je comprends.

— Comment ça se fait que j'aie pu sauter d'une grande roue, mais que je sois incapable de remonter sur ma moto ? Je suis si brisée que ça ?

— Tu n'étais pas sur une grande roue quand le projecteur t'est tombé dessus. Tu étais sur la moto de Pax. Tu faisais ce que tu adores faire. Et puis, à cause de Brooke, c'est devenu malsain.

Je lui ai décoché un coup d'œil.

— Landon…

— Quoi ? J'ai le droit de prononcer son nom, quand même ! C'est ta sœur, mais c'est aussi mon amie. Et je parle au présent, parce qu'il y a de fortes chances pour qu'une fois remise, elle redevienne la Brooke qu'on connaît. J'y étais. J'aurais dû me douter de ce qui allait se passer, mais on n'y a vu que du feu. J'ai été le premier à arriver jusqu'à toi, à voir l'état de ta jambe. Tu peux nous repousser si ça te chante, mais ne crois pas une seule seconde que tu es seule à gérer ça.

— Tu lui as pardonné ?

— Je ne sais pas. J'aimerais croire que je suis assez mûr pour le faire. Pour l'instant, ça reste encore très réel et douloureux.

— Je ne sais pas si, moi, j'en suis capable. Je n'arrive toujours pas à croire que ma Brooke, ma meilleure amie, ma sœur, est la folle dingue qui a saboté ce projecteur et failli me tuer. Et Leah avec.

Il s'est levé.

— C'est un choix que tu vas devoir faire, Penna. Comme tu vas devoir décider ou non de remonter sur cette moto. Tu n'as pas à te déterminer maintenant, mais tu pourrais commencer par venir à la réunion de production. Pas parce qu'on a besoin de toi, mais parce que tu sais que tu finiras par en avoir envie.

Lorsqu'il m'a tendu la main, je l'ai prise.

Il fallait bien débuter par quelque chose.

— Attends ! s'est écriée Leah, et j'ai ralenti pour caler mon pas sur le sien. Tu marches vite, dis donc ! Remarque, si j'avais tes jambes, je ferais pareil, a-t-elle blagué en me rattrapant au milieu du couloir. Prête pour un autre cours avec le professeur Delicious ?

C'était notre quatrième jour en mer. Excepté un bref arrêt dans le nord du Japon pour se ravitailler en carburant, on était restés à bord. Pendant toute cette période, j'avais réussi à éviter Cruz — enfin, M. Delgado.

Mais je n'avais pu échapper aux cancans.

À peu près toutes les filles de ce bateau étaient tombées raides dingues de lui, et je ne pouvais pas leur en vouloir. C'était pareil pour moi.

— Delgado, l'ai-je corrigée, tandis que nous approchions de la salle de classe de Cruz.

— Oui, *Del*gado, *Del*icious… Pigé ? a-t-elle gloussé.

— Carrément, ai-je répondu avec un faible sourire.

— Alors, vous avez trouvé un endroit pour la dernière démo ? Pax stresse à mort.

— Pas encore.

On avait passé au moins deux heures tous les jours penchés sur une carte, pour essayer de savoir où organiser la dernière démo avant notre retour à LA. Initialement, on avait songé à Miami, mais l'endroit prévu avait été réservé. Même avec le fric de Pax, on n'avait rien pu faire.

— Vous trouverez bien une solution.

Savoir où se déroulerait le prochain show était le cadet de mes soucis. Ce qui me flanquait la nausée, c'était de me demander si je serais capable d'y participer. Or c'était mon tour d'en mettre plein la vue à tout le monde. Pax avait réussi le premier triple saut périlleux avant à Dubaï, Landon avait failli mourir dans une avalanche au Népal, maintenant, c'était à moi.

— Penna !

La voix de Bobby a résonné dans le couloir et je me suis crispée. La dernière des choses dont j'avais envie, c'était de devoir gérer un problème de production.

— On se revoit en cours ? a suggéré Leah en haussant les sourcils.

Elle resterait si je le lui demandais. Au besoin, Pax dirait à Bobby d'effacer des images d'elle.

— Ça va aller, lui ai-je assuré, déclinant son offre pour me tourner vers notre producteur qui tripotait sa casquette de base-ball, rendu fébrile par trop de caféine.

— Rebel. Dieu merci !

J'ai jeté un coup d'œil par-dessus mon épaule. Voyant la caméra, j'ai affiché le sourire que j'étais contrainte d'arborer. Parce que j'aimais Nick comme un frère, et que ce documentaire était pour lui.

— Quoi de neuf ?

— Tu n'es pas allée en boîte depuis ton retour...

— Ouais.

J'ai penché la tête sur le côté en signe de défi. Je n'avais aucune envie de trimballer mes bouquins de bibliothèque au club. Et puis, ce n'est pas comme si je me tapais des mecs. Ce côté fêtard du documentaire avait toujours été assumé par Landon et Pax.

— Je voulais juste m'assurer que tu serais à la soirée Whiteout, demain, pour la traversée de la ligne de changement de date.

Il a penché la tête à son tour, m'imitant.

Connard.

— J'y serai, me suis-je contentée d'affirmer, en tournant les talons.

— De préférence avec un haut où on voit ton nombril ?

J'hallucine ?

J'ai fait volte-face.

— T'as pas intérêt à te foutre de moi, Bobby !

— Ben ouais, a-t-il avoué en levant les mains en l'air. Je voulais juste m'assurer que t'étais toujours là quelque part, *Rebel*.

Je lui ai adressé un doigt d'honneur avant de m'éloigner.

— Ce que je fais pour toi, Nick, ai-je marmonné à l'intention de notre Original manquant, comme s'il pouvait m'entendre.

Passant devant quelques étudiants qui s'attardaient à la porte, je suis entrée dans la salle de classe et me suis installée entre Pax et Landon.

— C'est un vrai défilé de mode aujourd'hui, a chuchoté Leah en se penchant depuis sa place, derrière Pax.

J'ai promené un regard circonspect autour de la pièce. Elle avait raison. Ces minettes, qui portaient généralement des leggings et des sweat-shirts, avaient fait un véritable effort vestimentaire : jeans slim, hauts branchés, l'une d'elles avait même opté pour des bottines à talons. Quant à moi, j'avais préféré le confort : leggings noirs hyper doux, mon sweat de motocross à capuche Fox rose et gris, et mes Vans.

— C'est forcément pour le professeur Delicious, a dit Rachel.

— Oh non, toi aussi ? ai-je gémi.

— Sérieux ? est intervenu Landon en la fixant, l'air de dire : « Tu débloques ou quoi ? »

— Sois pas jaloux, a-t-elle lancé en haussant les épaules. Je ne suis pas du genre à regarder ailleurs. Je disais juste que vous êtes peut-être casés, tous les deux, a-t-elle expliqué en désignant Pax et Landon, mais qu'il y a un nouveau pur-sang dans l'écurie.

— Un cheval ? a lancé Pax en rigolant. Sympa.

— Un pur-sang, a corrigé Leah.

Il s'est retourné sur son siège et, avant que j'aie eu le temps de me détourner, il a embrassé Leah comme pour lui rappeler qu'elle était déjà prise. Bloquant ma vision périphérique, j'ai levé les yeux au ciel.

Sans déconner, toutes les nanas s'étaient maquillées et coiffées comme pour sortir en boîte ! Quant à moi, si j'avais voulu séduire Cruz, je ne me serais pas contentée d'un chignon et d'une simple couche de mascara.

Attends, je rêve, ou une fille au deuxième rang se met du gloss ?

Si elle continuait comme ça, elle allait envoyer des signaux aux autres bateaux en reflétant le soleil.

— C'est un prof, ai-je maugréé en secouant la tête.

J'ai sorti mes livres et les ai posés sur mon bureau.

Peut-être que si je faisais profil bas en cours, je réussirais à ne pas me coller la honte. Après tout, Cruz avait établi des règles — avec raison —, et le moins que je pouvais faire, c'était de les suivre. Il était l'enseignant, moi, l'élève. On ne pouvait rien y faire. Tant que je le gardais en tête, il ne devrait pas y avoir de problème.

— Bonjour à tous ! nous a salué Cruz en arrivant.

Comme aimantée, j'ai relevé la tête pour l'admirer.

Hum. Il portait un jean, une chemise bleu pâle aux manches retroussées et une cravate d'une teinte plus foncée. Sa barbe sombre avait poussé pendant les quatre jours où je l'avais soigneusement évité, et ses cheveux étaient décoiffés de manière stylée. Quand nos regards se sont croisés, mes poumons se sont vidés d'air, et je me suis forcée à baisser les yeux. J'avais envie de l'attirer à moi par sa cravate pour l'embrasser, comme Rachel l'avait suggéré, et de sentir ses mains sur mon corps, d'entendre sa voix apaiser mon âme torturée.

Le lien entre nous n'avait pas été que physique. Sinon, je n'aurais eu aucun mal à m'éloigner. Non, le truc, c'est qu'il savait percer la carapace de Rebel pour me voir, moi. Pendant la poignée d'heures où on s'était côtoyés, je ne m'étais jamais sentie autant en sécurité et bousculée à la fois. Cruz avait réussi à zapper toutes les conneries, et s'attendait à ce que je fasse de même.

Il s'est avancé du côté opposé de la pièce, une coupe et un bout de papier dans les mains.

— Commençons par le début. Piochez un numéro dans cette coupe et écrivez votre nom à côté du chiffre correspondant. Veillez à bien le conserver pour que personne d'autre ne le prenne par accident. Vous aurez beaucoup de devoirs à me rendre pour préparer votre mémoire, dont la date butoir est prévue la veille de notre arrivée à Miami. Soit seulement deux jours après notre dernière excursion à Cuba.

En l'entendant prononcer « Cuba » avec son accent, j'ai agrippé mon crayon. Qu'est-ce qui leur prenait de laisser un type aussi sexy enseigner ? Rien qu'à l'entendre, j'ai dû croiser et décroiser les jambes. *Joli, Penna.* Il n'y avait pas une loi contre les profs craquants ?

— Pour que je puisse vous noter sans préjugés au fil du trimestre, vous n'écrirez que votre numéro sur la première page de chaque devoir, que vous me rendrez face cachée. Ce sera une habitude à prendre.

Il a porté son regard sur moi et s'est détourné aussitôt, en se raclant la gorge. Il avait trouvé le moyen de me noter de manière équitable, de s'assurer qu'il ne me favoriserait (ou ne me punirait) pas au nom de notre passé. Enfin, si on pouvait dire que ces quelques heures ensemble constituaient un passé. J'avais surtout l'impression que c'était notre présent.

Sans perdre de temps, il s'est lancé dans un commentaire des lectures qu'il nous avait données sur les cultures aztèque et maya.

Jusqu'à la fin du cours, je n'ai pas décollé les yeux de mon texte et des notes que je prenais, sachant que c'était bien moins risqué que de regarder Cruz.

Ça s'annonçait plus coton que prévu, ces trois mois !

Il hantait encore mes pensées six heures plus tard, dans la salle de sport déserte, quand j'ai posé ma bouteille d'eau sur la console du tapis de course. Les machines faisaient face à l'océan et, de jour, on pouvait admirer la surface scintillante de l'eau. C'était splendide. On était en haute mer, sans la moindre terre en vue. C'était ce que je préférais, dans cette aventure. J'adorais être coupée du reste du monde. Pas de cascades. Pas de tourisme. Pas de coups de fil. Pas de mails venant de l'extérieur. Rien d'autre qu'un divin isolement.

Non que quiconque ait vraiment essayé de me contacter, depuis mon retour à bord de l'*Athena*. Papa et maman étaient occupés avec Brooke, et tous ceux que j'aimais, en dehors de Nick, se trouvaient avec moi. J'avais même esquivé ses mails au sujet de la conception de rampes, étant donné que je ne savais pas de quoi j'aurais besoin pour la démo finale. Ni même si j'y prenais part.

J'étais en train de m'étirer les mollets quand Cruz est entré, concentré sur l'écran de son téléphone. Il portait un short et un débardeur moulant Under Armour. Je me suis brusquement sentie très découverte dans mon corsaire et ma brassière de sport.

— Professeur Delgado, l'ai-je salué, voulant éviter de le surprendre.

M'apercevant, il a esquissé un léger sourire avant de reprendre son sérieux.

— Mademoiselle Carstairs. Vous vous apprêtiez à courir ?

— Non. Je viens seulement ici pour m'étirer sur le tapis de course.

— Chouette, a-t-il commenté avec un vrai sourire, montant sur la machine à côté de la mienne. J'ai pensé que c'était le meilleur moment pour faire quelques kilomètres loin de la foule. Au moins, la musique fonctionne, a-t-il ajouté en indiquant son téléphone d'un signe de tête. Vous n'écoutez rien ?

— Non. Pour moi, courir, c'est comme s'asseoir au fond d'une piscine. Je le fais pour noyer le bruit, pas pour en avoir plus.

— Qu'est-ce que vous essayez de noyer ? m'a-t-il demandé en me regardant pensivement.

À cet instant, je n'avais plus l'impression de me trouver au milieu de l'océan Pacifique. La complicité tendue entre nous me rappelait Vegas… Et plus encore.

Combien de temps ce lien durerait-il ? Est-ce qu'il s'estomperait au cours des semaines à venir ? Au moins suffisamment pour rendre ce trimestre plus supportable ?

— Vous me posez cette question en tant qu'enseignant ?

Crispant les biceps et faisant onduler son tatouage de l'Airborne, il a tendu le bras vers l'écran du tapis de course pour l'allumer. Une cicatrice près du parachute tatoué a attiré mon regard. Il s'agissait d'une marque de brûlure, de l'épaisseur d'un pouce, qui formait un cercle parfait. J'ai détourné les yeux. Ses cicatrices, ce n'étaient pas mes oignons.

— En tant que… quelqu'un qui s'inquiète pour toi.

— Inquiète-toi surtout de me suivre, ai-je blagué en mettant le tapis en route.

— Je courais déjà que tu n'étais pas née !

— Arrête, t'es pas si vieux que ça ! T'as quoi, cinq, six ans de plus que moi ? Ce n'est rien.

Il a éclaté d'un rire grave qui m'a donné des frissons.

— Dans notre situation, ça compte plus que tout. Et oui, je courais déjà à l'âge de cinq ans. Vu où j'ai grandi, j'étais obligé.

— C'était où ?

Les premiers cinq cents mètres parcourus, nous avons augmenté notre vitesse.

— Cuba.

Ne gémis pas. Ce mot n'a rien de sexy.

— Waouh ! Comment est-ce que…

J'ai agité la main dans sa direction, tout en maintenant un rythme régulier. C'était agréable de pouvoir discuter en courant. Je n'étais peut-être pas en si mauvaise forme que ça, après tout.

— Faisons un marché, Penelope. Je répondrai à une de tes questions, et toi, à une des miennes.

Sa manière de prononcer mon prénom ne me faisait rien. Rien du tout.

Menteuse !

— Ça marche.

J'ai admiré sa posture, l'aisance avec laquelle il évoluait sur le tapis. J'ai toujours été attirée par des sportifs, mais Cruz n'entrait dans aucune des catégories que je connaissais.

— Je suis arrivé aux États-Unis avec ma mère et ma grand-mère, a-t-il déclaré. C'est cette dernière qui a donné son accord écrit pour que j'intègre l'armée juste après le lycée, même si ça la faisait chier. Ces trois années ne m'ont pas seulement permis d'obtenir ma licence, mais aussi d'acquérir la citoyenneté américaine.

— Eh ben ! Moi qui me croyais motivée…

— Si on veut vraiment quelque chose, il faut tout faire pour l'obtenir, a-t-il affirmé en tournant le visage vers moi.

— Pourquoi ce n'est pas ta mère qui a donné son accord ?

J'ai appuyé sur le bouton pour augmenter la vitesse et il m'a imitée, comme si on courait en extérieur.

— Non. À mon tour de te questionner.

— D'accord.

J'ai soupiré du mieux que j'ai pu à la vitesse 6.0. Mes jambes me paraissaient incroyablement stables, comme si mes muscles se souvenaient de ce que mon cœur avait oublié : que mon corps était fait pour l'épuisement, pour être poussé au maximum. Trois mois dans le plâtre n'y avaient rien changé.

— Quelles pensées est-ce que tu essaies de noyer ?

— Elles sont trop nombreuses. Elles partent dans tous

les sens ! ai-je répondu en lui jetant un coup d'œil pour observer son air patient. J'ai peur qu'on ne trouve pas le bon endroit pour la dernière démo. Le plan à Miami est tombé à l'eau, alors on patauge un peu.

Hou là, je commençais à manquer de souffle ! Ma jambe s'était sans doute remise, mais mon endurance ne suivait pas.

— Il faut que ce soit… spectaculaire… Le genre d'événement… qu'on ne voit qu'une seule fois dans une vie… Et ce n'est pas facile… quand l'endroit… sur lequel on comptait… n'est plus dispo.

Décidément, il fallait que je fréquente plus souvent la salle de sport.

— Vous pourriez le faire à Cuba, a-t-il suggéré. C'est devenu légal, là-bas. Ce serait compliqué, mais faisable. Enfin, ce n'est qu'une idée.

Mais une bonne idée…

Ce serait hyper complexe, mais aussi particulièrement classe que la première démo de notre niveau se donne à Cuba.

— C'est mon tour ? ai-je demandé.

On n'avait couru qu'un quart d'heure, et j'étais déjà lessivée.

— Vas-y.

Bon sang, il était toujours aussi à l'aise dans sa course, c'était à peine s'il transpirait ! Est-ce que ses lèvres avaient le goût d'un léger voile de sueur ? D'une pointe de sel ? Ou est-ce qu'elles avaient une saveur de décadence, comme à Vegas ?

Arrête, Penna.

— Pourquoi ce n'est pas ta mère qui a donné son accord écrit ?

— Elle était déjà retournée à Cuba. Elle n'est restée qu'un an avec nous aux États-Unis, avant de rejoindre mon père.

— Ah, ai-je lâché, devinant ce qu'il taisait.

Elle l'avait abandonné. J'avais beau en vouloir à ma mère de ne penser qu'à Brooke, elle ne m'aurait jamais laissée tomber comme ça.

— Une pensée de plus qui te fait courir ? a-t-il risqué.

— Ma sœur, ai-je répondu, le souffle de plus en plus court.

— Tu es furieuse ?

— Non. Mais elle refuse de me parler. Elle ne décroche même pas quand j'appelle. J'en suis venue à lui écrire des lettres. Pas seulement pour ce qu'elle a fait, parce que…

— … elle te manque.

— Elle me manque.

— C'est pas grave. Tu le sais, ça ?

— C'est comme si elle était devenue quelqu'un d'autre.

J'ai ralenti l'allure de mon tapis de course. Je n'en pouvais plus. J'allais devoir bosser dur pour retrouver mon endurance d'avant l'accident, mais Cruz, lui, continuait d'un pas régulier.

— D'une certaine façon, Penelope, on a tous différentes personnalités en nous.

Il fixait la fenêtre devant lui pendant que je ralentissais progressivement.

Il m'aurait été tellement facile de tomber amoureuse dans d'autres circonstances, aussi aisé et naturel que de respirer. Mais plus rien ne me semblait simple. C'était peut-être ça, ma vraie punition pour le rôle que j'avais joué dans la folie de Brooke.

J'ai essuyé la machine dans un silence relatif ; les paroles qu'il venait de prononcer résonnaient encore en moi. Moi aussi, j'étais deux personnes différentes : Penna, qui suivait les règles et portait de jolies robes au bal de fin d'année quand sa maman le lui demandait, et Rebel, qui envoyait tout valdinguer.

Mais avec Cruz, j'en étais également une troisième : Penelope, un curieux alliage des deux. Je n'avais aucune envie de la voir disparaître.

J'ai attrapé ma bouteille d'eau et je me suis immobilisée à l'entrée de la salle de sport.

— Cruz ?

Je l'ai appelé par son prénom parce qu'ici, dans notre petit havre de paix, c'était sûr.

— Penelope ? a-t-il répondu, croisant mon regard dans le reflet de la vitre.

— C'est souvent calme, à cette heure-ci. Le moment idéal pour courir. Mon heure préférée, si tu veux tout savoir.

Il a crispé la mâchoire.

— Alors, on s'y reverra peut-être, a-t-il enfin déclaré.

Mon cœur a bondi dans ma poitrine et j'ai dû réprimer un sourire.

— Peut-être, oui.

Pendant qu'il accélérait, j'ai trouvé le courage de m'éloigner de lui et du répit temporaire qu'il semblait toujours me procurer.

8. Penna

En mer

— T'es prête ? a demandé Rachel depuis le couloir, pendant que je mettais une dernière couche de mascara.

— Une seconde, ai-je répondu, courant pieds nus depuis notre salle de bains jusqu'à ma chambre pour récupérer mes escarpins argentés.

— Tu sais, je ne suis pas du genre à jalouser les autres nanas, a lâché Rachel en s'appuyant contre l'encadrement de ma porte pour me regarder enfiler mes chaussures. Mais t'es vraiment super bien roulée !

— Tu dis ça parce que c'est mon anniversaire.

— Non. Je n'éprouve pas le besoin de me conformer aux normes sociales. Comme celle d'être sympa le jour de ton anniv.

Elle a vaguement haussé les épaules. Elle était vêtue d'une robe de cocktail blanche asymétrique, à une seule bretelle. Avec ses mèches violettes et son carré noir au menton, elle avait l'air ultramoderne et super chic.

— Je vois ça, ai-je confirmé en la montrant du doigt.

— On peut y aller, maintenant ? On a déjà vingt minutes de retard.

— En revanche, être à la bourre te fait flipper ?

J'ai lissé le devant de ma robe blanche et moulante à fines bretelles. Elle m'arrivait aux genoux, mais présentait une fente qui montait vertigineusement haut sur ma cuisse gauche. Ma crinière se déployait dans mon dos en vagues naturelles, et je m'étais maquillée avec soin. Je l'avais fait pour les caméras, histoire de remplir les obligations liées à mon contrat, mais Cruz serait peut-être là, et il ne m'avait encore jamais vue les cheveux détachés.

C'est ton prof, me suis-je rappelé pour la énième fois.

— Non, mais j'ai très envie de voir mon beau gosse de petit ami fringué en blanc de la tête aux pieds.

— Pigé !

On a quitté la suite. La coursive était déserte. On devait être sacrément en retard !

— Ils n'ont rien prévu, hein ?

Rachel a contemplé le plafond, puis les murs, tandis qu'on s'approchait de l'ascenseur.

— Rachel ?

— Il y aura peut-être un gâteau.

— Un gâteau. OK. Ça devrait aller.

J'ai hoché la tête en m'arrêtant devant l'ascenseur, et mon amie a appuyé sur le bouton pour descendre. Jusqu'ici, j'avais réussi à passer une journée assez tranquille. Et je n'avais pas très envie de fêter ça. Brooke avait été à mes côtés pour chacun de mes anniversaires, et… elle n'était plus là.

Les portes se sont ouvertes et nous sommes entrées. Au huitième pont, l'ascenseur a marqué un arrêt et deux types ont pénétré dans la cabine.

— Merde alors ! a laissé échapper l'un d'eux.

Il ne s'est pas rendu compte que je l'avais surpris en

train de mater mon cul dans le reflet de la porte. Ou alors, il s'en fichait, ce qui était tout aussi écœurant.

— T'es la nana Renegade, c'est ça ? a-t-il demandé.

— C'est moi, ai-je répondu en regardant défiler les étages et en priant pour rester patiente.

Si je me mettais à tabasser tous les mecs qui avaient le culot de me reluquer, on ne trouverait plus de sponsor sur Terre.

— Au fait, pourquoi on t'appelle Rebel ?

Nous étions arrivés. *Merci mon Dieu.*

— Pour plein de raisons, ai-je répondu en l'observant par-dessus mon épaule avec son look d'étudiant attardé en polo blanc. Et tu ne pourrais gérer aucune d'elles. Même pas en rêve.

Nous sommes sorties sur le petit palier pour embrasser du regard la fête qui battait son plein dans l'atrium.

— Salope, a marmonné le type en nous passant devant.

Rachel a pivoté vers lui et je lui ai attrapé le poignet pour la retenir. Inutile qu'une partie du documentaire soit consacrée à des accusations d'agression, si Rachel lui pétait la figure.

— Peut-être, mais je ne suis pas la tienne, de salope, me suis-je écriée pendant qu'il descendait les marches.

— Connard ! a craché Rachel en se retournant vers la rambarde pour observer la foule avec moi.

— C'est pas le seul.

J'étais souvent approchée par des mecs qui voulaient se taper la « fille Renegade », ou qui cherchaient à se rapprocher de Pax ou de Landon. À leurs yeux, je n'étais pas Penna, rien que Rebel : un joli petit cul et un trophée à brandir. Lorsqu'ils comprenaient que je n'étais pas intéressée et qu'ils ne pourraient pas me convaincre du contraire, je devenais aussitôt une salope ou une lesbienne. Ça arrivait si souvent que ça ne me faisait presque plus rien.

— Sacrée fiesta, a déclaré Rachel en cherchant Landon du regard.

L'atrium avait été investi et décoré pour cette soirée honorant le changement de date. Des guirlandes de tissu blanc serpentaient le long des piliers porteurs qui ouvraient l'espace sur dix ponts, avant de se rejoindre au centre. Des boules disco diffusaient des lueurs pourpres sur la masse dansante d'étudiants vêtus de blanc. C'était beau, mais cette scène qui aurait dû paraître céleste frisait l'hédonisme à cause des positions indécentes de certains couples. Le DJ, qui œuvrait depuis le palier du grand escalier, distillait un rythme puissant et entêtant.

— Le voilà ! Allons-y !

J'ai suivi Rachel, qui descendait les marches pour se mêler à la foule. Comment est-ce qu'elle avait pu repérer Landon au milieu de ces fêtards en monochrome ? Ça me dépassait totalement. J'avais l'impression que tout le monde se ressemblait.

Est-ce que Cruz était là ? Est-ce que des profs seraient là pour chaperonner la soirée ? Ou juste pour s'amuser ? Je n'ai pas pu m'empêcher de balayer l'atrium du regard, même si je savais que je n'aurais pas dû. Je ne l'avais pas trouvé à la salle de sport, quand j'y étais passée, un peu plus tôt, mais j'avais dû chambouler mes horaires habituels pour pouvoir assister à cette soirée. Il fallait que je coure tous les jours, si je voulais retrouver mon endurance, et Bobby m'aurait tuée si j'avais manqué la fête.

Voyant les caméras nous suivre, je me suis collée à Rachel. Au premier trimestre, j'avais partagé la suite à trois chambres avec Landon et Pax, et il y avait eu des caméras partout sauf aux toilettes, conformément aux contrats qu'on avait signés. Quand j'en avais changé, au deuxième trimestre, et m'étais installée avec Rachel dans une suite où l'équipe de tournage n'avait pas le droit d'entrer, j'avais pu récupérer un semblant de vie privée.

On a rejoint les autres Renegades dans un coin délimité par des cordes, près du grand escalier. Deux vigiles en costume blanc nous ont laissées passer, et j'ai levé les yeux au ciel. Il n'y avait que Pax pour créer un coin VIP dans une fête étudiante. Landon a pris Rachel dans ses bras et lui a murmuré à l'oreille des choses que, par chance, je n'ai pas pu entendre à cause de la musique. J'en savais déjà beaucoup trop sur leur vie sexuelle, les murs de leur chambre étaient fins comme du papier à cigarette.

— Joyeux anniversaire, Penna ! s'est écrié Pax en me soulevant dans une étreinte chaleureuse.

— Tu me l'as déjà dit ce matin, me suis-je esclaffée, tandis qu'il me faisait tournoyer.

— Et je te le redirai demain matin ! C'est tout l'intérêt d'avoir un anniv qui tombe pile le jour du changement de date. Demain, on remet ça !

— T'as picolé, ai-je déclaré avec un sourire, lorsqu'il m'a enfin reposée.

— On a peut-être ouvert le champagne en t'attendant, a-t-il avoué.

— Joyeux anniversaire ! a lancé à son tour Leah, en me serrant dans ses petits bras et en me tendant une coupe de champagne.

— Merci, ai-je dit, acceptant volontiers le verre.

Peut-être que si je buvais assez, j'arrêterais de chercher Cruz et je me laisserais happer par un type de mon âge.

Là, tu rêves, ma fille…

— Penna, ma chérie ! s'est enthousiasmé Landon

derrière moi, m'enlaçant et posant le menton sur ma tête. Joyeux anniversaire, ma petite Rebel préférée.

— Ouais, ouais, ai-je lâché en le chassant d'un signe de la main, agacée. Les gars, vous avez vraiment besoin de ces cordes ?

Pax s'est assis sur l'un des trois divans de cuir blanc qu'il avait sûrement fait apporter spécialement pour l'occasion, avant d'expliquer :

— Ça fait partie de ton cadeau d'anniversaire.

— Tu voulais un truc sélect ? l'ai-je taquiné.

— Tu vois les caméras ? a-t-il demandé en penchant la tête, tandis que Leah se blottissait contre lui.

J'ai inspecté la zone qu'il avait délimitée pour nous, et je me suis rendu compte qu'elles se trouvaient toutes à l'extérieur.

— Elles ne peuvent pas entrer ?

— Joyeux anniversaire ! a-t-il répété en levant son verre.

— C'est le meilleur cadeau de tous les temps ! Merci.

J'ai trempé les lèvres dans ma flûte de champagne sucré. Là encore, c'était une concession de la part de Pax, qui préférait le champagne sec.

Ces petits détails passaient inaperçus auprès du monde extérieur, des étudiants qui observaient notre groupe depuis la piste de danse et nous voyaient sûrement comme une bande d'amis élitistes. Mais nous formions une famille, plus solide, en ce qui me concernait, que celle dans laquelle j'étais née.

Pax et Landon ne me laisseraient jamais tomber. Ils déplaceraient des montagnes pour moi, et je ferais de même pour eux et pour Nick. Nick, à qui on avait tous consacré notre année, parce que c'était ce que faisaient les membres d'une même famille : ils s'occupaient les uns des autres.

Je ne pouvais pas encore remonter sur ma moto… et je n'y parviendrais peut-être même jamais, mais ça restait ma famille.

— Cuba, ai-je lancé à Pax.

Il s'est penché vers moi, l'air interrogateur.

— Cuba ?

— Pour la démo. Ça n'a encore jamais été fait et, avec les nouvelles lois d'entrée, ce serait jouable. Une dérogation est possible pour les manifestations sportives.

J'avais fait quelques recherches la veille, après avoir couru avec Cruz.

— Cuba…, a-t-il répété.

— C'est une idée comme ça.

— C'est une bonne idée. On va y réfléchir.

— OK.

— On va réfléchir à quoi ? a demandé Alex, en se plaçant à côté de moi.

Il était grand, mince, avec une tignasse blonde, et faisait passer en douce de la marijuana sur le bateau. Je ne comprenais pas comment il y parvenait : ses yeux bleus vitreux étaient à eux seuls un aveu de culpabilité. Mais il était quasiment aussi bon que Landon au snow-board, un sérieux atout, qui éclipsait presque ses tics de fumeur de blases.

— À la démo.

Tandis que je me tournais à demi pour lui répondre, j'ai aperçu Cruz. Adossé au mur, une dizaine de mètres derrière Alex, il jouait manifestement les chaperons.

Il m'a regardée dans les yeux avec une expression familière : c'était celle qu'il avait eue juste avant de m'embrasser à Vegas. Prof ou pas, il ne me voyait pas comme une étudiante. À cette idée, j'ai été parcourue de délicieux frissons.

Il est trop beau !

Il avait accompli l'exploit qu'aucun autre mec n'avait réussi ce soir-là : avoir l'air sexy en pantalon blanc. Un pantalon simplement maintenu par un cordon, et sur lequel il aurait suffi de tirer doucement pour…

Alex a prononcé quelques paroles et j'ai hoché la tête distraitement.

Je pouvais bien parler à Cruz, non ? Personne ne tirerait de conclusions sous prétexte que je m'adressais à l'un de mes enseignants.

Avant même de m'en être rendu compte, je m'étais avancée d'un pas, mais je me suis figée en le voyant secouer la tête, presque imperceptiblement.

On m'a pris mon verre et, quand je me suis retournée, j'ai constaté qu'Alex me tendait la main. J'ai dû avoir l'air déconcertée, parce qu'il m'a regardée comme si je perdais la boule.

— Tu as bien dit que tu voulais danser ?

— Ah oui…

Je lui avais apparemment donné mon accord sans même l'écouter.

Les vigiles nous ont laissés sortir, et on est arrivés sur la piste de danse pendant que Sia chantait les plaisirs faciles. Alex a choisi un endroit qui permettait aux caméras de bien nous voir, et à moi d'observer Cruz qui nous regardait.

Je me suis efforcée de me concentrer sur Alex. Après tout, c'était lui qui m'avait invitée, pas Cruz. Il était de mon âge, avait le même mode de vie que moi, et me correspondait mille fois mieux.

Tandis qu'on commençait à danser, tout en conservant une distance qui me paraissait respectable, Mme Gibson s'est approchée de Cruz. Elle avait été ma prof de maths au premier trimestre, et devait être la plus jeune enseignante à bord, après Cruz.

Il a ri à quelque chose qu'elle a dit, et j'ai senti monter en moi une vilaine émotion. Quand elle a posé la main sur son bras, je me suis reculée. Mais Alex m'a prise par la taille et j'ai ondulé contre lui, sur un morceau de Selena Gomez. La chanteuse disait vouloir sentir des mains sur son corps, mais moi, c'étaient les mains, les lèvres de Cruz que j'imaginais.

Bon sang, j'étais fichue !

Comme s'il avait perçu le changement, Cruz a levé la tête et plissé les yeux en me découvrant dans les bras d'Alex. C'était bête, immature et carrément méchant, mais j'ai soutenu son regard en une attitude de défi, en me collant contre mon cavalier. Je voulais qu'il me voie, qu'il me désire, qu'il soit forcé d'admettre qu'il avait envie de moi, même si les règles lui interdisaient de m'avoir.

Sauf que les règles, je n'en avais jamais rien eu à foutre. Ce n'était pas pour rien qu'on m'appelait Rebel.

Cruz a fermé les paupières et dégluti, avant de gratifier Mlle Gibson d'un sourire contraint. Cette maudite jalousie qui me submergeait s'est mêlée de tristesse quand je l'ai vu l'emmener vers le bar.

Il avait tout à fait le droit de lui parler. De la draguer. De coucher avec elle. Tout comme Alex était mon choix logique, elle était le sien.

J'ai fermé les yeux et je me suis concentrée sur le contact des mains d'Alex sur ma taille. Son corps, sculpté par des années de snow-board, tanguait en rythme avec le mien sur la musique.

Peut-être que c'était lui qu'il me fallait, après tout. Peut-être qu'il me ferait oublier ce que je ressentais avec Cruz ou, mieux, qu'il m'apprendrait que je pouvais en désirer un autre. Parce que Cruz, ce n'était même pas la peine d'y penser.

Profitant de l'instant, j'ai attrapé la main d'Alex et je suis passée devant le bar pour gagner le couloir où se trouvaient les bureaux, juste à côté de l'atrium.

J'ai ouvert une porte — celle du bureau des excursions, où les étudiants normaux réservaient leurs voyages, les nôtres étant prédéterminés par nos cascades. J'ai refermé derrière nous, prenant à peine le temps de constater l'air stupéfait d'Alex.

— Penna…

— Quoi ? Tu me trouves jolie, non ?

Nous étions encore séparés de dix bons centimètres, et je n'arrivais pas à me résoudre à m'approcher davantage.

— Ça, c'est sûr, t'es une vraie bombe !

— Eh bien, alors…

— Écoute, je ne suis pas contre, mais je sais que tu n'as pas l'habitude de…

— L'habitude de quoi ? De me comporter en fille célibataire de vingt-deux ans ?

Chaque seconde qui passait érodait un peu plus ma volonté de faire un truc débile, sous le coup de la jalousie.

— Euh, oui.

Je me suis appuyée contre le bureau. Il avait raison. L'embrasser — ou pire — ne réglerait pas le fait que je désirais quelqu'un d'autre. Je me sentirais nulle, c'est tout.

— Je suis désolée, ai-je fait à voix basse. Je voulais vraiment avoir envie de toi. Je sais que je dois passer pour une cinglée en disant ça.

Il s'est approché de moi et m'a saisi le menton, pour l'incliner en arrière.

— Tu n'as pas à t'excuser, Penna. Et rien…

La porte s'est alors brusquement ouverte derrière lui. Je m'attendais à voir apparaître Pax ou Landon, qui avaient la manie de fourrer leur nez dans mes affaires.

Perdu.

Bouche bée, j'ai aperçu Cruz, une lueur assassine au fond des yeux.

— Qu'est-ce que vous faites ? a-t-il hurlé.

Alex s'est vivement reculé.

— Monsieur Delgado ! Rien !

— Vous avez intérêt ! C'est un bureau ici, pas une penderie dans laquelle vous bécoter. Allez dans vos chambres, si c'est ce que vous recherchez.

On était de retour en cinquième ou quoi ?

— Oui, monsieur, a bafouillé Alex en me regardant.

— J'ai besoin d'une seconde pour me reprendre, ai-je déclaré en toute honnêteté.

Je n'avais aucune envie de repartir avec le mec que j'avais failli embrasser pour oublier l'autre.

— OK, on se voit à l'extérieur, alors.

J'ai fermé les yeux et baissé la tête en entendant le doux clic de la porte se refermant derrière eux.

— C'est quoi ce délire, Penelope ?

J'ai levé les yeux.

— Cruz ? Je te croyais parti !

— C'était quoi, ça ? a-t-il insisté, en croisant ses bras imposants.

— Moi qui faisais l'idiote.

— Ça, j'avais pigé. J'ai l'impression que tu te donnes beaucoup de mal pour me rendre jaloux.

Il s'est adossé au mur, à l'autre bout de la pièce.

Mon visage s'est enflammé.

— C'était le cas.

— Pourquoi ?

— Parce que je t'ai vu parler à Mlle Gibson. Parce que je suis restée coincée au collège. J'en sais rien, ai-je conclu, levant les paumes au ciel. Parce que tu me pousses à faire des conneries comme te désirer, alors que, de toute évidence, ce n'est pas réciproque.

— Moi, je ne te désire pas ? Putain, Penelope !

On aurait dit que je venais de le gifler.

— Depuis qu'on est sur ce bateau, j'ai dû prendre sur moi pour t'éviter, pour ne pas te regarder en cours. Pour me retenir de sauter sur ton balcon depuis le mien.

— Quoi ?

— Oui, ma chambre est juste en dessous de la tienne. On dort à moins de dix mètres d'écart. De quoi ne pas roupiller de toute la nuit !

— Je ne savais pas, ai-je murmuré, en m'humectant nerveusement les lèvres.

— Oh non, ne fais pas ça.

— Pas quoi ?

— Ça ! a-t-il répondu en désignant ma bouche. Tout ce que je t'ai dit à Vegas reste vrai. Tu es toujours aussi belle, toujours aussi sexy, tu continues de m'attirer comme un aimant, mais tu es aussi tout ce que je ne peux pas avoir. Tu ne piges pas ? Quand tu fais ce genre de trucs sur la piste de danse, ça me rend dingue de te voir dans les bras d'un autre ! Comme si ce gosse avait la moindre idée de ce qu'il pourrait te faire, s'il arrivait à t'avoir.

— Parce que toi, oui ?

Ses yeux se sont voilés.

— Ne me cherche pas !

La tension entre nous est allée croissant jusqu'à ce qu'enfin, je rompe le silence.

— Je ne l'ai pas embrassé.

— Je sais. Si ç'avait été le cas, je ne suis pas sûr que je l'aurais laissé repartir. C'est dangereux, Penelope. Toi, tu es dangereuse pour moi.

— Je suis désolée.

J'étais sincère.

— Je sais que rien ne peut se passer entre nous, Cruz, je capte totalement. Mais dès que je te vois, je ne pense qu'à tes baisers à Vegas, à tes caresses. Ces souvenirs, je ne parviens pas les effacer. Comme je l'ai dit, tu as le don de me pousser à faire des conneries.

— Moi ? C'est *moi* qui te fais faire des conneries ? a-t-il presque hurlé, et j'ai remercié le ciel qu'avec la musique à fond, on ne puisse entendre ses paroles à l'extérieur. Je te rappelle que, pour toi, je suis monté dans la bagnole d'un inconnu. Que j'ai fait du BASE jump depuis une grande roue. Que je suis allé en taule… Et c'est *moi* qui te fais faire des conneries ?

Tel un prédateur, il s'est approché. À chacun de ses pas, je sentais un bourdonnement de plus en plus puissant m'envahir.

— Je te laisse rester dans mon cours. Connerie. Je cherche toutes les occasions possibles de te croiser, tout en priant pour que tu gardes tes distances, parce que j'ai besoin de ce boulot. Connerie. Je te vois dans cette robe et j'ai une telle trique que j'ai peur de ne pas pouvoir la cacher dans une salle remplie d'étudiants. Connerie. Je n'arrête pas de penser à ton goût, au fait que tu t'es ouverte à moi, que tu mouillais pour moi, à tes ongles qui ont laissé de petites demi-lunes sur mes épaules.

S'il approchait davantage, il apprendrait que je mouillais encore. Sans déconner, je n'avais jamais rien connu d'aussi excitant que ses paroles. Mis à part ses abdos. Ou ses bras. Ou sa bouche. Ce type était le sexe à l'état pur, emballé dans du papier-cadeau !

Il m'a rejointe et a saisi d'une main mon visage pour me frotter la lèvre inférieure avec le pouce, tandis qu'il me plaquait contre le bureau de l'autre.

— Cruz, ai-je chuchoté.

Puis, incapable de me retenir, je lui ai léché le bout du doigt.

— Bon sang, Penelope ! Je pourrais tout perdre à cause de toi et, pourtant, je suis encore là. C'est sûrement le pire choix de ma vie.

Sa bouche a retrouvé la mienne dans un baiser qui a éveillé tous mes sens. Sa langue s'est immiscée en moi, jusqu'à ce que je lui appartienne entièrement.

J'ai posé une main sur son biceps et j'ai enfoui l'autre dans ses cheveux. Si je n'avais le droit de l'embrasser qu'une seule fois, je comptais profiter de chaque seconde. Je lui ai rendu son baiser de toutes mes forces.

J'ai perçu son grondement et, de sa main libre, il m'a soulevée contre lui. C'était sans doute à cause de ses bras puissants, ou de sa carrure, mais, avec lui, je me sentais petite, protégée, chérie. Traversée d'un éclair de désir qui m'a enflammé les sens, j'ai compris qu'il était le seul à même d'apaiser ce feu.

Personne d'autre ne m'avait inspiré ces sensations, cette envie irrépressible, électrisante — personne d'autre que lui.

— Tu es si belle, ce soir, a-t-il murmuré contre mes lèvres, avant de m'embrasser de nouveau, de manière plus lente, cette fois, plus profonde, infiniment plus sensuelle.

Il étirait chaque seconde, maîtrisait chaque aspect de sa caresse, faisant naître en moi un désir jusque-là inconnu de moi. Il me mordillait lentement la lèvre inférieure, m'inclinait la tête en arrière pour m'embrasser plus langoureusement, comme si on avait tout le temps devant nous. J'aurais tout donné pour que ces secondes interdites, volées, durent éternellement.

Une telle fièvre valait la peine qu'on la recherche. Cruz représentait un risque qui méritait d'être pris.

Il nous a fait faire demi-tour pour s'appuyer contre le bureau et me placer entre ses jambes écartées. Agrippée à sa chemise, je me suis frottée à lui, savourant le pouvoir qu'il venait de me céder et la certitude qu'il avait une faiblesse : moi.

Il a glissé une main sur ma cuisse par la fente de ma robe. Au frôlement de son pouce près de mon string, je me suis cambrée.

— Encore, ai-je supplié.

— Ta peau est si douce, a-t-il murmuré en posant les lèvres dans mon cou.

J'ai étouffé un petit cri. C'était comme s'il venait d'actionner avec sa langue le bouton qui stimulait ma libido.

Du bout des doigts, j'ai frôlé les muscles durs de son torse.

— Chaque fois que je te vois en chemise et cravate, je t'imagine tout de suite sans. Je visualise tes beaux muscles, ta peau dorée. Après, j'ai une folle envie de t'arracher tes fringues et de te lécher les abdos. Chaque fois que je te vois, Cruz. Chaque fois.

— Penelope, tu ne peux pas me dire des trucs pareils.

Il s'est de nouveau emparé de ma bouche. Notre baiser s'est fait fougueux. À l'extérieur, la musique changeait de rythme.

Il était dur. Il lui aurait suffi de bouger insensiblement pour que je puisse enfin attraper…

Mais Cruz nous a soudain retournés pour que je me trouve contre le bureau, rompant notre baiser et s'écartant vivement de moi.

— Fini, le tête-à-tête ! Pennaaaaaaaa bordel de merde ! Désolée, je ne voulais pas vous interrompre.

Je me suis figée et me suis cramponnée au rebord du bureau, accrochant le regard de Cruz, et priant pour que ce ne soit pas la voix de Rachel que je venais d'entendre.

Peut-être que si on restait sans bouger, elle ne nous verrait pas vraiment.

Mon souffle était haché, mais Cruz respirait de manière régulière. Il a fermé les yeux, comme s'il souffrait, avant de les rouvrir avec détermination.

Enfin, mes jambes ont accepté de m'obéir, et je me suis avancée.

— Salut, Rachel, ça va ? ai-je demandé, le sourire si crispé que c'en était presque douloureux.

Elle nous observait, bouche bée. Visiblement, j'avais réussi ce que personne n'était jamais parvenu à faire : la réduire au silence.

— Je… Euh…

Son regard passait de Cruz à moi, comme si elle n'arrivait pas tout à fait à piger ce qu'elle venait de surprendre.

Mon Dieu, faites qu'elle n'ait rien capté !

— Rachel, il va me falloir une seconde.

— Est-ce que tu…

Cruz a pivoté et fait quelques pas vers moi.

— Mademoiselle Dawson, vous voulez bien nous attendre dans le couloir ?

Elle a tellement écarquillé les yeux que j'ai eu peur qu'ils jaillissent de leurs orbites.

— Professeur Del… Professeur Delgado, oui. Bien sûr, a-t-elle marmonné, avant de sortir avec empressement.

Le contour de sa tête s'est dessiné par la vitre dépolie, tandis qu'elle s'adossait à la porte.

— Elle ne dira rien, ai-je rassuré Cruz qui contemplait le plafond, les mains derrière la nuque. Ce n'est pas comme si elle avait vu quoi que ce soit.

Sans réponse de sa part, j'ai poursuivi :

— Elle n'a rien pu voir. Tu étais là-bas, et moi ici, alors…

Il a serré la mâchoire, manifestement en pleine réflexion.

— Cruz…

— Non, a-t-il lâché d'une voix dure.

— Elle ne dira rien, ai-je répété, faisant mine de lui prendre la main, avant de me raviser et de laisser pendre mon bras.

— Merde ! Tu n'as pas la moindre idée de ce qui a failli se passer, Penelope ! Je pourrais perdre mon boulot. Je pourrais tout perdre. Je ne peux pas… Tu ne devrais pas… Nous ne pourrons jamais…

— Regarde-moi, au moins, pendant que tu me rejettes, l'ai-je prié doucement.

Il s'est tourné vers moi pour m'épingler de son regard sombre.

— Te rejeter ? Il est assez évident que j'en suis incapable, même si ça met mon avenir en danger. Arrête de t'apitoyer sur ton sort.

Me redressant, j'ai relevé le menton.

— Il ne se passera rien et, même si elle avait vu quelque chose, Rachel ne nous dénoncerait pas. Je te parie tout ce que tu veux.

— Moi aussi, je devrais tout parier ? s'est-il indigné.

Ses épaules se sont affaissées, et il s'est frotté sa barbe de trois jours.

— Je ne la connais pas. Et c'est à peine si je te connais, toi ! Il n'y a pas de « nous », Penelope. Ce n'est pas possible. Je suis ton enseignant, tu es mon étudiante, et j'ai travaillé trop dur pour que tout s'effondre, sous prétexte que je suis incapable de contrôler ma queue.

J'ai cligné des yeux. La chaleur qui m'avait envahie plus tôt a cédé à un sentiment plus hargneux.

— C'est donc ta queue qui est en question ?

— Non, et c'est tout le problème. Ce qui vient de se passer, a-t-il lancé, désignant l'espace entre nous comme si notre connexion était presque palpable, ne peut plus se reproduire. Jamais. Quitte à ce que je coure dans la direction opposée lorsqu'on est en public, ou qu'on ne s'adresse plus la parole en dehors de la salle de classe. Ça ne peut plus jamais arriver, a-t-il répété comme si j'étais une gamine dont il essayait de se faire comprendre, qu'il devait éduquer.

— C'est toi qui m'as embrassée, je te signale.

— C'était une erreur.

Son regard a glissé vers ma bouche. Si ça n'avait été pour le désespoir au fond de ses yeux, je l'aurais encore embrassé, pour lui prouver qu'il avait encore envie de moi et que, non, ce n'était pas une erreur.

— Tout ce qui s'est passé entre nous n'a été qu'une suite de bourdes, et ça se termine maintenant.

— Tu ne peux pas terminer quelque chose qui n'a jamais commencé, ai-je protesté en me détournant.

Je ne supportais plus de contempler son beau visage, ses yeux noisette et cette bouche qui m'expliquait que je n'étais pas assez bien pour lui.

— C'est pour le mieux. C'est moi, l'adulte, ici. Ça n'arrivera plus jamais, a-t-il assené, comme s'il éprouvait le besoin de s'en persuader aussi.

Je savais qu'il avait raison, mais cette voix-là était toute petite comparée à celle qui prenait le contrôle de ma voix. L'horloge indiquait 22 h 15. J'ai ri doucement.

— La bonne nouvelle, c'est qu'on traversera bientôt la ligne de changement de date, et qu'on sera de nouveau le 6 février. Aujourd'hui n'aura jamais eu lieu. Ce qu'on vient de faire non plus.

Je lui suis passée devant pour ouvrir la porte, que gardait Rachel.

— Qu'est-ce que c'est que ce… Oh ! Penna, ça va ?

Elle a changé de ton dès qu'elle a croisé mon regard.

— Oui, bien sûr, l'ai-je rassurée avec un sourire forcé. Quoi de neuf ?

Elle a jeté un coup d'œil derrière moi, avant de me considérer.

— Tu te souviens du gâteau dont je t'ai parlé ? Pax voudrait que tu ailles sur les marches pour souffler les bougies.

Mon anniversaire. Le premier que je passais sans Brooke. Le premier où elle ne me prendrait pas dans ses bras pour me dire que ce qu'il y avait de mieux, dans les anniversaires, c'était de savoir qu'on les fêterait toujours ensemble. Parce que les mecs, ça allait et ça venait, mais les sœurs, c'était pour la vie.

— C'est votre anniversaire ? a demandé Cruz dans mon dos.

Cruz, qui estimait que je ne valais pas la peine qu'on prenne de risques pour moi. Il n'avait pas tort. On ne jetait pas dix ans de carrière à la poubelle pour la première étudiante qu'on croisait.

Et tu es la première qu'il a rencontrée ! Littéralement.

J'en aurais presque ri, mais je n'ai pas trouvé l'énergie pour le faire.

J'ai lissé le devant de ma robe et je me suis raidie.

— Ce n'est pas votre problème, monsieur Delgado.

Il y avait trop de choses en même temps. Cruz, le gâteau, les caméras… J'ai jeté un coup d'œil au bout de la coursive. Les cameramen de Bobby m'attendaient.

— Pen…

Je lui ai jeté un regard par-dessus mon épaule. Comment osait-il paraître détruit, déchiré, alors qu'il venait de me jeter, comme le reçu inutile d'une semaine de vacances mal planifiée ?

— Vous devriez rester là quelques minutes, lui ai-je conseillé. Attendez au moins que les caméras soient parties.

Rachel m'a tendu la main, et j'ai failli chialer à ce geste qu'elle n'aurait jamais eu à son arrivée, trois mois plus tôt. Notre amitié avait fait du chemin. Je l'ai prise, me ressaisissant et manquant de lui écraser les phalanges, mais je savais qu'elle tiendrait le choc. Rachel était une coriace, comme moi, sauf qu'elle dégageait une force que je n'avais pas ressentie depuis longtemps.

Je lui ai adressé un hochement de tête, et on s'est avancées dans la coursive.

— Il ne s'est rien passé, ai-je affirmé.

— Ouais, bon. Parce que ça avait l'air de…

— Je me fiche de quoi on avait l'air ! Il ne s'est rien passé.

J'ai été prise d'appréhension. Et si elle avait vu quelque chose ? Si ce n'avait pas été elle, mais quelqu'un d'autre ?

— Ne dis rien à personne, ai-je chuchoté.

— Je croyais qu'il n'y avait rien à raconter.

— Pas même à Landon.

— Penna…

Je lui ai jeté un regard qui disait tout un tas de choses : *S'il te plaît. Aide-moi. Tu me dois bien ça.*

— D'accord, mais on en reparlera plus tard.

— Ça marche. Je n'avais pas envie de fêter mon anniversaire, ai-je murmuré. Je l'avais pourtant bien dit.

Son regard s'est adouci.

— Je sais. Mais ils voulaient te fêter, toi.

Sous le coup de l'émotion, j'ai esquissé une grimace et Rachel m'est rapidement passée devant pour prendre mon visage dans ses mains.

— Un mot de toi et on se fait la malle. Tu ne dois rien à ces caméras.

— Mais tout à Nick, ai-je rétorqué.

Nick, qui était resté avec moi pour me regarder m'élancer sur la rampe d'innombrables fois avec ma motoneige, histoire de parfaire mon whip1 jusqu'à ce que j'aie atteint un niveau suffisant pour monter sur un podium essentiellement masculin, aux Jeux de l'extrême.

Nick, qui avait détruit le cœur de Brooke, puis son esprit.

— Pas ça, non, Penna…

— Je peux le faire, ai-je insisté, songeant qu'il était hors de question que je laisse Cruz Delgado me prendre quoi que ce soit d'autre. Je peux le faire, ai-je répété, d'une voix plus forte.

Elle a sondé mon regard quelques instants, avant de hocher la tête.

— Alors, adresse un joli sourire aux caméras, Rebel, parce que le monde entier t'observe.

Elle avait raison. Penna voulait se cacher, Penelope, s'énerver contre Cruz, mais Rebel devait se mettre en avant, chasser les deux autres au loin et sourire pour le documentaire.

Lui lâchant la main, je me suis redressée, mon sourire s'est fait plus vif, et j'ai traversé la foule à ses côtés, pendant que Pax m'appelait au micro. Puis j'ai gravi les marches en tâchant de ne pas trébucher, et j'ai soufflé toutes les bougies du somptueux gâteau commandé pour moi, tout en priant pour que quelque chose, n'importe quoi, aille bien dans ma vie.

On a posé pour les photos, les trois Originals, tandis que le personnel coupait le gâteau, et j'ai souri jusqu'à en avoir mal aux joues.

J'ai fait mon devoir, pour une seule raison : j'étais une Renegade… Désormais, il n'y aurait plus rien d'autre.

1. Figure qui consiste à mettre sa moto à l'envers et à la redresser avant l'atterrissage.

9. Cruz

En mer

Qu'est-ce qui m'avait pris ?

Quand est-ce que je m'étais transformé en obsédé sexuel ? Surtout, quand est-ce que j'allais reconnaître que mon attirance pour Penelope n'était pas uniquement physique ?

J'étais complètement foutu !

Elle a soufflé ses bougies, en tout point l'athlète la plus sexy de l'année selon *X-Treme Sports Magazine* — oui, j'avais fait des recherches à son sujet sur Google.

Appuyé contre le mur, je me haïssais pour ce qui venait de se produire, tout en revivant chaque seconde où mes lèvres avaient caressé les siennes.

C'était son anniversaire, et je lui avais fait du mal ! Elle avait certes réagi avec fougue — je commençais à comprendre qu'il ne fallait pas en attendre moins d'elle —, mais j'avais lu la souffrance dans ses yeux, et je m'en étais aussitôt voulu d'en être responsable.

Quelle connerie ! À cause de moi, on avait failli se faire prendre. Je m'étais tellement laissé happer par son goût, par sa peau soyeuse, que j'avais entendu la porte trop tard.

Et si son amie nous trahissait ? Est-ce que Penelope confirmerait ses dires ? Est-ce que je perdrais mon poste, et tout ce que j'avais si durement acquis ?

Quelques heures plus tard, alors qu'on avait franchi la ligne de changement de date et qu'on était de nouveau le 6 février, comme dans *Un jour sans fin*, les mains posées sur mon bureau, dans ma chambre, j'inspectais le contenu du dossier éparpillé devant moi.

C'était la raison de ma venue. Celle pour laquelle j'avais donné dix années de ma vie, dans l'espoir de saisir l'occasion qui s'était enfin présentée la semaine précédente. Celle à côté de laquelle rien d'autre n'importait.

Cette chance, je ne l'aurais plus jamais. Et tout fonctionnerait nickel, tant que je me préparais méticuleusement, que j'agissais sans accroc et que j'évitais Penelope Carstairs comme la peste, au cours des trois prochains mois.

Tu es incapable de garder tes distances pendant quelques jours. Tu crois vraiment que trois mois, ce sera possible ?

J'ai pris le cliché format 13 x 18, et j'ai contemplé de doux yeux bruns pleins d'innocence. C'était elle, la raison pour laquelle je devais éviter Penna. J'avais une chance de lui offrir la vie qu'elle méritait, celle pour laquelle elle avait tant bataillé. Je ne pouvais pas la laisser finir comme ma mère : brisée, battue… morte.

— J'arrive, Elisa, ai-je promis.

Et je tenais toujours mes promesses.

L'après-midi suivant, le soleil qui ruisselait par les fenêtres de ma salle de cours nous donnait l'impression qu'il faisait bien plus chaud que les cinq degrés à l'extérieur. Le lendemain, on était censé débarquer à Dutch Harbor, en Alaska, notre première véritable halte depuis notre départ du Japon, six jours plus tôt.

Pendant que mes élèves entraient en file indienne, j'ai mis de l'ordre dans mes notes, pour m'empêcher de chercher Penelope du regard. Même si c'était inutile. Quand elle arrivait, je le sentais. Il y avait un changement subtil dans l'air, un déplacement de mon centre de gravité.

Du coin de l'œil, je l'ai vue s'asseoir, et j'ai serré les poings jusqu'à me griffer. Si seulement je l'avais rencontrée une année plus tôt, ou plus tard !

Franchement, on n'aurait pu choisir pire moment.

— Joyeux anniversaire, Penna ! s'est exclamé le jeune Wilder en lui tendant une boîte.

J'ai levé les yeux.

— Sérieux ? a-t-elle rétorqué. Je ne voulais pas d'un anniversaire, et je me retrouve avec deux ? Comme si hier n'avait pas suffi !

— Tu peux te contenter de dire merci, a-t-il répondu en lui ébouriffant les cheveux comme si elle avait eu trois ans.

Aussitôt, j'ai eu l'envie presque irrépressible d'écarter sa main d'une claque. Ce n'était pas une gosse, mais une adulte.

Avoue-le, t'es dégoûté de ne pas pouvoir lui offrir de cadeau.

Comme si j'avais su quoi offrir à une fille qui avait déjà tout ce qu'elle pouvait désirer !

— Qu'est-ce que c'est ? a-t-elle demandé.

Oubliant les documents que j'étais en train de parcourir, j'ai fixé du regard la clé qu'elle avait découverte dans la boîte.

— Pour le savoir, tu vas devoir nous accompagner demain.

À ses sourcils froncés, j'ai vu qu'elle hésitait. Elle a affiché une moue de convoitise, et soupiré profondément juste après. Elle était écartelée, et cette clé semblait symboliser son conflit intérieur.

Sa nature complexe était un des aspects qui m'avaient

attiré chez elle. Quelque chose me disait que celui qu'elle choisirait d'aimer n'aurait pas le temps de s'ennuyer.

— Monsieur Delgado ? a lancé Macy Richardson depuis le premier rang.

— Oui, Macy ?

— Vous allez vraiment mener l'expédition en raquettes, demain ? J'hésite entre différentes sorties à terre, et j'attends la dernière minute pour me décider.

Elle a battu des cils. Je me suis presque attendu à voir des mots écrits sur ses paupières, comme dans *Indiana Jones*.

— Tout à fait, ai-je répondu. Mais ne vous sentez pas obligée de venir. Mes excursions n'ont rien d'obligatoire avant le Mexique.

— Oh ! je suis sûre que ce sera super chouette ! s'est-elle écriée, enthousiaste, avec un sourire plein d'entrain.

Génial.

— Je l'espère bien.

Penna a levé le visage vers moi et nos regards se sont croisés. Nous avons échangé des millions de paroles silencieuses, puis ses yeux se sont voilés et elle s'est retournée vers Wilder.

— OK, j'en serai. J'ai rien à perdre, pas vrai ?

Il lui a souri et j'ai eu envie de vomir. Il n'avait pas l'air de comprendre qu'elle ne faisait pas ce choix par envie, mais par colère, et que ça n'avait rien à voir avec lui.

— Tu ne le regretteras pas ! a promis Leah, la fille assise derrière Wilder.

Ils ne se doutaient donc pas de ce qui l'avait motivée à monter à bord de cette grande roue ? Ils ne voyaient pas la souffrance qu'elle endurait tous les jours à cause de sa sœur, de sa blessure, de son sentiment de culpabilité ? Est-ce qu'ils se contentaient de la pousser à faire une cascade, une apparition de plus ? S'ils étaient ses amis, pourquoi ne s'occupaient-ils pas mieux d'elle ?

C'est pas tes oignons.

Une bonne petite course m'aiderait à évacuer ma frustration.

— Au travail ! ai-je lancé. Qui peut me dire ce qu'il a pensé des lectures que je vous ai données ?

Penelope a levé la main, et j'ai fait mine de jeter un coup d'œil à ma liste de prénoms avant de lui répondre.

— Oui ? Penelope ?

— C'est Penna, a-t-elle rectifié, comme si lui donner le diminutif dont ses amis l'avaient affublée était un privilège.

Penna était la fille qui distribuait de faux sourires à son entourage et à ces fichues caméras qui la suivaient partout. Elle était l'enveloppe extérieure qui renfermait la femme que je connaissais.

Cet échange rapide a dû paraître anodin aux autres, mais je savais pertinemment ce qu'il signifiait : Penelope me fermait la porte au nez.

— Penna, ai-je répété consciencieusement.

Puis je me suis efforcé de feindre un intérêt modéré et approprié, en l'écoutant me livrer sa judicieuse interprétation du texte. Elle était intelligente. Son unique défaut était que je n'avais pas le droit de l'avoir.

J'ai poursuivi le cours, et les œillades malveillantes que me jetait Rachel ne m'ont pas échappé.

Oui, je suis un con. Oui, j'ai profité d'elle... Mais pas comme tu le crois.

Après mes cours, j'ai dîné avec Westwick et d'autres enseignants, j'ai fini de noter les devoirs de mes élèves de première année, puis j'ai foncé à la salle de sport. Je me suis assuré d'arriver après les horaires de Penna, et d'y être seul.

J'ai couru jusqu'à être trop vanné pour regretter ce qui s'était passé la veille.

Si seulement je savais ce que je regrettais, au juste !

10. Penna

Dutch Harbor, Alaska

— Tu te fous de moi ! ai-je lancé à Pax.

Des motoneiges flambant neuves nous attendaient dans un petit champ couvert de neige, juste à l'extérieur de Dutch Harbor.

— Choisis celle que tu préfères, a-t-il déclaré avec son sourire de branleur.

La motoneige était la seule discipline dans laquelle j'étais meilleure que lui, et il le savait. Il ne m'offrait pas seulement un véhicule en guise de cadeau, mais aussi la chance de me souvenir pourquoi on m'appelait Rebel. L'occasion de lui mettre une déculottée n'était que la cerise sur le gâteau.

J'ai été agréablement surprise de sentir monter en moi une réelle impatience.

— Qu'est-ce que t'en dis, Penna ? a demandé Landon en passant un bras autour de mes épaules.

J'ai pris une grande goulée d'air glacial en contemplant la vaste étendue de mer bleue et les montagnes qui s'élevaient devant nous, sur la petite île. J'ai soupiré. J'avais envie de tout oublier durant quelques minutes — Brooke, Cruz, même mes responsabilités en tant que Renegade.

C'était sans doute pour de mauvaises raisons, mais quelle importance, tant que je parvenais à me remettre en selle ?

J'ai désigné une Yamaha.

— Je veux celle-là.

Elle était plus légère que les autres, et je pourrais faire plus de choses avec elle. J'allais devoir me remettre à la muscu, si je voulais remonter sur ma moto et retenter des figures.

— Rebel est de retour ! a exulté Landon en me serrant les épaules, avant d'attraper Rachel pour choisir sa monture.

Elle n'avait pas beaucoup parlé, depuis qu'elle m'avait surprise avec Cruz dans le bureau des excursions, et je savais que je lui devais une explication, d'autant plus que je tenais à sa discrétion. Que je sois vexée et que j'en veuille à mort à Cruz ne signifiait pour autant que je souhaitais qu'on le foute à la porte ou que sa vie soit bousillée pour m'avoir embrassée. Rachel avait abordé le sujet dans la matinée, mais j'avais esquivé. Malgré ses nombreux regards en coin, elle n'avait pas insisté.

Savourant le crissement de la neige sous mes pas, je me suis approchée de ma nouvelle motoneige et j'ai enjambé le siège pour m'y installer avec aisance. Le moteur a rugi dès le premier tour de clé, me traversant de vibrations.

— Qu'est-ce que ça fait, d'être de retour sur une motoneige après ton accident, Rebel ? a demandé Bobby en faisant signe au cameraman de s'approcher.

Je me suis forcée à sourire et j'ai mis mes lunettes de protection pour masquer la vérité.

— Un truc de ouf ! Maintenant, on va voir si ma jambe est vraiment guérie !

— Tu es nerveuse ?

— Non, seulement impatiente de redevenir moi-même.

Ma première déclaration sincère face aux caméras depuis l'accident.

J'ai bouclé ma ceinture, je me suis familiarisée avec les commandes du véhicule et me suis élancée avec les autres, abandonnant les camionnettes derrière nous pour suivre un sentier qui traversait les collines enneigées. Le moteur noyait mes pensées et m'insufflait un sentiment de paix.

J'ai pris le temps d'admirer les alentours. Les îles volcaniques avaient donné naissance à des paysages accidentés, à des pics dont les silhouettes ressortaient vivement sur le ciel bleu cristal. Coup de bol, on était arrivés entre deux tempêtes. Mieux valait les éviter.

On a continué pendant une vingtaine de minutes, jusqu'à atteindre un plateau, où quelques rampes avaient été installées.

— Bienvenue sur ton terrain de jeu, Rebel, a annoncé Pax en parlant dans le micro de son casque.

Ma poitrine s'est serrée, déchirée entre l'excitation, l'impatience et l'appréhension.

— J'hallucine ! Vous avez mis tout ça en place ? me suis-je étonnée en m'arrêtant à côté de lui et de Leah, assise à l'arrière de sa motoneige.

— C'est Nick qui s'en charge. Il m'a demandé de te dire que ta rampe préférée est celle au bout, là-bas, et qu'il n'y a aucune pression ni cascade de prévue. Il veut juste que tu t'éclates pour ton anniversaire.

— C'était ces deux derniers jours, ai-je marmonné.

— Il les aurait bien construites à bord du bateau, mais on n'a pas trouvé le moyen d'empêcher la neige de fondre dans l'auditorium.

— Petit malin !

— Allez, va t'éclater !

J'ai inspecté la plus petite des rampes, le genre que je gérais déjà à quinze ans. C'était un tout petit pas en avant, mais, au moins, j'étais sûre d'en être capable.

Après en avoir effectué un tour rapide, j'ai jaugé l'angle et la distance, puis je suis retournée à la ligne de départ. Si je ne réussissais pas un parcours aussi facile, je n'avais rien à faire là. Autant boucler mes valises et aller panser mes blessures à LA. Et puis, je venais de faire du BASE jump depuis une grande roue, non ?

Alors, ça devrait aller.

J'ai mis les gaz et je me suis élancée, envahie par une montée d'adrénaline que je connaissais bien. Mon corps s'est shooté aux hormones, comme s'il s'agissait de carburant. Une fois sur la rampe, j'ai fait peser mon poids sur les skis pour me propulser dans les airs.

Toutes mes emmerdes se sont volatilisées à cet instant. Il n'y avait plus que moi, la motoneige et ma capacité à la piloter. Plus de Brooke, d'inquiétude au sujet de lettres restées sans réponse et de coups de fil rejetés. Plus de parents qui me recommandaient d'être patiente, de ne pas la questionner pour obtenir les réponses dont j'avais tant besoin. Plus de Pax, de Landon ou de Nick, attendant de moi que je redevienne instantanément celle que j'étais avant l'accident. Plus de Cruz qui m'observait de son regard hypnotique, qui me disait qu'il ne voulait pas de moi, alors que son corps affirmait le contraire.

Il n'y avait rien ni personne d'autre que moi.

Et c'était largement suffisant.

J'ai calé les pieds et lâché l'accélérateur, puis je me suis élevée vers le ciel. Le temps a ralenti, jusqu'à ce que chaque seconde s'imprègne d'infini. Sentant de nouveau le poids de la gravité, j'ai repris le contrôle de la motoneige pour me réceptionner de l'autre côté de la rampe, comme si je venais d'accomplir l'acrobatie la plus spectaculaire de toute ma carrière.

Mais libérer les fragments de Rebel de la prison dans

laquelle je l'avais enfermée serait peut-être mon plus grand exploit.

Ralentissant, je me suis écartée du chemin pour éviter de me faire écraser par d'autres, et je me suis immobilisée à côté de la rampe.

— Comment tu te sens ? a demandé Pax en ouvrant les bras en grand.

— Super bien !

J'étais même pressée de retrouver ce divin instant de calme qui m'avait envahie en plein saut.

— D'ailleurs, je vais m'y remettre tout de suite.

Ses yeux se sont plissés, l'unique indice de son sourire, car son visage était presque entièrement dissimulé sous son casque.

— Fais-toi plaisir, Rebel.

J'ai donné un coup d'accélérateur et je me suis dirigée vers la piste, négociant un virage pour éviter un autre Renegade — Alex, je crois — qui s'élançait sur la rampe. Rien de bien compliqué, mais il se débrouillait pas trop mal. Son élément, c'était surtout la haute montagne.

Pax, Landon, Nick et moi. On était les seuls à pouvoir à peu près tout gérer, même si chacun avait son propre domaine d'expertise. Cela dit, on jouait les casse-cou sur tout ce qui bougeait depuis qu'on était en âge de monter sur un tricycle.

Dès qu'Alex a fini sa figure, j'ai étudié la rampe que Nick avait conçue pour moi. La hauteur, les angles, la distance nécessaire pour prendre de la vitesse… C'était exactement la même que celle sur laquelle on avait planché à Tahoe, l'hiver dernier, avant… Eh bien, avant tout.

J'aurais aimé que mon téléphone soit allumé, que je puisse lui demander quelle avait été sa véritable intention en la construisant, mais je savais pertinemment ce qu'il m'aurait rétorqué : « T'es une Renegade ou pas ? »

Aujourd'hui, oui.

Mon cœur s'est mis à battre la chamade, comme si mon corps avait déjà accepté la réponse à la question que mon esprit rejetait. D'accord, je n'avais plus la forme. Je n'étais pas montée sur une motoneige de toute la saison, et la mémoire musculaire ne pouvait compenser le manque de force. Mais j'avais choisi le véhicule le plus petit et le plus léger de tous, j'avais de l'expérience et je n'avais encore jamais reculé devant un défi que je m'imposais à moi-même.

Je me suis éloignée de la rampe avant de me retourner pour lui faire face. Puis, me focalisant sur la piste qui y menait, j'ai oublié tout le reste, les caméras, les autres Renegades qui m'observaient. Il n'y avait plus que ma machine et moi.

J'ai lancé le moteur et j'ai foncé sur la rampe, où j'ai retrouvé ce doux oubli dont j'avais si cruellement besoin. Je me suis dressée, calée sur les repose-pieds, et prête à négocier l'inclinaison. Le véhicule a pris l'angle à la perfection, et j'ai décollé.

Les muscles en feu, j'ai tiré la motoneige vers moi pour entamer mon saut périlleux. J'ai vu le bleu du ciel, le vert des sapins, puis le blanc de la neige, lorsque la gravité m'a de nouveau attirée à elle.

Tu ne vas pas y arriver !

J'ai visualisé mon atterrissage, et ça ne présageait rien de bon. Ce serait violent — si j'y parvenais.

Achevant à peine leur rotation, les skis ont percuté la pente descendante. Mes fesses se sont écrasées sur le siège et mon corps tout entier a basculé en avant, heurtant le guidon.

Et une côte de fêlée !

Le véhicule s'est alors penché sur la gauche et j'ai failli

en perdre le contrôle, mais j'ai rectifié le tir en propulsant les deux skis sur la neige, et j'ai freiné en dérapant au bout de la rampe. Avec juste ce qu'il fallait de bon sens, j'ai réussi à déplacer la moto sur le côté.

Hors d'haleine, j'ai bondi sur le sol et j'ai levé les mains en l'air en poussant un cri de victoire. Puis j'ai arraché mon casque et calé mes lunettes sur le sommet de mon crâne.

— T'as vu ça ? ai-je hurlé à l'intention de Landon, qui courait vers moi.

Sauf qu'il ne s'est pas arrêté pour me prendre dans ses bras. Il m'a agrippée par les épaules, ses yeux noisette bouillonnant de colère, et m'a poussée en arrière, vers la file de gens derrière nous.

— Qu'est-ce qui t'a pris, bordel ?

— Quoi ? Pourquoi tu m'emmerdes, après ce que je viens de réussir ? J'avais rien fait de ce genre depuis un an, et j'ai géré !

— Justement ! Ça fait à peine un mois que t'as plus ton plâtre, et je sais que tu n'as pas repris la muscu…

— Tu sous-entends que je n'ai plus la forme ?

Je l'ai regardé, bouche bée. C'était une chose de le savoir, mais une autre d'entendre Landon me le jeter à la figure.

— Exactement ! Ne t'attends pas à ce que je te traite comme une gamine, Penna, on sait tous les deux que t'as jamais supporté ça. Je ne vais pas y aller par quatre chemins. T'aurais pu te tuer !

— Mais ça n'a pas été le cas !

— Tu n'avais pas à tenter ce genre de figure, alors que tu n'étais sur une motoneige que depuis vingt minutes !

— Et toi, tu crois que tu as eu raison de faire du snowboard à plus de six mille mètres, alors que tu ne t'étais pas acclimaté à l'altitude ?

— T'as vu le résultat ? Franchement, Penna !

— Mais j'ai réussi !

— Et si ça n'avait pas été le cas ? Si tu t'étais crashée ?

— J'ai pas de comptes à te rendre, Landon !

— N'importe quoi ! On a tous des comptes à se rendre ! On est responsables les uns des autres ! Tu sais ce qui se passe, sinon ? Nick est en fauteuil roulant, bordel !

— Et Brooke a fait tomber un projecteur sur moi. Oui, je suis totalement consciente des conséquences, et j'en paie le prix. Maintenant, arrête de me traiter comme ça !

— Comme quoi ?

— Comme… une nana !

— Je vais t'apprendre un truc dingue, Penna. T'en es une !

— Tu sais parfaitement ce que je veux dire, Landon Rhodes !

— Hé…, nous a interrompus Pax en s'avançant pour poser les mains sur nos épaules. C'est pas cool, quand maman et papa s'engueulent devant les gosses, d'ac ?

J'ai jeté un coup d'œil aux Renegades qui nous observaient, et je me suis rendu compte qu'ils n'étaient pas seuls. Certains membres de l'excursion en raquettes nous regardaient aussi. Cruz, pile au milieu, avait le regard féroce et la mâchoire crispée.

Tu te fous de ce qu'il pense. Il ne veut pas de toi, de toute façon.

Je me suis détournée pour me focaliser sur Pax.

— Toi aussi, tu vas m'engueuler ?

— Non. Je crois que Landon l'a fait pour nous deux.

J'ai accroché le regard de ce dernier, qui a dégluti, le visage sombre et empreint de tristesse.

— Je ne veux pas te perdre aussi, Penna.

— Je vais bien, ai-je affirmé avec plus de douceur.

— Physiquement, oui, est intervenu Pax.

— T'as déchiré, Rebel ! s'est exclamé Alex, en me tapant dans la main depuis sa motoneige.

— Merci. Vous voyez, il a trouvé ça cool, *lui*, ai-je commenté, lorsqu'il s'est éloigné.

— Alex est un con dès qu'il n'est pas sur un snow-board, a objecté Landon, pendant que Pax allait s'entretenir avec Cruz.

C'était la première fois qu'on croisait une sortie scolaire.

— Je ne voulais pas vous faire flipper, me suis-je excusée.

Landon a secoué la tête.

— Je crois que tu cherchais surtout à te faire flipper toi-même, ou à te prouver quelque chose. Je ne sais pas ce qui est le pire.

— Je n'ai jamais été du genre à jouer les petits bras.

— À jouer au con non plus.

Sur ce, il s'est éloigné pour laisser la place aux caméras.

Trop bien.

Du coin de l'œil, j'ai vu Pax désigner les rampes, sûrement pour expliquer l'installation à Cruz. *À M. Delgado*, me suis-je reprise.

— C'était dément, Rebel ! Qu'est-ce qui t'a donné l'idée de tenter un saut arrière après tout ce temps ? a demandé Bobby en me faisant signe de me dérider.

Rendossant mon rôle de Rebel, j'ai décoché un sourire en coin aux caméras.

— Je ne sais pas trop. Je voulais juste faire un petit décrassage.

Je leur ai adressé un clin d'œil avant de m'avancer vers Pax.

Sauf qu'il s'est éloigné vers Leah comme je les atteignais presque, Cruz et lui. Ça aurait fait trop louche, si j'avais brusquement changé de direction, alors je me suis tenue à côté de Cruz pour regarder Alex attaquer ma rampe.

— Tu as fait faire un sacré tour à ta motoneige, a-t-il marmonné d'une voix crispée.

— Actuellement, je suis la seule nana de la planète qui en soit capable, ai-je déclaré sans le regarder.

— D'où ton surnom de Rebel.

Je lui ai jeté un coup d'œil ; il avait les bras croisés et plissait les yeux sous son bonnet noir.

— Entre autres. Je ne suis pas du genre à écouter ce qu'on me dit de faire.

— Landon a vu juste ? Tu aurais vraiment pu te tuer ?

J'ai haussé les épaules.

— Certains diraient que c'est un risque qu'on prend à chaque cascade.

— Ce n'est pas ton avis ?

— Je ne voudrais pas faire mon Liam Neeson, mais j'ai des compétences particulières qui permettent de réduire les risques.

J'ai tourné le regard vers la piste, où Alex démarrait dans un vrombissement de moteur.

— Mais pas de les éradiquer ?

— Non.

J'en aurais bien dit plus, par exemple que ça ne l'avait pas dérangé, à Vegas, mais je ne le pouvais pas. Pas devant une foule d'étudiants, même si on était un peu à l'écart.

— Tu devrais peut-être remettre tes raquettes pour finir ton excursion, ai-je suggéré.

— Oui. On vous a aperçus de loin et on a décidé de venir vous voir.

De venir me mater, oui.

Le sourire aux lèvres, j'ai regardé Alex s'élancer sur la rampe.

— Ce n'est pas ce que tu penses, a marmonné Cruz.

— Qu'est-ce qu'il fout ?

Alex a entraîné sa motoneige dans un saut périlleux

arrière, ce que, à ma connaissance, il n'avait encore jamais fait. Et il était trop lent, bien trop lent…

— Il va se viander, ai-je murmuré une bonne seconde avant qu'il se catapulte dans les airs la tête la première, tandis que son véhicule s'écrasait au sol.

Il a roulé le long de la rampe. J'ai accouru vers lui, ralentie par la neige. Ma poitrine me faisait un mal de chien, et j'ai agrippé le côté de ma cage thoracique qui avait été malmené dans ma figure.

— L'accélérateur est coincé ! a crié Landon.

J'ai tourné la tête en direction du bruit du moteur qui s'emballait, et j'ai vu la motoneige débouler sur moi.

Merde.

Un bulldozer m'a alors soudain renversée au sol, et m'a fait rouler encore et encore, me sortant de la trajectoire de la bécane, qui est passée à quelques mètres de moi — de nous. C'était Cruz. Nous nous sommes immobilisés, lui au-dessus de moi, les avant-bras calés de part et d'autre de ma tête.

Mes côtes m'élançaient, mon cœur battait à tout rompre, pourtant, mon inconfort était éclipsé par l'inquiétude que je lisais dans ses yeux.

— Dis-moi que ça va !

— Ça va, ai-je sifflé péniblement.

— Tu en es sûre ? Tu n'en as pas l'air, a-t-il insisté, ses yeux noisette emplis de panique.

— Je n'arrive pas à respirer. Tu es super lourd.

— Merde, pardon !

Il s'est aussitôt relevé, avant de m'aider à me redresser.

Plaquant un bras sur mes côtes blessées, j'ai forcé mon esprit à contenir la douleur dans une toute petite boîte. Dès que l'adrénaline s'estomperait, j'aurais atrocement mal. La motoneige avait abouti dans une congère, où elle s'était éteinte. Ce problème réglé, j'ai tourné le regard vers la rampe, où Alex se relevait en chancelant.

— C'était de la balle ! a-t-il hurlé, manifestement indemne.

— Et c'est moi que tu trouvais débile ? ai-je lancé à Pax, qui se dirigeait vers lui.

Il a agité un doigt dans ma direction, mais s'est retenu de prononcer des paroles absurdes.

— Ma première impression de toi était la bonne, a dit Cruz en remettant ses lunettes de soleil pour cacher ses yeux.

— C'était quoi ?

— Que tu es dingue. Vous l'êtes tous.

Ce qu'il m'avait dit dans l'ascenseur m'est revenu avec la force d'un train à grande vitesse.

« T'es cinglée. Tu le sais, ça ? T'es super canon — non, belle à tomber —, intelligente, forte et incroyablement attirante. Mais un peu dingue. »

Je me suis éloignée avant de laisser échapper des paroles qu'on aurait regrettées tous les deux. Mais, en partant, je lui ai décoché un sourire.

— Eh oui ! On est les Renegades, quoi.

— Penna ! s'est écrié Hugo en me rejoignant, alors que j'attendais l'ascenseur, à bord de l'*Athena*.

Bobby m'avait laissée m'éclipser sans l'escorte des caméras.

— Hugo, salut !

— Tu t'es bien éclatée ?

— Carrément, ai-je répondu en remettant la bretelle de mon sac à dos sur mon épaule, les muscles délicieusement fatigués et les côtes douloureuses. Tu devrais venir avec nous, la prochaine fois.

— Non merci. Je vous adore les filles… et les gars, mais vous êtes complètement frappadingues !

J'ai éclaté de rire. Ça faisait longtemps que je ne m'étais plus sentie aussi légère.

— Oui, bon, ce n'est pas pour rien qu'on nous appelle les Renegades.

— Pas faux, a-t-il répondu avec un grand sourire. Tu as reçu un colis, aujourd'hui. On vient de me transmettre l'avis. Je vais te l'apporter.

— Il est au service du courrier ? Ça ne me dérange pas de passer le prendre. Tu en fais déjà assez.

— Non, c'est cool.

— Je vais le chercher quand même. T'as qu'à inviter à dîner ou je ne sais quoi la fille que t'as pas arrêté de mater en cours de maths, ai-je suggéré en désignant la rouquine qui attendait un autre ascenseur.

— Julie ?

Il a penché la tête comme pour y réfléchir.

— Oui… Oui, bonne idée.

Sur ce, il a couru la rattraper.

— Ah, ces mecs ! ai-je commenté en riant toute seule, comme Rachel me rejoignait. Je fais un détour par le sixième pont, tu m'accompagnes ?

— D'accord, si tu acceptes enfin de m'expliquer à quoi j'ai assisté avant-hier. Et ne va pas croire que je ne l'ai pas vu te sauver de cette motoneige, aujourd'hui !

L'heure était venue de déballer mon sac. En entrant dans l'ascenseur, j'ai jeté un coup d'œil aux étudiants qui nous entouraient.

— OK, mais regagnons la suite d'abord.

— Qu'est-ce que tu vas faire de la journée qu'on va passer à LA ? a-t-elle demandé, histoire d'entamer un sujet de discussion plus anodin.

— Je ne sais pas trop. J'aimerais voir mes parents, mais ils sont toujours… occupés.

Je savais précisément ce que je voulais faire, mais je doutais que les autres Renegades le comprennent ou m'approuvent.

— Pareil pour moi. Je les ai vus juste avant les Jeux de l'extrême, mais ils me tueraient s'ils savaient que j'étais en ville et que je ne suis pas passée les voir. Je vais en profiter pour me gaver de Coca-Cola Cherry, vu qu'on ne trouve que du Pepsi sur ce bateau. Et je vais prier pour que Landon et mon père ne s'étripent pas !

— Bonne chance avec ça.

Landon et le père de Rachel ne pouvaient pas se sacquer depuis des soucis de sponsoring qui leur avaient coûté leur relation une fois, presque deux.

Les portes se sont ouvertes sur le sixième pont, et nous sommes sorties dans le hall. En ajustant les bretelles de mon sac à dos, j'ai tressailli.

— Ça va ? a-t-elle demandé.

— Je me suis cognée contre le guidon en me réceptionnant. Rien de grave, ne me regarde pas comme ça.

— Attends, t'es une pro. Si tu me dis que ça va, je te crois.

— Merci.

Longeant l'étroite coursive, nous sommes passées devant le bureau où elle m'avait presque surprise en train d'embrasser Cruz.

— Quel nom ? a demandé le responsable du courrier, lorsque nous nous sommes approchées de la porte fermière.

— Penelope Carstairs.

— Bonjour, monsieur Delgado, a salué Rachel.

— Rachel, l'a-t-il saluée à son tour avec son accent irrésistible. Penna.

Une seule journée s'était écoulée, et la manière dont il prononçait « Penelope » me manquait déjà.

Ce bateau est trop petit.

Maudissant ma malchance, je lui ai glissé un regard en coin. C'était presque une loi de la nature : si Cruz se trouvait dans la pièce, je ne pouvais pas m'empêcher de l'admirer. Soudain, j'ai eu envie de lui, et j'ai regretté ce qu'on aurait pu être, j'ai haï les circonstances qui nous séparaient. Et qui constituaient, elles aussi, une loi depuis notre arrivée à bord, dix jours plus tôt.

— Car... Carlson... Carstairs. Voilà, a annoncé l'employé en me tendant un paquet de la taille d'une boîte à chaussures.

— Merci.

J'ai vérifié l'adresse d'expédition.

Oak Moss Grove.

J'ai à peine eu le temps d'atteindre le hall que je déchirais déjà le ruban d'emballage.

Les rabats se sont ouverts pour révéler le contenu, et j'ai manqué de défaillir.

— Non, non, non..., ai-je murmuré, calant le petit carton sous un bras, tout en fouillant l'intérieur de ma main libre. Elles sont toutes là.

— Qu'est-ce que c'est ? a demandé Rachel.

— Pourquoi ? Pourquoi est-ce qu'elle... ? Je ne comprends pas.

Comment était-ce possible ? Il devait y avoir une explication — c'est du moins ce que je me suis répété en boucle pour empêcher mon cœur d'exploser. J'ai eu toutes les peines du monde à me retenir de me recroqueviller sur moi-même pour me couper des autres, comme elle l'avait fait.

— Penna ?

J'ai levé les yeux. J'y voyais flou, mais assez clair pour m'apercevoir que Cruz m'observait depuis l'escalier, l'air inquiet. Son visage était empreint d'une douceur infinie, et il a fait quelques pas dans ma direction avant de s'arrêter, une de ses propres lettres à la main.

— Qu'est-ce qu'il y a là-dedans ? Pourquoi tu pleures ? a insisté Rachel d'une voix douce.

Je n'arrivais pas à décoller les yeux de Cruz.

— Ce sont toutes les lettres que j'ai écrites à ma sœur depuis Dubaï, depuis qu'on l'a mise à Oak Moss Grove.

Le regard de Cruz s'est empli de compassion, et ses larges épaules se sont affaissées, comme s'il percevait le poids de mon chagrin.

— Toutes ? s'est étonnée Rachel.

— Oui, je crois. Et aucune n'a été ouverte.

— Elle n'a peut-être pas le droit d'en recevoir ?

— Si, mes parents lui écrivent tout le temps et elle leur répond.

— Ah !

J'ai essuyé les larmes qui coulaient sur mes joues.

— C'est pas grave. Ça va aller. Ça va aller.

J'ai fait de mon mieux pour me ressaisir, sachant que des caméras pourraient se braquer sur moi à tout moment.

Brooke refusait de prendre mes appels et n'ouvrait pas mes lettres. Ma sœur, ma moitié. Elle ne voulait plus rien avoir affaire avec moi, et c'était beaucoup plus douloureux que mes côtes fêlées.

— S'il te plaît, Rachel, ne dis rien à Pax et à Landon. Ils ne savent même pas que je lui ai écrit.

— D'accord.

Voyant que je tremblais, elle m'a pris la boîte des mains. Je luttais pour ne pas m'effondrer, ne pas me précipiter vers Cruz et le supplier de sauter avec moi depuis une grande roue pour oublier toutes mes souffrances.

— Elle les a trahis, ai-je souligné.

— Toi aussi, elle t'a trahie, a murmuré Rachel.

Brooke avait saboté toutes les cascades et failli tuer Leah, puis Pax, mais elle ne s'en était jamais prise à moi. Même lors de cet accident final, lorsqu'elle avait fait tomber le projecteur qui m'avait bousillé la jambe, elle m'avait prise pour Pax. Elle ne m'aurait jamais fait de mal intentionnellement. C'est sans doute pour cette raison que je n'avais pu m'empêcher de communiquer avec elle. Sauf qu'elle ne voulait pas de moi.

J'aurais volontiers enduré trois mois de plus dans le plâtre, si ça avait pu effacer ce sentiment.

— Non, elle ne m'avait pas trahie, ai-je protesté. Pas jusqu'à maintenant.

11. Penna

Los Angeles

Peu d'endroits aux États-Unis étaient aussi agréables en février que Los Angeles. Mais comme c'était ma ville natale, je n'étais peut-être pas très objective.

— Tu es sûre de ne pas vouloir venir avec nous ? a demandé Leah, qui descendait la rampe devant moi, main dans la main avec Pax.

Le débarquement était beaucoup plus rapide avec nos pass VIP — encore un avantage lié à Pax, le propriétaire du bateau.

— Sûre et certaine.

Deux jours entiers loin de leurs roucoulades d'amoureux m'apporteraient un répit salutaire. Entre Pax et Leah, Landon et Rachel, j'évoluais en plein film à l'eau de rose, et ça me pesait un peu, même si je n'étais pas jalouse.

Bon, si, un tout petit peu.

On s'est dit au revoir en bas de la rampe et j'ai promis de me rendre chez Pax le lendemain, pour m'entraîner. Enfin, ils s'entraîneraient. Peut-être que de mon côté, je trouverais le courage de remonter sur cette fichue bécane.

Je me suis glissée sur le cuir accueillant de la banquette,

à l'arrière de la berline de luxe, et le chauffeur a fermé la portière.

— Où allons-nous ? a-t-il demandé, pendant que nous nous dirigions vers la sortie du port.

— Chez moi, s'il vous plaît. Attendez ! Stop !

La voiture a freiné dans un crissement non loin de l'endroit où Cruz marchait seul, son sac de randonnée sur l'épaule. J'ai ouvert la vitre.

— Qu'est-ce que tu fais ?

— Je vais au parking récupérer mon pick-up, a-t-il répondu, l'air de dire « À ton avis ? ».

— Tu es garé là-bas ?

— J'ai demandé à un ami de l'y garer, hier soir. J'ai des amis, tu sais.

— Je me souviens vaguement d'en avoir vu à Vegas. Monte, on t'emmène.

— Mauvaise idée.

— Allez, quoi ! Le parking est à plus d'un kilomètre. Je compte t'y déposer, pas te faire un strip-tease ! Je te promets même le contraire : je resterai habillée, juré craché.

Un sourire a illuminé son visage, creusant ses joues de ces adorables fossettes qui apparaissaient trop rarement.

— Tu es sûre ?

— Monte ! ai-je fait, en lui ouvrant la portière et en me poussant sur le côté.

Il a regardé derrière lui pour s'assurer qu'on était seuls — c'était le cas — avant de monter.

— Où allons-nous, monsieur ? a demandé le conducteur.

— Tu as un chauffeur personnel ?

— Non. J'ai accès à un service. Dis-lui où est ton pick-up, histoire qu'on ne passe pas notre temps à s'engueuler.

— Au parking du port, répondit-il au chauffeur. Place V-19. C'est une Quad Cab noire F-250.

— Bien, monsieur.

La voiture s'est remise à avancer et Cruz s'est abandonné contre l'appuie-tête.

— C'est limite si on ne vient pas de deux planètes différentes, a-t-il dit.

— Pourtant, on s'est retrouvés sur le même bateau.

Il m'a regardée, et j'ai eu une envie folle de me noyer dans les profondeurs chocolatées de ses beaux yeux.

— C'est vrai. Dis-moi, Penna, a-t-il poursuivi, s'étouffant presque en prononçant mon nom. Qu'est-ce que tu vas faire pendant ce petit break ?

— Je vais voir ma sœur. Tu es le seul à le savoir.

Il a haussé les sourcils.

— Tu n'as rien dit à tes amis ? Tes parents t'emmènent ?

— Non. Je n'ai pas envie de leur parler des lettres, et les autres Renegades ne comprendraient pas. C'est juste que… j'ai besoin de la voir. Elle refuse de répondre au téléphone ou même de lire mon courrier, alors, il faut que je tente une approche différente.

Contrairement à ce qu'auraient fait les autres, il n'a pas essayé de m'en dissuader, ni de me rappeler qu'elle nous avait trahis, qu'elle m'avait presque tuée, qu'il lui manquait une case. Il s'est contenté d'opiner du chef lorsque nous nous sommes immobilisés à côté d'un pick-up qui ne pouvait qu'être le sien.

— Bon, prends ton sac.

— Pardon ?

— Prends. Ton. Sac. Je sais que j'ai un accent, mais je suis sûr que tu me comprends parfaitement.

Il a posé une main sur la poignée, sans ouvrir pour autant.

— Pourquoi ?

— Parce qu'il est hors de question que tu la voies seule. Tu ne peux peut-être pas expliquer ce qui se passe à tes amis, tu te sens sans doute coupable à l'idée qu'elle te manque — une émotion pourtant on ne peut plus normale —, mais je ne te laisserai pas y aller toute seule. Je t'emmène.

— Je… J'ai une voiture.

Bon, d'accord, l'excuse était minable.

— Je sais. Mais imaginons un instant que tu n'es pas la fille d'un couple de millionnaires et que tu n'as pas touché plus d'un million à toi toute seule l'année dernière…

— Comment est-ce que…

— Google. Contente-toi de prendre tes affaires et de faire semblant d'être normale. Monte dans mon pick-up.

— Tu es toujours mon prof, Cruz.

Il a crispé la mâchoire, faisant jaillir les petits muscles sur les côtés.

— Et tu es toujours mon étudiante. Mais il se trouve aussi que je m'inquiète pour toi. On ne franchira aucune limite interdite. S'il te plaît, n'agis pas seule. Laisse-moi t'emmener, ou demande à un de tes amis de t'accompagner. Leah, par exemple… Elle a l'air gentille.

— Elle l'est. Je sais qu'elle accepterait, mais elle ne comprendrait pas, ai-je soufflé en baissant la voix et les yeux en même temps. Brooke a failli la tuer au Maroc.

— Alors monte, Penelope !

En l'entendant prononcer mon vrai prénom, j'ai levé le visage vers lui. Il n'arborait plus l'expression distante qu'il m'avait présentée sur le bateau. Non, il ressemblait au type que j'avais rencontré à Vegas, celui qui m'avait fait confiance au point de sauter avec un parachute qu'il n'avait pas plié lui-même.

Visiblement, c'était mon tour de sauter.

— D'accord.

Quelques minutes plus tard, je bouclais ma ceinture sur

le siège passager du pick-up de Cruz, et nous quittions le port. Avisant la propreté méticuleuse de l'habitacle, je me suis demandé à quoi pouvait bien ressembler sa cabine. Sûrement pas à la mienne, que j'avais laissée jonchée de fringues.

— On va où ? a-t-il questionné en indiquant le GPS.

— Ça doit être à une heure d'ici. Ça ira ?

— Aucun souci.

J'ai saisi l'adresse, tandis qu'il branchait son téléphone, puis je me suis adossée au siège et j'ai observé son profil à la dérobée, alors qu'il serpentait au milieu de la circulation. J'avais beau me dire qu'il était mon prof et uniquement ça, il n'en restait pas moins le mec le plus craquant que j'aie jamais vu et, pour moi qui passais mes journées entourée de beaux gosses, ce n'était pas rien !

— Twenty One Pilots ? ai-je commenté en entendant la musique qu'il venait de mettre.

— Ça te surprend ? J'ai vingt-sept ans, pas soixante-dix !

Quelquefois, les cinq années qui nous séparaient me paraissaient aussi infranchissables que le Grand Canyon.

— T'es sûr ? J'ai vu ta collection de cravates, tu sais.

— Retire ce que tu viens de dire !

— Non. Reconnais que dans ce domaine, tu as des goûts de vioque.

Nous avons rejoint l'autoroute, et chaque kilomètre qui nous éloignait de l'*Athena* me rendait plus légère.

— C'est pas cool de me dire ça. J'ai eu vingt-quatre heures max pour boucler mes valises.

— Du coup, tu as fait ton shopping dans la penderie de mon papy ?

C'était trop marrant de le mettre en boîte.

— Pas du tout !

— Tu es entré dans un magasin et tu as acheté les dix premières cravates que tu as vues.

Il m'a jeté un bref coup d'œil avant de reporter son attention sur la route.

— Douze.

J'ai pivoté sur mon siège pour lui faire face.

— Pardon ?

— J'ai pris les douze premières cravates que j'ai vues.

— Enfin la vérité !

— T'es gonflée ! Quand j'étais dans l'armée, je n'en avais qu'une seule. Elle était noire, assortie à mon uniforme. Après, en troisième cycle, je n'ai pas eu à en porter, jusqu'à ce que je sois prof stagiaire, et là, je m'en foutais. Pourquoi tu me regardes comme ça ? À quoi tu penses ?

J'ai penché la tête.

— Je t'imagine dans ton uniforme de l'armée. J'adore.

— Penelope ! m'a-t-il mise en garde, tout en réprimant un sourire.

— Je visualise même toute une scène à la *Officier et Gentleman*.

Il a secoué la tête, se fendant enfin d'un sourire assez prononcé pour faire naître ces fossettes tellement sexy.

— C'est la marine, pas l'armée…

— Et alors ? Un type qui embarque la fille qu'il aime, on ne voit ça qu'au cinoche. Aucun mec que je connais ne ferait ça. Même pas Landon ou Pax, et ils en font, des trucs pour leurs nanas !

Il a esquissé un sourire suffisant.

— Quoi ? ai-je demandé, m'apprêtant à essuyer encore une de ses remarques.

Il ne se laissait pas faire quand je le houspillais, et c'était l'un des aspects qui me plaisaient chez lui.

— C'est parce que tu ne traînes qu'avec des gamins.

— Ah ?

— Tes amis ? Des gamins. Leurs petits disciples Renegades ? Des gamins. Sauter en parachute ou à moto ne fait pas de toi un homme. Servir une entité supérieure, se sacrifier pour l'être qu'on aime, comprendre la vraie nature de la souffrance et chercher à la soulager chez un autre que soi — ça, c'est être un homme.

— J'ai des amis qui correspondent à cette définition.

— Non. Pas totalement. C'est pour ça que tu es toujours célibataire.

Je me suis raidie et j'ai croisé les bras.

— Ah bon ?

Le regard de braise qu'il m'a jeté aurait pu être à l'origine du réchauffement climatique.

— Tu es une femme volontaire, indépendante et obstinée, entourée d'une mer de gamins, alors que tu as envie — tu as besoin — d'un homme. Qui ne te retiendra pas, mais qui n'aura pas peur de toi pour autant. Qui pratiquera le délicat équilibre entre te regarder voler et t'empêcher de tomber. Je ne suis même pas sûr que ces gosses sauraient quoi faire, si tu les laissais s'approcher.

Mais toi, oui.

J'ai remué sur mon siège et je me suis forcée à me détourner, avant que l'un de nous nomme ce qui se passait. Cruz était ce genre d'homme, je le savais.

Simplement, il ne pouvait pas être le mien.

Si seulement ma libido avait pu le comprendre !

— Sinon, tu es triste de quitter LA ? ai-je demandé, changeant de sujet pour aborder une thématique moins hasardeuse.

— Un peu. J'y vis depuis que j'ai neuf ans. Je suis très content de repartir à zéro ailleurs, mais le climat me manquera beaucoup.

— Pourquoi ne pas t'installer en Floride, ou quelque part où la communauté cubaine est plus importante ? Ça n'a pas dû être facile de tout laisser tomber.

— Non, c'est vrai. Mais on connaissait Miami, et il aurait cherché dans ces communautés-là en premier. Il fallait qu'on passe inaperçu dans notre nouveau pays.

— Il ? Vous avez fui quelqu'un ? ai-je demandé, pénétrant dans un territoire où je n'avais rien à faire. Peut-être celui qui t'a brûlé le bras ?

Il m'a jeté un bref coup d'œil.

— Ça ressemble à une brûlure de cigarette, ai-je ajouté doucement.

— De cigare, pour être précis. Mon père n'est pas quelqu'un de bien, a-t-il répondu, les mains crispées sur le volant. Je pensais que ma grand-mère avait affrété un bateau de pêcheur pour la journée. Ça s'est transformé en périple de trois jours, quand le moteur a rendu l'âme, mais on a fini par atteindre les Keys.

— Tu devais être terrifié !

Je n'imaginais pas ce qu'on pouvait éprouver dans ce type de situation à un âge aussi tendre — ni même plus tard. Ça laissait entendre un désespoir que je n'avais jamais connu.

— J'ai eu moins peur sur ce bateau qu'en vivant dans la même maison que lui.

— Ta mère est retournée auprès de lui ?

— Oui.

À son ton, j'ai compris que le sujet était clos.

Les derniers kilomètres se sont déroulés dans un silence relatif, jusqu'à ce qu'on emprunte la longue allée sinueuse qui menait jusqu'à Oak Moss Grove et que le bâtiment apparaisse. On aurait dit un hôtel plutôt qu'un institut, une maison de repos ou je ne sais quoi.

— Tu es nerveuse.

— C'est le désert par ici. Tu as vu ce cactus ? ai-je éludé, prise de nausées.

— Ça s'appelle « Oak Moss Grove », mais pas de chênes ni de mousse en vue, a-t-il confirmé en se garant sur la première place disponible.

— Oui, hein ? ai-je acquiescé avec un hochement de tête un peu trop véhément. C'est de la publicité mensongère.

— Penelope, a-t-il dit doucement, puis il a attendu que j'aie la force de le regarder.

Sa patience, sa manie de toujours me laisser le choix faisaient partie de ses qualités les plus attirantes.

— Tu veux que je vienne avec toi ?

— Oui.

Maintenant que j'étais là, avec lui, je ne m'imaginais pas poursuivre seule.

Je suis descendue de son pick-up et me suis avancée vers les marches en béton à l'avant de la bâtisse.

— Je t'aurais ouvert la portière, si tu avais attendu une seconde.

— Je pouvais le faire toute seule.

— La galanterie n'a rien à voir avec le machisme.

— C'est vrai, ai-je reconnu en lui adressant un sourire reconnaissant, tandis qu'il m'ouvrait la porte du bâtiment, cette fois.

Il a posé la main sur le creux de mes reins l'espace d'une seconde, et j'ai dû me retenir de me pencher pour percevoir encore sa chaleur.

Nous avons attendu à l'entrée, jusqu'à ce qu'apparaisse une femme menue qui devait avoir la quarantaine. Le sourire chaleureux, ses yeux marron emplis de gentillesse, elle nous a demandé en quoi elle pouvait nous être utile.

— Je viens rendre visite à ma sœur, ai-je annoncé, avec plus d'assurance que j'en éprouvais.

— Son nom ?

— Brooke Carstairs. Je suis Penelope Carstairs.

J'ai sorti ma carte d'identité de ma poche arrière.

— Bien sûr. Par ici… Je vais l'informer de votre présence.

Puis elle a ajouté, jetant un coup d'œil à Cruz :

— Seuls les membres de la famille ont le droit d'entrer.

— C'est mon fiancé, ai-je lancé du tac au tac.

Par chance, il n'a pas cillé. Il m'a prise par la taille pour me coller contre lui avec une familiarité qui a donné plus de crédibilité à mon mensonge.

L'infirmière a jeté un regard ostensible à ma main gauche, qui ne présentait aucune bague.

— Je lui ai suggéré de la laisser à la maison, est intervenu Cruz d'une voix douce et apaisante. Brooke n'est pas encore au courant, et on voulait s'assurer qu'elle était bien en voie de guérison avant de le lui annoncer.

Son mensonge était tellement parfait que j'y ai presque cru.

L'infirmière s'est mise à fondre.

— Bien sûr. C'est très attentionné de votre part. Félicitations à vous deux. Vous voulez bien me suivre ?

Elle nous a guidés le long d'un couloir large et luxueusement décoré. À en juger par les tableaux accrochés aux murs, mes parents payaient le séjour de Brooke ici une fortune.

— Comment vous vous êtes rencontrés ? a-t-elle demandé en nous emmenant dans une pièce marquée « Visites 2 ».

L'endroit était arrangé comme le salon d'une maison, avec des divans en cuir marron, des bibliothèques chargées de livres et un éclairage douillet.

— Dans un bar à Las Vegas, ai-je répondu distraitement.

— Je l'ai vue s'en prendre à un mec qui l'avait tripotée, et j'ai tenu à faire sa connaissance, a ajouté Cruz en me contemplant avec adoration. Elle me tient toujours en haleine.

Qu'est-ce que j'avais envie de me glisser dans ce mensonge ! De croire que nous formions vraiment un couple, qu'il était avec moi et me soutenait, me protégeait, me relevait quand je m'effondrais, et que j'agissais de même avec lui.

— Vous êtes adorables, a-t-elle déclaré en plissant le nez. Je vais chercher Brooke.

Elle a refermé derrière elle, nous laissant seuls.

Je me suis enfoncé sur le canapé et me suis pliée en deux, le visage entre les genoux.

— Je t'apporte la poubelle ?

— Non, ai-je décliné, inspirant par le nez et expirant par la bouche pour calmer les spasmes qui m'agitaient.

— Tu veux me dire à quoi tu penses ?

J'ai levé la tête et l'ai secouée.

— Non. Oui. Non.

Il s'est assis à côté de moi, et j'ai perçu la chaleur qui filtrait à travers son jean.

— Quoi que tu ressentes, c'est normal, Penelope. Tu as le droit de lui en vouloir, surtout après le coup des lettres. Tu as le droit de la serrer dans tes bras, de regretter son absence, de l'aimer. Tu as le droit de détester ce qu'elle a fait, et de lui pardonner. Toutes ces émotions sont valables.

Mon regard s'est fixé sur la seconde aiguille de l'horloge accrochée au mur, entre deux grandes fenêtres.

— La dernière fois que je l'ai vue, j'étais sur un brancard. Elle était floue, j'avais super mal, et je ne comprenais pas pourquoi elle ne m'accompagnait pas dans l'ambulance. Ce n'est qu'après que j'ai su qu'elle…

Il m'a pris la main, en un geste purement platonique. Et c'était exactement ce dont j'avais besoin.

— Je ne sais même pas ce que je vais lui dire. Je veux juste la voir, essayer de la comprendre.

Doucement, sans un mot, il m'a serré la main. Je n'avais pas compris avant cet instant à quel point j'avais besoin qu'on m'écoute sans jugement ni a priori — sans connaître toute l'histoire.

La porte s'est ouverte et je me suis levée, tremblant d'une appréhension qu'aucune cascade ne m'avait jamais procurée.

Une grande femme rousse est entrée. Elle était coiffée d'un chignon banane impeccable, et sa blouse blanche n'arborait pas le moindre grain de poussière. Elle m'a tendu la main, le sourire bienveillant et le regard ferme.

— Penna ? Je suis le docteur Kelley, je m'occupe de Brooke.

— Ravie de vous rencontrer, ai-je répondu en jetant un coup d'œil à la porte fermée. Ma sœur va arriver ?

— Si on s'asseyait ?

Elle s'est installée sur le divan en face du nôtre, et je me suis rassise.

— Quelque chose ne va pas ?

— Pas exactement, mais je suis navrée de vous apprendre que Brooke ne viendra pas.

En un clin d'œil, mon corps s'est paralysé. L'unique sensation physique que j'ai perçue a été la main de Cruz saisissant de nouveau la mienne.

— Je peux revenir demain, si elle est occupée. Je ne suis en ville que pour quarante-huit heures. Après, je quitterai les États-Unis jusqu'au mois de mai.

— Demain non plus. Elle n'est pas prête à recevoir de la visite.

Sa voix, pourtant douce et apaisante, me faisait l'effet d'un crissement d'ongles sur un tableau noir.

— Elle voit mes parents, ai-je objecté, m'efforçant de comprendre.

— En effet.

La vérité m'a percutée de plein fouet et m'a infligé une douleur telle que je me serais étalée au sol, si je n'avais pas été assise.

— Vous croyez qu'elle n'est pas prête à me voir… à cause de ce qui s'est passé.

Peu importait qu'on ait été sœurs, qu'elle fasse partie de tous mes bons souvenirs. Les nombreuses années où elle avait été ma meilleure amie, mon unique confidente dans un monde où tous voulaient connaître mes secrets, ne revêtaient aucune importance aux yeux de cette femme. Une vie entière d'instants partagés s'était effacée, à la seconde où ce projecteur s'était écrasé. Pour elle, ma relation avec ma sœur serait toujours définie par le pire jour de nos deux existences.

Elle me voyait comme un obstacle à la guérison de Brooke.

— Elle est encore très fragile, a-t-elle repris, et il nous reste beaucoup de chemin à parcourir pour démêler ses problèmes, mais ce n'est pas moi qui l'ai conseillée en ce sens.

Quoi ?

Si le Dr Kelley n'était pas la raison…

— Mais… mais c'est grâce à moi que Pax n'a pas porté plainte contre elle ! J'ai demandé à Brandon de collaborer avec les autorités de Dubaï. J'ai veillé à ce qu'elle n'aille pas en prison et qu'elle se fasse aider à la place. Qu'elle vienne vous voir.

— Je sais.

Mon esprit tournait à plein régime, dans une tentative d'échapper au tsunami d'émotions qui déferlait sur moi. Toutes les explications logiques se sont réfutées d'elles-mêmes, avant que j'aie eu le temps de les énoncer. Il n'en restait plus qu'une seule, celle que j'étais incapable d'entendre.

— J'essaie de la contacter depuis cet événement. Elle a refusé tous mes coups de fil, et m'a renvoyé mes lettres. Je ne sais plus quoi faire, docteur Kelley. Tout ce que je veux, c'est la voir, ai-je conclu d'une voix brisée.

— Mais elle, elle ne veut pas vous voir.

Le raz-de-marée a déferlé, et je m'y suis noyée, avant d'avoir eu la chance de prendre une respiration.

12. Cruz

Los Angeles

Penelope regardait droit devant elle. J'ai bouclé sa ceinture à sa place, étant donné qu'elle ne semblait pas s'en préoccuper. Elle avait à peine prononcé trois mots depuis que le Dr Kelley lui avait annoncé la nouvelle dévastatrice.

Le regard mort, elle s'était repliée sur elle-même. J'ai dû me retenir de courir à travers l'institut en appelant Brooke, jusqu'à ce qu'elle daigne se montrer. Penelope méritait tellement mieux que la réponse qu'on venait de lui balancer !

J'ai fermé sa portière et contourné l'avant de mon pick-up, avant de monter et de mettre le contact.

— Prête ?

— Si tu veux, a-t-elle répondu, d'une voix aussi terne que ses yeux.

Comment pouvais-je la ramener dans cet état ? La laisser seule, alors que ses amis n'avaient pas la moindre idée de ce qu'elle venait de traverser ?

— Où est-ce que je t'emmène ?

Elle a balayé le panorama avec un air de panique qui a

grandi avec chaque seconde d'indécision. Enfin, elle a fermé les paupières, pour s'empêcher manifestement de pleurer.

— Je m'en fous.

— D'accord, ai-je dit doucement en lui prenant la main.

Ce geste était de trop, comme tout contact physique entre nous. Mais je venais de me faire passer pour son fiancé, et je ne pouvais pas ne pas agir, alors qu'elle souffrait.

J'ai pris mon téléphone et j'ai appuyé sur le premier de mes numéros abrégés.

— Bonjour, Grandma, ai-je dit, passant à l'espagnol et priant pour que Penelope ne comprenne pas. Je ne vais peut-être pas venir dîner ce soir.

— Hors de question, Cruz ! s'est-elle écriée dans son espagnol rapide, sans prendre la peine de m'ordonner de parler en anglais.

J'ai souri, l'imaginant dans notre cuisine, entourée des pommes que nous avions peintes à la main, lors de ma première année de collège.

— Je ne suis pas sûr de pouvoir y changer grand-chose.

— Ça fait des semaines que je ne t'ai pas vu ! Et on n'a même pas pu fêter ton diplôme dignement. Alors, tu rappliques illico !

J'ai jeté un coup d'œil à Penelope, qui regardait par la vitre, le visage empreint de souffrance.

— D'accord, mais je serai sûrement accompagné.

— J'ai largement ce qu'il faut pour manger.

— Je n'en doute pas. Elle s'appelle Penelope.

— « Elle » ? Tu viens avec une fille ? Vous serez là dans combien de temps ? a-t-elle demandé, tout excitée.

Je n'avais encore jamais amené de nana à la maison. À vrai dire, ma grand-mère avait été la seule figure féminine constante dans ma vie depuis mes dix ans.

— Environ une heure.

— Je vous attends.

— Il n'y a rien entre nous, ai-je précisé, espérant qu'elle saisirait l'allusion.

— Bien sûr, bien sûr. Dépêchez-vous !

Je lui ai dit au revoir et j'ai démarré. Au stop, j'ai pris le temps d'examiner Penelope.

Elle avait les yeux dans le vague, les épaules voûtées, comme pour signifier qu'elle était incapable de subir un revers de plus. Elle n'était pas tout à fait brisée, mais pas intacte pour autant.

— Tu ne parles pas espagnol, si ? me suis-je inquiété.

— Non, le français.

— Bien. Je t'emmène quelque part, OK ?

— D'ac, a-t-elle répondu, toujours affaissée de l'autre côté.

— Penelope…

Elle a tourné le visage vers moi, ses beaux yeux d'azur gonflés de larmes.

— Je sais que ça doit te paraître impossible, mais ça va aller. Tu iras mieux.

— Tu as raison, a-t-elle lâché, m'apportant un soulagement de courte durée. Ça paraît impossible.

— On est où ? a-t-elle demandé, une heure plus tard, lorsque nous nous sommes arrêtés devant la maison de ma grand-mère, près d'Echo Park.

Le quartier avait perdu beaucoup de son charme cubain au fil des ans, mais c'était mieux que rien, affirmait-elle toujours.

— Chez ma grand-mère.

Je suis descendu de voiture et lui ai ouvert la portière.

Elle s'est glissée au sol. Comme si j'avais pu lire dans son esprit, je l'ai vue cloisonner ses pensées, jeter tout ce qui venait de se produire dans une petite boîte, et faire comme si de rien n'était.

La même transformation qu'à l'approche des caméras.

— C'est ici que tu as grandi ? a-t-elle demandé en inspectant la maisonnette, qui aurait sûrement pu entrer tout entière dans son salon.

Avec son petit chemin pavé et ses buissons vert vif qui florissaient au printemps, on aurait dit un cottage.

— Oui. On y a emménagé quand j'avais neuf ans, et ça n'a pas trop changé depuis.

Elle a parcouru rapidement du regard les parterres de fleurs, près du porche, et les volets rouges qui ressortaient sur la façade grise.

— J'aime bien, a-t-elle déclaré d'une petite voix, une faible lueur s'allumant au fond de ses yeux. On a envie de s'y sentir chez soi.

Cette seule phrase m'en a dit plus long sur son enfance que tout ce que Penna aurait pu me révéler d'elle-même.

— Je vais te présenter. Mais avant, un mot d'avertissement : ma grand-mère peut être un peu… envahissante. Elle voudra sans doute tout savoir de toi, y compris ta note de solvabilité.

Penelope a éclaté de rire, et ça m'a paru magique.

— Ne t'en fais pas pour moi. Si je suis capable de gérer des sauteries de Noël avec le gouverneur de la Californie, je devrais pouvoir m'en sortir avec ta grand-mère.

— Tu risques d'être surprise, ai-je insisté.

— Tu ne l'appelles pas « Abuela ».

— C'est une question ?

Qu'est-ce que j'adorais l'asticoter !

Elle a levé les yeux au ciel.

— Je me disais juste que…

— Penelope Carstairs, est-ce que tu as des a priori culturels sur moi ?

Elle a viré au rouge pivoine, sans céder pour autant.

— Je refuse de répondre à cette question.

J'ai soutenu son regard jusqu'à exploser de rire, ce à quoi elle a haussé un sourcil.

— Quand on est arrivés ici, ma grand-mère nous a interdit l'espagnol. Elle disait qu'on était aux États-Unis, et qu'il fallait se fondre dans le moule. Je n'ai pas eu droit à l'espagnol tant que je ne parlais pas couramment l'anglais. À ce stade, elle s'était habituée à ce que je l'appelle « Grandma ». Je crois que ça lui donnait l'impression qu'on avait réussi notre intégration.

Qu'on était bien cachés.

On a gravi les marches, et ma grand-mère a ouvert la porte avant qu'on ait eu le temps de traverser le petit perron.

— Cruz ! s'est-elle exclamée en ouvrant grand les bras.

Contemplant son petit mètre cinquante et son léger embonpoint, je me suis avancé pour la serrer fort contre moi.

— Tu m'as manqué, ai-je dit en fermant les yeux pour humer son parfum familier.

— Repose-moi ! s'est-elle esclaffée.

Les petites rides autour de ses yeux s'étaient creusées, depuis l'année dernière.

— Tu as grandi ou quoi ? ai-je demandé en m'exécutant. Je parie que oui.

— En anglais ! m'a-t-elle repris en me tapant sur le torse, avant de me montrer du doigt comme si j'avais encore dix ans et qu'elle devait m'apprendre comment on vit en Amérique.

— Désolé, ai-je glissé à Penna, qui nous observait avec un petit sourire. Je ne m'étais même pas rendu compte que j'avais changé de langue.

— Pas de souci, a-t-elle répondu avec un petit geste de la main.

— Grandma, voici Penelope. Penelope, je te présente ma grand-mère. C'est elle qui m'a élevé, alors, c'est à elle qu'il faut se plaindre.

— Je saurai m'en souvenir, m'a-t-elle averti avec un air enjoué.

— Allez, entrez, a lancé ma grand-mère. Vous avez l'air affamés.

Une odeur divine flottait dans la maison, et j'ai fermé les yeux en soupirant.

— Ça sent super bon !

— C'est de la *ropa vieja*, a déclaré ma grand-mère avec un clin d'œil, en guidant Penna vers le salon. J'ai pensé que ça te plairait.

— Tu m'étonnes ! Tu as besoin d'aide ?

— N'y pense même pas ! Personne n'entre dans ma cuisine ! Penelope, venez, asseyons-nous et papotons un peu.

Elles se sont installées sur le divan et moi, dans le fauteuil relax, en priant pour que mes sentiments pigent l'allusion et baissent d'un ton.

— C'est très joli chez vous, l'a complimentée Penelope.

Elle regardait les photos encadrées au-dessus de la cheminée avec un tel émerveillement qu'on ne pouvait que la croire.

— Merci. On me dit tout le temps que je pourrais revendre cette maison une petite fortune, mais je crois qu'elle est enfin comme je voulais qu'elle soit. Et puis, c'est là que j'ai élevé Cruz.

— Je comprends parfaitement, a affirmé Penelope avec un petit hochement de tête.

J'ai eu l'impression qu'elle disait vrai. Elle avait beau être issue d'une famille riche, je commençais à deviner qu'on lui avait donné plus d'argent que d'affection. De notre côté, on n'avait pas roulé sur l'or, mais j'avais toujours été l'objet d'affectueuses attentions. La pauvreté offrait de multiples visages.

— Alors, qu'est-ce que vous faites dans la vie, mademoiselle ?

Ma grand-mère a plissé ses yeux marron, et j'ai compris que l'inquisition avait débuté.

— Grandma…

— Tout va bien, m'a assuré Penna. Je suis étudiante en dernière année, à l'UCLA. Je finirai en juin, lorsqu'on débarquera à Miami.

Ma grand-mère m'a coulé un regard en coin pas très subtil.

— Vous êtes donc sur le bateau avec Cruz.

— C'est exact.

— Et vous êtes étudiante, vous dites ?

— Oui, madame. Mais je travaille aussi à plein temps.

Grandma a haussé les sourcils.

— Bien. Une femme doit savoir se débrouiller seule. Qu'est-ce que vous faites ?

— Je suis une athlète professionnelle.

Ma grand-mère l'a détaillée, la tête penchée. J'ai failli intervenir, mais Penna m'a jeté un coup d'œil signifiant qu'elle gérait la situation.

— Vous nagez ? Vous courez ? Vous n'êtes tout de même pas une de ces filles qui accompagnent les footballeurs et qui sont un peu trop court vêtues ?

Penna a eu l'air amusée, et j'ai eu envie d'embrasser ma grand-mère pour avoir fait naître ce sentiment chez elle.

— Je fais du freestyle motocross. Enfin, essentiellement.

— Du « motocross » ? De la moto ?

Ma grand-mère s'est penchée vers elle. J'aurais pu les regarder parler pendant des heures.

— Oui, madame.

— Vous êtes donc une motarde.

Penelope a écarquillé les yeux.

— Pas vraiment. Enfin, je ne fais pas partie d'un gang.

— Tu es bien une Renegade, ai-je souligné.

— Ce n'est pas un gang !

— Ne faites pas attention à lui, est intervenue Grandma. Il essaie seulement de voir jusqu'où il peut aller pour vous faire réagir.

J'ai éclaté de rire, et les deux femmes de ma vie m'ont fusillé du regard.

Hé, minute ! Penelope n'est pas l'une des femmes de ta vie. Ni maintenant ni jamais.

— Elle passe à la télé, Grandma. On la voit aussi dans les magazines. Elle fait des trucs de dingue.

— Ah, comme Evel Knievel, a-t-elle déclaré avec un air appréciateur.

— Tout à fait, a acquiescé Penna.

— Eh bien, voilà autre chose ! C'est bien que vous ayez une carrière. Moi, je suis infirmière. Je m'occupe de nouveau-nés depuis mes vingt-cinq ans. Ça permet d'avoir un but dans la vie. Bon, je vais voir où en est le dîner. Cruz, viens m'aider.

Elle s'est levée et a épousseté son pantalon.

— Mais tu disais que personne ne devait...

— Tout de suite, Cruz !

J'ai bondi de mon siège.

— Ça ira ? ai-je demandé à Penelope.

— Oui. En fait...

Elle s'est mordillé la lèvre inférieure, et j'ai dû me retenir de me pencher pour la suçoter.

— Quoi ?

— Ton téléphone est toujours allumé ? J'ai éteint le

mien. Tous les gens avec qui j'avais envie de parler étaient à bord avec moi.

— Oui. Tu veux que je te le prête ?

— J'aimerais appeler mes parents, a-t-elle chuchoté, serrant et desserrant les poings sur ses genoux.

— Tiens…

J'ai sorti mon portable de ma poche arrière.

— Le code est 1202.

Elle a écarquillé les yeux devant cette preuve de confiance.

— Si tu as besoin de moi, je serai dans la cuisine.

Elle a hoché la tête, et je l'ai laissée assise sur le divan, avant d'avoir pu m'interroger sur ce qui m'avait poussé à agir ainsi. Je n'avais rien à lui cacher, du moins rien de ce qu'il y avait sur mon téléphone, mais il s'agissait malgré tout d'une limite qui n'aurait pas dû être franchie.

Quand je suis entré dans la cuisine, ma grand-mère remuait le contenu d'une marmite.

— Qu'est-ce que tu fais avec elle, Cruz ? m'a-t-elle demandé — elle n'était pas du genre à tourner autour du pot. C'est une étudiante, c'est ça ?

Elle s'exprimait en espagnol et je l'ai imitée. Comme ça, Penna ne surprendrait pas notre conversation.

— Oui, ai-je répondu en m'appuyant contre le plan de travail carrelé.

— Elle est en cours avec toi ?

— Oui.

Je ne pouvais pas lui mentir. J'en avais toujours été incapable.

— Cruz, a-t-elle lâché en soupirant, visiblement déçue.

— Je l'ai rencontrée avant de partir, quand j'ai fait une virée à Vegas avec les potes.

La cuisine était plus sombre que d'habitude et, en

levant les yeux, je me suis aperçu qu'une des ampoules était éteinte.

— Tu t'es marié avec elle ? a-t-elle demandé, l'air espiègle.

— On n'est pas dans l'un de tes feuilletons, Grandma, ai-je protesté, traversant la cuisine pour sortir une ampoule neuve du placard.

— Ne t'embête pas avec ça. Je finirai bien par le faire.

— Donne-moi une liste de choses à faire, je m'en occuperai avant de repartir, demain, ai-je insisté en changeant l'ampoule grillée.

— Tu ne savais pas qu'elle était étudiante ?

— Non. Je ne l'ai appris qu'en entrant dans ma classe d'histoire d'Amérique latine.

Où elle était aussi stupéfaite que moi. Parfaite. Intouchable. Et, d'une certaine manière, tout à moi.

— Alors, il n'y a rien entre vous ? a-t-elle demandé, d'une voix exagérément innocente.

— Je suis son prof.

— Et tu aimerais bien lui enseigner autre chose que l'histoire, en a-t-elle conclu, en pointant sur moi sa cuiller en bois. Je ne suis pas aveugle. Tu la regardes comme si elle était le premier rayon de soleil que tu voyais après une vie plongée dans les ténèbres.

— Arrête les feuilletons, Grandma.

— Dis-moi la vérité.

— Je ne vais pas tout foutre en l'air. J'ai une seule chance…

Elle a fait volte-face, les yeux ronds comme des soucoupes.

— Une seule chance pour quoi faire ?

Merde alors ! Je ne pouvais pas la boucler ?

J'ai inspiré à pleins poumons et me suis apprêté à me faire dévorer tout cru par une femme deux fois plus petite que moi.

— Le bateau va faire une escale à Cuba, juste avant Miami.

— Non. Je te l'interdis ! Tu resteras à bord, tu n'as pas intérêt à mettre les pieds sur cette île. Tu m'entends ?

— Je lui ai promis.

— Maintenant, c'est à moi que tu dois faire une promesse ! s'est-elle écriée.

J'aurais pu me rebiffer, mais la peur que j'ai lue dans son regard m'a tétanisé.

— Je ne peux pas faire ça. Mais je te jure de ne prendre aucun risque inutile, et d'agir uniquement si c'est sûr.

— Je ne peux pas te perdre aussi, a-t-elle chuchoté.

— Tu ne me perdras pas, lui ai-je assuré en la serrant dans mes bras.

Elle s'est ressaisie et a reculé d'un pas.

— Va dire à ta nana — à ton étudiante — qu'on va bientôt manger.

— J'y vais.

— Au fait, a-t-elle lancé juste avant que je quitte la cuisine. Elle me plaît !

Je me suis retourné, calant les mains de part et d'autre de la porte.

— À moi aussi, elle me plaît. Ça fait partie de mon problème.

En sortant, j'ai aperçu Penna dans le couloir ; elle contemplait les photos encadrées qui tapissaient le mur. Redoutant qu'elle ne tombe sur celles de mes années à l'école primaire, j'ai hâté le pas pour la rejoindre.

— Le dîner est bientôt prêt, ai-je annoncé. Ton coup de fil s'est bien passé ?

— C'est ta mère ? a-t-elle demandé, esquivant ouvertement ma question, les yeux fixés sur l'un de mes portraits préférés.

— Oui. Elle a été prise juste après notre arrivée.

— Où est-ce qu'elle est, maintenant ?

— Elle est décédée une dizaine d'années après que cette photo a été prise.

— Je suis désolée.

— Ça fait longtemps.

— Celles-ci remontent à quand tu étais dans l'armée, a-t-elle poursuivi, passant encore du coq à l'âne.

Je commençais à comprendre qu'elle était du genre à éviter les sujets trop personnels.

— Qu'est-ce qui t'a mis la puce à l'oreille ? L'uniforme ?

J'ai appuyé l'épaule contre le mur pour la contempler, pendant qu'elle observait les photographies.

— Ça te manque ? a-t-elle demandé, se penchant pour examiner une image de moi en Afghanistan.

— Oui. Pas la guerre, mais j'aimais avoir le sentiment de servir mon pays. Il m'a tout donné, et j'ai envie de rendre en retour autant que possible.

— Tu as déjà pensé à y retourner ?

— Tous les jours, ai-je répondu en toute honnêteté. J'hésite encore à intégrer l'armée de réserve.

Pivotant vers moi, elle m'a tendu mon téléphone.

— J'avais raison, a-t-elle décrété.

— À propos de quoi ?

Elle a esquissé un sourire. Il aurait été si facile de me pencher pour l'embrasser, si tentant d'éprouver cette fébrilité qu'elle était la seule à me procurer. Mais j'avais déjà franchi une dizaine de limites morales avec elle, ce jour-là, et j'étais déterminé à m'en tenir là.

— Allons manger un bout, a-t-elle suggéré en passant devant moi.

Je lui ai attrapé la main.

— Tu avais raison sur quoi ? ai-je insisté.

Son regard, traversé d'un éclair de chaleur, s'est porté sur la photo, puis sur moi. Elle avait eu la même expression à Vegas.

— T'es carrément craquant en uniforme.

Elle m'a souri, et j'ai cru que mon cœur allait s'arrêter.

Non, non, non. Elle n'est pas pour toi.

Je lui ai lâché la main avant de faire quelque chose de débile, genre l'attirer à moi. Genre, l'entraîner dans la chambre de mon enfance et la plaquer contre le mur pour l'embrasser jusqu'à effacer ce sourire sur ses lèvres.

Je me suis contenté de la laisser s'éloigner, pour son bien comme pour le mien.

Pendant qu'elle allait dans la cuisine, j'ai calé la tête contre le mur et inspiré profondément. À cet instant, tout est devenu clair comme de l'eau de roche. Ce qui se passait entre nous, quoi que ce soit, aurait fait perdre son sang-froid à un saint.

Et je n'avais rien d'un saint.

13. Penna

Los Angeles

— Te voilà ! s'est écrié Pax depuis la grande rampe.

En tenue complète, casque sous le bras, il s'entretenait avec des membres de l'équipe. C'était notre deuxième jour à LA, mais le premier où je les voyais. Cruz m'avait ramenée chez moi après le dîner chez sa grand-mère et j'avais passé la nuit dans mon appartement, tâchant à la fois d'oublier et de me remémorer tout ce qui s'était passé dans la journée.

Chez Cruz, j'avais eu l'impression d'être avec un mec normal — pas un prof — et, malgré tous mes efforts pour me détourner de lui, il me plaisait. J'aimais son humour. J'aimais sa manie de s'occuper de petits riens chez sa grand-mère. J'aimais son sourire, son rire, le voir faire la vaisselle. J'aimais l'effet qu'il produisait sur moi tout en me mettant à cran, sa capacité à apaiser mon cœur douloureux et à affoler mon pouls en même temps.

Et puis, il m'avait déposée à ma porte, et il était redevenu le professeur Delgado.

— Penna ? a appelé Pax, m'arrachant à mes pensées.

— Je suis là.

— Les mecs, vous nous accordez un instant ? a-t-il demandé à l'équipe de tournage.

Bobby a réfléchi quelques secondes, avant d'acquiescer d'un signe de tête.

— Qu'est-ce que ça te fait, d'être de retour au ranch ? ai-je demandé, en désignant les bois qui nous entouraient.

Quelques années plus tôt, Pax avait acheté huit hectares de terrain et leur avait donné le nom de « Renegade Ranch ». Il y avait installé un garage dernier cri, une maison de quatre mille mètres carrés et d'innombrables rampes.

— C'est chouette. J'ai hâte de m'y remettre.

J'ai effleuré le guidon de sa moto. Curieux, car c'était sur la sienne que je me trouvais, au moment de l'accident, alors que j'étais incapable de toucher la mienne.

— T'étais où, hier ?

J'ai haussé les épaules.

— J'avais besoin d'être seule.

Je n'allais pas lui parler de Cruz, ni de l'énorme échec que j'avais essuyé en voulant voir Brooke.

— Je me suis dit que tu aurais peut-être envie de goûter aux rampes avant qu'on reparte en mer.

— Enfin, il l'espère, a précisé Landon en me passant un bras autour des épaules.

Lui aussi était en tenue, et il fusillait Pax du regard.

— Allez, dis-le, que tu l'espères.

— Oui, a reconnu Pax. Je pensais qu'à LA, peut-être que tu serais…

— Que je serais quoi ? ai-je demandé en croisant les bras.

— Toi-même.

Ma gorge s'est serrée le temps que je balaie ma colère et que je retrouve l'usage de la parole.

— Peut-être que j'ai changé. Peut-être que ça…

J'ai désigné mon jean et mon débardeur.

— … c'est ce que je suis, maintenant.

— T'as tout défoncé sur ta motoneige !

— Ah, alors, j'ai tout défoncé ? Parce que sur le moment, t'avais pas l'air super content que je fasse cette cascade.

— C'était n'importe quoi, avoue-le.

— Oui, eh bien, j'ai tendance à faire n'importe quoi !

— Lâche-la, Pax, a lancé une voix derrière moi.

— Nick !

Faisant volte-face, je me suis dégagée de l'emprise de Landon et j'ai aperçu Nick, à quelques mètres de là. Ses cheveux blonds étaient un peu plus longs et hirsutes que la dernière fois, lorsque je l'avais croisé à Dubaï, mais ses yeux étaient plus clairs, animés de cette lueur paisible qui les avait longtemps désertés. Il avait un air de surfeur à la Paul Walker.

Il a ouvert les bras et j'ai fondu sur lui pour l'enlacer chaleureusement.

— Si on marchait un peu ? a-t-il proposé. Enfin, toi, tu marcheras. Moi, je me contenterai de rouler.

— Ne fais pas ton malin !

Je l'ai vu secouer la tête à l'intention de Landon et de Pax qui, malgré son air excédé, nous a laissés partir.

— Qu'est-ce qui t'arrive ? a-t-il demandé, tandis que nous nous dirigions vers le garage.

— Rien. Je vais très bien.

Comment aurais-je pu lui expliquer ?

— Tu sais que je suis paralysé ?

— Évidemment.

— Bien. Je voulais m'assurer que tu ne me prenais pas pour un aveugle, ou je ne sais quoi. Mes jambes ne fonctionnent plus, mais mes yeux se portent à merveille et, ma chère Penna, non, tu ne vas pas bien du tout.

Arrivé à hauteur de ma moto, il a pivoté dans son fauteuil.

— Ça te manque, quelquefois ? ai-je

— Tous les jours, a-t-il répondu en f
le siège de ma bécane. Dans mes rêves
Je ne marche pas, je fais de la moto.

— Je ne sais pas si j'arriverai à remonte
ai-je avoué à voix basse. Tu m'en veux ? De
suis capable physiquement, mais pas mer

Il m'a pris la main et j'ai baissé les yeux s
toujours notre Nitro, notre quatrième, la
documentaire, de ce voyage… De tout.

La raison pour laquelle Brooke avait fond

— Tu es l'une des motocyclistes les plus
de notre génération, et non, je ne veux pas di
fille ». Tu es la meilleure, point barre. Tu es forte
talentueuse et tu n'as peur de rien. J'ai toujou
chez toi. Mais écoute bien. Si tu décides de ne
remonter sur un deux-roues, tu garderas quand
qualités. Il n'y a pas que la bécane dans la vie. S
veux, c'est bazarder tout ça, maintenant, tu as mo
Merde aux attentes des autres ! Merde au docu
Toi, encore moins que les autres, tu ne me dois

— Il y a des aspects que j'aime toujours. T
rampe que tu m'as construite à Dutch Harbor ?
parfaite. Le BASE jump, les risques, ce moment, c
cascade, où on est tellement concentré qu'on n
plus rien. J'adore. Mais ça…, ai-je ajouté, tendant
pour toucher ma moto avant de la retirer au dernier
Ça me paraît impossible.

— Tu as toujours su gérer l'impossible quand tu le v
Mais je ne te mets pas la pression. C'est ton démon
de choisir si tu préfères le vaincre ou vivre avec.

— Pax ne le voit pas comme ça.

— Pax croit toujours que c'est à cause de lui, si je

ce fauteuil roulant. Parce qu'il m'a défié au triple saut.
pe à mort à l'idée de te perdre.

— Elle t'a contacté ?

a ouvert des yeux ronds en m'entendant changer
ujet.

— Brooke ?

— Oui.

a baissé le regard, comme s'il souffrait.

— Non. Écoute, je ne voulais le dire à personne, mais…
matin-là, je l'ai trouvée au pieu avec un autre mec.

— Quoi ?

l a soupiré et s'est frotté le visage.

— Le matin de mon accident. Je suis rentré du ranch
s tôt que prévu et je l'ai trouvée avec Patrick. Je me suis
rré, elle m'a supplié de ne pas partir, mais je ne l'ai pas
outée. Je suis revenu au ranch, et on connaît la suite.

Quoi ? La gorge nouée, j'ai eu envie de nier, de défendre
a sœur à cor et à cri. Elle aimait Nick, ça virait presque
l'obsession ! Mais il avait l'air sincère et, s'il ne m'avait
mais menti dans le passé, je ne pouvais pas en dire
utant pour Brooke.

— C'est pour ça que tu n'as pas voulu la revoir ?

Comment avait-elle pu lui faire ça ? Ils étaient restés
ensemble pendant des années, et jamais elle ne m'avait
aissé entendre que…

Ce n'était pas la première fois qu'elle te racontait des craques.

— Oui.

— Pourquoi tu ne nous l'as pas dit ?

— C'est ta sœur, et je savais qu'elle se sentirait responsable de cet accident. J'ai été imprudent, stupide ; j'en ai payé le prix. Mais j'avais beau lui en vouloir pour ce qu'elle m'avait fait, pas question que tu lui en veuilles aussi. Tu avais trop besoin d'elle. Je ne me souviens pas d'un seul événement où elle n'est pas venue pour toi, ni d'une seule fois où tu as été blessée sans qu'elle accoure à ton chevet. Tu ne méritais pas de perdre ta sœur.

Je suis entrée dans l'atelier du garage, où je voyais Pax s'élancer sur la rampe. L'odeur de l'essence me faisait l'effet du plus doux des parfums, et le vrombissement des moteurs, de la plus mélodieuse des musiques.

Nick s'est arrêté à côté de moi pour regarder Pax faire son saut périlleux et se réceptionner parfaitement de l'autre côté.

— Chaque fois que je veux toucher ma moto, je revois le projecteur qui s'écrase sur le toit du stade au-dessus de moi, juste avant que je tombe dans les pommes. Je visualise le visage de Brooke, horrifiée par ce qu'elle vient de faire, parce qu'elle visait Pax et que c'est moi qu'elle a blessée. Quand je tends la main vers ma bécane, j'ai l'impression d'accepter le rôle que j'ai joué dans sa chute vers la folie, comme si remonter dessus signifiait que je n'en avais plus rien à faire d'elle.

— C'est un sacré fardeau à porter, Penna, a-t-il dit doucement.

Il ne me dorlotait pas comme Landon, ne me poussait pas comme Pax. Il se contentait d'écouter.

On a regardé Landon prendre la même rampe et exécuter une figure un peu moins compliquée que celle de Pax, mais tout aussi parfaite. Brusquement, l'excitation, la vitesse et le sentiment d'apesanteur m'ont manqué.

— Si tu revenais avec nous ? ai-je suggéré. Je sais que tu ne pourras pas refaire de la moto, mais ce n'est pas pareil sans toi, documentaire ou pas. Je suis sûre que Pax te trouvera une place à bord. Tu n'aurais pas à suivre de cours ni rien. En plus, mon ancienne chambre est libre, dans leur suite.

Il a pincé les lèvres et a tressailli, comme si je venais de lui infliger une souffrance physique.

— De la même manière que tu n'es pas prête à remonter sur une moto, je ne me sens pas de me retrouver sous les projecteurs. C'est une chose de concevoir vos cascades, vos rampes et vos tenues. Tout ça, ça se passe en coulisse. Je sais que pour la première du documentaire, je devrais faire un choix, mais, tout comme toi, j'hésite. Dès l'instant où je montrerai aux yeux du monde ce qui m'est arrivé, je devrai admettre que tout est fini, que mes orteils ne remueront plus jamais. Que je ne me pointerai jamais à un show pour un come-back de malade, sous les rugissements de la foule. C'est sans doute absurde, mais me mettre en avant, ce serait étouffer ce petit fragment de rêve à tout jamais, et je ne suis pas encore prêt.

— On fait la paire, tous les deux !

— C'est clair.

— Tu me manques, ai-je dit en lui prenant la main.

— Vous me manquez tous. Tous les jours.

Pax et Landon se sont avancés vers nous. L'espace d'une microseconde, ç'a été un peu comme avant, quand il n'y avait que nous quatre, nos motos et les rampes. Pas de sponsors. Pas de compétitions. Rien d'autre que nous, avec nos fractures, nos éraflures et nos sourires en banane.

— J'aimerais avoir envie de remonter sur une moto, si ça change quelque chose à l'affaire, ai-je chuchoté.

Il m'a adressé un sourire qui signifiait tant de choses que je ne suis pas parvenue à tout décrypter : il y avait de la tristesse, de la fierté, de l'approbation... La liste était interminable.

— Ça change tout. Et si c'est vraiment ce que tu veux, tu sais qu'on finira par t'aider à y arriver. Il n'y a rien qu'on ne puisse pas accomplir en se serrant les coudes, tous les quatre.

Je lui ai rendu son sourire, tandis que Pax et Landon s'approchaient de nous en riant d'une plaisanterie.

Nick avait raison. On avait toujours formé une famille, capable de toutes les prouesses, toutes les cascades. Ensemble, on était invincibles.

Mais mon espoir a été de courte durée : je me suis rappelé qu'il ne nous restait que huit heures avant de regagner le bateau.

— Ça va, vous deux ? a demandé Pax en me jetant un regard prudent.

Je me suis forcée à sourire et j'ai fait le premier pas, même s'il était tout petit.

— Si tu me montrais la nouvelle rampe sur laquelle tu bosses pour le quad ?

Avec un sourire qui aurait pu illuminer la Terre entière, il m'a calée sous son bras pour m'emmener voir la dernière création de Nick.

14. Cruz

En mer

Je gérais.

J'avais commis une imprudence, en passant cette journée à LA avec Penelope, et sûrement franchi une dizaine de limites interdites, mais rien ne s'était passé. Enfin, rien de physique. Donc, je gérais.

Ouais, c'est ça.

C'était notre deuxième matinée en mer, et je cavalais sur mon tapis de course dans la salle de sport, face au Pacifique. Les vagues étaient un peu agitées, mais je commençais à m'habituer à courir tout en ayant l'impression que le sol se dérobait sous mes pieds.

Ce jour-là, je l'avais vue en cours, et je l'avais traitée comme n'importe quelle étudiante. J'en étais capable, je maîtrisais. À chaque foulée, je me rappelais à quel point je contrôlais mon attirance.

Je ne l'avais pas emmenée dans mon appart.

Je ne lui avais pas pris la main dans ma voiture — seulement à Oak Moss Grove, où on avait dû faire semblant d'être fiancés. Mais ça, ça ne comptait pas.

Je ne l'avais pas attirée sur mes genoux et serrée contre

moi, même si mon instinct m'avait dicté de le faire, quand Brooke avait refusé de la voir.

Je n'avais pas insisté pour savoir ce qui s'était passé avec ses parents.

Je ne lui avais pas massé la nuque pour la détendre, quand elle avait roulé des épaules après le dîner.

Je ne l'avais surtout pas embrassée en la déposant chez elle, même si nos baisers précédents s'étaient impérieusement rappelés à moi.

Alors oui, sur le plan physique, je gérais à mort.

— Salut, Cruz ! a lancé Lindsay en montant sur le tapis à côté du mien, pour adopter une allure de marche.

Ce qu'il y avait de bien dans le fait de venir le matin, c'était que j'évitais de me retrouver seul avec Penelope. Le point négatif ? Je me coltinais Lindsay. Non pas que je ne l'appréciais pas. Elle était intelligente, marrante, de mon âge et, si je ne me trompais pas, je lui plaisais.

Ce que je préférais chez elle ? Elle n'était pas mon étudiante.

Ce que j'aimais le moins ? Elle n'était pas Penelope.

— Bonjour...

Six kilomètres de faits, plus que quatre.

— Journée chargée ? a-t-elle demandé.

— Pas trop, ça va. J'ai deux cours, et il faut que je prépare mes excursions, surtout celle du Pérou. Elle a lieu dans trois jours.

— Il te faudra un autre enseignant pour une sortie aussi longue, et je suis volontaire. Je serai dispo, à ce moment-là.

Son visage rayonnait d'optimisme. J'avais très envie de refuser. Je ne voulais pas lui donner de faux espoirs, mais elle avait raison. Le règlement exigeait que je sois accompagné d'un autre professeur.

— Super, merci beaucoup !

Apercevant alors un reflet dans le téléviseur éteint devant moi, j'ai levé les yeux.

Penelope.

— Ton accent… Tu es espagnol ? a demandé Lindsay.

Elle est avec Landon Rhodes, près des appareils de muscu.

— Cruz ?

— Cubain, ai-je répondu, me remémorant sa question.

— Sans déc' ?

Penelope m'a glissé un regard avant de se retourner vers Landon pour travailler ses triceps. La manière dont il ajustait les poids laissait entendre qu'il la connaissait très bien.

— Sans déc', ai-je acquiescé, tâchant de poursuivre ma discussion avec Lindsay. J'ai immigré quand j'avais neuf ans.

— C'est dingue ! Ça te dirait de me montrer La Havane, quand on arrivera au port ?

Encore ce regard plein d'espoir. Sauf que, cette fois, je n'allais pas pouvoir la satisfaire.

— En fait, j'aurai une excursion le premier jour et, le lendemain, j'irai voir de la famille. Mais tu peux assister à la sortie de classe.

— Ce serait top ! Merci !

Landon s'est mis à enchaîner les tractions sur la barre à côté de la machine de Penelope et, inconsciemment, je les ai comptées. Lorsqu'il est parvenu à vingt-cinq, toutes les filles s'exerçant sur les vélos étaient en pâmoison. Penelope a levé les yeux au ciel. J'ai atteint les dix kilomètres et commencé à ralentir.

— Je vais continuer sur le tapis, ai-je annoncé à Lindsay. À plus ?

En voyant son sourire éclatant, j'ai compris qu'elle avait interprété mes paroles comme une invitation, plutôt que comme une simple marque de politesse.

Bien joué !

J'ai gagné les tapis à quelques mètres de l'endroit où se tenait Penelope, et j'ai entamé une série de pompes. Je me suis perdu dans le rythme de mes mouvements.

— Tu n'as pas trop perdu de tonicité, mais il va falloir bosser sur tes biceps et tes deltoïdes, lui a indiqué Landon.

— Oui, je l'ai senti en tirant la motoneige vers moi. J'ai vraiment l'impression que c'est l'adrénaline qui m'a permis de réussir.

— T'as eu du bol. Ne me regarde pas comme ça. Je ne déconne pas. Je sais que tu es meilleure que nous sur ces trucs — en tout cas, tu me dépasses largement sur une bécane, pas de doute là-dessus —, mais tu ne pourras pas retourner dans l'arène tant que tu n'auras pas retrouvé ta force. Une moto, ça pèse dans les cent kilos, et elle se fout de ce que t'as pu vivre.

Arrivé à cinquante pompes, je me suis relevé d'un bond et j'ai accroché le regard de Penelope qui commençait à faire travailler ses muscles du dos. Sous son pantalon d'entraînement et son débardeur, je devinais les formes parfaites de son corps, ses courbes exquises et les recoins que je brûlais d'explorer…

Arrête ça tout de suite ! Étudiante. Étudiante. Étudiante.

Peut-être que si je me le répétais suffisamment, j'arriverais à contenir mes sentiments.

Je me suis approché de la barre de traction, pile en face d'elle.

— Salut, monsieur Delgado, m'a lancé Landon.

— Bonjour, Landon, ai-je répondu avec un geste de la main.

— Vous allez faire quelques tractions ?

— Tout à fait.

— Excellent. Calez-vous sur le balancement du bateau et ça devrait rouler. Il faut un peu de temps pour s'y faire.

— Je tâcherai d'y penser, ai-je déclaré en me tournant vers le miroir pour éviter de voir les étudiants qui commençaient à affluer.

Note pour plus tard : venir plus tôt.

Dans le reflet, j'ai surpris Penelope qui haussait un sourcil à mon intention.

Défi relevé.

D'un saut, j'ai attrapé la barre et entamé mes tractions. Mes muscles se sont aisément prêtés au jeu — j'avais passé assez de temps dans une salle de sport, et je me suis vite habitué à me sentir plus lourd quand le bateau descendait, et plus léger lorsqu'il remontait.

Aux alentours de la vingt-deuxième traction, j'ai commis l'erreur de jeter un coup d'œil à Penelope, assise à la machine pour les trapèzes. La bouche entrouverte, elle me contemplait. La voyant se passer la langue sur la lèvre inférieure, j'ai éprouvé une nouvelle vague d'énergie. Si elle m'admirait comme ça, je pouvais continuer toute la journée !

J'ai atteint les vingt-cinq et j'ai poursuivi.

Puis nos regards se sont croisés dans le miroir… Je n'étais plus sur le bateau, mais de retour dans sa chambre d'hôtel, elle, allongée sous moi, les rondeurs parfaites de son cul moulées dans mes paumes, moi, la langue dans sa bouche, ses gémissements à mon oreille.

Je me suis brusquement détourné, conscient que ces pensées risquaient de provoquer chez moi une réaction physique que j'aurais du mal à masquer sous mon short de sport.

À la trente-cinquième traction, je me suis laissé tomber au sol et j'ai roulé des épaules pour les délasser. Sans un regard pour Penelope, j'ai gagné le tapis le plus proche de la porte et j'ai entamé une série d'abdos, dans l'espoir de m'épuiser suffisamment pour l'oublier.

J'ai fini par perdre le compte, mais, quand elle s'est approchée de moi, je faisais la planche, le bide en compote.

Elle s'est baissée juste ce qu'il fallait pour que je l'entende.

— C'est bon. On sait tous que t'as fait plus de tractions que Landon. T'en as une plus grosse que lui.

Je me suis effondré au sol et j'ai éclaté de rire, la regardant traverser la salle et monter sur un tapis de course en roulant des hanches.

La vache, elle finirait par me tuer !

15. Penna

En mer

Pax a levé sa bouteille de Corona.

— Je déclare ouverte cette réunion des Original Renegades !

On a entrechoqué nos bières avant de les incliner légèrement vers Nick, avec qui on communiquait par Skype, via l'ordinateur posé sur la table du salon.

— Vous vous rendez compte qu'il est 2 heures du mat', les gars ? On est toujours dans le même fuseau horaire, a déclaré Nick en passant une main dans ses cheveux ébouriffés par le sommeil.

— C'était la seule heure où on pouvait se retrouver sans que Bobby le sache, a expliqué Landon.

— Du coup, qu'est-ce qu'on faiiiit ? ai-je demandé en bâillant.

Avec la reprise de mon entraînement, j'étais épuisée en fin de journée. Alors, au milieu de la nuit, n'en parlons pas.

— Quand on est rentrés, j'ai reçu un coup de fil de l'UCLA, a repris Pax.

— Ouais, et… ?

— Les parents de Gabe menacent de nous poursuivre en justice après ce qui s'est passé au Népal.

Je me suis redressée, oubliant la bière posée devant moi.

— Merde, a chuchoté Landon en se frottant le visage. Je suis passé le voir, quand on était à LA Il avait l'air bien, il n'avait plus ses plâtres ni rien, et il ne m'a rien dit de tout ça.

— Ça ne vient pas de lui. Ses parents ont même attendu qu'on reparte pour le lui apprendre.

— Ils flippaient à l'idée qu'on le dissuade ? a demandé Nick.

— Sûrement.

Landon a pesté.

— Il a signé une clause de non-responsabilité, ai-je rappelé. Comme nous tous. Même Leah en a une dans son dossier ! Comment pourraient-ils nous coller un procès ?

— Ce n'est pas nous qu'ils attaquent, a précisé Pax posément, en ouvrant l'enveloppe en papier kraft devant lui. Ils menacent de poursuivre l'UCLA pour ne pas avoir supervisé le programme Renegades, qui serait à l'origine des blessures de Gabe.

— N'importe quoi ! a craché Landon. Gabe s'est fait mal parce qu'on a essayé de surfer sur l'une des crêtes les plus dangereuses au monde, à plus de six mille mètres, presque sans acclimatation et avec un risque d'avalanche. Et devinez quoi ? Il y a eu une avalanche. On était parfaitement conscients des risques, et on a choisi d'y aller quand même. Gabe le sait.

Assise en tailleur dans mon pyjama de flanelle, j'ai posé les coudes sur la table et enfoui le visage dans mes paumes. Ça faisait dix ans qu'on avait lancé les Renegades dans le jardin de Pax pour se marrer, cinq qu'on était devenus une entreprise, et personne ne nous avait jamais attaqués personnellement. Encore moins l'un des membres de la famille des Renegades. C'était impensable.

Et pourtant, voilà qu'on y pensait.

— Bon, quelle est la solution ? ai-je demandé. Brandon en a bien une ? S'ils ne s'en prennent pas à nous directement, c'est parce qu'il les en a empêchés.

— Exactement. Nos clauses de non-responsabilité nous protègent. On a bien fait d'en signer une tout particulièrement pour le Népal. Mais l'université, c'est une autre histoire. Ils exigent qu'on soit supervisés.

— Tu leur as dit que ce bateau t'appartenait ? a demandé Nick.

— Oui, et ils s'en foutent. Ce qui leur importe, c'est la menace de poursuite. J'ai parlé à Brandon, les gars. On est coincés, à moins d'accepter qu'un membre du corps enseignant nous supervise.

— Ils croient qu'on a besoin d'un chaperon, bordel ? s'est agacé Landon.

Pax a jeté un coup d'œil vers l'escalier.

— Si tu réveilles Leah, t'es mort ! Elle a une interro de maths hyper importante, demain.

J'ai levé les yeux au ciel en me retenant de lui faire remarquer que j'avais la même. Quand il s'agissait d'elle, Pax perdait les pédales.

— OK. Il faut qu'on choisisse un prof pour que … Quoi, en fait ? Qu'il nous encadre, comme si on était une sorte de club du lycée ?

— Pour qu'il soit sur place.

Landon a recraché sa bière, faisant pleuvoir de la Corona sur la table.

— Tu veux dire qu'il devra exécuter les cascades avec nous ? Qu'est-ce qu'on est censés faire, putain ? Sangler le professeur Lawson dans un quad et lui dire de mettre les gaz ? Il doit avoir soixante-dix berges !

— Soixante-douze, a rectifié Pax, en sortant une liste de noms et en la posant devant nous. Voici tous les enseignants à bord de ce bateau. J'ai restreint notre choix aux deux qui seraient le plus susceptibles d'accepter.

— Les deux plus jeunes, j'imagine ? a demandé Nick. Il va falloir qu'ils suivent !

— Les deux à qui ça pourrait plaire suffisamment pour qu'ils nous laissent faire ce qu'on veut, a ajouté Landon. Sinon, on ne pourra jamais boucler ce documentaire.

Je connaissais celui qui répondait à merveille aux critères. Il faisait plus d'un mètre quatre-vingts et ses muscles sculptés pesaient plus de cent kilos. Il était en meilleure forme que la plupart des Renegades et avait déjà sauté depuis un avion. C'était un choix évident, et le seul dont je ne voulais pas.

— Cruz, ai-je chuchoté.

— Pardon ? a demandé Pax.

— Le professeur Delgado. Son prénom, c'est Cruz, ai-je expliqué, optant pour l'honnêteté.

Ces types étaient mes frères, quasiment la seule vraie famille qu'il me restait. Si je pouvais éviter de mentir, je préférais.

Pax a baissé les yeux sur sa feuille et a haussé les sourcils.

— C'est vrai.

— Comment tu sais ça ? s'est étonné Landon.

— Oh ! Arrête un peu ! Je sais bien que vous vous prenez pour les mecs les plus craquants du bateau, mais, depuis que vous êtes maqués, c'est lui, le beau gosse du moment. Toutes les filles ne parlent que de lui. Demandez à n'importe quelle nana, y compris vos copines. Et puis, quelquefois, il court en même temps que moi, ai-je ajouté.

Les trois garçons m'ont dévisagée comme si j'avais trois têtes. Comme si, au milieu de toutes ces histoires de motos, de sauts et de cascades, ils avaient oublié que j'étais une fille.

— Il a la forme, a reconnu Landon en haussant les épaules. Je l'ai vu à la salle. Je suis sûr qu'il pourrait nous suivre, et même nous dépasser.

Si Cruz devenait notre référent, il nous accompagnerait dans toutes nos cascades. Toutes nos excursions. Toutes nos nuits passées ailleurs. Entre les activités avec les Renegades et les cours, je ne pourrais plus lui échapper. J'ai maudit mon cœur sournois, qui s'est emballé à cette idée. Ma raison, elle, savait qu'on n'aurait pas pu trouver pire arrangement. La tension sexuelle entre nous était presque palpable et, si on passait tout ce temps ensemble, les limites de l'interdit ne tarderaient pas à être de nouveau franchies…

Ou alors, quelqu'un le remarquerait avant.

— Qui serait la seconde personne possible ? ai-je demandé.

— Mlle Gibson, a répondu Pax.

— Je suis sûr que vous sauriez la convaincre, ai-je lancé, avant de soupirer et de me rendre à l'évidence.

Une évidence que Landon s'est empressé de souligner :

— Oui, mais Delgado pourrait nous suivre sans problème. Si ça se trouve, ça pourrait même le botter.

— Il a raison, a renchéri Pax. J'imagine bien Mlle Gibson refuser des trucs parfaitement sûrs, juste parce qu'elle ne comprend pas.

Cruz, lui, ne reculerait pas, mais je n'allais pas le leur dire. Ils me demanderaient comment j'étais au courant de son passé de militaire, je serais forcée de leur raconter le saut depuis le High Roller. J'ai dégluti, tâchant de desserrer ma gorge nouée. Je n'avais jamais eu de secret pour mes potes, jamais rencontré de problème qu'on ne pouvait résoudre ensemble. Or je ne leur avais pas dit que j'avais essayé de contacter celle qui nous avait presque détruits, parce qu'elle me manquait, et que je nourrissais des pensées érotiques au sujet du mec qui allait sans doute nous superviser.

Mais j'étais une Renegade avant tout.

— Demandons à Delgado d'abord. C'est le meilleur choix.

— OK.

L'un après l'autre, ils ont acquiescé, scellant mon sort.

La coursive du pont universitaire était bondée quand Rachel a fini par me rattraper.

— Landon vient de me l'apprendre.

— T'apprendre que… ?

— … le professeur Delicious sera notre nouveau responsable.

— Ne l'appelle pas comme ça, l'ai-je reprise en baissant les yeux sur ma montre.

Plus qu'un quart d'heure jusqu'à l'examen de mathématiques pour lequel j'aurais dû me reposer. À la place, j'avais passé la nuit à tourner en tous sens, incapable de dormir, avant de finir par m'asseoir sur ma terrasse pour admirer le lever du soleil à notre entrée dans le port de Cabo San Lucas. Je risquais de ne pas être très fraîche pour la cascade de l'après-midi.

Elle a baissé la voix.

— Bon. Comme tu voudras. Mais ça ne te dérange pas ?

— Bien sûr que non ! Pourquoi ça me dérangerait ?

— Sérieux ? Je n'ai pas oublié ce que j'ai vu. Je te laissais juste souffler un peu.

— Chut ! l'ai-je rabrouée, sachant que nous nous approchions de la salle de cours de Cruz. Tu n'as rien vu du tout.

Menteuse.

— Ouais, et mon cul, c'est du poulet ? Écoute, si tu n'as pas envie de m'en parler, tant pis. Mais je sais qu'avant, tu…

— Je me confiais à ma sœur ?

— Ou aux gars.

J'ai poussé un sifflement de dérision. Les garçons seraient les dernières personnes au monde à qui je parlerais de Cruz. Ils ne comprendraient pas, voudraient me protéger, et ce serait le début des emmerdes.

Je me suis arrêtée dans le couloir pour lui prendre la main.

— Je vois où tu veux en venir. Ça va te paraître dingue, mais, s'il y avait quoi que ce soit à raconter, ce serait à toi que je le dirais.

J'ai été surprise de constater que je ne lui mentais pas, que la personne que j'avais tant haïe autrefois était celle en qui j'avais désormais le plus confiance.

Sauf qu'il n'y avait rien à raconter. Cruz me l'avait interdit.

— Mademoiselle Carstairs !

J'ai entendu sa voix s'élever derrière moi comme par magie, et j'ai regardé Rachel avec stupéfaction avant de me retourner.

— Monsieur Delgado ?

Il était encore beau comme un dieu. Un pantalon gris qui donnait une furieuse envie de lui agripper les fesses, une cravate argentée et une chemise noire aux manches retroussées. Est-ce qu'il savait porter les chemises autrement ? J'espérais que non.

— J'aimerais vous voir un instant, si vous voulez bien entrer.

— Ouais, rien à raconter, hein ? a chuchoté Rachel par-dessus son épaule.

— On se voit après les cours.

— Hum, hum, a-t-elle lâché en levant les yeux au ciel, avant de s'éloigner.

Obéissant à Cruz, je suis entrée dans sa salle de classe et j'ai refermé derrière moi.

— Oui, monsieur Delgado ? ai-je lancé avec une innocence outrée.

— Arrête…

Il s'est assis sur son bureau.

— Je ne suis pas censée me mettre à genoux pour gonfler mes notes ? ai-je minaudé.

— Ce n'est pas drôle, a-t-il rétorqué en me dévorant du regard.

Au moins, je n'étais pas la seule frustrée dans la pièce.

— Tu voulais me voir pour quoi ?

Il s'est retourné pour attraper une liasse de documents.

— Dis-moi pour quelle raison je devrais signer ça.

Tout humour m'a quittée, comme si quelqu'un venait de retirer la bonde d'une baignoire.

— Les documents pour devenir notre superviseur ?

— Oui.

— La vache, Pax n'a pas traîné !

Il était à peine 9 heures du matin, purée !

— Oui, et il a été insistant en plus.

— Qu'est-ce qu'il a proposé comme conditions ? ai-je demandé, serrant mes manuels de maths contre ma poitrine comme un bouclier.

— Une augmentation. Ça me permettrait de rembourser le prêt pour la maison de ma grand-mère avant même qu'on ait atteint Miami.

— Pax veut toujours tout régler avec du fric !

— Hein ?

— Rien. Accepte. Franchement, je serais prête à vendre mon âme pour que ta grand-mère ait sa propre baraque, et je ne l'ai rencontrée qu'une fois !

— Tu veux que je le fasse, alors ? Si j'accepte, on se verra tout le temps. Tu feras mes sorties scolaires, je te suivrai sur toutes tes cascades. C'est vraiment ce que tu souhaites ?

Il a froncé les sourcils, comme s'il essayait de me comprendre.

Bonne chance.

— Non, ce n'est pas ce que je veux, ai-je reconnu.

Ses épaules se sont affaissées... De déception à l'idée de perdre de l'argent ? Ou parce qu'il n'aurait plus l'occasion d'être près de moi ?

— Tu veux que je refuse ?

— Non, ai-je répondu d'une petite voix. Pas ça non plus.

— Penelope, a-t-il soupiré, frustré.

— Si c'est juste une question d'argent, en ce qui concerne la maison de ta grand-mère, je peux me débrouiller pour que...

— Sûrement pas ! m'a-t-il interrompue sèchement. Je sais que tu es pleine aux as et que Wilder dilapide son fric sans même s'en rendre compte, mais... Tu te rends compte que c'est absurde qu'un gamin de vingt-deux ans possède un bateau de croisière ?

Très honnêtement, je n'y avais jamais songé. Le père de Pax s'apprêtait à se retirer de Wilder Enterprises, et...

— Merde, tu as l'air de trouver ça normal. On vit vraiment sur des planètes différentes !

— Je ne veux pas que tu le fasses que pour l'argent, Cruz, c'est tout, surtout si on se voit tout le temps. Ce n'est pas ma faute si je suis née dans une famille friquée.

Il a levé une main en signe d'apaisement.

— Je sais. Pardon. Dis-moi simplement ce que tu préfères que je fasse. Si vous avez besoin de moi comme superviseur, j'accepterai de l'être.

— Tu en as envie ?

— Envie de vous suivre pendant que vous faites des

trucs hyper cool et dangereux ? Tu m'étonnes ! Tu le sais très bien. Mais il y a d'autres données en jeu.

— Comme toi… et moi.

Mais pas nous.

— Oui. On sera souvent ensemble.

— Et alors ? Tu as posé les limites. Je les respecterai.

J'ai haussé les épaules comme si je m'en fichais, ce qui était loin, très loin de la vérité. Plus je passais de temps avec lui, plus j'avais envie de le voir.

— Ce n'est pas moi qui ai posé ces limites, mais le règlement. Si je dois suivre les Renegades en tant que superviseur, il faut que ce soit parfaitement limpide, Penelope.

— Penna, l'ai-je corrigé. Ou Rebel, comme tu préfères.

— Pardon ?

— Si tu entres dans mon monde, ce sera Penna ou Rebel. Chez les Renegades, ta Penelope n'existe pas. Je suis Rebel, l'une des Originals, médaillée quatre fois aux Jeux de l'extrême, dont une dans une catégorie exclusivement masculine. Je ne craque pas pour les mecs, j'ai bossé trop dur pour me contenter d'être le coup d'un soir d'un des gars du circuit. Si tu veux de ce job, je suis à fond derrière toi. Franchement, t'es le mieux placé. Mais il faut que tu comprennes que cette fille-là, tu ne la connais pas. C'est à peine si tu as eu un aperçu de qui je suis vraiment.

— Je te connais.

— Non, ai-je répondu, même si ce n'était pas tout à fait vrai.

Il savait qui j'étais en mon for intérieur, dans ce qui importait le plus. Mais il lui manquait trop de pièces au puzzle pour pouvoir affirmer me connaître réellement. J'ai secoué la tête, parfaitement consciente que c'était débile, qu'on mettait nos vies et sa carrière en péril, tout en sachant que cette occasion lui permettrait aussi de s'occuper de sa grand-mère.

— Signez, professeur Delgado, ai-je lancé en faisant mine de partir.

— C'est tout ? Tu n'as pas d'autres conseils ? Rien d'autre à me dire ?

Je me suis arrêtée près de la porte et retournée vers lui. Il lisait en moi comme dans un livre ouvert, et c'était aussi agréable que rebutant. Mais j'allais devoir m'y habituer, s'il m'accompagnait pour chaque cascade, chaque escapade. Je ne pouvais pas le laisser m'affecter.

Mon petit sourire en coin s'est transformé en rire lorsque l'ironie de la situation a fini par avoir raison de moi.

— Si, j'ai un conseil pour toi.

— Oui ?

— Ne sois pas à la traîne.

16. Cruz

Cabo San Lucas

Dans quoi je m'étais fourré ?

Il était peut-être temps de dresser une liste des pour et des contre.

Il faisait très beau, et j'étais assis sur un quad modifié au milieu de nulle part, à l'extérieur de Cabo. J'aimais bien les quads, ça faisait donc partie des avantages. J'avais une caméra braquée sur moi — un inconvénient. C'était l'une des clauses figurant sur l'un des quinze documents que j'avais dû signer — inconvénient de plus.

À quelques mètres de moi, Penelope portait un pantalon de protection ample et un débardeur méga moulant, ses longs cheveux tressés en natte et couverts d'un bandana rose. Elle avait l'air d'une badass sexy et sûre d'elle, et j'ai dû me retenir de l'attirer sur mon quad pour la dévorer de baisers. Sa présence, en tout cas, était un sacré avantage.

Mais la côtoyer de si près, tout en sachant que je n'avais pas le droit de la toucher ? Un inconvénient, ça, c'était sûr.

Et cette nana qui me reluquait comme si j'étais son dîner — Zoe, il me semblait — était aussi une gêne.

Les regards en coin que me glissait Rachel, qui faisait

en sorte que je ne m'approche jamais de Penelope ? Un désagrément de plus.

— Vous savez ce que vous devez faire ? m'a demandé Bobby, le producteur.

— Ne pas être à la traîne, ai-je répondu.

Du coin de l'œil, j'ai surpris le sourire de Penelope.

— C'est à peu près ça, a-t-il confirmé. Ne vous mettez pas dans leurs pattes.

— C'est ce que vous avez dit quand ce gosse a failli y passer au Népal ? Je veux bien parler d'inconscience avec ces gosses, qui ont, quoi ? Vingt-deux ans ? Mais vous avez l'air d'avoir la quarantaine, alors il y avait au moins un adulte qui aurait dû avoir plus de jugeote, là-haut, sur cette montagne.

Il m'a considéré avec méfiance.

— Je sais pertinemment de quoi ces gars et ces filles sont capables, ai-je repris. J'ai fait des recherches sur Internet. Mais si jamais je sens que l'un d'eux pourrait y passer, je mettrai le holà. Je refuse d'avoir une mort sur la conscience.

Encore moins si c'est celle de Penelope.

— Restez à distance, c'est tout, a-t-il marmonné, avant de partir emmerder quelqu'un d'autre.

Je connaissais mon rôle. Quelqu'un avait failli se tuer au Népal parce que ces jeunes étaient bêtes, imprudents, égoïstes et ... j'ai déjà dit « imprudents » ? Ils étaient aussi très forts dans leur domaine, alors, à moins que je craigne qu'ils ne se rompent littéralement le cou, je la fermerais.

— C'est l'heure ! a annoncé Wilder en bouclant le casque de sa petite amie.

J'ai jeté un coup d'œil à Penelope, qui s'occupait de son casque toute seule. J'étais prêt à parier qu'elle gérait parfaitement. À part, peut-être, pour ce snow-boarder, qui n'arrêtait pas de la mater.

« Je ne craque pas pour les mecs, j'ai bossé trop dur pour me contenter d'être le coup d'un soir d'un des gars du circuit. »

Ses paroles m'ont apporté un réconfort qu'elles n'auraient pas dû. Elle avait bien le droit de sortir avec un de ces gosses, qui lui convenaient mille fois mieux que moi.

Sauf que mon instinct me hurlait que personne au monde n'était mieux que moi pour elle … Enfin, disons, d'ici un an.

— C'est parti, les Renegades ! s'est écrié Wilder, sa petite copine assise derrière lui sur son quad.

Je n'imaginais pas Penelope s'installer à l'arrière du quad d'un mec.

Comme si elle venait de lire dans mes pensées, elle s'est arrêtée près de moi et, oui, elle avait son propre véhicule.

— Canal six, si tu veux entendre tout le monde, m'a-t-elle indiqué en désignant le bouton radio sur l'extérieur de mon casque.

— Bien reçu, l'ai-je remerciée en faisant tourner la mollette.

— Tu veux un canal privé, juste pour moi ? a-t-elle suggéré, ses gestes nerveux en contradiction avec sa voix assurée.

Tentation, ton nom est Penelope.

— Quelqu'un pourrait nous entendre, ai-je objecté doucement, même si j'aurais adoré accepter.

Elle a regardé autour de nous avant de soupirer.

— Tu as raison, bien sûr. Je suis à l'ouest complet !

— Pen…

— Tu te souviens de ce que je t'ai dit sur le bateau ? m'a-t-elle interrompu.

— Ne sois pas à la traîne.

— Ouais. Voilà.

Elle a baissé sa visière et mis les voiles pour rattraper Wilder à l'avant du convoi, pile derrière ces fichues caméras.

Je me suis calé sur le sixième canal. Quand j'ai mis mon casque, les voix des autres Renegades ont empli le petit espace.

— OK, suivez les têtes de file et ne faites pas de conneries, a ordonné une voix que j'ai supposé être celle de Wilder.

J'ai intégré le convoi constitué d'une dizaine de membres, et nous avons foncé dans le désert de la péninsule de Basse-Californie, en direction de l'océan. Nous suivions le lit asséché d'un petit ruisseau, dont la monotonie brune n'était interrompue que par le vert des cactus et des yuccas, ainsi que par le bleu limpide du ciel.

Au fil de notre course, j'ai dû aller à fond la caisse plus d'une fois, et seuls des réflexes nous ont permis d'éviter des collisions. Puis, laissant à l'ouest le lit asséché, on a grimpé sur la crête pour contempler la surface scintillante du Pacifique.

— C'est trop beau ! s'est écriée Penelope, et plusieurs de ses amis ont acquiescé.

— Ça va, Doc ? a lancé Landon.

— Si c'est à moi que vous demandez ça, oui, très bien, ai-je répondu, tandis que nous filions sur la plage de sable, en direction de quelques falaises.

— « Doc », ça me plaît, a commenté Wilder.

— C'est trop facile, a protesté Penelope.

— S'il veut un surnom, il doit le mériter, a ajouté Rachel.

— Qui a dit que je souhaitais un surnom ? suis-je intervenu. Je suis seulement là pour veiller à ce que personne ne meure.

— On fait du quad sur la plage. Vous flippez à l'idée qu'une baleine bondisse hors de l'eau pour nous écraser ? s'est esclaffée Penelope.

J'ai crispé la mâchoire pour m'empêcher de blaguer avec elle.

— Vous connaissant, ça ne m'étonnerait pas, me suis-je contenté d'affirmer.

Des rires étouffés ont retenti, et puis on a forcé l'allure. Le sable volait sous mes roues et les vagues déferlaient vers nous.

Pax s'est immobilisé devant une grande bâche blanche qui devait faire une dizaine de mètres sur dix, et sa copine est descendue du quad.

— Rebel, à toi de jouer, a-t-il lancé dans son micro.

— Ça roule !

Penna s'est retournée sur son quad et, pour la première fois, j'ai remarqué un sac attaché à l'arrière.

— Allez, on y va.

— T'es sûre de toi ? a demandé Landon en s'approchant d'elle.

— Sûre à cent pour cent !

Un mauvais pressentiment m'a serré le ventre.

— Alors, Cruz…, a fait la petite brune qu'ils appelaient Zoe et qui exhibait un décolleté que je n'avais aucune envie de voir.

— Oui ? ai-je lâché, me forçant à me détourner de Penelope, avant que la fille ne remarque mes œillades.

— C'est le diminutif de quoi ? a-t-elle minaudé en se mordillant la lèvre.

Peut-être qu'étudiant, j'aurais trouvé ça attirant. Enfin, quand j'étais lycéen, plutôt. Mais plus maintenant. À présent, je préférais celles qui ne se rendaient pas compte qu'elles flirtaient, ou qui étaient tellement mignonnes quand elles s'y essayaient que ça me faisait complètement craquer.

— Qu'est-ce qui est le diminutif de quoi ? ai-je bredouillé, tâchant de comprendre.

— Cruz.

Elle m'a décoché un sourire rayonnant.

Sérieux ?

— Mon prénom, c'est Cruz, tout court.

Mon regard s'est porté sur Penna, qui venait de mettre un harnais. Qu'est-ce qu'ils fichaient ? Ils m'avaient parlé d'un simple parcours en quad, et Penelope m'avait juré qu'elle ne quitterait pas le sien.

— Donc, ce n'est pas le diminutif d'un prénom mexicain chaud bouillant ? a insisté Zoe.

J'ai poussé intérieurement un soupir et me suis rappelé que cette fille n'avait qu'une vingtaine d'années.

— À vrai dire, je suis cubain.

— De plus en plus sexy !

— Vous savez que je suis enseignant, n'est-ce pas ?

J'ai croisé les bras. La dernière des choses qu'il me fallait, c'était qu'une étudiante me coure après.

Sauf si cette étudiante est Penelope.

— Pas le mien, a-t-elle rétorqué.

J'ai dû la fusiller du regard, parce que son sourire s'est très vite estompé.

— Lâche-le, Zoe, lui a dit Rachel. Je crois que Pax a besoin de toi.

— À plus !

Elle m'a soufflé un baiser comme si j'avais quatorze ans, et s'est éloignée.

— Merci, ai-je dit à Rachel, qui me considérait d'un œil noir.

— Oui, bon, Zoe a la manie de coucher à tort et à travers, au lieu de gérer ses problèmes de figure paternelle.

Cette jeune femme menue aux cheveux violets me jaugeait ouvertement. Elle me faisait un peu penser à une grenade : petite, mais mortelle une fois dégoupillée.

— Contrairement à Penelope, qui ne s'approche pas des mecs en général, a-t-elle précisé.

Prends-toi ça dans la gueule.

— Je ne sais pas ce qu'elle vous a dit…

— Rien du tout. Et c'est bien le problème. Elle se confie peu, encore moins depuis que Brooke est… partie.

— Quand est-elle partie ? Ou quand l'a-t-on emmenée ? ai-je fait, avant d'avoir eu le temps de m'en rendre compte.

Ferme-la !

— Elle vous a raconté des trucs, manifestement. Écoutez, je ne suis pas du genre à juger les autres, a-t-elle affirmé en décochant un regard aux Originals, qui se préparaient. J'en sais long sur les limites à ne pas dépasser.

— On n'a dépassé aucune limite, lui ai-je assuré, tout en veillant à ce qu'elle lise ma sincérité dans mes yeux.

Elle a plissé les siens, interloquée.

— Je suis sérieux.

— C'est ce que je vois.

Elle s'est tournée. Une équipe de tournage approchait.

— J'ai aussi remarqué la manière dont vous vous regardez, et je sais que les bonnes intentions peuvent se transformer en… Bon, s'est-elle interrompue en haussant les épaules, avant de se tourner vers les caméras avec un grand sourire. Vous n'avez pas plus intéressant à filmer, les gars ?

— T'occupe, Lucky Charm ! a lancé le cameraman. On voulait voir comment cette première sortie Renegades se passait pour Doc.

— On a simplement fait du quad dans le désert. J'ai déjà vu plus mémorable.

Le vrombissement des moteurs a attiré mon attention à l'instant où les trois Originals s'élançaient vers la falaise qui nous surplombait. Chacun des garçons avait quelqu'un derrière eux, mais pas Penelope. Une équipe de tournage les suivait.

— Et vous, vous êtes coincés ici ? ai-je demandé en désignant l'expédition.

— On essaie de trouver un meilleur angle, a répondu l'un d'eux.

J'ai regardé Penelope qui fonçait vers les falaises avec les autres sur les sentiers sinueux.

— Le meilleur angle pour quoi ?

— Vous verrez bien. Ce qu'il y a de cool avec eux, c'est qu'on ne s'emmerde jamais.

— J'imagine.

L'équipe s'est éloignée pour se positionner à l'extrémité de la bâche. Mon estomac s'est serré un peu plus. Qu'est-ce qu'ils allaient faire ? Bondissant sur mon quad pour mieux voir, j'ai pesté.

Cette immense bâche blanche était marquée d'une cible.

Elle allait sauter de la falaise.

— Putain !

— Qu'est-ce qui ne va pas ? a demandé Leah en s'approchant de Rachel.

— Je crois bien qu'il a compris.

— Ils vont sauter, ai-je soufflé d'une voix neutre.

— Ils vont sauter, a confirmé Leah. Ne vous inquiétez pas. Ce sont des pros.

— Je suis parfaitement conscient de leur niveau d'expertise, ai-je lâché, les dents serrées.

Elle s'en sortirait sans encombre. Ce n'était pas comme si je ne l'avais jamais vue sauter, et cette falaise était bien plus élevée que le High Roller. Elle aurait largement le temps de sortir son parachute.

— Il tire la tronche parce que personne ne lui a rien

dit. C'est le superviseur, en plus, a chuchoté Rachel d'une façon très peu discrète.

Je lui ai décoché un regard qui l'a réduite au silence.

— Vous êtes vénère, en fait !

Je ne me suis pas donné la peine de répondre. Si j'avais su, j'aurais vérifié la hauteur de la falaise, les prévisions météo, la vitesse et la direction du vent, tout le tralala.

Comme tu l'as fait à Vegas ?

J'ai fait taire la tête brûlée en moi. J'étais censé agir en adulte, et il était de ma responsabilité de m'assurer qu'elle ne courait aucun danger — ni elle ni personne d'autre.

Glissant les pouces dans les poches de mon pantalon pour m'empêcher de mettre un coup d'accélérateur, je me suis remémoré toutes les raisons pour lesquelles je ne pouvais pas l'engueuler. Après tout, on avait fait bien pire un mois plus tôt.

— Pourquoi vous n'êtes pas là-haut, toutes les deux ? ai-je demandé.

— Je n'avais pas envie de redescendre son quad et de rater la cascade, a déclaré Rachel. Je ne suis pas sa bonniche.

— Et moi, j'ai le vertige, a expliqué Leah. Et puis, ça va être spectaculaire vu d'ici.

— Personne d'autre ne saute avec eux ?

— Si, dès qu'ils auront fait le premier essai. Ils n'auraient jamais envoyé des bleus, ni même des Renegades plus expérimentés, à moins d'être sûrs que c'était faisable et sans danger. On ne dirait pas comme ça, mais ils sont assez responsables, a-t-elle conclu, un peu sur la défensive.

— De vraies références en matière de sécurité ! ai-je ironisé.

Deux silhouettes se sont approchées du rebord de la falaise et ont regardé en bas.

— Les voilà ! s'est écriée Leah en les montrant du doigt.

J'ai inspiré à pleins poumons et retenu mon souffle en voyant les garçons reculer, se précipiter vers le vide et s'envoler.

Un. Deux. Trois.

J'ai compté dans ma tête jusqu'à voir leurs parachutes déployer leur blanc éclatant dans le ciel bleu sans nuages. Ce n'est que là que j'ai enfin expiré. Penelope n'avait pas sauté.

Mon soulagement s'est alors mué en angoisse. Est-ce qu'elle allait bien ? Est-ce qu'elle avait du mal à se lancer ? Comme ce ne serait pas la première fois qu'elle sauterait depuis son accident, ça paraissait peu probable.

Minute ! Je m'inquiétais à l'idée que la nana dont j'étais plus que mordu ne sautait pas ?

Décidément, on ne s'ennuie pas avec elle.

Ses amis ont défait leurs harnais et ont ramassé leurs parachutes avant de se diriger vers nous. Mais mon regard restait rivé au sommet de la falaise.

Je les ai vaguement entendus saluer leurs petites copines, mais je n'ai vraiment écouté que lorsqu'ils ont prononcé son nom.

— On ne peut pas faire entendre raison à Penna quand elle s'est mis un truc en tête, disait Wilder.

— C'est pas pour rien qu'on l'appelle Rebel, a renchéri Landon, un bras autour des épaules de Rachel.

— Alors, elle va sauter, ai-je dit, me détournant du ravin pour dévisager Wilder.

Il se dandinait d'un pied sur l'autre, et a eu la jugeote de paraître un peu penaud.

— On aurait dû vous le dire.

— On en parlera plus tard, ai-je grondé.

Je les ai vus échanger un regard en coin, mais je n'ai pas fait de commentaire. Dès qu'elle serait en sécurité, on aurait une petite discussion, et je leur expliquerais que ce genre de conneries ne passerait pas.

J'ai alors entendu un vrombissement sonore, un moteur qu'on poussait au maximum.

Et puis, Penelope s'est lancée du ravin à bord de son quad.

Mon cœur a cessé de battre, le sang s'est figé dans mes veines et tous mes muscles se sont crispés. Elle chutait tellement vite que je n'ai pas pu compter ni faire de prière. Pas plus que je n'ai pu bouger ou réfléchir.

Enfin, son parachute s'est déployé. Il y a eu une saccade, puis elle a réussi à redresser son véhicule tandis que l'air s'engouffrait dans la voilure et ralentissait sa descente.

Des acclamations ont jailli autour de moi. Enfin, mes poumons se sont remis à fonctionner, et mon cœur a adopté un rythme plus rapide que la normale.

— Le parachute est aussi attaché au quad, ai-je déclaré distraitement.

— C'est elle qui l'a conçu, a dit Wilder avec fierté. On a bossé dessus notre dernier jour à LA.

Le lendemain de celui où Brooke a refusé de la voir.

Ses amis se rendaient-ils seulement compte de ce qu'elle vivait ? Il était si évident qu'elle cherchait un soulagement dans l'adrénaline, un refuge dans les cascades. Elle dissimulait Penelope sous son masque de Rebel, et ses proches étaient trop absorbés par leurs jolies petites histoires d'amour pour s'en rendre compte. Sinon, ils ne l'auraient pas laissée faire.

Elle s'est réceptionnée tout près de la bâche et les garçons se sont précipités vers elle, les bras levés en signe de victoire. Je suis resté sur mon quad. De là où j'étais, je distinguais son sourire, mais j'étais paralysé. Il me fallait toute ma force et ma concentration pour réprimer mon envie de foncer sur elle et de l'arracher à son parachute, de la secouer, de l'embrasser.

Ils l'ont détachée et elle a serré ses deux amis dans ses bras. Adressant aux caméras son sourire à mille watts, elle a répondu à Bobby, qui l'interrogeait sur la cascade hallucinante qu'elle venait de réussir. En solo. Sans la moindre assistance, puisque ses amis étaient déjà en bas.

Pendant que les autres quads venaient se garer en rang près de moi, le trio s'est approché. Penelope était rayonnante.

— Alors ? m'a-t-elle lancé.

Alors, j'ai envie de te frapper et de t'embrasser à la fois.

Me taire était de loin la réaction la plus judicieuse. Pinçant les lèvres, je lui ai décoché un regard qui a presque effacé sa mine réjouie. Puis j'ai considéré Wilder et Landon.

— Vous trois, je veux vous voir dès qu'on sera à bord de l'*Athena* !

Ils se sont tournés vers moi.

— Vous m'avez bien entendu. Je ne suis pas un paillasson, ni un imbécile, et ce genre de conneries… (je me suis interrompu en désignant la falaise)… n'arrivera plus jamais ! Vous avez intérêt à m'informer à l'avance. Compris ?

— On n'a couru aucun risque…, a déclaré Penna, mais je refusais de la regarder.

Pas quand j'étais dans un tel état de nerfs après ce qu'elle venait de me faire subir.

— Est-ce. Que. C'est. Compris ? ai-je répété à voix basse, laissant entendre que je ne tolérerais aucune protestation.

— Monsieur Delgado…, a lancé Penelope, sans doute pour tenter de m'amadouer.

J'ai croisé son regard brièvement, le temps de lui faire saisir qu'elle était en terrain miné.

— Si le vent avait changé, si le parachute avait mis une

seconde de plus à se déployer, si la masse de ce quad avait été trop lourde pour la vitesse à laquelle vous chutiez, si un des mousquetons s'était défait, vous auriez…

Je me suis brusquement retourné vers les garçons.

— C'est pour ça que vous étiez en bas. Au cas où elle n'aurait pas pu atterrir. Vous auriez été là pour la recueillir pendant qu'elle se vidait de son sang !

— On avait prévu une évacuation sanitaire au cas où. Ce n'est pas notre premier rodéo, a déclaré Landon avec malice.

— Comme la fois où vous avez dû évacuer le snowboarder ?

Il a blêmi.

— Ce soir, leur ai-je rappelé sèchement.

Puis je me suis éloigné avant de faire un truc que j'aurais regretté, comme de prendre Penelope dans mes bras juste pour sentir battre son cœur.

J'étais censé me tenir à carreau, mais cette nana essayait par tous les moyens de me pousser à bout.

17. Penna

En mer

Je n'ai pas pris la peine de me coiffer ou de me maquiller, Cruz ne se laissait pas impressionner par ce genre de détails. Ce qui ne voulait pas dire que je n'étais pas stressée.

Quand j'ai tourné la poignée de la porte qui ouvrait sur sa salle de cours, mon cœur galopait dans ma poitrine.

— Une seconde, a-t-il lancé, penché sur une pile de copies.

Les intellos, ça n'avait jamais été mon truc, mais je devais admettre qu'il était à tomber avec sa casquette de base-ball à l'envers et son T-shirt moulant. Il ressemblait au Cruz que j'avais connu à Vegas, pas au professeur Delgado.

Cela dit, il n'était pas face à ses classes.

J'ai refermé derrière moi, poussé le verrou et baissé les stores.

— Qu'est-ce que... Penelope ? s'est-il étonné, sursautant presque en me voyant. On n'est pas censés se voir avant une demi-heure.

— Je sais, ai-je dit en m'asseyant sur le bureau, à côté de sa pile de feuilles.

Ses yeux se sont fixés sur mes fesses, et je me suis

félicitée d'avoir opté pour ce jean. Puis il a levé le regard en soupirant.

— En quoi puis-je vous aider, mademoiselle Carstairs ?

— Tu m'en veux ?

Il s'est calé sur son siège, une de ces chaises à roulettes, histoire de mettre de la distance entre nous.

— On en discutera avec les autres, dans une demi-heure.

Une femme plus faible se serait effondrée, mais pas moi. Il me dominait peut-être sur le plan sexuel, mais je pouvais l'affronter d'égale à égal dans tous les autres domaines.

— Si tu leur en voulais autant qu'à moi, ce ne serait pas grave. Mais c'est contre moi que tu es en rogne. Pas parce qu'on ne t'avait pas parlé de la cascade avant, mais à cause de ce qu'on est.

— Et qu'est-ce qu'on est, d'après toi ?

Il a croisé les mains devant lui comme s'il était le type le plus relax au monde. Sauf que ses yeux noisette et son accent forcé disaient le contraire.

— J'aimerais le savoir.

Il m'a dévisagée, mettant mes sentiments à nu d'un seul haussement de sourcils.

— Moi aussi, a-t-il répondu.

Dans un autre temps, un autre lieu, un autre contexte, j'aurais bondi sur ses genoux, glissé la langue dans sa bouche, le suppliant de me caresser. Mais, comme je n'avais pas envie d'essuyer un nouveau rejet, je n'ai rien fait.

— J'aurais dû te parler de cette cascade.

— Oui.

— Pas seulement parce que tu es notre responsable, mais parce que c'était hyper dangereux, et que tu méritais de savoir ce que j'allais faire. Toi, Cruz, pas le professeur Delgado.

— En effet, a-t-il répondu d'une voix douce. Tu m'as envoyé Zoe pour me distraire.

J'ai dû baisser le visage un instant avant de trouver le courage de le regarder dans les yeux.

— C'est vrai.

— Tu pensais qu'une jolie fille m'empêcherait de remarquer le sac attaché à l'arrière de ton quad ?

— Dit comme ça, ça paraît débile, c'est sûr…

— Ça l'était.

— Mais ça a marché, ai-je souligné, maudissant mon ton vaguement geignard.

Il a eu un petit sourire.

— Eh non ! Elle m'a surtout cassé les pieds. J'ai été distrait par Rachel qui essayait de m'éloigner de toi, par l'équipe de tournage qui me posait des questions stupides. Mais Zoe qui me draguait ? Absolument pas.

— Ah !

— Oui. Ah !

— J'avais besoin de temps pour me préparer, et je savais que tu te demanderais ce que je fichais, si tu y prêtais trop attention. Zoe a le don de déconcentrer les mecs. Elle plaît beaucoup aux garçons.

— Tout juste : aux garçons. Ce que je ne suis pas. Penelope, qu'il y ait ou non quelque chose entre nous, il m'est impossible de regarder une autre nana quand tu es dans les parages. Et même sur la même planète entière !

Ça m'a fait fondre.

— De mon côté, je ne mate pas les autres mecs.

— Je sais. Je sens le poids de ton regard dès que tu entres dans une pièce. Tu dois sentir le mien aussi. Cette distance nécessaire, ce n'est pas par manque de désir, ou… d'envie. Si c'était ça, le problème…

Il s'est interrompu, fermant les yeux.

Ce petit jeu était risqué. On le savait tous les deux ; pourtant, voilà que ça recommençait. On était attirés comme deux aimants, comme deux éléments chimiques réactifs ensemble.

— J'aurais dû t'informer de notre projet, je suis désolée, ai-je repris. Je ne l'ai pas fait parce que je savais que tu voudrais m'en dissuader. Que tu ne trouverais pas ça sûr…

— Tu m'étonnes ! s'est-il écrié en me fusillant du regard. Merde à la fin ! Tu as fait les calculs ? Tu as mis ton quad à l'épreuve du vent, avant de te sangler à un poids mort de près de deux cents kilos et de te jeter d'une falaise ?

— Je ne me suis pas jetée comme ça dans le vide, le moteur tournait. La vitesse de l'élan m'a propulsée plus loin que si je…

Sa bouche s'est écrasée sur la mienne avant que je me sois aperçue qu'il avait quitté son siège. Il n'y avait aucune douceur dans ce baiser, rien qu'un acte charnel de domination, et je m'y suis soumise. Dès que j'ai entrouvert les lèvres, je n'ai rien pu goûter, sentir, respirer d'autre que lui. Il a incliné ma tête en arrière pour m'embrasser plus fougueusement, et le frottement de sa barbe mal rasée m'a mis la peau délicieusement à vif.

Tout ça m'avait manqué. En embrassant Cruz, je redevenais moi-même. Plus d'attentes, de cascades, de caméras. Rien d'autre que l'homme qui m'acceptait telle que j'étais.

J'ai agrippé sa nuque, et il m'a attirée à lui pour s'insérer entre mes cuisses écartées. J'ai noué les chevilles autour de sa taille, comme pour le soumettre à ma volonté.

— Penelope, a-t-il chuchoté contre mes lèvres. J'ai eu si peur !

— Je sais, pardonne-moi, lui ai-je demandé, en égrenant des baisers le long de sa mâchoire.

Il a pris mon visage dans ses paumes et m'a contemplée, le visage traversé d'une myriade d'émotions.

— On ne devrait pas.

— Je sais.

— On ne peut pas, a-t-il insisté, les sourcils froncés.

— Je le sais aussi. Mais ça ne veut pas dire que je n'ai pas envie de toi, que je ne veux pas de cette relation, quelle qu'elle soit. Ça me complexifie la tâche, c'est tout.

— C'est impossible, a-t-il murmuré en me caressant la lèvre inférieure avec le pouce. Impossible d'être avec toi. Impossible de ne pas te désirer. Impossible de garder mes distances.

— Alors, ne le fais pas.

Me lâchant le visage, il s'est reculé, comme s'il venait de se brûler à mon contact.

— Ne dis pas ça !

— Quoi, que j'ai envie de toi ? Que tu es le seul homme auquel mon corps réagit ? La seule personne qui a l'air de savoir qui je suis derrière tout ça ?

Il s'est appuyé contre un pilier, à un bon mètre de moi.

— Est-ce que tu imagines seulement à quel point c'est dur de rester sans rien faire, quand tu dis des trucs pareils ?

— Autant que ça l'est pour moi de ne pas bouger ni te supplier de me toucher, ai-je rétorqué. Ce qu'il y a entre nous n'est pas que physique.

— Et c'est censé faciliter les choses ? Je sais que ça va plus loin que ça. Je sais qu'on pourrait vivre quelque chose de vrai. Il n'y a pas que ton corps qui m'intéresse, crois-moi ! Tu es incroyablement intelligente et volontaire, et tu as un grand cœur. Tu me plais vraiment beaucoup et, si on était à LA — ou n'importe où loin de ce bateau —, je te proposerais un rencard à la vitesse de l'éclair. Sauf que, pour moi, ce boulot représente beaucoup plus que tu le crois. Je ne peux pas risquer de le perdre. Et je ne peux pas me permettre de…

Une fois de plus, j'ai senti ma poitrine se serrer, et j'ai pressé la main sur mon cœur comme pour l'empêcher de se briser.

— Tu ne peux pas te permettre de parier sur moi, ai-je conclu.

C'était égoïste de ma part de lui balancer ça, je l'ai compris dès que les mots m'ont échappé. Peut-être que j'étais prête à risquer mon cœur, mais, lui, il pouvait tout perdre, et il me connaissait à peine. Ce n'était pas juste de lui demander ça. Pourtant, j'en avais une folle envie.

Plutôt que de se mettre en rogne, il a pris mon visage dans ses mains.

— Ce n'est pas ce que je voulais dire. Je ne peux pas me permettre de t'impliquer dans…

On a frappé à cet instant.

— Merde. On reprendra cette discussion plus tard. Mais…

Il s'est interrompu, cherchant dans mes yeux un signe imperceptible.

— … ne va pas croire que je n'ai pas envie de ça.

Il m'a lâchée et s'est éloigné pour aller ouvrir, pendant que je m'écartais du bureau pour m'appuyer sur l'un de ceux du premier rang.

C'était quoi, ce délire ?

— Messieurs, a-t-il fait en invitant Pax et Landon à entrer. Navré, Mlle Carstairs a dû verrouiller la porte derrière elle machinalement.

— Pas de souci, a affirmé Pax en lui tendant une enveloppe en papier kraft, tandis que Landon refermait derrière eux.

Cruz s'est installé son bureau, où il a feuilleté le contenu de l'enveloppe. Landon et Pax se sont postés de part et d'autre de moi.

— T'es arrivée tôt, a déclaré Landon, l'air inquiet. Tu aurais pu nous attendre.

— Je sais, mais je n'étais pas d'humeur à poireauter.

Je me suis sentie coupable. Je n'aimais pas leur cacher Cruz, mon passé et notre relation qui n'en était pas une.

Il t'a embrassée.

Une fois de plus.

J'avais encore son goût dans ma bouche, la marque de ses lèvres sur les miennes et, la vache, j'en voulais plus ! Je le voulais, lui, et pas seulement sexuellement. Ce qui aurait été plus facile que d'endurer les pensées qui me traversaient à cet instant, d'imaginer une relation dont je devinais le potentiel incroyable, mais qui était inenvisageable.

— Ce sont toutes les cascades qu'on a prévues jusqu'à Miami, à l'exception de la démo, a expliqué Pax. On ne finalise ce qu'on y fera que quelques jours avant, vu que…

— … vous êtes encore en train d'y travailler, a conclu Cruz, les yeux rivés aux documents.

— C'est ça. Écoutez, on n'a pas l'habitude de rendre des comptes, a ajouté Pax en se frottant la nuque.

— Vous êtes les Renegades, après tout. Votre nom en dit long, a commenté Cruz en étudiant l'une des feuilles.

— Ouais. On a commencé dans mon jardin, et on était financés par des fonds privés…

— Vos parents ont allongé le pognon.

Il n'y allait pas de main morte. Heureusement que j'étais venue lui parler plus tôt, sinon, la situation aurait pu prendre une sale tournure.

— Je ne vois pas trop ce que ça change…

— Pour quelqu'un comme moi, qui ai travaillé tous les jours depuis mes quatorze ans, qui ai payé la fac moi-même et dû gagner à la sueur de mon front tout ce que vous tenez pour acquis, ça change tout.

— On n'est pas des petits cons de fils à papa, s'est défendu Landon.

Cruz, imperturbable, a levé un sourcil. Les seules fois où je l'avais vu perdre son calme, j'étais directement en cause.

— Dès qu'on a trouvé des sponsors, on a fixé nos propres règles. On est indépendants financièrement depuis nos dix-huit ans.

— Moi, mes dix-sept, ai-je rectifié en haussant les épaules. Leurs anniversaires tombent avant le mien.

Cruz m'a dévisagée. Ça n'avait pas l'air de le faire marrer.

Pax s'est raclé la gorge.

— Bref. On aurait dû vous dire ce qui allait se passer, surtout pour Penna.

— Je suis désolée, ai-je ajouté doucement, sachant que les excuses n'étaient pas dans les habitudes de Pax.

Cruz a refermé le dossier en soupirant.

— Vous n'avez pas de comptes à me rendre. Je ne suis pas responsable des Renegades, ce n'est même pas à l'ordre du jour. Mais je suis censé répondre de vous. Ce qui veut dire que j'attends que vous vous comportiez en adultes, et pas en « petits cons de fils à papa ». Je vous traiterai avec le même respect que vous me témoignez, à savoir très peu, au vu de ce qui s'est passé aujourd'hui.

— On s'est dit que vous alliez flipper, a reconnu Landon.

— Sans doute. Mais personne ne le saura jamais, puisque vous ne m'en avez pas donné l'occasion. Je vous aurais réclamé des prévisions météorologiques. De vent. Une présence médicale en cas de pépin. J'aurais vérifié votre équipement, voulu savoir quel genre de parachute vous utiliseriez. Je vous aurais sûrement dit que Penna aurait mieux fait d'avoir un harnais d'ouverture automatique plutôt que d'ouvrir le parachute elle-même. Que c'était un risque inutile, le genre que vous aimez prendre, même si ça n'ajoute rien à la cascade. Ce sont là des préoccupations raisonnables. Pour ce qui est de flipper…, s'est-il interrompu, les scrutant chacun à tour de rôle, l'air sombre. J'ai vu et vécu des choses qui vous auraient fait chialer comme des gosses. Il me faudra beaucoup plus qu'un BASE jump mal préparé pour me faire flipper.

J'ai eu une furieuse envie de le gifler et de l'embrasser en même temps. Avec ce type, j'étais une contradiction vivante.

— Il nous reste quatre jours avant d'atteindre le Salvador. Si ça vous va, on se revoit après-demain à midi. On passera en revue tout ce que vous avez prévu pour votre deuxième jour au port.

— Au premier…

— Le premier jour, vous serez en excursion d'histoire avec moi, a-t-il rappelé à Pax en croisant les bras.

— Ah oui, c'est vrai.

Pax gardait son sang-froid. Étonnant de sa part.

— On se voit en cours demain, a conclu Cruz en nous congédiant.

Pax était sur point d'exploser quand on a atteint ma suite.

— C'est quoi, tout ce cinéma ?

On s'est affalés sur les canapés. Leah et Rachel ont fait de la place à côté d'elles et je me suis jetée dans le gros fauteuil en calant une jambe sur le sofa, comme j'avais pris l'habitude de le faire.

— Qu'est-ce qui s'est passé ? a demandé Leah en se blottissant contre Pax.

— On s'est fait remettre à notre place, a répondu Landon.

— Par qui ? Le professeur Delicious ? a lancé Rachel.

— Sérieux ? s'est offusqué Landon, les yeux écarquillés.

— Désolée, a-t-elle bredouillé, l'air contrit. Je voulais dire par… C'est quoi son surnom, déjà ? Doc ?

— Pas sûr qu'il ait droit à un surnom, a grondé Pax. Pourquoi il nous a sortis : « J'ai vu et vécu des choses qui vous auraient fait chialer comme des gosses » ? C'est dangereux, l'UCLA ?

— Il a fait l'armée, ai-je alors déclaré.

Voyant tout le monde se tourner lentement vers moi, je me suis mordu la langue.

— Comment tu sais ça ? a demandé Landon.

Rachel m'a dévisagée, comprenant que je venais de merder.

— Il a un tatouage de l'Airborne sur le bras, ai-je répondu. Je l'ai vu, une fois, à la salle de sport. Ça explique ce qu'il sait sur les parachutes et le reste.

— Ça se tient.

— Enfin, je crois l'avoir vu.

— Ce n'est peut-être pas si mal, après tout.

Ils m'ont crue.

J'ai relâché le souffle que j'avais retenu sans m'en rendre compte.

— Si ça ne vous dérange pas, j'ai pas mal de taf, ai-je annoncé.

Je me suis levée.

— Ça marche, a acquiescé Pax. De toute façon, on ne peut rien faire tant qu'il ne nous a pas filé sa liste de préoccupations, hein ?

— C'est vrai. Et merci pour aujourd'hui. Ç'a été génial, de refaire un truc comme ça !

L'excitation, la chute, l'instant où je m'étais demandé si le parachute allait fonctionner, suivi du claquement de la voilure se déployant… C'était à cause de tout ça que j'adorais être une Renegade, même si je n'étais pas sûre de mériter encore ce nom.

Je n'avais toujours pas réglé ce problème de bécane.

— C'est chouette que tu sois de retour, a lancé Landon.

— Oui, ai-je approuvé. De retour.

Je me suis repliée dans ma chambre, j'ai fermé la porte et m'y suis adossée, aux prises avec des milliers d'émotions. Oui, j'étais furieuse que Cruz éprouve le besoin de nous remettre à notre place, comme l'avait dit Landon. Oui, ça me gonflait de devoir rendre des comptes à quelqu'un. Surtout, je flippais à l'idée que mes actes puissent se retourner contre lui si quelque chose foirait — que ce soit dans les cascades, ou dans notre non-relation.

Comme si le fait qu'il se soit fait coffrer à cause de moi n'avait pas suffi.

Mais, dans ma poitrine, brûlait une émotion plus forte que la colère. J'avais beau la chasser, elle revenait, plus ardente, plus puissante à chaque baiser qu'il me donnait, à chaque pensée qu'il m'inspirait.

Son éclat était tel que j'ai jeté un coup d'œil au miroir pour m'assurer que mes sentiments pour lui n'étaient pas visibles à l'œil nu.

Je le voulais, c'était aussi simple et complexe que ça. Je voulais ce qu'avaient Pax et Leah, ce dévouement complet l'un à l'autre. Je voulais ce qu'avaient Landon et Rachel, une alchimie si brûlante et inévitable qu'ils leur avait été impossible de garder leurs distances.

Mais je voulais aussi quelque chose de plus : être avec quelqu'un qui me connaissait profondément, qui ne s'arrêtait pas au visage que je présentais au reste du monde. Et avec Cruz, c'était le cas.

On avait eu la preuve qu'on était incapables de s'éviter,

même en sachant que c'était interdit. Il me connaissait déjà mieux que Pax et Landon. Et il me plaisait incroyablement.

J'avais envie d'être avec lui, avec celui qui dormait juste en dessous de moi.

J'ai baissé les yeux sur le sol, comme si j'avais subitement hérité du don de supervision et que je pouvais voir s'il était encore dans sa salle de cours.

Les signes, je les connaissais, je les avais constatés chez mes amis : j'avais une peine de cœur. Moi, Penelope Carstairs, celle qui ne laissait jamais un homme s'approcher ou lui dicter quoi que ce soit, j'avais envie d'appartenir à Cruz.

Mais qu'est-ce que j'étais prête à risquer ? Qu'est-ce que j'accepterais d'endurer pour le posséder, de la même manière qu'il me possédait déjà ?

Absolument tout !

Loin de m'apporter l'apaisement que j'avais espéré, cette réponse a attisé le feu dans ma poitrine, et l'a transformé en brasier. J'avais envie de me battre, et ça me donnait des ailes.

Restait plus qu'à convaincre le principal intéressé.

18. Cruz

En mer

J'ai étalé les documents des Renegades sur la petite table de ma chambre, avant de les disposer par ordre d'escales. Puis j'ai pris le dernier et je l'ai lu de bout en bout.

Ils prévoyaient de faire leur show à Cuba.

Comme je l'avais suggéré à Penelope.

Ça m'ennuyait de me servir d'elle, mais c'était ma seule chance d'arriver jusqu'à Elisa. Je lui confiais ma carrière, et même ma vie, mais je ne pouvais pas lui expliquer mes projets. La moindre gaffe suffirait à tout compromettre, et l'existence d'Elisa était un prix trop cher à payer. Il allait me falloir planifier tout dans le moindre détail, mais ça me semblait enfin possible. J'étais en mesure de la sortir de là.

J'ai allumé mon ordinateur portable et j'ai profité du wi-fi gracieusement offert aux enseignants pour lui envoyer un mail consistant en deux mots :

24 avril.

J'ai sursauté en entendant frapper à la porte coulissante de mon balcon.

Qui est-ce qui... ? J'ai soupiré. Je connaissais déjà la réponse. *Penelope.*

J'ai ouvert pour sortir dans la nuit où, effectivement, la fille qui hantait mes rêves était appuyée contre le bastingage. Son short exhibait ses jambes interminables et son débardeur ne dissimulait pas grand-chose, mais je savais qu'elle n'essayait pas de m'allumer : elle était comme ça, c'est tout. Elle a écarté de son visage ses cheveux que faisait voleter la brise océane, et m'a gratifié d'un sourire si lumineux qu'il aurait pu alimenter le bateau entier en énergie.

— Salut.

Je n'ai pas pris la peine de répondre, elle lisait sûrement l'émotion sur mon visage : j'étais content de la voir... tout en souhaitant qu'elle ne soit pas là.

J'ai levé un doigt avant d'entrer dans ma chambre pour verrouiller la porte, en bannissant ainsi l'entrée à l'enseignant avec qui je partageais la suite, même si Westwick m'adressait à peine la parole, persuadé que j'étais trop jeune et inexpérimenté pour être son collègue. Il avait probablement raison, mais ce n'était pas l'avis de Mme Messina, et c'est tout ce qui comptait.

J'ai alors fait signe à Penelope d'entrer, ce qu'elle a fait en inspectant les alentours. Comme les murs étaient fins, j'ai allumé mes enceintes sans fil et mis de la musique avant de parler. Je me serais cru de retour à la caserne !

— Comment tu as fait pour arriver là ? ai-je demandé.

— J'ai attaché une corde à mon balcon. Ne t'en fais pas, j'ai mis un harnais, c'est loin d'être le truc le plus dangereux que j'ai tenté cette semaine.

Songeant au saut en quad, j'ai acquiescé.

— Ça en dit long sur toi.

Elle a haussé les épaules et regardé les documents posés sur ma table.

— Ce n'est pas comme si tu ne savais pas à quoi t'attendre avec moi. Vegas aurait dû te mettre la puce à l'oreille.

Vegas.

Comment un seul mot pouvait-il suffire à me filer la trique ? Facile. Il évoquait ce moment où elle était allongée sous moi, qu'elle poussait de petits soupirs, des gémissements délicats, qu'elle aventurait les mains sur mon torse. Malgré tous mes efforts pour chasser cette scène de mon esprit, la voir penchée sur la table ne m'aidait pas.

— Qu'est-ce que tu fais là, Penelope ?

Elle a dégluti nerveusement.

— C'est qui, ton coloc ?

J'ai croisé les bras devant cette tentative de gagner du temps.

— Westwick.

Elle a écarquillé les yeux.

— Tu partages la suite avec cette tête de nœud ?

— Tu n'es pas fan ?

Elle a secoué la tête.

— Il a fait chier Pax et Leah au premier trimestre, quand ils ont raté le bateau à Istanbul. Remarque, je me suis un peu vengée, a-t-elle ajouté avec un petit sourire en coin.

— Ah ?

— J'ai retiré son nom du manifeste quelquefois, quand on est descendus à terre. Ça a été tout un bazar pour qu'il quitte le bateau, il a fallu appeler le doyen. Une fois, je l'ai modifié pendant qu'il était de sortie et il n'a pas pu remonter.

J'ai étouffé un rire en imaginant mon collègue guindé en train de fulminer.

— Tu es rancunière, dis donc !

— On peut dire ça.

— Comment tu t'es débrouillée ?

— La première fois, Brooke m'a aidée. Elle est super forte en informatique, c'est elle qui s'occupe de la programmation de notre site Internet. Enfin, qui s'en occupait. Elle est bien meilleure que moi là-dessus, mais le système à bord est assez simple.

— Du coup, tu peux ajouter des gens au manifeste ?

Une grosse pièce du puzzle Elisa s'est mise en place. J'éprouvais un sentiment d'excitation mêlé de culpabilité à l'idée de me servir de Penelope, ou de lui faire courir un risque si jamais j'étais découvert.

— Bien sûr ! Même si ça ne sert pas à grand-chose sans badge d'identification.

J'ai ajouté un élément à ma liste de choses à faire et bifurqué vers un sujet plus sûr.

— Qu'est-ce qui t'amène sur mon balcon, ce soir ?

— Je te veux, a-t-elle répondu, comme s'il s'agissait de la vérité la plus simple de l'univers.

Puis elle s'est tournée pour s'asseoir sur le bord de la table.

— Pardon ?

Pas sûr du tout, comme sujet !

Il existait différents niveaux de sainteté, et je ne me sentais pas de la repousser si elle réclamait une partie de jambes en l'air.

— Je te veux, a-t-elle répété en prononçant chaque syllabe distinctement, avant d'ouvrir les yeux en grand, comme si elle se rendait tout juste compte de ce qu'elle venait de dire. Oups ! Non, pas comme ça. Enfin, si, comme ça aussi, mais ce n'est pas ce que je voulais dire.

— Il va falloir que tu sois plus claire.

Je me suis reculé, veillant à mettre autant de distance que possible entre nous, dans ma chambre étriquée. À cet instant précis, piquer une tête dans le Pacifique m'aurait fait le plus grand bien.

— Bon, tu vois la scène, dans les comédies romantiques, où l'un des personnages se jette à l'eau et déballe tout ? Où on retient son souffle en attendant de voir ce que l'autre va faire ? Si elle va lui pardonner d'avoir foutu en l'air sa librairie, ou si elle peut être juste une fille, debout devant un garçon…

— Le coup d'éclat de la fin, ai-je résumé, incapable de réprimer un sourire.

— Oui. Si tu veux. Eh bien, là, c'est le mien.

Pas croyable !

J'ai essayé de me préparer à entendre ce qu'elle allait me dire, sans m'attarder sur la lèvre qu'elle se mordillait nerveusement, ni sur son souffle court. Mais, si ce dernier mois m'avait appris une chose, c'était que rien ne pouvait me préparer à ce que Penelope allait faire.

— Je te veux, a-t-elle répété.

— Tu l'as déjà dit.

Et maintenant, arrête, avant que je te mette à poil sur mon lit et que j'aille trop loin.

— Tais-toi ! C'est mon coup d'éclat. Pour le tien, il va falloir attendre ton tour.

— Et grimper sur le balcon à bord d'un bateau en mouvement ?

— Ça, c'était le plus facile !

Je me suis mis à rire, jusqu'à ce qu'elle me décoche un regard signifiant qu'elle n'appréciait pas mon sens de l'humour. Je me suis raclé la gorge et lui ai fait signe de poursuivre.

— Tu me veux.

— Oui, bon, pas la peine de te la péter.

Cette fille finirait par avoir ma mort sur la conscience.

— Je peux te certifier que quel que soit le sens que tu donnes à cette phrase, je te voudrai toujours plus, ai-je affirmé.

Tu ne pourrais pas la fermer, un peu ?

— Ce n'est pas ton tour, alors, garde tes petites expressions craquantes pour toi, a-t-elle protesté.

J'ai levé les mains, comme pour me rendre.

— Bon, a-t-elle repris. D'accord. Je te veux, entièrement. Je n'arrête pas de penser que ce qu'on a, ce qu'on pourrait devenir, c'est un truc de dingue. Dès que je t'ai vu à Vegas, j'ai été accro. Enfin, je veux dire… Je ne pourrais pas imaginer mieux. Quand tu m'as écoutée sur le High Roller, et puis que tu as sauté, que tu m'as touchée…

Elle s'est interrompue en rougissant de manière si adorable que j'ai dû me retenir de lui bondir dessus.

— Bon, on sait qu'on est compatibles sexuellement, sauf si ça ne l'a pas été, à Vegas… enfin… pour toi.

Par miracle, j'ai retrouvé ma voix.

— Si, à fond !

— OK, a-t-elle chuchoté. Je sais que je ne suis pas censée vouloir être avec toi, ni même penser à toi, rêver de toi, me demander ce que tu fais, avec qui tu es. Mais je ne peux pas m'en empêcher.

Elle venait d'exprimer les pensées qui me bombardaient l'esprit en permanence.

— Je sais que tu es mon prof. Que je suis ton étudiante. Et que, moralement, c'est mal. Mais je ne me suis jamais sentie aussi bien qu'avec toi.

Mon cœur a tambouriné dans ma poitrine et ma gorge s'est nouée d'émotion. On était sur la même longueur d'onde… mais dans des univers différents.

— Je ne fais jamais ça. Je ne cours pas après les garçons. Je ne sors pas avec eux. Je ne risque pas ma réputation pour un mec, pour un coup d'un soir, et j'évite de me faire jeter. Je ne suis pas une fille normale, j'en suis consciente. Mais je crois que tu es le seul qui soit assez fort pour gérer les différentes facettes de la femme que je suis. Tu es tout ce que je veux, tout ce dont j'ai besoin. J'aimerais seulement pouvoir être ce dont toi, tu as besoin.

J'ai fermé les yeux. J'étais si tenté que j'avais peur qu'elle s'en aperçoive. J'étais assez fort pour elle. Je pourrais répondre à ses besoins. Nous deux, ensemble, ce serait du tonnerre.

Dans un autre temps, un autre lieu, un autre contexte.

— Ce que je dis, c'est que… Regarde-moi, s'il te plaît, Cruz.

J'ai plongé les yeux dans les siens, et la supplication que j'ai lue dans leurs profondeurs d'azur m'a démonté.

— Penelope, ai-je chuchoté.

— Ce que je dis, c'est que j'obéirai à tes conditions. Si tu acceptes, je garderai le secret. Je descendrai sur ton balcon. Je ne te regarderai pas en cours. Je t'éviterai dans les couloirs… Je serai à toi quand on sera seuls, si tu veux bien être à moi dans cette chambre. Accepte, parce que ce qu'on a, c'est réel.

Là, j'ai perdu les pédales ; j'ai traversé la pièce avant d'avoir pu réfléchir. J'ai enfoui les mains dans sa crinière dorée, son bassin s'est collé au mien et j'ai baissé les yeux sur ses lèvres. Jamais, de toute ma vie, je n'avais eu autant envie d'embrasser une fille, de la faire mienne.

— Tu ne sais pas tout de moi, ai-je dit d'une voix torturée.

— J'apprendrai.

Mais resterait-elle, lorsqu'elle connaîtrait les vraies raisons de ma présence ici ?

— On ne peut pas faire ça, tu le sais.

— On trouvera bien un moyen.

— Penelope, ai-je soufflé en posant le front contre le sien, pour humer l'odeur d'agrumes et de fraise de ses cheveux.

Mon corps tout entier, jusqu'aux battements de mon cœur, la réclamait, me suppliait de céder. Il suffirait d'un baiser, d'un mot, d'une caresse, et elle m'appartiendrait. Même si ça ne sortait pas de cette pièce, je mettrais fin au tourment qui nous agitait.

Sauf qu'on plongerait dans un nouvel enfer.

À la moindre erreur, je serais viré. Je perdrais mon unique chance d'atteindre Elisa.

Et Penelope, est-ce qu'elle se ferait renvoyer ? Est-ce que la presse l'apprendrait et lui infligerait un supplice médiatique ?

Et puis, quel genre d'homme accepterait que sa compagne reste un secret, comme s'il avait honte d'elle ?

— Dis oui, Cruz, a-t-elle murmuré, son souffle sucré mêlé de menthe sur mon visage.

Un coup frappé à la porte nous a renvoyés à la réalité.

— Delgado ! Lindsay Gibson est là pour te voir, a annoncé Westwick de l'autre côté de la porte.

— À 21 heures ? ai-je lâché avec méfiance.

— Apparemment, a rétorqué Westwick, comme si je m'étais adressé à lui.

— J'arrive !

J'ai poussé un soupir de soulagement en l'entendant s'éloigner dans le couloir.

Penelope s'est reculée lentement, et mes mains m'ont semblé vides sans elle.

— Vas-y, a-t-elle dit brusquement, désignant la porte du menton. Mais quoi qu'elle te demande à 9 heures du soir, ta réponse sera non.

— Qu'est-ce que tu en sais ?

— Parce que tu me veux autant que je te veux, même si tu n'es pas encore prêt à l'admettre. Et s'il y a une chose que je sais sur toi, c'est que tu n'es pas du genre à te résigner. Qu'est-ce que tu m'as dit, déjà ? « Si on veut vraiment une chose, il faut tout faire pour l'avoir. » Je t'offre une chance. Je sais ce que tu risques, et que j'ai tort de te le demander. Mais si je ne te disais pas ce que je veux, ce que je ressens, je ne pourrais jamais me le pardonner.

Fonce !

Pour une fois dans ma vie, je pouvais avoir quelque chose à moi. Je pouvais saisir ce fragment de bonheur unique, et essayer d'élucider la nature complexe de Penelope Carstairs.

— Il faut que j'aille voir. Tu m'attends ici ?

Elle a esquissé un sourire triste.

— Ne réponds pas tout de suite.

— Quoi ?

— Ne réponds pas maintenant, tu n'as pas encore décidé. Et je ne suis pas du genre à demander deux fois, Cruz. La vulnérabilité, c'est pas mon truc, et je ne suis pas maso non plus. Si tu refuses, je ne te reposerai pas la question.

Elle a dressé le menton, laissant entrevoir le feu qui m'avait séduit dès le premier instant.

Qu'une femme aussi forte soit prête à tout risquer pour me soumettre cette proposition, ça m'a presque terrassé. Tout ce qui était lié à elle ne pouvait que précipiter ma chute. Comme si elle avait été créée spécifiquement pour me tourmenter, me titiller et me subjuguer.

— Attends-moi, OK ? ai-je insisté, tout en sachant que lui donner des ordres ne servait à rien.

J'ai entrebâillé la porte pour me faufiler à l'extérieur. Lindsay m'attendait dans le salon. Elle avait l'air stressée et, les mains jointes, se dandinait d'un pied sur l'autre. Elle portait une robe verte qui mettait sa silhouette en valeur, mais ça ne m'a fait ni chaud ni froid.

Difficile de voir une étoile quand une aurore boréale brille juste à côté.

Une aurore boréale. Ça correspondait parfaitement à Penelope. Quasiment impossible à voir, changeante, colorée, imprévisible, et tout bonnement à couper le souffle.

Tu ferais mieux de te concentrer sur la nana en face de toi.

— Salut, Lindsay, ai-je lancé. Tout va bien ?

— Oui, très bien ! s'est-elle exclamée avec un sourire forcé. Je me demandais si tu avais envie de boire un verre avec moi au bar ?

Merde.

J'ai sondé mon âme à la recherche d'un signe de désir, ou même d'une simple envie, mais je n'ai rien trouvé. Pourquoi ne pouvais-je pas être attiré par quelqu'un comme elle ? Quelqu'un qui ne risquerait pas de me faire virer ?

Parce qu'elle n'est pas Penelope.

À vrai dire, j'aurais préféré me disputer avec cette dernière dans ma chambre, plutôt que de traîner au bar avec Lindsay.

— Je suis désolé, mais j'allais me coucher, me suis-je excusé.

En la voyant se décomposer, je m'en suis voulu. Cependant, je ne pouvais pas lui donner de faux espoirs. Elle avait beau être un choix plus sensé, j'étais incapable de me concentrer sur quelqu'un d'autre quand Penelope se trouvait dans les parages.

C'était elle que je voulais vraiment. Elle était comme une drogue. Après y avoir goûté, même si je me tenais devant Lindsay, c'était toujours Penelope qui me traversait les veines.

Merde. Merde. Double, triple, quadruple merde.

— Oui, bien sûr. Il est tard. Qu'est-ce que j'ai dans le citron ? a-t-elle gémi en se frottant les sourcils.

— Je te remercie pour cette invitation. Vraiment. Je n'ai pas encore beaucoup d'amis ici, et tu fais tout ce qu'il faut pour en devenir une. On pourrait peut-être proposer à d'autres profs de déjeuner ensemble, demain midi ?

Je m'efforçais de l'éconduire en douceur, tout en fermant la porte à double tour.

Clignant des yeux, elle a esquissé un sourire tremblant.

— Oui, super. Je, euh… Je vais y aller.

Je l'ai raccompagnée, je l'ai de nouveau remerciée et j'ai refermé derrière elle. Le *clic* du verrou a résonné en moi, comme si je venais de barrer la route à tout autre choix que Penelope… qui n'était pas vraiment un choix.

Mais une fatalité.

Ma chambre était vide, et il y avait un mot sur le lit.

Je te l'avais bien dit.

Riant doucement, j'ai rangé le message dans le tiroir de ma table de chevet.

Si j'oubliais les obstacles moraux et conventionnels à une relation avec Penelope, est-ce que sa proposition pourrait fonctionner ? Personne n'entrait ici sans frapper. Ma porte fermait avec un verrou. Outre l'éventualité douteuse que quelqu'un surprenne l'un de nous jouant les Tarzans sur le flanc du bateau, il était presque impossible qu'on se fasse attraper, si notre relation ne dépassait pas les limites de cette chambre.

Si je pouvais l'avoir ici, en ce seul endroit où l'on serait vraiment nous-mêmes, je serais en mesure de maîtriser mes émotions en public. Mes réactions deviendraient plus prévisibles, et toute tension extérieure serait désamorcée grâce à nos instants d'intimité.

T'es dingue ou quoi ?

N'importe quoi, j'étais en train de justifier mon besoin d'être avec elle, d'envisager sérieusement sa proposition !

Avant de m'en être rendu compte, j'avais enfilé mes baskets et me dirigeais vers la salle de sport pour me vider la tête.

Dix kilomètres plus tard, Penelope occupait encore mes pensées.

Deux jours plus tard, j'étais en enfer.

J'avais passé la matinée à arpenter les ruines mayas de Tazumal, tout en m'évertuant à ne pas mater les fesses de Penelope.

Mais ce short, bon sang ! D'accord, il faisait chaud au Salvador, mais ma température corporelle avait grimpé en flèche dès qu'elle était montée dans le bus. Elle avait tenu parole, ne m'avait prêté aucune attention, sauf quand je parlais de l'histoire des Mayas et du mystérieux effondrement de leur empire.

Et puis, quand ses copains étaient partis explorer les ruines de leur côté, elle était restée collée à cet Alex. Je savais qu'il ne se passait rien de son côté à elle, mais lui ? Il était visiblement intéressé, et ça ne me plaisait pas.

J'ai failli grogner lorsqu'il lui a tendu la main pour l'aider à escalader les ruines.

Je n'ai jamais aimé qu'on touche à ce qui m'appartenait.

Comme j'avais grandi dans le dénuement, je prenais soin du peu que je possédais, et je ne partageais pas.

Mais me sentir possessif vis-à-vis d'une femme était nouveau pour moi. J'avais bien eu des relations, mais aucune qui m'avait donné envie de tout risquer, aucune qui m'avait paru aussi inéluctable.

— Monsieur Delgado ? a demandé Casey Barros en battant des cils.

— Casey ? Qu'est-ce qu'il y a ?

— Est-ce qu'on va encore marcher longtemps ? J'ai mal aux pieds.

J'ai glissé un regard incrédule à ses petites bottines à talons, tout en me retenant de lever les yeux au ciel.

— Vous avez une demi-heure de quartier libre, ensuite, on regagnera le bus.

— Ouf, je vais pouvoir m'asseoir, a-t-elle soupiré.

— Vous pourriez peut-être opter pour des chaussures plus adaptées, la prochaine fois ?

— Vous avez raison, a-t-elle admis, le rouge aux joues. Je trouvais celles-ci mignonnes, c'est tout.

— Je ne sais pas si la jungle se préoccupe de ce genre de détails, ai-je commenté avec un sourire. Et vu qu'on a bientôt une excursion de trois jours jusqu'au Machu Picchu, je vous recommande vivement des bottes solides, sans talons de dix centimètres.

— Oui, évidemment.

Secouant la tête, je me suis éloigné pour explorer les ruines en solo, le long des sentiers les moins empruntés. Les structures étaient envahies de plantes grimpantes, et des touffes d'herbe accompagnaient chaque pas qui menait jusqu'au temple. J'avais beau savoir que des milliers de visiteurs avaient admiré ces ruines avant moi, j'avais un peu l'impression d'en être le découvreur.

Ma première mission était Elisa. Mais la chance de voir tout ça, d'être ici ? Ça venait juste après.

Longeant les sculptures en pierre, j'ai pris quelques photos et je me suis émerveillé des motifs gravés plus de mille ans plus tôt. Je mitraillais la pyramide avec mon appareil et tentais de l'imaginer dans toute sa splendeur passée.

C'est le mystère des migrations humaines qui m'a entraîné vers l'histoire. Guerres, famines, maladies, sécheresses : autant de raisons pour qu'une civilisation disparaisse ou, le plus souvent, change de territoire. Je n'avais pas choisi l'histoire de l'Amérique latine par hasard : les Mayas, les Incas, les conquistadors, tous avaient laissé leur marque, jusqu'à l'ère moderne. Les religions actuelles s'appropriaient d'anciens rites sacrés, notamment au Pérou, où j'avais hâte d'emmener mes étudiants. Ce qui me fascinait, c'était de voir les mêmes tendances se répéter dans la société contemporaine, ces réfugiés qui s'échappaient de Cuba en radeau, ou ceux qui cherchaient à fuir la Syrie.

Différents siècles, différentes cultures, mais toujours cette même volonté de survie.

Jetant un coup d'œil à ma montre, j'ai constaté qu'il ne me restait plus qu'une vingtaine de minutes avant de devoir rassembler mes élèves. Je me suis donc dirigé vers le petit musée.

J'ai adressé un signe de tête aux jeunes qui étudiaient les artefacts et un haussement de sourcils réprobateur à ceux qui n'avaient pas l'air de s'en soucier.

En parcourant une exposition, j'ai aperçu Penelope avec Alex. Ma raison savait que rien ne s'était passé, quand je les avais surpris ensemble, le jour de son anniversaire. Mais mon cœur aurait voulu caser un terrain de foot entre eux, pour s'assurer que ça n'arriverait plus jamais.

Je ne lui avais pas encore donné ma réponse, mais ça ne changeait rien au fait que je la voulais de toute mon âme. En ce qui la concernait, ce n'était pas l'envie qui posait problème, mais la distinction entre bien et mal.

Elle à côté d'Alex ? C'était mal.

Tout en admirant les objets d'art, je l'ai entendue rire de quelque chose qu'il venait de lui dire, et ma gorge s'est nouée un peu plus. Elle avait le droit de parler à qui elle voulait, d'embrasser qui elle voulait. Je n'avais pas dit oui et elle ne m'appartenait pas.

Mais ça pourrait changer.

En tout cas, si je ne me décidais pas rapidement, je finirais par devenir une vraie boule de nerfs.

Alex s'est éloigné. Quand je me suis retourné, Penelope contemplait une autre peinture. Autour de nous, plus personne. Je lui ai alors attrapé la main pour l'entraîner dans la salle la plus proche. Sans tenir compte de son petit cri de surprise, j'ai allumé et refermé derrière nous en vitesse.

Un placard d'approvisionnement.

Super romantique.

— On pourrait se faire choper ! s'est-elle exclamée, les yeux écarquillés.

— Il n'y a personne. J'ai vérifié. Ta réputation sera sauve.

J'ai calé une mèche de ses cheveux derrière son oreille.

— Ce n'est pas la mienne qui m'inquiète, a-t-elle protesté, reculant jusqu'à la porte.

— Oui, bon, quoi qu'on finisse par faire, on courra forcément un risque.

— « Quoi qu'on finisse par faire » ? Tu as réfléchi à ma proposition ?

Une lueur a jailli dans ses yeux, et elle s'est avancée. J'ai reculé jusqu'à percuter les étagères derrière moi. Génial ! J'étais capable d'affronter un taliban, mais je fuyais devant une blonde souriante en short.

— J'ai réfléchi.

— Et ?

— Et ça mérite encore réflexion. Deux jours, c'est trop peu pour que je te donne une réponse.

— C'est vrai. Il n'y avait pas de date butoir.

— Je ne voulais pas que tu penses que je n'y… réfléchissais pas.

— Je te connais. T'es du genre à travailler du chapeau. Je ne m'attends pas à ce que tu risques tout pour moi sans y avoir pensé au moins quarante-huit heures. Ce que je t'ai demandé, c'est énorme, et ça pourrait mettre ta carrière en jeu. Je sais ce que tu risques, je me montrerai patiente.

Un immense soupir de soulagement m'a échappé, et mes épaules se sont décrispées.

— Je t'ai vue avec Alex…

— Et ça t'a rendu jaloux ! en a-t-elle conclu avec un sourire malicieux, remontant les doigts le long des boutons de ma chemise à manches courtes.

— Penelope, l'ai-je mise en garde, tout en me penchant vers elle. Non, mais regarde-nous ! Ça ne fait pas deux jours que tu m'as fait cette proposition, et on est déjà incapables de se tenir à carreau.

— Parle pour toi ! C'est toi qui m'as entraînée ici, tu te souviens ?

— C'est vrai. Tu as le chic pour me transformer en homme des cavernes.

— Alors, qu'est-ce que tu vas faire de moi dans ce placard ? a-t-elle susurré en passant la langue le long de mon cou.

Trop bon.

Faisant preuve d'une maîtrise inhumaine, j'ai réussi à ne pas la toucher.

— Tu vois, si tu avais accepté, je t'aurais peut-être laissé me voler un baiser ici, où personne n'aurait pu nous voir, a-t-elle souligné.

J'ai été assailli d'images où je l'embrassais, où je la retournais pour l'adosser à la porte, où je lui soulevais les jambes pour les enrouler autour de ma taille.

Mais ma première fois avec elle ne se passerait pas dans un placard. Je n'étais pas un salaud. Non, ce serait dans un lit, où je prendrais le temps de la dorloter, comme elle le méritait.

— On y verrait peut-être un prélude à ce qui arriverait plus tard, dans l'isolement de ta chambre, a-t-elle ajouté. En tout cas, ce serait un instant de plus où il n'y aurait personne d'autre que nous, où on n'aurait pas à jouer un rôle et où personne ne nous mettrait la pression.

Elle m'a mordillé le lobe de l'oreille et je l'ai attrapée par la taille pour l'attirer contre moi. Puis elle a déposé quelques baisers près de ma bouche et elle s'est reculée, me laissant les mains vides.

— Mais comme tu n'as pas donné ton accord, ce n'est rien d'autre qu'une rencontre avec mon professeur dans un local de bureau très exigu, a-t-elle déclaré, avec un sourire qui m'a mis à l'étroit dans mon bermuda. Dommage !

Sur ces mots, elle a tourné les talons et elle est sortie en refermant derrière elle.

J'ai appuyé la tête contre les étagères, tâchant de calmer les battements effrénés de mon cœur.

À un moment donné, il faudrait bien qu'elle cesse d'avoir le dernier mot.

— J'aimerais que vous prêtiez particulièrement attention aux pays que nous allons traverser. Ne vous arrêtez pas seulement sur ce qui vous paraît manquer, même si vous y voyez plus de misère que chez vous, mais sur ce qui rend cette culture belle et unique en son genre. Oui, Casey ? ai-je demandé à la fille sur ma droite, en allant me rasseoir sur mon bureau.

C'était notre deuxième jour en mer et il ne nous en restait plus que trois avant d'arriver au Pérou. J'avais beau adorer enseigner ce cours, j'avais du mal à me concentrer quand Penelope se trouvait à quelques mètres de moi.

Même si elle ne m'avait pas prêté la moindre attention. Elle tenait sa promesse et évitait de me jeter des coups d'œil en cours. Mais c'était presque pire, je devenais hyper conscient de ce qu'elle regardait, ou ne regardait pas.

— On peut choisir n'importe quel pays ? a demandé Casey.

— N'importe lequel, oui, n'importe quelle culture, et n'importe quel thème. Trouvez seulement quelque chose qui vous intéresse suffisamment pour un devoir de cette ampleur.

— Si on choisit Cuba, est-ce que vous serez plus disponible pour nous aider, comme ce sera notre dernière escale ?

J'aurais pu jurer entendre Penelope pouffer de rire. Vu le regard que lui a décoché Wilder, je n'étais pas loin du compte.

— Vous avez raison, Cuba sera notre dernière escale, et c'est là dont je suis originaire. Mais je serai disponible pour chacun de vous, quel que soit le sujet que vous choisirez. Vous connaissez mes heures de bureau. Si elles ne vous conviennent pas, envoyez-moi un mail. Ne perdez pas de temps. J'attends vos sujets de mémoire dans trois jours, à notre arrivée au Pérou, et je n'aime pas beaucoup les demandes d'indulgence de dernière minute. Qui a déjà trouvé son sujet ?

Une demi-dizaine de mains se sont levées, soit environ un quart de la classe.

— Bien. Si vous voulez prendre de l'avance, vous pouvez me les faire parvenir via eCampus. Je vous répondrai rapidement pour vous laisser le temps de retravailler dessus au besoin. Ce sera tout pour aujourd'hui, ai-je annoncé, comme l'horloge m'indiquait la fin du cours. Si vous ne vous êtes pas encore décidés, je vous conseille fortement de rédiger un brouillon avant qu'on se revoie, dans deux jours. Vous pouvez partir.

J'ai contourné mon bureau et me suis absorbé dans le rangement de mes feuilles, pour éviter de reluquer Penelope. Elle portait un leggings noir qui ne laissait pas beaucoup de place à l'imagination, malgré sa chemise assez longue pour respecter le code vestimentaire, et ça suffisait pour me rappeler Vegas.

Avec elle, tout me renvoyait à Vegas.

M'aurait-elle attiré à ce point si on n'avait pas passé cette soirée ensemble ? Elle était belle, évidemment, mais peut-être que si je n'étais pas entré dans ce bar, ou que je n'avais pas accepté sa proposition, j'aurais pu résister plus facilement, par la suite. Elle n'aurait été qu'une étudiante parmi d'autres. Si je n'avais pas eu conscience de son entêtement, de son audace, de sa névrose, j'aurais peut-être eu une chance. Si je ne l'avais pas tenue dans mes bras, si je n'avais pas goûté à ses lèvres sucrées, lu le désespoir dans ses yeux juste avant le saut, on aurait sans doute vécu une histoire différente.

Elle aurait été une étudiante belle à tomber.

Moi, son professeur stoïque et indifférent.

Arrête de croire au père Noël, tu veux bien ?

J'aurais mis ma main à couper que, même si on ne s'était pas rencontrés avant, elle m'aurait séduit malgré tout. Appelez ça l'alchimie, le destin, tout ce que vous voulez, Penelope m'attirait comme le pôle Nord oriente une boussole.

— Monsieur Delgado ?

Sa voix m'a arraché à mes pensées, et j'ai levé la tête pour contempler ses beaux yeux bleus.

— Mademoiselle Carstairs ?

J'ai dégluti. Ses cheveux étaient ramassés sur le sommet de sa tête, mais de petites mèches ondulées s'en étaient échappées pour lui caresser les joues et les épaules. Cette fille était naturellement sexy !

— Est-ce que je pourrais vous soumettre mon idée de mémoire ? a-t-elle demandé en baissant les yeux sur mon bureau.

J'ai réuni ma pile de documents pour m'occuper les mains… et m'empêcher de les approcher d'elle.

— Allez-y.

— Je pensais parler des problèmes d'immigration et de la manière dont ils affectent l'entrée illégale aux États-Unis depuis les pays d'Amérique latine.

Je l'ai contemplée quelques secondes, pas plus, afin que les étudiants qui s'étaient attardés ne remarquent pas l'air chargé d'électricité entre nous.

— D'où vous vient cette idée ?

Elle a mordillé sa lèvre inférieure. J'ai feint de me passionner pour les polycopiés de mon cours suivant.

— D'un ami à moi, qui a eu beaucoup de difficultés à devenir un citoyen américain, a-t-elle répondu calmement. Je pense étudier les délais et les procédures d'immigration pour chacun des pays que nous allons visiter, avant de les comparer avec les chiffres de l'immigration clandestine, en me fondant sur les complications, les délais, la proximité et la facilité d'accès.

Oui, Vegas ou pas, ça n'aurait rien changé. J'adorais le regard qu'elle portait sur les choses — que ce soit lié à l'université, aux cascades, ou aux relations.

Sauf que c'est toi, la relation, me suis-je rappelé.

— Je crois que je vais aimer lire ce mémoire, ai-je dit.

— Super ! J'en ai rédigé le brouillon. Est-ce vous accepteriez d'y jeter un coup d'œil avant que je l'écrive au propre ?

Elle a glissé une feuille pliée en deux dans ma direction, et s'en est allée.

J'ai passé en revue quatre autres sujets de mémoire, dont aucun n'était aussi fouillé que le sien. Puis, alors que les étudiants de mon cours suivant commençaient à arriver, j'ai déplié sa proposition de mémoire.

Je t'avais bien dit que je pouvais rester professionnelle en public.

En privé ? Sûrement pas.

Je l'ai lu deux fois encore avant de le replier et de le ranger en lieu sûr pour qu'il rejoigne son petit frère, dans le tiroir de ma table de nuit.

Ça pourrait marcher.

Cette idée me trottait dans la tête depuis qu'elle m'avait soumis sa solution, et maintenant elle s'imposait avec force.

On pourrait agir intelligemment. En toute sécurité. Ça ne mettrait pas en péril ma chance de sauver Elisa ; d'ailleurs, ça pourrait même protéger ma mission.

Penelope et moi étions incapables de garder nos distances. À un moment donné, on finirait forcément par entrer en collision. Est-ce qu'il ne valait pas mieux déclencher une explosion nucléaire dans un abri, un environnement contrôlé ?

On était tous les deux adultes, on pouvait garder un secret. Elle n'avait pas parlé à ses amis de ce qu'on avait fait sur la grande roue. Ça pourrait peut-être marcher.

Il fallait que ça marche.

19. Penna

Pérou

— Tu n'as besoin de rien ? a demandé Rachel depuis l'entrée de ma chambre, tandis que je fermais mon petit sac à dos.

— Je l'espère, ai-je répondu. Plus rien ne rentre, là-dedans !

— Il me manque de la crème solaire, je vais en acheter à la boutique du bateau. Dis-moi si tu penses à un truc.

— Ça marche, merci…

J'ai allumé mon ordinateur portable.

— Ça va, sinon ?

J'ai décollé les yeux de mon écran.

— Oui, carrément. C'est même plutôt cool d'arriver dans un port où on n'a pas de cascades à faire. J'adore ça, mais un petit break ne fait jamais de mal, tu vois ce que je veux dire ?

— C'est clair ! Parfois, j'ai l'impression qu'on ne s'arrête jamais. Ça va tellement vite qu'en rentrant de ce voyage de dingue, je pourrai bien ne me souvenir que d'avoir dû me grouiller. Et Landon n'a pas l'air de vouloir ralentir.

— Pax non plus.

Quelquefois, j'avais l'impression d'être la seule à avoir

envie de changer d'allure. Après six mois à bord de ce bateau, j'aurais bien aimé souffler un peu. Sauf qu'on arrivait en fin de documentaire, et qu'il était temps pour moi de mettre la gomme.

Or je ne savais toujours pas ce que j'allais faire.

J'ai reçu une notification de messagerie. Quand j'ai cliqué sur l'icône pour ouvrir la fenêtre, le nom de Cruz est apparu.

— Tu sais que tu peux me parler ? a insisté Rachel.

J'ai fermé le clapet de l'ordinateur, comme si je craignais que la voix de Cruz ne résonne, ou qu'il ne jaillisse de l'écran pour révéler notre non-relation. J'avais toute confiance en Rachel, mais Cruz avait raison, rien ne me disait qu'il pouvait faire de même. D'une loyauté sans bornes, elle était capable de mordre quand elle ou un de ses proches était acculé. Jamais elle n'approuverait ce que j'avais proposé à Cruz.

— Je sais, Rachel…

J'étais sincère et j'espérais vraiment qu'elle me croyait.

Elle a pincé les lèvres, et j'aurais juré la voir se mordre la langue.

— OK. Ma proposition tient toujours. Je sais que ça n'a pas toujours collé entre nous…

— Tu l'as dit, bouffi ! l'ai-je taquinée. S'il y avait quelque chose à raconter, je t'en parlerais. Mais vraiment, ça va.

Les sourcils froncés, elle a fini par hocher la tête.

— D'accord. Maintenant, je vais chercher ma crème solaire.

Dès que j'ai entendu la porte de notre suite se refermer, j'ai rouvert mon ordinateur pour lire le message.

Mademoiselle Carstairs, si vous souhaitez parler de votre mémoire, j'ai un créneau avant notre départ pour le Machu Picchu. On peut se retrouver dans l'endroit évoqué précédemment. Cruz Delgado

Sa chambre.

Ça y est !

Peut-être.

Ne t'emballe pas.

Trop tard. J'ai vérifié mon maquillage dans le miroir — enfin, je n'en portais pas —, avant de me diriger vers le balcon. La sangle était encore fixée au bastingage, et je l'ai sortie de derrière le transat.

Savourant la chaleur du soleil sur ma peau, je me suis penchée et, la sangle enroulée autour d'une main, j'ai enjambé le garde-fou et me suis tenue en équilibre sur le rebord étroit le temps de jeter un coup d'œil à gauche, histoire de m'assurer que personne ne regardait. Puis j'ai ramassé la réserve de corde et reculé dans le vide.

Mes bras endoloris ont protesté sous mon poids, et j'ai maudit l'entraînement intense de Landon. Il n'y était pas allé de main morte avec la muscu !

Je me suis laissée glisser vers le bas jusqu'à poser les orteils sur la rambarde de Cruz. Une fois en équilibre sur l'étroite bande métallique, je me suis propulsée en avant pour atterrir sur son balcon. Lâchant la sangle, j'ai examiné mes mains rougies. J'allais devoir m'acheter une paire de gants ou trouver un meilleur moyen pour arriver là.

Dommage que Pax ne puisse pas creuser un trou et installer une barre de pompier entre nos deux chambres !

Pour ça, il aurait fallu que je lui en parle, et il en aurait piqué une crise. Il n'était pas du genre à garder son calme.

Il ne restait donc que le balcon.

La porte de Cruz était ouverte et ses voilages flottaient vers l'intérieur. Avant d'avoir pu l'informer de ma présence, je l'ai entendu parler.

— Au fond, ce n'est pas très long, Elisa. On se voit dans quelques mois.

Je ne pouvais plus bouger, ni respirer, happée par ce que j'entendais, me demandant qui était cette fille.

Du calme.

Mon cerveau m'a lancé un avertissement que mon cœur a refusé d'entendre. Il y avait une autre femme dans sa vie. Une petite amie ? À cette pensée, ma gorge s'est nouée, mais j'ai aussitôt balayé cette idée. Cruz n'était pas du genre à tromper sa nana, surtout avec une fille aussi ingérable que moi.

Mais cette seule idée suffisait à me flanquer la nausée.

Me dire que je lui avais déjà accordé autant de pouvoir sur moi ? Raison de plus pour avoir envie de vomir.

— Oui, moi aussi, j'aimerais que ce soit plus tôt.

Une tante ? Une cousine ?

Faites que ce soit une cousine !

J'ai franchi le seuil de sa chambre. Écouter aux portes me mettait mal à l'aise, mais il me tournait le dos, le combiné collé à l'oreille. C'était pour ça qu'il n'avait pas résilié son contrat de téléphone, pour pouvoir appeler cette Elisa ?

Oubliant ma gêne, je me suis raclé la gorge.

Il s'est retourné et a plissé les yeux l'espace d'une seconde, avant de me reconnaître. Un doux sourire s'est alors dessiné sur ses lèvres.

— Je suis en train de parler avec ma sœur, m'a-t-il expliqué. Je n'en ai pas pour longtemps.

Il a désigné un siège couvert d'une pile de vêtements, a secoué la tête et m'a montré le lit vide à la place.

Je me suis assise sur le bord du matelas, qui était identique au mien, et j'ai poussé un lourd soupir pour me défaire de mon angoisse débile.

Sa sœur.

En tout cas, ça prouvait une chose : que je ne connaissais quasiment rien de lui. Il avait toute une existence en dehors de ce bateau, moi aussi d'ailleurs. On se sentait coupés du monde, sur l'*Athena*, comme si ce qui nous pesait en temps normal s'était envolé, tandis que nous faisions nos bagages.

J'ai repensé à la maison de sa grand-mère. Je ne me souvenais pas d'avoir vu des photos de sa sœur, ni d'en avoir entendu parler.

— OK, je te rappellerai quand on sera à Buenos Aires, d'accord ? Dans trois semaines. Essaie de voir ce que tu peux faire d'ici là, et passe un coup de fil au bureau d'aide financière. Je sais. Moi aussi, je t'aime. Salut, Elisa.

Il a appuyé sur un bouton de son téléphone, avant de le jeter dans la valise ouverte au pied de sa penderie.

— Pardon de t'avoir fait attendre.

— Ça ne me dérange pas.

L'air est subitement devenu étouffant, comme s'il venait de monter le thermostat. Ou peut-être que c'était la température de mon corps qui grimpait en flèche, quand il me regardait comme ça.

— Ta sœur ? l'ai-je relancé, espérant apaiser la tension.

Il a souri, et ses joues se sont creusées de fossettes.

— Elisa. Oui. Elle aura dix-huit ans dans quelques mois. Contre toute attente, elle vient d'être acceptée à Harvard.

La fierté dans sa voix m'a fait fondre. Ça m'a rappelé ce que j'avais ressenti, quand Brooke avait été prise dans le programme d'excellence à l'UCLA.

— C'est génial ! Vous devez tous être hyper intelligents dans la famille.

— Elle est assez bluffante. Une vraie chieuse quand elle s'y met, mais je l'adore.

— Comme toutes les sœurs, ai-je lancé, tâchant d'esquisser un sourire qui a dû ressembler à une grimace.

Je n'avais aucune envie de penser à Brooke à cet instant.

— Sinon, de quoi tu voulais parler ? ai-je repris.

Une lueur sensuelle s'est allumée dans son regard. Devant son sourire aguicheur, j'ai décroisé les jambes et remué sur le lit, fébrile.

— De ta proposition.

— Ma… proposition ? ai-je répété, déconcertée de le voir s'approcher lentement de moi.

— Oui, Penelope, a-t-il répondu en arrivant à ma hauteur et en enfouissant les mains dans mes cheveux. Celle qui disait qu'en dehors de cette chambre, on resterait professionnels et courtois, et qu'on garderait nos distances.

Il m'a chuchoté à l'oreille la dernière partie de sa phrase, me raclant la joue avec sa barbe naissante.

— Mais dans cette chambre ?…

J'espérais que cette conversation allait se terminer comme je le pensais. Sinon, je serais tellement frustrée que je m'enflammerais pour de bon.

— Dans cette chambre…, a-t-il lâché en me butinant le cou. Ou dans la tienne, vu que je suis pour l'égalité des sexes, tu m'appartiendras.

Il s'est penché pour m'embrasser, mais je me suis reculée.

— Et toi, tu m'appartiendras.

— Je t'appartiendrai, a-t-il acquiescé avec un sourire craquant, en me poussant en arrière, jusqu'à ce que je m'abandonne sur son duvet.

— Et quand on sera ailleurs ?

— Je serai ton enseignant.

— Sans déconner. Je veux dire, si on n'est ensemble qu'ici, est-ce qu'à l'extérieur on peut… fréquenter d'autres personnes ?

Les mots m'ont échappé, un vrai flot de paroles que j'aurais aimé retenir.

Non, il faut que tu saches.

Il a écarquillé ses yeux bruns avant de les baisser sur

mes lèvres entrouvertes. Comment est-ce qu'il parvenait à faire ça, à me donner l'impression qu'il m'embrassait avant même de m'avoir effleurée ?

— Non. Personne d'autre. Je ne pourrais pas me retenir, si je voyais un autre homme te toucher. On se ferait prendre en un quart de seconde.

— C'est la seule raison ? La trouille qu'on se fasse choper ?

J'ai plié un genou pour lui frotter le flanc. Je pouvais comprendre ; après tout, il avait beaucoup plus à perdre que moi. Je risquais sans doute ma réputation, mais lui, c'était sa carrière qui était en jeu.

— Tu veux absolument que je le dise, c'est ça ?

— Tu m'as bien forcée à dire oui à Vegas.

Je me suis félicitée de parvenir à garder mon sang-froid. Tout en cet homme était grisant : ses lèvres sensuelles, l'intensité de son regard, la chaleur de son corps parfaitement sculpté… sans oublier son parfum. Mais je devais savoir à quoi m'en tenir. Savoir si j'avais un parachute pour amortir la descente, ou si je partais en chute libre.

— Tu veux ma mort ou quoi ? a-t-il marmonné, avant de me regarder dans les yeux comme pour sonder mon âme. Il n'y aura personne d'autre. Pour commencer, je ne suis pas du genre cavaleur, encore moins quand je suis avec une nana qui me tient à cœur. Ensuite, je ne veux personne d'autre. C'est aussi simple que ça. Tu es la seule qui me rende assez dingue pour vouloir courir ce risque. La seule à hanter mes pensées et mes rêves. Il n'y aura personne d'autre, Penelope, parce que je préfère des instants volés avec toi plutôt qu'une relation normale avec une autre.

Waouh !

— La normalité, c'est très surfait, ai-je soufflé.

Respire !

— Et toi ? a-t-il demandé avec une expression indéchiffrable.

Je n'arrivais pas à savoir si j'y lisais de la vulnérabilité ou de l'appréhension.

— Il n'y a personne d'autre, ai-je dit, en effleurant ses joues rugueuses, me délectant de pouvoir le toucher. Je n'ai jamais rencontré quelqu'un qui m'attire autant que toi. Tu m'inspires des sentiments que personne d'autre ne pourrait faire naître en moi. Il n'y a que toi.

Sa bouche a happé la mienne et il m'a écrasée sous son poids. Il m'a embrassée avec douceur, en une caresse langoureuse qui m'a traversée de picotements.

— Il faut que je te caresse, a-t-il lâché, comme s'il me suppliait.

J'ai acquiescé, sachant qu'il avait besoin de me l'entendre dire.

Il a jeté un coup d'œil au réveil sur sa table de chevet.

— Une demi-heure avant qu'on parte en excursion. Ça me laisse le temps de faire pas mal de choses.

J'étais incapable de répondre, car il s'était de nouveau emparé de ma bouche. Ça faisait des semaines que je n'avais plus goûté à lui, et mon baiser s'est chargé de toutes les émotions que j'avais réprimées. J'étais grisée à l'idée que je n'aurais plus à attendre aussi longtemps jusqu'à notre prochaine rencontre.

Sa langue s'est mêlée à la mienne avec fougue, et j'ai pressé le bassin contre le sien, tandis qu'il se glissait entre mes jambes.

— Penelope, a-t-il grondé contre mes lèvres, m'agrippant les hanches pour m'immobiliser.

Son baiser suivant s'est fait plus insistant, et il a passé les doigts sous la fine étoffe de mon pantalon de treillis, conçu pour la jungle.

J'ai haleté son prénom, tout en enroulant les jambes autour de sa taille pour enlever mes chaussures.

Heureusement que je n'avais pas encore enfilé mes bottes de randonnée, ça aurait été plus gênant qu'un bal de fin d'année au lycée !

Du pouce, il a dessiné des cercles sur mon ventre nu, tout en égrenant des baisers dans mon cou. Je n'en pouvais plus d'excitation.

— J'imagine cet instant depuis Vegas, a-t-il dit, après avoir déposé un baiser près de ma nuque.

Une nouvelle onde électrique m'a traversée.

— Moi aussi.

J'ai plongé les mains dans ses cheveux touffus, qu'il faisait pousser depuis peu, tandis qu'il déposait une pluie de baisers le long de mon sternum, avant de se figer au-dessus d'un de mes seins.

— Ah ?

— Oui, ai-je confirmé, m'arc-boutant pour sentir le contact de sa bouche.

Je me souvenais précisément de ce que j'avais ressenti sous ses lèvres, sa langue, de toute la tension qu'il avait su concentrer dans mon bas-ventre.

— Tu te rappelles quand je t'ai embrassée ? Quand tu as gémi mon nom ?

— Cruz.

— Tu t'en souviens ? a-t-il insisté en effleurant mon mamelon des lèvres, tout en me caressant doucement par-dessus mes habits.

— Oui !

Je regrettais de ne pas pouvoir crier. Je me serais volontiers déshabillée moi-même, si ça avait pu lui faciliter la tâche… ou la mienne.

— Bien, parce que je n'ai rien entendu d'autre pendant

des semaines. Quand tu me poses une question en cours, je t'entends gémir mon nom. Quand je te regarde courir, c'est comme si mes paumes étaient plaquées sur tes fesses. Quand on s'engueule, je me souviens de ton goût sucré, et je m'imagine te réduire au silence d'un baiser, même si je sais que ça ne servirait à rien. Et quand tu fais semblant de ne pas me voir, que tu regardes ailleurs ou, pire, que tu essaies de me rendre jaloux, je me rappelle ta douceur moite…

Il a glissé la main entre mes cuisses.

— Ici…

— Cruz, ai-je soufflé en m'arc-boutant plus encore.

— J'adore quand tu prononces mon prénom, a-t-il poursuivi, remontant le long de mon corps pour me chuchoter à l'oreille : il arrivera bien un jour où je t'emmènerai assez loin d'ici pour t'entendre le crier.

Je lui ai tiré la tête en arrière pour l'embrasser et lui transmettre les émotions fébriles qui m'agitaient.

Si ses baisers suffisaient à m'émoustiller à ce point, et j'avais hâte de voir de quoi il était capable, en allant plus loin. Je l'ai stimulé comme jamais, avec autant de concentration que d'abandon. Plus rien n'importait que Cruz et les sentiments ahurissants qui me traversaient.

— Si tu ne me caresses pas dans la seconde, je vais hurler de frustration !

Ces maudites fossettes qui réapparaissaient…

— Ma Penelope est impatiente, on dirait ? a-t-il commenté, le sourire taquin.

Je l'ai fusillé du regard et me suis redressée. À quel point était-il maître de lui-même ? Que faudrait-il faire pour qu'il flanche ? D'un geste vif, j'ai retiré mon débardeur et dégrafé mon soutien-gorge.

— Merde alors, a-t-il pesté, les mains sur les genoux, perdant son air enjoué pour me dévorer du regard.

— Eh oui.

C'était la goutte d'eau. Il m'a sauté dessus, s'est mis à me titiller le bout d'un sein d'une main tout en suçotant l'autre. J'avais le corps en feu, et chaque petit coup de dents me transperçait de décharges de plaisir si intenses que je les goûtais presque.

Il a glissé la main sur mon ventre pour déboutonner mon pantalon. *Merci, mon Dieu.* Je n'avais jamais rien entendu d'aussi doux que le son de ma fermeture Éclair qui s'ouvrait, mis à part quand il prononçait mon prénom.

Il m'a dispensé de nouveaux baisers enivrants, et je n'ai rompu ce doux supplice qu'en sentant sa main se figer sur l'élastique de ma culotte.

— Oui, ai-je répété, au cas où il ne m'aurait pas entendue la première fois.

Il tenait à ce que je sois à l'aise, à ne pas me brusquer. Ça me faisait super plaisir, mais j'aurais aussi aimé qu'il soit moins prudent, qu'il montre le même désir débridé que celui que je ressentais.

Tout en mordant ma lèvre inférieure, il a passé la main sous ma culotte pour me caresser, avant d'aller plus loin et d'effleurer mon clitoris. La flamme qui s'était éveillée dans mon bas-ventre s'est embrasée de plus belle, pour me dévorer tout entière.

— Penelope, a-t-il gémi.

Entendre mon nom sur ses lèvres, c'était mieux que quand on m'appelait sur le podium, aux Jeux de l'extrême.

Il me procurait plus de frissons, un plaisir plus intense.

J'ai agrippé sa chemise, brûlant de sentir sa peau contre la mienne. Il s'est laissé faire, avant de l'enlever d'un geste habile qui m'a médusée. Enfin, j'ai pu poser les mains sur ses épaules nues, sur ce corps que j'étais impatiente de toucher partout, d'explorer, de goûter.

J'avais toujours cru que je n'étais pas du genre à reluquer les mecs bien foutus, mais j'avais l'impression que je ne me lasserais jamais d'admirer Cruz.

Il a inséré les pouces dans les boucles de mon pantalon et accroché mon regard jusqu'à ce que je fasse « oui » de la tête. Et plutôt deux fois qu'une ! Je le voulais à moi, tout entier. Avant qu'il ne change d'avis et que je ne ressente plus jamais ces émotions.

Il a baissé mon pantalon et mon string avec, me laissant entièrement nue. C'était la première fois de ma vie. Mais je n'avais pas le temps de faire la timide ni de douter de moi, pas avec les regards qu'il me lançait.

Il me contemplait comme si j'étais une déesse, comme si les cicatrices qui m'avaient permis de devenir Rebel ne l'empêchaient pas de me trouver belle. Je n'avais jamais regretté une seule de ces marques, je n'en avais pas honte, mais c'était aussi la première fois que je me retrouvais au pieu avec un mec parfait en tout point.

— Les mots me manquent, a-t-il articulé en m'effleurant du sein jusqu'à la hanche.

J'ai suivi son geste en ondulant, faisant preuve d'une sensualité dont je ne m'étais pas crue capable.

— Je pourrais passer ma journée à te dire que tu es belle, époustouflante, mais ça ne suffirait toujours pas.

J'étais peut-être excitée avant, mais là, tous les voyants étaient au vert.

Il s'est allongé sur moi et m'a embrassée avec ardeur. Le tissu rugueux de son pantalon m'a paru merveilleusement abrasif contre mes jambes nues, épilées tout récemment.

Il a enchaîné les baisers, me parcourant des mains, m'électrisant, s'attardant là où je brûlais d'être touchée.

Tout en m'embrassant sur la bouche et dans le cou, il s'est mis à me caresser, à me titiller, à un point tel que j'ai cru que j'allais chavirer. J'ai tressailli quand il a appliqué une pression parfaite sur mon clitoris pour me garder en équilibre précaire sur une crête envoûtante.

Je n'avais jamais éprouvé autant de désir de toute ma vie.

— Cruz, l'ai-je supplié, une main enfouie dans ses cheveux, l'autre posée sur son épaule, où j'étais sûre d'avoir laissé des marques d'ongles.

Le souffle presque haché, il a changé d'angle pour insérer un doigt en moi.

Oh oui !

— Ce que tu es étroite, Penelope !

Puis il en a enfoncé un deuxième et, malgré la brûlure que j'ai éprouvée, c'était…

C'était…

Mon cerveau a perdu tout sens du langage.

— C'est ça, a-t-il murmuré. Que tu es belle, quand tu te lâches complètement.

Il a exercé une nouvelle pression sur mon clitoris, et je n'ai pas explosé — je me suis désintégrée. D'un baiser, il a couvert ma bouche et étouffé les sons que j'aurais pu émettre, tandis que mon corps se défaisait de toute sa tension.

Ses lèvres ont remué doucement sur les miennes, le temps que je redescende sur terre.

— J'ai hâte de te refaire ça.

Le sentant durcir contre ma cuisse, j'ai souri dans les brumes grisantes de mon plaisir. Ce type avait réussi à me réduire au silence.

— Moi aussi, j'ai hâte. Je n'aurais jamais osé rêver que ce serait comme ça, ai-je ajouté en me tournant sur le flanc pour effleurer son érection à travers son pantalon.

Il allait falloir qu'il se désape, et vite, parce que j'avais hâte de le regarder. De le toucher. De le lécher. J'avais l'impression qu'on venait de m'ouvrir les portes de Disneyland, et que j'étais la seule à avoir le droit de monter à bord du manège Cruz.

— Maintenant, par exemple, ai-je précisé.

— Attends, a-t-il lancé, s'emparant de ma main pour m'empêcher de le toucher.

— Quoi ?

— Comment ça, tu n'aurais jamais osé rêver que ce serait comme ça ?

— C'est-à-dire que je n'ai jamais connu de plaisir aussi dément.

Il s'est reculé, son beau visage empreint de confusion.

— Mais tu as déjà eu des orgasmes, dis-moi ?

— Bien sûr, mais rien d'aussi génial, ai-je répondu en m'étirant comme une chatte.

Je ne me souvenais pas de m'être sentie aussi bien.

— C'était tellement mieux que mon CAP !

— OK, laisse tomber. J'ai aucune envie qu'on parle études.

— Hein ? Non, non, je voulais parler de mon C.A.P., mon « copain à piles », ai-je gloussé. Il faut bien se détendre un peu, quand on a des cascades à faire.

Il m'a retournée sur le dos et m'a regardée d'un air qui m'a fait comprendre que Disneyland était à présent fermé.

— Penelope, tu veux dire que je suis le premier homme à te donner un orgasme ?

— Oui. De quoi se prendre pour un mâle dominant, hein ?

— Est-ce que tu as déjà…

— Pas sûre, ai-je répondu en haussant les épaules. C'est juste que je n'avais encore jamais laissé un type me toucher.

Il a ouvert de grands yeux, et s'est écarté pour se tenir debout au pied du lit.

— Tu n'as jamais laissé… Merde, Penelope, tu es vierge ?

— Euh… Oui ?

Me redressant, j'ai pressé les genoux contre ma poitrine. Je n'étais pas gênée, mais il faisait frisquet maintenant que j'avais perdu mon radiateur de plus d'un mètre quatre-vingts.

Il s'est mis à faire les cent pas, les mains posées sur le sommet du crâne. Je n'ai pas pu m'empêcher de contempler le renflement au niveau de sa braguette, qu'il s'efforçait manifestement d'oublier.

— Pourquoi ça te pose problème ? ai-je demandé.

— Pourquoi ? L'autre soir, à Las Vegas, tu étais prête à vivre ta première fois avec un inconnu ?

J'ai haussé un sourcil.

— Premièrement, c'était à moi de prendre cette décision, et deuxièmement, c'était avec toi.

Il a croisé les bras.

— Comment tu imaginais ça ?

— Sur le lit, et sûrement en missionnaire, vu que c'était ma première fois.

— J'hallucine ! Ce n'était pas du tout ce que je m'apprêtais à faire. Comment ça se fait que tu sois encore vierge ? Tu as vingt-deux ans, tu es belle comme un cœur, futée comme pas deux, tu embrasses comme une déesse et tu es une vraie badass.

— C'est ce qui attire les mecs.

— Oui ! a-t-il dit avec ferveur, tout en tâchant de ne pas faire de bruit.

— Mais moi, je ne suis pas attirée par n'importe qui.

Il a cligné des yeux, l'air de prendre conscience de ce que signifiaient mes paroles.

La brise est entrée par la fenêtre et m'a donné la chair

de poule. Avec un soupir, Cruz a attrapé une couverture et m'a enroulée dedans, avant de s'asseoir sur le lit — le plus loin possible de moi.

— Je suis belle, je le sais, ai-je repris, et ce n'est pas comme si j'avais fait quoi que ce soit pour le mériter. Les gènes sont ce qu'ils sont, et j'ai compris très tôt que je plaisais aux garçons. Bien avant qu'on me nomme « l'athlète la plus sexy de l'année ». Mais j'ai bossé dur pour établir ma réputation de Renegades, et je me suis peut-être servie de mon apparence, mais pas de mon corps.

— Je ne voulais pas dire que…

— Je sais. Le truc, c'est que je n'ai jamais trouvé de mec… d'homme… qui méritait que je risque ma réputation pour lui, que j'accepte de n'être qu'un joli petit cul.

— Tu n'es pas qu'un joli petit cul.

Je me suis approchée pour poser la tête sur son épaule.

— C'est pour ça que j'ai attendu de rencontrer celui qu'il fallait… que je t'ai attendu, toi. Et quand j'ai compris ce qui pourrait se passer entre nous, je n'ai pas voulu lâcher prise. Si cette soirée à Vegas était ma seule chance d'éprouver ces sentiments, alors je voulais le vivre à fond.

Je l'ai senti crisper la mâchoire, tandis qu'il posait la joue sur le sommet de mon crâne.

— Tu aurais dû me le dire. Je t'aurais ménagée, je n'aurais pas…

— Non, c'était parfait. Je ne suis pas du genre à me ménager. Une fois que j'ai pris une décision, je m'y tiens jusqu'à réussir mon coup, ou me planter. D'ailleurs, si tu ne t'étais pas arrêté, on n'aurait pas eu cette discussion.

Il s'est tourné vers moi et a pris mon visage dans ses mains.

— Je suis content que tu me l'aies dit.

— Moi aussi. Et je tiens toujours à ce que ce soit toi,

ai-je ajouté, en jetant un coup d'œil au réveil. Du coup, il nous reste dix minutes…

Il a secoué la tête en s'esclaffant. Puis il m'a embrassée doucement, tendrement, avec retenue. Malgré la sérénité de son baiser, il m'a presque fait horreur, parce que je le sentais inflexible dans sa décision.

— Pas question que je te déflore en dix minutes, avant de partir pour un voyage où je vais devoir t'éviter durant trois jours entiers. Jamais de la vie !

Chaque seconde qui passait sous son regard faisait baisser ma colère d'un cran ou deux… ou cinq.

— Tes yeux sont ta meilleure arme. On te l'a déjà dit ?

Ses joues se sont creusées de fossettes, et j'ai gémi.

— Ou ce sont peut-être tes fossettes.

— Tu ferais mieux de t'habiller et de filer en bas rejoindre les autres, genre je ne viens pas de passer les vingt dernières minutes à te faire connaître ton premier orgasme sans piles.

— Mais on finira bien par le faire, hein ? ai-je presque pleurniché, avant de plaquer la main sur ma bouche.

Depuis quand j'étais devenue une espèce de gourde en manque d'affection… ou, plutôt, de sexe ?

Cruz a laissé fuser un petit rire et m'a embrassée sur la bouche.

— Tu m'étonnes ! Et je vais faire en sorte que celui qui sera assez con pour passer après moi paraisse minable en comparaison, a-t-il décrété d'un air féroce, avant de se radoucir. Mais pas comme ça. Quand tu seras prête…

— Je le suis !

— Je ne suis pas un avion dont tu peux sauter dès que tu en as envie, Penelope. On est deux dans ce lit. Deux dans cette relation.

Relation.

À ce mot, j'ai failli ronronner de plaisir, avant de calmer ma joie. Il avait raison. Peut-être que ma virginité n'avait aucun intérêt à mes yeux, mais ce n'était visiblement pas le cas pour lui. Du coup, elle devait prendre de l'importance pour moi aussi. Est-ce que toutes les relations étaient aussi prise de tête ?

— OK.

— Bien. Ça vaudra le coup, tu verras. La première fois que je te ferai l'amour, ce ne sera pas dans une chambre où n'importe qui pourra nous entendre à travers les murs.

— J'ai hâte.

— Moi aussi. Allez, rhabille-toi avant que je perde toute crédibilité à mes propres yeux en devenant le personnage principal d'un mauvais porno. Tu es incroyablement sexy comme ça !

J'ai éclaté de rire, me levant d'un bond pour commencer à ramasser mes affaires. Puis je me suis glissée dans la salle de bains, consciente de pouvoir l'allumer en me montrant nue, mais m'en voulant déjà de le laisser frustré.

— Un mauvais porno ? Comment ça ? ai-je demandé à travers la porte, en enfilant mon débardeur par-dessus mon soutien-gorge.

— Arrête un peu ! Je suis la figure du prof plus âgé et plus sage. Toi, celle de la jeune ingénue aux grands yeux, qui a besoin d'aide après les cours.

J'ai mis mon pantalon en riant, avant d'ouvrir la porte à la volée et de m'y adosser de manière suggestive, une jambe contre l'encadrement.

— Je n'ai pas fait exprès de rater cette interro, ai-je minaudé. J'ai été distraite par… Hé, t'as remis ton haut !

— Toi aussi, a-t-il répondu, en m'attirant à lui.

Il venait de me donner le meilleur orgasme de ma vie, mais ça ne m'a pas empêchée de m'embraser de nouveau.

— Alors, toi et moi ? ai-je demandé doucement.

— Toi et moi, a-t-il confirmé en s'emparant de mes lèvres pour me gratifier d'un baiser langoureux. Ça ne sera pas facile.

— Comme tout ce qui vaut la peine d'être vécu.

20. Cruz

Pérou

Éviter Penelope en suivant le chemin de l'Inca s'est révélé plus difficile que je l'aurais cru. Je l'entendais rire, et j'étais jaloux de celui qui en était à l'origine. Je voyais un des Renegades lui tendre la main quand le chemin était ardu, et j'avais envie de lui casser le bras. Je la voyais sourire quand personne d'autre ne regardait, et je devais me retenir de l'embrasser à pleine bouche — pas loin de faire fi des conséquences.

Loin de contenir l'explosion, notre relation secrète m'avait surtout transformé en abruti hyper possessif.

Vérifier les réservations des quarante-six étudiants à l'hôtel d'Aguas Caliente m'a pris plus de temps que prévu, mais, une fois que j'ai pu trouver une chambre à chacun, que le dîner s'est terminé et que le soleil s'est couché, j'ai enfin pu me poser au bar avec une bière péruvienne.

Dormir sous la tente aurait été plus intéressant pour les élèves, mais je n'avais aucune envie de me coltiner les délires des Renegades, qui auraient sûrement voulu sauter au-dessus du feu ou je ne sais quoi. D'une manière générale, camper n'aurait pas été pratique pour une excursion de cette ampleur, alors j'avais opté pour l'hôtel.

L'établissement était propre, moderne, et comprenait un super bar de plein air avec des ventilateurs au plafond. On se trouvait au pied du Machu Picchu, et la randonnée du lendemain semblerait facile après la marche éreintante que nous venions de faire.

J'ai jeté un coup d'œil à Penelope, assise avec ses amis dans un box incurvé. Elle s'était attaché les cheveux et rayonnait d'un éclat particulier après cette journée de randonnée au soleil. Elle était belle à tomber, et son sourire me donnait une furieuse envie de la prendre dans mes bras.

Comme si elle avait lu dans mes pensées, elle s'est tournée vers moi, et nos regards se sont croisés l'espace d'une seconde torride. Puis je me suis mis à scruter l'étiquette de ma bière. Il fallait que je sois plus prudent. Je me demandais presque comment le reste du groupe pouvait ne pas être au courant : mes sentiments pour elle étaient sûrement gravés sur mon visage !

— Une bonne bière ne serait pas de refus ! s'est exclamée Lindsay en s'asseyant soudain à côté de moi, me bloquant la vue. Tu es sûr de vouloir grimper cette montagne à pied plutôt que de prendre la navette ? a-t-elle lancé avec une mine suppliante.

— Une Pilsen Callao, ai-je commandé au barman, avant de me tourner vers elle en me retenant de rire.

Elle avait l'air épuisée, ce n'était pas le moment de me foutre d'elle.

— Quel intérêt ? On a tous envie de pouvoir dire un jour : « J'ai gravi le Machu Picchu », pas : « J'ai pris le bus. »

— Moi, ça m'irait très bien, a-t-elle marmonné, avant de s'égayer à l'arrivée de sa bière, et de nous remercier, le serveur et moi.

— Pas de souci. Si tu veux, tu peux le proposer aux étudiants. Ceux qu'une marche d'une heure et demie effraie prendront le bus avec toi.

Ça m'ennuyait de l'envisager, mais tous les élèves ne seraient peut-être pas en mesure d'atteindre le sommet à pied. Ils avaient été nombreux à traîner la patte, aujourd'hui.

En lisant le soulagement sur son visage, je me suis senti un peu coupable. Tout le monde n'était pas aussi sportif que les Renegades, il fallait que j'en tienne compte.

— On leur laisse encore quelques minutes avant d'annoncer le couvre-feu ? a-t-elle proposé.

Je n'ai pu m'empêcher de pouffer.

— Le couvre-feu ? Ils sont au lycée, ou quoi ?

— Non. Mais d'après le ministère des Affaires étrangères, le Pérou a le taux de criminalité le plus élevé de toute l'Amérique du Sud, notamment en matière de kidnapping.

J'ai compris qu'elle ne céderait pas.

— OK, je m'occupe des garçons, et toi des filles ?

Elle a jeté un coup d'œil nerveux à la table de Penelope.

— Tu veux bien gérer ceux-là ? Quelque chose me dit qu'ils n'écoutent pas beaucoup en dehors des cours, mais comme tu es leur conseiller pédagogique…

Je les ai considérés. Ils étaient en pleine discussion, sûrement en train de finaliser les détails de leur cascade du surlendemain.

— Ils ne sont pas si difficiles que ça. Il faut savoir leur parler, c'est tout.

Depuis quand est-ce que je défendais les Renegades ? *Depuis que tu sors avec l'une d'entre eux.*

— Bon, je vais annoncer l'heure du couvre-feu, et après on fera nos rondes ? a-t-elle proposé.

— Ça me va.

J'ai fini ma bière, le temps que Lindsay envoie les étudiants dans leurs chambres.

Je me sentais officiellement vieux.

— Je peux te poser une question ? m'a-t-elle demandé en reprenant son siège à côté de moi dans le bar à présent presque désert.

— Bien sûr.

— Tu as une copine ?

J'ai failli recracher ma bière.

Du calme, elle n'est au courant de rien.

Ayant réussi à avaler, je lui ai accordé toute mon attention.

— Pourquoi tu veux le savoir ?

— Parce que j'ai l'impression que tu t'évertues à maintenir une certaine distance entre nous, et je préférerais que tu sois déjà pris — ou gay —, plutôt que de me creuser la cervelle pour trouver tout ce qui cloche chez moi.

Elle a conclu son explication en haussant les épaules, comme si ma réponse n'avait pas vraiment d'importance.

— Il n'y a rien qui cloche chez toi. Et, oui, je suis avec quelqu'un, ai-je répondu, le cœur gonflé d'une émotion nouvelle à l'idée de pouvoir avouer ma relation, même de manière indirecte.

— Ah, a-t-elle lâché, visiblement soulagée. Bon, je comprends. Ça doit être une fille géniale.

Le visage de Penelope m'est apparu. Son sourire, ses sourcils froncés, le bleu océan de ses yeux lorsqu'elle s'énervait. Sa manie de vouloir repousser les limites, et la vulnérabilité qu'elle gardait comme un secret.

— Tu peux me croire, il n'y en a pas deux comme elle.

Je m'étais exprimé d'une voix douce, mais qui a résonné dans les moindres recoins de mon cœur.

— La petite veinarde !

— C'est moi, le veinard.

On s'est séparés pour se rendre à des étages différents de l'hôtel. Après m'être emparé de ma liste d'élèves, j'ai trouvé la plupart des Renegades dans le couloir, plus ou moins en pyjama.

— Écoutez, je me fiche de savoir qui dort avec qui…

J'ai été interrompu par des sifflements. Le sourire en banane, j'ai secoué la tête. J'aurais dû savoir qu'on ne disait pas ce genre de trucs à des étudiants.

— Je voulais dire que je me moque de savoir qui dort où. Mais Mlle Gibson s'inquiète pour les risques de kidnapping, même si je ne vois pas qui aurait les nerfs assez solides pour vous garder le temps d'exiger une rançon. Bref, choisissez une chambre et restez-y. Je vais commencer ma ronde de ce côté.

Le couloir s'est vidé et je suis passé de chambre en chambre, rayant les noms au fur et à mesure. La cinquième porte à laquelle j'ai frappé m'a été ouverte par Penelope. Pieds nus, un petit sourire aux lèvres, elle portait un bas de pyjama fermé par un cordon et un débardeur. Pourtant, elle ne m'avait jamais paru aussi sexy. C'était un look que j'espérais revoir souvent, de préférence dans mon appart de LA, si on réussissait à quitter ce bateau en un seul morceau. À l'automne, je l'accueillerais peut-être même à Boston.

— Il n'y a que Rachel et moi, a-t-elle annoncé, ouvrant la porte pour me permettre de voir à l'intérieur.

Rachel m'a fait un petit signe depuis son lit, avant de remettre son casque sur les oreilles et de reporter son attention sur son appareil photo.

— Je pensais qu'elle dormait avec Rhodes, me suis-je étonné.

— C'est son tour de veiller sur moi. Les autres ne me lâcheront pas tant que je n'aurai pas prouvé que je suis vraiment de retour.

— C'est-à-dire ?

— Probablement en remontant sur cette fichue bécane. La démo approche, et je n'y ai toujours pas touché.

Je me suis appuyé contre l'encadrement de la porte.

— Tu te sens prête ?

— Je ne sais pas trop, mais ça finira bien par venir. C'est déjà mieux qu'il y a un mois.

— Il y a du progrès.

Elle a jeté un coup d'œil à Rachel, qui dodelinait de la tête en rythme.

— C'est plus difficile que je l'aurais cru, a-t-elle chuchoté.

— Je sais. Crois-moi, je sais.

— J'aimerais tellement que tu m'embrasses pour me souhaiter bonne nuit.

L'étincelle que j'aimais tant a jailli dans son regard, et j'en ai presque maudit notre accord.

Mais me refuser ce plaisir maintenant pour pouvoir le savourer plus tard, ça valait tout l'or du monde.

— Moi aussi. Même si je ne suis pas sûr qu'un baiser me suffise.

Elle a reculé dans sa chambre, la main sur la poignée.

— Bonne nuit, monsieur Delgado.

— Mademoiselle Carstairs.

Je l'ai saluée d'un signe de tête et elle a refermé la porte. Garder un secret, mais quelle galère !

— Bon, approchez-vous. On va apprendre plein de choses ici, ai-je annoncé à mes étudiants.

Nous nous étions installés sur une aire ouverte du Machu Picchu.

La marche avait en fait été plus ardue que prévu, la montée raide et impitoyable. Certains des sentiers étaient particulièrement boueux à la suite de l'averse de la veille, mais aucun des trente et un élèves qui m'avaient suivi ne s'en était plaint. On avait retrouvé le bus à l'entrée du site et fini le chemin tous ensemble.

Le site en lui-même était une vraie merveille. J'avais hâte de l'explorer.

— D'abord, veillez à vous hydrater régulièrement. Si vous vous sentez à bout de souffle, ne paniquez pas. Nous sommes à près de deux mille cinq cents mètres d'altitude, alors c'est normal.

Lindsay m'a souri. Malgré son trajet en bus, j'ai compris qu'elle faisait partie de ceux qui avaient du mal à respirer. Parcourant les étudiants du regard, j'ai constaté que Penelope la considérait en haussant un sourcil.

Bonjour la discrétion !

J'ai eu du mal à retenir mon sourire, mais j'y suis parvenu.

— OK, bienvenue à cette séance en extérieur sur l'Amérique latine. Qui peut me dire ce qui fait la particularité du Machu Picchu ?

— Le règne des Incas n'a duré que cent ans, et avoir pu bâtir un tel lieu en si peu de temps est un véritable exploit, a répondu Leah.

— Bien. Oui. D'après les archéologues, le site aurait été commandité par le premier empereur, puisqu'il a fallu une cinquantaine d'années pour le construire. Quoi d'autre ?

— Il a été laissé à l'abandon. C'est sûrement ce qui l'a sauvé des Espagnols, qui ont démoli presque tous les autres sites sacrés incas pendant leur conquête, a dit Luke Ruiz. Ils n'ont jamais pu le trouver.

— C'est vrai. Les raisons de cet abandon restent un mystère. La variole et la guerre civile avaient déjà largement contribué à affaiblir l'empire, mais on n'a trouvé ici aucun signe de combat. D'ailleurs, il semblerait que la construction ait été interrompue avant la fin. Quoi d'autre ?

J'ai regardé le groupe.

— En toute logique, cette cité ne devrait pas être là.

Sa voix m'a glissé dessus comme du caramel chaud.

— Continuez, mademoiselle Carstairs, l'ai-je encouragée, me mettant au défi de la regarder.

J'ai verrouillé tous les muscles de mon visage, résolu à ne laisser paraître aucune réaction.

— Son emplacement est sacré : la rivière coule en dessous, les quatre sommets les plus hauts se dressent dans chaque direction… Sur les plans spirituel, militaire et culturel, c'était parfait.

Seigneur, on aurait cru qu'elle parlait de nous ! Ou peut-être que notre relation m'obnubilait tellement que je déformais tout ce qu'elle disait.

— Vous avez entièrement raison. Mais la même remarque pourrait s'appliquer à une centaine d'autres sites en ruine dans le monde entier.

— Sauf que d'un point de vue géographique, celui-ci n'aurait pas dû perdurer un siècle, encore moins six, a-t-elle souligné.

Bingo ! Son esprit était aussi excitant que son corps, même plus.

— Nous avons de part et d'autre deux failles sismiques, a-t-elle poursuivi en désignant les deux extrémités du site. En outre, le Machu Picchu reçoit deux fois et demie plus de précipitations que Chicago en saison pluvieuse, et il est réputé pour ses coulées de boue. Comme il a été construit il y a plus de six cents ans, il aurait dû disparaître il y a bien longtemps.

— Des coulées de boue, trop cool ! a chantonné Rachel en mimant un pas de danse.

Landon a passé un bras autour de ses épaules en riant, et Penelope a levé les yeux au ciel.

— Donc, si ce site convenait parfaitement aux besoins des Incas, mais que son emplacement posait problème, pourquoi est-il encore là ? ai-je insisté.

Elle a penché la tête, avant de se redresser pour observer les ruines, le ciel, le sol, tout sauf moi.

— Parce qu'ils ont construit des bases solides.

— Comment ça ?

Elle a croisé mon regard, un petit sourire flottant sur ses lèvres.

— Ils ont commencé par le bas, et ont aménagé la montagne en terrasses pour la maintenir.

— Tout est donc une question de fondations ?

Elle a hoché la tête.

— Ils ont superposé une couche arable, du sable, puis des gravillons de granit, pour que les terrasses ne soient jamais inondées et ne puissent pas s'effondrer. Ensuite, ils ont eu la brillante idée d'acheminer l'eau par un système de fontaines reliées les unes aux autres. Elles récoltaient la rosée et la pluie, et fournissaient de l'eau propre et potable à toute la population.

Bon sang, ce que j'avais envie de l'embrasser, de hurler au reste du monde que cette femme magnifique, intelligente et courageuse était à moi !

— Ils ont donc transformé leur faiblesse en force.

— Exactement.

C'est aussi ce qu'on va faire.

Elle n'avait pas besoin de le dire, je le lisais dans ses yeux.

Je me suis détourné avant d'être démasqué.

— Bon, qui veut me parler des techniques de découpage du granit ?

Un autre étudiant a répondu, puis un autre. Vingt minutes plus tard, j'avais réussi à terminer la séance sans un regard de plus pour Penelope. J'ai fini en leur expliquant l'importance de la position de l'autel et la prévalence du sacrifice d'enfants dans la culture inca. Des archéologues spécialisés dans les hautes altitudes avaient fait ces découvertes dans les Andes, à des hauteurs encore plus élevées que celle-ci.

Puis je leur ai rappelé l'heure à laquelle nous devions nous retrouver, et je leur ai laissé quartier libre.

J'ai arpenté les divers niveaux des ruines pendant une heure, ai répondu à des questions, ai moi-même interrogé notre guide. Les visites étaient limitées à deux cents par jour, ainsi, le site n'était pas bondé.

Je trouvais délirant d'être là. Surtout quand on connaissait le milieu d'où je venais, où les chances de survie avoisinaient zéro, et où l'épanouissement n'était même pas concevable. Cette vue, ma grand-mère ne pourrait sûrement jamais la contempler. Quant à ma mère, elle n'avait pas eu l'occasion de venir… et ne l'aurait jamais plus.

Mais Elisa, si.

Elle mènerait la vie pour laquelle elle avait bataillé si dur, celle qu'elle méritait. Elle avait vécu assez longtemps dans l'ombre de cet homme, sous sa coupe. Dans deux mois, elle jouirait de la liberté à laquelle toute femme avait droit.

L'échec n'était pas envisageable.

J'ai descendu prudemment les marches taillées dans la pierre. Il aurait suffi d'un faux pas pour que je chute sur près de cent mètres. En contournant l'une des structures, je suis tombé sur Penelope et ses amis qui admiraient la maçonnerie à l'intérieur d'une ancienne maison.

— Salut, Doc ! a lancé Wilder, un bras autour des épaules de Leah.

— Qu'est-ce que vous manigancez ? ai-je demandé, le plus loin possible de Penelope. Ne me dites pas que vous préparez une cascade. Je préférerais ne pas avoir à vous passer un savon.

Il a éclaté de rire.

— Non. On est peut-être des petits cons de fils à papa, mais on n'est pas irrespectueux pour autant.

— Ravi de l'apprendre ! Vous êtes descendus voir les terrasses inférieures ? Il vous reste un peu de temps avant qu'on reparte. Un orage menace.

— Ça nous apprendra à venir pendant la saison des pluies, a déclaré Leah. Pax, ça te dit ?

— D'aller voir des murs croulants qui soutiennent un vieux travail de terrassement ? Évidemment ! a-t-il répondu.

Ils sont sortis en file indienne, et je me suis retrouvé seul avec Penelope.

— Tu devrais les suivre, lui ai-je conseillé.

— Il y a beaucoup de choses que je devrais faire, a-t-elle rétorqué avec un sourire qui a manqué me faire défaillir.

Son sourire, captivant et addictif, avait le don de m'imprégner de sa joie.

— Vas-y…

J'aurais tant aimé qu'elle reste, que je puisse jouir de quelques minutes avec elle.

Elle a hoché la tête avec un soupir et m'est passée devant pour quitter la maison de pierre.

— Je n'arrête pas de penser à tes mains, a-t-elle chuchoté, les yeux fixés droit devant elle.

Ces mains se sont crispées. Bon sang, elle adorait me pousser à bout ! J'ai jeté un coup d'œil alentour pour m'assurer qu'aucun étudiant n'était à portée de voix.

— Je n'arrête pas de me remémorer ta peau, ai-je murmuré. Et de songer à tout ce que je vais pouvoir explorer avec la langue, la prochaine fois qu'on sera ensemble.

— Cruz, a-t-elle gémi en me regardant droit dans les yeux.

Je l'ai entendue retenir son souffle. Ça me faisait kiffer

de l'exciter avec de simples paroles, mais je n'étais pas en meilleure posture qu'elle.

Elle est vierge. On se calme.

— Va retrouver tes amis avant qu'on s'attire des ennuis, Penelope, ai-je lancé, à mi-chemin entre l'ordre et la prière.

Elle m'a décoché un dernier regard torride avant de me laisser seul. Je l'ai regardée s'éloigner à regret.

Mon téléphone, que je tenais en équilibre entre mon oreille et mon épaule, émettait la tonalité monotone d'un appel international.

Puis Elisa a décroché.

— Allô ?

Mon cœur s'est desserré, comme chaque fois que j'entendais sa voix.

— Je viens de lire ton mail, qu'est-ce qui se passe ?

— Cruz ! Je suis trop contente que tu appelles ! Je ne pensais pas t'entendre avant plusieurs semaines.

— Eh bien, quand je reçois un message de ma petite sœur me disant que je dois lui téléphoner pour une urgence, je me débrouille pour trouver le temps de le faire. Et puis, tu as du bol : on passe une journée de plus à Lima, alors j'ai du réseau.

Ça ne faisait que quelques heures qu'on était revenus du Machu Picchu, et on m'attendait sur le pont pour préparer la cascade suivante.

— Devine quoi ? a-t-elle lancé.

— Tu as trouvé le moyen de creuser un tunnel jusqu'à Miami.

— Ha, ha, ha. Morte de rire.

— Dis-moi, sœurette.

J'ai jeté mon sac à dos vide dans le fond de ma penderie. Je n'en aurais pas besoin avant un bon mois.

— Ils ont augmenté ma bourse !

Brusquement, j'ai eu du mal à déglutir.

— Vraiment ? Mais c'est génial ! De combien ?

J'étais censé contribuer à ses frais de scolarité. Entre mes revenus et les emprunts, on réussirait à la faire étudier à Harvard. Quitte à ce que j'intègre les Chippendales pour arrondir les fins de mois !

— Ils me paient tout, a-t-elle chuchoté, comme si le dire à voix haute aurait pu tout faire capoter.

— Pardon ?

Les genoux tremblants, je me suis effondré sur le lit.

— Ils me paient tout ! Les frais universitaires, la chambre, la bouffe, absolument tout !

J'ai levé les yeux au ciel et marmonné une prière de remerciement, passant machinalement à l'espagnol. Enfin, tout prenait forme. L'année dernière, on avait cru devoir différer d'un an son entrée à l'université, le temps que je parvienne jusqu'à elle. Mais ça y était, les pièces du puzzle commençaient à s'assembler d'elles-mêmes, comme sous le coup du destin.

— Tu avais dit qu'on ne devait parler qu'en anglais, m'a-t-elle réprimandé gaiement.

— C'est juste que… Je n'arrive pas à y croire ! Enfin, si bien sûr, tu es brillante, mais savoir que tous les frais seront pris en charge…

— La dissertation que je leur ai envoyée a dû tout déchirer, a-t-elle blagué.

Si je le voulais, une fois ce voyage terminé, je pourrais arrêter l'enseignement. Regagner l'armée à plein temps, ou ouvrir un salon de manucure sous-marine si ça me chantait. J'adorais enseigner, bien sûr, mais aider ma sœur avait été ma seule motivation.

La maison de ma grand-mère serait bientôt remboursée, et il n'y avait plus à s'inquiéter des frais de scolarité d'Elisa.

— À quoi tu penses, Cruz ?

— J'ai l'impression que l'avenir m'appartient enfin, lui ai-je répondu franchement.

On n'avait jamais eu de secrets l'un pour l'autre, pas depuis qu'elle m'avait retrouvé, sept ans plus tôt.

— Je n'ai jamais voulu que tu lâches tout pour moi.

— Je sais, et je ne l'ai pas vécu comme un sacrifice.

— Tu as renoncé à trop de choses.

— Plus que six semaines et tu seras en route pour Harvard. C'est tout ce qui compte. Le monde entier s'ouvre à toi.

— Et toi ? Quand ce sera fini, qu'est-ce que tu feras, en dehors de l'enseignement ? Tu te caseras enfin avec cette fille que tu as emmenée chez Grand-mère ?

— « Grandma », ai-je rectifié avec un sourire. « Grand-mère » est un peu trop formel. Et comment tu as appris ça ?

— Elle écrit des mails, tu sais. Elle a dit qu'elle s'appelait Penelope, qu'elle était belle, volontaire, intelligente et assez forte pour gérer tes idioties.

— Vraiment ? ai-je demandé en m'allongeant sur le lit.

Après trois jours de randonnée, j'étais vanné.

— Oui. Et aussi que, même si tu as juré tes grands dieux que vous n'étiez qu'amis, tu étais complètement… Comment elle a dit, déjà ? Épris.

Épris. Captivé. Fasciné. Subjugué. N'importe lequel de ces adjectifs aurait convenu.

— Elle t'a précisé que c'était mon étudiante ?

Elisa est restée muette quelques instants, avant de pousser un lourd soupir.

— Oui. Et que tu refoulais tes émotions.

— Est-ce que tu m'en voudrais, si je ne les refoulais pas ? Crois-moi si tu veux, mais je l'ai rencontrée avant qu'elle devienne mon étudiante. Notre présence à tous les deux sur ce bateau est soit la coïncidence du siècle, soit le plus grand coup du destin de tous les temps.

— Si tu as trouvé un chausson de vair, alors mets-le-lui… ou un truc dans le genre. Tu vois, quoi…

— Ce n'est pas un conte de fées, Elisa.

— Vu de l'extérieur, toutes les histoires d'amour sont des contes de fées, Cruz.

— Si… si jamais quelque chose se passe et que je me fais prendre, je me ferais virer. Je ne pourrais plus remettre les pieds sur ce bateau.

— Alors, ne te fais pas choper.

Pourquoi je n'arrivais pas à voir les choses aussi simplement qu'elle ? Peut-être parce que je n'avais pas dix-sept ans et des étoiles plein les yeux.

— C'est un risque énorme à prendre.

— Oui, mais avec une récompense de dingue. Écoute, si je n'étais pas impliquée…

— Dans ce cas, je ne serais pas là.

— Bon, oublie. Si je n'étais pas là, est-ce que tu risquerais tout pour elle ? Ta carrière ? Ta réputation ?

L'espace d'une seconde, j'ai réfléchi à ce que Penelope et moi avions déjà vécu durant les cinq petites semaines où je l'avais connue.

— Je risquerais ma vie pour elle. Je l'ai déjà fait, d'ailleurs.

Elisa a soupiré.

— Tu vois ? Un vrai conte de fées. Tu es amoureux d'elle ?

Une petite flamme s'est allumée dans ma poitrine, mais je l'ai étouffée.

— Ça fait quatre jours qu'on sort officiellement ensemble, même si ça reste un secret. Alors, je crois qu'il est un peu tôt pour formuler les choses comme ça, sœurette.

— Le prince charmant l'a su dès le premier soir.

— Ce gros nul de prince n'a pas été foutu de courir assez vite pour rattraper Cendrillon, qui n'avait pourtant plus qu'une seule chaussure. Dans mon cas, la situation est plus compliquée.

— OK.

J'ai entendu un bruissement en arrière-fond.

— Flûte, il est rentré, a-t-elle chuchoté. On se rappelle dans quelques semaines ?

J'ai eu un haut-le-cœur. *Six semaines*, me suis-je rappelé. Ensuite, je n'aurais plus la peur constante de me trimballer un fardeau de vingt kilos autour du cou.

— Envoie-moi un mail dès que tu en as le temps. Je t'aime.

— Je t'aime, a-t-elle murmuré avant de raccrocher.

Je refusais de songer à ce qui allait se passer, de me demander s'il était de bonne humeur ou pas. Si elle avait assez bien caché les documents de Harvard, et tous les petits détails à même de bousiller notre plan… ou sa vie.

J'ai rangé mon téléphone dans le tiroir de ma table. Puis je me suis regardé dans le miroir, pour me répéter la promesse que je me faisais tous les jours depuis cinq ans.

J'avais échoué avec ma mère, mais je réussirais avec Elisa.

Elle ne mourrait pas.

21. Penna

Lima, Pérou

— Vitesse des vents, mesures de sécurité, liste du matériel et plan F, comme demandé, ai-je énoncé en tendant à Cruz une enveloppe en papier kraft.

J'étais assise à côté de lui dans le petit van qui nous emmenait du port jusqu'au site de décollage — le paradis et l'enfer réunis dans un seul parfum exquis, celui de Cruz. Même la brise océane qui entrait par la fenêtre ne pouvait l'estomper.

— Plan F ? a-t-il répété en feuilletant les documents.

— Eh bien, si on n'atterrit pas comme il faut, ce ne sera pas vraiment un plan B, mais un plan Foiré, a expliqué Landon derrière nous.

— J'aurais préféré que Little John soit là, a décrété Leah. Combien de temps il reste en Californie ?

Je me suis tendue, et Cruz m'a jeté un coup d'œil.

Little John.

— Il nous rejoindra à Buenos Aires, ai-je répondu d'une voix que je voulais dégagée.

Il reconnaîtrait Cruz, sans le moindre doute. Il fallait

juste que j'arrive à lui parler avant, à le supplier de garder mon secret.

Notre secret.

— Tout a l'air OK. Dangereux et débile, comme d'habitude, mais je n'en attendais pas moins de vous, a lancé Cruz. Comment vous pensez vous réceptionner ?

— En nous posant sur le pont du bateau sans nous tuer, a répondu Pax.

— Jouer les petits malins ne vous avancera à rien, Wilder, a commenté Cruz d'une voix calme, presque blasée. J'imagine que vous avez prévu un atterrissage face au vent ? Pas de virage de quatre-vingt-dix degrés ?

— Une approche directe, sans virages, a confirmé Pax. On maintient le moteur jusqu'à l'atterrissage par souci de précision, et on lâche le parachute à la dernière seconde. Si on le perd, tant pis, mais pas question que l'un de nous soit entraîné par-dessus bord.

— Bien, a déclaré Cruz avec un hochement de tête, avant de parcourir le plan une dernière fois. Je préférerais que vous atterrissiez sur la plage, mais je sais que vous ne le ferez pas.

— Ça ne présenterait aucun défi, ai-je souligné. Aucun intérêt pour les caméras, et pas de quoi s'éclater.

Il m'a décoché un regard qui aurait pu passer pour de la réprimande aux yeux des autres, mais que j'ai su interpréter comme un signe de frustration. Il était sur la corde raide entre nous laisser faire, et veiller à ce qu'on reste dans les limites de ce qui lui paraissait sûr.

— OK. OK, a-t-il grommelé. Débrouillez-vous pour gérer au mieux. Franchement, ça ne m'enchante pas.

— Vous pourriez venir avec nous, a suggéré Wilder.

Mon cœur a bondi dans ma poitrine.

— C'est vrai, ai-je renchéri, tâchant de masquer mon excitation. Vous avez déjà fait du parapente ?

— Oui, en tant que loisir. Mais j'ai probablement plus d'heures que vous, a-t-il marmonné, les yeux toujours rivés aux documents.

Il s'est frictionné la nuque de la main.

Je me suis retenue de lui proposer un massage. Ça faisait quatre jours qu'on ne s'était pas retrouvés en tête à tête. Quatre jours depuis qu'il m'avait donné l'orgasme le plus spectaculaire de toute mon existence. Quatre jours depuis qu'il m'avait dit que j'étais à lui.

Et lui, à moi.

Je ne m'étais jamais considérée comme une fille possessive. Les mecs, c'étaient les mecs, et aucun d'eux ne valait la peine que je perde ma réputation ou que je rate une cascade pour lui. Mais savoir que Cruz m'appartenait me donnait une furieuse envie de tatouer mon nom sur son front, pour informer toutes les autres qu'il était pris.

— Comme par hasard, vous avez du matos en trop ? a-t-il glissé, tandis que nous suivions la route en lacet jusqu'au sommet de la falaise qui surplombait Lima.

— Non. On l'a apporté exprès pour vous, a rectifié Wilder, un sourire jusqu'aux oreilles.

Au regard exaspéré que je lui ai jeté dans le rétroviseur, il a éclaté de rire.

— Allez, quoi ! Vous nous avez filé une liste de tout ce que vous savez faire, vous ne vous êtes pas dit qu'on finirait par se démerder pour que vous veniez avec nous ? Mais on n'obtient pas officiellement le surnom de Renegade avant une première cascade.

— C'est plutôt bien joué, a lâché Cruz d'une voix traînante. Vous savez que votre zone d'atterrissage ne me plaît pas, mais vous vous êtes dit que si je vous accompagnais, je ne vous emmerderais pas avec ça.

— Démasqué, Pax ! s'est esclaffé Landon.

— Et Leah ? a demandé Cruz. Elle n'avait pas envie de le faire en tandem ?

— Pas question que je l'embarque là-dedans, a répondu Pax. Moi, ça ira, mais je ne contrôle pas le vent, et je ne veux pas lui faire courir de risque.

— Alors que pour toi, ça ne le dérange pas, a chuchoté Cruz, d'une voix si basse que j'ai été la seule à l'entendre.

— C'est moi qui y tiens. Je suis aussi capable que toi, si ce n'est plus, alors ne fais pas ton macho, OK ?

— Mais tu adores ça, a-t-il répliqué avec un sourire suffisant.

— On y est, a annoncé le conducteur en arrivant sur le site.

On se trouvait sur un grand terrain de foot, près du rebord de la falaise, histoire d'avoir la place de prendre de l'élan avant de plonger. En prime, on disposait de parapentes motorisés qui nous permettraient de voler, ce qui ne gâchait rien.

En quittant le van, j'ai levé le visage vers le soleil. Être en Amérique du Sud au mois de mars avait ses avantages. Et puis, ce temps radieux laisserait place à de la glace quand on atteindrait la pointe sud du continent, alors j'en profitais tant que c'était possible.

Le hic, c'est que ça s'applique aussi à ta relation.

— Penna ? m'a hélée Zoe en sortant de l'autre van.

— Je vous rattrape, ai-je promis à Landon, qui se dirigeait avec les autres vers les parapentes déjà installés.

Ils me semblaient disposés un peu trop près les uns des autres. Il faudrait les espacer avant le décollage. L'équipe de Bobby était compétente, mais elle ne pouvait pas compenser l'absence de Little John. Même s'il était en mesure de me trahir.

— Quoi de neuf ? ai-je demandé à Zoe.

— Je voulais te remercier d'avoir insisté pour que j'aie mon propre parapente. Les gars m'auraient fait décoller en tandem, ou pas du tout, alors que tu m'as défendue…

Pour une fois, elle n'était pas maquillée à la truelle et ses yeux marron n'étaient pas soulignés d'un trait d'eye-liner un peu trop épais. Elle faisait plus jeune et moins bimbo…

— Zoe, tu as plus de cent heures de parapente dans les pattes. Je l'ai lu dans le carnet de bord. Tu n'es pas là parce que je t'ai défendue, mais parce que tu l'as mérité. C'est toi qui as bossé. Tu as du talent, et tu pilotes ces trucs mieux que les deux zigotos derrière toi, ai-je affirmé en désignant Alex et Nathan, l'un des autres Renegades. Je sais qu'on n'est pas toujours d'accord, toutes les deux. Mais on le serait peut-être plus souvent si tu comprenais que ta valeur au sein des Renegades ne se réduit pas aux mecs que tu te tapes.

— Je n'ai couché avec personne depuis…

Elle s'est interrompue, le regard dans le vide, puis a ajouté :

— Après ça, j'ai voulu rester seule. Pour voir de quoi j'étais capable.

— Depuis Landon. Je sais. C'est aussi pour ça que je suis prête à prendre ta défense, parce que tu as enfin décidé de te débrouiller toute seule. Allez, va te préparer.

Elle est passée devant Landon sans lui accorder un regard, et j'ai lâché un soupir. Parfois, elle débloquait complet, mais je continuais d'espérer qu'elle finirait par se concentrer sur ses talents plutôt que sur ses coéquipiers. Landon avait été le dernier d'une longue série de Renegades avec qui elle avait couché, mais l'apparition de Rachel, quatre mois plus tôt, avait mis fin à tout ça. Landon n'avait jamais cessé d'aimer Rachel en dépit de leurs deux années de séparation, et Zoe n'avait pas eu l'ombre d'une chance. Elle s'en était prise à lui et avait failli foutre en l'air leur relation, mais j'avais envie de croire que tout le monde pouvait changer.

Je me suis approchée de mon parapente et me suis attaché les cheveux, pour ne pas les avoir dans le visage.

— Dommage, je les préfère détachés, a chuchoté Cruz en passant devant moi.

J'ai été parcourue de frissons. Cette voix grave et veloutée, couplée à son accent, me faisait toujours un effet dingue. En tout cas, elle était dans le *top ten* de ses qualités les plus sexy, en lice avec ses fossettes. Et ses yeux, ses tablettes de chocolat. Ce type était le sexe incarné, alors que c'était justement ce qu'il me refusait.

J'ai déployé l'aile de mon parapente, qui se trouvait à côté de celui de Cruz, et j'ai vérifié les suspentes pour m'assurer qu'il n'y avait aucun nœud. Comme on était à une dizaine de mètres du bord du ravin, je n'aurais pas beaucoup de temps pour rectifier le tir, dans le cas d'un accroc ou d'un enchevêtrement. Et je n'avais aucune envie de chuter en vrille le long de la falaise.

J'ai souri pour les caméras et j'ai expliqué la nature de la cascade. Dès que l'équipe est partie interviewer Wilder, j'ai enfilé mon harnais.

— Tu as besoin d'une deuxième vérification ? a suggéré Cruz en s'avançant vers moi.

Haussant un sourcil, j'ai regardé autour de moi, l'air aussi innocente que possible.

— On est l'un à côté de l'autre. Si c'était Wilder, je lui aurais proposé la même chose.

— Tu es bien poli. C'est d'accord.

Je ne peux pas m'empêcher de flirter avec lui !

— Ravi de pouvoir t'aider.

J'ai levé les bras ; il a tiré sur mes sangles, vérifié le blocage du mousqueton, et donné un petit coup sec sur mon harnais pour s'assurer qu'il était bien en place.

À peu près tous les Renegades avaient un jour jeté un deuxième coup d'œil à mon équipement. Sauf qu'ils avaient toujours agi avec rapidité et professionnalisme, histoire de s'assurer que je n'allais pas me tuer avec un matériel trop lâche ou une simple négligence.

Mais les mains de Cruz qui s'affairaient sur moi accéléraient mon pouls, précipitaient ma respiration, et me rappelaient des scènes où nous étions beaucoup moins vêtus. Et puis, au-delà de l'attirance physique, sa manière de tout vérifier plusieurs fois me donnait le sentiment d'être protégée, chérie, plus que jamais.

Pax, Landon, Nick, ils m'aimaient tous, ils se préoccupaient de moi. Mais il y avait quelque chose dans les gestes de Cruz, dans l'inquiétude que je lisais sur son visage, qui me donnait l'impression d'être choyée.

Là, on peut dire que je suis carrément mordue.

— C'est bon ? ai-je demandé en risquant un regard vers lui.

— Ça m'en a tout l'air.

— T'as besoin d'une deuxième vérification ? m'a lancé Landon.

— C'est bon, le Doc vient de la faire, ai-je répondu.

— Et vous, Doc ?

Cruz m'a inspectée une dernière fois avant de hocher la tête.

— Oui, merci.

Allumant la radio de mon casque pour trouver le bon canal, j'ai regardé faire Landon du coin de l'œil.

Dix minutes plus tard, nous avions tous notre harnais de sécurité, et le vent soufflait juste assez pour soulever les ailes derrière nous de quelques centimètres. Ça permettait de s'assurer que chaque suspente était là où elle était censée être.

Sur nos dos, les moteurs, d'immenses cercles agrémentés d'une hélice rotative, chauffaient déjà.

Je me suis tournée vers Cruz, qui étudiait sa commande de frein manuelle.

— On est nerveux, Doc ?

— Seulement à l'idée que vous ratiez l'atterrissage, a-t-il répliqué dans mon casque.

J'ai éclaté de rire, plus gaie que je l'avais été depuis longtemps.

— On s'occupe de ses fesses, le vioque !

— Le « vioque » ?

J'ai haussé les épaules, tandis que Paxton lançait le décompte.

Cruz a marmonné quelque chose qui ressemblait à « Tu sais ce qu'il te dit, le vioque ? ».

Nous étions dix. Paxton, qui se trouvait à l'extrême droite de la longue rangée, s'est mis à courir. Le vent s'est engouffré dans son aile, qui s'est dressée au-dessus de lui, et il s'est élevé dans les airs, prenant régulièrement de l'altitude.

Zoe a décollé ensuite, puis Landon et les autres, jusqu'à ce qu'il ne reste plus que Cruz et moi, ainsi que le cameraman que Bobby avait embauché à LA pour nous suivre. Apparemment, les images de nos GoPro étaient top, mais il tenait à obtenir un angle plus professionnel.

— On se voit sur le pont ! ai-je lancé à Cruz.

Puis je me suis concentrée.

Je me suis mise à courir, sentant les suspentes derrière moi se tendre et m'entraîner lorsque l'aile a été happée par le vent. J'ai jeté un coup d'œil à droite, puis à gauche, pour m'assurer que les deux extrémités de la voile étaient déployées correctement et qu'elles s'élevaient à la même vitesse. Mes pieds ont quitté le sol et… j'ai décollé. Déplaçant mon poids, je me suis calée sur ma sellette et j'ai croisé les jambes devant moi, comme pour me blottir sur un canapé devant la télé.

Voler me faisait l'effet d'un gaz hilarant. Je me sentais à la fois mortelle et désincarnée. Au-dessus de l'autoroute qui reliait le pied de la falaise à la plage, j'ai éprouvé une exquise sensation de vertige. Et puis, on s'est retrouvés au-dessus de l'océan.

— Ça va, Doc ? ai-je demandé.

— Je suis pile derrière, Rebel.

Nous avons suivi la plage à une altitude d'environ cent cinquante mètres. Pas hyper impressionnant, étant donné qu'il m'était déjà arrivé d'atteindre les deux mille mètres en parapente, mais c'était infiniment plus cool pour admirer le paysage.

Le vent assourdissait tous les bruits, et la radio était aussi calme que mes pensées. Une fois de plus, un divin silence a pris possession de mon esprit. Plus rien n'existait en dehors de l'instant présent et de la cascade en cours.

Pax a été le premier à rompre le silence.

— Il nous reste dix minutes de vol avant d'atteindre le bateau, ça nous laisse le temps de nous marrer un peu. Mais ne faites pas des trucs qui nous mettront dans la merde avec le professeur Delgado, OK ?

Quelques hourras ont percé le bruit des vagues, et l'excitation que j'attendais s'est enfin emparée de moi. Mon corps tout entier s'est réveillé, prêt à obéir à chacun de mes ordres.

Il était temps de passer aux choses sérieuses.

Me séparant du groupe, j'ai pris de l'altitude jusqu'à

atteindre environ trois cents mètres. Puis je me suis stabilisée, et j'ai entamé un tonneau. L'océan et le ciel, se fondant ensemble, ont formé un kaléidoscope de bleus, tandis que je tournais indéfiniment sur moi-même.

L'adrénaline m'a envahi les veines et inondé la bouche d'un goût sucré. Soudain, tout m'a paru plus net. C'était ça, ma drogue, et j'étais complètement accro.

J'ai éclaté de rire en me rétablissant à la verticale.

— La vache ! a lâché Cruz, l'air abasourdi.

— On s'inquiète toujours pour moi ? l'ai-je taquiné, tout en regardant Rachel voler tellement bas qu'elle trempait les pieds dans les vagues.

— Pour la santé mentale, oui, a-t-il rétorqué.

— Qu'est-ce que tu fais, derrière ? a demandé Wilder.

— Quelques petits tonneaux, c'est tout, ai-je répondu.

— Ah, voilà la Rebel qu'on adore ! a-t-il lancé avec affection.

Histoire de rigoler un peu, j'ai entamé une nouvelle ascension pour en refaire une petite série, et voir le monde tournoyer autour de moi. Chaque plongeon, chaque vrille balayait une nouvelle couche de ténèbres autour de mon cœur, jusqu'à ce que je me sente aussi propre et éclatante que le soleil au-dessus de ma tête.

Un curieux désir s'est alors emparé de moi : j'ai eu envie de retrouver ma moto, la liberté que me procuraient ses roues et son moteur. Ce n'était peut-être pas tant la bécane qui me manquait que le besoin de me réapproprier ce que j'avais abandonné, quand Brooke avait déraillé.

— Tu me manques, ai-je murmuré, loin du micro, à la sœur qui ne voulait plus de moi.

— Bon, on va bientôt amorcer l'approche. N'oubliez pas qu'on est censés le faire en mode aéroport. On effectue un cercle les uns après les autres, pour ne pas obstruer la bande d'atterrissage. D'après le rapport de vent, il faut qu'on survole le pont. Une approche frontale serait trop dangereuse.

La « bande d'atterrissage » se limitait à la petite surface plate qui recouvrait la piscine à l'avant du bateau, sur le pont supérieur. L'équipe de tournage l'avait construite selon nos indications, mais, vue d'en haut, elle paraissait beaucoup plus ténue que prévu.

— Ça va, Camera Boy ? ai-je demandé.

— Camera *Man*, ça va, merci, a rétorqué l'intéressé, qui m'a aussitôt plu.

— Tant mieux. Ne claque pas, OK ? On croulerait sous la paperasse.

— T'inquiète.

Le bateau mouillait au large et ne bougeait pas, c'était déjà ça. Sauf qu'une rafale pouvait suffire à me jeter à l'eau, ou que je pouvais me planter et percuter le flanc du navire. Devant une caméra. Donc, devant l'univers entier.

Pas stressant du tout !

— Bon, les gars, n'oubliez pas de détacher vos ailes dès que vous aurez atterri, a rappelé Pax. L'équipe se débrouillera pour les récupérer, et vous avec, si elles vous emportent. Nova, tu prends les devants ?

— C'est parti ! s'est exclamé Landon, avant de se diriger vers la zone d'atterrissage, tandis que nous entamions un cercle les uns derrière les autres.

Le vent, plus fort au grand large, lui a fait faire quelques embardées. Il a rectifié le tir et s'est réceptionné au bord de la zone marquée. Sa voile s'est abattue près du pont, et l'équipe s'en est emparée.

— Et d'un, a annoncé Rachel.

L'un après l'autre, ils ont atterri. Rachel a raté son coup

et est arrivée au milieu de chaises longues qui ont été entraînées par la voile, lorsqu'elle s'en est séparée.

Cruz a accompli un atterrissage parfait, traversant le pont pour se réceptionner avec une précision impressionnante. Il a détaché son aile et s'est aussitôt retourné pour attraper les suspentes et les tirer vers lui.

Frimeur !

Si on avait eu un canal radio privé, je le lui aurais dit.

Il ne restait plus que Pax, le cameraman et moi, et c'était mon tour. J'ai dessiné un cercle pour m'aligner sur l'arrière du bateau, et j'ai amorcé une approche lente. Le vent était trop imprévisible pour y parvenir sans moteur. J'ai survolé le pont mais, alors que je m'apprêtais à atterrir, une rafale m'a fait dévier.

— Merde !

— Quelle élégance, a commenté Landon.

— La ferme !

— Refaites le tour, a dit Cruz.

— Pas question !

Prenant un virage de quatre-vingt-dix degrés, j'ai amorcé une approche directe.

— Putain, ai-je marmonné, soulevant les pieds pour éviter une table du coin restaurant. Chaud devant ! ai-je lancé sur mon passage aux étudiants qui se sont baissés, certaines des filles allant jusqu'à pousser un petit cri.

J'ai atterri en courant et, dès que j'ai entendu mon aile percuter le sol, j'ai détaché les deux verrous à ma taille. Je me suis retournée pour voir le parapente se précipiter vers moi — Pax n'avait pas déconné en parlant du vent —, et j'ai sauté pour éviter l'aile qui a filé sous mes pieds et s'est jetée dans les bras d'un des techniciens.

Au milieu de la foule qui s'était attroupée pour nous regarder, j'ai croisé les yeux furieux de Cruz.

J'ai enlevé mon casque et je me suis dirigée vers lui, qui avait déjà retiré casque et harnais.

— Sérieux ?

J'ai haussé les épaules.

— J'ai assuré.

— Tu. Veux. Ma. Mort, a-t-il grondé, ponctuant chacun de ses mots en me pointant du doigt. Je t'avais dit de faire le tour par l'arrière !

— Quand je serai prête à écouter tes ordres, tu le sauras.

— C'était suicidaire !

— Tu sais combien de fois j'ai atterri avec un paramoteur sans être face au vent ? Une bonne dizaine, au moins.

— Sur un bateau ? Où la zone d'atterrissage est presque inexistante ?

— Tu m'as vue passer par-dessus bord ? Je suis parfaitement capable d'atterrir avec ça, parce que, ah oui, c'est vrai… je viens de le faire.

Du coin de l'œil, j'ai aperçu la caméra qui se tenait assez près pour tout capter.

Eh merde.

— Je suis désolée d'avoir contrarié mon conseiller pédagogique en atterrissant là où il ne le voulait pas. Mais, en vraie professionnelle, j'ai mis en balance mes capacités et le vent, et j'ai fait mon choix.

Jetant un petit coup d'œil à la caméra, il a poussé un soupir.

— La prochaine fois, on parlera des imprévus. Je préférerais que ça n'arrive plus en ma présence.

— C'est noté.

La caméra s'est éloignée pour filmer l'atterrissage de Pax. J'ai poussé un soupir de soulagement, mais je n'ai rien dit de plus. Il y avait encore des gens autour de nous, et je savais que, comme pour nos baisers, nos engueulades allaient devoir attendre qu'on se retrouve en privé.

Pax s'est réceptionné parfaitement et est allé tout droit vers Leah. L'équipe du documentaire a zoomé sur une scène qu'il leur demanderait sûrement de couper au montage.

Cruz et moi nous sommes éloignés vers l'extrémité de la zone pour laisser place au cameraman, qui s'apprêtait à arriver. Il a dépassé le pont de justesse, et j'ai tressailli en le voyant heurter la rambarde du pied. Ça lui ferait un mal de chien plus tard.

Il est descendu régulièrement en direction de la zone d'atterrissage, mais, lorsqu'il a atteint le pont, une nouvelle rafale l'a poussé sur le côté et l'a entraîné vers le bastingage. Piquant un sprint, Cruz a sauté au-dessus d'une table et de quelques chaises, pendant que le cameraman entrait en collision avec la rambarde latérale, son aile déjà déployée à bâbord, puis ses pieds quittant de nouveau le sol.

Cruz est arrivé à sa hauteur et l'a agrippé par la taille, le maintenant à bord, alors que l'aile s'envolait, gonflée par le vent qui la poussait au large du Pacifique.

— Putain ! a lâché Pax en se précipitant vers nous.

— Ça va ? ai-je lancé à Cruz et au cameraman.

— Oui.

— C'est cool.

— Comment tu t'appelles ? ai-je demandé au gars, un poil plus pâle que la peinture blanche de notre bateau. Après tout ça, j'ai l'impression que je devrais le savoir.

— Victor, a-t-il répondu en s'effondrant sur la chaise la plus proche pour caler la tête entre ses genoux.

— Eh bien, Victor, on l'a échappé belle, a déclaré Pax, en lui donnant une claque dans le dos. Doc, je crois que j'ai jamais vu quelqu'un courir aussi vite ! Merci.

— Inutile de me remercier.

Il a adressé un hochement de tête à Pax, m'a décoché un regard indéchiffrable, et s'en est allé.

J'ai souri pendant les interviews, expliqué mon choix de changer de type de mode d'atterrissage plutôt que de tenter une deuxième approche, et compté les secondes jusqu'à ce que je puisse m'enfuir.

Je n'ai pu regagner ma suite qu'une heure plus tard environ, savourant le silence. Rachel dînait avec Landon, et j'avais envie de profiter de ma solitude, tandis que nous quittions Lima sur une mer d'huile.

Je me suis débarrassée de mes chaussures dans l'entrée. Si je me douchais vite fait, je pourrais peut-être me faufiler ensuite chez Cruz.

La porte de ma chambre s'est ouverte, et un bras musclé et hâlé m'a attrapé le poignet pour m'attirer à l'intérieur.

Quelques secondes plus tard, j'avais le dos plaqué contre le battant fermé et Cruz m'épinglait les mains au-dessus de la tête. Nos regards se sont croisés dans une guerre muette, entêtée, rapidement éclipsée par notre désir dévorant.

Sa bouche a trouvé la mienne ; j'ai aussitôt accueilli son baiser. Je m'attendais à de la dureté, de l'autorité. Il a au contraire fait preuve de lenteur, de sensualité, d'une minutie dévastatrice.

— Cruz, ai-je gémi, sentant ses mains glisser le long de mes bras, frôler mes seins et mes côtes pour encercler ma taille.

Prononcer son nom me semblait un privilège extrême. Enfin, je pouvais exprimer le désir qu'il m'inspirait, et que je devais garder secret en public.

J'ai effleuré l'arrière de son crâne pour nouer les mains

derrière sa nuque et il m'a attirée contre lui, jusqu'à coller nos corps l'un à l'autre.

Il m'a embrassée à perdre haleine, en un instant d'éternité. Je me suis cambrée contre lui, oubliant tout sauf la caresse de sa langue et les frôlements de ses mains.

Puis il s'est reculé et a saisi mon visage entre ses paumes.

— Tu m'as fait peur. Et avant que tu te mettes sur la défensive, oui, je sais que tu peux te débrouiller toute seule. Que tu es la meilleure, que tu n'as pas volé ta réputation. Tu maîtrisais, OK. Si ça avait été quelqu'un d'autre, raisonnablement, je n'aurais pas autant la trouille. Mais lui…, s'est-il interrompu pour désigner son cœur battant, lui, il n'écoute pas la logique. Il s'est arrêté dès que tu as entamé ton virage, et il ne s'est remis à fonctionner qu'en te voyant saine et sauve sur le pont. Il refuse d'entendre la raison, parce qu'il est terrifié à l'idée de t'appartenir. Tu comprends ?

Si j'avais été du genre à m'évanouir, je me serais écroulée au sol. En l'occurrence, mes jambes tremblaient un peu.

— Je t'ai fait peur ?

— Tu m'as fait peur, oui. Et pas qu'aujourd'hui. En plus, après ce qui a failli arriver à ce Victor… Bon sang, Penelope, ça aurait pu être toi !

Les yeux emplis de panique, il a resserré son étreinte.

J'ai passé la main dans ses cheveux, caressé sa nuque et posé la paume près de son cœur.

— Non, ça ne se serait pas passé comme ça. Tu as raison. Je suis la meilleure. Parfois, je me fais mal. Je pousse le bouchon trop loin, et il y a de la casse… Moi, je peux me casser. Mais c'est aussi comme ça que j'apprends. Que je deviens plus forte. Une rafale aurait pu m'emporter, mais j'aurais détaché mon aile avant qu'elle m'entraîne sur le pont, parce qu'il m'est déjà arrivé que ma voile s'accroche.

J'ai commencé petit à petit, Cruz. Je ne me suis pas réveillée un matin en décidant de me mettre à courir.

— Tu l'as fait avec moi, m'a-t-il rappelé d'une petite voix.

Le feu aux joues, j'ai baissé la tête précipitamment.

— Oui, bon, disons que tu es une exception à toutes les règles que je me suis fixées.

— J'ai l'impression que ça arrive souvent, a-t-il dit en me serrant contre lui.

Je me suis penchée pour poser la tête sur son torse, afin d'écouter les battements de son cœur. Je n'avais pas besoin de le prendre dans mes bras, il nous tenait serrés pour deux.

Ma poitrine s'est gonflée d'une douleur languissante qui allait au-delà du simple engouement, et dont je n'étais pas prête à parler. Qu'est-ce qu'on ferait, une fois à Miami ? Est-ce qu'il voudrait toujours de moi à LA, et lorsqu'il partirait prendre son nouveau poste sur la côte Est ? Est-ce qu'il préférerait choisir une nana qui ne le faisait pas flipper ? Qui le laisserait la protéger ?

— Iquique, a-t-il lancé en faisant vibrer sa poitrine.

— Quoi ?

Il a posé la tête sur le sommet de mon crâne.

— Notre prochaine escale.

— Oui.

— On y sera pour une nuit, et j'aimerais que tu la passes avec moi, a-t-il dit doucement. Pas sur le bateau, bien sûr, et rien que nous deux. Comme si on était un couple normal.

— Oui, ai-je répondu sans hésitation.

— On n'est pas obligés de faire l'amour…

— Oui, ai-je répété en me reculant, avec un tel sourire que j'en avais mal aux joues.

— … ni de faire quoi que ce soit. Je veux seulement

qu'on sorte ensemble, sans sauts, sans parachutes, sans interdiction de se toucher ou de se regarder.

— Oui, je te dis !

Ses joues se sont creusées de fossettes et il m'a embrassée, cette fois avec fougue.

La porte de la suite s'est refermée.

— Penna ?

Je me suis écartée de Cruz et j'ai plaqué la main sur sa bouche pour le réduire au silence.

— Je vais prendre une douche, ai-je annoncé à travers la porte. Je n'en ai pas pour longtemps.

Cruz a suçoté mon annulaire et enroulé la langue autour. J'ai perçu sa caresse entre mes cuisses.

Il m'a décoché un sourire espiègle, comme s'il savait pertinemment ce qu'il m'infligeait, ce qui était sûrement le cas.

— Ça marche ! a fait Rachel. Il faut que je planche sur ma proposition de mémoire pour le professeur Delicious.

— Delicious ? a-t-il chuchoté.

— *Del*gado… *Del*icious, ai-je précisé, en frôlant son torse.

Voyant ses fossettes refaire leur apparition, j'ai dû retenir un gémissement.

— Je croyais que tu l'avais fini, Rachel.

— Ce salaud a refusé mon premier brouillon !

— Il était nul, a murmuré Cruz.

J'ai remis la main sur sa bouche et lui ai lancé un regard assassin. Cette fois, il a embrassé ma paume avant de suivre ma ligne de vie du bout de la langue. Cette simple caresse m'a traversée de petites décharges électriques, éveillant en moi une soif que seul Cruz pourrait étancher.

J'avais tellement envie de lui… De tout ce qu'il avait à donner.

— Je te filerai un coup de main après la douche, Rach, lui ai-je promis. Ça te va ?

Cruz a fait mine de bouder en avançant la lèvre inférieure, et je me suis dressée pour l'aspirer dans ma bouche. Avec un soupir, il m'a empoigné les fesses pour me soulever contre lui.

— Super ! a répondu Rachel, mais sa voix me parvenait étouffée.

Cruz m'a emmenée jusque dans la salle de bains. Il m'a posée sur le comptoir en granit froid, m'a écarté les cuisses d'une main et s'est avancé entre elles. Puis il m'a embrassée jusqu'à ce que j'en oublie mon nom.

J'ai agrippé ses hanches, j'ai glissé les mains sous son T-shirt pour frôler ses muscles fermes. J'étais tendue de partout. Jamais, de toute ma vie, je n'avais voulu quelque chose — médaille des Jeux de l'extrême ou cascade — autant que je voulais cet homme. Pas seulement pour son physique, ou parce qu'il me désirait, mais parce qu'il me voyait, moi. Pas uniquement Rebel, ou Penna, mais celle que j'étais quand personne ne regardait.

J'ai passé la main sur sa ceinture et je me suis emparée de la bosse dure qui déformait son pantalon.

— J'ai envie de la toucher.

— Merde, Penelope, a-t-il grondé.

— Oui, ai-je soufflé en lui mordillant le cou.

Il a plaqué le bassin contre moi et j'ai écarté les doigts juste ce qu'il fallait pour lui permettre de se glisser à travers. Mon ongle a effleuré doucement la crête marquant le bout de son érection.

Cette fois, son baiser a carrément été classé X. Il s'est mis à avancer la langue en rythme avec les hanches et son souffle est devenu haletant. Puis il s'est écarté de moi d'un bond et a noué les mains derrière la tête.

— Non. Pas ici. Pas comme ça. Je veux mieux que ça.

— Tu te rends compte que ma virginité t'importe plus qu'à moi, hein ?

Mon corps était électrisé de partout, alors que lui, il avait l'air hyper calme.

Pas cool !

Il s'est avancé vers la douche pour faire couler l'eau.

— Douche-toi. On se voit en cours demain.

— Attends, comment tu vas faire pour redescendre ? Le bateau avance.

Il m'a souri en s'éloignant vers la porte.

— Tu crois que tu es la seule à pouvoir te tirer d'une situation dangereuse en rappel ? Je te garantis que je suis capable de faire mieux que toi, ma belle.

Il m'a adressé un clin d'œil. Comme par réflexe, mes cuisses se sont crispées.

Quand il a refermé la porte, j'ai laissé l'eau de la douche balayer la journée au loin en imaginant notre nuit future. Le temps que j'en sorte, mon Roméo était descendu du balcon.

Trois jours.

Je frétillais d'impatience.

22. Penna

Iquique

Au Chili, il faisait une chaleur enivrante. Je m'étais détaché les cheveux et j'avais enfilé une robe simple et moulante, avec une fermeture Éclair sur le devant. Le taxi a quitté le port pour s'arrêter un pâté de maisons plus loin, où Cruz s'est installé à côté de moi.

— Salut, ma beauté, a-t-il lancé, avant de me donner un petit baiser et d'indiquer une adresse au chauffeur.

— Salut toi-même, ai-je répondu, en glissant une main dans la sienne.

Ce geste simple m'a emplie d'euphorie.

— Tu as faim ? J'ai pensé qu'on pourrait prendre notre chambre et repartir manger aussi sec.

— Ça me va. Désolée pour le retard. Il m'a fallu trois douches pour me débarrasser du sable, et je suis sûre qu'il en reste encore dans des recoins que je préfère ne pas mentionner.

Il a éclaté de rire, faisant apparaître ses fossettes dont je ne me lassais jamais.

— Moi aussi. Je n'arrive toujours pas à croire que tu aies

réussi à me convaincre de me sangler à un de ces snowboards, pour faire du sand-board sur les dunes, ce matin.

— Avoue-le, c'était poilant.

— Carrément. Landon est une vraie bête !

— Oui, il est hyper fort sur une planche.

Le taxi a emprunté l'autoroute de bord de mer. Profitant de ce que Cruz admirait l'océan, je l'ai contemplé. Il était rasé de près ; j'avais beau adorer sa barbe bien taillée, ce look me plaisait tout autant. Ses traits ressortaient mieux, et je pouvais affirmer en toute honnêteté n'avoir jamais vu d'homme aussi beau. Il était d'une perfection ahurissante, et sa beauté ne se réduisait pas à son visage ciselé ou à son corps puissant. Il y avait aussi son esprit, son cœur, sa volonté de me protéger et de me respecter en même temps, même si me voir faire mes acrobaties lui coûtait sa fierté.

— À quoi tu penses ? a-t-il demandé, tandis que la ville filait sur notre gauche.

— À toi, ai-je répondu très sincèrement.

— En bien, j'espère ?

Il a effleuré les jointures de mes mains, affolant mon pouls.

— Forcément. Tu crois qu'on sera en sécurité, là où on va ?

— J'ai choisi un endroit à l'extérieur de la ville. La plupart des enseignants parlaient des casinos, alors, il y a peu de chances pour qu'on les croise. Mais, pour être honnête, à moins de rester enfermés dans une chambre, il y a toujours un risque.

Je me suis penchée pour déposer un baiser sur sa joue, tout en faisant glisser une main sur sa cuisse.

— Enfermés dans une chambre, je suis pour.

Sans se préoccuper du chauffeur, Cruz s'est emparé de mes lèvres, inclinant ma tête pour mieux m'embrasser dans cet espace restreint. Si ses mains restaient neutres et tout public, sa langue, elle, frisait le pornographique.

J'ai agrippé l'étoffe de son pantalon, l'esprit obnubilé par un seul mot : *Encore. Plus près.* Bon, OK, ça en faisait trois, mais tous tournaient autour de lui.

Il m'a gratifiée d'un doux baiser avant de se reculer.

— Je t'ai dit qu'il n'y avait aucune obligation…

— J'ai envie de toi, l'ai-je interrompu. Et ce n'est pas quelque chose que je dis à tous les mecs.

— Pourquoi je suis aussi veinard ? a-t-il murmuré en m'embrassant sur le front.

— Vegas, chéri, l'ai-je taquiné.

Le taxi s'est immobilisé devant un hôtel de charme, et Cruz s'est entretenu avec le chauffeur dans un espagnol rapide, avant de lui tendre une liasse de billets et de sortir. Puis il m'a tendu la main et je l'ai prise pour descendre de la voiture, mon sac dans l'autre.

J'ai franchi l'entrée en faisant claquer mes talons sur le sol en marbre. Mon regard a été attiré par la fontaine qui décorait le hall élégant.

— Tu veux bien attendre ici pendant que je passe à la réception ? a proposé Cruz.

— OK.

Il s'est éloigné et je me suis retrouvée à l'extrémité du hall d'entrée, qui ouvrait sur un grand patio.

L'hôtel donnait sur la plage, et seule une épaisse bande de rochers et de sable gris nous séparait de l'océan Pacifique. Le soleil s'enfonçait dans l'eau avec une débauche de couleurs qui n'était pas sans rappeler une carte postale. Je n'avais pas mon appareil photo — je ne pouvais pas courir le risque qu'on tombe sur un cliché de Cruz en ma compagnie —, alors j'ai mémorisé tous les détails. Le rythme des vagues qui s'écrasaient sur le rivage dictait les battements de mon cœur, et un sentiment de paix s'est emparé de moi. Je n'aurais voulu être ailleurs pour rien au monde.

Je ne sais pas trop combien de temps je suis restée là, mais, comme j'avais les épaules dénudées, je frissonnais un peu quand Cruz m'a retrouvée.

— Te voilà, a-t-il dit de sa voix grave, en m'enveloppant dans ses bras.

— C'est splendide !

— C'est toi qui es splendide, m'a-t-il soufflé à l'oreille. Tu veux connaître la bonne nouvelle ?

— Bien sûr.

— Aucun autre Américain n'a réservé de chambre ici.

Je me suis retournée dans ses bras.

— Comment tu le sais ?

— La réceptionniste n'était pas contre un petit pot-de-vin.

J'ai froncé les sourcils. Ça voulait dire qu'il avait claqué du fric et, vu le décor, notre chambre ne devait pas être donnée.

— Penelope Carstairs, tu n'as pas intérêt à me demander si je peux me permettre ce genre d'hôtel, a-t-il ajouté, comme s'il lisait dans mes pensées.

— C'est très beau…

— Et ça ira. Je bosse depuis mes quatorze ans. Je ne possède peut-être pas de bateau de croisière, mais mon banquier m'estime parfaitement fiable.

Ça me démangeait de sortir le carnet de chèques. Pour moi, cette somme n'était qu'une broutille. Je me faisais plus de thunes avec une seule publicité pour Gremlin ou n'importe quelle vidéo promue par Fox. Mais j'ai compris à son regard que ce n'était même pas la peine d'y penser, alors je me suis contentée de sourire et de dire la seule chose qui m'est venue à l'esprit.

— Merci.

Son sourire était plus beau que le coucher du soleil.

— Ne t'en fais pas, je te laisserai m'emmener quelque part quand on sera de retour à LA.

J'ai cligné des yeux, tâchant de ne pas tenir compte de la réaction de mon cœur, qui gonflait et menaçait de m'étouffer.

— De retour à LA ?

— Oui. On jette l'ancre dans sept semaines, c'est bien ça ? Je pensais rentrer chez moi… Tu feras pareil, non ? Avec moi ?

— Tu… tu voudras toujours être avec moi après ce voyage ? ai-je demandé doucement.

Je redoutais sa réponse. J'ignorais comment elle affecterait mon désir pour lui, et aussi ce que ça dirait de moi.

— Penelope, tu crois vraiment que je risquerais tout pour être avec toi si je ne nous imaginais pas un avenir commun ? Tu n'es pas qu'une aventure ou une distraction. Tout est allé beaucoup trop vite, mais ça ne change rien à mes sentiments pour toi. Sauf si tu ne ressens pas la même chose…

— Arrête, bien sûr que si ! Mais je sais aussi que, quand on rentrera, tu pourras choisir toutes les nanas que tu voudras. Je ne suis ni stupide ni aveugle : tu as du succès auprès des femmes, et tu seras sollicité. Tout comme je sais que je me ferai brancher par tous les mecs du circuit qui aimeraient m'épingler à leur tableau de chasse. Mais je sais aussi que je suis compliquée, et une sacrée emmerdeuse…

Il a mis fin à mon flot de paroles avec un tendre baiser, passant la langue le long de mes lèvres.

— Tu es tout ça, et bien plus encore. Tu bouscules toutes mes certitudes sur les relations amoureuses, et j'ai l'impression que tu ne vas pas t'en tenir là, ce qui ne me dérange absolument pas. Je ne suis pas un homme facile, et tu n'es pas facile non plus, mais, quand on est ensemble, tout a l'air bien plus simple. Je n'imagine pas d'autre possibilité.

Attention, évanouissement : troisième rangée.

— Bon, on peut monter dans la chambre pour que je t'emmène dîner après ?

J'ai hoché la tête, momentanément rendue muette par ses paroles. On a pris l'ascenseur, main dans la main. Est-ce qu'il était possible que ma vie ressemble à ça dans quelques mois ? Quelques années ?

Cruz et moi, dans une chambre d'hôtel à l'étranger, après un show. Moi, faisant la cuisine pendant qu'il corrige des copies, ou lui, changeant mes pansements aux endroits où je me serais fait mal, cette semaine-là. J'avais tellement tout donné pour être avec lui que je n'avais même pas songé à ce qui pourrait arriver après. Et ça faisait sacrément envie.

Les portes de l'ascenseur se sont ouvertes dans un *ding*, et on a trouvé notre suite.

— C'est super beau ! me suis-je enthousiasmée en contemplant le salon confortable, la salle de bains spacieuse et la chambre douillette.

On voyait l'océan depuis le balcon, et la brise soulevait doucement les voilages.

— Je me suis dit que, quitte à s'enfermer, autant que ça en vaille la peine, a-t-il répondu en posant les sacs sur la commode. Je ne sais pas si on aura une autre occasion de le faire avant Buenos Aires, et je tenais à en profiter au maximum. On descend dîner ?

Je savais exactement ce qui me faisait envie pour le dîner, et il était pile en face de moi.

— Je préférerais qu'on reste là, ai-je soufflé.

L'air s'est chargé d'électricité.

— Penelope…

Ses beaux yeux noisette se sont voilés. Il a abandonné son air détendu pour se mettre sur le qui-vive.

J'ai franchi la courte distance qui nous séparait, le cœur battant un peu plus vite à mesure que je m'approchais. Une fois devant lui, j'ai posé une main sur son torse.

— Je ne sais pas séduire un homme, Cruz. Je n'ai pas eu d'autre expérience que toi dans le domaine. Alors, imagine que je me suis ébouriffé les cheveux, que j'ai fait un strip-tease hyper sexy ou je ne sais quoi, et dis-toi que je préfère ne pas sortir.

Son torse s'est gonflé sous l'effet d'une vive inspiration, et il a enfoui une de ses mains dans ma crinière pour la serrer doucement dans son poing.

— Tu es une séductrice-née. Tu n'as rien à dire, rien à faire pour que je te désire. Tu es une fièvre dont je n'arrive pas à me débarrasser depuis ce premier soir au bar, bien avant que tu me proposes de faire le saut avec toi. Tu as envie de moi ? Bien, parce que j'ai une envie dingue de te caresser. Dis-moi de le faire.

Je me suis humecté les lèvres en le regardant droit dans les yeux.

— Je veux que tu me fasses l'amour. Ça te va, comme ça ?

— Oui, c'est parfait, a-t-il répondu, avant de me dévorer les lèvres.

Ce baiser était différent des autres — un peu plus sauvage et frénétique, mais toujours aussi délicieusement minutieux. Il embrassait comme un homme qui savait où il allait, mais qui n'avait pas besoin de se presser.

J'ai déboutonné sa chemise. Cette fois-ci, j'avais la ferme intention de l'explorer, de le toucher, de goûter à lui tout mon soûl. On n'était pas censés rentrer avant demain midi, et je comptais profiter de chaque seconde.

Quand on quitterait cette chambre, je connaîtrais Cruz sous toutes ses coutures.

Il s'est débarrassé de sa chemise d'un haussement d'épaules sans rompre notre baiser, et j'ai caressé la chaleur de sa peau nue. J'ai toujours adoré les tatouages, et celui sur son bras était un puissant rappel du passé — hyper excitant, avec ça. Mais je devais reconnaître que sa peau caramel, sculptée par ses muscles puissants, était irrésistible.

J'ai interrompu notre baiser pour en déposer un sur son torse, glisser les lèvres le long de ses pectoraux et passer la langue sur un de ses tétons.

À son halètement, j'ai souri. J'avais hâte de prendre les commandes, pour une fois.

Je l'ai poussé en arrière et il est tombé sur le lit en riant. Ses pieds dépassaient du matelas.

— Cette fois, tu te mets à poil en premier, ai-je ordonné tandis qu'il me regardait d'un air enjoué, calé sur les coudes.

— Tu te crois capable de me faire lâcher prise ?

J'ai sourcillé en défaisant la boucle de sa ceinture.

— Tu en doutes ?

En position assise, ses abdos contractés formaient une courbe parfaite. Cette strie qui me rendait dingue longeait ses flancs de manière symétrique, pour disparaître sous son boxer.

J'ai suivi la ligne du doigt, savourant la crispation de ses muscles à mon passage.

— Oh ! mais je sais parfaitement que tu en es capable. Si tu avais la moindre idée des fantasmes que je me suis passé en boucle ces sept dernières semaines, tu n'en douterais pas une seule seconde !

Glissant du lit pour m'agenouiller, je lui ai rapidement ôté ses chaussures, qui ont chuté au sol avec un petit bruit sourd, et ses chaussettes.

— Des fantasmes, hein ? ai-je demandé en passant les doigts sous la ceinture de son pantalon défait, attrapant son boxer avec.

Tâchant de calmer ma respiration déjà hachée, j'ai tiré vers le bas en continuant de le regarder dans les yeux. J'ai retiré son dernier vêtement en prenant soin de ne pas m'attarder sur son érection.

— Ils ressemblaient un peu à ça, a-t-il déclaré en m'observant. Tu peux regarder. T'inquiète, je vais faire pareil avec toi dans deux secondes.

Je me suis mordu la lèvre inférieure et j'ai caressé du regard l'étendue lisse de son torse, son ventre plat, et… waouh, la taille de ce truc ! Je me suis arrachée à ma contemplation pour finir d'admirer ses cuisses puissantes. De toute évidence, il ne faisait pas d'impasse sur la salle de sport — j'admirais son cul assez souvent pour le savoir.

— La vache, tu es… tu es…

J'étais incapable de trouver des mots pouvant rendre justice à son physique, et je ne parlais même pas de la perfection de son visage.

— … À toi. Je suis tout à toi.

Il avait l'air tellement calme que, si je n'avais pas aperçu ses pieds crispés sur les draps, je l'aurais cru détendu, presque détaché.

Bon, ça et son énorme, superbe érection. Est-ce qu'une érection pouvait être superbe ? La sienne était lisse et puissante, et… J'ai enroulé les doigts autour pour effleurer sa peau soyeuse et serrer doucement. Oh oui, elle était très dure.

— Penelope, a-t-il gémi en renversant la tête en arrière.

J'ai amorcé des mouvements de va-et-vient, scrutant ses réactions. Il a donné une petite saccade du bassin avant de rester sans bouger, le visage empreint d'une expression presque douloureuse. Il fermait les yeux, à croire que me regarder lui était insoutenable.

Je l'ai lâché pour ramper sur le lit et m'agenouiller entre ses cuisses écartées. J'ai semé des baisers jusqu'à son ventre. Comme si c'était moi qu'on caressait, ma température corporelle a grimpé en flèche, et une moiteur brûlante est apparue entre mes jambes.

Ma bouche a dérivé vers son cou puissant.

— Tu as fini de jouer ? a-t-il demandé d'une voix rauque.

Je me suis reculée pour scruter son regard. Ses yeux étaient animés d'une lueur intense sous ses sourcils sombres, comme si je venais d'éveiller une bête sauvage qui s'était efforcée de rester en cage jusque-là.

— Si je te disais non ? ai-je risqué, passant une jambe sur l'une de ses cuisses pour la chevaucher.

— Je fais ce que je peux, Penelope.

J'ai suivi le contour de sa mâchoire et lui ai mordillé le lobe de l'oreille.

— Alors, arrête.

Il m'a retournée tellement vite que j'en ai eu le vertige. D'un geste vif, il m'a soulevée d'un bras pour reposer ma tête sur l'oreiller et se dresser au-dessus de moi.

— À mon tour.

Le bruit d'une fermeture Éclair a déchiré le silence. Il a ouvert ma robe pour me dénuder progressivement, le regard voilé, le souffle court. Contemplant mon soutien-gorge de dentelle noire, il a marmonné des paroles en espagnol avant de s'attarder sur ma culotte assortie, jusqu'à ce que ma robe tout entière repose, ouverte, de part et d'autre de moi.

— Dis-moi que tu es sûre, a-t-il demandé en effleurant ma gorge, le centre de mon soutien-gorge et mon ventre.

— C'est là que tu me dis que c'est ma dernière chance

de te dire stop ? Qu'après, tu ne pourras plus te contrôler ? ai-je lancé, mi-blagueuse, mi-pleine d'espoir.

Il s'est contenté de déposer un baiser chaud et humide entre mes seins avant de faire glisser les bretelles de ma robe sur mes bras et d'attendre que je me cambre pour m'en débarrasser tout à fait.

— Tu lis trop de romans, s'est-il esclaffé en me butinant le cou.

J'ai gémi quand il a frôlé un point sensible, et enroulé les jambes autour de sa taille.

Il s'est écarté et a aventuré les mains sur mes cuisses, mes genoux, mes mollets, pour me retirer mes escarpins et les jeter au sol. Puis il a remonté le long de ma jambe en ponctuant ses mots de baisers.

— Tu peux me demander de m'arrêter à tout moment, je t'écouterai. Je ne serai jamais trop pris dans l'instant pour ne pas faire ce qui est le mieux pour toi. Cela dit, j'espère que tu ne me le demanderas pas !

Il m'a mordillé doucement l'intérieur de la cuisse et j'ai gémi tandis qu'il apaisait la piqûre avec un baiser et un petit coup de langue. J'ai ondulé des hanches, de plus en plus agitée.

Je n'étais pas du genre coincé, j'avais déjà pensé au sexe. Sauf que ce qui se passait n'avait rien à voir avec les ébats froids et hâtifs que je m'étais imaginés. J'aurais été incapable de qualifier ce que je ressentais, mais j'en voulais plus.

L'espace d'une seconde, j'ai senti son souffle sur ma culotte, ses lèvres sur ma fente couverte de dentelle, puis le bout de son nez qui repoussait l'étoffe au-dessus de mon clitoris.

J'ai étouffé un petit cri, les poings crispés.

— Dis-moi que tu es sûre, a-t-il insisté.

— Je suis sûre.

Sûre comme jamais.

Il s'est levé, et je me suis calée sur les coudes. Avant que j'aie pu lui demander si j'avais dit quelque chose que je n'aurais pas dû, il a traversé la chambre pour se diriger vers son sac. J'ai admiré son cul magnifique, me voyant déjà lui agripper les fesses pendant qu'il me pénétrait, et j'ai failli pousser un gémissement.

Il a farfouillé dans son sac et s'est retourné vers moi pour jeter un préservatif sur la table de chevet.

— Je prends la pilule, l'ai-je informé. On sera doublement protégés.

Il n'y avait rien de pire que d'avoir des règles irrégulières sur le circuit.

— C'est bon à savoir, a-t-il affirmé en s'installant de nouveau entre mes cuisses.

Avant que j'aie pu reprendre ma respiration, il avait écarté ma culotte pour passer la langue à travers mes replis et aspirer mon clitoris dans sa bouche.

— Mon Dieu, Cruz !

J'ai étouffé mon cri en plaquant une main sur ma bouche.

Se penchant sur moi, il s'est léché les lèvres pour savourer mon goût et a retiré ma main.

— Hurle tout ce que tu veux. Je me fous de ce que les voisins peuvent penser.

Il m'a embrassée goulûment. Lorsqu'il a fini par se reculer, je ne tenais plus en place, en proie à une tension indescriptible qui ne demandait qu'à être apaisée.

J'ai soulevé le bassin pour lui permettre de faire glisser ma culotte sur mes jambes et de lui faire rejoindre mes chaussures. Puis ses lèvres ont retrouvé mon entrejambe et il s'est mis à lécher, à suçoter, à embrasser, sans répit.

J'ondulais, traquant la chaleur de sa bouche et le plaisir

qui m'attendait. Ma peau s'embrasait sous la jouissance qui m'envahissait, qui montait et s'intensifiait jusqu'à l'incandescence.

Pendant qu'il me chérissait, son nom reposait sur mes lèvres comme une prière.

— Tu as un goût incroyable. Je pourrais y passer la nuit. Et la journée de demain aussi, a-t-il affirmé avant de reprendre sa douce torture.

Mes plaintes se sont muées en gémissements sonores au fur et à mesure que je m'abandonnais aux émotions qui m'assaillaient. Je n'étais plus que pure sensation, mon être tout entier focalisé sur les sentiments qu'il m'inspirait. J'avais l'impression d'être plus légère que l'air, comme prête à m'envoler d'une seconde à l'autre, tout en restant ancrée au sol sous ses mains, sa bouche.

Quand j'ai senti ses doigts s'insinuer en moi, j'ai tangué à sa rencontre en savourant cette exquise pression mêlée d'une légère brûlure.

— Ce que tu es étroite, Penelope. J'ai hâte d'être en toi, de te sentir jouir.

Sous l'effet de ses paroles ou des caresses intimes qu'il me prodiguait, j'ai eu l'impression de perdre la tête, grisée par le plaisir ahurissant qu'il m'offrait, mue par un désir insatiable.

Mes muscles se sont crispés, agités de spasmes au contact des doigts qui me faisaient chavirer. J'ai hurlé son nom sous la violence de l'orgasme qui m'inondait de vagues de pure jouissance.

Quand j'ai fini par redescendre sur terre, j'étais fourbue, comme désarticulée. Mon sourire faible et apaisé n'était sûrement rien à côté de celui de Cruz. On aurait cru qu'il venait d'avaler le soleil.

Il m'a embrassée en pesant sur moi et, au contact de

sa peau, j'ai creusé les reins. Il a glissé une main dans mon dos pour dégrafer mon soutien-gorge avec adresse.

Un instant plus tard, j'étais aussi nue que lui.

Il a goûté à mes seins, rallumant la flamme que je croyais déjà éteinte. À chaque petit tiraillement d'un de mes tétons, à chaque coup de langue, mon désir émergeait de nouveau, plus éclatant que jamais.

Il a caressé mes replis moites, et j'aurais pu jurer le voir trembler un peu.

— Quelle perfection !

Puis il a déchiré l'emballage et a enfilé le préservatif. Je n'avais jamais rien vu d'aussi érotique. Ça faisait beaucoup de premières pour une soirée.

Il s'est agenouillé entre mes cuisses et je me suis tendue en sentant son sexe effleurer mon intimité. J'ai fermé les yeux pour me préparer à la suite. Ça ne devrait pas faire mal, hein ? J'avais pratiqué des sports extrêmes toute ma vie, alors il y avait peu de chances pour que je saigne. Et puis, oui, son érection était impressionnante, mais ce n'était pas comme s'il serait trop à l'étroit ou je ne sais quoi.

— Penelope…

Quand j'ai ouvert les yeux pour le regarder, il a esquissé l'ombre d'un sourire avant de m'embrasser langoureusement.

Comme oubliant la présence de son érection, il m'a titillé la pointe des seins et m'a butiné le cou pour ranimer le brasier en moi.

— Dis-moi que tu es sûre, a-t-il encore demandé, en tanguant contre moi, jusqu'à se glisser à travers mes replis.

Les yeux mi-clos, il a émis un sifflement.

— Je croyais que cette conversation était close, ai-je répondu, en nouant les bras derrière sa nuque.

— Je ne déconne pas. Je ne veux pas que tu regrettes cette soirée.

Il m'a caressé la joue du pouce, tout en scrutant mon visage, en quête du moindre signe d'indécision.

— Je n'ai encore jamais fait ça, tu sais, et je tiens à ce que ce soit parfait pour toi.

— Hein ? Tu n'as jamais couché avec une fille ?

Il m'a embrassée sur le nez.

— Je n'ai jamais été la première fois d'une nana. De toi.

— Alors, on est tous les deux en territoire vierge, ai-je blagué en lui labourant le dos avec les ongles.

Il s'est tendu à mon contact.

— Penelope, a-t-il haleté, à mi-chemin entre l'avertissement et le râle.

J'ai attendu que nos regards se croisent et je l'ai embrassé.

— Je n'ai jamais été aussi sûre de toute ma vie.

Il a hoché la tête, la mâchoire crispée comme pour se maîtriser.

— Je suis dingue de toi, tu sais ? Tu me rends complètement marteau.

J'étais incapable de riposter, pas avec sa langue qui m'enflammait la bouche et ses doigts qui me caressaient de l'intérieur. Il en a inséré un troisième et j'ai savouré son intrusion, sachant que son sexe serait bien plus imposant.

Je me suis conformée au rythme qu'il m'imprimait, me suis frottée contre sa main jusqu'à me retrouver aussi fébrile qu'avant.

Il a retiré ses doigts pour les remplacer par l'extrémité de son érection, m'a agrippé la cuisse d'une main tout en me caressant doucement le visage.

— Dis-moi si tu veux que je m'arrête, a-t-il chuchoté.

Ma nervosité avait disparu, chassée par un sentiment non seulement de désir mais d'adoration, mêlé à une émotion bien plus tendre. Elle m'a paru si dangereuse que je l'ai aussitôt balayée au loin, pour me concentrer exclusivement sur mon ressenti physique.

Puis il m'a pénétrée, lentement, sans jamais me quitter des yeux. J'ai pris une inspiration haletante lorsqu'il s'est enfoncé plus profondément. Je ressentais bien une brûlure, mais elle n'était pas douloureuse. J'avais l'impression d'être comblée, comme si les moindres recoins de mon corps, de mon âme, de mon cœur, avaient été envahis par Cruz. L'union de nos deux corps était si parfaite que j'en avais les larmes aux yeux.

— Ça va ? s'est-il inquiété, essuyant doucement l'une de celles qui avaient coulé sur ma joue.

— Super bien.

J'ai à peine remué, et j'ai été récompensée par une onde de plaisir qui dépassait tout ce que j'avais pu imaginer.

— C'est trop bon !

— Attends un peu, a-t-il soufflé, le front perlé de sueur.

Malgré sa carrure imposante, sa force et sa puissance, il faisait preuve d'une infinie tendresse. J'ai poussé les hanches vers l'avant, puis vers l'arrière, pendant qu'il plongeait en moi.

— Penelope, ne fais pas ça. Laisse-toi une seconde.

Il a froncé les sourcils et fermé les yeux en gémissant.

Émerveillée par ce gémissement, j'ai voulu le provoquer encore, alors j'ai amorcé un nouveau geste de balancement, cette fois plus accentué.

— Ça va, lui ai-je assuré, sachant qu'il se retenait pour éviter de me faire mal.

Je le voulais tout entier, sans retenue.

— Juré ?

— Juré.

Tout en scrutant mon visage, il s'est retiré presque entièrement, pour s'insérer de nouveau avec un grondement.

Quel délice !

— Tu es très étroite. C'est parfait.

— Encore.

C'était le seul mot qui me venait à l'esprit. Je goûtais presque déjà le plaisir à venir, tendre et grisant.

Le front collé au mien, il s'est mis à aller et venir en moi, amorçant un rythme lascif et sensuel qui m'arrachait un soupir chaque fois qu'il me quittait, et un gémissement quand il me retrouvait.

— Plus vite, l'ai-je supplié. Je t'en prie, Cruz.

— Je ne veux pas te faire de mal, a-t-il protesté, le souffle rauque, les muscles tendus.

— Ne te retiens pas. On n'a qu'une seule nuit ensemble.

Ensuite, on regagnerait le bateau, où il faudrait se cacher et se voler des baisers. Étouffer nos soupirs ou, pire, s'éviter.

Sa bouche a dévoré la mienne, les mouvements de sa langue calés sur le rythme de ses poussées, qui se faisaient de plus en plus intenses, mais pas plus rapides. J'ai levé les genoux pour l'inciter à s'enfoncer plus profondément, et mes cris ont résonné dans la pièce.

Mon Dieu, c'était… Ça avait valu la peine d'attendre. Il en valait la peine. Rien que le fait de le tenir dans mes bras, de l'accueillir en moi, de lui montrer sans paroles ce que je ressentais pour lui rattrapait toutes ces fois où j'avais dû l'éviter du regard, où je n'avais pas pu le revendiquer comme mien.

Comme je ne pouvais pas dire au monde qu'il m'appartenait, je me l'appropriais avec mon corps.

Il poursuivait ses assauts selon une cadence régulière, sans jamais ralentir. Fichant les ongles dans son dos, j'ai calé les pieds sur le lit pour pouvoir mieux me cambrer contre lui.

— Ma belle, a-t-il soufflé. Ma Penelope.

Il a fait glisser une main le long de ma cuisse jusqu'à mon entrejambe et s'est mis à me caresser le clitoris. Mon esprit, vidé de toute pensée, s'est focalisé sur la flamme brûlante qui s'élevait dans mon bas-ventre et m'attirait vers elle.

— Cruz, ai-je soufflé, avant de le crier.

Comment avait-il fait pour me ramener dans cet état aussi vite ?

— Là. Tu sens que ça vient ?

— Oui !

— Alors, lâche-toi.

Il s'est poussé en moi, m'accordant la pression suffisante pour que je m'abandonne entièrement, et j'ai vu des étoiles danser devant mes yeux. Ma vision s'est estompée, virant au noir sous la force d'un orgasme si intense que je n'ai pu articuler le moindre son.

— Tu es si belle ! a-t-il murmuré pendant que je revenais à moi.

J'ai respiré à grandes goulées, alors qu'il multipliait les coups de hanches et que nos corps couverts de sueur glissaient l'un contre l'autre.

J'ai noué les chevilles autour de sa taille et calé les mains contre la tête de lit. La cadence s'est faite frénétique et son visage s'est tendu d'émerveillement.

Puis il m'a assaillie une dernière fois, avec une telle fougue que j'ai dû étouffer un petit cri, et il a frémi avec une plainte rauque. Je l'ai pris dans mes bras et je me suis efforcée de retenir cet instant dans les moindres détails. Les battements de mon cœur, mon souffle laborieux, le poids écrasant de son corps sur le mien.

Il a pris une inspiration tremblante avant de nous faire rouler sur le flanc et d'écarter de mon visage une mèche de cheveux moite.

Nous sommes restés ainsi à nous regarder les yeux dans

les yeux, le temps que nos respirations s'apaisent. Il me caressait doucement la taille, la hanche, le bras.

— Ça va ? a-t-il demandé.

— Mieux que ça. Je me sens super bien. C'était parfait. Est-ce que… c'est toujours comme ça ?

Ça m'embêtait de lui poser cette question, mais j'avais besoin de savoir si ça avait été aussi bouleversant pour lui que pour moi, ou s'il s'agissait seulement pour lui d'une séance de galipettes parmi d'autres.

— C'est la première fois que je vis un truc pareil, a-t-il répondu tendrement, en faisant glisser son pouce le long de ma lèvre inférieure. Tout en toi est une révélation.

Je me suis pelotonnée contre lui.

— Je n'ai jamais rencontré une fille comme toi. Je t'ai tellement dans la peau que c'en est flippant. Après cette journée, Penelope, je ne sais pas si j'arriverai à me passer de toi. Tu as mal ?

Passant mon corps en revue, j'ai constaté une petite irritation entre mes cuisses.

— Un peu.

J'ai tressailli lorsqu'il s'est retiré.

— Attends une seconde.

J'ai roulé sur le flanc pour admirer une nouvelle fois son cul pendant qu'il se dirigeait vers la salle de bains. Je l'ai entendu tirer la chasse, puis ouvrir le robinet d'eau.

— Qu'est-ce que tu fais ? ai-je demandé.

— Je te fais couler un bain. Ça devrait calmer tes irritations.

— Tu es un prince parmi les hommes, ai-je dit en m'étirant lorsqu'il est revenu.

Tandis que l'eau ruisselait dans la salle de bains, il s'est mordu la lèvre en me contemplant, le regard animé d'une lueur que je savais désormais être celle du désir.

— J'aimerais avoir des intentions pures. Mais j'espère surtout te mettre assez à l'aise pour qu'on recommence avant de regagner le bateau, a-t-il avoué en remuant les sourcils. Je ne blaguais pas quand je disais que je t'avais dans la peau. Comment on va faire pour garder cette histoire secrète ? J'ai tellement envie de toi que je ne vois pas comment je vais pouvoir le cacher.

— Alors, profitons de notre tête-à-tête, ai-je suggéré pendant qu'il me prenait dans ses bras sans le moindre effort.

Un room-service et deux orgasmes plus tard, je me suis endormie recroquevillée dans ses bras, tout en songeant qu'après lui, j'aurais du mal à trouver mieux. Je ne voyais pas qui aurait pu arriver à la cheville de cette soirée… et de Cruz.

Je me suis réveillée quelques heures plus tard en entendant la porte qu'il refermait en entrant. J'ai cligné des yeux. Encore embrumée par le sommeil, j'ai essayé de comprendre ce qui se passait.

— C'est l'heure de partir ?

Il a glissé une enveloppe épaisse dans son sac et s'est déshabillé.

— Non, ma belle. J'avais seulement besoin de prendre l'air, a-t-il répondu doucement en m'embrassant sur le front.

J'ai tout oublié de sa promenade nocturne lorsqu'il a mêlé son souffle au mien et qu'il m'a possédée lentement, tendrement, mais avec autant de passion. Je me suis donnée entièrement, à tel point que je ne distinguais plus de limite entre lui et moi.

Épuisée jusqu'au tréfonds de mon être, je me suis enfoncée dans un lourd sommeil. Pour une fois, ma réalité était plus belle que mes rêves.

23. Penna

En mer

— Quelque chose a changé, a soudain déclaré Rachel le soir suivant, pendant que j'étudiais dans notre salle à manger.

J'ai décollé les yeux de mon manuel de maths et j'ai bu une gorgée du smoothie protéiné que Landon me forçait à avaler après mes séances de sport.

— Où ça ?

Elle s'est assise en face de moi et a croisé les bras, les yeux plissés.

— C'est toi qui as changé.

J'ai eu la brusque envie de m'essuyer le front, au cas où on y aurait tatoué la phrase : « Ça y est, j'ai enfin tiré mon coup. »

— Je ne vois pas ce que tu veux dire.

— Tu es heureuse.

— C'est un crime ?

— En ce moment, ça ne te ressemble pas.

J'ai réfléchi. Physiquement, j'étais endolorie de partout, d'une manière tout à fait inédite.

Bah ouais, tu n'avais encore jamais eu quelqu'un à l'intérieur de toi.

Émotionnellement… *Hum.*

— T'as peut-être raison. Je suis plutôt heureuse.

— C'est qui, le mec ?

J'ai bu une gorgée de mon ignoble smoothie avec un petit rire.

— Qu'est-ce qu'il met dedans, ton copain ?

— Les larmes de mes ennemis. Alors, c'est qui ?

J'ai refermé mon bouquin et je me suis levée.

— Je ne vois pas de qui tu parles.

— Ouais, c'est ça. Sérieux ! Tu n'es pas rentrée la nuit dernière, tu fais plein de cachotteries dans ta chambre, et te voilà rayonnante. Il n'y a qu'une seule chose qui fait ça à une fille, et c'est un mec. Alors, c'est qui, Penna ?

— Je suis peut-être heureuse parce que j'ai cartonné au partiel de géo de la semaine dernière. Parce que je dors bien, ou que j'ai repris la muscu. Ça file des endorphines, tu sais.

— Les galipettes aussi.

J'ai levé les yeux au ciel et emporté mon manuel dans ma chambre pour le jeter sur la pile qui s'élevait sur mon bureau.

— Je ne dirais rien aux autres, promis, a-t-elle dit en s'appuyant contre l'encadrement de ma porte. Je te dois bien ça, tu as été là pour moi, alors que tu n'y étais pas obligée. Je voulais juste m'assurer que ça allait et que tu savais que j'étais là. Leah aussi, enfin… au bout du couloir.

J'ai souri et je l'ai prise dans mes bras.

— Oui, je sais. Et merci. Je te promets que si j'ai besoin d'en parler, c'est vers toi que je me tournerai, d'ac ?

Elle a fait la moue et m'a fusillée du regard avant de se

radoucir en comprenant qu'elle ne gagnerait pas cette bataille.

— OK. Ça marche, a-t-elle lâché avant de me laisser tranquille.

Elle avait raison. J'étais heureuse. Ce qui s'était passé avec Brooke, mes parents qui avaient égoïstement défendu sa cruauté méprisante, tout pâlissait en comparaison du bonheur simple et beau que me procurait Cruz. Et ça, c'était avant qu'on fasse l'amour. Maintenant, j'étais carrément au septième ciel.

Est-ce que Rachel avait ressenti la même chose avec Landon ? Est-ce que c'était ce que Pax avait éprouvé pour Leah, alors qu'on lui répétait qu'il avait tort de craquer pour sa tutrice ? En ce cas, je comprenais enfin pourquoi ils avaient tout risqué, jusqu'à leur âme, pour être ensemble… Pour s'accrocher à cette émotion.

Je me suis contemplée dans le miroir en me demandant si je distinguais un changement physique. Outre mes muscles mieux définis par le temps passé en salle de sport, j'étais toujours la même. Mis à part mes yeux, qui brillaient d'un éclat plus vif. Ils n'étaient plus ternes ni cernés. Je ressemblais enfin à celle que j'étais véritablement.

Une tache rose a attiré mon attention, derrière moi — mon bandana porte-bonheur Fox accroché au cadre de mon lit. Avant d'avoir pu me raviser, je l'ai attrapé et j'ai mis les voiles, saisissant une clé au passage.

Craignant de perdre courage, je me suis enfermée dans ma bulle jusqu'au quatrième pont. J'ai ouvert la porte du garage à la volée et j'ai embrassé l'équipe du regard. Tout le monde a tourné la tête vers moi, y compris Pax.

— Sortez, tous ! ai-je lancé. Je ne déconne pas, barrez-vous !

Pax a haussé les sourcils, avant de se racler la gorge.

— Vous avez entendu Rebel, videz les lieux !

L'un après l'autre, les mannequins de simulation sont sortis. Pax ne les laissait jamais s'approcher d'une moto ou d'une pièce mécanique avant qu'ils soient capables de la démonter et remonter intégralement.

Pax m'a rejointe, suivi de l'équipe de tournage.

— Ça va ? Tu as besoin de moi ?

— Pas cette fois, ai-je répondu en souriant et en lui tapotant le bras. Mais tu pourrais les emmener ?

— Ton contrat..., a objecté Victor.

— Mon contrat, je l'emmerde ! Sinon, la prochaine fois, je dirai à Doc de te laisser passer par-dessus bord, pigé ?

Pas question qu'on me voie faire ce que je m'apprêtais à faire à l'écran. Surtout s'il y avait une chance pour que je flanche.

— Je crois que le message est clair, a commenté Pax en donnant une claque dans le dos de Victor.

Ce dernier m'a jeté un ultime coup d'œil avant de quitter la pièce.

— Toi aussi, Pax, ai-je ajouté doucement.

— Écoute, je ne sais pas ce que tu es en train de vivre...

— Tu ne peux pas m'aider, l'ai-je interrompu. Sinon, je serais venue te voir après Dubaï. Tu veux toujours tout réparer. On est potes depuis, quoi, dix-sept ans ? Je commence à te connaître. Il faut que je me débrouille toute seule.

Il a baissé les yeux sur le bandana que je tenais serré dans mon poing.

— D'accord. Tu sais que je t'aime, hein ? Il n'y a rien que je ne ferais pas pour toi.

— Je sais.

Il a dégluti et, renonçant à se battre, a refermé derrière lui en partant. Je savais ce que ça lui coûtait, et je ne l'en aimais que plus.

Demeurée seule dans le garage, je me suis avancée vers Elizabeth, qui reposait sur le support de voyage fabriqué par Landon pour maintenir les bécanes par mer agitée. J'ai effleuré son siège lisse, sa jauge, ses poignées, comme pour me familiariser de nouveau avec elle.

— Je suis désolée que ça ait pris autant de temps, ai-je murmuré. Je ne t'en voulais pas pour ce qui est arrivé ; c'est à moi que j'en voulais. Je pensais que revenir vers toi signifierait que ce qui s'était passé avec Brooke n'avait plus d'importance. Comme si revenir à mes premières amours équivalait à me débarrasser d'elle. Mais c'est faux, et plus je me retrouve, plus je comprends que ce qui me manque le plus, c'est toi.

Je l'ai enfourchée pour m'installer sur son siège.

J'ai crispé les mains sur les poignées et fermé les yeux… Mon corps retrouvait d'instinct son équilibre et un sentiment de paix. J'oscillais avec le bateau, et je savais qu'il était temps. J'étais enfin de retour, je ne laisserais pas Brooke me prendre ça.

Elle en avait déjà assez pris.

Ça ne voulait pas dire que je ne l'aimais pas, que je ne m'inquiétais pas pour elle. Simplement, je ne pouvais pas passer ma vie à fuir ses peurs. Quittant Elizabeth, je me suis dirigée vers le coin du garage dévolu au matériel, où tout était soigneusement rangé dans des caisses.

Tout en tenant compte des mouvements du bateau, j'ai changé l'huile et effectué un petit entretien de routine, me perdant dans des gestes que j'avais accomplis des milliers de fois.

Ma tâche terminée, je me suis lavé les mains et j'ai ouvert la porte. Pax et Landon étaient assis, dos au mur, au milieu du couloir. Ils ont levé les yeux pour me considérer avec un optimisme prudent.

— Vous flippiez à l'idée que je carotte des trucs ? ai-je blagué avec un sourire.

Landon a poussé un soupir de soulagement avant de se redresser d'un bond pour me prendre dans ses bras.

— On avait surtout peur que tu bousilles ta moto.

— Non, l'ai-je rassuré en le serrant contre moi. Vous voulez bien venir avec moi une seconde ? Je crois que j'ai un plan.

Ils ont hoché la tête, avant de me suivre sans un bruit jusque dans ma suite. Ils savaient que je ne parlerais qu'une fois prête. J'ai apporté mon ordinateur portable au salon. Jalouse comme un pou, j'ai fait mine de ne pas voir Rachel, assise sur les genoux de Landon.

Deux mois encore. Après, on pourra arrêter de se cacher.

Le cœur esquissant un petit bond de joie, j'ai piraté le système Internet du bateau histoire de me connecter via la précieuse bande passante. Puis j'ai lancé Skype et cliqué sur le nom de Nick.

Quelques sonneries plus tard, il décrochait, et son sourire contagieux encadré de ses boucles blondes a envahi l'écran.

— Tiens, ma Rebel préférée ! Quoi de neuf, copine ?

— Little John est toujours avec toi ?

— Oui, on bosse ensemble. Il te manque déjà ?

— Toujours. Écoute, je sais que tu n'as pas envie de venir avec nous. Je sais que tu n'es pas prêt à te montrer en public, mais je vais te demander de le tenter quand même.

Il s'est penché en avant.

— Penna, qu'est-ce qui se passe ?

— Quand Little John viendra à Buenos Aires avec ma rampe, j'aimerais que tu sois là aussi. On aura besoin de modifications sur place que tu seras le seul à pouvoir assurer.

Son expression est devenue sérieuse, et j'ai senti le poids des regards de Pax et Landon sur mes épaules.

— Tu as toute mon attention.

— Je sais ce que je veux pour Cuba. Je n'ai peut-être pas encore la forme, mais il me reste deux mois pour y arriver et au moins quatre escales, si tu peux déplacer des rampes assez vite pour que je m'entraîne.

Il a haussé un sourcil en attendant que je lâche le morceau.

— Je serai la première femme à réussir un double saut périlleux arrière en freestyle motocross.

— Tu délires ! a grondé Pax.

J'ai fait volte-face.

— Sérieux, monsieur triple saut périlleux avant ?

— La moto est trop lourde. C'est pour ça que personne ne l'a jamais fait. Tu pourrais y passer.

— Alors, on lâche autant de poids que possible sur la moto. On se débarrasse du superflu.

— Non.

— Tu n'as pas le droit de me dire « non ». Tu n'es pas mon père, ni mon petit ami, ni mon superviseur. Tu es mon meilleur ami, et tout ce que tu as à faire, c'est de la boucler et de me soutenir, comme on l'a tous fait pour toi.

Il a crispé les poings sur le dossier de la chaise et je l'ai laissé piquer sa crise. Puis j'ai interpellé Landon pour avoir son avis.

Il s'est passé la main dans les cheveux en lâchant un gros soupir.

— Tu es sûre de vouloir le faire ?

— Oui.

Je ne m'étais pas rendu compte à quel point c'était vrai avant de le dire.

— OK. Bon, tu as de meilleures chances de ne pas te tuer si on est tous avec toi. Tu as grimpé à six mille cinq cents mètres pour moi, et pour toi je serais prêt à aller en enfer. Compte sur moi. On va te rendre plus forte, mais il faut que tu sois prête à consentir à de gros efforts.

Mon cœur s'est gonflé d'espoir. Faire un choix était une chose, mais savoir que ma famille était prête à me suivre, c'était essentiel.

— Nick ? ai-je demandé.

C'était lui qui avait perdu le plus gros avec une cascade. Si quelqu'un avait une raison de refuser, c'était bien lui. Mais si quelqu'un pouvait comprendre ce que ça signifiait de courir après l'impossible… Eh bien, c'était également lui.

— Peut-être que si on construisait des fosses en mousse dans chaque port jusqu'à Cuba… Je vais contacter les circuits de FMX là-bas, pour voir ce qu'ils ont. Il va falloir sortir des ronds pour acheter du matériel et payer des gens pour speeder sur les installations, mais c'est faisable. Je t'aiderai, même si je pense que tu es un peu cinglée.

— Si tu étais là, je te ferais un gros câlin !

Je regrettais plus que jamais qu'il ne soit pas avec nous, que les Originals ne soient pas réunis autrement que par écrans interposés.

— Ce sera bientôt possible. Je vous retrouve à Buenos Aires dans trois semaines. Pax, tu voudras bien éloigner ces fichues caméras ?

Nous nous sommes tous tournés vers l'intéressé qui s'était reculé jusqu'au bar séparant notre salle à manger de notre microcuisine, et nous fixait, les bras croisés et la tête baissée.

— Hé, Wilder ! s'est écrié Nick. Tu es peut-être le leader de notre petite troupe, mais on est quatre à former les Originals. On a tous notre mot à dire et, si ça se joue à trois contre un, tu perds.

Pax a crispé la mâchoire.

— Tu n'es pas obligé d'être d'accord avec elle, mais

tu as intérêt à la soutenir ! La dernière fois qu'on ne s'est pas serré les coudes, je me suis retrouvé dans ce fichu fauteuil roulant.

— T'as pas le droit de dire ça ! a lâché Pax en relevant vivement la tête.

— Je ne te tiens pas pour responsable. Plus depuis longtemps. Mais si j'en suis là, c'est parce que je ne t'ai pas attendu. J'ai voulu rivaliser avec toi, je suis parti seul, et il n'y avait personne pour me dire que j'étais allé trop loin, ou pour me sauver de ma connerie. Alors, tu n'es pas obligé d'être du même avis que Penna, mais il faut que tu la soutiennes, parce que c'est ce qu'on fait.

Pax m'a regardée. On aurait dit qu'il portait le poids du monde sur les épaules.

— Et si tu te faisais mal ? Si tu étais la prochaine à devenir paralysée ?

— Et si je vivais chaque jour dans la peur, en refusant de quitter mon lit ? Allez, Pax. Je suis comme toi. Comme Landon et Nick. Tu ne peux pas m'empêcher de faire les choix que tu as faits. Tu ne peux pas me protéger de moi-même, de ce qu'on est devenus, tous ensemble.

Un long silence s'est instauré, dont l'issue aurait pu aller dans un sens ou dans l'autre. Nick avait raison. On n'avait pas besoin de Pax, mais je voulais qu'il soit là pour moi, comme moi, j'avais toujours été là pour lui.

— OK, compte sur moi.

Mes épaules se sont relâchées sous le coup du soulagement. La dernière des choses que je voulais avoir en tête pendant ma cascade, c'étaient des luttes intestines avec mes frères.

— Merci.

— Mais ce n'est pas moi que tu vas devoir convaincre.

— Quoi ? a lâché Nick.

J'ai fermé les yeux, prise d'un haut-le-cœur.

— J'y crois pas !

— Ce sera le professeur Delgado.

24. Cruz

Buenos Aires, Argentine

Trois semaines. Cela faisait trois semaines que Penelope venait dans mon lit. Sans le moindre doute, les trois plus belles et plus difficiles de toute ma vie. Les plus belles parce que, blottie contre moi la nuit, elle soupirait doucement au creux de mon oreille, son corps pressé contre le mien. Les plus difficiles, parce qu'il devenait de plus en plus compliqué de garder mes sentiments — et notre relation — secrets.

J'avais fait du surf avec elle au large du Chili, de la luge sur les glaciers de Patagonie, l'amour en passant par le détroit de Magellan. Quand nous avons dépassé le cap Horn, l'extrémité sud de notre voyage, j'ai compris qu'à la fin de ce périple en mer, ce serait elle qui m'indiquerait le nord.

Dans un peu plus d'un mois, on n'aurait plus à se cacher. Je pourrais lui prendre la main, l'embrasser, clamer au monde qu'elle était avec moi. Elle avait beau laisser entendre aux autres qu'il ne fallait pas la toucher, ça n'empêchait pas les mecs d'espérer la faire changer d'avis.

Elle allait toujours au bar, comme le voulait son contrat. Elle dansait, souriait, jouait son rôle de Rebel. Les soirs où je chaperonnais ces soirées drague, je devais contenir ma rage, ne pouvant dire à toutes ces faces de rat d'aller se faire voir et de laisser ma petite amie tranquille.

Ils ne savaient pas que c'était ma petite amie. Ni eux ni personne.

Chaque fois qu'elle me souriait, qu'elle riait avec moi, ou même qu'elle faisait mine de ne pas me voir, j'étais un peu plus accro.

Je lui avais donné mon être tout entier. À l'exception d'Elisa. Je ne lui avais pas encore confié mon plan. Non que je ne lui fasse pas confiance, mais il n'y avait pas de place pour l'erreur. La moindre bourde flanquerait tout à l'eau.

Je savais que lorsqu'elle l'apprendrait, elle me reprocherait de ne pas m'être fié à elle. Mais je ne pouvais pas me permettre d'ajouter une complication de plus à l'affaire, même si c'était au détriment de mon âme et de mon cœur.

Elisa était ma sœur, et le moindre contretemps lui faisait courir un risque.

S'il avait vent de ce qu'on projetait de faire, ou tombait sur sa lettre d'admission à Harvard, elle le paierait. Rien que d'y penser me terrorisait. C'est ce qui avait coûté la vie à notre mère.

— Vous êtes sûr qu'ils sont valables ? ai-je demandé en espagnol, tout en feuilletant les documents.

Le visage d'Elisa m'est apparu, avec ces mêmes yeux marron que je voyais tous les jours dans le miroir. Elle ressemblait à notre mère comme deux gouttes d'eau, mis à part la note de tristesse et de désespoir que maman avait affichée la dernière fois que je l'avais vue.

— Ils le sont, a affirmé l'homme.

— Merci.

Je lui ai tendu une grosse liasse de *pesos*, avant de quitter sa petite boutique miteuse.

J'ai sauté dans le premier taxi que j'ai vu et donné au

chauffeur l'adresse du port. Le soleil se levait. Si j'étais de retour dans les dix minutes, Penelope ne se rendrait même pas compte de ma disparition.

Quand j'ai atteint le neuvième pont, je suis tombé sur Lindsay.

— On est matinal ? a-t-elle lancé.

— Je pourrais te renvoyer le compliment.

— Je suis allée me promener. Ça fait du bien de s'éloigner du bateau et des étudiants, non ?

— C'est clair, ai-je répondu, en pensant à la soirée que je m'apprêtais à passer à l'hôtel avec Penelope.

Ce serait notre premier tête-à-tête depuis le Chili, et je n'avais pas la moindre intention de quitter la chambre.

— Qu'est-ce que tu as prévu, aujourd'hui ?

— Je suis avec les Renegades, et demain j'ai une excursion culturelle. Il y aura une démonstration de tango. Si tu n'as rien de prévu, tu devrais venir.

Son visage s'est éclairé, et j'ai aussitôt regretté ma proposition. J'avais voulu me montrer amical, mais Lindsay n'avait pas l'air d'avoir renoncé à ses vues sur moi.

— Super !

— Nickel, je t'envoie les détails par mail.

Je me suis excusé et je suis entré dans ma suite à la vitesse de l'éclair avant de refermer la porte de ma chambre. Penelope était déjà partie ; elle se trouvait sûrement à la salle de sport avec Landon. Ces derniers temps, elle était acharnée, et s'y rendait deux fois par jour. Elle avait déjà un corps de déesse, mais n'arrêtait pas de marmonner qu'elle n'était pas assez musclée. Je ne m'en plaignais pas, cela dit. J'adorais son corps, quelle que soit sa forme du moment.

J'ai caché les documents avec les autres, petit trésor qui grandissait de semaine en semaine. Il ne m'en restait plus qu'un seul à récupérer. Il me faudrait pour cela attendre la veille de l'arrivée, et j'aurais besoin de l'aide de Penelope.

J'y penserais en temps et en heure.

Jetant un coup d'œil au réveil, j'ai passé mon coup de fil.

— Cruz ! s'est écriée Elisa.

— Salut ! Ça va ? ai-je demandé, aussitôt soulagé de savoir que rien ne lui était arrivé depuis notre dernier contact.

— Super bien. Tu es où, en ce moment ?

— En Argentine.

— Trop cool ! Ça roule toujours ?

— Je n'ai pas beaucoup de temps, mais je voulais te dire que je l'avais.

J'ai baissé la voix, comme si je craignais qu'on m'entende de son côté.

— C'est vrai ? Il est valable ?

— Autant qu'il puisse l'être le temps qu'on t'en trouve un de légal.

— Alors, ça va le faire ? Tu vas vraiment venir ?

— Tiens bon, Elisa. Je suis en route.

Je la tirerais de là, coûte que coûte.

— Comment vous avez réussi à faire ça ? ai-je demandé quelques heures plus tard, en contemplant la plus grande rampe que j'aie jamais vue.

— On m'a un peu aidé, a déclaré un type blond en fauteuil roulant. Je suis Nick. Vous devez être Doc.

Je lui ai serré la main.

— Penna m'a beaucoup parlé de vous.

— Ah ? Moi, tout ce que j'ai entendu, c'est que vous êtes un emmerdeur de première.

Il m'a décoché un sourire, puis a brusquement disparu derrière Penelope qui s'est jetée sur ses genoux.

— Nick !

— J'ai du bol de ne plus rien sentir dans les jambes, tu dois être en train de m'écraser ! s'est-il exclamé en riant tout en la serrant contre lui. Ça fait un bien fou de te voir, en tout cas.

— Pareil pour toi, a-t-elle dit, la mine réjouie. Merci d'être venu jusqu'ici. Tu n'as pas idée de l'importance que ça a pour moi !

— Si, je le sais. La vache ! s'est-il écrié en frôlant ses biceps, me donnant une furieuse envie de lui envoyer une claque. T'as tenu parole. Deux fois par jour ?

— Je suis un vrai dictateur, a décrété Landon, écartant Penna pour prendre sa place sur les genoux de Nick. Papa Noël, cette année, je voudrais qu'on m'offre...

— Barre-toi, petit con ! a lancé Nick en s'esclaffant.

Landon s'est relevé d'un bond pour permettre à Pax de serrer Nick dans ses bras.

— Ça fait plaisir de te voir.

— Moi de même.

— Little John, mon pote ! s'est écrié Landon, tandis qu'un homme immense...

Merde !

— Penelope, ai-je chuchoté pour qu'elle soit la seule à m'entendre. Est-ce que c'est...

— Je m'en occupe !

Elle a couru enlacer le type qui nous avait tenu lieu de chauffeur au moment de notre BASE jump.

M'apercevant, il a ouvert les yeux en grand.

— Hé, tu ne serais pas...

Avant qu'il ait eu le temps de finir sa phrase, Penelope l'a entraîné loin des autres. Du coin de l'œil, j'ai observé leur discussion, manifestement houleuse, pendant que l'équipe apportait les deux-roues, dont deux minimotos.

— C'est pourquoi, ça ? ai-je demandé à Wilder.

— S'entraîner, a-t-il répondu.

— S'entraîner à quoi ?

Il a alors hélé Penelope, qui est revenue vers nous. Elle était rouge comme une tomate, mais, si j'en jugeais par le regard qu'elle m'a lancé, ça n'avait rien à voir avec l'excitation.

— Oui ?

— Doc aimerait savoir à quoi vont servir les minimotos, a fait Pax d'une voix mielleuse.

Elle s'est tournée vers moi, plus cramoisie que jamais.

— Aujourd'hui, j'apprends une nouvelle cascade, et Zoe aussi.

Comme j'avais autorisé les entraînements de FMX, je n'étais pas surpris.

— OK, mais pourquoi des minimotos ?

Pax a ricané et lui a donné une petite claque dans le dos.

— Oh là là, qu'est-ce qu'on se marre !

— La ferme ! À l'heure actuelle, je suis une des seules femmes au monde capable de faire un saut périlleux arrière en motocross.

— OK.

— Zoe voudrait apprendre. Alors, on a fait apporter une minimoto pour qu'elle s'entraîne, avant de devoir gérer le poids d'une vraie bécane. Elle a bossé en salle, ses muscles commencent à se faire. Là, c'est la première étape. On va débuter par une fosse en mousse, histoire qu'elle ne se fasse pas mal, et c'est moi la plus indiquée pour lui apprendre.

J'ai plissé les yeux.

— Vous aussi, vous vous êtes mise à la muscu, et deux fois par jour, si je ne me trompe pas, ai-je relevé. Qu'est-ce qui nécessite une telle préparation ?

Elle a inspiré un grand coup et dressé le menton. Ce n'était jamais un bon signe.

— Je vais apprendre à faire un double saut périlleux arrière.

— Un double saut périlleux arrière ?

— C'est ça.

À ce stade, mon niveau d'inexpérience devenait patent. Sauter d'un avion ? OK. Le BASE jump ? Aucun problème. Tout ce qui se faisait avec un parachute, je gérais, mais la moto ? Sauf si ça impliquait d'aller d'un point A à un point B, j'étais nul. J'étais parti du principe que c'était leur domaine, et je leur avais laissé le bénéfice du doute.

Manifestement, je m'étais bien planté.

— Combien de femmes au monde ont déjà réussi un double saut périlleux arrière ? ai-je demandé.

Pax avait l'air de beaucoup s'amuser, mais je n'ai pas quitté Penelope des yeux.

— Si j'y parviens, je serai la première.

Aspirant une goulée d'air, je me suis rappelé qu'en public, j'étais son conseiller, pas son petit ami. Et le fait que cette pile électrique possédait mon cœur ne devait pas entrer en ligne de compte. Plus tard… Ce serait plus tard.

— Comment se fait-il qu'une femme n'ait jamais réussi cette cascade ?

— En général, la moto est trop lourde. Les filles n'arrivent pas à se projeter assez haut, ou à accumuler assez de puissance pour boucler deux rotations avant de se réceptionner, a répondu Nick, comme surgissant de nulle part.

Ou alors, j'avais été trop concentré sur Penelope pour remarquer sa présence.

J'ai levé les yeux vers la rampe et examiné la fosse en mousse, en dessous.

— Et qu'est-ce qui se passe, si elle n'arrive pas à remettre la moto dans le bon sens pour la deuxième rotation ?

— Elle atterrit sur la tête et se l'explose, a répondu Nick en haussant les épaules.

Là, je me suis carrément senti mal. J'avais vu des blessures de guerre, un de mes amis était mort dans mes bras. Mais jamais je n'avais eu autant la nausée qu'en m'imaginant la scène avec ma Penelope.

— Ça n'arrivera pas, a-t-elle déclaré à l'intention de Nick. Arrête de le faire flipper. Monsieur Delgado ?

Je me suis arraché à ma contemplation de la rampe pour la regarder. J'ai tâché de me rappeler qu'ici, je n'avais aucun droit sur elle, je ne pouvais pas la secouer ou l'embrasser pour lui faire prendre conscience de son idiotie.

— Mademoiselle Carstairs ? ai-je riposté, le plus solennellement possible.

Elle a tressailli, mais pas assez pour que les autres le remarquent.

— C'est pour ça qu'on a les minimotos. Aujourd'hui, on ne va pas se concentrer sur la puissance, mais sur le mouvement. La fosse et les filets nous éviteront de nous faire mal.

— Aujourd'hui.

— C'est tout ce que je vous demande pour le moment. Une fois que vous verrez que j'en suis capable, je vous soumettrai une proposition pour l'étape suivante.

— Quoi de neuf ? a lancé Leah en glissant un bras autour de la taille de Pax.

— Penna vient d'expliquer la cascade à Doc.

— Ah ? Aaaaaah.

Si on avait été seuls tous les deux, je ne me serais pas retenu. Je lui aurais dit ce que je pensais, et qu'elle me rendait marteau. Mais, comme on était en public, j'ai dû me contenter de la fusiller du regard.

— Bon, si c'est tout, je vais m'échauffer, a-t-elle lancé avec un sourire crispé.

Les autres se sont éloignés et, quand Penelope est passée devant moi, j'ai chuchoté :

— Cette conversation n'est pas finie.

— Je m'en doutais. Mais il faut que tu me fasses confiance, que tu comprennes que c'est mon job. Je connais mes limites. Mes amis les connaissent aussi. Et oui, je les repousse, mais ici je ne cours aucun danger, je te le promets.

— On en reparlera quand même.

Je me suis affaissé sur le siège à côté de Little John, à l'ombre d'un auvent. Si la température restait stable, aux alentours de vingt-huit degrés, le soleil tapait fort.

— Elle t'a tout raconté ?

Il a secoué la tête et soutenu mon regard.

— Elle m'en a dit assez pour que je sache que vous ne devriez pas faire ce que vous êtes en train de faire.

— Oui, ne m'en parle pas.

— T'es son prof !

J'ai regardé autour de moi pour m'assurer que les caméras n'étaient pas braquées sur nous. Mais on nous laissait tranquilles : nous n'étions que des seconds rôles, seules les stars les intéressaient.

— Ce n'était pas le cas le soir de notre rencontre. Je n'étais qu'un type dans un bar, et elle… Elle est Penelope.

— Vous auriez dû le dire à la fac, ou aux autres Renegades dès que vous vous en êtes rendu compte.

Merci, Jiminy Cricket.

— Seulement, on ne l'a pas fait, et voilà où on en est. J'aurais dû être plus fort. J'aurais dû lui dire non, mais voilà, c'est Penelope.

Je l'ai regardée s'approcher des motos avec Zoe ; elles étaient en tenues de protection de la tête aux pieds.

— Je suis un homme faible, il faut croire, ai-je repris. Euh... c'est sûr qu'elle ne se fera pas mal ?

Little John nous a fixés tour à tour, avant de soupirer.

— Aujourd'hui, ça ira. Elle va essayer de reprendre la main et de bosser sur la minimoto. Ne t'angoisse pas. Et pour ce qui est d'être faible... Je sais ce que c'est de lui dire non. Si c'était toi qu'elle voulait, tu n'avais pas l'ombre d'une chance. Je ne suis même pas sûr que Gandhi pourrait lui résister, quand elle se met un truc en tête. Mais je ne l'ai jamais vue vouloir un mec, c'est pour ça que je n'ai rien dit aux autres.

— Merci.

Je détestais tous les choix que j'avais pu faire jusque-là. Je n'aimais pas me trouver du mauvais côté d'un dilemme moral, surtout s'il était aussi important que celui-ci. Mais, quand il s'agissait de Penelope, il n'y avait aucune limite que je ne franchirais pas, aucun méfait que je ne commettrais pas pour la garder.

Parce que je l'aimais.

Meeeeerde. Depuis quand ? Le jour où je lui avais fait l'amour au Chili ? Celui où on s'était frittés dans la salle de classe ? Quand ma colère envers elle avait laissé place au respect que m'inspirait son caractère intrépide ? Encore avant ça, quand elle avait fait la vaisselle avec moi chez ma grand-mère ? Ça remontait peut-être encore plus loin, à son anniversaire. Quand j'avais compris que j'étais incapable de garder mes distances, qu'elle était un aimant et moi, une boussole pointant dans sa direction.

Ou peut-être que c'était depuis le tout début, à l'instant où j'avais quitté la grande roue. Little John avait raison : je n'avais pas eu l'ombre d'une chance.

— Mais je vais te dire un truc, a-t-il repris, attirant de nouveau mon attention. Si jamais tu lui fais du mal, tu n'auras pas à t'inquiéter de Pax et des gars, parce que je te tuerai de mes propres mains.

Sur ce, il a débouché une bouteille de Coca comme s'il ne venait pas de me menacer de mort, et il s'est mis à boire.

— Aucun souci. Je serais prêt à faire n'importe quoi pour lui éviter tous les dangers, tant qu'elle accepte mon intervention.

Little John a éclaté de rire.

— Bienvenue dans le monde des Renegades !

J'ai passé une matinée flippante à regarder Penelope se jeter sur la rampe avec sa vraie moto, qu'elle appelait Elizabeth. Elle a enchaîné les figures sous les applaudissements de ses amis.

Chaque fois qu'elle s'élançait dans les airs, j'avais envie de vomir. Je savais qu'elle était compétente — la meilleure au monde, d'ailleurs —, mais mon cœur hurlait qu'elle pouvait se tuer à tout instant.

Il ne s'agissait pas d'une cascade méticuleusement planifiée et déjà exécutée au moins une fois. Non, c'étaient des heures et des heures de torture, avec une centaine d'occasions pour elle de se blesser.

Lorsqu'elle a enfin accompli un saut périlleux arrière à la perfection, j'en ai eu le cul entre deux chaises. D'un côté, j'étais fier comme un coq à l'idée qu'elle ait accompli un exploit aussi spectaculaire ; de l'autre, je tremblais de la voir prendre des risques aussi inutiles.

Puis ils ont installé l'énorme fosse à l'aide de quatre chariots élévateurs, pendant que Penelope travaillait avec Zoe.

— Pourquoi Zoe ? ai-je demandé, alors que Leah

s'asseyait sur le siège à côté du mien, le texte que je leur avais donné à lire sur les genoux.

— C'est Penna qui l'a demandé. Elle sait ce que c'est d'être une femme dans un sport qui ne laisse pas beaucoup de place aux nanas. Alors, elle met leurs différends de côté et elle l'aide.

— Quels différends ?

— Zoe pense qu'elle doit sa place à sa chatte, m'a expliqué Rachel, debout à côté de moi. Penna n'aime pas ça, mais elle est prête à l'aider à se tirer du trou dans lequel elle s'est elle-même enterrée. Ça en dit long sur son caractère.

Je me suis lentement retourné vers elle, les yeux écarquillés.

— Quoi ? a-t-elle lâché avec un haussement d'épaules. Faut se la coltiner, cette meuf.

— Monsieur Delgado, je peux vous poser une question ? a demandé Leah en ouvrant son livre.

— Bien sûr, ai-je répondu, un brin parano.

Est-ce que j'avais regardé Penelope avec un peu trop d'insistance ? un sourire un peu trop béat ? Leah nous avait-elle percés à jour ?

— Vous croyez que c'est Eva Perón qui a permis à Juan de s'imposer, ou qu'il s'agissait plutôt d'une ascension mutuelle ? Désolée, je sais qu'on est en dehors des heures de bureau, mais je m'interrogeais.

J'ai ressenti un vif soulagement. Ce genre de questions, je pouvais gérer. J'ai retenu un rire en songeant que ces deux filles n'auraient pas pu être plus différentes, et qu'elles faisaient pourtant partie des amies les plus proches de Penna.

— OK. Revenons-en à Zoé, pour commencer. Que voulez-vous dire, Rachel ? Votre amie est une dragueuse, d'accord, mais…

— Rachel est simplement vénère que Zoe se soit tapé

Landon quand ils se sont séparés. Lâche l'affaire, Rach. T'as gagné. Elle a perdu.

Mazette, je me serais cru de retour à la fac ! Sauf qu'à l'époque, je suivais les cours le soir et sur Internet, tout en faisant l'armée à plein temps, alors je n'avais jamais eu affaire à ce genre de cinéma.

Sans tenir compte de ce qui venait de se dire, je me suis retourné vers Leah.

— En ce qui concerne Eva Perón, c'était une vraie force de la nature. À mon avis, elle aurait pu aider à propulser au pouvoir n'importe quel homme. Mais, avec l'expérience militaire et le charisme de Juan Perón, ils ont formé le couple phare de la politique argentine.

J'ai jeté un coup d'œil à la femme que j'aimais. Elle expliquait quelque chose à Zoe à l'aide de grands gestes, sous le regard attentif des trois garçons.

— Je pense cependant que Juan ne s'en serait pas sorti sans elle, ai-je poursuivi. C'était lui, le chanceux, dans cette relation.

Croisant les mains sur les genoux, je me suis mordu la langue pour ravaler ma bile en voyant Penna commencer le travail sur sa minimoto. Elle a amorcé le saut périlleux de multiples fois sans y arriver.

Leah l'a regardée se planter une nouvelle fois, avant de se tourner vers moi. Je tenais mon visage entre les mains.

— Ne vous en faites pas. Elle finira par y arriver. Quant à Zoe…

Elle a soupiré tandis que cette dernière se rétamait sur le dos dans la fosse, écrasée sous sa petite bécane.

— Elle ne sera jamais aussi dévouée que Penna. Malheureusement, dans une cascade, c'est ce qui compte.

Lorsque l'horloge a sonné 3 heures de l'après-midi, Penna a réussi sa première double rotation. Elle s'est redressée, poing levé, et les Originals se sont jetés sur elle pour la prendre dans leurs bras.

Elle a jeté un coup d'œil dans ma direction. J'ai eu une furieuse envie de les imiter, de la serrer contre moi et de lui dire que j'étais fier d'elle, même si elle me flanquait une trouille pas possible.

Le regard qu'on a échangé était trop intime pour la circonstance, mais je ne me suis pas détourné avant qu'elle le fasse. Nos sourires disaient tout ce qu'on n'avait pas le droit d'exprimer.

Rachel nous a surpris et a haussé un sourcil à mon intention, avant de tourner les talons sans un mot.

Little John était au courant pour nous, et Rachel avait des soupçons depuis le soir de l'anniversaire de Penna. Il allait falloir faire plus attention. Il ne nous restait que six semaines avant la mise à quai, je ne pouvais pas me permettre de tout faire foirer à ce stade. Pour Elisa.

— Tu ne m'as rien dit depuis ce matin, a maugréé Penelope en jetant son sac sur le lit à baldaquin de notre bungalow en front de mer.

On se trouvait à une cinquantaine de kilomètres à l'extérieur de la ville, dans l'hôtel le plus calme et le plus retiré que j'avais pu dénicher. On avait des choses à se dire, et on ne pouvait pas risquer d'être surpris. Et puis, j'avais encore envie de l'entendre hurler mon nom.

D'où le bungalow privé.

— C'est que je ne sais pas par où commencer, ai-je répondu en lâchant mon sac sur mon côté du lit.

— T'es furieux pour la cascade, c'est ça ?

Sa crinière détachée, elle a croisé les bras sous ses seins magnifiques pour les faire saillir de l'encolure de sa robe d'été rose. Si je n'avais pas su ce qui se dissimulait sous sa tenue protectrice, lors de son entraînement à moto, je n'aurais jamais pu deviner que Rebel était ma Penelope.

Pourtant, c'était le cas.

— Je suis surtout furieux que tu ne m'aies rien dit ! Que tu m'aies laissé dans le noir, comme un imbécile !

— Tu avais autorisé les entraînements. Tu n'as jamais demandé quelles cascades on préparait.

— C'est trop facile.

— Mais c'est vrai. Tu sais quoi ? Si tu n'étais que mon conseiller, tu ne serais pas aussi à cran. Ce n'est pas à Rebel que tu en veux de ne rien avoir dit, c'est à ta petite copine, et ce n'est pas juste.

— Tu m'étonnes que je sois à cran ! ai-je grondé, tâchant de ne pas élever la voix. Depuis combien de temps tu prépares ça ?

— Environ trois semaines, a-t-elle avoué en baissant les yeux.

— Et en trois semaines, il ne t'est jamais venu à l'esprit de dire : « Écoute, chéri, je vais tenter un truc hyper dangereux » ? Ça t'a échappé pendant vingt et un jours ?

— Je n'ai pas envie qu'on se dispute, Cruz.

— Je m'en fous ! Si c'est le seul créneau qu'on a pour en parler, on va rester là, à s'engueuler, jusqu'à ce qu'on arrive au bout de cette histoire.

Elle s'est mordillé la lèvre, et j'ai eu une folle envie de l'embrasser. Toute la journée, j'avais lutté contre mes pulsions. J'avais besoin de sentir les battements de son cœur, d'entendre son souffle, de la voir s'abandonner, de savoir qu'elle était vraiment saine et sauve. Est-ce que j'allais ressentir ça après chacune de ses séances de freestyle ? Si c'était le cas, je n'y survivrais pas.

— Tu ne peux pas me cacher ce genre de trucs, ai-je repris, tout en m'efforçant de garder un semblant de calme. Ni à ton conseiller ni à ton petit ami. Tout ce que tu vas faire ne va pas me plaire, mais tu ne peux pas me prendre par surprise.

— Désolée, mais tu n'as pas ton mot à dire.

Elle a secoué la tête comme pour souligner ses propos.

— Quoi ?

— Tu. N'as. Pas. Ton. Mot. À. Dire. Je suis obligée de solliciter ton autorisation pour mes cascades, à cause de cet accord légal à la noix, mais tu n'as pas à me dire comment je dois disposer de mon corps. C'est mon job, Cruz. C'est mon kif depuis mes sept ans. Tu n'as pas à surgir dans ma vie et à décider brusquement que tu es le dictateur en chef, ou à péter une durite quand je fais exactement ce que je faisais avant que tu te pointes.

— Arrête un peu, Penelope ! Je ne suis pas en colère, mais terrifié ! C'est si dur de le comprendre ? Est-ce que tu as la moindre idée de ce qu'on ressent, à voir la personne qu'on aime faire ce genre de conneries ? De savoir qu'elle est parfaitement consciente des dangers, et que c'est même pour ça qu'elle ne t'a rien dit ? Si tu me traites de cette manière, je ne suis pas ton copain, mais ton inférieur. Au moins, si j'avais su ce qui allait se passer, j'aurais pu m'y résigner plus de cinq minutes avant que tu te mettes en tenue.

— Qu'est-ce que tu viens de dire ? a-t-elle demandé, incrédule.

Me passant les mains dans les cheveux, j'ai tiré dessus de frustration.

— Que tu me filais des sueurs froides, et que tu n'as pas l'air de comprendre pourquoi ça m'angoisse autant.

— Non, après ça.

— Que tu n'as pas assez confiance en moi pour me dire ce que tu as prévu de faire ?

J'ai tressailli.

C'est l'hôpital qui se fout de la charité.

Malgré tout le temps qu'on avait passé ensemble, je ne lui avais rien dit sur Elisa.

Qu'est-ce qui a deux pouces et qui est un gros hypocrite ? Moi.

Mais je ne pouvais rien y faire. Tout lui raconter aurait pu compromettre mon plan si soigneusement conçu. Surtout, j'aurais fait courir un vrai risque à Penelope, ce que je n'étais pas prêt à tenter. Même pour Elisa.

— Tu sais quoi ? ai-je lancé. Je sors prendre l'air. Je pense qu'on est au bout de cette engueulade. Je suis furieux que tu m'aies caché tes projets. Tu trouves que je n'ai pas mon mot à dire, et tu as peut-être raison. On se trouve dans une impasse, alors il est temps de se calmer.

Je me suis retourné, me suis débarrassé de mes chaussures et de mes chaussettes, et j'ai quitté notre bungalow par la porte en verre coulissante. La zone sur le devant était ombragée par des arbres tropicaux, mais, dès que j'ai atteint notre bout de plage privé, le sable est devenu très chaud sous mes pieds. Je me suis éloigné de quelques mètres pour atteindre un amas rocheux qui semblait former une grotte, et je me suis adossé à la pierre chauffée par le soleil.

Il fallait que je lui dise pour Elisa. Je ne pouvais plus garder ça pour moi, mais le risque… pesait entièrement sur moi. C'était moi qui me ferais virer, si on nous surprenait. Moi dont la sœur n'irait pas à la fac si j'échouais, ou, pire, si mon père apprenait ce qu'on tramait. Moi qui étais tombé amoureux de Penelope, pas l'inverse.

Côté risques, Penna était celle qui prenait la rampe. Sauf que moi, j'évoluais sans casque.

J'ai regardé les vagues de l'Atlantique s'écraser sur la rive en un rythme doux et apaisant. Fermant les yeux, j'ai laissé le bruit du ressac m'emplir l'esprit et balayer le reste. Quand je les ai rouverts, Penelope se tenait en face de moi.

— Ohé.

J'avais beau être en rogne et avoir eu une frousse bleue, j'étais quand même raide dingue d'elle.

— Tu m'aimes ? m'a-t-elle demandé posément, tout en élevant légèrement la voix à la fin de sa question.

Elle venait de lire dans mes pensées ou quoi ?

— Hein ?

Elle s'est humecté nerveusement les lèvres et a levé le menton.

— Tu as dit tout à l'heure que j'ignorais ce qu'on pouvait ressentir en voyant celle qu'on aime faire ce genre de conneries. Tu le penses vraiment ? Tu m'aimes ?

Oups, jolie bourde !

La classe, Cruz. Quel romantisme !

— Oui. Je suis amoureux de toi, Penelope. Comment penser le contraire ? Regarde-toi. Tu as tout. Tu es belle, volontaire, brillante, bienveillante. Tout ce que j'ai toujours voulu.

Muette, elle s'est contentée de me dévisager avec un air de stupéfaction… ou peut-être d'émerveillement ?

— Penelope ?

Je ne m'étais pas imaginé ce silence. Je n'y avais pas vraiment réfléchi, mais j'aurais préféré une autre réaction. Je lui avais fait peur ? Est-ce qu'elle était du genre à fuir en entendant parler d'amour ?

Lentement, elle a levé les mains vers mon visage, avec un sourire si éclatant qu'il aurait pu illuminer la Terre entière. Comme si elle venait d'appuyer sur un interrupteur, j'ai pris ma première inspiration depuis que j'avais avoué mes sentiments. La boule dans mon ventre s'est estompée pour laisser place à une émotion qui ressemblait à de l'espoir, même si je n'osais pas encore le nommer.

— Je t'aime, Cruz.

Elle s'était exprimée d'une voix douce et forte à la fois… comme elle.

— Tu n'es pas obligée de le dire sous prétexte que…

Elle a posé son pouce sur mes lèvres.

— Je le dis parce que c'est vrai. J'ai essayé de lutter contre mes sentiments. Notre relation est déjà tellement compliquée ! Mais s'il y a une chose que j'ai apprise cette année, c'est que, parfois, il vaut mieux exprimer les choses. Les regrets sont un vrai crève-cœur, et je refuse de regretter quoi que ce soit en ce qui te concerne — en ce qui nous concerne. Alors, je le dis haut et fort : je t'aime. Je suis amoureuse de toi. De ton sens de l'honneur, de ta détermination, de ton affection pour ta famille. Mais je t'aime surtout parce qu'avec toi, je me sens choyée, comme si j'étais un bien précieux, protégée et libre à la fois. Je t'aime parce que tu es têtu, que tu ne te laisses pas faire quand j'ai tort, tout en sachant le reconnaître, quand j'ai raison. Et oui, je suis contente que tu l'aies dit en premier, parce que je ne sais pas si j'aurais eu le courage de commencer.

Je me suis emparé de ses poignets pour déposer un doux baiser sur ses paumes avant de relever les yeux.

— Alors, tu m'aimes ?

Elle a haussé un sourcil, et j'ai failli éclater de rire.

— Ce n'est pas ce que je viens de dire ?

Je l'ai prise par la taille pour l'attirer contre moi.

— Si, mais je crois que je ne me lasserai jamais de l'entendre.

Je ne m'étais encore jamais laissé aller à aimer une femme, et aucune ne m'avait vraiment aimé.

Se dressant sur la pointe des pieds, elle m'a embrassé à la commissure des lèvres.

— Je t'aime. Je t'aime, a-t-elle répété en plantant un autre baiser sur ma mâchoire.

— Dieu merci, parce que moi, je t'aime tellement que j'ai du mal à respirer !

J'ai scellé mes paroles avec un baiser. Je n'ai pas eu le temps de l'adosser aux rochers, c'est elle qui m'a plaqué contre la pierre. Sa langue dans ma bouche avait un goût de bonbon à la menthe, et s'est mêlée à la mienne jusqu'à m'arracher un gémissement. Dans ses baisers, Penelope restait égale à elle-même : elle ne retenait rien. Comment s'étonner que j'en sois dingue ?

Elle a passé les mains dans mes cheveux, me griffant un peu au passage. En entendant ses petits soupirs, j'ai senti mon érection devenir plus dure que le roc sur lequel j'étais appuyé. Jamais une fille ne m'avait autant excité. Peu importait le nombre de fois que je la possédais, les positions qu'on adoptait. Chaque fois qu'on se touchait, nos ébats devenaient plus torrides.

Elle s'est écartée ; sa poitrine se soulevait et s'affaissait au rythme de sa respiration. Elle était de plus en plus belle, mais, lorsqu'elle perdait le contrôle, elle devenait éblouissante.

Comme si elle se décidait, à la suite d'une question dont je n'avais pas eu connaissance, elle a pris un air que je n'ai pas su déchiffrer. Puis elle s'est de nouveau jetée sur moi pour me butiner le cou. Avec un grognement, j'ai appuyé la tête contre la pierre.

Elle a tiré sur mon T-shirt pour me l'enlever et je me suis laissé faire.

— Je ne me fatiguerai jamais de te regarder, a-t-elle dit en me dévorant du regard. Ou de te toucher, a-t-elle chuchoté, frôlant les contours de mes pectoraux pour glisser les doigts sur mes abdos. Tu as confiance en moi ?

— Je risquerais ma vie pour toi !

Avec elle, j'avais l'impression d'être à la fois un mannequin et un superhéros, quelqu'un digne de l'aimer. Ses baisers me rendaient fou, me faisaient perdre toute conscience de notre environnement immédiat. J'ai enfoui les mains dans sa crinière avant de les aventurer sur les bretelles de sa robe, puis sous son jupon, pour caresser ses cuisses de velours. Elle était comme un feu impossible à éteindre.

— Assez pour me laisser les commandes ?

Au prix d'un effort, j'ai marqué une pause pour l'embrasser doucement.

— Fais ce que tu veux de moi.

Elle s'est dégagée de mon étreinte, a fait pleuvoir des baisers le long de mon torse et de mon ventre, avant de s'agenouiller.

— Penelope ?

— J'ai toujours voulu faire ça, a-t-elle susurré en me jetant un regard enflammé qui m'a presque fait craquer.

Puis elle a baissé mon short juste ce qu'il fallait pour libérer mon érection. Lorsqu'elle s'en est emparée pour amorcer des mouvements de va-et-vient, ça m'a coupé le souffle.

Que c'était bon !

Elle a enroulé la langue autour de l'extrémité, et j'ai creusé les reins avant de me maîtriser de nouveau. Sa langue était magique.

Voyant mon gland disparaître entre ses lèvres splendides, j'ai failli jouir. Elle m'a aspiré dans sa bouche chaude et humide, et j'ai dû me souvenir de respirer.

— Penelope, ai-je gémi, les mains posées sur sa tête.

Elle a saisi mon sexe d'une main et, tout en exerçant

une pression parfaite, a poursuivi de sa bouche ses va-et-vient. Les sensations étaient trop nombreuses pour que je puisse en nommer une seule, alors j'ai arrêté d'essayer. Arrêté de penser.

— Dis-moi ce que tu veux, Cruz.

— Ma belle, si tu fais mieux que ça, je vais en claquer.

— Bien, s'est-elle réjouie avec un sourire.

Elle m'a repris dans sa bouche et m'a caressé du plat de la langue tandis que je me glissais vers l'arrière de sa gorge.

Quelle perfection !

Traversé d'éclairs de plaisir brûlants, je me suis cambré contre elle. Elle a suivi mes mouvements et, lorsqu'elle a gémi, les vibrations ont failli me catapulter vers le ciel.

J'ai ressenti ce petit picotement caractéristique à la base de ma colonne vertébrale, cette tension annonçant un orgasme, et j'ai pesté. Que je maîtrise ou non, je refusais d'éjaculer dans sa bouche, alors que je venais de lui dire que je l'aimais, et qu'elle me l'avait dit aussi. Je voulais m'enfouir au plus profond d'elle. L'entendre hurler mon nom.

J'ai écarté les hanches et elle m'a relâché.

— Qu'est-ce qui ne va pas ? s'est-elle inquiétée.

— Rien du tout, ai-je répondu en réajustant mon short avec un sifflement.

J'ai jeté mon T-shirt sur mon épaule avant de la redresser en la tenant par les aisselles.

Je l'ai embrassée, avec fougue, mais pas au point de passer à côté de cet instant. Je l'ai soulevée par les fesses et j'ai souri en la sentant enrouler les jambes autour de ma taille. Sa robe d'été s'est retroussée, me permettant de caresser sa peau nue.

Il m'aurait suffi d'écarter sa culotte pour me glisser en elle.

Mais j'ai choisi de regagner le bungalow et je me suis assis sur le lit pour qu'elle me chevauche.

— J'aurais pu finir.

— Oui. D'ailleurs, tu y étais presque, Pen. Mais je préférerais m'occuper de toi, ai-je déclaré en passant le pouce le long de sa lèvre inférieure. Ta bouche est si belle !

Je lui ai mordillé la lèvre, et elle a lâché une légère plainte. Cédant à sa requête, je l'ai embrassée goulûment, jusqu'à ce qu'elle ondule contre moi. Son bassin a adopté un mouvement circulaire qui m'a enfiévré.

Agrippant l'ourlet de sa robe, je la lui ai retirée en la faisant passer par-dessus sa tête, la laissant en petite culotte et soutien-gorge. Un instant plus tard, j'avais libéré ses seins. Incapable de me retenir, je me suis emparé de l'un d'eux pour en titiller la pointe avec la langue jusqu'à ce qu'elle gémisse mon nom. Puis je l'ai suçotée, en savourant la brûlure de ses ongles dans mon dos.

Lui faire perdre la tête commençait à devenir mon passe-temps favori.

Elle m'a renversé sur le dos et a retiré mon short, de nouveau aux commandes. Je me suis redressé pour faire glisser sa culotte sur ses cuisses et j'ai déposé un baiser brûlant sur son ventre.

— Je n'en peux plus, a-t-elle haleté en se mettant à califourchon sur moi. Cruz, je t'en supplie.

Une main sur sa hanche pour la stabiliser, j'ai passé mon pouce le long de sa fente. Elle était prête à me recevoir.

— S'il te plaît ? a-t-elle insisté, tout en inclinant le bassin pour s'aligner sur mon membre au garde-à-vous.

Je me suis senti glisser en elle.

Avant de perdre les pédales, j'ai tendu le bras pour attraper un préservatif dans mon sac et en déchirer l'emballage avec les dents. Une seconde plus tard, j'étais paré.

— Tu n'as pas à me supplier, Pen.

Elle s'est contentée de s'abaisser lentement sur moi,

jusqu'à ce que je sois enfoui profondément. Elle m'enserrait plus intensément qu'un poing, m'inondait d'une chaleur plus torride que le soleil. Rien ne surpassait ça. Rien.

— Je t'aime, a-t-elle dit, le regard vif et éclatant.

Mis à part ces mots, ai-je songé tandis qu'elle ondulait en me fixant dans les yeux.

— Je t'aime, lui ai-je répété à mon tour, l'attirant à moi pour la gratifier d'un baiser profond, sans la moindre retenue.

Après cette scène sur la plage, j'ignorais combien de temps j'allais tenir. Elle était si parfaite, si sexy ! Elle a accéléré ses mouvements et, à ses bruits de gorge, j'ai deviné qu'elle s'approchait progressivement de l'abîme.

M'emparant de sa crinière, je lui ai incliné la tête pour poser les lèvres sur son cou, à l'endroit précis où ça la rendait dingue. Puis je me suis concentré sur tout sauf sur son corps sur le mien, sur la brûlure à la base de mon érection qui m'indiquait que j'y étais presque.

Insérant une main entre nous pour lui caresser le clitoris, je l'ai sentie crisper les cuisses.

— C'est ça, ma belle.

J'ai amorcé des mouvements circulaires en appuyant par intermittence, en un enchaînement qui l'enverrait à coup sûr au septième ciel. Elle s'est contractée autour de moi et a basculé la tête en arrière, frôlant mes genoux avec sa chevelure.

— Cruz ! s'est-elle écriée, prise de spasmes violents, à tel point que je n'ai eu d'autre choix que de la rejoindre dans l'orgasme.

Puis elle s'est effondrée sur mon torse.

— Je t'aime, ai-je murmuré dans ses cheveux, rien que pour le plaisir de le dire.

Elle m'a contemplé, le regard voilé.

— Je t'aime aussi. Je ne savais pas à quel point avant que tu me le dises.

J'ai pris son visage entre mes paumes et je l'ai embrassée doucement, tendrement, en imaginant que c'était ainsi que je lui souhaiterais bonne nuit jusqu'à la fin de ma vie.

À cet instant, j'ai su, sans le moindre doute, que personne n'arriverait jamais à la cheville de Penna Carstairs. C'était elle, la femme de ma vie.

Il ne me restait plus qu'à prier pour avoir la force de la garder. Si je la perdais, je n'étais pas sûr de m'en remettre.

25. Penna

Rio de Janeiro

— Encore, Rebel !

— Tu sais que je t'aime, Nick, ai-je lâché, en sueur sous ma tenue de protection. Mais là, t'es un vrai sadique.

— C'est mon sadisme qui va te garder en vie, a-t-il riposté.

J'avais accompli au moins vingt-cinq tours sur ma minimoto, et je m'étais réceptionnée chaque fois, mais il en réclamait un de plus. Il s'inquiétait pour la hauteur à laquelle j'entamais le saut périlleux : si je ne partais pas assez tôt, je risquais selon lui de ne pas boucler la rotation sur ma vraie bécane.

— Il a raison, a renchéri Pax.

— Je ne suis pas d'humeur, Wilder ! ai-je crié, consciente d'être une tête de mule.

— Penna !

Landon m'a fait signe de le rejoindre et j'ai obéi, retirant mon casque en chemin et adressant un doigt d'honneur à Nick. À ce rythme, je serais bientôt trop crevée pour manier la grosse moto, et il ne nous restait plus qu'un jour à Rio avant de faire route vers le nord. Et le show aurait lieu dans moins d'un mois.

— Qu'est-ce qu'il y a ? ai-je demandé en prenant la bouteille d'eau que me tendait Little John.

— Regarde, a-t-il répondu en me donnant son téléphone.

J'ai jeté un coup d'œil à Cruz pendant qu'il lançait la vidéo. Il avait fait les cent pas toute la matinée, m'observant et m'évitant soigneusement du regard tour à tour.

La vidéo a défilé, et je me suis vue foncer vers la rampe. La vitesse était bonne. L'angle et l'exécution aussi.

— Merde, ai-je marmonné, constatant que je débutais effectivement le saut trop tard.

— Oui.

— Je ne réussirai pas avec la vraie moto à moins de commencer là…

Je suis revenue sur l'endroit de l'arc où il me fallait entamer la rotation.

— Sinon, je n'aurai pas le temps de la remettre en position.

— Exactement !

Avec un gémissement de frustration, j'ai renfilé mon casque et regagné la mini.

— Comment t'as fait pour qu'elle t'écoute ? a demandé Nick. Moi, elle refuse de m'entendre.

— Quand elle est comme ça, elle n'écoute qu'elle, a répondu Landon.

— Je vous emmerde tous les deux !

Les bras croisés, Cruz regardait la vidéo à côté de Landon, hochant la tête.

Il m'aimait. Il m'aimait vraiment, pas comme mes parents — pour lui, je n'étais pas un simple trophée. Non, il se contentait de m'aimer en silence, de braver tous les dangers pour moi, risquant sa carrière et sa réputation, en échange de mon corps et de mon cœur.

Mais, dans un mois, tout changerait.

On quitterait ce bateau, et je serais diplômée. On pourrait regagner LA, reprendre au grand jour le cours normal de nos vies. Côte Est, côte Ouest… On trouverait un moyen, et je l'aimerais si bien qu'il ne penserait plus jamais à ce que je lui aurais fait subir pour garder le secret.

— C'est évident, hein ? lui ai-je lancé.

— Oui, a-t-il répondu. Il faut trouver le point idéal où réussir la rotation sans perdre en hauteur.

— Exactement !

J'étais ravie de constater qu'il comprenait les enjeux.

— Attends, lui, tu l'écoutes ? a protesté Nick, alors que je ramenais ma moto à son point de départ.

— Lui, ce n'est pas un connard, ai-je susurré en lui envoyant un baiser.

— Qu'est-ce qu'elle fait là ? a soudain demandé Wilder en désignant Mlle Gibson qui s'avançait vers nous.

— Ravie de vous voir, monsieur Wilder, l'a-t-elle salué avec un sourire neutre.

— Elle va me remplacer pour l'après-midi, a expliqué Cruz. J'ai une réunion de département obligatoire. Alors, à moins que vous préfériez annuler votre entraînement, elle, c'est moi.

— Génial ! a lâché Wilder. Dans ce cas, il va falloir signer quelques documents avec lui.

Il a pointé Little John du doigt.

— Je l'emmène, a proposé Cruz.

Puis il m'a lancé un long regard. J'ai hoché la tête, faisant mine de ne pas être affectée par son départ, de n'être que son étudiante, de ne pas être amoureuse de lui.

Tâchant de ne pas tenir compte de la main de sa collègue posée sur son bras, je me suis retournée.

— Je vais retenter le saut, ai-je annoncé à Nick.

— Si on y arrive, cette fois, tu crois qu'il nous laissera

prendre les vraies motos ? a demandé Zoe pendant que nous nous dirigions vers la ligne de départ.

J'ai haussé les épaules.

— Je ne sais pas trop. Mais, ce qui est sûr, c'est que je suis trop impulsive, et que je me fie plus à son jugement qu'au mien. Tu devrais faire pareil.

— Je suis prête.

— Tu as du mal à atterrir ! La dernière fois, tu as dérapé.

— Et alors ? Je ne pourrai pas le savoir avant d'essayer sur une vraie moto.

— Pas faux. Voyons si on arrive à atterrir avec celle-ci, et puis, on leur demandera d'installer la fosse. Tenter un saut périlleux sur une moto grandeur nature, c'est une autre paire de manches. Il faut que tu sois prête.

— OK, s'est-elle résignée avec un soupir.

Je comprenais sa frustration. Quand on arrivait si près du but et qu'on avait besoin de se prouver quelque chose, c'était dur de prendre du recul, de saisir qu'il fallait ralentir, qu'on n'était peut-être pas aussi prêt qu'on le croyait.

C'est pour ça que je tenais à avoir Pax, Landon et Nick derrière moi. Ils me retenaient, avant que mon ego me pousse à faire n'importe quoi.

Je me suis positionnée en face de la rampe et j'ai foncé sur la piste. Passant une vitesse après l'autre, j'ai accéléré progressivement, jusqu'à manquer de m'envoler en atteignant l'installation.

M'élançant sur l'arc, je me suis propulsée dans l'air, presque à la verticale. J'ai entamé le saut périlleux dès que j'ai senti mon élan retomber, et j'ai exécuté deux rotations. Le monde a vrillé autour de moi. J'ai tiré sur le guidon, et j'ai presque trop tourné avant de me réceptionner de l'autre côté, en un atterrissage sans accroc, mais loin d'être parfait.

— Yes ! a hurlé Nick en dressant le poing.

Levant les bras en l'air, j'ai quitté la rampe en poussant des cris de victoire.

Les gars m'ont tous serrée dans les bras pendant que Zoe, à son tour, quittait la ligne de départ.

— Mais ce n'était pas…, a lâché Cruz en secouant la tête.

— Parfait ? Oui, mais, maintenant, je dois ajouter le poids de la vraie moto. Et mon timing est bon. Merde, ai-je marmonné en regardant Zoe redescendre avec lourdeur.

Elle a réussi à atterrir, mais ce n'était pas joli.

— Il va lui falloir au moins un mois de plus sur la mini, et elle ne va pas vouloir l'entendre, ai-je confié à Cruz, alors que Zoe quittait la rampe en pestant.

— Une Renegade têtue ? Hum, c'est nouveau, ça !

— Je ferai mieux avec ma vraie moto, a-t-elle décrété. Je connais son poids et son temps de réaction. Ça sert à rien, ce truc, a-t-elle affirmé à Pax.

— C'est comme ça que ça se passe, Zo. Penna a fait des pieds et des mains pour t'avoir ce créneau, et on est super contents que tu sois là, mais il faut suivre le programme.

Tout en marmonnant, elle est repartie vers la rangée de motos.

— Elle a l'air prête à faire une pause, ai-je dit à Cruz.

— Moi non, je dois y aller. Vous êtes en de bonnes mains avec Lindsay, a-t-il affirmé en désignant Mlle Gibson, qui parcourait de la paperasse avec Little John.

Pax lui faisait sûrement signer tous les accords de confidentialité, de non-responsabilité et d'acceptation des risques qu'il avait en stock. L'histoire avec Gabe l'avait sacrément échaudé.

— Lindsay, hein ? ai-je lâché, baissant les yeux sur mes mains pour retirer mes gants.

Le rire de Cruz m'a prise par surprise.

— Arrête ! On se voit plus tard.

— À plus, ai-je lancé en le regardant s'éloigner.

Je t'aime.

— On fait une pause déjeuner ? ai-je suggéré aux garçons.

Ils ont tous acquiescé, et on s'est dirigés vers le food truck. S'il y avait une chose que Little John savait faire encore mieux que préparer les cascades, c'était de dénicher la meilleure bouffe du coin.

J'ai acheté mon déjeuner. Puis, empruntant le téléphone de Landon, je suis repartie vers la rampe pour regarder la vidéo une nouvelle fois. Il avait raison. Parfois, le seul moyen de me forcer à écouter était de me montrer mes bourdes.

C'était peut-être aussi ce que je devais faire avec Zoe.

Prenant place sur l'une des chaises pliantes, j'ai attaqué mon repas. À faire de la muscu deux fois par jour, j'avais la dalle en permanence. J'ai appuyé sur « play » et regardé mon dernier saut, tâchant de concilier mes souvenirs et mes ressentis avec ce que je voyais à l'écran.

Un moteur a soudain vrombi au bout de la piste et, tout en mâchant mes *carnitas*, j'ai levé les yeux. Qui est-ce qui…

C'est pas vrai !

Je me suis levée précipitamment, laissant tomber mon repas sur le sol. Zoe filait vers la rampe à fond les ballons sur sa vraie moto. À cette vue, ma gorge s'est nouée.

C'était mal parti, et je ne pouvais rien faire pour l'arrêter.

J'ai couru vers elle le plus vite possible. Sa vitesse était bonne, son angle aussi, mais elle n'arriverait jamais à relever l'avant de sa moto, qui devait peser dans les cent kilos.

Elle s'est envolée et a entamé son saut périlleux.

— Tire vers toi ! ai-je hurlé, mais c'était trop tard.

Elle a perdu le contrôle de son engin et le guidon lui a échappé.

Elle est tombée du point le plus élevé de son arc et,

pour moi, tout s'est mis à ralentir. Impossible d'arriver assez vite. De figer le temps. De la rattraper, d'arrêter la moto.

Elle s'est rétamée avec un bruit sourd qui m'a flanqué la nausée. J'ai glissé sur la rampe et dérapé vers elle au moment où la moto retombait et percutait sa jambe, dans un craquement sonore.

Elle a poussé un hurlement perçant et a tendu les mains vers le haut de sa cuisse.

Comme moi.

Des images de Dubaï m'ont envahi l'esprit. La moto. La fracture. Le projecteur. Landon qui se tenait au-dessus de moi. La souffrance.

La bécane a ensuite foncé sur moi et m'a heurtée avant que j'aie pu l'éviter. J'ai senti ses pneus me racler le flanc et m'arracher la peau. J'ai lâché un cri de douleur tandis qu'elle poursuivait sa course, avant de s'immobiliser en bas de la rampe.

Je me suis relevée en me tenant les côtes et j'ai rejoint Zoe en titubant. Son tibia déchiqueté déformait son pantalon, et le haut de sa cuisse était trempé de sang. Le liquide dégoulinait le long de sa jambe à une vitesse alarmante.

— Cruz ! ai-je crié.

Lui saurait quoi faire. Il avait une formation d'infirmier, et il connaissait notre plan de sécurité.

Merde, c'est vrai, il n'est plus là.

— Landon ! Pax !

Quand j'ai regardé derrière moi, tous les Renegades se précipitaient vers nous et Little John avait déjà son téléphone collé à l'oreille.

— Je suis morte ! Je suis morte ! hurlait Zoe d'une voix suraiguë, ses mains gantées et sa veste blanche couvertes de sang.

J'ai retiré ses lunettes de protection pour examiner ses yeux ; ils étaient écarquillés, ses pupilles dilatées.

Elle est en état de choc.

— Tu es vivante ! Tu m'entends ? Vivante. Sinon, tu ne serais pas en train de crier !

J'ai pris sa main dans l'une des miennes, son visage dans l'autre. Malgré son casque, je m'efforçais d'effleurer sa peau pour qu'elle sente mon contact.

D'où provenait le saignement ? Il était si abondant... J'ai passé les mains sur sa cuisse, où le sang était le plus sombre.

— Où est-ce que tu as mal ? Où est-ce que tu es blessée ?

— C'était dans ma jambe ! a-t-elle hurlé, en me tendant un fragment métallique ensanglanté.

— Tu l'as retiré ? ai-je demandé en le lâchant au sol.

— Putain de merde ! a crié Landon.

Enfin.

Il a écarté la moto avant de se hisser sur la plate-forme et de courir vers nous.

— Little John vient d'appeler les secours.

Heureusement que Cruz avait insisté pour qu'ils ne soient pas loin.

— Donne-moi ton couteau, ai-je réclamé en tendant la main, et il a obtempéré.

Tout en veillant à ne pas toucher la peau, j'ai découpé soigneusement le tissu le long de sa jambe, tâchant de contourner les protections intégrées.

— C'est une fracture ouverte, ai-je annoncé, en pointant les os qui sortaient.

Ne vomis pas. Tu as vu pire.

J'avais eu pire, même. J'ai senti que mon pantalon était mouillé, et je n'ai pas eu besoin de baisser les yeux pour savoir qu'il s'agissait du sang de Zoe.

Il s'écoulait aussi d'une entaille à la cuisse.

— Prends ça ! a ordonné Landon en me donnant un T-shirt que j'ai appliqué sur la plaie en appuyant le plus fort possible.

Zoe a poussé un hurlement en se redressant.

— Ne bouge pas !

On ne savait pas ce qu'elle s'était cassé d'autre. À en juger par les marques rouges sur sa tenue, elle devait avoir d'autres plaies.

— Zoe ! a gueulé Landon tout près de son visage. Zo ! Écoute-moi !

Elle respirait toujours par à-coups, mais elle avait cessé de hurler.

— Voilà. Écoute, tu as une vilaine fracture et tu saignes beaucoup, OK ? Mais tu vas t'en sortir. Les secours seront bientôt là. Penna exerce une pression sur la blessure, tout va bien se passer. Penna, appuie plus fort.

J'ai augmenté la pression, voyant le sang suinter à travers son haut. Brusquement, elle est devenue molle comme une poupée de chiffon. Elle était tombée dans les pommes.

Entendant parler espagnol autour de moi, j'ai levé les yeux vers les secouristes qui me faisaient signe de m'écarter.

— Allez, Penna, a lancé Landon en me prenant par les épaules.

En voulant balayer les mèches de cheveux tombées devant mon visage, je me suis rendu compte que mes mains étaient pleines de sang.

J'ai baissé les yeux et constaté que j'en étais maculée.

— Dis-leur de s'assurer qu'elle va bien ! a crié Pax à l'intention de Landon, qui grimpait déjà sur la rampe pour aider les secouristes à soulever Zoe sur un brancard.

— Je vais bien ! ai-je hurlé.

— Déconne pas, j'ai vu la moto te foncer dessus !

— Par ici, s'il vous plaît, m'a indiqué un infirmier, me guidant doucement par le coude.

J'ai quitté les lieux de l'accident en tremblant.

— Je vais bien, ai-je répété pendant qu'on m'asseyait sur la table de pique-nique.

— Mon Dieu ! s'est lamentée Mlle Gibson en me regardant, une main sur la bouche.

— Vous avez mal où ? a demandé le secouriste, l'air inquiet.

— Elle a pris un coup par ici, a indiqué Landon en montrant mes côtes.

— « Elle » peut parler, l'ai-je rabroué, avant de baisser les yeux sur mon haut déchiqueté par le passage de la moto. Mince, j'adorais cet ensemble !

Je n'aurais pas pu le remettre, de toute façon. Les taches de sang étaient sûrement indélébiles. J'ai émis un sifflement en commençant à retirer mon haut, l'étoffe accrochant les protections en dessous.

— Tu peux lever les bras ? a demandé Landon.

J'ai acquiescé, avant de le faire. Il a alors soigneusement retiré mon haut à manches longues, me laissant ma veste de protection. Elle était d'un seul tenant, avec des protections cousues, ce qui me permettait de me mouvoir facilement.

— Barrez-vous ! ai-je aboyé à une équipe de cameramen qui filmait à un bon mètre de moi.

— Rebel…

— Cassez-vous, on vous dit ! a renchéri Nick derrière eux. Elle est blessée, vous avez pu filmer ça. Mais pas question que vous la montriez en soutif, pour qu'un pervers puisse se rincer l'œil. Elle n'a jamais accepté d'être vue en sous-vêtements, et vous ne serez pas les premiers… documentaire ou pas. Alors, on dégage !

Par-dessus l'épaule de Landon, j'ai vu qu'on embarquait Zoe dans l'ambulance.

Little John est apparu à côté de Nick, s'est approché de moi et m'a tourné le dos pour faire rempart, les bras croisés sur son torse gargantuesque.

Rachel s'est jointe à lui avec son mètre cinquante, et j'ai failli éclater de rire. Son geste était plus symbolique qu'autre chose, mais j'appréciais quand même.

J'ai baissé la fermeture Éclair de ma veste noir et violet et j'ai sorti les bras.

— Merde, a-t-il lâché, les yeux rivés sur ma cage thoracique à vif.

— Tu vois, pas de quoi s'inquiéter, ai-je déclaré. J'ai juste mangé le bitume, enfin, le caoutchouc plutôt.

Le secouriste a soigneusement inspecté la blessure. J'avais la peau en feu, mais j'avais connu bien pire.

— Rien de cassé, a-t-il conclu. De vilaines plaies. C'est votre unique blessure ?

— Oui. Le sang n'est pas le mien.

— Vous avez eu de la chance, a-t-il conclu, en finissant de vérifier la zone autour des traces de pneu. Ça reste superficiel. Cela dit, ce serait pas mal de faire une radio.

— Non merci. Je sais ce qu'on ressent quand on a les côtes cassées, et ce n'est pas le cas.

— Penna, ça va ? a demandé Pax en forçant la barricade.

Son regard s'est aussitôt braqué sur mon flanc, ce qui ne l'a pas empêché de lancer un T-shirt à Landon, qui l'a enfilé.

— Je vais bien. J'aurai un beau bleu, et j'ai mal aux côtes, mais rien de cassé.

Contrairement à la dernière fois.

Bon sang, mais qu'est-ce qui me prenait, de faire ce genre de trucs ?

— Si tu laissais plutôt parler l'infirmier ?

— C'est ce qu'il vient de me dire. Tout va bien.

— Wilder ! a crié quelqu'un depuis l'ambulance.

— Vas-y, lui ai-je conseillé. Emmène Landon.

— Tu es sûre ? Je ne partirai qu'une fois certain que tu vas bien.

Je les aimais comme des frères, mais ce n'était pas eux que je voulais. J'aurais préféré être avec Cruz, sentir ses bras puissants autour de moi, entendre sa voix au creux de mon oreille.

— Je suis sûre. J'ai Nick, Rachel, Leah…

— Et moi ! a ajouté Little John, les yeux toujours fixés sur la rampe.

— Et lui, ai-je renchéri en riant, avant de siffler de douleur. Allez-y.

Partez, avant que je m'effondre et que vous voyiez l'épave que je suis vraiment.

— Je la ramène au bateau, a proposé Mlle Gibson, qui se tenait à côté de Little John.

— Et on ira avec elle, a promis Leah à Pax.

J'ai lu l'hésitation dans ses yeux, la lutte entre son envie d'être avec moi, sa sœur, et le devoir d'accompagner Zoe, qui était gravement blessée.

— Pars, maintenant. Allez !

Il a crispé la mâchoire, mais a acquiescé.

— Prends bien soin de toi et repose-toi. Je reviendrai au bateau, ou j'enverrai quelqu'un apporter des nouvelles, mais ils ont dit qu'elle s'en sortirait.

— Ça marche. Je vous suivrai dès que je me serai nettoyée.

J'avais besoin d'une douche, de me laver du sang, de la terre, du souvenir de ses hurlements, qui se mêlait à ceux qui résonnaient dans ma tête.

L'infirmier m'a donné quelques instructions — rien que

je n'avais pas déjà entendu — et j'ai enfilé l'un des T-shirts de Little John, qui me descendait jusqu'aux genoux. Il nous a ramenés au bateau dans son break.

Quand l'adrénaline s'est estompée, j'ai été assaillie par tous les bruits que je m'étais efforcée de chasser. J'ai fermé les yeux pour bloquer le flot d'images qui s'imposait à moi, mais ça n'a fait qu'empirer. Alors, je me suis concentrée sur la route.

Je pouvais m'effondrer en privé, mais pas ici. Pas avec Mlle Gibson dans la voiture. Pas avec Leah et Rachel, qui pourraient le rapporter à Pax et à Landon.

— Cruz va me tuer ! s'est lamentée l'enseignante.

J'ai tressailli en l'entendant prononcer son prénom. Elle avait le droit de s'en servir en public alors que, pour moi, c'était interdit.

— Ce n'était pas votre faute, l'a rassurée Leah, ce qui lui ressemblait bien.

Moi ? Non, ce n'était pas mon genre.

— Il m'a nommée responsable pendant dix minutes, et regardez ce qui s'est passé !

Elle a enfoui le visage dans ses mains, comme si c'était elle qui venait d'être écrasée par une moto.

Mais elle n'était pas coupable pour autant.

— Il ne vous en voudra pas, ai-je affirmé d'une voix éraillée. Il sait qu'on ne peut rien contre l'entêtement et la stupidité. Dans notre domaine… ce genre de trucs, ça arrive. On ne peut pas empêcher quelqu'un de prendre de mauvaises décisions. Zoe voulait faire une cascade pour laquelle elle n'était pas prête. Ce n'était pas votre faute. Ni celle de M. Delgado.

Elle a croisé mon regard dans le rétroviseur et je me suis détournée, craignant presque qu'elle lise notre secret sur mon front.

— À quoi tu penses ? a demandé Rachel à Leah qui, assise au milieu, secouait la tête.

— Juste… à un truc que Brooke a dit, quand on était à Barcelone. Mais ce n'est rien.

M'efforçant de verrouiller mes muscles et les réactions que j'aurais pu avoir, j'ai lancé :

— Qu'est-ce qu'elle a dit ?

Leah a tourné vers moi ses yeux noisette.

— Qu'on a tous envie de devenir un Renegade, jusqu'à ce qu'on comprenne ce que ça coûte.

Du temps, des larmes, des os cassés et des cœurs brisés.

Brooke me l'avait répété de multiples fois et je m'étais moquée d'elle, sans vraiment saisir ce qu'elle essayait de me dire : « Je t'en supplie, arrête. Quitte tout ça. Regarde ce que tu infliges à tes proches. »

Mais je n'arrêtais pas. Je continuais. Pax et Landon aussi. Et même Nick, qui en avait pâti plus que nous tous.

Et puis, elle s'était entêtée à son tour.

— Elle a raison, ai-je dit, rompant le lourd silence. Personne ne voit ce que ça coûte. On le cache trop bien, même en plein documentaire.

On voyait les cascades, les sauts périlleux, même les chutes. Mais pas le chagrin, les instants de doute, d'introspection, les mois de rééducation et de guérison. Cette partie-là, on la taisait, on se contentait d'attendre le come-back.

Je n'avais pas envie de faire un tour à l'infirmerie. Mais mes amies se sont liguées avec Mlle Gibson et j'ai dû céder, sachant que protester m'aurait pris dix fois plus de temps.

J'ai tenu le choc pendant que j'attendais. J'ai compté les carreaux au plafond pour m'occuper l'esprit et m'éviter de penser à ce qui venait de se passer.

Une fois que le médecin de bord m'a auscultée et

congédiée, Mlle Gibson nous a enfin laissées tranquilles et on s'est dirigées vers la suite.

Maintenant qu'elle avait assuré ses arrières, cette dernière irait sûrement tout droit chez le doyen. Avec Rachel et Leah, on a pris l'ascenseur et emprunté la coursive. Des têtes se sont tournées sur notre passage. Je gardais les yeux rivés au sol, parfaitement consciente d'avoir l'air de sortir de *The Walking Dead*.

Rachel a inséré notre clé dans la serrure. Quand la petite lumière verte s'est allumée, je me suis écroulée. Trébuchant dans le couloir, je me suis adossée au mur et j'ai glissé au sol.

— Je m'occupe d'elle, a déclaré Rachel. Leah, tu pourrais peut-être prendre quelques affaires pour Zoe ? Hugo doit savoir comment entrer dans sa chambre.

J'ai serré les genoux contre la poitrine, sans tenir compte de mon flanc qui me tiraillait.

Leah partie, Rachel s'est accroupie devant moi.

— Ça va ?

— Très bien.

J'avais répondu sans réfléchir, comme je l'avais fait d'innombrables fois depuis l'accident.

— Non, c'est faux. Qu'est-ce que je peux faire ?

— Je vais bien, ai-je insisté.

On a frappé à la porte. Avec un soupir, Rachel s'est levée pour l'ouvrir.

— Salut, Doc. Oui, elle est ici.

— Cruz ? ai-je appelé d'une toute petite voix.

Il a poussé Rachel sur le côté pour passer. À ma vue, il a paniqué.

— Penelope ! Mon Dieu, a-t-il lâché en s'agenouillant devant moi et en balayant mes cheveux en arrière. Lindsay m'a dit que tu t'étais fait mal. Il faut qu'on t'emmène à l'hosto.

— Non, ça va. On m'a déjà auscultée. Ce sang n'est pas le mien…

— Quel côté ? a-t-il demandé.

Je ne pouvais pas lui en vouloir. Il y en avait partout.

— Là, ai-je indiqué d'un signe de tête.

— OK.

Fermant les yeux, je l'ai senti me prendre dans ses bras et me soulever prudemment, tout en veillant à ne pas toucher mon flanc abîmé. À son contact, mes muscles se sont relâchés, comme s'ils avaient compris que j'étais enfin en sécurité, qu'avec lui tout allait s'arranger.

— Tout va bien, ma belle. Je suis là, a-t-il dit, les lèvres contre mon front.

D'un coup de pied, il a ouvert la porte de ma chambre.

— Euh…, a fait Rachel en s'avançant.

— Je m'occupe d'elle !

— Penna ?

— C'est bon, ai-je dit, alors qu'il s'apprêtait à lui claquer la porte au visage.

— Visiblement, a-t-elle murmuré, les yeux écarquillés.

Il m'a posée sur le lit avant de lancer la douche. Une fois que l'eau a été chaude, il m'a entièrement déshabillée et a poussé des jurons en découvrant mes plaies.

— C'est le pneu. Il faut seulement que je nettoie ça, que j'applique une crème antibactérienne et mette quelques pansements. Ce n'est pas la première fois que ça m'arrive, et ça ne sera pas la dernière.

Il m'a prise dans ses bras pour me soulever contre son torse.

— Je peux marcher, ai-je protesté, mais il a calé ma tête sur son épaule.

— Il faut que je te porte. S'il te plaît, laisse-moi faire.

J'en avais subi, des blessures, mais jamais on ne s'était

occupé de moi comme ça. Il faut dire que je ne m'étais jamais laissé faire.

Il m'a emmenée jusqu'à la douche, dans laquelle il est entré entièrement vêtu. L'eau a ruisselé sur mon corps en de longues coulées rouges, et il m'a nettoyé le visage, les cheveux, puis la poitrine. Lorsqu'il est parvenu aux traces de pneu, il a usé d'une grande douceur.

Puis il a coupé l'eau et m'a enveloppée dans l'une des grandes serviettes blanches. Ensuite, j'ai enfilé mon peignoir en éponge pendant qu'il piochait dans les habits secs qu'il gardait dans un de mes tiroirs.

Enfin, il a ouvert mon peignoir et m'a enduite de crème en blaguant qu'on allait avoir besoin d'un flacon familial.

Je n'ai pas pris la peine de lui préciser que la société appartenait aux parents de Landon, et qu'on n'en manquerait donc jamais. Il a enroulé de la gaze autour de mon torse comme si j'avais été une momie et m'a mise au lit en me nichant contre lui.

— Tu veux un cachet d'aspirine ?

— On m'en a proposé. J'ai décliné. La douleur n'est pas si terrible que ça.

— T'es sûre ?

— Tu sais ce qui s'est passé ? ai-je demandé, changeant de sujet.

— Lindsay m'a expliqué l'essentiel.

— Je n'ai pas deviné ce que Zoe allait faire avant qu'il ne soit trop tard.

— Je sais.

— Personne n'aurait pu l'arrêter.

— Penelope, ce n'est pas ta faute.

Il m'a caressé les cheveux.

Les larmes aux yeux, j'ai cligné des paupières.

— J'aurais dû savoir ce qui lui trottait dans la tête.

J'étais là, avec elle. J'avais promis de l'aider après la pause déjeuner, et puis j'ai tourné le dos l'espace d'une seconde. Pourquoi je ne l'ai pas senti ? Pourquoi elle ne m'a rien dit ?

Il m'a serrée plus fort contre lui et m'a embrassée sur le front.

— Tu n'aurais pas pu.

— Bien sûr que si ! Elle est comme moi. Quand je veux quelque chose, rien ne peut m'empêcher de l'atteindre. Regarde la position dans laquelle je t'ai mis.

— Je suis exactement là où j'ai envie d'être, m'a-t-il assuré.

— Il y a eu plein de signes. Si j'avais pris le temps de l'écouter, si j'avais été plus attentive, je les aurais pris en compte. De nous tous, c'est moi qui aurais dû le flairer.

Cruz a roulé sur le flanc jusqu'à se tenir au-dessus de moi.

— Tu n'es pas responsable des choix des autres. Ce n'est pas ta faute. Dubaï, ce n'était pas à cause de toi. Zoe n'est pas Brooke.

Ma gorge s'est serrée, et quelques instants ont passé avant que je puisse reprendre la parole.

— Je ne peux pas leur parler d'elle. Ils ne comprendraient pas. C'est comme si une grosse partie de mon cœur était en train de mourir lentement, de noircir et de pourrir. C'est eux que j'ai choisis. C'est toujours eux que je choisis. Mais il y a une partie de moi qui continue de croire que j'aurais dû choisir ma sœur. Je ne peux même pas leur dire qu'elle me manque !

— Mais à moi, si.

C'était ça, le truc. Pax, Landon, Leah, Rachel… ils étaient en couple, tout en faisant partie de l'ensemble. Cruz, lui, n'était qu'à moi. Sa loyauté était envers moi, pas envers les Renegades. C'était hallucinant d'être la priorité de quelqu'un.

— Elle refuse de me parler, Cruz. Ma meilleure amie ! Je n'arrête pas de lui trouver des excuses, ainsi qu'à mes parents, qui la laissent se cacher derrière ces murs comme si j'étais une menace. C'est moi qu'elle a failli tuer ! Moi qui ai passé des mois la jambe dans le plâtre. Pourtant, ils me voient comme un danger, une paria, parce que je l'ai poussée à faire ce qu'elle a fait.

Il s'est rallongé à côté de moi et m'a pris la main.

— C'est faux, a-t-il protesté.

— Non. C'est moi qui ai rencontré Pax et Landon, moi qui l'ai ensuite présentée à Nick… et à Patrick. Elle aurait dû se trouver à un cours de ballet, à un match de foot, n'importe où. À la place, elle était au skate park avec moi, ou au Renegade Ranch.

— C'est elle qui l'a choisi.

— Est-ce que j'aurais dû partir, après ce qui s'est passé à Dubaï ? Rentrer chez moi ? L'aider ? L'engueuler ? Peut-être, mais la seule chose que j'ai pensée, c'est que j'avais envie d'être en famille, et en ce qui me concernait… elle est ici.

— Tu as fait le choix qui t'a semblé le meilleur sur le moment. Le remettre en cause ne change pas le fait que tu as eu raison à l'époque. Tu avais besoin des gars.

— Mais j'avais aussi besoin d'elle, ai-je murmuré.

Une larme s'est échappée et écrasée sur l'oreiller, floutant ma vision. Je me suis tournée vers Cruz.

— Je ne pouvais pas le leur dire, pas après ce qu'elle avait fait. Même si je sais que j'ai failli en mourir, même après ce qui est arrivé à Pax, à Leah… Elle me manque tous les jours.

— C'est ta sœur.

— Elle m'a pourtant trahie. Elle nous a tous trahis.

— Ça ne veut pas dire que tu ne l'aimes plus. Tu as le droit de l'aimer, Penelope. Ça fait partie de ce qui me plaît le plus chez toi, ta capacité à accepter et à pardonner.

— Sauf que je ne lui pardonne pas, ai-je lâché, avouant

mon plus sombre secret. Je l'aime, elle me manque, mais je ne lui pardonne pas. Comment le pourrais-je quand je ne comprends pas, et qu'elle refuse de m'expliquer ?

— Tout se réduit à une suite de choix, dans la vie. Et c'est ce que tu vas devoir faire : prendre du recul et te demander si tu vas permettre aux actes de ta sœur de te changer, de t'enlever ce sport que tu aimes tant.

— Et si c'était déjà le cas ?

— Ça ne l'est pas, a-t-il répondu avec un sourire renversant. Je t'ai vue, là-bas. J'ai vu ton envie, ta détermination. Tu es une Renegade jusqu'au bout des ongles. Ce besoin d'adrénaline, de faire tes preuves, d'être la meilleure, tout est toujours là, sous la couche de doute que tu as laissé Brooke déposer en toi. Ça, c'est toi qui l'as choisi. Tout comme tu dois choisir si tu vas permettre à cet incident avec Zoe d'ajouter une couche de plus, ou si tu vas le voir pour ce qu'il est : un choix idiot fait par une fille trop ambitieuse. Aucune de ces décisions ne change qui tu es, à moins que tu le veuilles. Tu es toujours Rebel.

— Comment tu peux en être sûr ?

— Je suis là pour te montrer ce qui est en toi et que tu n'arrives plus à voir.

J'étais complètement dingue de lui. Je l'aimais de tout mon cœur, de toute mon âme, et pour toujours. Mais je n'étais pas celle qu'il lui fallait, pas seulement à cause des cinq années qui nous séparaient, mais en raison de mon mode de vie. Cruz était fait pour protéger sa nana de tout danger. Moi, je passais mon temps à inviter le danger dans ma cour de récré, pour jouer au jeu de la poule mouillée. Mais ça ne m'empêchait pas de l'aimer, ni de reconnaître l'incroyable chance que j'avais d'être avec lui.

— Tu regrettes d'être tombé amoureux de moi ? ai-je demandé.

— Il n'y a rien que tu puisses faire pour que je le regrette, Penelope. Allez, repose-toi. Après, on prendra des nouvelles de Zoe.

— Maintenant, Rachel est au courant, pour nous.

Je me suis blottie plus près de lui, jusqu'à entendre ses battements de cœur.

— J'imagine.

— Qu'est-ce qu'on va faire ?

— Prier pour que tu la connaisses aussi bien que tu le crois, a-t-il répondu, tandis que je m'enfonçais dans le sommeil.

26. Cruz

Rio de Janeiro

J'ai refermé la porte doucement, dans l'espoir que Penelope se reposerait.

J'avais perdu une dizaine d'années de vie en un seul après-midi. Quand Lindsay avait fait irruption dans la réunion de département, en larmes, il m'avait fallu cinq bonnes minutes pour la calmer et l'inciter à tout me raconter.

Mais son récit ne m'avait pas préparé à voir Penelope couverte de sang, les vêtements déchirés, vêtue un T-shirt qui n'était même pas le sien. J'avais réagi en obéissant à un instinct primaire, ce qui ne m'était encore jamais arrivé… Et mon incapacité à dominer mes émotions nous avait mis dans une belle merde.

Rachel étudiait à la table de la salle à manger, une Corona à la main.

— Une bière ? a-t-elle proposé.

Je me suis approché la table et j'ai agrippé le dossier d'une des chaises.

— Je ne peux pas boire avec mes étudiants.

— Mais en baiser une, si ? a-t-elle rétorqué, le regard vide d'émotion.

Aïe !

— Je préfère limiter le nombre d'interdits que j'enfreins, d'accord ?

Elle a secoué la tête.

— Je savais bien qu'il y avait un truc. Je l'ai senti, le soir de son anniversaire. Et si j'y ai fait gaffe, d'autres, en classe, sûrement aussi. Ça a commencé quand ? Vous lui avez demandé de rester après les cours ?

Et moi qui trouvais Penelope ingérable ! Je plaignais Landon.

— Je ne vous dois rien, Rachel. Mais je dois tout à Penelope, alors, je vais vous dire deux choses sur nous. Pour le reste, il faudra vous adresser à elle. D'abord, je l'ai rencontrée à Vegas, avant qu'on arrive sur ce bateau.

Elle a écarquillé les yeux. J'avais réussi à lui fermer le clapet, ce qui était une sacrée victoire.

— Tout n'est pas aussi simple que vous le pensez. Est-ce que je devrais être avec elle ? Absolument pas. Mais c'est une force de la nature que je ne peux pas…

J'ai baissé les yeux sur mes mains, bien en peine de trouver des mots pouvant rendre justice à Penelope. Il n'y en avait aucun.

— Écoutez, ai-je repris. Je ne vais pas vous demander de mentir pour nous. Je n'entraîne jamais les autres dans mes embrouilles. Mais j'aimerais que vous parliez d'abord à Penelope. Je l'ai nettoyée, ses pansements sont propres. Maintenant, si vous voulez bien m'excuser, j'ai quelques coups de fil à donner, avant de prendre des nouvelles de Zoe.

— Elle est au bloc opératoire, a annoncé Rachel. Little John a fait passer le message dès qu'il est arrivé à l'hosto. Elle s'est flingué l'artère de la cuisse, et ils sont en train de la réparer. La jambe est cassée, évidemment, et elle a aussi quelques côtes fêlées, mais elle va s'en sortir.

Soulagé, j'ai décrispé les épaules.

— Bien. Penelope s'est endormie, elle a besoin de se reposer. Vous voudrez bien lui demander de me retrouver, lorsqu'elle se réveillera ?

— Alors, comme ça, je suis devenue votre messagère ?

— Non. Mais c'est votre amie, et elle est blessée, ai-je rétorqué sèchement.

— Vous avez raison, a-t-elle admis, penaude.

J'étais presque sorti de la suite quand elle m'a rappelé.

— Doc ?

— Rachel ?

— Vous aviez parlé de deux choses. Je n'en ai entendu qu'une.

J'ai regardé celle qui avait le pouvoir de détruire tous mes efforts de ces dix dernières années. Penelope lui faisait confiance, et moi, j'avais confiance en Penelope.

— Je l'aime. Ce n'est pas un coup d'un soir. Elle n'est ni une phase ni une distraction. Je donnerais tout pour elle.

Je lui ai déjà tout donné.

— Vous pouvez me voir comme un ennemi, et c'est le cas, d'une certaine façon. Mais je sais aussi que personne au monde ne peut l'aimer autant que moi.

J'ai lu l'hésitation sur son visage. Il lui suffisait de passer un coup de fil au doyen pour m'éjecter du bateau. On ne me confierait plus jamais de poste d'enseignant. Elisa n'irait jamais à Harvard, et finirait par mourir comme notre mère.

— Vous l'aimez vraiment ? a-t-elle demandé doucement.

— Plus que ma vie.

Elle a pris une inspiration.

— Pigé.

J'ai hoché la tête et me suis approché de la porte. Quand je l'ai ouverte pour partir, je me suis retrouvé nez à nez avec Lindsay, qui s'apprêtait à frapper.

— Cruz ! Pardon, tu m'as surprise, a-t-elle lâché en jetant un coup d'œil au numéro de chambre. On est bien chez les filles, ici ? Je ne me suis pas trompée de pont ?

— Non, c'est bien ici, ai-je confirmé, en m'efforçant de sourire.

Je m'apprêtais à découvrir si Rachel allait nous dénoncer ou pas.

— Parfait. Je voulais vérifier que Penna allait bien.

— C'est ce que je viens de faire. Entre. Elle dort, mais tu peux parler à Rachel.

J'ai ouvert la porte et elle a pénétré dans la suite. Elle a glissé un regard vers la porte fermée de la chambre de Penna, avant de s'approcher de Rachel.

Cette dernière nous a considérés l'espace d'un instant, et j'ai attendu qu'elle délibère.

— Salut, mademoiselle Gibson. Une bière ? M. Delgado a refusé.

— Non, non, a répondu Lindsay en riant. Vous êtes sûre que vous devriez..., a-t-elle risqué en montrant la bouteille.

— Eh bien, j'ai vingt et un ans, je suis dans ma suite et je viens de passer une journée de merde, alors je dirais que oui.

— Je vous l'accorde. Penna dort ?

Par chance, Rachel n'a pas cillé.

— Oui. Elle va bien. Lavée, pansée et au lit, selon les conseils du toubib.

Lindsay a hoché la tête.

— Je voulais lui dire que j'étais désolée. C'est moi la responsable...

— Pas du tout ! l'a coupée Rachel en se calant sur son siège. Vous remplaciez peut-être notre conseiller, mais vous n'étiez pas responsable. À cet instant, c'est Zoe qui l'était. Les Renegades font ce qu'ils veulent, quand ils le veulent. Si vous avez l'impression de les contrôler, ce n'est qu'une illusion. Landon, Pax… et même Penna, a-t-elle conclu en me jetant un coup d'œil. Ils font tous des trucs qu'ils ne devraient pas faire. C'est comme ça qu'ils se sont fait connaître. Alors, ne vous sentez pas coupable. Vous n'aviez aucune chance de l'arrêter.

Elle a levé les yeux vers moi.

— Ni vous ni aucun de nous.

— Elle est complètement marteau ! a décrété Nick, en s'immobilisant à côté de moi.

— Oui, ai-je renchéri, appuyé contre la table de pique-nique. Je ne sais même pas pourquoi j'ai cru qu'elle prendrait une semaine de repos.

— Je n'étais pas sûr qu'elle s'y remettrait.

J'ai regardé Penelope, déjà à califourchon sur Elizabeth, discuter avec Landon. Elle a hoché la tête pendant que Paxton se joignait à eux.

— Moi, si. Elle est comme ça.

Il m'a décoché un regard perplexe, et j'ai haussé les épaules.

Bonjour la discrétion.

À ce rythme, je ferais mieux d'aller tout droit chez le doyen et de lui remettre ma démission.

Mais il ne fallait pas oublier Elisa.

— Au fait, comment vous avez réussi à installer tout ça ? Ces rampes n'ont pas l'air faciles à déplacer.

— C'est clair ! a lancé Nick en riant. J'ai rendu quelques services aux propriétaires de ce parc et de celui d'avant. Si on ajoute à ça le fric que Pax a bien voulu piocher dans le budget des Renegades pour aider Rebel à se remettre en selle, on s'en est bien sortis.

— Quel genre de services ?

— L'Open des Renegades, à Cuba. D'habitude, il faut se qualifier pour y participer. Je leur ai permis d'inscrire directement un type de chacune de leurs organisations, sans passer par les sélections. Qu'est-ce qu'ils lui racontent ? a-t-il grommelé en observant Penelope et les autres, avant de partir les rejoindre.

Rachel s'est installée à côté de moi, et j'ai eu un mouvement de recul. Ça ne faisait que vingt-quatre heures, mais j'avais l'impression qu'elle était Robespierre, et que je me trouvais face à la guillotine.

— Pour info, les premiers essais risquent d'être les plus durs à regarder, m'a-t-elle glissé.

— Il y a une grande fosse en mousse.

— Qui ne la protégera pas, si la moto lui tombe dessus. Ce n'est pas une mini, mais cent kilos d'engin vrombissant. Elle s'en sortira, ce n'est rien par rapport à ce qu'elle a déjà tenté. Mais pour quelqu'un qui n'a jamais assisté à ce genre de scène, ça peut être assez brutal.

— Elle ne va pas se faire mal ?

Elle m'a dévisagé un instant avant de regarder de nouveau devant elle.

— Pas plus que d'habitude. On ne peut pas dire que vous avez choisi la plus docile.

Jetant un coup d'œil autour de moi, j'ai constaté que les caméras étaient toutes braquées sur Penelope. Du moins, sur ce que son attirail de protection laissait voir d'elle.

— Elle vous a parlé ? ai-je demandé à voix basse.

— Si, par là, vous voulez dire qu'elle m'a balancé que ce n'étaient pas mes oignons, oui. Ah, elle a aussi précisé que j'étais tenue de garder le secret, vu qu'elle n'avait rien dit pendant longtemps à propos de ma relation avec Landon. Excellente tactique de culpabilisation !

— Vous aussi, vous avez eu une relation secrète ?

J'aurais donné n'importe quoi pour que mon histoire avec Penelope éclate au grand jour. Plus que quelques semaines et ce serait possible.

Elle a haussé les épaules.

— À l'époque, je sortais avec Wilder, alors… J'imagine que vous n'êtes pas le seul à braver des interdits, ici.

— Vous, Wilder, Landon, Brooke et Nick… Vous êtes un vrai sitcom à vous seuls !

— C'est à peu près ça. Quoi qu'il en soit, je garderai le secret. Pas parce que vous l'aimez, mais parce qu'elle, elle vous aime, et que c'est grâce à vous si elle est revenue parmi les vivants.

Mon soulagement a été de courte durée, car Penelope a démarré pour s'élancer vers le bout de la piste. Sachant ce qui allait suivre, j'ai senti mon pouls s'emballer.

Cette fichue rampe était encore tachée du sang de Zoe.

— Elle avait simplement besoin qu'on l'écoute.

— Moi, je l'aurais écoutée, a-t-elle marmonné.

— Vous avez des frères, des sœurs ? ai-je demandé après une hésitation.

— Non. Je suis fille unique.

— Et Pax et Landon ?

— Landon aussi, mais Pax a un frère aîné.

— Alors, il serait peut-être le seul à pouvoir comprendre ce qu'elle traverse. J'ai une sœur que j'aime tellement que je serais presque prêt à tout pour elle. Pour Penelope, c'est pareil. Je crois que certains d'entre vous l'ont oublié.

— Brooke lui manque ? a-t-elle chuchoté, stupéfaite.

— Avec la force de mille armes nucléaires !

— On n'a rien vu venir.

Penelope a mis les gaz, et j'ai commencé à tanguer d'avant en arrière. Percutant la rampe, elle s'est envolée très haut pour entraîner sa moto dans une rotation, puis une autre…

— Merde !

Vers la moitié du deuxième tour, sa bécane lui a échappé et elle s'est écrasée au sol. Elle a atterri sur la fosse en mousse, son engin a vrillé de l'autre côté, et je l'ai entendue pousser un juron.

— Elle va bien, m'a rassuré Rachel.

— Elle, oui. Mais moi, j'étais moins angoissé en faisant des rafles en Afghanistan !

— Risquer sa peau, c'est une chose, mais donner son cœur à quelqu'un et le regarder le balancer en l'air pour s'amuser ? Ce n'est pas la même chanson.

Avec un soupir, je me suis reposé sur la table pour me préparer à affronter trente crises cardiaques de plus.

— Qu'est-ce que vous ne feriez pas ? a demandé Rachel.

— Pardon ?

— Vous avez dit que vous seriez presque prêt à tout pour votre sœur. Qu'est-ce que vous ne feriez pas ? Quelle est la limite ?

Penelope a grimpé hors de la fosse en mousse pendant que l'immense grue pilotée par Little John soulevait sa moto, et j'ai souri en la voyant fulminer. Je préférais largement ça aux larmes.

— Je donnerais ma vie pour Elisa, si je n'ai pas à renoncer à Penelope. C'est elle, la limite ultime.

— Bonne réponse ! Vous finirez peut-être par me plaire.

J'ai éclaté de rire, mais ça n'a pas duré longtemps.

Penelope a repris la rampe, encore et encore, jusqu'à réussir un atterrissage. Enfin, c'est-à-dire qu'elle s'est réceptionnée sur sa moto… Mais pas forcément sur les roues.

À midi, j'étais prêt à foutre en l'air sa fichue bécane.

Penelope a détaché son casque, arraché son bandana rose et lâché une flopée de jurons en se tirant les cheveux.

— Toi aussi, tu fais peser cinquante kilos sur moi, Pax, a-t-elle craché.

Je me suis poussé pour la laisser passer.

Mais elle m'a frôlé la main discrètement, me traversant d'un éclair d'électricité.

— Comment va ton flanc ? me suis-je inquiété pendant qu'elle posait son casque sur la table.

— Bien.

— Penelope ? ai-je insisté à voix basse, après m'être assuré que l'équipe de tournage se trouvait à plus de cinq mètres.

— Ça me fait un mal de chien, et ce n'est pas près de s'arrêter.

Rachel a haussé les sourcils et a articulé « bonne chance » à mon intention, avant de quitter la table. Je l'ai retenue.

— Oh que non ! Vous avez intérêt à la ramener sous la tente pour lui changer ses pansements.

— Je vais très bien, a protesté Penelope.

— Tu as eu un accident hier et tu fais comme si de rien n'était. Alors, arrête tes conneries et avoue que non, tu ne vas pas bien.

Elle s'est tournée vers moi, les bras croisés, et m'a toisé du regard.

— Pardon ?

— Chouette, un remontage de bretelles ! s'est exclamé Landon en s'approchant avec Pax.

Paxton a fait signe aux caméras de reculer.

Ils ont dû capter toutes les images qu'ils voulaient, hier.

— J'ai dit, allez changer vos pansements, ai-je insisté en m'emparant de la trousse apportée par Little John et en la lui tendant.

— Et moi, j'ai dit que tout allait bien !

J'ai donné la trousse à Rachel.

— Accompagnez-la, s'il vous plaît. Et changez vos pansements, Penelope !

— Sinon quoi ? a-t-elle riposté, hargneuse.

Je me suis approché jusqu'à me tenir à une trentaine de centimètres de son visage, soit à peine dans les limites de la décence.

— Sinon, j'annule votre entraînement pour aujourd'hui.

— Vous ne pouvez pas faire ça.

« Les Renegades font ce qu'ils veulent, quand ils le veulent. Si vous avez l'impression de les contrôler, ce n'est qu'une illusion. »

Les paroles prononcées par Rachel la veille me sont revenues en mémoire.

— Après ce qui s'est passé hier, sans la moindre hésitation ! Alors, de deux choses l'une : soit vous faites votre tête de mule tout l'après-midi, soit vous suivez Rachel, changez vos pansements et retournez sur cette rampe de la mort. Libre à vous.

On est restés sans bouger pendant une éternité, à se défier du regard. J'étais à peu près certain de l'emporter, étant donné que j'avais des trésors de patience, et qu'elle avait plus à perdre que moi.

— La télé, pour quoi faire ? a lancé Landon. Ça, c'est beaucoup plus cool.

Au moins six paires d'yeux se sont braquées sur lui pour le fusiller du regard. Penna et moi continuions de nous affronter, dans un bras de fer mêlé d'inquiétude. Elle devait apprendre à céder, à me faire un tout petit peu confiance, sinon, on n'arriverait jamais à rien, une fois qu'on aurait quitté le bateau. Je n'étais pas du genre à me laisser marcher sur les pieds. Je n'avais aucune envie de l'empêcher d'avancer, mais je taperais du poing sur la table chaque fois que j'aurais le sentiment qu'elle risquait de se faire plus de mal que de bien.

— Bon, d'accord ! a-t-elle enfin lâché, avant de tourner les talons, suivie de Rachel.

— Eh bien, a commenté Pax en me donnant une claque dans le dos. Ravi de vous avoir choisi, parce que nous, elle nous aurait fait un doigt d'honneur et nous aurait dit d'aller nous faire foutre.

— Elle attend que vous tourniez le dos pour faire ce qu'elle veut. Prouvez-lui que vous ne bougerez pas, et elle finira par céder. Même si ce n'est que d'un millimètre.

— Comment est-ce que vous…, a-t-il dit, les sourcils froncés.

— Pax, je dois te parler du show à Cuba, a lancé Little John. Il nous faut la liste définitive des pilotes qualifiés.

— OK, j'arrive, a répondu Pax, mais pas avant de m'avoir décoché un regard signifiant que j'en avais beaucoup trop dit.

Je commençais à me diriger vers le food-truck, quand une petite créature en rogne m'a interpellé.

— Pas question de me jeter dans la fosse aux lions ! C'est vous qui avez créé ce monstre, à vous de le calmer, a sifflé Rachel en m'entraînant vers la tente.

Une fois sûre que personne ne regardait, elle m'a poussé par l'ouverture et a monté la garde. On voyait ses pieds sous la tente carrée.

— Sérieux ? a aboyé Penelope.

Elle était assise sur la petite table qu'on avait installée à l'intérieur, et ne portait déjà plus que sa veste de protection.

J'ai fondu droit sur elle et l'ai emprisonnée dans mes bras.

— Je t'aime, Pen. Je veux bien te regarder faire tes idioties, mais je refuse de laisser tes plaies s'infecter. Pigé ?

— Tu ne peux pas agir comme si je t'appartenais, s'est-elle agacée en indiquant la rampe.

— Et toi, comme si je ne t'appartenais pas, ai-je riposté. Comme si je n'avais pas le droit d'être inquiet, d'avoir un avis. Je n'ai jamais rencontré de femme aussi forte que toi. Mais si tu veux que ça marche entre nous, il va falloir que tu me laisses m'occuper de toi, me soucier de toi. Je t'ai vue tressaillir et remettre ce truc en place toute la journée, et je suis prêt à parier que tu t'es arraché des croûtes, ce qui veut dire que la sueur coule certainement sur les blessures. Ça doit te piquer à mort.

— Un peu, a-t-elle concédé.

Pinçant sa fermeture Éclair entre les doigts, je lui ai jeté un regard interrogateur.

— Oui, a-t-elle accepté avec un sourire enjôleur.

Tout en la fixant dans les yeux, j'ai ouvert sa veste de protection. En dessous, elle ne portait qu'une brassière de sport rose qui se fermait sur le devant et que j'avais une furieuse envie d'enlever.

— Tu m'accordes un petit « Je te l'avais bien dit » ? ai-je demandé, en montrant son pansement piqueté de taches de sang.

— Peut-être. Mais tu ne vas pas le dire souvent, avec moi, alors, à ta place, je ne gâcherais pas cette possibilité pour une broutille. Un jour ou l'autre, je serai forcément plus têtue que ça.

— J'y compte bien !

J'ai commencé à lui retirer ses pansements et j'ai sifflé en constatant les dégâts de la journée.

— Tu ne pouvais pas les laisser guérir ?

— Non. Pas le temps.

— Tu ne crois pas que ça affecte ta prestation ?

— Je suis tellement gonflée d'adrénaline, quand je

fonce sur la rampe, que je pourrais perdre un orteil sans m'en rendre compte.

J'ai nettoyé et pansé son flanc, pestant de le voir aussi rouge et irrité. Il était prévu qu'on longe la côte brésilienne et qu'on prenne la mer pendant cinq jours, ce qui devrait lui laisser le temps de guérir avant l'escale suivante.

— Merci, a-t-elle murmuré. Je n'ai pas l'habitude qu'on s'occupe aussi bien de moi.

— Je le ferai toujours, lui ai-je promis.

Elle a agrippé mon T-shirt et m'a attiré à elle, jusqu'à ce que je me tienne entre ses cuisses écartées.

— Tu sais que tu croises les bras, quand tu trouves qu'un de tes étudiants a tort, en cours, mais que tu ne veux pas l'empêcher de parler ?

— Hein ?

— Tu t'assois, tu croises les bras et tu attends qu'il ait fini. Après, tu lui poses des questions pour qu'il puisse s'expliquer ou comprendre qu'il a tort. S'il a raison, tu montres tes fossettes et tu hoches lentement la tête. Tu ne notes les copies qu'au stylo bleu, tu détestes le ketchup et, quand tu cours, tu accélères d'un dixième de kilomètre-heure pendant une dizaine de minutes.

J'ai cligné des yeux, et elle m'a souri.

— Moi aussi, je t'observe de près.

Me fichant que notre seul bouclier se résume à un carré de fin tissu vert, je me suis penché pour l'embrasser. La sentant m'enserrer les biceps, j'ai incliné la tête pour intensifier le baiser, jusqu'à ce qu'elle gémisse en se cambrant contre moi.

— Je suis en sueur, a-t-elle haleté.

— Tu es à moi, ai-je rectifié, avant de recommencer à l'embrasser, jusqu'à ce que Rachel se racle bruyamment la gorge devant la tente.

Penelope a quitté la table, avant de remettre sa veste et son maillot par-dessus.

— Je vais sortir la première. Tu ferais mieux d'attendre un peu, le temps de régler ce petit problème, a-t-elle conseillé en baissant les yeux sur mon érection flagrante. Dis-lui de patienter quelques heures, et je veillerai à chevaucher autre chose que ma moto, aujourd'hui. Maintenant, mon amour, si tu veux bien m'excuser, il faut que j'essaie à nouveau de ne pas me tuer.

J'ai secoué la tête en la regardant repartir, le nez en l'air. Elle était têtue, belle et mienne à cent pour cent.

27. Penna

Venezuela

— T'es sûre ? a demandé Nick en arrivant sur le tarmac du petit aéroport privé.

— Qu'on peut le faire ? Carrément ! La question, c'est de savoir si toi, tu es sûr, ai-je répondu. Pax éloignera les caméras, si c'est ce qui t'inquiète.

Il s'est immobilisé près de la rampe qui montait vers l'entrée de l'avion.

— Ce ne sont pas les caméras. Mais je n'ai pas envie d'avoir de faux espoirs, de croire que c'est jouable et de me rendre compte à la dernière minute qu'il s'est planté.

— Je ne me plante jamais, a objecté Cruz qui arrivait derrière lui.

J'ai commis l'erreur de le regarder, et j'ai aussitôt perdu le fil de ma pensée. Il portait un short cargo, un T-shirt noir moulant Under Amour qui donnait envie de le caresser, et une casquette de base-ball noire mise à l'envers.

Il ressemblait à mon Cruz, pas au professeur Delgado.

Cela faisait presque trois mois qu'on s'était rencontrés, six semaines qu'on sortait ensemble, et je n'imaginais plus ma vie sans lui. Ça m'agaçait de ne pas pouvoir l'embrasser en public, de devoir surveiller mes gestes, mes regards, mes paroles. Mais dans moins de deux semaines, tout serait fini.

Onze jours.

J'avais hâte.

— Vous êtes sûr ? a insisté Nick en se frictionnant la nuque.

— Absolument, a confirmé Cruz. J'ai fait des recherches, Little John a commandé le matériel, ça marchera. Mais uniquement si vous le voulez. Je n'ai pas l'habitude de pousser les gens dans le vide.

— Et ça ne vous dérange pas de ne pas voler en wingsuit[1] avec les autres dingos ? a demandé Nick en désignant Pax et Landon, qui tendaient à Rachel et à Leah leur équipement.

— J'ai des centaines de sauts à mon actif, et je suis ravi de ne pas avoir à ressembler à un écureuil volant. Un peu de dignité n'a jamais fait de mal à personne. Et puis, ce sera un honneur de sauter avec vous.

Nick a inspiré à fond en observant notre petite bande. Ce voyage était réservé aux Originals, mais, comme les caméras nous suivaient, Cruz agissait en qualité de superviseur. Officieusement, il avait trouvé un moyen pour allumer en Nick un feu que je ne lui avais pas vu de toute l'année, et je lui en étais immensément reconnaissante.

— On peut filmer un truc vite fait ? m'a demandé Bobby, et j'ai esquissé une grimace.

— Super timing, hein ? ai-je blagué.

— Ils sont encore en train de charger l'avion, et Pax nous a dit qu'on n'aurait pas trop le droit de s'approcher. On n'est autorisés à filmer le saut que depuis le pied de la cascade. Seules les GoPro seront au-dessus.

1. Combinaison en forme d'aile permettant de sauter en chute libre et de planer un certain temps.

J'ai eu envie d'embrasser Pax. Ça permettrait à Nick d'avoir un instant d'intimité, quand il devrait prendre sa décision.

— OK, lui ai-je dit.

— Bon, on est au Venezuela et toi, tu quittes la rampe pendant deux jours. L'Open se rapproche et tu n'as toujours pas réussi ton double saut périlleux arrière. Tu trouves malin de venir ici ?

Voilà que j'avais de nouveau envie de lui en coller une ! À la place, j'ai arboré mon sourire de Rebel.

— Je trouve ça approprié… Justement parce qu'on est au Venezuela, que le Salto Ángel est le rêve de tous les amateurs de BASE jump, d'autant plus en wingsuit. Difficile de ne pas en profiter.

— Et le double saut ?

— On aura encore les rampes à Aruba et à Cuba, la veille de l'Open. Si j'y arrive, je m'en servirai.

— Sinon ?

— Je ne m'en servirai pas.

Bobby s'est rembruni. Les cascades ratées attiraient toujours plus de monde que celles qui étaient réussies. Rien de tel que la promesse de voir quelqu'un se crasher pour obtenir plus de clics.

— Maintenant que Zoe a été renvoyée aux États-Unis, est-ce que tu vas modifier le rythme d'entraînement ? Pas facile de perdre un autre Renegade si près de la fin.

— La blessure de Zoe est regrettable, mais chacun de nous est responsable de sa sécurité et des décisions qu'il prend. On lui souhaite un prompt rétablissement et on a hâte de la retrouver à LA, au Renegade Ranch.

— Comment est-ce que la perte d'une autre fille Renegade t'affecte ? a repris Bobby en plissant les yeux. Ça doit être dur de faire partie des rares femmes de la bande, surtout avec la disparition de ta sœur…

— Fin de l'interview ! me suis-je exclamée avec un sourire lui signifiant d'aller se faire voir.

J'ai tourné les talons et j'ai aperçu Cruz qui attendait.

— Ça va ? m'a-t-il demandé.

— On ne peut mieux, ai-je grogné en grimpant les marches pour monter dans l'avion.

À un moment donné, j'allais devoir répondre à ces questions. Surtout à celles que je me posais aussi à propos de Brooke.

Quatre heures et un aéroport plus tard, on décollait à bord d'une flotte de trois hélicoptères. On s'est élevés au-dessus de la voûte des arbres pour survoler le parc national de Canaima, en direction de la montagne au sommet plat.

Notre hélico ne transportait que des Originals. Nick, Pax, Landon et moi.

C'était comme pour toutes les cascades qu'on avait effectuées avant l'accident de Nick : nous quatre, partis voir quel nouveau record on allait battre, quelle expérience on allait vivre. Sauf qu'on se trouvait dans un pays étranger, qu'on se dirigeait vers la plus haute cascade au monde, et que l'un de nous ne pouvait plus marcher.

On n'était plus aussi indestructibles qu'avant, et on le savait. Mais on était toujours ensemble, c'était ce qui comptait.

— Comment tu te sens ? ai-je demandé à Nick à travers le micro de mon casque.

— Je ne sais pas trop.

— Je vais passer pour un con, mais ça fait super plaisir de se retrouver, a déclaré Landon en me fixant par-dessus son épaule.

— C'est clair, ai-je renchéri.

Le cœur gonflé d'émotion, j'ai contemplé la courbe du fleuve en contrebas, tandis que nous nous approchions du sommet. La vue de la cascade m'a coupé le souffle. Quel bol de pouvoir vivre ça !

— La voilà.

— C'est ouf ! a lâché Nick en regardant par la vitre.

— Je suis contente que tu sois là, ai-je dit.

— Moi aussi.

— Les gars…, nous a interpellés Bobby dans les écouteurs.

On l'avait laissé au sol, avec le reste de l'équipe de tournage.

— Vous savez qu'on a encore le temps, au cas où vous aimeriez qu'on filme ça.

— Jamais de la vie ! a déclaré Pax avec un petit rire. Tout ce qui sera capté par les GoPro pourra être utilisé. Mais le reste, c'est pour nous, et pour personne d'autre.

Bobby a soupiré.

— C'est bien ce que je pensais.

— T'as des caméras au sol ? a demandé Landon.

— Deux équipes. Une sur le lieu d'atterrissage des wingsuits, l'autre pour ceux qui vont faire du BASE jump. Ces images-là, vous pourrez les garder. Elles ne figureront pas dans le documentaire. J'adorerais les avoir, mais cet instant vous appartient.

— Merci. C'est cool de ta part, a dit Nick.

— Merci de m'avoir choisi pour ce job. Profitez bien de votre saut !

On a atterri avant les autres, ce qui a laissé le temps à Landon et Pax de remettre Nick dans son fauteuil. On avait opté pour l'endroit le moins accidenté, histoire de lui permettre d'emprunter un sentier jusqu'au bord.

Le plateau était vert et luxuriant ; les arbres et les immenses rochers ne laissaient pas deviner la présence d'un à-pic de près de mille mètres. Je me suis avancée sur la roche grise et rugueuse, aussi près du vide que possible sans équipement, et j'ai contemplé le paysage, tâchant de relever chaque détail. Quelques instants plus tard, l'hélico repartait et les gars me rejoignaient. J'avais l'impression d'être minuscule, tout en faisant partie d'un truc énorme.

Il y avait beaucoup d'aspects de ce voyage que je pourrais revivre, si je le souhaitais. Prendre un avion pour Istanbul, par exemple, gravir l'Everest jusqu'à son camp de base ou visiter le Machu Picchu. Mais ça, me tenir au-dessus du Salto Ángel avec mes meilleurs amis, c'était le genre d'instant qu'on ne vivait qu'une fois dans sa vie, et ça ne l'en rendait que plus précieux.

— On a des vies géniales, a lancé Pax.

— Ouais, pas trop mal, a approuvé Nick.

— Vous ne vous demandez pas, quelquefois, ce qui nous prend de rechercher les vues les plus spectaculaires, les sommets les plus hauts, tout ça pour se jeter dans le vide ? a dit Landon.

— C'est pour se marrer un coup, ai-je répondu en haussant les épaules.

Les garçons ont éclaté de rire, l'instant est passé, et l'hélicoptère suivant a atterri. Cruz en est sorti, puis a aidé Rachel à descendre.

Quand l'hélico est reparti, j'ai eu l'impression qu'il emportait avec lui toute la pression des derniers mois. Cette fois, pas d'équipe de tournage, personne d'autre que nous. J'ai promené mon regard sur mes amis qui enfilaient leur matériel, sur Cruz qui sanglait Nick sur son siège avec le harnais conçu par ses soins, et j'ai souri.

Ça me plaisait. Beaucoup.

Ici, on n'était pas les stars d'un documentaire. On ne nous mettait pas la pression pour obtenir de bonnes notations, pour avoir l'angle de caméra parfait. On n'était qu'un groupe de potes armés de GoPro, sur le point de faire un truc dément.

J'ai choisi la place à côté de Pax et sorti mon matériel, faisant passer les sangles à travers ma combinaison.

— À quoi tu penses ? a demandé Pax.

— On est sur le point de se jeter d'une falaise de mille mètres.

— Ouais.

— Sans parachute.

— C'est vrai.

— Journée intéressante.

— Vie intéressante, a-t-il acquiescé avec un sourire.

Rachel m'a fait signe, et j'ai gravi la pente pour la rejoindre.

— Ça va ? Tu es prête à sauter avec Cruz ? ai-je lâché.

Elle s'apprêtait à faire du BASE jump juste avant Nick, dans l'équipe de Cruz.

— Plus prête que jamais ! Il a choisi le meilleur emplacement, avec la chute la plus abrupte pour Nick, histoire qu'il n'y ait presque aucun risque pour qu'il…

— … s'écrase sur l'un des rochers en dessous ?

— Ouais. Je sauterai la première, puis Cruz poussera Nick de la falaise. Ça devrait bien se passer.

— Parfait.

— Ah, et il veut te voir, a-t-elle ajouté, en indiquant le rocher sur ma droite, plus près de la cascade.

— Merci. Et merci aussi de ne rien avoir dit à personne. Tu n'étais pas obligée.

— Je n'aime pas lui cacher des trucs, a-t-elle répondu en jetant un coup d'œil à Landon. Ne tarde pas trop à leur parler.

— J'ai peur qu'ils ne comprennent pas.

Pax penserait qu'on avait profité de moi, et Landon, que j'avais perdu la boule.

— Ils n'ont pas à comprendre, mais à te soutenir et à te protéger, comme tu l'as fait pour eux à plusieurs reprises. Laisse-leur une chance d'être là pour toi, Penna, tu leur dois bien ça.

Elle avait raison. On serait à l'Open de Cuba dans une semaine, et puis à Miami. Il fallait que je le leur dise avant, enfin, si Cruz était d'accord. J'avais promis de garder le secret, et je le ferais aussi longtemps que nécessaire. J'ai remercié Rachel et foncé derrière le rocher.

— Ça ne me plaît pas de devoir me planquer, a déclaré Cruz en me prenant dans ses bras.

Ici, on était à l'abri, loin du regard des autres.

— Plus pour très longtemps, pas vrai ?

Il a hoché la tête et posé le menton sur le sommet de mon crâne.

— Rien qu'une poignée de semaines. Après, on sera de retour à Miami, on repartira à LA, et tu ne seras plus mon étudiante.

— On pourra enfin dire à tout le monde qu'on est ensemble ?

Une petite part de moi était terrifiée à l'idée qu'il change d'avis, que je ne sois rien de plus qu'une aventure passagère sur un bateau, avec un arrière-goût d'interdit pour le frisson supplémentaire.

— Je changerai mon statut Facebook et tout, a-t-il juré en riant.

J'ai levé le visage pour qu'il m'embrasse. Nos langues se sont mêlées, entamant une danse suivant la symphonie de l'eau qui se déversait de la cascade. La même énergie qu'avant s'est emparée de moi et tous mes sens se sont concentrés sur Cruz, sur son goût, son odeur, ses cheveux entre mes doigts, le son de mon nom sur ses lèvres. Comment était-il possible que ça s'améliore autant avec le temps ?

— On ferait mieux de rejoindre les autres, ai-je suggéré en rompant notre baiser à contrecœur.

— Tu as raison. Tu me jures de faire attention ?

— Toujours. Toi aussi ?

Happant son regard, je me suis dressée sur la pointe des pieds pour l'embrasser doucement.

— Je t'aime.

— Je t'aime encore plus, a-t-il répondu, déposant une petite fleur rose au creux de ma paume. Je l'ai trouvée près du bord de la falaise.

— Merci.

Je me suis éloignée, la fleur dans la main.

Ses pétales étroits étaient triangulaires, avec un petit bourgeon au bout. Je n'en avais encore jamais vu, des comme ça. C'était une originale, comme celui qui me l'avait offerte.

Avec prudence, j'ai suivi le chemin jusqu'à la zone de lancement, glissant la fleur dans ma poche de poitrine pour ne pas la perdre.

— Tout va bien ? a demandé Landon.

— Tout est parfait, ai-je répondu avec un sourire sincère.

— OK, alors on y va !

Quelques instants plus tard, j'avais enfilé les sangles du harnais et fermé ma combinaison, à l'exception des jambes. Après avoir tout vérifié deux fois, mon casque sur la tête et les nerfs en pelote, je me suis avancée jusqu'au bord de l'affleurement qu'on avait choisi. On n'était qu'à quelques mètres de la cascade. Je me suis retournée pour admirer la chute d'eau magnifique, ravie que ma GoPro capture cet instant.

Jetant un bref coup d'œil à droite, j'ai constaté que Rachel, Cruz et Nick s'apprêtaient à s'avancer sur leur corniche.

— Prêts ? a lancé Nick de là où il était.

J'ai remonté la fermeture Éclair au niveau de mes jambes et tiré les semblants de bottes sur mes pieds.

Je t'en donnerai, de l'écureuil volant !

— Toi d'abord ! a rétorqué Landon.

— Tu n'es qu'une poule mouillée ! s'est écrié Nick. Laisse-moi deviner… Tu laisses toujours Pax passer en premier, depuis que j'ai arrêté ?

— Simple politesse, a marmonné Landon, tandis que Paxton était pris d'un fou rire. Allez, fais pas chier, vas-y ! Non, pas toi, ma chérie, a-t-il ajouté en voyant Rachel croiser les bras. Tu iras quand tu seras prête. Je t'aime !

— Ouais, ouais. Moi aussi, je t'aime.

Après avoir échangé un hochement de tête avec Cruz, elle a sauté. J'ai remarqué que Landon a retenu son souffle jusqu'à ce que son parachute se déploie, puis il s'est calé sur les talons en poussant un grand soupir.

— On se voit en bas ! ai-je lancé à Nick.

Il a levé les pouces pour indiquer que c'était bon, puis Cruz a reculé avec lui d'environ cinq mètres. Ils ont échangé quelques paroles — j'ai regretté de ne pas être plus près — et Cruz s'est mis à courir pour pousser Nick de toutes ses forces.

Le cœur serré, j'ai vu le fauteuil dégringoler et vriller sur lui-même une ou deux fois avant que le parachute se déploie. Enfin, j'ai pu respirer à pleins poumons.

— Il a réussi !

— Ça, c'est sûr, a répondu Pax d'une voix douce.

Cruz m'a adressé un hochement de tête — enfin, à nous tous, mais je savais qu'il était pour moi —, puis il a sauté à son tour. Il a plongé rapidement, et je me suis penchée un peu trop pour le voir dépasser Nick et ouvrir son propre parachute.

— Couillu d'avoir attendu aussi longtemps ! a fait remarquer Landon.

— Il tient à atterrir avant Nick pour pouvoir l'aider, ai-je déclaré.

— C'est un type bien, a déclaré Pax.

— Le meilleur ! ai-je renchéri sans réfléchir.

Ils m'ont regardée, et je me suis détournée. Rachel avait raison. Je m'en prendrais sûrement plein la poire, mais il fallait que je leur dise. Ce n'était pas bien de cacher un secret à ses meilleurs amis, même si j'aimais Cruz.

— On y va ? ai-je suggéré pour changer le sujet.

— Moi le premier, a décrété Landon, et j'ai étouffé un rire.

— OK. Pareil que pour les autres. Suis la courbe du canyon.

— Oui, papa, a lâché Pax avec un rire.

— On se voit en bas ! s'est écrié Landon avant de se précipiter dans le vide.

— À toi, m'a lancé Pax. Au fait, j'dis ça, j'dis rien, mais tu sais que tu peux me parler ?

— Tout de suite ? ai-je demandé en contemplant l'à-pic.

— Euh, non. Enfin, si, si tu en as envie.

Je lui ai tapoté l'épaule.

— Je t'entends, et je te remercie. Mais je pensais sauter maintenant, si ça ne te dérange pas.

— Après toi, a-t-il acquiescé, en indiquant le rebord d'un grand geste.

Le cœur affolé, j'ai reculé, les veines déjà fouettées par l'adrénaline. Gênée par ma combinaison, j'ai fait les plus grands pas possible et couru vers l'extrémité de la falaise.

Et j'ai pris mon envol.

Pas de parachute. Pas de moteur. Aucun bruit, mis à

part celui du vent dans mon casque et de l'afflux de sang dans mes oreilles.

Bras et jambes écartés, transformée en aile par ma combinaison gonflée d'air, je me suis laissé porter par le vent, tout en veillant à longer la courbe du canyon. La moindre erreur serait fatale.

Survolant la cascade, j'ai pris le temps d'admirer ce majestueux spectacle, avant de me focaliser entièrement sur mon vol, me calant sur Landon qui planait devant moi. J'ai légèrement baissé le bras droit pour éviter une immense colonne rocheuse, et je me suis dirigée vers la végétation qui marquait notre zone d'atterrissage. Elle était située pile à côté du fleuve. Comme il s'agissait d'une clairière, je caressais l'espoir de ne pas me retrouver embrochée sur un arbre au milieu du Venezuela.

Landon, qui avait déjà atterri, m'a fait signe de le rejoindre. Je me suis concentrée sur mon angle, ma vitesse et ma descente, pendant que le sol se rapprochait. Je me suis réceptionnée en courant et, si j'ai trébuché sur du feuillage, j'ai réussi à me rattraper. Un peu plus, et je figurais sur une vidéo de bêtisiers !

Le vol avait été magnifique, euphorisant, galvanisant, et bien trop court.

Landon a poussé un cri de joie et m'a prise dans ses bras pour me faire tournoyer. J'avais les jambes en l'air quand Pax a atterri, et on s'est transformés en câlin sandwich de Penna.

— Merci pour ça, leur ai-je dit, pendant que les jeeps de Bobby nous rejoignaient.

— J'avoue t'avoir prise pour une dingue, quand tu l'as suggéré, a reconnu Pax, alors que Bobby se garait et que les caméras se précipitaient vers nous. Mais j'aurais dû savoir qu'il ne faut jamais mettre en doute ton jugement.

Quelques rapides interviews plus tard, nous avions quitté nos combinaisons et retrouvions les autres, qui avaient terminé leur BASE jump.

J'ai souri à Cruz, mais on a fondu sur Nick, qui avait la mine plus réjouie que lorsqu'il avait décroché une médaille aux Jeux de l'extrême, quelques années plus tôt.

— Comment tu te sens ? lui ai-je demandé.

Il nous a regardés chacun son tour et s'est mis à rire avec incrédulité, comme partagé entre émerveillement, joie et confusion.

— Comme un Renegade !

28. Cruz

Venezuela

Il n'y avait rien de mieux que d'embrasser Penelope. Sauf peut-être lui faire l'amour.

C'était notre dernier après-midi au Venezuela. J'étais encore grisé par le saut de la veille et par l'aventure personnelle que je vivais avec elle.

Elle s'est cambrée sous moi et a enfoncé les ongles dans mes épaules pendant que je plongeais dans sa chaleur. Toujours mieux. Plus torride. Plus dévorant. Chaque fois que je la prenais, elle m'emmenait vers un ailleurs que je n'avais jamais connu avant, un lieu où le physique et l'émotionnel se rejoignaient, un domaine spirituel qui ne cessait de me stupéfier.

Elle était la perfection incarnée ! Je n'aurais rien changé chez elle. J'ai pensé à tout ce que j'avais envie qu'on partage, à LA. Mes restaurants préférés, ses cafés favoris. Une vie entière nous attendait lorsqu'on quitterait le bateau, dans dix jours exactement.

D'ici là, je la garderais ici le plus souvent possible.

— Plus vite, a-t-elle supplié en me mordillant l'oreille.

Bon, j'avais fait de mon mieux pour penser à autre chose et faire durer le plaisir.

Je l'ai embrassée en augmentant la cadence et en soulevant ses genoux pour entrer en elle plus profondément. Si on continuait comme ça, je finirais par crever d'une crise cardiaque.

Elle s'est tortillée sous moi, réclamant ce que je n'étais pas encore prêt à lui offrir.

— Dis-moi ce que tu veux, ai-je demandé, en sondant son regard pour assister à son abandon.

— Toi, a-t-elle répondu, le cou tendu, la tête renversée.

Sa chevelure ruisselait autour de son visage, ses lèvres roses étaient gonflées par mes baisers. Elle n'avait jamais été aussi belle.

— Tu m'as. Quoi d'autre ? ai-je insisté, me retenant juste ce qu'il fallait pour l'empêcher de chavirer.

— Plus loin, a-t-elle haleté. Plus fort.

— Comme ça ?

Je me suis glissé en elle un peu plus profondément.

Dans ses yeux, une flamme brûlante s'est allumée.

— Je t'aime, j'adore quand tu me fais l'amour…

— Mais ? ai-je demandé, en la voyant lutter pour se retenir de dire le fond de sa pensée.

Je me suis immobilisé, toujours enfoui en elle. Mon membre douloureux protestait, mais mon cerveau savait précisément de quoi elle avait besoin, et il prendrait son temps pour y arriver.

Dans la vie, Penelope ne se retenait jamais. Hors de question qu'elle commence au lit.

— Mais ? ai-je répété.

Elle a saisi mon visage dans ses mains et a ondulé des hanches pour me reprendre en elle. J'ai gémi de plaisir, incapable de garder le silence.

— Mais j'aimerais que tu me baises, là, tout de suite.

Oh ! mais oui ! Oui à tout.

Je me suis retiré, et elle a émis une petite plainte.

— Ce n'est pas ce que j'ai dit !

Puis je l'ai retournée et l'ai placée sur les genoux devant moi, son dos cambré faisant ressortir sa croupe magnifique.

— Cramponne-toi à la tête de lit.

— Pourquoi ?

— Fais-le, pour que j'accède à ta requête.

Du bout des doigts, j'ai frôlé sa colonne vertébrale et elle a frémi de part en part. Elle a rampé sur le matelas pour s'agripper à la tête de lit des deux mains.

Je me suis inséré entre ses genoux, j'ai pressé mon sexe contre sa fente et je suis entré en elle.

Elle a murmuré mon nom tandis que je la pénétrais plus profondément que jamais, lui dictant un rythme qui lui a arraché des plaintes, des soupirs et des supplications. Elle s'est tendue sur le matelas et a creusé les reins.

J'ai embrassé son épaule. Tout en la mordillant, j'ai glissé un bras autour de sa taille pour titiller son clitoris. J'ai perçu son souffle laborieux, son intimité qui se crispait, et j'ai plaqué une main sur ses lèvres quand elle a ouvert la bouche pour crier, emportée par l'orgasme.

Je l'ai suivie aussitôt, me rendant à l'extase ahurissante qu'elle seule pouvait me procurer.

Puis je me suis effondré à côté d'elle.

— Quand on rentrera à LA, interdiction de quitter mon lit pendant une semaine ! ai-je lancé. Je compte bien te faire hurler jusqu'à ce que tu n'aies plus de voix.

— Dix jours, a-t-elle dit en me souriant d'un air rêveur. Ensuite, on pourra le dire à tout le monde.

— Et même l'écrire dans le ciel !

J'étais impatient de le faire savoir à la Terre entière.

— Je vais d'abord l'annoncer aux gars. Ils méritent bien ça. Je n'aurais pas dû le leur cacher aussi longtemps.

Malgré ma boule dans le ventre, j'ai écarté les cheveux de son visage et je me suis forcé à sourire.

— Je te fais confiance. Si tu éprouves le besoin de le leur dire, alors, tu as mon soutien.

— C'est possible, d'être plus parfait que toi ?

— Évidemment : je pourrais ne pas être ton prof.

— Beurk, voilà que ça redevient porno ! a-t-elle lâché en se redressant, faisant osciller doucement sa magnifique poitrine. Ça te dérange si j'utilise ta douche ? J'ai un cours de maths dans une heure.

— Je peux te rejoindre ?

Une lueur coquine s'est aussitôt allumée dans son regard.

— Grave !

— Bien.

J'ai jeté un coup d'œil au dossier sur ma table et j'ai inspiré à fond.

— Tu pourras t'absenter un peu ce soir ? J'ai un truc à te dire au sujet de Cuba, avant qu'on arrive.

— Aucun souci.

Il y en aura peut-être un, quand tu sauras ce que je t'ai caché.

Elle m'a embrassé à pleine bouche et s'est dirigée vers la salle de bains, refermant la porte derrière elle.

Alors que je m'apprêtais à la rejoindre, on a frappé à la porte de ma chambre. Je me suis figé. Qui ça pouvait-il bien être ?

— Une seconde ! ai-je crié en enfilant un short de sport. Inutile de traumatiser mon colocataire, déjà assez asocial comme ça.

J'ai ouvert et cligné des yeux.

— Lindsay ?

— Salut ! a-t-elle lancé, un peu trop gaiement à mon goût. Désolée de te déranger, mais je me suis souvenue que tu m'avais proposé de suivre ton excursion à Cuba et j'avais une question à te poser. Tu es occupé ? s'est-elle inquiétée en jetant un coup d'œil à la porte fermée de la salle de bains.

— Oui, j'allais prendre une douche, ai-je répondu en m'efforçant de garder une voix neutre.

— Bien sûr. Je suis désolée. Je repasserai…

J'ai alors entendu la porte s'ouvrir derrière moi. Avant que j'aie pu claquer celle de ma chambre au visage de Lindsay ou prévenir Penelope, une voix s'est élevée dans mon dos.

— Cruz, je croyais que tu…

Je me suis retourné. Penelope était enroulée — Dieu merci — dans une serviette, mais nue en dessous.

J'ai contemplé son air horrifié, sa bouche entrouverte, et j'ai pivoté lentement pour lire la même expression sur le visage de Lindsay.

— Mon Dieu, a chuchoté ma collègue.

— Lindsay, ce n'est pas…

— Laisse-moi deviner : ce n'est pas ce que je crois ? a-t-elle crié en reculant dans le couloir d'entrée de la suite. Tu ne couches pas avec une étudiante ?

Merde. Merde. Meeeeerde !

— Ça n'en était pas une, quand on s'est rencontrés la première fois.

Comment l'empêcher de tout foutre en l'air, alors qu'il ne me restait plus que quelques jours avant de sauver Elisa ?

— Et c'est censé me rassurer ? Tu… Elle… Tu ne peux pas faire ça !

— Laisse-nous une seconde, l'ai-je suppliée.

— J'ai l'impression que vous avez eu bien plus d'une

seconde, a-t-elle déclaré en dévisageant Penelope. Mademoiselle Carstairs, je vous reverrai en cours. Cruz... Professeur Delgado, le doyen vous contactera.

Pivotant sur les talons, elle est partie en claquant la porte.

— Qu'est-ce qu'on va faire ? a gémi Penna.

J'ai refermé la porte de ma chambre et je me suis retourné pour la prendre dans mes bras.

— Ça va aller. Tout va s'arranger.

— Elle va te faire virer.

— Probablement.

Malgré mon cerveau en ébullition, je n'arrivais pas à trouver une solution pour nous tirer d'affaire. On s'était comportés comme des imbéciles. Complètement à la masse !

Elle s'est écartée de moi d'un bond pour se resaper à la vitesse de l'éclair.

— Habille-toi, m'a-t-elle lancé. Tout de suite.

— Qu'est-ce que tu fais ?

— On a besoin d'aide. Grouille !

— Penelope ! On est en faute. Moi, du moins, je le suis. J'ai enfreint un interdit moral et contractuel. Lindsay a raison, et moi, tort. Impossible de se cacher.

— Je refuse de rester sans rien faire, pendant que tu te fais virer et qu'on flingue ta réputation ! Alors, habille-toi pour que j'essaie d'intervenir.

Les larmes qui gonflaient ses yeux rendaient cristalline leur couleur bleu océan, et j'ai soupiré.

— OK.

J'ai enfilé un T-shirt pendant qu'elle se ressaisissait. Elle a essuyé ses pleurs, mis ses sandales et relevé le menton en prenant une inspiration tremblante.

C'était le genre de femme qu'on ne laissait pas partir,

pour laquelle on se battait jusqu'au dernier souffle. Et c'était bien mon intention. Peu importait ce qui se produirait dans les heures à venir, Penelope en valait la peine.

Et puis, j'ai pensé à Elisa, et mon cœur s'est brisé.

29. Penna

Venezuela

Je sauverai Cruz. Il le fallait. C'était moi qui lui avais couru après dans le bar, dans l'ascenseur, sur le bateau, partout. C'était moi, l'instigatrice de tout ça. La fautive.

Moi. Moi. Moi.

Refoulant la panique qui menaçait de m'envahir, je suis entrée en trombe dans la suite de Wilder, Cruz sur les talons, portant sur une épaule le sac à dos qu'il avait refusé d'abandonner.

L'équipe de tournage était installée autour de la table de la salle à manger.

— Sortez, leur ai-je demandé d'une voix douce mais ferme.

Bobby m'a considérée, les sourcils froncés.

— Pardon ?

— J'ai besoin de parler avec mes frères. Sortez. Maintenant.

Pax m'a jeté un regard interloqué, a dévisagé Cruz qui se tenait derrière moi, et s'est levé.

— Vous l'avez entendue ?

— D'après le contrat, on a le droit d'être ici, a protesté Bobby.

— Si tu me reparles encore de ce fichu contrat, je te le fais bouffer ! a vociféré Landon, debout à côté de Pax.

— Partez ou restez, je m'en fiche, a déclaré Pax à Bobby. On n'aura qu'à aller dans sa suite, où vous n'avez pas le droit de nous suivre.

— Merde, a marmonné Bobby. Allez, les gars, on s'arrache !

— Vous aussi, ai-je ajouté en désignant les autres Renegades qui traînaient dans la pièce.

Leah a descendu l'escalier, quittant la chambre de Pax avec Rachel.

— Tout va bien ?

— Elles, elles peuvent rester, ai-je ajouté.

La pièce s'est vidée. Très vite, il n'y avait plus que Pax, Landon, Rachel, Leah, Nick, Cruz et moi, attroupés autour de la table. Je savais que mon aveu allait tous les scotcher.

— On devrait peut-être s'asseoir, a suggéré Pax.

— Moi, je préfère rester debout, mais il vaut sans doute mieux que vous vous asseyiez.

— C'est toujours comme ça, ici ? a lancé Nick. J'aurais dû venir plus tôt.

Je l'ai fusillé du regard.

— Je suis dans la merde, les amis…

Aussitôt, l'ambiance a changé.

— OK. De quoi tu as besoin, Penna ? a demandé Pax.

Pas de questions ni d'accusations. Il ignorait si j'avais triché à un partiel, ou tué quelqu'un dont je devais enterrer le corps. Il était partant, avant même que je lui aie expliqué ce que j'avais fait, et ça me faisait super plaisir.

— C'est moi qui suis dans la merde, a rectifié Cruz en s'avançant à côté de moi.

— D'accord, on l'est tous les deux.

— Vous êtes dans la merde, a conclu Pax en se penchant en avant. Pigé.

— « On » ? a lâché Landon en plissant les yeux.

— C'est parti, a grommelé Rachel.

— Tu sais que je me suis fait arrêter à Vegas, pour avoir sauté du High Roller ? ai-je déclaré en agrippant le dossier de la chaise.

— Oui, comme tous les avocats qui représentent notre société.

— Justement… Est-ce que Brandon t'a montré la paperasse ? Il t'a dit avec qui j'étais ?

— Non. On était surbookés, et je lui ai fait confiance pour s'en occuper.

— C'était moi, a déclaré Cruz.

Toutes les têtes se sont tournées vers lui.

— Quoi ? a presque crié Landon.

— Je suis le type du bar à Vegas. J'ai sauté de la grande roue avec elle.

— Et c'est vous aussi qu'on a trouvé au pieu avec elle ? a demandé Pax d'une voix dangereusement calme.

— Pax…, l'ai-je mis en garde.

— Brandon m'a raconté ce détail, mais je n'étais pas en position de juger qui tu choisissais de…

Il s'est interrompu en secouant la tête et a repris :

— *Quid* depuis que vous êtes à bord ?

— On est ensemble, a répondu Cruz.

— C'est une blague ! a tempêté Landon.

— Sérieux, Landon ? T'es la dernière personne à pouvoir me sermonner sur le fait de tomber amoureux de la mauvaise personne. Même Leah était hors limites pour Pax. Moi, je suis le mouvement, c'est tout.

— Leah était ma tutrice, pas ma prof, a souligné Pax.

— Lâchez-la ! a lancé Cruz en se plaçant devant moi. J'en assume l'entière responsabilité.

— Non ! ai-je protesté. Je suis une adulte. C'est moi qui

le voulais, moi qui lui ai couru après, qui l'ai persuadé, qui suis tombée amoureuse de lui. Est-ce que quelqu'un veut entrer dans les détails, ou m'engueuler pour les choix que j'ai faits ? Parce que j'ai beaucoup moins couché que vous trois, les gars. Désolée, les filles.

— Y a pas de mal, a répondu Leah en se calant le dos sur son siège.

— Ça explique tout ! s'est exclamé Pax en se passant les mains sur le visage. Tout ce que tu savais sur lui, le fait que vous étiez hyper à l'aise ensemble, que tu prenais la tangente chaque fois qu'on arrivait dans un port...

— Ouais, coupable, Votre Honneur. Autre chose ?

Le regard de Paxton est passé de Cruz à moi, et il a poussé un soupir.

— De quoi vous avez besoin ? Qu'est-ce qui s'est passé, mis à part... l'évidence ?

— Mlle Gibson nous a surpris dans la chambre de Cruz, et je suis sortie de la douche enveloppée dans une simple serviette de bain.

— Vite, que je chasse cette image de mon esprit ! s'est lamenté Nick.

— Ça craint ! a lâché Pax.

— Vous avez avoué ? a demandé Landon.

— Elle m'a quasiment vue à poil.

— On s'en fout. Vous avez avoué ?

J'ai accroché le regard de Cruz le temps d'un échange silencieux. À vrai dire, elle avait supposé qu'on avait couché ensemble, mais il n'avait pas confirmé.

— Non, a-t-il répondu. J'ai dit qu'elle n'était pas mon étudiante quand on s'est rencontrés, mais c'est tout.

— OK. Sa seule preuve, c'est la présence d'une étudiante dans votre chambre, ce qui... Bon... C'est compromettant, mais ce sera votre parole contre la sienne.

— Pas question de la traiter de menteuse, a protesté Cruz. Pas pour me sauver.

— Ni pour sauver la réputation de Penna ? Parce qu'elle est en plein documentaire, et ça ne va pas tarder à barder pour vous.

— Je ne lui demanderais jamais de mentir pour moi, ai-je déclaré. S'il le faisait, ce ne serait pas l'homme que j'aime. J'affronterai ce qu'il y aura à affronter.

— Tu ne devrais pas avoir à le faire ! s'est écrié Pax. Il aurait dû te protéger. Te foutre la paix tant que vous étiez sur ce bateau !

Il s'est tourné vers Cruz.

— C'est tout ce qu'elle est pour vous ? Une compagne de parties de jambes en l'air ? Une façon de tuer le temps ?

— Pax…, ai-je soufflé.

— Ça suffit ! s'est emporté Cruz en tapant du poing sur la table. Vous l'aimez, et je ne vais pas vous en vouloir pour ce commentaire débile. Mais n'allez pas croire qu'elle a moins d'importance à mes yeux que Leah en a pour vous. Ça risquerait de mal finir, sinon.

— C'est pour ça que je ne vous avais rien dit, ai-je poursuivi. C'est incroyable, quand même ! Ça ne vous dérange pas que je garde vos secrets, que je nettoie derrière vous, mais, dès que c'est moi qui suis dans la merde, vous vous transformez en puritains condescendants ! Je ne me repens pas. Je n'ai pas besoin de votre pardon. Ni de m'excuser de quoi que ce soit, Cruz non plus.

Paxton s'est adossé à son siège et Leah lui a pris la main.

— Vous avez vraiment sauté du High Roller avec elle ? a demandé Nick. Alors que vous la connaissiez depuis vingt minutes ?

— Oui.

— Pourquoi ?

— Parce qu'elle avait besoin que je le fasse. C'est plus ou moins la réponse à toutes les questions que vous pourriez me poser.

— Quelques semaines ont suffi pour qu'on se mette ensemble, a soufflé Leah à Paxton. On savait tous les deux qu'on ne devait pas, que ça pourrait foutre en l'air le documentaire, mais ça ne nous a pas empêchés pour autant.

— Tu m'as ouvertement draguée, alors que je sortais avec ton meilleur ami, a rappelé Rachel à Landon. Du coup, je ne sais pas trop si on a le droit de jeter des pierres ou des poutres.

— Tu es censée être la plus posée de nous tous, Penna, a repris Pax, les épaules voûtées. C'est toujours toi qui fais les choix les plus raisonnables.

— L'amour, ça rend un peu dingue, non ?

— Bon, on ne peut rien faire tant qu'on ne sait pas comment Mlle Gibson va réagir. Le bateau est à moi, mais pas l'UCLA, alors serrons les fesses. Landon a raison. Elle n'a pas de preuves en dehors de ce qu'elle a vu.

La porte s'est ouverte, et on s'est tous tournés pour voir Bobby entrer, rouge et haletant, Victor sur les talons.

— Ah, les salauds !

— Qu'est-ce qu'il y a ? a demandé Pax en se levant.

— Le doyen vient de confisquer ma salle de montage et toutes mes bandes.

— Ils n'ont pas le droit…, a dit Landon.

— Si, a objecté Nick. Vous avez signé un accord autorisant l'université à visionner les bandes pour s'assurer que vous ne tourniez pas un *reality-show* un peu porno sur les bords.

— Rassurez-moi… Vous avez évité les caméras ? a demandé Pax.

— Oui. On n'était jamais ensemble devant elles, ou alors super bien cachés, ai-je répondu.

— Ce n'est pas vrai à cent pour cent…, a déclaré Victor.

— Quoi ? a crié Bobby.

— Pardon ?

Cruz s'est avancé, et Victor a reculé.

— On était plusieurs à se douter qu'elle faisait un truc en douce, et on tenait à avoir toutes les images nécessaires. On n'allait pas s'en servir, bien sûr, mais…

— Mais quoi ? ai-je lâché.

— On t'a suivie. Dans tous les ports. Au Chili, à Buenos Aires. Partout. Dès qu'on a su ce que vous faisiez… Disons qu'on a des images assez compromettantes.

Cruz lui a écrasé son poing sur le nez, et on a entendu un craquement qui ne présageait rien de bon.

— Tout dans sa vie n'est pas bon à prendre, trouduc ! a-t-il hurlé. Tu n'avais pas le droit de faire ça. Tu as dû violer au moins dix de ses droits !

— Il nous avait dit de filmer les meilleures images possible ! s'est défendu Victor en montrant Bobby d'une main, tout en se tenant le nez de l'autre.

— Des cascades ! Du bar ! Du bateau ! a protesté Bobby.

— Tu ferais mieux de partir, Victor, a déclaré Pax à voix basse.

Le cameraman a pris ses jambes à son cou.

— Ce n'est qu'une question de temps avant qu'ils sachent, m'a dit Cruz, avec force, mais résignation.

— Qu'est-ce qu'on fait ?

Il a ramassé son sac à dos et l'a jeté sur son épaule.

— Viens avec moi. Il faut qu'on parle.

— Merci, les gars, ai-je lancé à mes amis. Je crois que vous ne pouvez pas faire grand-chose de plus.

Sans tenir compte de leurs protestations, j'ai pris la main de Cruz. Il m'a guidée par la baie vitrée jusqu'au balcon qui reliait l'arrière de nos suites, et on est entrés dans la mienne.

Quand il m'a assise doucement sur le canapé du salon, j'ai eu l'impression d'être séparée de mon corps. Qu'est-ce qui allait lui arriver ? Qu'est-ce que je lui avais fait ?

— Ils viendront me chercher dès qu'ils auront trouvé les preuves.

— Je sais. Je suis vraiment désolée, Cruz. Je n'aurais pas dû t'approcher.

— Arrête, m'a-t-il interrompue en prenant mon visage dans ses mains. C'est moi, le responsable.

— J'ai foutu ta vie en l'air, ai-je chuchoté, les larmes aux yeux.

Il m'a embrassée tendrement, comme pour la première fois… Ou la dernière.

— Pas du tout. Grâce à toi, je suis devenu meilleur. C'est surtout moi qui aurais dû faire plus attention. Je n'ai pas été à la hauteur.

— Mais ton travail…

— Penelope, je ne regrette rien de ce que j'ai fait avec toi. Peu importe ce qui arrive, tu comprends ?

J'étais comme paralysée, terrifiée que le moindre geste me brise en mille morceaux.

— J'ai besoin de t'entendre dire que tu comprends. Je ne peux pas partir d'ici sans être sûr que tu sais à quel point tu importes pour moi.

— Je comprends, ai-je dit pour lui faire plaisir.

Comment pouvait-il encore m'aimer, sachant ce que j'allais lui coûter ?

— Bien, a-t-il lâché en posant son sac à dos sur la table basse. Maintenant, j'ai quelque chose à te dire.

On a frappé à la porte.

— Oh non, ai-je soufflé en regardant la porte qui annonçait notre perte.

Trop vite. Tout se passait trop vite !

— N'ouvre pas, a-t-il supplié. Dans le sac à dos, il y a…

On a frappé de nouveau, et j'ai eu l'impression que ça ne s'arrêterait jamais.

— Penelope !

— Ça doit être eux !

— Oui, sûrement. Écoute-moi. Le sac à dos. Cache-le pour moi. Garde-le en lieu sûr. Quoi qu'il arrive, il ne faut pas qu'on te trouve avec. Jette-le par-dessus bord s'il le faut.

— Comment ça, « quoi qu'il arrive » ? Qu'est-ce qu'il y a dedans ?

— Tu peux regarder, même s'il vaut mieux que tu ne le fasses pas. Je n'en ai pas honte, mais c'est illégal, et ce sera plus facile pour toi de nier si tu ne sais pas ce qu'il contient. Jure-moi que tu ne laisseras personne le trouver.

Les coups frappés à la porte se sont faits plus insistants, et on m'a appelée par mon nom. Cruz a pris mon menton dans sa paume pour attirer mon regard.

— Jure-le-moi, Penelope.

— Je te le jure.

Il m'a embrassée tendrement.

— Cette histoire sera finie avant que tu aies le temps de dire ouf. Je suis sûr qu'ils veulent seulement me parler. Après, on réfléchira à ce qu'on doit faire, OK ?

— OK, ai-je acquiescé, la respiration bloquée par l'angoisse. Et si ça ne se passe pas bien ?

— Ça se passera bien. De toute manière, on sera bientôt à Miami.

On a cessé de cogner à la porte et j'ai entendu le glissement d'une clé dans la serrure.

Non. Non, non, non !

— Je t'aime, a-t-il murmuré.

— Je t'accompagne, ai-je dit, pendant que la porte s'ouvrait.

— Non. Reste le plus loin possible de tout ça. Il le faut.

— Professeur Delgado ? a lancé depuis le couloir M. Paul, doyen des affaires académiques.

— Jure-le-moi ! Quoi qu'il arrive, tu dois rester à l'écart. N'interviens pas. Si jamais tu essaies de porter le chapeau, j'avouerai des choses qu'on n'a même pas faites.

— Ce n'est pas juste ! me suis-je écriée en secouant la tête.

Pourquoi tout se passait-il aussi vite ? Pourquoi maintenant ?

— Professeur Delgado, a insisté M. Paul en soupirant, debout au milieu de mon salon.

— Je me fous de ce qui est juste. Jure-le-moi. Tout de suite.

Il ne s'est pas détourné, même avec le doyen qui se tenait derrière moi.

— D'accord, ai-je enfin concédé, sachant que le tableau pourtant plutôt innocent qu'on constituait n'agissait pas en notre faveur.

— Monsieur Paul, a salué Cruz en se levant.

— Professeur Delgado, si vous voulez bien me suivre, nous devons nous entretenir en privé.

Deux agents de sécurité se tenaient dans mon couloir et dévisageaient Cruz, comme s'ils avaient eu la moindre chance de l'emporter sur lui. Prenant sur moi, je suis restée assise en me répétant ma promesse en boucle. Je n'interviendrais pas. Je ne plaiderais pas coupable.

— Je comprends, a déclaré Cruz avec un hochement de tête.

M. Paul a indiqué la porte et Cruz est sorti sans me regarder.

Le déclic de la porte qui se refermait m'a paru définitif, comme si mon existence allait désormais se diviser en trois phases : avant ma rencontre avec Cruz, la période pendant laquelle notre amour était resté secret, et ce qui se passerait ensuite.

Je n'avais pas envie que la troisième commence, mais, dès que je bougerais, ce serait le cas. Pour l'instant, je me trouvais dans les limbes, dans cette zone grise entre deux ères. Et cet entre-deux était mieux que ce qui m'attendait.

Plutôt que d'accepter ma nouvelle réalité, je suis restée assise sur le divan, recroquevillée, à fixer le sac à dos qu'il m'avait laissé. Il viendrait me chercher dès qu'ils en auraient fini avec lui, et puis on affronterait le reste ensemble. Ça finirait par s'arranger. Cruz l'avait dit.

On a frappé à la baie vitrée et, quand je me suis retournée, j'ai aperçu Landon et Pax. Je leur ai adressé un hochement de tête et ils sont entrés. S'asseyant de part et d'autre de moi, ils ont chacun pris une de mes mains dans les leurs.

— Nick est au téléphone avec les avocats, m'a expliqué Pax d'une voix douce. Il essaie de voir si on peut les virer de la salle de montage, mais ça s'annonce mal.

— Le doyen est déjà passé dans notre suite, m'a fait savoir Landon.

Je continuais de hocher la tête, comme si ce geste m'apaisait.

— Qu'est-ce qu'on peut faire ?

— Rester avec moi jusqu'à ce qu'ils reviennent ? ai-je suggéré d'une petite voix.

Car on allait sûrement m'interroger, ou m'informer de la décision prise ; quoi qu'il en soit, je n'avais pas envie de rester seule.

— Aucun problème, a répondu Landon.

La porte s'est de nouveau ouverte pour laisser entrer Nick.

— On ne peut rien faire. On a signé ces accords.

— Alors, ce n'est qu'une question de temps.

— Oui.

En jetant un coup d'œil aux gars, je me suis sentie un peu plus forte. Ensemble, on avait bravé d'innombrables défis, certains auxquels on n'aurait jamais cru survivre.

Et on s'en était toujours tirés.

Là encore, je survivrais, quelle que soit la décision du doyen.

Même si Cruz se faisait virer, je le retrouverais à Miami, ou à LA dans quelques semaines, et tout irait bien. Les Renegades l'embaucheraient pour une raison ou une autre. Tout s'arrangerait.

— J'aurais dû vous le dire, les gars. Je suis désolée de vous l'avoir caché.

— Ce n'est pas grave, m'a rassurée Pax en me serrant la main. On a beau être hyper proches, il y aura toujours des trucs qu'on ne pourra pas se dire.

— Je l'aime vraiment, tu sais.

— Je sais. Et il t'aime aussi, Penna. Tout va bien se passer.

J'ai acquiescé d'un signe, incapable d'esquisser un autre geste.

— Vous ne vous imaginez pas à quel point il est génial. Il m'a accompagnée, quand je suis allée voir Brooke.

— Tu as vu Brooke ? s'est étonné Nick en se penchant vers moi.

J'ai cligné des yeux, stupéfaite de l'avoir avoué. J'avais vendu la mèche, craché le morceau…

— Je suis passée à l'institut quand on était à LA, mais elle a refusé de me voir. Elle refuse aussi de répondre à mes lettres. Ou à mes coups de fil. Apparemment, je suis un obstacle à sa guérison, vu que je continue les activités qui l'ont fait craquer.

— Merde. Penna, je suis vraiment désolé, a lâché Nick en enfouissant le visage dans ses mains.

J'ai haussé les épaules.

— C'est cool.

— Non, c'est pas cool du tout, a protesté Landon en me calant sous son bras.

— OK.

— Tu veux nous en parler ? Nous aussi, on aime Brooke. Ces conneries, ça n'a rien changé à nos sentiments.

Pendant des mois, je m'étais tue, réprimée, me barricadant contre ceux qui connaissaient le mieux la situation.

— Oui… Oui, je crois que j'en ai très envie.

Le soleil réchauffait les vitres de la suite quand je me suis réveillée, recroquevillée sur le divan, et vêtue des habits de la veille.

Le bateau avançait, ce qui signifiait qu'on arriverait le lendemain à Aruba.

Je me suis frotté les yeux et j'ai aperçu Pax allongé par terre, Nick vautré sur la causeuse et Landon affalé sur deux chaises. Un sourire a flotté sur mes lèvres, jusqu'à ce que les événements de la veille me reviennent en mémoire.

Personne n'était venu me chercher.

Enfilant des tongs, je suis sortie sans bruit. Une fois la porte fermée, je me suis précipitée vers les ascenseurs. Maintenant que notre histoire avait éclaté, je n'avais plus besoin de descendre par le balcon.

Il y avait un groupe d'étudiants dans l'ascenseur, mais personne ne m'a dévisagée comme si j'étais la Lolita du coin. Le doyen avait dû étouffer l'affaire.

J'ai traversé le neuvième pont le plus calmement possible, mais je me suis dépêchée en voyant le professeur Westwick sortir de leur suite.

Si mon pas restait sûr, mon cœur tressaillait.

— Mademoiselle Carstairs, m'a-t-il saluée en haussant un sourcil. Qu'est-ce que je peux faire pour vous ?

— Je cherche le professeur Delgado.

Le regard qu'il a fixé sur le bout du couloir m'a appris qu'il savait ce qui s'était déroulé la veille.

— Vous feriez mieux de vous adresser au doyen. À présent, si vous voulez bien m'excuser, j'ai un cours à donner.

Il m'est passé devant sans un mot.

Le bide en vrac, j'ai été prise d'un mauvais pressentiment. J'ai tâché de le balayer au loin, mais, à mesure que je m'approchais de l'administration, ma nausée allait croissant.

Quand j'ai atteint les lieux, je suis entrée tout droit dans le bureau du doyen, sans tenir compte des menaces de sa secrétaire.

Il a levé les yeux à mon arrivée, sa stupéfaction initiale laissant aussitôt place à un air condescendant.

— Tout va bien, Peggy. Je m'en occupe.

Sur un hochement de tête, elle nous a laissés, refermant derrière elle.

M. Paul s'est levé. L'espace d'une seconde, je me suis sentie toute petite, comme s'il allait m'écraser sous le poids de son regard moralisateur.

Pas question !

Je n'étais pas seulement Penelope Carstairs, mais aussi Rebel, la seule nana à avoir décroché une médaille aux Jeux de l'extrême dans une catégorie exclusivement masculine. J'avais accompli des exploits que cet homme n'aurait même pas pu imaginer dans ses rêves les plus fous. Pas question de le laisser me rabaisser !

J'ai redressé le menton de cinq bons centimètres.

— Je suis venue vous voir pour le professeur Delgado.

— Je m'en doutais. Vous serez sans doute ravie d'apprendre que vous ne risquez pas l'expulsion, même si les notes que vous avez obtenues dans son cours seront réexaminées par un enseignant qui n'est pas… lié à vous.

L'expulsion.

Cette possibilité ne m'était même pas venue à l'esprit, mais, pour l'instant, je m'en fichais.

— Et M. Delgado ?

— Il n'est plus avec nous.

Mon cœur s'est serré. À cause de moi, il avait tout perdu.

Quoi qu'il arrive, tu dois rester à l'écart. N'interviens pas.

Je lui avais donné ma promesse, et je me devais d'en dire le moins possible.

— Je comprends. Est-ce que vous m'autorisez à lui parler, maintenant qu'il ne fait plus partie du corps enseignant ?

Le doyen a écarquillé les yeux avant de les plisser.

— Je crois que vous m'avez mal compris. Le professeur Delgado n'est plus à bord de ce bateau. Il l'a quitté hier soir, quand nous étions encore au port.

Début de la troisième phase.

Cruz n'était plus là.

30. Penna

En mer

— Ça va, Pen ? a demandé Rachel depuis la porte de ma chambre.

Assise en tailleur sur mon lit face au sac à dos de Cruz, j'ai levé les yeux vers elle.

Ne me voyant pas réagir, elle s'est approchée.

— T'as séché les cours aujourd'hui.

— Ça ne plombera pas ma moyenne, ai-je répondu d'une voix éraillée.

— Tout le monde se fait du mouron pour toi.

— Je vais bien.

C'était mon mantra.

— Tu n'as pas l'impression d'avoir regardé ce sac pendant six heures ? Non, tu ne vas pas bien.

— C'est celui de Cruz.

— Sans blague. Tu l'as ouvert ?

— Non. Il m'a demandé de…

J'ai soupiré. Peut-être que si j'avais parlé plus tôt de Cruz à mes amis, ils m'auraient aidée à le protéger.

— Il m'a demandé de le cacher, ai-je conclu.

Elle s'est penchée pour l'inspecter, sans le toucher pour autant.

— Il fait tic-tac ?

— Morte de rire ! ai-je lâché en esquissant un petit sourire. Tu sais ce qui me fait le plus mal ? C'est que je n'ai aucun moyen de le contacter. La fac a supprimé son adresse mail, et je n'ai jamais eu l'idée de lui demander son numéro de téléphone. T'imagines ? Ça fait des mois que je suis amoureuse de ce type et je ne connais même pas son numéro !

— Ce bateau est un peu un univers à lui tout seul. On n'avait pas vraiment besoin de s'appeler.

— Je lui ai quand même envoyé un message sur Facebook. Au moins, j'ai réussi à le trouver là-dessus. Mais je ne sais pas s'il a accès à Internet, ce qu'il a emporté ou s'il peut quitter le Venezuela.

— Premièrement, je suis persuadée qu'il s'en sortira où qu'il soit. Deuxièmement, je sais aussi que c'est lui qui te retrouvera. Troisièmement, ouvre ce truc. Tu trouveras peut-être un moyen pour le localiser. Ou un cadavre.

— Dans un sac à dos ?

Elle a haussé les épaules.

— On a déjà vu plus zarbi.

— Toi, tu regardes trop *Dexter* !

— Je n'y peux rien, qu'est-ce que tu veux que je fasse d'autre sur un bateau ? Ouvre-le, sérieux. Je peux partir, si tu préfères, mais ouvre-le ou planque-le quelque part. En tout cas, arrête de le regarder comme ça.

Je ne savais pas si c'était bien ou mal, mais j'avais tellement envie de trouver quelque chose qui me relie à Cruz que j'ai ouvert la fermeture Éclair avant d'avoir pu m'en empêcher.

— Tu veux bien rester ? ai-je demandé à Rachel, qui se levait pour partir.

— OK.

Elle s'est rassise sur le lit sans toucher au sac.

J'ai sorti un trieur de la poche principale, j'ai fait glisser l'élastique et je l'ai ouvert. Le premier compartiment contenait l'itinéraire de la croisière.

Dans le deuxième, j'ai trouvé une enveloppe de photos, que j'ai feuilletées.

— Elles sont toutes de sa sœur, mais on ne le voit nulle part.

— Elle est jolie, a lancé Rachel en contemplant la jeune fille châtain aux yeux noisette.

— Elle a les mêmes yeux que Cruz.

Ses traits étaient plus délicats, mais ses yeux, identiques.

— Je peux regarder ? a demandé Rachel, et je lui ai tendu un portrait d'Elisa debout devant un stade. Elle est à Cuba ?

— Hein ? Non, je ne crois pas. Ils ont émigré juste après qu'elle est née.

— Non, ce stade… C'est là qu'on organise l'Open des Renegades. Je viens d'en voir des photos dans la suite de Landon. Pas de doute possible.

Les sourcils froncés, j'ai parcouru les autres images, focalisée cette fois sur l'arrière-plan. Les devantures des magasins étaient toutes en espagnol, et l'architecture correspondait à ce qu'on avait étudié sur La Havane.

J'ai rangé les photos dans l'enveloppe et j'ai poursuivi mon exploration.

J'ai trouvé deux passeports. Tous les deux comportaient une photo d'Elisa, mais un seul portait son nom.

— C'est quoi, ce bazar ? ai-je marmonné.

— Hé, mais c'est…

— Le nom de Mme Messina, ai-je coupé en passant le pouce sur les lettres imprimées comme pour faire apparaître autre chose. Sauf que Cruz l'a remplacée.

— De plus d'une façon, visiblement.

— Mais pourquoi est-ce qu'il… ?

J'ai secoué la tête en inspectant le compartiment suivant. Des dizaines de documents militaires étaient attachés ensemble avec un trombone, des pages et des pages de formulaires présentant des chiffres et des acronymes incompréhensibles.

— Il voyage avec ses papiers militaires, sérieux ? s'est étonnée Rachel.

J'ai haussé les épaules, complètement paumée.

La section d'après contenait des itinéraires imprimés de Miami à LA pour Cruz et Elisa Delgado. Leur avion décollait quelques jours après notre arrivée au port, comme le mien. Sur un autre document, on voyait un plan du stade où s'organisait l'Open des Renegades à La Havane. Toutes les sorties étaient marquées, cerclées de rouge. Des petits « X » ornaient des sections de la carte, divisée par étages. La page suivante montrait le reçu d'un billet acheté au nom d'Elisa.

Prenant enfin conscience de la vérité, j'ai eu la chair de poule.

Le dernier compartiment contenait deux badges d'identification identiques à ceux qu'on avait pour monter à bord du bateau à chaque port. L'un d'eux affichait une autre photo d'Elisa avec le nom de Mme Messina. L'autre, une photo de Cruz et celui du professeur Westwick.

— Tu as raison, ai-je dit à Rachel.

— À propos de quoi ? a-t-elle demandé en examinant la carte du stade.

— Sa sœur est à Cuba. Il comptait profiter de l'Open des Renegades pour lui faire quitter le pays.

Le soleil tapait fort, et j'ai envoyé une petite giclée d'eau dans mon dos. Aruba était magnifique, mais j'aurais préféré faire du flyboard[1] dehors avec les autres Renegades. À la place, Nick et moi étions sur un circuit de supercross de fortune, très loin de la plage.

— T'es sûre de vouloir le retenter ? a-t-il demandé, sa casquette de base-ball vissée sur le crâne.

L'équipe de tournage nous serrait de si près que j'avais envie de leur en coller une. Sans ce documentaire à la gomme, Cruz serait encore là.

Oui, mais sans ce documentaire, tu ne l'aurais jamais rencontré.

— Oui, ai-je répondu en remettant mon casque.

J'avais consciencieusement raté ma dizaine de tentatives de la matinée. Je savais qu'il ne me restait qu'une poignée d'essais avant que la chaleur et l'épuisement finissent par avoir raison de moi.

— Ça devient pénible à regarder.

— Tu n'es pas obligé de rester !

Il a sifflé.

— Calmos, Penna. Je suis pas là pour t'emmerder.

J'ai baissé la tête.

— Je sais. Tu as raison. C'est que je n'arrête pas de penser à cette histoire avec…

— T'inquiète, je comprends. Mais si tu veux sortir vivante de ta petite cascade, il va falloir l'oublier. Il n'y a de place que pour une seule personne sur cette moto, et lui, il est de trop.

1. Activité nautique consistant en un jet-ski relié à un tuyau permettant de propulser de l'air et de s'envoler ou de plonger sous l'eau.

— Tu marques un point.

Je lui ai adressé un signe de la tête et j'ai enfourché Elizabeth. J'ai regagné le point de départ, m'accordant ce bref instant pour songer à Cruz.

Où était-il ? Depuis combien de temps prévoyait-il de fairesortir Elisa de Cuba ? Pourquoi s'y trouvait-elle, d'ailleurs ? J'étais assaillie de questions qui envahissaient mon esprit et menaçaient mon équilibre mental.

Je me fichais des regards insistants des autres étudiants, des ragots qui s'étaient mis à circuler, dès que le prof d'histoire européenne qui avait repris le cours de Cruz m'avait tendu toute une pile de copies recorrigées. Le système numérique imaginé par Cruz pour nous protéger tous les deux avait disparu, mais je ne me suis même pas réjouie de constater que mes bonnes notes n'avaient pas bougé. Je les avais méritées, et notre relation n'avait jamais débordé sur les cours. Je n'en avais rien à faire que mes camarades me traitent comme un petit être fragile, ni même que Rachel passe son temps à me bassiner pour que je leur révèle le contenu du sac à dos.

En revanche, ce qui me dérangeait, c'était la douleur aiguë qui m'assaillait le cœur quand je me demandais si Cruz s'était servi de moi.

Je n'étais pas stupide. Il aurait eu besoin de moi pour entrer dans la base de données, étant donné que je le faisais systématiquement pour utiliser le wi-fi, et pour remettre le nom de Mme Messina sur le manifeste, afin que son retour à bord passe inaperçu. À moins qu'il ait décroché un diplôme en informatique entre-temps, j'étais son meilleur espoir.

Il ne se serait jamais servi de toi comme ça.

Mon cœur se révoltait contre mon cerveau et ses

conclusions hâtives, exigeant de laisser à Cruz une chance de s'expliquer.

Je les ai tous deux réduits au silence en m'immobilisant sur la ligne de départ. Prenant une grande inspiration, je me suis efforcée de voir mon esprit comme un grand tableau sur lequel étaient inscrites mes pensées. Puis je me suis imaginé tout effacer à grands coups de brosse mentale.

L'esprit enfin vide, j'ai visualisé la rampe, le saut et l'atterrissage parfait.

Une vague de sérénité m'a submergée. J'ai senti que cette fois, je réussirais.

J'ai ouvert les yeux et mis les gaz. Palmiers et arbres divi-divi se sont brouillés. Passant une vitesse après l'autre, j'ai accéléré, les yeux rivés à la super-rampe qui grossissait à vitesse grand V.

Je l'ai percutée presque à la verticale pour m'élancer vers le ciel. Et j'ai pris mon envol.

J'ai tiré sur le guidon pour amorcer le saut périlleux arrière. La terre et le ciel ont changé de place une première fois. Les muscles tendus au maximum, j'ai incité Elizabeth à tourner encore sur elle-même, au centre d'un véritable kaléidoscope.

Voyant le sol revenir vers moi, j'ai remis la moto dans le bon sens et je me suis préparée à encaisser le coup.

Mon pneu arrière a été le premier à atterrir, suivi de l'autre. J'ai été propulsée en avant, mais je suis restée en selle le temps d'immobiliser ma bécane.

Derrière moi, j'ai entendu Nick pousser un hurlement de joie. Je n'ai pas crié, ni même brandi le poing en signe de victoire. Je me suis contentée d'ôter mon casque et de renverser la tête en arrière pour laisser le soleil me caresser le visage. Puis, oubliant les caméras, j'ai éclaté d'un rire sonore et joyeux.

J'avais réussi !

J'étais la première femme à effectuer un double saut périlleux arrière sur une rampe de supercross.

Une légère amertume s'est glissée dans mon cœur et a terni le goût de la victoire. Parce que ce n'étaient pas les félicitations de Nick, ni même celles de Pax ou de Landon que j'aurais aimé entendre. C'était celles de Cruz.

Neuf. C'est le nombre de fois que j'ai réussi la figure après la première tentative. Quand Nick m'a forcée à m'arrêter pour la soirée, évoquant le coucher du soleil, je savais que c'était à cause de mon épuisement.

Je tenais la cascade, mais je pouvais encore me faire sérieusement mal, si je n'arrêtais pas tant que mes muscles étaient encore chauds.

Je me suis changée sous la tente pendant que Nick s'entretenait dans le bureau avec le gestionnaire des installations. J'ai fermé mon sac, je l'ai jeté sur mon épaule et je suis sortie dans l'air chaud et moite du soir.

— Penna ! m'a hélée Nick depuis la porte du bureau, qui se trouvait à une dizaine de mètres du circuit.

— Oui ?

— Coup de fil pour toi.

— OK.

Haussant les sourcils, j'ai parcouru la petite distance en me demandant si Pax ou Landon avait besoin de quelque chose.

Nick m'a tenu la porte, les lèvres pincées.

— Tu peux discuter là-dedans, a-t-il dit en indiquant un petit bureau privé.

Lâchant mon sac, je suis entrée, j'ai refermé derrière moi, saisi le combiné et appuyé sur le bouton qui clignotait en rouge.

— Allô ?

— Penelope.

Sa voix m'a fait l'effet d'un doux soupir qui m'a transpercée comme une lame acérée.

— Cruz ? Tu es où ? Tout va bien ?

Je me suis assise sur le rebord du bureau. J'avais les jambes en coton, et ça n'avait rien à voir avec mes figures de l'après-midi.

— Je suis à Saint-Domingue.

— En République dominicaine ? me suis-je étonnée.

— Voilà. Je reprends l'avion demain pour les États-Unis.

— J'ai regardé dans le sac à dos.

— OK, a-t-il fait, d'une voix si calme que c'en était agaçant.

— C'est tout ce que tu as à dire ?

— Je m'en doutais. Je voulais le cacher au doyen et aux chargés de sécurité du bateau, pas à toi. Je ne savais pas que je ne reviendrais pas.

— À ton avis, qu'est-ce que j'allais faire ?

— J'espérais que tu le jetterais à la mer.

Je le visualisais presque haussant les épaules, comme s'il s'en fichait complètement.

— Sérieusement ? Tu aurais voulu que je balance des faux passeports, des cartes et des badges d'identification manifestement achetés illégalement à un prix exorbitant ? Ces passeports sont trop bien faits, Cruz. Ils ont dû te coûter les yeux de la tête.

— C'est le cas. Et il n'y en a qu'un seul qui est faux.

— Ah, un seul ! C'est ça, ta limite ultime ?

— Jette-le par-dessus bord, Penelope. Si on te retrouve avec, tu iras direct en taule.

— Sans déconner, Sherlock ! Mais tu en as forcément besoin, sinon tu ne me l'aurais pas laissé.

— C'est une des raisons de mon appel, a-t-il reconnu d'une voix plus grave.

— Et l'autre ?

Mon cœur a cessé de battre, comme suspendu à ses paroles.

— C'est que je t'aime, Penelope.

Aussi sec, je me suis remise à respirer.

— J'avais besoin d'entendre ta voix, a-t-il poursuivi. Quand ils m'ont interrogé, ils avaient en leur possession quelques vidéos, et ce n'étaient même pas les pires. Mais je savais qu'ils finiraient par trouver plus compromettant. Le doyen a dit que si je démissionnais tout de suite et que je ne résistais pas, je perdrais mon boulot, mais que ça n'aurait aucune incidence sur tes notes, ton inscription à la fac ou ta réputation.

J'ai enfoui le visage dans mes mains.

— Mon Dieu ! Tu n'étais pas obligé de faire ça. C'est moi qui t'ai couru après. Moi qui… qui ai gâché ta vie.

— Tu t'es poursuivie toi-même dans ce bureau, le jour de ton anniversaire, incapable de supporter l'idée qu'un autre pose les mains sur toi ?

— Euh, non.

— Exactement ! On est tous les deux responsables, parce qu'on est égaux dans cette relation. Et s'il te plaît, ne va pas croire que, sous prétexte qu'on est séparés par plus de six cents kilomètres, on a cassé ou un truc débile dans le genre.

— Alors, on est toujours ensemble ? en ai-je conclu, le sourire jusqu'aux oreilles.

— Je viens de foutre en l'air mes efforts des dix dernières années. Si tu ne m'attends pas à Miami, j'aurais fait tout ça pour rien.

Il a marqué une pause. J'en ai profité pour mettre en

balance ce qu'il venait de dire et ce que j'avais trouvé dans le sac.

— Sauf si tu as changé d'avis ? a-t-il repris.

Ce petit doute persistant a repointé le bout de son nez.

— Non, mais j'ai besoin de savoir si tu t'es servi de moi. J'ai trouvé le reçu du billet pour l'Open. Tu vas devoir t'expliquer, parce que, là, il y a au moins cinquante trucs que tu ne dis pas.

Il a soupiré, et je l'ai imaginé se passant la main dans les cheveux.

— Elisa est à Cuba.

— Ça, j'avais pigé.

— Elle y est retournée avec ma mère. Elle n'était encore qu'un bébé, à l'époque, maman n'a pas pu la laisser avec moi.

Il s'exprimait avec une telle froideur qu'on aurait cru que cet abandon ne l'avait pas affecté.

— Et à la mort de ta mère ?

— Elle est restée avec mon père. Elle n'avait pas le choix, aucun moyen de sortir du pays. Depuis, elle est coincée là-bas avec l'homme qui a tué notre mère et qui n'ira jamais en taule pour ce crime.

J'ai fermé les yeux, accablée par son chagrin.

— Je suis désolée.

— Moi aussi. J'ai déjà essayé de la sortir de là, mais mon père est haut placé au ministère de l'Intérieur. Chaque fois que j'ai réservé un vol, j'ai été retenu à l'aéroport et je n'ai pas pu prendre l'avion.

— T'es sur une liste de surveillance ?

— Oui. Du coup, quand Mme Messina est partie en croisière et que j'étais sur le point de boucler ma thèse, je lui ai demandé si elle pouvait me recommander en tant qu'enseignant pour l'année d'après. Je savais qu'ils embauchaient des profs venus des quatre coins des États-Unis et que La Havane faisait partie des escales.

— Sauf qu'elle est partie en cours d'année.

— Et j'ai sauté sur l'occasion. C'était tellement imprévu que j'ai dû faire tout le travail en route, les passeports, les billets d'avion… Et vous persuader que La Havane était l'endroit rêvé pour l'Open.

J'ai ricané.

— Il a suffi d'une simple suggestion. Visiblement, je suis facile à convaincre !

— Tu es tout sauf ça, Penelope. Mais je savais qu'avec tous ces Américains qui viendraient pour la manifestation et le bateau au port, c'était le moment idéal pour lui faire quitter le pays. Elle était censée me retrouver à l'Open. Elle savait que j'étais avec vous, et même que vous m'appeliez Doc. C'était ce surnom qu'elle était censée donner pour me retrouver, même si, maintenant, ça n'a plus d'importance. Je l'aurais fait monter à bord avec le badge du professeur Messina…

— Que tu as falsifié, l'ai-je coupé.

— Oui. Mais le manifeste aurait été modifié et, voyant le nom sur la liste, ils l'auraient laissée passer.

— Tu veux dire, une fois que tu m'aurais demandé de te retirer du manifeste pour te permettre d'entrer à Cuba, et de l'ajouter, pour qu'elle puisse venir. Comment tu comptais quitter le bateau ? En te faisant passer pour M. Westwick ?

— Oui.

— Et s'il avait voulu descendre à terre ?

— Je me suis dit que tu aurais sûrement trouvé une solution.

— J'hallucine !

— J'allais tout t'expliquer.

— Mais seulement quand tu aurais eu besoin de moi.

— Je ne peux pas te dire le contraire. J'avais toute confiance en toi. Je t'ai confié ma carrière, mon cœur, mon corps, mon avenir. Mais je ne savais pas ce que tu en penserais et, très franchement, je n'étais pas prêt à risquer la vie d'Elisa ou ta réputation.

Je comprenais. C'était sa sœur.

J'ai failli éclater de rire en songeant qu'il avait risqué sa vie pour sauver sa sœur, alors que la mienne refusait de répondre à mes lettres ou même de me voir.

Elisa était innocente, et Cruz s'inquiétait sincèrement pour sa sécurité.

— Je le ferai, ai-je soufflé.

— Quoi donc ? Me pardonner de ne t'avoir rien dit ?

— Un jour, peut-être. Mais je vais la sortir de là. J'ai tout ce qu'il faut, et je peux le faire. Mais d'abord…

Je me suis interrompue pour prendre une longue inspiration.

— D'abord, j'ai besoin de ta permission d'impliquer les autres. Il va me falloir leur aide, et tu peux leur faire confiance.

Je n'aimais pas devoir demander à quelqu'un de se fier à mes amis, mais ce secret ne m'appartenait pas.

— Non. Pas question que tu te mettes en danger comme ça ! Tu n'as pas idée des lois qu'il y a, là-bas, ni de la surveillance constante. Je me contrefiche de savoir à qui tu en parles. Ça ne pourra pas fonctionner sans moi, et je refuse de t'envoyer au casse-pipe.

— C'est ta sœur, Cruz.

— Je trouverai un autre moyen de la tirer de là sans te faire courir de risques ! a-t-il crié.

J'ai expulsé l'air de mes poumons.

— J'aime Elisa, et je lui ferai quitter ce pays. Je me

débrouillerai pour qu'elle rejoigne Harvard. Mais il y a une limite que je ne franchirai pas pour elle, et cette limite, c'est toi. Tu n'as pas intérêt à te mettre en danger, Penelope ! Je ne peux même pas y penser, je refuse de vivre sans toi.

Mon menton s'est mis à trembler, et j'ai fait de mon mieux pour refouler les émotions à même d'altérer ma décision. Je lui avais déjà coûté sa carrière. Pas question qu'il perde Elisa à cause de moi.

— Je t'aime, lui ai-je dit. Et tu ne me perdras pas.

— Je t'aime encore plus, a-t-il rétorqué d'une voix tendue. Ne fais rien. Jette le sac par-dessus bord, brûle-le. Je m'en fous. Je trouverai un autre moyen.

— C'est moi, l'autre moyen. Il faut juste que tu me fasses confiance.

— Penelope !

— Je t'aime, et je te verrai à Miami.

J'ai raccroché avant d'avoir pu changer d'avis et j'ai quitté le bureau à grands pas, Nick sur les talons.

En route pour regagner l'*Athena*, on est restés silencieux pendant que je réfléchissais aux possibilités.

— Rassemble tout le monde, lui ai-je demandé quand on s'est séparés dans la coursive.

— S'il te plaît ? m'a-t-il taquinée.

— Tout de suite ! ai-je ajouté avec un sourire et un hochement de tête.

J'ai récupéré le trieur et son contenu, avant de me diriger vers la suite de Pax, où les autres se tenaient autour de la table du salon.

— Dehors ! ai-je lancé à Bobby.

— Bon sang, Penna. Le contrat…

— Après ce que tu m'as coûté, tu crois sérieusement que j'en ai quelque chose à carrer du contrat ? Dégage !

Il a trépigné comme un gamin, mais a fini par sortir avec son équipe.

— Qu'est-ce qu'il y a ? a demandé Pax.

J'ai étalé les documents sur la table et je me suis penchée.

— Je veux qu'on fasse le plus gros coup de notre carrière, et j'ai besoin de votre aide.

31. Penna

La Havane

Little John nous a guidés à travers la foule qui s'était amassée devant le stade. L'Estadio Panamericano avait été construit pour contenir trente-quatre mille spectateurs, et on affichait complet pour l'Open, grâce aux extraordinaires talents de marketing de Nick et aux invitations lancées à des participants du monde entier.

On les avait tous vus la veille, après avoir fait le tour de La Havane, et j'avais rendu ma dissertation à l'enseignant qui savait que j'avais couché avec Cruz. Gênant ? Tu m'étonnes.

La Havane était magnifique, et son architecture avait le charme suranné de l'Ancien Monde. Je voyais Cruz dans chaque petit garçon qui courait, chaque jeune homme qui traversait la rue, et j'ai regretté qu'il ne soit pas là pour me montrer sa ville natale.

Une main est sortie de la foule pour m'attraper l'épaule et m'arracher à mes pensées. Landon a agrippé le poignet du type en question et l'a repoussé en secouant la tête.

— Pardon, tu avais l'air ailleurs, s'est-il excusé.

— Ce n'est pas grave, ai-je rétorqué avec un sourire

crispé. Ça ne me dérange pas d'être traitée comme une gamine de temps en temps.

Ce jour-là, j'étais Rebel jusqu'au bout des ongles : cheveux libres et bouclés, maquillage impeccable, tenue de sport classe. Pour que notre plan fonctionne, je devais jouer mon rôle à la perfection.

On est entrés dans le bâtiment et on a longé le petit couloir jusqu'à la pièce fermée où se tenait notre conférence de presse. À notre arrivée, les flashs ont crépité. Pendant que Leah et Rachel se dirigeaient vers les sièges que Little John leur avait réservés, j'ai pris ma place sur l'estrade, entre Pax et Landon.

On nous a interpellés des quatre coins de la salle. Little John s'est avancé pour mener la conférence, désignant un reporter après l'autre. Les premières questions étaient parfaitement anodines. Est-ce que La Havane nous plaisait ? Qu'est-ce qui nous avait poussés à y organiser une manifestation sportive d'une telle ampleur ?

— Rebel, pouvez-vous nous dire comment vous vous sentez, après votre accident à Dubaï ?

J'ai sorti mon sourire à mille watts.

— Je me suis remise et je suis prête à tout déchirer demain. D'ailleurs, j'ai une figure à vous montrer que vous n'avez jamais vue ailleurs.

— Et Nitro ? a demandé un autre — je me suis aussitôt tendue. On raconte qu'il est ici, mais on ne le voit pas avec vous.

— Nitro nous a accompagnés, en effet, mais il préférerait qu'on n'en parle pas trop. Ça nous arrangerait que vous aussi, vous restiez discrets là-dessus, ai-je ajouté avant que Pax ne pète un câble.

Quand on l'interrogeait sur Nick, il avait tendance à dérailler.

On a répondu à quelques autres questions, qui tournaient essentiellement autour des figures prévues et du documentaire, puis on a mis les voiles.

On a longé le couloir en béton surveillé par des vigiles. Nick nous a rejoints, les yeux ronds comme des soucoupes.

— Les gars…

— Un instant, a lancé un soldat en uniforme vert, en nous bloquant le passage. Éteignez les caméras.

Bobby a hoché la tête et l'équipe a obéi : les lois interdisaient de photographier la police à Cuba. On a tous échangé des regards en voyant s'approcher une garde rapprochée.

Les gardes se sont écartés pour révéler un homme d'une cinquantaine d'années doté d'une barbe fine. Bien bâti, il affichait un sourire suffisant et… Mon Dieu… ces yeux !

C'étaient les yeux que j'aimais, mais sans la douceur que je leur connaissais. Ceux-là avaient l'éclat dur d'un diamant.

— Le général Delgado, a présenté l'un des soldats.

Pax s'est approché de moi et m'a pris la main.

— Ah, les Renegades ! J'espérais vous rencontrer. Ma fille semble s'être prise de passion pour vous.

— Votre fille ? a demandé Pax d'une voix de velours.

— Oui. Elisa, viens par ici ! a-t-il ordonné sèchement.

J'ai serré la main de Pax en la voyant apparaître. Elisa était d'une beauté saisissante, avec sa longue chevelure châtain et les mêmes yeux que son frère.

— Salut, Elisa, l'ai-je saluée, en tâchant d'empêcher mon cœur battant de jaillir de ma poitrine, comme dans un récit de Poe.

Qu'est-ce qu'il faisait avec elle ? Elle était censée venir seule. J'ai attendu qu'elle me regarde dans les yeux et j'ai souri.

— Je suis Penelope, ai-je annoncé, priant pour qu'elle reconnaisse mon nom.

Elle a ouvert de grands yeux.

— Penelope ?

Elle m'a reconnue.

Premier petit miracle en ce jour, où il allait m'en falloir une bonne dizaine.

— C'est bien moi. Alors, comme ça, t'es fan de nous ?

Elle a fait « oui » de la tête.

— Elle ne me l'avait pas dit, est intervenu le général Delgado. J'ai trouvé un billet dans sa chambre. Sinon, je n'en aurais rien su.

Il lui a donné une claque sur l'épaule, et elle a tressailli.

— Je voulais seulement… voir Doc, a soufflé Elisa.

J'avais une boule dans la gorge.

— Je suis désolée, Doc n'a pas pu venir. Mais je connais son programme, et ce soir je vais prendre sa place.

Ses yeux se sont emplis d'espoir, et je lui ai adressé un sourire tremblant. J'ai dû me retenir de l'attraper et de m'enfuir avec elle. Merde à l'Open, merde au documentaire. Elle était à un mètre de moi, et je ne pouvais rien faire. De toute ma vie, je ne m'étais jamais sentie aussi impuissante. Mais elle était liée à Cruz, et je ne pouvais pas, je ne voulais pas échouer.

— Vous serez là, demain ? a demandé Pax, attirant l'attention du général.

— Oui, a-t-il répondu. J'ai réservé une loge en cadeau pour mon Elisa.

La tuile !

Elle ne serait pas assise là où on l'avait prévu.

— Votre présence nous honore, a ajouté Landon. Vous savez, si vous voulez offrir l'expérience de sa vie à votre fille, on adorerait l'intégrer à l'Open.

J'aurais pu l'embrasser !

— Rien que pour un petit tour de stade, bien sûr, ai-je précisé avec un sourire que j'ai espéré naïf et innocent. On prévoira pour elle un casque et elle se mettra derrière moi. Ce sera une journée inoubliable.

Il a froncé les sourcils.

— Naturellement, vous êtes invité aussi, mon général, a renchéri Pax. Nous tenons à remercier le pays pour son hospitalité.

— Non, non, a-t-il répondu en soufflant. Je suis bien trop vieux pour ça. Mais je pense qu'Elisa en sera ravie, hein, ma chérie ?

Elle a hoché la tête, les yeux rivés aux miens.

— Alors, c'est d'accord ! a déclaré Pax. Si vous voulez bien nous excuser, il faut qu'on aille voir si tout est prêt pour demain.

— Bien entendu. On m'attend ailleurs.

Le général nous a congédiés en tournant les talons et s'est éloigné avec Elisa.

— Est-ce que c'était…, a soufflé Leah.

— Oui.

— Merde alors ! Ça devient coton, là, a fait remarquer Nick.

— On n'a jamais aimé la simplicité, ai-je argué en soupirant. Il va nous falloir une distraction. On ne peut plus se contenter de se barrer tranquillement avec elle. Faut qu'on ait un truc de ouf.

— Je crois que j'ai trouvé, a déclaré Nick avec un sourire.

Les parties BMX et skateboard de l'Open étaient achevées. Landon avait gagné haut la main, ce qui ne m'étonnait même pas.

— Je suis un peu stressée, ai-je avoué à Pax, pendant que nous chevauchions nos motos en tenue complète.

L'entrée de l'arène était située devant nous, et on entendait les rugissements de la foule.

— Moi, je suis mort de trouille ! Penna, si jamais il t'arrive quelque chose…

J'ai pris sa main gantée dans la mienne.

— Il ne m'arrivera rien. On a commencé tous les deux à cinq ans dans ton jardin, Pax. On a réussi les cascades les plus débiles qu'on a pu imaginer. Tu ne crois pas qu'il est temps qu'on essaie de faire bouger les choses ?

— On est avec toi, Penna, a lancé Landon en s'approchant de l'autre côté. Veille à aller droit au bateau. Rachel et Leah y sont déjà, pas vrai ?

— Oui, a répondu Pax. Pas question que je laisse Leah venir ici avec ce général qui rôde dans les couloirs. Ils verrouilleront l'endroit dès qu'ils auront compris ce que tu as fait.

— Le bateau est censé appareiller pile après minuit, alors on risque d'être juste, a précisé Landon.

Tout était chronométré à la seconde près. La présence du général Delgado avait forcément ébranlé notre machine bien huilée, mais on y arriverait quand même. Si je parvenais à conduire Elisa à bord, on serait tirées d'affaire. Après tout, ce n'était pas elle qui figurait sur le manifeste, mais Mme Messina, et cet immense navire recélait des tonnes de cachettes.

Est-ce que notre plan était en béton armé ? Non. Mais on n'en avait pas d'autre.

— Nick est prêt ?

— Oui, a répondu l'intéressé en s'approchant dans son fauteuil. Peut-être un peu zinzin, mais prêt.

— Je vous aime, les gars.

— Pareil, a rétorqué Landon.

On a mis nos casques et on s'est avancés dans l'arène.

Pax a obtenu un score élevé en motocross. Il remporterait peut-être le titre avec son triple saut périlleux avant, mais, si je réussissais mon coup, c'était moi qui entrerais dans le livre des records.

On m'a annoncée dans le micro, mon nom a résonné dans tout le stade, et j'ai démarré. J'ai réalisé quelques whips et un 360[1] sur de petits sauts, avant de m'immobiliser face à la super-rampe.

Ma concentration ne s'est rompue qu'à une seule pensée : j'aurais aimé que Cruz soit là.

Chassant cette idée de mon esprit, j'ai tâché d'oublier mon chagrin. Ce n'était pas le moment.

À la place, j'ai foncé vers la rampe, atteint l'angle parfait, le bon arc. Sous les flashs qui clignotaient comme des canons à paillettes, j'ai fait tournoyer ma moto à deux reprises et j'ai atterri parfaitement.

La foule s'est déchaînée autour de moi, tandis que Pax et Landon me serraient dans leurs bras, façon sandwich.

— Tu as réussi !

— Et ce n'est même pas l'exploit le plus difficile de la journée, ai-je souligné en riant.

— Tu es certaine de vouloir manquer la cérémonie de remise des prix ? m'a-t-il taquinée, l'air un peu inquiet. Tu monteras peut-être sur le podium, avec cette figure.

— « Peut-être » ? ai-je répété en lui tapant sur le torse.

— Le général Connard comprendra, dès qu'ils t'appelleront, que tu ne viendras pas et qu'Elisa ne sera plus à sa place. S'il ne t'a pas vue avant de partir avec elle sur ta moto.

— Je sais. Ça ira.

1. Figure qui consiste à faire un saut périlleux arrière et à pivoter intégralement sur soi-même avant de redescendre.

— On se voit sur le bateau, a dit Landon en me serrant fort dans ses bras.

J'ai hoché la tête, on s'est séparés, et Landon m'a tendu un casque supplémentaire.

C'était l'heure du bouquet final.

Je me suis approchée de la loge des Delgado. Le général applaudissait debout, Elisa à ses côtés, pâle comme un linge. Il a froncé les sourcils en me voyant tendre le bras vers sa fille.

— Sauf si vous souhaitez qu'un des garçons l'emmène ? Je suis sûre qu'elle préférerait aller avec l'un d'eux.

Il a décoché un coup d'œil à Elisa en prenant conscience de ce que je sous-entendais, puis il a secoué la tête.

— Jolie cascade, mademoiselle Carstairs. Je suis certain que ma fille sera honorée que vous l'escortiez.

J'ai tendu son casque à la jeune fille en souriant. Elle l'a enfilé et j'ai attaché la boucle sous son menton.

— Prête ? ai-je demandé pendant qu'elle escaladait la barrière pour chevaucher ma moto.

— Oui.

— C'est parti ! Tiens-toi bien. OK ? Quoi qu'il arrive, ne lâche pas.

Elle a hoché la tête et j'ai démarré lentement, comme convenu. Autour de nous, la finale a commencé. Des motos ont empli le stade, multipliant les sauts périlleux et les virages en dérapage pour épater la foule, pendant que je faisais le tour de l'arène, Elisa blottie contre moi.

Alors qu'on atteignait la porte qui menait vers la sortie la plus proche, ma carte maîtresse s'est jouée.

Nick est apparu sur la plus petite des rampes de skate et a levé les mains, en entendant scander son nom. Les spectateurs se sont mis à hurler, et les gardes qui se tenaient devant la porte sont sortis voir ce qui se passait.

En casque et tenue de protection, Nick s'est élancé sur la rampe dans son fauteuil.

C'était presque douloureux de ne pas le regarder, de ne pas le voir reprendre vie sous les projecteurs, mais j'avais Elisa et une porte ouverte.

Je m'y suis précipitée.

Mon moteur a résonné dans le couloir en béton, tandis que nous filions droit devant nous. Nous avons passé des gardes, des cameramen et des employés de stade déconcertés.

Devant nous, les vigiles, talkie-walkie collé à l'oreille, ont levé leurs armes.

— Tiens-toi bien, ça va devenir sportif ! ai-je crié.

Elisa a calé son casque à côté du mien pour regarder par-dessus mon épaule. Soudain, un chariot élévateur a reculé vers les gardes et les a forcés à entrer dans un placard de fournitures.

Depuis le siège du conducteur, Little John a poussé un cri de victoire.

— Go ! La cérémonie des prix commence ! s'est-il exclamé en ouvrant la porte de type garage qui donnait sur l'extérieur.

On a filé, percutant la légère montée pour quitter le stade et nous élever dans les airs avant de nous réceptionner. Je me suis retournée brièvement pour m'assurer qu'il avait refermé derrière nous, coupant la route aux gardes qui nous pourchassaient.

— Les voitures ! a crié Elisa pendant que nous nous insérions dans la circulation.

Je me suis faufilée entre les véhicules, concentrée sur l'unique but de rester en vie. Et puis, j'ai entendu les sirènes.

On s'était fait griller.

Faisant vrombir le moteur, j'ai crispé les cuisses pour

me préparer à relever le défi. Les voitures de police, encore minuscules derrière nous, se trouvaient à un pâté de maisons. Puis, d'autres, venant du sud, ont bloqué le chemin le plus direct jusqu'au bateau.

La cata.

— Prends le tunnel ! a crié Elisa.

— Ils nous cueilleront à l'autre bout !

— Peut-être, mais c'est notre seule chance !

Passant la vitesse supérieure, j'ai contourné deux véhicules et accéléré comme s'il s'agissait de ma file privée. Nous nous sommes engouffrées dans le tunnel creusé sous l'entrée du port de La Havane.

Un pick-up est arrivé à notre hauteur et s'est mis à klaxonner, alors que sirènes et gyrophares surgissaient derrière nous. Ils ne tarderaient pas à nous voir. On était fichues.

J'ai lancé un bref coup d'œil au type du véhicule.

Et puis, j'ai regardé une deuxième fois.

— Cruz ! ai-je hurlé.

— Entrez ! ai-je lu sur ses lèvres, sa voix noyée par le bruit du tunnel.

— Tu dois y aller par l'arrière, Elisa, ai-je crié, espérant qu'elle m'entendrait.

— Hein ?

— Je vais m'approcher le plus possible, et puis tu vas devoir sauter !

— Ah ! OK. Ça marche, a-t-elle lâché, avec un hochement de tête qui détonnait avec sa voix terrifiée.

Le bout du tunnel arrivait plus vite que je le voulais. J'étais si près du pick-up que ma jambe frôlait la carrosserie métallique.

— Maintenant !

Elisa s'est appuyée sur mes épaules pour se dresser et,

un pied posé sur le siège, elle s'est propulsée à l'arrière du pick-up.

Une main sur l'accélérateur, j'ai mis les deux pieds en équilibre sur la selle d'Elizabeth pendant que le conducteur de la voiture d'à côté klaxonnait et criait des paroles inintelligibles. J'avais déjà accompli ce genre de prouesses un millier de fois pour rigoler, mais jamais quand ma vie en dépendait.

J'ai inspiré à fond et, simultanément, j'ai lâché l'accélérateur en me catapultant sur le côté, pour atterrir près d'Elisa, sur une surface douce.

Mon cœur s'est serré en voyant ma moto broyée sous les roues du quatre-quatre qui avançait deux voitures derrière nous.

— Jette ton casque ! ai-je ordonné à Elisa, tandis que Cruz s'insérait dans la circulation comme si on ne venait pas de réussir un exploit à la Evel Knievel.

Elle en a défait la boucle, alors que je me débarrassais du mien, lunettes de protection comprises. J'ai bazardé le tout en regrettant déjà mon équipement préféré. Je me suis ensuite dépouillée de mon maillot, pour ne plus garder que ma veste protectrice ajustée.

Cruz tendait déjà la main par la vitre arrière de la cabine, et j'ai aidé Elisa à passer. Ensuite, il s'est tourné vers moi, et j'ai agrippé sa main. On n'avait pas le temps de savourer nos retrouvailles.

Repérant la couverture sur laquelle on avait atterri, je me suis allongée et je l'ai tirée sur moi. Mon cœur battait follement dans ma poitrine, l'adrénaline accentuait chaque sensation, chaque émotion — surtout la peur — durant notre traversée du tunnel. D'après ce que j'ai pu entendre, les flics, au bout, ne nous ont jeté qu'un regard distrait. Après tout, ils cherchaient une Américaine à moto.

Cruz a viré à droite pour emprunter la route parallèle à l'océan et j'ai écarté la couverture pour aspirer une grande goulée d'air frais. Le pick-up a fait une embardée, mais je suis restée sans bouger, glissant d'un côté et de l'autre dans l'espace ouvert à l'arrière.

— Tiens bon ! a crié Cruz, et je me suis cramponnée du mieux que j'ai pu, pendant qu'on sautait au-dessus du trottoir.

Mes jambes ont dérapé, mais je me suis accrochée quand Cruz a entamé un virage à quatre-vingt-dix degrés.

— Maintenant ! a-t-il dit en me tendant la main par la vitre.

Je me suis projetée pieds en avant, et j'ai atterri sur la banquette entre eux.

— Qu'est-ce qui t'a pris ? a-t-il hurlé, les yeux rivés à la route.

— Pas question que tu laisses filer l'occasion de la sortir de là ! ai-je rétorqué. Pas à cause de moi !

— Les flics, a annoncé Elisa en indiquant notre gauche.

— Merde ! a lâché Cruz en donnant un coup de volant pour griller un feu rouge au milieu des klaxons. C'est la route vers le port.

— Comment tu as fait pour arriver là ? ai-je demandé, pendant qu'il dépassait une autre voiture.

— J'ai pris un bateau, puis un radeau de sauvetage jusqu'ici. En gros, je suis venu ici de la même manière que j'en suis parti… En clandestin.

— Belle ironie ! a lancé Elisa. Mais oubliez-moi. Si je reste, il vous laissera partir.

— Non !

Cruz et moi avions crié en chœur.

— Je n'allais pas rester sans rien faire, alors que tu risquais ta vie, a grommelé Cruz en me fusillant du regard.

— C'est quand même sympa de se voir, non ? ai-je lancé en tressaillant légèrement.

— Quelle tête de mule ! Dingue, suicidaire, impulsive…, a-t-il énuméré en secouant la tête, tout en prenant un nouveau virage serré à gauche. Et je t'aime, putain !

— Ils nous ont trouvés, a déclaré Elisa d'une voix neutre, en entendant les sirènes hurler derrière nous.

Sur notre gauche, des dizaines de drapeaux bleus flottaient depuis de hauts poteaux. Cruz a garé le pick-up, a ouvert la portière et m'a tirée hors de la cabine. Il m'a pressée contre lui, puis a contourné le véhicule à la course pour retrouver Elisa.

Derrière nous, les portes des voitures de flics se sont ouvertes à la volée.

Aucun bateau en vue. On se trouvait devant un imposant bâtiment entouré de barbelés… et gardé par des Marines.

L'ambassade américaine.

— Nous sommes des citoyens américains ! a crié Cruz en gravissant avec nous les marches en béton.

Les portes se sont refermées derrière nous et les Marines se sont avancés, pointant leurs armes sur la police cubaine.

— Attendez ! Il ment !

La voix du général Delgado.

Les Marines nous ont regardés, avant de considérer les Cubains. D'autres gardes armés ont surgi depuis l'intérieur de l'ambassade.

Être la première femme à réussir un double saut périlleux arrière à moto ? Fait.

Déclencher un incident diplomatique ? Fait.

— J'ai nos passeports, ai-je annoncé en glissant une main dans ma poche arrière pour attraper celui d'Elisa et le mien, puis je les ai agités en l'air.

— Mais il est cubain ! a protesté le général Delgado.

Le garde a vérifié nos passeports et nous a fait signe de passer, mais pas à Cruz. J'ai poussé Elisa à l'intérieur avec douceur.

— Vas-y.

Elle nous a considérés avec inquiétude.

— Allez, a renchéri son frère.

Elle s'est mise à courir. Soulagée, j'ai décrispé les épaules.

Cruz a sorti son propre passeport, qu'il a montré au garde.

— Ce document n'a aucune valeur, a déclaré le général Delgado pendant que nous nous retournions vers lui, main dans la main. Il est né à Cuba ! Et Cuba ne reconnaît pas d'autre citoyenneté pour ses fils nés sur son sol. Ils ne peuvent pas vous accepter contre ma juridiction.

Il a agité la main, et quatre policiers ont gravi les marches pour se ruer vers nous.

Cruz a pris mon visage dans ses mains et m'a embrassée durement.

— Je t'aime.

— Cruz !

Deux officiers cubains l'ont arraché à moi pour le traîner sur les marches, alors que des Marines se plaçaient de part et d'autre de moi.

— Faites quelque chose ! ai-je hurlé aux Américains.

— Il est né à Cuba ? a demandé l'un d'eux.

— Oui, mais c'est un vétéran. Il a gagné sa citoyenneté américaine !

Il a esquissé une grimace, tout en continuant de surveiller les Cubains qui montaient les marches, et en menaçant de son arme ceux qui s'approchaient un peu trop de moi.

— Alors, on ne peut rien faire. Cuba ne reconnaît pas d'autre citoyenneté après la sienne. Ils ont tout à fait le droit de l'emmener. Et la fille ?

— Elle est née aux États-Unis.

Il a hoché la tête et m'est passé devant pour me protéger des Cubains. D'autres Marines nous ont rejoints et m'ont fait reculer jusqu'à ce que je sois en sécurité.

J'avais sauvé Elisa.

Mais j'avais perdu Cruz.

32. Cruz

La Havane

J'ai secoué les mains pour y refaire affluer le sang. Les gardes qui venaient de me retirer les menottes se tenaient près de la porte. La pièce dans laquelle on m'avait amené semblait tout droit sortie d'un film sur la guerre froide : murs en béton, une table, deux chaises métalliques et un miroir sans tain.

L'ironie de la situation ne m'a pas échappé et j'ai laissé fuser un petit rire : on m'avait passé les menottes le soir de ma rencontre avec Penelope, et j'en portais encore lors de notre dernier jour ensemble.

Elle était courageuse comme pas deux, déterminée à sauver une personne qu'elle n'avait jamais vue. J'éprouvais toutes les émotions possibles : j'étais en rogne à l'idée qu'elle se soit mise en danger, ravi d'aimer une femme qui n'avait peur de rien, inquiet de passer le reste de ma vie dans l'armée cubaine, et soulagé qu'Elisa ait pu s'enfuir. Penelope l'aiderait à atteindre Harvard. Tout n'avait pas été entrepris en vain.

Mais le chagrin… Mon Dieu, il me déchirait de l'intérieur ! Et la peur lancinante de ne plus jamais pouvoir embrasser

Penelope ou la tenir dans mes bras, de ne pas avoir la chance de retrouver son attitude rebelle chez nos filles, ou son intelligence chez nos fils. Quel genre d'existence vous offrait votre âme sœur et vous l'arrachait dans la même foulée ?

La porte s'est ouverte en grinçant, et mon père est entré. Le temps n'avait pas laissé beaucoup de marques sur cette ordure sans cœur. Il n'avait pas changé depuis la dernière fois que je l'avais vu. Les décennies ne lui avaient apporté que des cheveux gris et plus de cruauté dans le regard.

— Cruz, m'a-t-il salué en donnant un coup de pied sur la chaise devant moi pour s'asseoir dessus.

— Comment tu as fait pour comprendre ?

— J'ai trouvé quelques photos de toi avec le billet pour l'Open. J'ai cherché ton nom sur tous les manifestes. Ça m'a semblé bizarre de ne te voir nulle part, mais j'ai quand même prévu une sécurité renforcée.

— Eh bien, Elisa est partie quand même. Et elle est en sécurité.

Il a haussé un sourcil.

— Mais je t'ai, toi. Tu ressembles à ta mère, Cruz.

— Et toi, à son meurtrier.

Il a plissé les yeux.

— C'est comme ça qu'on parle à un père qu'on n'a pas vu depuis près de vingt ans ?

— C'est comme ça que je regarde un lâche qui a agressé ma mère avant de s'en prendre à moi, puis de la battre à mort lorsqu'elle a commis l'idiotie de revenir vers toi.

— Elle a choisi de le faire. Elle aurait pu rester aux États-Unis avec toi, et j'aurais veillé à ce que sa sœur ne revoie plus la lumière du jour. Ou alors, elle rentrait avec mon enfant. C'était notre accord.

Je me suis carré sur mon siège et j'ai croisé les bras.

— Tu n'étais pas au courant pour Elisa ? Tu pensais qu'elle revenait avec moi.

— Oui. Ta sœur a été une sacrée surprise. Mais j'ai eu beau menacer ta grand-mère, elle a toujours refusé de t'envoyer. Cette bourrique t'a fait quitter Miami avant de disparaître. Comment elle va ? Elle est morte, j'espère ?

— Elle est heureuse. Épanouie.

— Bon sang, tu parles comme un Américain !

— J'en suis un.

— Alors, c'est ça, ta réaction ? Tu tournes le dos à ta famille ? À ton peuple ?

— Je peux aimer ce pays et te détester.

Il a pianoté des doigts sur la table.

— Et la blonde ? Penelope ? C'est ta petite amie ?

— Oui, et elle se trouve complètement hors de ta portée, ai-je répondu en crispant la mâchoire.

— Tu as envoyé une femme faire le travail à ta place ?

— Elle s'est envoyée elle-même.

Il a éclaté d'un rire malveillant.

— Tu as toujours eu la manie de te cacher dans les jupes des femmes !

— Tu as toujours eu peur des femmes fortes. Ou peut-être que c'est toi qui n'as jamais été assez fort pour les suivre.

Il a tapé du poing sur la table, mais je n'ai pas cillé.

— Je n'ai peur de rien !

— Et moi, je n'ai pas peur de toi. Je n'ai plus dix ans. Très franchement, j'adorerais que tu essaies de me frapper, maintenant.

Il a inspiré par les narines. Lorsqu'il a expiré, j'aurais pu jurer voir des vagues de rage.

— Je n'ai pas besoin de te frapper. Je te briserai.

— Qu'est-ce que tu me veux ?

— Absolument rien, a-t-il répondu avec un sourire

suffisant. Tu n'as aucun espoir de fuite, tu ne retrouveras plus jamais le cours de ta vie. Tu passeras le restant de tes jours ici, avec moi. Il n'y a rien que ton gouvernement ou ta jolie petite blonde puissent faire. Tu m'as coûté ma fille, et tu en paieras le prix durant les années qu'il te reste.

Il s'est levé et, sans prendre la peine de remettre sa chaise en place, il est parti en emmenant les gardes. La porte s'est refermée dans un clic qui m'a paru final.

C'était ma réalité, il fallait que je m'y fasse.

Penelope et Elisa étaient saines et sauves, c'était l'essentiel. Rien d'autre ne comptait à mes yeux.

33. Penna

Los Angeles

— Comment ça, vous n'avez toujours rien ? Ça fait trois mois !

Les trois avocats en costard se sont regardés, tandis que Pax s'approchait de moi et me prenait la main. La table de la salle de conférences n'était pas assez grande pour m'empêcher de me jeter sur eux, s'ils nous convoquaient une fois de plus pour ne rien nous annoncer de nouveau.

— Mademoiselle Carstairs, a poursuivi le plus âgé d'entre eux, baissant les yeux sur moi. On a épuisé nos ressources. Les Cubains refusent de nous laisser lui parler, ce qui est leur droit. Selon la loi, il est citoyen de leur pays.

— Mais c'est aussi un citoyen du nôtre ! Combien de fois est-ce qu'on va se retrouver ici pour que vous me sortiez le même baratin ?

— C'est la dernière, a-t-il murmuré.

Pax m'a serré la main.

— Vous laissez tomber ?

— On ne peut plus rien faire. On n'a aucun statut juridique.

— Vous avez des millions de dollars — les miens — à

votre disposition, et vous me dites qu'il est impossible de sortir un citoyen américain d'un pays étranger ?

Il s'est penché en avant, alourdi sous le poids de ses soixante ans.

— Je vous dis qu'il n'est pas possible de faire sortir un citoyen cubain de Cuba. Rien n'est susceptible de supplanter leur juridiction dans cette affaire.

Je me suis affaissée sur mon siège.

Pax s'est levé pour les remercier et Brandon les a raccompagnés, nous laissant seuls au soixante-quinzième étage du gratte-ciel de Wilder Enterprises.

Retrouvant mes repères, je me suis approchée de la fenêtre pour admirer LA. qui s'étendait à nos pieds.

— Penna ?

Pax est venu se poster à côté de moi.

— J'ai tout ce fric, Pax. Des millions de dollars. Des magazines, des pubs… Hier, mon agent a même reçu une proposition de film !

— C'est…

— J'ai tout ce que je pourrais vouloir, mais pas celui dont j'ai besoin. Je n'arrive pas à renoncer, ou à accepter que tout ce que je possède est sans valeur.

Il m'a entouré les épaules de son bras, et attirée contre lui, posant la tête sur la mienne.

— On ne laissera jamais tomber. Il faut juste qu'on trouve une règle à contourner.

Mais la vérité, on la connaissait tous les deux : on avait épuisé toutes les possibilités.

J'ai conduit en silence jusque chez Grandma, j'ai même coupé la radio. Trois mois depuis que des Marines nous avaient escortés jusqu'à l'*Athena*. Trois mois depuis que Paxton avait déclaré que le bateau lui appartenait, et qu'il invitait qui il voulait à bord. Trois mois depuis que j'avais accompagné Elisa jusqu'en terre américaine, que j'avais présenté son passeport et réalisé le rêve de Cruz.

Deux mois depuis la remise des diplômes.

Un mois jusqu'à la première de notre documentaire.

Autour de moi, la Terre continuait de tourner. Mais mon cœur était resté devant l'ambassade américaine de Cuba, où Cruz m'avait embrassée pour la dernière fois.

Le monde me semblait bien différent maintenant que j'avais goûté à l'amour et que je l'avais perdu. Il était tellement plus terne, plus fade, plus… déprimant. C'était comme si mon chagrin avait altéré ma vision en me débarrassant de toute émotion autre que la tristesse.

Enfin, en plus de la colère.

J'ai garé ma Range Rover dans l'allée. Tandis que je longeais le chemin pavé jusqu'au porche familier, la voix de Cruz résonnait dans mon esprit.

— Penna ! s'est écriée Elisa en ouvrant la porte pour me prendre dans ses bras.

— Salut, ai-je dit en la serrant contre moi.

Elle avait beau être calme et menue, son esprit était aussi vif que le mien. Lorsqu'elle parlait, ses mots avaient d'autant plus de poids qu'elle les choisissait avec soin.

— Penelope !

Grandma m'a pressée encore plus fort contre son cœur, jusqu'à ce que je manque presque d'étouffer.

— Grandma, ai-je articulé, la gorge serrée.

Elle s'est écartée, les mains sur mes épaules, le regard empli d'une compassion infinie et d'une grande tristesse.

— Ta réunion ne s'est pas bien passée.

— Non, ai-je admis, les larmes aux yeux. Ils ne peuvent rien faire. Ils abandonnent.

— Et toi ?

J'ai essuyé une larme rebelle et j'ai secoué la tête.

— Il a fallu dix ans à Cruz pour sortir Elisa de Cuba. Je crois que trois mois, c'est un peu tôt pour laisser tomber.

Le sourire aux lèvres, elle a pris mon visage dans ses mains.

— Moi aussi, je le crois.

Deux jours plus tard, je me garais devant Oak Moss Grove, à côté de la Mercedes de ma mère.

Les mains crispées sur le volant, j'ai pris le temps de me ressaisir. Puis j'ai respiré à fond, j'ai levé le menton et je suis descendue de ma voiture pour gravir les marches qui menaient à la maison de repos. Quand j'ai ouvert la porte, j'ai savouré la bouffée glacée d'air conditionné.

Ensuite, je me suis avancée vers la réception avec le plus grand sourire possible.

— Navrée, je suis tellement en retard !

— Ce n'est pas grave, mademoiselle...

La réceptionniste s'est interrompue en me considérant de ses grands yeux bleus.

— ... Carstairs. Je suis sûre que mes parents sont déjà avec Brooke. J'ai été retardée par la circulation. LA un vendredi, vous savez ce que c'est !

— C'est sûr, a-t-elle admis en me souriant. Suivez-moi.

Mon cœur battait la chamade, et j'avais des nœuds dans le ventre. C'est malgré tout d'un pas régulier que j'ai longé le couloir que Cruz et moi avions traversé presque six mois plus tôt.

— Et voilà ! a-t-elle lancé en ouvrant la porte.

— Merci beaucoup !

Je suis entrée, j'ai refermé derrière moi, poussé le verrou, et je me suis adossée au battant. Là, j'ai croisé les regards incrédules de ma mère, de mon père et de Brooke.

Brooke, que j'aimais plus que moi-même.

Brooke… qui m'a dévisagée, horrifiée, l'espace d'une seconde, avant de se détourner.

— Penna ! s'est exclamée maman en se levant d'un bond.

— Attention, maman. Ne froisse pas ta robe.

— Je ne veux pas d'elle ici, a déclaré Brooke d'une toute petite voix.

— Je n'en ai rien à foutre !

— Penelope ! a sifflé mon père, tout en s'avançant pour m'embrasser sur la joue. Je suis content de te voir, mais tu crois vraiment que c'est la meilleure manière de régler ça ?

— C'est la seule, quand ton unique sœur, l'autre moitié de ton cœur, t'écrase sous un projecteur de stade, te brise la jambe et refuse ensuite de te parler.

— Penna, sois gentille, a essayé de m'enjôler ma mère.

Elle s'est glissée sur la causeuse où se trouvait Brooke dans un survêtement de créateur et a passé un bras autour de ses épaules.

— La gentillesse, j'ai déjà tenté, maman. J'ai essayé les lettres, les coups de fil, les mails, je suis même venue une fois. Ça ne m'a menée nulle part. Alors, ras le bol d'être gentille ! Je ne sais d'ailleurs pas comment tu fais pour ne pas en avoir marre. C'est moi qu'elle a failli tuer, et c'est elle que tu réconfortes.

— Elle est fragile.

— Elle a comploté contre nos amis et a presque tué certains d'entre nous ! Alors non, je ne dirais pas qu'elle est fragile. Et toi, Brooke, qu'est-ce que t'en penses ?

— Je n'ai pas envie d'en parler, a déclaré ma sœur en se tordant les mains.

— Tu n'as plus ton mot à dire !

Papa s'est appuyé contre la porte, à côté de moi. Malgré sa taille écrasante, il avait toujours représenté le calme dans mon enfance, le ciel bleu, par opposition à l'ouragan maternel.

— Richard…, a susurré maman.

— Je suis du côté de Penna. Brookie, je t'aime, mais si tu veux enfin avancer, il va falloir arrêter de te cacher pour affronter ce que tu as fait et ceux que tu as blessés.

Pendant le silence le plus gênant de toute ma vie, j'ai vu Brooke hésiter, puis secouer la tête.

— J'ai parlé à Nick…

Elle m'a regardée dans les yeux.

— Il nous a accompagnés sur le bateau durant les derniers mois. Il a même réussi de jolies figures, à Cuba, dans son fauteuil roulant !

Elle a froncé les sourcils.

— Il m'a aussi raconté ce que tu lui avais fait. Avec Patrick.

Elle a inspiré un grand coup.

— Ce n'était pas ta faute, ai-je ajouté. C'est la seule chose dont je veux bien t'absoudre. Tromper Nick — là, oui, ça relève de ta responsabilité. Mais tout ce qu'il a fait après, jusqu'à ce qu'il se retrouve en fauteuil roulant ? C'étaient ses choix. Il le sait. On le sait tous.

Elle a baissé les yeux et pincé les lèvres.

— Mais le reste… Ce que tu as fait à Pax, à Leah, à moi. C'est toi, la coupable.

— Tu refusais d'arrêter, a-t-elle chuchoté.

— Pourquoi l'aurais-je fait ? Tu ne me contrôles pas, Brooke. Ce qui est arrivé à Nick a été un affreux accident, qui aurait pu être évité de plus d'une façon. Tes agissements ont aggravé la situation, mais tu ne nous as pas déchirés, si c'est ce que tu te demandais.

J'ai attendu une réaction, j'en espérais une, même si j'avais cessé d'attendre Brooke depuis longtemps.

— Je ne te pardonne pas encore, ai-je précisé.

— Penna ! s'est écriée ma mère.

— Tais-toi, Claire, l'a rabrouée mon père.

— Je ne suis pas obligée de te pardonner, d'autant plus que tu n'as jamais essayé de t'excuser. Peut-être que je le ferai un jour. Ce choix m'appartient. Mais j'ai compris qu'attendre une explication de ta part ne faisait que prolonger ma souffrance, alors que j'ai le droit de guérir.

— Tu n'as pas arrêté ! a crié Brooke en se levant subitement. Après tout ça, tu as recommencé, tu t'es remise à faire des sauts périlleux sur ta bécane, comme si tu te foutais de tout… Comme si tu te foutais de moi !

— Bien sûr que non, je ne me fous pas de toi ! ai-je hurlé. Et tu étais l'une de nous.

Prenant une inspiration tremblante, j'ai croisé le regard de ma sœur en priant pour que ce ne soit pas la dernière fois.

— Je n'ai jamais fait partie de votre bande, a-t-elle protesté. Je n'étais pas assez tête brûlée. Je n'étais pas prête à me briser le cou pour une figure débile.

— Mais tu étais prête à me briser, moi.

— Je n'ai jamais voulu te faire de mal, Penna. Mais il fallait que tu arrêtes. Vous devez grandir et stopper ce délire.

Je me suis avancée d'un pas, la main posée sur la poignée de la porte.

— Tu sais que je viens de réussir le premier double saut périlleux arrière jamais accompli par une femme ?

Elle a écarquillé les yeux.

— Non.

— Ou que je suis tombée amoureuse d'un homme incroyable qui a donné sa vie pour moi ? Pour sa sœur ? Et qu'il y a de grandes chances pour que je ne le revoie plus jamais ?

Ses épaules se sont affaissées.

— Non.

— Tu es blessée et je ne l'ignore pas. Mais ça ne change rien au fait que je le suis aussi. Quelque part en chemin, tu as oublié d'écrire ta propre histoire. Celle-ci, c'est la mienne, et tu n'as pas à m'en dicter le contenu. C'est moi qui le décide. J'en ai ma claque de me sentir coupable à cause de toi. Quand tu seras prête, viens me trouver. Jusque-là… Concentre-toi sur ce qui te rend heureuse, parce que c'est toujours ce que je veux pour toi.

Je me suis retournée, j'ai embrassé mon père sur la joue, et j'ai quitté la pièce, tâchant de poser un pied devant l'autre.

La réceptionniste s'est adressée à moi, mais elle m'a paru lointaine et facile à écarter. J'ai poussé la porte et levé le visage vers le soleil, sentant mon cœur se briser une dernière fois pour Brooke. Ensuite, j'ai descendu l'escalier, persuadée que désormais, quelle que soit ma souffrance, je réussirais toujours à m'en remettre. La douleur prendrait fin.

— Penna ! m'a appelée ma mère.

J'ai pivoté vers elle juste avant d'atteindre ma voiture.

— Retourne à l'intérieur, maman. Je suis sûre que Brooke a besoin de toi.

Elle a calé ses mèches blondes derrière ses oreilles et s'est raclé la gorge.

— Tu sais que je t'aime, hein ? Autant que j'aime ta sœur.

— Bien sûr.

— Mais toi, tu es une force de la nature. Tu as arrêté d'avoir besoin de moi à trois ans, quand tu as appris à te mettre des pansements toute seule. Tu refusais d'assister au bal de fin d'année, à toutes les manifestations sociales possibles, et, quand tu y allais, c'était toujours accompagnée de Paxton Wilder ou de Landon Rhodes. Rien n'existait pour toi en dehors de ta bande de garçons perdus. Je t'ai toujours aimée, Penna, mais Brooke avait plus besoin de ma protection que toi.

— Peut-être que j'avais besoin que tu sois de mon côté. Elle a failli me tuer, maman, et tu restes avec elle comme si c'était moi qui allais lui faire du mal. Comme si c'était moi, le danger.

Elle a pris mon visage dans ses mains, abandonnant son sourire parfait l'espace d'une seconde.

— Je savais que tu t'en sortirais. Ces garçons t'aiment tellement ! Mais si j'avais pris ton parti, j'aurais couru le risque d'abandonner Brooke à ses démons, et je ne supportais pas l'idée de perdre l'une de vous.

— Eh bien, la bonne nouvelle, c'est qu'on est toutes les deux vivantes. La mauvaise, c'est que tu m'as perdue quand même.

Elle s'est raidie et a laissé retomber sa main.

— Bon, je m'en remettrai.

— Super. Dis à papa que je le verrai jeudi midi, comme d'habitude. Au revoir, maman.

J'ai grimpé dans la Rover et refermé la portière. J'ai réussi à atteindre la maison de Grandma avant d'exploser en sanglots sur l'épaule d'une femme que je considérais plus comme ma famille que la mère qui m'avait enfantée.

Sur fond de musique, j'ai attaqué le nettoyage en grand de mon appartement. Je payais quelqu'un pour s'occuper du ménage, mais, après mon engueulade de la veille avec ma mère et Brooke, je tenais à éradiquer toute la crasse de mon existence.

J'ai ouvert la porte de mon dressing et je me suis jetée sur la pile de saloperies que j'avais accumulée dans le coin. J'ai trié le linge sale, les sacs et l'équipement par tas, et je me suis figée en apercevant le sac à dos de Cruz.

Je l'ai saisi et serré contre mon cœur, comme s'il s'agissait de Cruz lui-même. Mon Dieu, il avait même son odeur, ou alors je délirais complètement ! N'empêche que, l'espace d'une microseconde, j'ai eu l'impression qu'il n'était pas le seul fruit de mon imagination, qu'il existait réellement.

Je me suis assise par terre entre les piles et j'ai sorti le trieur. Tout était exactement là où je l'avais laissé la dernière fois que je l'avais inspecté, à Miami. Frôlant ses papiers militaires du bout des doigts, je m'en suis emparée.

Ça ne m'a pas paru plus compréhensible que la première fois. J'ai parcouru ses documents de démobilisation et j'ai lu les détails de son service. Il s'agissait sans doute d'une violation de vie privée, mais j'aurais fait n'importe quoi pour me sentir plus près de lui.

J'ai froncé les sourcils en tombant sur une feuille et mes mains se sont mises à trembler.

Est-ce qu'il se pourrait que…

Ne voulant pas nourrir de faux espoirs, j'ai lu plus attentivement. Cruz avait quitté l'armée, mais est-ce que j'avais enfin trouvé une solution ?

J'ai sorti mon téléphone portable pour appeler Brancon.

— Quoi de neuf, Penna ?

— Je crois savoir comment faire sortir Cruz de Cuba, mais je vais avoir besoin d'aide.

— Qu'est-ce qu'il te faut ? a-t-il demandé après un silence. Tu sais que tu peux compter sur moi.

— Je crois que je vais devoir parler au président.

— Évidemment.

34. Cruz

La Havane

— Allons-y, a aboyé le garde depuis l'entrée de ma cellule.

Je me suis frotté la barbe en m'efforçant d'émerger. À force de rester seul dans une pièce sans fenêtre, j'avais perdu la notion du temps. Pas seulement des heures de la journée, mais des jours en général.

J'avais essayé de noter chaque fois qu'on m'apportait à manger, de définir le temps en fonction de la nourriture qu'on me donnait, mais je les soupçonnais d'agir de manière aléatoire pour m'embrouiller.

— Tout de suite !

Quittant ma maigre couche, je me suis levé maladroitement pour le suivre hors de ma cellule, et un autre soldat armé nous a talonnés. Nous nous sommes traînés le long de couloirs, avant de gravir un escalier.

— On est quel jour ? ai-je demandé.

— Silence !

OK, merci.

On a émergé au premier étage et j'ai dû me protéger les yeux des rayons de soleil.

— Bouge ! a hurlé le garde.

J'ai avancé, aveuglé par la luminosité.

— Ici, a ordonné l'homme devant nous en ouvrant une porte.

J'en ai franchi le seuil et j'ai ouvert les yeux à la faveur de la pénombre.

— Nom de Dieu ! Qu'est-ce que vous lui avez fait ? s'est écrié un homme dont l'accent trahissait les origines sudistes.

J'ai cligné des paupières pour mieux le voir. Il portait un treillis militaire de l'armée américaine, avec un insigne de colonel accompagné du nom « Ward ».

— Je l'ai traité comme mon prisonnier, a répondu mon père.

— Asseyez-vous, fiston, a proposé le colonel Ward en me tirant une chaise.

— C'est *mon* fils, a grondé mon père.

— Ça se voit ! a ironisé Ward. Ça fait deux semaines que je réclame cette entrevue.

— Je n'avais aucune obligation d'accepter.

— Si on le considère comme un citoyen cubain, c'est exact. Mais il est également membre de l'armée américaine, ce qui vous met en tort. Remettez-le-moi, général Delgado, ou les conséquences de votre refus seront graves. Les États-Unis ne voient pas d'un bon œil les gouvernements étrangers qui séquestrent leurs soldats.

Je me suis redressé sur mon siège.

— Qu'est-ce qui se passe ?

— Vous connaissez la Réserve individuelle disponible ?

Mon esprit a cherché péniblement une réponse.

— Ce sont les quatre années pendant lesquelles on est en attente, après démobilisation.

— Bingo ! Pour ceux d'entre vous qui ne sont pas américains, je vais vous expliquer. Le sergent Delgado s'est engagé pour trois ans, lorsqu'il avait dix-sept ans…

— Il en a vingt-huit, alors quel intérêt..., a déclaré mon père.

— C'est moi qui parle ! l'a interrompu le colonel Ward.

J'avais dû passer mon anniversaire dans ce trou sans le savoir, ce qui voulait dire qu'on était au moins le 1er août. J'étais donc resté enfermé pendant près de quatre mois.

— Bon, a repris le colonel Ward en se retournant vers moi. Vous vous êtes engagé à dix-sept ans, vous avez fait vos trois ans comme convenu, puis on vous a transféré vers la Réserve individuelle disponible.

— Exact, ai-je répondu.

Les pièces du puzzle se mettaient en place. La RID était automatique pour ceux qui restaient moins de huit ans dans l'armée. On était mobilisé pendant huit ans et on pouvait être rappelé selon le bon plaisir du président, même si ça ne s'était pas produit depuis l'opération *Tempête du désert*, dans les années 1990. J'avais signé le bout de papier et n'y avais plus jamais repensé.

Sauf que les huit ans s'étaient écoulés quand j'en avais eu vingt-cinq.

— Il se trouve que vous avez repoussé l'échéance pendant que vous travailliez sur votre doctorat, professeur Delgado, a annoncé Ward avec un sourire.

— Je l'ai repoussée...

Une lueur d'espoir s'est allumée en moi. J'avais beau vouloir l'éteindre, cette fichue flamme brillait de plus en plus fort.

— Oui. Et je suis navré de vous apprendre que j'ai reçu un coup de fil, il y a deux semaines, m'informant qu'on vous rappelait dans la troupe de réserve. Votre unité vous attend à LA.

J'ai laissé échapper un petit rire incrédule.

— C'est grotesque ! s'est écrié mon père. Cet homme est un criminel !

— De quoi l'accuse-t-on ? a demandé le colonel Ward. D'avoir kidnappé une adulte consentante de dix-huit ans et de l'avoir aidée à pénétrer dans l'ambassade du pays dont elle est citoyenne ?

Mon père l'a regardé, bouche bée, avant de refermer la mâchoire dans un claquement.

— Nous ne vous livrerons pas ce prisonnier.

La porte s'est ouverte et un autre général cubain est entré.

— Général Delgado.

— Général Gutierrez.

Le colonel Ward s'est approché de moi et a posé la main sur mon épaule.

— À partir de maintenant, le sergent Delgado est sous ma responsabilité. Après les efforts déployés par nos deux pays pour rétablir des liens diplomatiques, vous êtes vraiment prêt à entrer en guerre pour cette histoire ? Parce que moi, oui. Je refuse de laisser un soldat américain emprisonné en territoire ennemi sous des prétextes fallacieux. S'il le faut, je peux faire appel à cinq mille soldats postés à moins de mille cent kilomètres d'ici.

Mon père a tapé du poing sur la table et il a baissé la tête, le souffle court.

— Non.

— Vous pouvez emmener ce soldat, colonel, a alors lancé le général Gutierrez avec un sourire.

— Ravi de vous avoir rencontrés, général Delgado, général Gutierrez, a déclaré Ward en adressant un hochement de tête à chacun d'eux. Merci.

Il n'a pas eu besoin de me le dire deux fois. J'ai bondi de mon siège et je l'ai suivi hors de la salle de conférences. Des cris se sont élevés derrière nous.

— Continuez de marcher, m'a-t-il ordonné. Ne vous arrêtez sous aucun prétexte.

— Oui, mon colonel.

Nous avons traversé le hall en marbre, aux arches ouvertes caressées par la brise des Caraïbes. Quel magnifique décor pour tant de laideur.

Nous avons retrouvé un petit groupe de soldats américains armés et on m'a guidé vers un Humvee, dans lequel je me suis aussitôt installé. Je me suis affalé sur la banquette arrière et Ward s'est assis sur le siège passager.

— C'est vraiment réel, ce qui m'arrive ? ai-je lâché, m'attendant presque à me réveiller dans ma cellule.

— Oui. Comment ça va ? Vous avez soif ? faim ? a-t-il demandé, alors que le convoi quittait le bâtiment.

— Oui à tout, ai-je répondu en abandonnant la tête sur le dossier.

Je partais vraiment ! Je m'échappais, je rentrais chez moi.

Penelope.

— Il va falloir vous débriefer, bien sûr, et puis on repartira aux États-Unis.

— Oui, mon colonel. Comment vous avez su pour moi ?

— Votre petite amie est fichtrement entêtée, sergent.

L'espoir dans ma poitrine s'est transformé en véritable brasier. Je serais bientôt de retour à LA. Je pourrais la prendre dans mes bras, l'embrasser, me chamailler avec elle, me réconcilier avec elle sur l'oreiller et tout recommencer.

— Il n'y en a pas une comme elle sur la planète, mon colonel.

— Pas facile de lui dire non, en tout cas.

J'ai esquissé un sourire, le tout premier depuis qu'on m'avait séparé d'elle à l'ambassade.

— Disons que ce n'est pas pour rien si on l'appelle Rebel.

35. Penna

Los Angeles

— Rebel ! hurlaient les reporters, le soir de notre première, tandis que j'avançais sur le tapis rouge.

Je me suis arrêtée pour me déhancher dans ma robe Vera Wang sans bretelles, souriant comme si j'étais la fille la plus heureuse au monde. À l'intérieur, j'avais envie de mourir. Ma chevelure brillait parce que ma coiffeuse l'avait vaporisée de je ne sais quoi, mais tout le maquillage possible n'aurait pu cacher les cernes sous mes yeux.

Trois semaines s'étaient écoulées depuis que j'avais trouvé les papiers militaires et que j'avais lancé le lent processus pour que l'armée américaine se mette en quête de Cruz.

Deux semaines plus tôt, on avait refusé de me renseigner, prétextant que la situation était désormais classée secrète.

Bande de salauds !

Comme mon devoir me le dictait, je suis restée plantée là, m'évertuant à paraître jolie. Puis, quand j'ai estimé qu'ils avaient pris suffisamment de photos, j'ai poursuivi mon chemin. Notre première était plutôt modeste, en comparaison avec d'autres, mais les plus grosses stars du sport extrême étaient présentes, ainsi que quelques acteurs connus à Hollywood.

Apparemment, notre documentaire faisait un carton.

— Rebel, diriez-vous que les Renegades incarnent la nouvelle génération de Warren Miller ?

— L'idée que quelqu'un puisse remplacer Warren Miller est risible, ai-je répondu. Et puis, je ne me sentirais pas de remettre ça tous les ans.

Parcourant la file des yeux, j'ai aperçu Nick qui me faisait signe, près de la porte. Je me suis excusée auprès des journalistes et je l'ai rejoint.

— Quel cirque ! me suis-je écriée, comme nous traversions le théâtre pour nous diriger vers la scène.

— Il nous reste une dizaine de minutes avant les discours, je ne voulais pas que tu te trouves coincée dehors.

— Merci. Les autres ?

— Ils attendent déjà.

Le personnel du théâtre a écarté les cordons de velours rouge qui délimitaient les coulisses et nous a laissés passer. On les a remerciés avant de rallier notre point de rencontre.

Landon et Pax patientaient juste derrière les rideaux. On s'est retrouvés au centre de la scène.

— La vache, on te voit comme une robe rouge au milieu de costards ! a blagué Landon.

— J'ai pensé en porter un, et puis, je me suis rappelé que ça ne m'avait jamais fait peur d'être la seule fille du groupe. Tu es prêt ? ai-je lancé à Nick.

Il a hoché la tête.

— J'ai déjà fait mon *coming out* à Cuba, alors là, ce sera du gâteau.

— Tu as vu Zoe ? a demandé Pax. Elle est de nouveau sur pied.

— Gabe est là aussi, a marmonné Landon. Mais j'ai interdit à ses parents d'entrer.

— Bien joué ! a approuvé Nick.

On a papoté pendant quelques minutes, jusqu'à ce que Bobby nous fasse signe et indique sa montre.

— C'est l'heure, on dirait, a lancé Pax.

On s'est mis en rang, face au théâtre bondé, dont on n'était séparés que par un voile de velours.

— Quelquefois, ça me scie la caisse de penser qu'on a fait ça, ai-je fait.

— C'est ce que je me dis tous les jours, a renchéri Landon.

Le bouton sur nos micros s'est allumé, et on s'est tus. On était en direct.

La sono a craché de la musique et le rideau s'est levé sous un tonnerre d'applaudissements. C'était bondé. J'ai repéré quelques visages familiers — Leah et Rachel, assises à côté des places qui nous étaient réservées. Little John se trouvait non loin derrière elles.

— Merci d'être venus, a déclaré Paxton, puis il s'est présenté : Je suis Wilder.

— Rebel.

— Nova.

— Et Nitro, a conclu Nick.

Les applaudissements sont devenus assourdissants. J'en avais les joues en feu.

— L'aventure des Renegades a commencé dans mon jardin, quand on refusait de rentrer dîner, tous les quatre, s'est esclaffé Pax. On voulait toujours une course, un saut de plus. Visiblement, ça n'a pas trop changé.

— On a grandi, on a quitté la maison de nos parents, Dieu merci, a poursuivi Landon au milieu des rires. On a gagné quelques médailles aux Jeux de l'extrême, et on s'est fait connaître en réussissant des cascades que personne d'autre n'était assez débile pour tenter.

— Je me suis blessé, est intervenu Nick, faisant taire les spectateurs. Et mes amis ont eu l'idée de ce documentaire, dans l'espoir que mes conceptions de cascades et de rampes me permettent de rester dans le circuit. À Cuba, j'ai découvert que je ne me débrouillais toujours pas trop mal sur une rampe.

Le public a poussé des hourras, et on a tous éclaté de rire.

— Ce documentaire a fini par dévier vers autre chose que le sport, ai-je poursuivi.

On avait répété ce discours plus d'une fois, mais, maintenant qu'on y était vraiment, je flippais un peu à l'idée de me planter devant tout le monde.

— On a réussi de beaux exploits, mais les cascades qu'on voit dans le film ne sont rien en comparaison de ce qu'on a vécu en voyageant de par le monde. Je ne parle pas seulement des lieux qu'on a visités, ou des cultures qu'on a connues, mais de notre amitié, à tous les quatre.

— On a réussi pas mal de premiers coups, a ajouté Pax.

— On en a raté d'autres, a précisé Landon. Et puis, on y est retournés et on a fini par y arriver, a-t-il conclu en souriant à Rachel.

Ils avaient passé trois semaines au Népal avec l'équipe de tournage, et Landon avait enfin pu réaliser la figure de ses rêves.

— On a repoussé les limites des genres, de la raison et de la gravité, ai-je repris.

— Et, comme vous allez le voir, on est tous tombés amoureux, a annoncé Pax en se tournant vers Leah. Moi, j'ai craqué pour ma tutrice.

— Je me suis remis avec celle qui s'était échappée, a déclaré Landon en adressant un clin d'œil à Rachel.

— Je suis tombée raide dingue de celui qu'il ne fallait pas.

Grandma m'a alors décoché un sourire triste de là où elle était assise avec Elisa.

— J'ai appris à m'aimer moi-même, a ajouté Nick.

— On a déclenché notre lot d'incidents internationaux, mais je crois que Rebel a la palme, a affirmé Pax en riant.

J'ai pivoté vers lui. Qu'est-ce qui lui prenait de dévier du texte que nous avions établi ensemble ?

Landon m'a prise sous son bras.

— Cette fille a été séparée de l'amour de sa vie à la porte de l'ambassade américaine de Cuba.

— Landon, ai-je chuchoté loin de mon micro.

— Fais-moi confiance, Penna.

— De retour à LA, elle a continué de se battre, a poursuivi Nick. Fidèle à la Rebel qu'elle a toujours été, elle a enfoncé toutes les portes qu'elle a trouvées fermées devant elle pour le faire revenir. Elle a affronté des avocats, l'armée américaine et le gouvernement cubain.

— Et vous savez quoi ? a renchéri Pax en me souriant comme un dingue. Elle a fini par enfoncer la bonne porte !

— Pax…, ai-je murmuré, ma voix se brisant.

— C'est l'heure de ton happy end, a-t-il dit hors micro.

Mon cœur s'est arrêté en entendant s'élever dans le théâtre les premières mesures de *Up Where We Belong*, la chanson d'*Officier et Gentleman*.

— Merde alors, on se croirait de retour dans les eighties, a marmonné Nick.

Landon lui a donné une tape sur l'arrière du crâne, et Pax s'est avancé pour se tenir près eux.

Le projecteur a éclairé le côté gauche de la scène et j'ai cessé de respirer. J'avais peur qu'à la moindre bouffée d'air, la vision disparaisse.

Cruz se tenait à cinq mètres de moi, en tenue militaire,

ses joues creusées de fossettes et son sourire si beau que j'ai cru qu'il n'était pas réel. Mon micro est tombé par terre et j'ai levé les mains pour les plaquer sur ma bouche.

J'ai laissé échapper une petite plainte lorsqu'il s'est avancé sous les applaudissements frénétiques de la foule. Je me sentais comme vidée de toute force. Sans dire un mot, il a pris mon visage dans ses mains et m'a embrassée comme s'il n'y avait personne autour de nous. J'ai savouré son goût sucré et familier, et la foule a disparu. On était seuls au monde.

Je me suis pendue à son cou et il m'a soulevée dans ses bras, glissant une main sous mes genoux comme on porte une mariée.

— Il ne manque plus que quelqu'un crie : « Bien joué, Paula ! » m'a-t-il soufflé.

J'ai ri contre sa bouche, les joues baignées de larmes.

— Tu sais qu'*Officier et Gentleman*, c'est la marine ?

On en avait parcouru du chemin, depuis qu'il m'avait dit ça !

Ses yeux bruns ont plongé dans les miens, et j'y ai trouvé tout ce dont j'avais besoin : force, humour, bienveillance… amour.

— Chut. Là, c'est mon grand coup d'éclat. Mon tour.

J'ai souri en me remémorant la fois où je lui avais dit la même chose à bord de l'*Athena*, et j'ai mis toute mon âme dans mon baiser.

Il m'a portée hors de la scène, sous les acclamations les plus assourdissantes que j'aie jamais entendues. Mais ça n'était qu'un bruit de fond par rapport aux battements effrénés de mon cœur.

— Maintenant, Penna, écoute-moi te dire que je t'aime.

— Je t'aime aussi, Cruz.

— Bien, parce que je ne veux plus vivre un seul jour

sans me réveiller à tes côtés et m'endormir avec toi dans mes bras. Tu es mon seul avenir, Penelope. Et si ça veut dire que je dois fermer les yeux pendant que tu exécutes je ne sais quelle cascade farfelue, je le ferai.

— Ou alors, tu peux l'exécuter avec moi. T'es pas mal dans ton genre, tu sais.

— Il faut bien que je suive ma nana.

Nous nous sommes perdus dans un nouveau baiser qui m'a paru encore plus parfait que le précédent.

— Je t'aurais bien appelée, mais je ne suis arrivé aux États-Unis que ce matin, et faire ça m'a semblé plus…

— … héroïque ? ai-je suggéré.

— Digne de toi, a-t-il rectifié en m'embrassant encore.

Est-ce que je me lasserais un jour de ses baisers ? Ça m'étonnerait.

Effleurant ses joues lisses, je me suis reculée pour le regarder.

— Tu es rentré ? Vraiment ?

— Oui, grâce à toi.

De nouvelles larmes se sont mises à couler sur mes joues, comme si mon corps se lâchait enfin.

— Tu m'as manqué. J'avais si peur de ne plus jamais te revoir !

Il m'a serrée encore plus fort contre lui et m'a embrassée sur le front.

— Ne pleure pas. Je suis là, maintenant, et je ne te quitterai jamais. Enfin…

Mon euphorie a laissé place à une vague de peur.

— Quoi ?

— Je vais devoir me rendre à une manœuvre une fois par mois. Je fais plus ou moins partie de la troupe de réserve pour les trois années à venir. Mais si tu n'es pas d'accord, je peux toujours repartir à Cuba.

J'ai ri, la vision floutée par mes larmes.

— Ça me paraît gérable ! Cruz ? ai-je murmuré en passant les mains sur les cheveux qui s'arrêtaient juste au-dessus de sa nuque.

— Oui, ma belle ?

Il a suffi d'un regard de sa part, et mon corps s'est enflammé, prêt à le recevoir. Des mois de séparation n'avaient rien changé à notre alchimie, ni à mon amour dévorant.

Dans ces quelques secondes, notre futur m'est apparu clairement. On rirait, on se disputerait, on se rendrait dingues, et on s'empêcherait de tomber. On s'aimerait plus fort que n'importe quel couple de toute l'histoire du monde.

— Ramène-moi à la maison.

Il a souri et m'a embrassée tendrement.

— Tu n'as pas envie de voir le film ?

J'ai secoué la tête.

— Je connais déjà la fin.

— Ah ? a-t-il demandé, quittant déjà le théâtre, en me portant dans ses bras puissants.

— Ils vécurent heureux jusqu'à la fin des temps.

Épilogue
Penna

Cinq années plus tard

— Tante Penna ?

La petite voix de Melody m'a surprise, et j'ai reposé mon téléphone sur le plan de travail de la cuisine de Pax. Marrant, comme un seul coup de fil pouvait changer… Eh bien, absolument tout.

J'ai pris une inspiration tremblante et j'ai tenté de me calmer. J'avais l'impression d'être montée à bord d'un grand huit qui n'avait pas l'air près de s'arrêter.

— Qu'est-ce qu'il y a, Mel ? ai-je demandé à la gamine de quatre ans, en m'agenouillant devant elle.

Elle avait les yeux bleus de Pax et la nature sérieuse de Leah, et semblait plus s'intéresser au fonctionnement d'une moto qu'à l'idée d'en chevaucher une.

— Tu es prête à donner son cadeau d'anniversaire à tonton ?

J'ai souri, chassant des larmes qui avaient jailli de nulle part. Mon canon de mari n'était pas près d'oublier cet anniversaire !

— Oui, je crois, ai-je répondu en calant une mèche de cheveux derrière son oreille. Tu m'aides ?

Elle a hoché la tête, le regard brillant.

— Bon, va chercher ton frère et Skye. On se retrouve dans la grange, d'accord ?

Un petit hochement de tête de plus et elle a décampé, faisant claquer la porte de la cuisine pour courir vers les rampes.

Je l'ai suivie, marquant une pause sur l'immense perron que Leah avait réclamé à Pax, quelques années plus tôt. Notre QG du Renegade Ranch s'était transformé en leur chez-eux, et c'était l'endroit idéal pour contempler le coucher du soleil avec mes amis.

Beaucoup de choses avaient changé, mais l'été au Renegade Ranch restait mon moment préféré de l'année. Peu importait où on était disséminés hors saison, l'été restait sacré. On revenait tous à la maison.

— Te voilà ! a lancé Landon avec un sourire, me retrouvant en bas des marches et passant un bras autour de mes épaules.

— J'ai envoyé Mel chercher Mason et Skye, si ça ne te dérange pas.

— Si tu persuades Skye de quitter cette rampe, bien joué. Avec Rach, on lui a demandé quatre fois déjà.

Il a éclaté de rire en désignant sa fille de trois ans, qui s'élançait sur la mini-rampe avec son petit vélo.

— Elle y va, dis donc !

— Comme sa tante.

Il m'a serrée contre lui pendant que Skye s'avançait vers Nick, toujours là pour lui donner des conseils. Sa petite amie, Joy, était partie pour affaires ce week-end-là, mais ils ne restaient jamais séparés très longtemps.

— Le déjeuner est bientôt prêt, a annoncé Leah depuis

la longue table de pique-nique ombragée, où elle était assise avec Mason et Rachel.

Comme répondant à un signal, le petit de deux ans a quitté les genoux de sa mère pour se dandiner vers la personne qu'il aimait le plus au monde — Pax.

Celui-ci l'a soulevé dans ses bras et s'est dirigé vers nous.

— Tout est en place. Tu es prête ?

Avant que j'aie pu répondre, Cruz a surgi de derrière la plus grande des rampes en essuyant ses mains graisseuses et en riant à une remarque de Little John.

— On se retrouve dans la grange, a déclaré Pax avec un rire étouffé, en constatant que je ne quittais pas mon mari des yeux.

Mon cœur s'est gonflé, comme si mon corps n'avait pas pu contenir le bonheur qui me submergeait. Je me sentais aussi radieuse que le soleil. Cet homme m'avait comblée de plus d'une façon.

Il a souri en me voyant, ce qui, comme toujours, me faisait craquer. Après trois années de mariage, il continuait de produire le même effet sur moi. C'était même de plus en plus fort.

Je l'ai regardé s'approcher. Était-il possible de connaître un bonheur plus grand, plus intense que celui d'être entouré de ses amis, de sa famille et de l'homme qu'on aimait ? Je n'imaginais pas mieux, mais je savais que pourtant ce serait bientôt le cas.

— Penelope, a-t-il dit à voix basse, en me prenant par la taille.

— Cruz… Joyeux anniversaire !

— Tu me l'as dit ce matin au réveil, et une heure plus tard quand on a quitté le lit. Et encore une fois, sur la route pour venir ici, m'a-t-il rappelé en m'embrassant sur le front.

— Et je vais sûrement te le redire une dizaine de fois

avant ce soir. Si tu arrives à arracher Skye à la rampe, ton cadeau t'attend dans la grange.

Il a haussé ses sourcils sombres. Les profondeurs brunes de ses yeux étaient plus affolantes que jamais.

— Personne d'autre ne peut obtenir qu'elle s'arrête, c'est ça ?

— C'est ça.

On s'est approchés de la rampe, où Skye terminait un tour en se lançant encore plus haut. Elle a laissé son petit vélo et arraché son casque pour se précipiter vers Cruz.

— Tonton Cruz ! Tu m'as vue ? Hein ?

— Oui ! a-t-il répondu en la faisant tournoyer dans ses bras. C'était énorme ! Tu t'amuses bien ?

— Oui ! a-t-elle lancé, son hochement de tête faisant osciller ses cheveux noirs coupés au carré. Melody n'a pas voulu faire du vélo, a-t-elle ajouté, la mine boudeuse.

— Ce n'est pas grave. Tu peux t'amuser sans elle.

Nous nous sommes dirigés vers la grange.

Cruz était la seule personne autour de laquelle Skye gravitait, et ça ne manquait jamais de me faire fondre.

Nick nous a rattrapés et m'a serré la main.

— Merci pour le break. Elle n'arrête jamais !

— Je me demande de qui elle tient ça, ai-je lâché en montrant ses parents assis à l'ombre de la grange.

— Née une Renegade, a-t-il pouffé.

J'ai jeté un coup d'œil à Cruz et Skye. Cruz ferait un père génial. On avait voulu fonder une famille dès notre mariage, histoire d'avoir des enfants tant qu'on était assez jeunes pour leur courir après, et aussi pour pouvoir les élever avec la nouvelle génération de Renegades. Mais ça n'avait pas marché comme prévu.

Après la première année, on avait consulté et appris que, biologiquement, je n'étais pas faite pour une maternité conventionnelle. Ces trois dernières années, on avait eu notre lot de chagrins, de spécialistes, d'injections, de rendez-vous médicaux et de FIV. On aurait dit que plus on essayait, plus c'était douloureux, et plus ça nous tenait à cœur. Il fallait rompre le cycle. Quatre mois plus tôt, on avait arrêté de combattre la nature avec la science et décidé de faire une pause.

— Alors, qu'est-ce que tu m'as acheté ? a demandé Cruz avec entrain, tandis que nous entrions dans la grange.

Il a posé Skye par terre et elle a accouru vers son père, version miniature de sa mère.

— Tu verras, ai-je répondu, l'entraînant au-delà de notre petit groupe d'amis.

— Est-ce que c'est…

— Enlève la bâche.

Il m'a décoché un regard surexcité et a retiré la couverture pour découvrir une splendide moto tout-terrain. Elle arborait la même peinture que mon Elizabeth II, mais en bleu.

— Penelope ! C'est…

— Le modèle de l'année prochaine ! Elle n'est même pas encore en vente !

Il a caressé le siège et s'est tourné vers moi avec son fameux sourire à fossettes.

— C'est top, merci ! s'est-il exclamé en me donnant un baiser.

— Joyeux anniversaire !

— Comment tu vas l'appeler ? a demandé Pax, Melody calée entre Leah et lui, Mason à son bras.

Cruz a pris le temps de la réflexion avant de hocher la tête.

— Darcy.

— Hein ? a lâché Landon.

— Tu as Elizabeth II, a chuchoté Cruz. Ça tombe sous le sens que moi, j'aie Darcy.

Le rêve !

— On nage en plein *Orgueil et Préjugés*, ai-je soufflé, juste avant qu'il m'embrasse de nouveau.

— Bon, les amoureux, on y va ? Le déjeuner nous attend, et ce nouveau documentaire ne va pas se préparer tout seul, a dit Pax en emmenant sa famille hors de la grange.

La presse avait été dithyrambique pour *International Waters III*, qui était devenu un film culte. Ça nous permettait d'avoir un soutien suffisant pour l'épisode suivant, dont on prévoyait d'entamer le tournage l'année prochaine.

J'ai tiré sur la main de Cruz lorsqu'il a commencé à partir, et il s'est figé.

— Allez-y, on vous rejoint, ai-je dit à Rachel.

Une fois la grange vide, j'ai levé les yeux vers mon mari pour graver chaque détail de son visage dans mon esprit. J'avais envie de me remémorer cette scène d'innombrables fois.

— Je crois que je vais devoir me retirer du documentaire, ce coup-ci, ai-je soufflé, la lèvre inférieure déjà tremblante.

Ne pleure pas. Pas encore. Il faut d'abord que tu le lui dises !

Il a eu l'air inquiet.

— OK. Tu sais que je soutiendrai n'importe laquelle de tes décisions, mais si c'est à cause de moi…

Il avait abandonné l'enseignement au sens strict, étant donné que notre liaison avait foutu en l'air son CV. Maintenant, il donnait des cours de tutorat aux jeunes Renegades pour s'assurer que tout le monde réussirait au lycée ou à la fac.

— Non, ce n'est pas à cause de toi. C'est à cause de moi. Enfin, de nous.

Ma voix s'est brisée en prononçant ce mot, et j'ai ravalé les larmes qui menaçaient, depuis que j'avais répondu au téléphone.

Il a pris mon visage entre ses paumes.

— Tu me fais peur, Pen…

La gorge serrée par l'émotion, je me suis contentée de saisir une de ses mains et de la poser sur mon ventre.

— C'est à cause de nous, ai-je répété, alors que la première larme s'échappait.

Soudain, mon magnifique et brillant mari a perdu le don de la parole. Il a ouvert et fermé la bouche plusieurs fois, son regard passant de mon ventre à mon visage.

— Penelope ?

Mon sourire s'est élargi, malgré mes pleurs redoublés.

— Le Dr Silverman vient d'appeler. Je suis allée le voir hier après-midi parce que je ne voulais pas croire… Pas trop espérer, mais ça fait des mois que…

— Tu es enceinte ?

J'ai fait « oui » de la tête.

— Il estime que ça fait onze semaines, d'après les dates et les résultats du labo, mais il tient à ce qu'on vérifie demain matin avec une échographie.

Il m'a prise dans ses bras pour me presser contre son cœur, enfouissant le visage dans mon cou.

— Merci, merci, merci, a-t-il marmonné.

Je ne savais pas si c'était moi qu'il remerciait, Dieu, le destin ou le Dr Silverman, mais je m'en fichais, parce que je ressentais la même chose.

— Joyeux anniversaire, ai-je murmuré, et il m'a serrée doucement avant de me reposer par terre.

Le baiser qu'il m'a donné était enivrant — passionné et tendre, très Cruz.

Puis il s'est agenouillé devant moi, a relevé mon débardeur et a posé un baiser sur mon ventre.

— C'est le plus beau jour de ma vie !

On a fini par le dire aux autres, et Pax a insisté pour

qu'on interrompe le tournage l'espace d'une année. Il a affirmé qu'on tournerait ensemble ou pas du tout, et qu'on profiterait de cette année pour passer du temps en famille.

C'est ce qu'on a fait.

Notre fille est née. Notre petite fille parfaite de trois kilos et demi, avec les cheveux sombres de son père et mes yeux bleus.

Dans la salle d'accouchement, après qu'on m'a mis Aria dans les bras, les Renegades sont entrés. Je l'ai présentée à sa famille, y compris à la grand-mère de Cruz, qui n'a pas hésité à flanquer un coup de coude à Landon pour atteindre son arrière-petite-fille.

Pendant que tout le monde bavardait, j'ai câliné ma fille.

— Peu importe que tu fasses de la moto ou non, lui ai-je murmuré. Ça n'aura aucune importance pour nous, tant que tu es heureuse.

Cruz s'est penché pour m'embrasser tendrement avant de caresser du doigt la joue douce d'Aria.

— À quoi tu penses ? a-t-il demandé.

— Que toute ma vie, j'ai couru après l'adrénaline, l'excitation de l'aventure. Mais quand je la regarde, quand je te regarde, je sais que c'est ça, notre plus grande aventure.

— On vit dangereusement, Penelope.

Il m'a gratifiée d'un sourire renversant en prononçant les premières paroles qu'il m'avait dites.

— Je ne voudrais pas qu'il en soit autrement.

— Je ne voudrais pas que toi, tu sois autrement.

Son baiser était doux, et débordait de toutes sortes d'émotions. C'est là que j'ai compris.

C'était l'apogée du saut, l'instant sur le podium.

— Le plus beau jour de ma vie, ai-je chuchoté à ma fille.

— Le plus beau jour, a répété Cruz.

Et c'était vrai.

Remerciements

Avant tout, je tiens à remercier notre Père tout-puissant, qui m'accorde plus que ce que je pourrais mériter.

Merci, Jason, pour ton amour sans bornes et ta compréhension. Merci de gérer le monde extérieur et de me permettre de rester idéaliste. Tu es mon inspiration pour tous les petits amis de mes romans, et j'espère de tout cœur que nos fils grandiront pour devenir l'homme que tu es. Ta foi inébranlable en moi me pousse à surmonter toutes les difficultés que me posent mes livres — surtout celui-ci. Merci mes enfants, pour vos sourires, vos câlins et vos « je t'aime ». Vous êtes ma raison, mon inspiration, mon splendide chaos qui me rappelle que notre vraie vie est un conte de fées. Merci, maman et papa, d'avoir toujours cru en moi et de me pardonner de ne penser qu'à mes échéances. Merci, Kate, d'avoir entraîné nos enfants au lacrosse, d'être venue quand j'avais besoin de toi, d'avoir su me sortir d'un mauvais pas et d'être ma sœur préférée (et la seule). Merci, Emily, d'avoir compris que les mois avant une remise m'empêchent de voir ma meilleure amie pendant bien trop longtemps.

Merci à ma géniale éditrice, Karen. Encore une série de bouclée !!! Merci de m'avoir sortie d'une pile de propositions et de m'avoir donné le boulot de mes rêves. Rien de tout cela n'aurait été possible sans ton expertise, ta volonté de me pousser à donner le meilleur de moi-même, ou ton amitié. Grâce à toi, je m'éclate au travail ! Un grand merci à toute l'équipe Entangled, à Liz, Melanie, Jessica, Holly, Brittany, Candy et Curtis, vous êtes simplement géniales. Merci à Alison d'avoir dirigé mon groupe avec tellement de joie et d'enthousiasme. J'ai beaucoup de chance de t'avoir ! Merci à Shelby d'être entrée dans la maison en feu qu'est ma vie et de tout avoir organisé. Merci à Linda, chasseuse d'écureuils extraordinaire, et la meilleure voisine de table de tous les temps. Merci à mon agente phénoménale, Louise Fury, d'avoir dédié de longues heures de travail à ma carrière. Je n'aurais pas pu rêver meilleure acolyte dans ce business de dingue.

Merci aux incroyables auteures qui sont aussi devenues certaines de mes meilleures amies. Molly, tu es et tu seras toujours tout ce qui compte pour moi. Mes compagnes de boulot, Cindi et Gina, les deux autres piliers de notre trinité pas si sainte que ça, merci d'avoir été mon havre et ma motivation. Jay Crownover, ma voisine préférée et une vraie tante pour mes enfants… voici enfin la scène sur la plage que tu m'avais réclamée. Profite. Il y a tant d'autres auteurs à qui je suis reconnaissante, mais je vais me contenter de dire que si vous avez un stylo à la main, je vous aime. Merci d'avoir été les meilleurs coworkers au monde. Les blogueurs qui se donnent tant de mal pour soutenir les auteurs, présenter et diffuser leurs livres. Vous êtes mes rock stars : Aestas, Natasha T., Natasha M., Wolfel, Kimberly, mon amour Jillian Stein, Jen, Reanell, Lisa, Angie, Beth et Ashley, et tous ceux que je n'ai pas la place de citer ici. Si je vous ai oubliés, veuillez pardonner mon cerveau plein à craquer. Liz Berry, merci d'avoir toujours été d'excellent conseil.

Mes flygirls, vous êtes mon endroit préféré sur Internet. Merci pour votre gentillesse et votre soutien. C'est génial de traîner avec vous !

Enfin, merci encore à mon mari — mon début et ma fin. Alors que j'écris ces mots, tu es sorti acheter le dîner parce que je suis trop occupée pour cuisiner. Merci de m'apporter à manger, de m'avoir choisie, de m'aimer, tout simplement…

zeitig diagnostiziert oder die Gründe für die häufig über viele Jahre erforderliche Behandlung verständlich gemacht werden. Dieses Buch will einen Beitrag leisten, diese Ziele zu erreichen.

Prof. Dr. med. Ralf Paschke
Im Sommer 2004

Stoffwechsel-motor Schilddrüse

Aufbau und Funktionen der Schilddrüse

Die Schilddrüse produziert Hormone, die für zahlreiche Stoffwechselfunktionen benötigt werden. Ist die Schilddrüse gesund, stimmt das Verhältnis dieser Hormone im Körper. Arbeitet sie dagegen zu stark oder zu schwach, gerät das natürliche Gleichgewicht aus dem Lot.

Ein kleines Organ mit großer Bedeutung

Obgleich die Schilddrüse nicht mehr als 10 bis 25 Gramm wiegt, ist sie doch so etwas wie ein zentraler Motor unseres Stoffwechsels. Das zeigt sich besonders, wenn sie nicht optimal arbeitet, sondern zu viel oder zu wenig Hormone produziert. Im ersten Fall, einer Schilddrüsenüberfunktion (Hyperthyreose), ist der Stoffwechsel über das normale Maß hinaus aktiv. Bei einer Unterfunktion (Hypothyreose) ist genau das Gegenteil der Fall: Der Stoffwechsel läuft auf Sparflamme.

Die meisten Hormone müssen ihre Wirkung auf die Zellen über Bindungsstellen – so genannte Rezeptoren – auf der Hülle (Membran) der Zellen und dadurch ausgelöste Botenstoffe indirekt in die Zellen transportieren. Im Gegensatz dazu dringen die Hormone, die in der Schilddrüse gebildet werden, in fast allen Zellarten bis zum Zellkern vor und binden dort an verschiedenen Regionen der Erbinformation, um spezielle Gene anzuschalten. Der direkte Zugriff auf die Erbinformationen nimmt so kaum Zeit in Anspruch.

Die Hauptwirkungen der Schilddrüsenhormone im Überblick

- Gehirnentwicklung und Skelettreifung (beim Ungeborenen)
- Erhöhte Wärmeproduktion
- Erhöhter Sauerstoffkonsum
- Stimulation des Zuckerumsatzes, des Knochenstoffwechsels, des Auf- und Abbaus von Hormonen, der Kontraktion der Darm und Skelettmuskulatur
- Steigerung der Herzfrequenz und der Herzmuskelkontraktion

Diese Auflistung macht spontan deutlich, dass ein Zuviel oder Zuwenig an Schilddrüsenhormonen besonders für den Fötus im Mutterleib, aber auch für die gesunde Entwicklung des Kindes und Jugendlichen Konsequenzen hat. Einer der Gründe ist natürlich, dass der wachsende Körper einen erheblich schneller ablaufenden Stoffwechsel haben muss, um die vielen Zellen neu zu bilden (mehr zu diesen Themen ab Seite 97). Beim Erwachsenen sind diese Vorgänge hingegen reduziert, da der Körper »nur noch« den Status quo aufrecht erhalten muss.
In Anbetracht dieser herausragenden Stellung für den Stoffwechsel ist es kein Wunder, dass die Schilddrüse eines der am stärksten durchbluteten Organe des Körpers ist: Ein Gramm Schilddrüsengewebe wird pro Minute von fünf Millilitern Blut durchflossen. Zum Vergleich: Selbst der voll belastete Herzmuskel bringt es »nur« auf knapp vier, der Bizeps beim Stemmen von Gewichten auf 0,6 und das Gehirn auf 0,56 Milliliter pro Gramm und Minute.

So ist die Schilddrüse aufgebaut

Die Schilddrüse liegt im vorderen Halsbereich unterhalb des Kehlkopfs. Ihre Form erinnert aufgrund der zwei Seitenlappen vage an einen Schmetterling. Sie besteht aus etwa drei Millionen winziger Bläschen (Follikeln), die von einem Netz feinster Blutgefäße (Kapillaren) umgeben sind. Die Hülle der Bläschen bilden so genannte Epithelzellen, die einen mit Flüssigkeit gefüllten Hohlraum umspannen - wie das Leder einen Fußball. In dieser Flüssigkeit wird eine Vorform der Schilddrüsenhormone gespeichert, nachdem sie in den Epithelzellen gebildet wurde.
Damit Stoffe aus den umgebenden Blutgefäßen möglichst rasch über die Epithelzellen in den Hohlraum hinein- beziehungsweise aus diesem in die Zellen und schließlich das Blut gelangen können, besitzen die Zellen zum Hohlraum hin eine Vielzahl feinster Noppen, durch welche die Austauschfläche zwischen Hohlraum und Zellen vergrößert wird.

Welche Hormone werden in der Schilddrüse hergestellt?

Um die Schilddrüsenhormone bilden zu können, benötigt die Schilddrüse zwei Zutaten: zum einen das Spurenelement Jod, das wir mit der Nahrung zu uns nehmen müssen, und zum anderen die Aminosäure Tyrosin, die in der Leber aus der Aminosäure Phenylalanin produziert wird.
In den Schilddrüsenzellen wird ein Eiweißstoff hergestellt, das so genannte Thyreoglobulin. An dieses wird die Aminosäure Tyrosin gebunden und gelangt in

den Hohlraum – das Innere des »Fußballs«. In diesen kommt auch das Jod, wo es mit dem an Thyreoglobulin gebundenen Tyrosin verbunden wird. Aus dieser Ausgangssubstanz werden in weiteren Syntheseschritten die Schilddrüsenhormone T4 (Thyroxin) und T3 (Trijodthyronin) hergestellt und an das Thyreoglobulin im Hohlraum gespeichert.
Damit die Schilddrüsenhormone in die Blutbahn gelangen, wird dieser Speicherkomplex aus Thyreoglobulin und Schilddrüsenhormonen in die Epithelzelle aufgenommen. Dort wird das Thyreoglobulin zerstört, und die Schilddrüsenhormone werden freigesetzt. Dabei kommen ein bis zwei T3-Moleküle auf acht bis neun T4-Moleküle. Das Hormon T3 ist die aktive Form und kann sofort seine Wirkung entfalten, sobald es bei den Zielzellen angekommen ist. T4 hingegen muss in der Blutbahn unter Abspaltung eines Jodatoms erst in T3 umgewandelt werden, ehe es wirken kann. T4 ist damit so etwas wie eine Speicherform für T3.

Die Steuerung der Hormonbildung

Die oberste »Kommandostelle« der Hormonbildung liegt im Zwischenhirn: dem so genannten Hypothalamus. Er ist vor allem im Gehirn dafür verantwortlich, das innere Milieu des Körpers innerhalb enger Grenzwerte stabil zu halten. Darunter fällt auch die Aufgabe, die Schilddrüse so zu steuern, dass zwar stets ausreichend, aber niemals zu viele Schilddrüsenhormone in der Blutbahn kreisen.
Zu diesem Zweck produziert der Hypothalamus ein Hormon namens TRH (Thyreotropin-Releasing-Hormone), das wiederum die Hirnanhangdrüse – die Hypophyse – zur Freisetzung des Hormons TSH (Thyreoidae stimulierendes Hormon; Thyrotropin) anregt.

Dieses Hormon ist es, das die Schilddrüse zur Herstellung von T3 und T4 stimuliert.

Dieser Steuerungsmechanismus ist deshalb so bedeutsam, weil Fehler in der Informationsübertragung sowie Fehler am TSH-Rezeptor oder am Schilddrüsenhormonrezeptor selbst zu Krankheiten der Schilddrüse führen können. Doch dazu später mehr.

Normalerweise laufen nach der Stimulation der Schilddrüse durch TSH folgende Schritte ab: Ist der erwünschte T3- und T4-Spiegel im Blut vorhanden, stoppen Hypothalamus und Hypophyse die TRH- beziehungsweise TSH-Freisetzung, und die Schilddrüse stellt die T3- und T4-Produktion ein. Es handelt sich also um einen Regelkreis, in dem das Hormon TSH ein wichtiges Stellglied darstellt.

Der TSH-Spiegel ist auch deshalb von zentraler Bedeutung, weil sich daran eine mögliche Fehlfunktion der Schilddrüse feststellen lässt. Ist beispielsweise das Schilddrüsengewebe geschädigt und stellt zu wenig T3 und T4 her, ist der TSH-Spiegel dauerhaft erhöht. Der Grund: Hypophyse und Hypothalamus erhalten die Botschaft, dass zu wenig Schilddrüsenhormone im Blut sind. Sie versuchen deshalb – vergeblich – die Schilddrüse anzukurbeln. Ist der TSH-Spiegel hingegen dauerhaft niedrig, so deutet dies meist auf eine Überfunktion der Schilddrüse hin: Hypophyse und Hypothalamus wird gemeldet, dass ausreichend T3 und T4 im Blut schwimmen. Sie »sehen« deshalb keine Veranlassung, die Schilddrüse zur Produktion anzuregen.

Ist Ihre Schilddrüse gesund?

Testen Sie Ihre Gesundheit

Je früher eine Störung der Schilddrüse erkannt wird, desto besser stehen die Chancen, dass sich die Stoffwechsellage wieder reguliert. Deshalb lohnt es sich, einige Fragen zu beantworten und daraufhin eventuell einen Arzt auf den Verdacht hin aufzusuchen.

Volkskrankheit Schilddrüsenstörung

Eine bundesweite Untersuchung an knapp 7.000 Personen zeigt, dass jeder Zweite zwischen 11 und 70 Jahren einen Kropf hat. Bereits im Alter von ein bis zehn Jahren sind zwei von zehn Kindern betroffen. Aus derselben Studie geht hervor, dass drei von zehn Frauen und zwei von zehn Männern zwischen 18 und 70 einen knotigen Kropf haben. Diese Knoten können zu einer Überfunktion der Schilddrüse führen und sogar bösartig sein. Ausreichend Gründe also, sich etwas intensiver mit der Schilddrüse zu befassen, zumal sich die meisten dieser negativen Befunde vermeiden lassen und durchaus nicht alle Schilddrüsenveränderungen harmlos und einfach zu behandeln sind.
Wenn Sie selbst Ihre Schilddrüse besser »kennen lernen« wollen, hilft Ihnen der Test auf den folgenden Seiten. Er kann eine medizinisch fundierte Untersuchung (mehr dazu ab Seite 18) zwar nicht ersetzen, weil es Vorformen von Schilddrüsenerkrankungen gibt, die sich weniger ausgeprägt zeigen.

Dennoch kann der Selbsttest den Anstoß geben, die Schilddrüse eingehender untersuchen zu lassen. Stellt Ihr Arzt bei der Untersuchung dann tatsächlich eine Erkrankung der Schilddrüse fest, kann Ihnen möglicherweise eine längere Zeit mit schleichenden Beschwerden erspart werden. Denn sehr viele Schilddrüsenerkrankungen werden leider viel zu spät erkannt. Sie haben dann bereits seit längerem unerkannte Beschwerden verursacht oder erfordern eine umfangreichere Behandlung. Das lässt sich durch eine frühzeitige Kontrolluntersuchung häufig vermeiden.

Stellt sich dagegen heraus, dass die Befürchtungen unbegründet waren – umso besser. Doch auch bei diesem guten Ergebnis sollten Sie aktiv werden und Ihre Versorgung mit Jod überprüfen. Schließlich leiden die meisten Deutschen zumindest unter mildem Jodmangel, der auf Dauer eben doch noch zu einer Schilddrüsenerkrankung führen kann. Beugen Sie also vor. Wie das auf wirklich einfache Weise möglich ist, erfahren Sie ab Seite 122.

Testen Sie sich selbst

Beim folgenden Test handelt es sich um eine leicht veränderte beziehungsweise erweiterte Fassung eines Tests der Schilddrüsen-Liga Deutschland e.V. Er fragt nach den häufigsten und augenfälligsten Symptomen für eine Fehlfunktion der Schilddrüse – sowohl für eine mögliche Unterfunktion als auch eine Überfunktion.

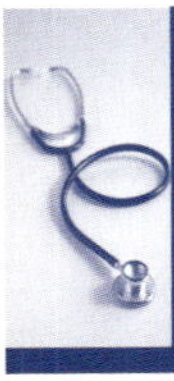

Wenn Sie den Verdacht haben, dass sich bei Ihnen mehrere der Symptome zeigen, empfiehlt es sich, über einen längeren Zeitraum Tagebuch zu führen und derartige Auffälligkeiten zu notieren. Sie haben dann eine bessere Ausgangsbasis für das Gespräch mit Ihrem Arzt.

Testen Sie Ihre Schilddrüse

Wenn Sie mindestens sechs der Fragen mit »Ja« beantwortet haben, sollten Sie Ihre Schilddrüse unbedingt untersuchen lassen.

Haben Sie ohne erkennbaren Grund an Gewicht zugelegt oder abgenommen?
❑ ja ❑ nein

Schwitzen Sie viel oder frieren Sie häufig, wenn andere Menschen keine derartigen Probleme haben?
❑ ja ❑ nein

Haben Sie verstärkten Appetit, ohne dass Sie an Gewicht zunehmen, oder leiden Sie unter Appetitlosigkeit?
❑ ja ❑ nein

Fühlen Sie sich häufiger gereizt oder innerlich erregt?
❑ ja ❑ nein

Sind Sie öfter müde, weniger leistungsfähig oder unkonzentriert?
❑ ja ❑ nein

Ist Ihr Herzschlag beschleunigt oder ungleichmäßig?
❑ ja ❑ nein

Leiden Sie unter trockener Haut, stumpfen Haaren oder brüchigen Fingernägeln?
❑ ja ❑ nein

Haben Sie häufiger Durchfall oder Verstopfung, ohne dass Sie einen Grund dafür finden können?
❑ ja ❑ nein

Ist Ihre Schilddrüse gesund?

Testen Sie Ihre Gesundheit

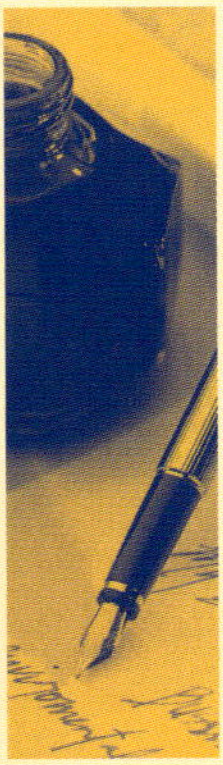

Checkliste

Sind bei Ihren Blutsverwandten bereits Erkrankungen der Schilddrüse aufgetreten?

❑ ja ❑ nein

Haben Sie (als Frau) unerklärliche Störungen der Regelblutung?

❑ ja ❑ nein

Versuchen Sie schon längere Zeit ohne Erfolg schwanger zu werden?

❑ ja ❑ nein

Haben Sie häufiger Muskelkrämpfe oder unerklärliche Muskelschwäche?

❑ ja ❑ nein

Wie untersucht der Arzt?

Die Wahrscheinlichkeit ist groß, dass Sie in Ihrem Bekanntenkreis mindestens einen haben, der unter einer Störung der Schilddrüse leidet. Vielleicht können Sie auch von diesem bereits nützliche Tipps für den Umgang mit Ihrem Arzt bekommen. Die Erkrankungen der Schilddrüse sind sehr vielfältig und reichen von einer diffusen Vergrößerung der Schilddrüse (Kropf) über gutartige und bösartige Knotenbildung sowie so genannte »heiße«, überaktive Knoten bis zu Autoimmunkrankheiten wie die Basedow-Krankheit oder bestimmten Formen der Schilddrüsenentzündung. Die gesamte Diagnostik der Schilddrüse ist darauf ausgerichtet diese zu unterscheiden und richtig behandeln zu können. Äußerst wichtige Hinweise auf die zugrunde liegende Erkrankung kann der Arzt bereits im ersten Gespräch mit Ihnen gewinnen. Desweiteren stehen ihm eine ganze Reihe an diagnostischen Möglichkeiten zur Verfügung, um eine Schilddrüsenstörung zu erkennen und weiter einzugrenzen. Zu den wichtigsten zählen die Ultraschalluntersuchung, verschiedene Blutwerte, Röntgenaufnahmen und Biopsien (Gewebeentnahmen).

Die Krankengeschichte

Zunächst versucht der Arzt im Rahmen einer ausführlichen Befragung Ihre Stoffwechsellage herauszubekommen. Einige der Fragen, die er Ihnen stellen wird, kennen Sie bereits aus dem Selbsttest auf Seite 17f., zum Beispiel ob Sie über Nervosität klagen, unter körperlicher Schwäche oder hoher Herzfrequenz leiden, Durchfall oder Gewichtsverlust haben, ob Sie viel schwitzen, ob Ihre Hände zittern oder ob Sie unregelmäßige Monatsblutungen haben. Treffen mehrere dieser Symptome auf Sie zu, so deutet dies auf eine Überfunktion der Schilddrüse hin. Klagen Sie hingegen über mehrere der folgenden Symptome, so kommt eher eine Unterfunktion der Schilddrüse in Frage: trockene und raue Haut, Müdigkeit und geringe Leistungsfähigkeit, Kälteempfindlichkeit, Gewichtszunahme, Verstopfung, heisere und raue Stimme, Wassereinlagerungen im Gewebe, Haarausfall und Neigung zu Depressionen.

Ebenfalls im Gespräch muss der Arzt klären, ob und wenn ja welche Medikamente Sie einnehmen oder ob bei Ihnen selbst oder in Ihrem engeren Familienkreis bereits Schilddrüsenerkrankungen oder Erkrankungen des

Immunsystems vorgekommen sind. Bei Frauen fragt er auch, ob eine Schwangerschaft besteht oder die Möglichkeit dazu bestehen könnte.
Ist bereits offensichtlich oder bekannt, dass Sie unter einer vergrößerten Schilddrüse leiden und einen Kropf (medizinisch Struma) haben, wird der Arzt nach spezifischen Beschwerden fragen: Hat sich der Halsumfang vergrößert? Leiden Sie unter Schluckbeschwerden und/oder einem Druckgefühl im Halsbereich? Besteht ein Enge- oder Kloßgefühl im Hals? Sind Sie häufiger oder permanent heiser?
Haben Sie Schmerzen im Halsbereich und/oder leiden Sie unter Atemnot?

Der Tastbefund

Besteht der Verdacht einer Schilddrüsenstörung, ist zunächst das »Fingerspitzengefühl« des Arztes gefragt. Durch Abtasten der Halsregion und besonders der Schilddrüse kann er die Form, die Größe und die Konsistenz der Schilddrüse fühlen. Auf diese Weise stellt er beispielsweise fest, ob ein Kropf – also eine vergrößerte Schilddrüse – vorliegt, ob die Schilddrüse einen oder mehrere Knoten enthält, ob sie den Kehlkopf, die Luft- oder Speiseröhre in ihrer Beweglichkeit einschränkt oder ob die Lymphknoten geschwollen sind. All dies bietet wichtige Hinweise dafür, wie eine weiterführende Diagnostik im Einzelfall aussehen kann.

Die Blutwerte

Es liegt auf der Hand, dass Patienten mit einer bereits bekannten Schilddrüsen-Funktionsstörung oder einem Kropf anhand ihrer Blutwerte näher diagnostiziert beziehungsweise kontrolliert werden müssen. Doch es gibt noch eine Reihe weiterer Fälle, in denen die Blutwerte unter die Lupe genommen werden sollten, da

die Wahrscheinlichkeit einer Schilddrüsen-Fehlfunktion größer ist als im Bevölkerungsdurchschnitt. Dazu gehören unter anderem Patienten mit Diabetes mellitus Typ 1, Chromosomen-Fehlern wie Down- oder Turner-Syndrom und Bluthochdruck der Lungenarterie (pulmonale Hypertonie) ebenso wie Menschen, die bestimmte Medikamente einnehmen (zum Beispiel Lithium, Interferon alpha oder beta), die im Bereich der Hirnanhangdrüse (Hypophyse) operiert wurden sowie Frauen, bei denen nach einer Geburt eine Schilddrüsenentzündung auftrat (Postpartum Thyroiditis).
Um eine mögliche Schilddrüsenstörung einzugrenzen, wird der Arzt zunächst den TSH-Wert bestimmen. Der so genannte Referenzwert der Labore - also der Wert, der als normal angesehen wird - liegt im allgemeinen bei 0,4 bis 4,0 Millionen Internationalen Einheiten pro Liter Blut (mIE/L). Während über den unteren Wert weitgehend Einigkeit herrscht, ist die Obergrenze von 4,0 mIE/L umstritten. Denn nach Meinung von Experten fällt eine beträchtliche Patientenanzahl mit leichter Schilddrüsenunterfunktion aufgrund des höheren Werts durch das Raster und wird nicht erkannt.
Die amerikanische Nationale Akademie für Klinische Biochemie (NACB) hat deshalb im Jahre 2002 neue Richtlinien veröffentlicht, in denen der obere Grenzwert auf 2,5 mIE/L herabgesetzt wurde. Ergibt die TSH-Bestimmung Werte innerhalb dieser Normgrenzen, und liegen keine sonstigen Symptome auf eine Über- oder Unterfunktion der Schilddrüse vor, wird der Arzt in der Regel anschließend keine weiteren Untersuchungen mehr vornehmen. Liegt der Wert jedoch niedriger oder höher, so werden zusätzlich weitere Laborwerte benötigt, um die Menge der freien Schilddrüsenhormone im Blut zu bestimmen (FT4 und FT3).

Die Ermittlung der Schilddrüsenfunktion

Ist der TSH-Wert oberhalb der Grenze, so wird zusätzlich das freie Thyroxin (FT4) gemessen. Ergeben die dazu notwendigen Laboruntersuchungen niedrige TSH-Spiegel und erhöhte FT4- und/oder FT3-Werte, so liegt ganz offenkundig eine Überfunktion der Schilddrüse vor (Hyperthyreose). Sind die TSH-Werte hingegen zu hoch und gleichzeitig die FT4- und FT3 Werte erniedrigt, so leidet der Patient unter einer Unterfunktion der Schilddrüse (Hypothyreose).

Bei erhöhten beziehungsweise erniedrigten TSH-Werten, gleichzeitig aber normalen FT3- beziehungsweise FT4-Werten liegt möglicherweise eine milde Form der Schilddrüsenüber- oder -unterfunktion vor. Der Mediziner spricht dann von »subklinischer Hyper- beziehungsweise Hypothyreose«. Ob bereits in solchen Fällen eine Behandlung erfolgen sollte, ist insbesondere davon abhängig, ob sich bereits erste Symptome oder Zeichen einer Schilddrüsenfunktionsstörung zeigen. Auch kann vom Arzt probeweise eine Therapie eingeleitet werden, um anschließend abhängig von der Verbesserung der Beschwerden über ihre Fortführung zu entscheiden.

Neben der Bestimmung des TSH-Werts gibt es eine Reihe weiterer Laboruntersuchungen, die noch mehr Aufschluss über die Erkrankung ermöglichen. All diese Maßnahmen aufzuführen, würde jedoch den Rahmen dieses Buches sprengen.

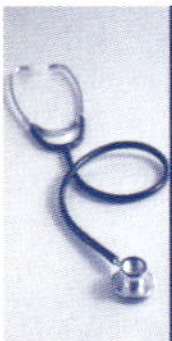

Lassen Sie sich nach Möglichkeit immer alle Laborwerte in Kopie geben. Sie haben dann zu Hause stets die Möglichkeit, konkrete Fragen zu stellen, zum Beispiel bei verschiedenen Schilddrüsen-Fachgesellschaften oder Selbsthilfegruppen.

Bildgebende Verfahren

Deuten Patientenbefragung, Tastbefund und/oder Laborwerte auf eine Schilddrüsenstörung hin, wird der Mediziner ein genaueres Bild von der Anatomie der Schilddrüse benötigen. Das am häufigsten verwendete, günstigste, schnellste und für Sie als Patient am wenigsten belastende Verfahren ist hierfür die Ultraschalluntersuchung (Sonographie). Um abzuklären, ob bestimmte Bereiche der Schilddrüse keine oder zu viele Schilddrüsenhormone produzieren, setzt der Mediziner die so genannte Szintigraphie ein. Dabei wird die Verteilung einer schwach radioaktiven Substanz in der Schilddrüse am Computer sichtbar gemacht. Nur in seltenen Fällen benötigt der Arzt Bilder, die mittels Computertomographie (CT) oder Magnetresonanztomographie (MRT) gewonnen werden.

Die Ultraschalluntersuchung

Die Ultraschalluntersuchung dauert nur wenige Minuten und erfordert keinen körperlichen Eingriff. Zunächst trägt der Mediziner ein Gel auf, das dazu dient, den direkten Kontakt zwischen Ultraschallkopf und Haut herzustellen. Der Ultraschallkopf in der Hand des Arztes schickt Tonwellen im nicht hörbaren Bereich von 7,5 bis 10 Megahertz (Millionen Schwingungen pro Sekunde) in das Halsgewebe. Diese Wellen werden im Körper je nach Art des Gewebes mehr oder weniger stark reflektiert. Die Wellen gelangen dann als Echo über den Ultraschallkopf in den Computer und werden am Monitor zu einem Bild mit zahlreichen Graustufen. Obwohl jedes Echo für sich ein einziges Bild darstellt, werden durch die schnelle Verarbeitung aufeinander folgender Echos im Computer auch Bewegungen dargestellt.

Mittels Ultraschall lassen sich Größe, Form und Struktur der Schilddrüse meist sehr exakt darstellen, sodass ein erfahrener Arzt sogar sehr kleine Knoten dingfest machen kann.

Die Szintigraphie

Die Szintigraphie ist ein Verfahren, das mit radioaktiven Substanzen arbeitet und damit in den Bereich der so genannten nuklearmedizinischen Diagnostik fällt. Aufgrund der potenziellen Gefahren kommt sie bei Schwangeren gar nicht in Frage, bei Kindern und Jugendlichen nur unter ganz bestimmten, eng definierten Einschränkungen.

Bei der Szintigraphie wird ein kurzzeitig radioaktiv strahlender Stoff in den Körper injiziert, der sich (ausschließlich!) in bestimmten Organen anreichert und dort mittels einer so genannten Gammakamera aufgezeichnet und sichtbar gemacht werden kann.

Bei der Schilddrüse werden als radioaktive Substanzen Jod 123, Jod 131 sowie Technecium 99 verwendet. Sie alle haben spezielle Einsatzgebiete, die vor allem mit der Halbwertzeit der Substanzen zusammenhängen. Die Halbwertzeit bezeichnet jene Zeitspanne, nach der nur noch die Hälfte der strahlenden Substanz vorhanden ist. Sie beträgt für das vorwiegend verwendete Technecium sechs Stunden, für Jod 123 gut doppelt so lang und für Jod 131 ganze acht Tage.

Sollte Ihr Arzt eine Szintigraphie für notwendig halten, wird es sich aller Wahrscheinlichkeit nach um eine Behandlung mit Technecium handeln; sie bringt aufgrund der kurzen Halbwertzeit des radioaktiven Materials die geringsten Risiken mit sich. Szintigraphien mit Jod 123 werden bei seltenen angeborenen Formen der Schilddrüsenunterfunktion vorgenommen, solche mit Jod 131 als Vorbereitung einer

Therapie mit Radiojod (siehe Seite 41) sowie bei der Schilddrüsenkrebs-Nachsorge.
Die »normale« Szintigraphie dauert etwa 30 bis 45 Minuten. Nach der intravenösen Injektion reichert sich die radioaktive Substanz in der Schilddrüse an. Dort, wo die Schilddrüse normal arbeitet, zeigt die Messung 15 bis 25 Minuten später auch normale Werte an. Wo das Schilddrüsengewebe hingegen keine Aktivität mehr aufweist, lässt sich auch keine Radioaktivität nachweisen. Und in überaktiven Bereichen der Schilddrüse ist die Anreicherung besonders hoch.

Computertomographie und Kernspintomographie
Die Computertomographie (CT) und Magnetresonanztomographie (MRT; auch Kernspintomographie genannt) sind aufwändig und teuer. Sie kommen bei Schilddrüsenstörungen wegen der sehr guten Untersuchungsmöglichkeiten mit Ultraschall nur selten zum Einsatz.
Bei der CT rotiert eine Röntgenröhre um den Körper des Patienten und erzeugt dabei schichtweise Röntgenaufnahmen aus allen Winkeln. Im Computer werden diese dann zu einem dreidimensionalen Bild zusammengesetzt. Die CT hat zwei Nachteile: Zum einen stellt sie Weichteilgewebe - im Gegensatz zu Knochen - wesentlich weniger kontrastreich dar als die MRT. Zum anderen ist die Belastung des Patienten mit Röntgenstrahlen wesentlich größer als bei normalen Röntgenaufnahmen.
Bei der MRT werden Sie in ein starkes, gleichförmiges Magnetfeld geschoben, wodurch sich die so genannten Kernspins der Protonen in den Atomen gleichmäßig ausrichten. Senkrecht zum gleichförmigen Magnetfeld wird ein gepulstes starkes Magnetfeld erzeugt, das die gleichmäßige Ausrichtung kurzzeitig zusammenbrechen lässt.

Anschließend kehren die Protonen wieder auf ihr vorheriges Energieniveau zurück und geben dabei elektromagnetische Wellen ab. Diese sind je nach Gewebe und den darin enthaltenen Substanzen unterschiedlich, sodass sie von einem Empfangsgerät aufgenommen und im Computer verrechnet werden können. Auf diese Weise entsteht ein sehr detailgetreues, dreidimensionales Abbild – auch der Weichteilstrukturen.

Die Feinnadel-Biopsie

Unter dem Begriff »Biopsie« versteht man die Entnahme einer Gewebeprobe, um sie im Labor zu untersuchen. Schilddrüsen-Biopsien dienen in erster Linie der Untersuchung verdächtiger Knoten auf eine mögliche Bösartigkeit sowie zur Abklärung bei unsicheren Diagnosen von Schilddrüsenentzündungen. Vorwiegend kommt dabei eine so genannte Feinnadelaspirations-Biopsie (FNA) zur Anwendung. Der Mediziner sticht dafür – oft unter Ultraschallkontrolle am Monitor – eine feine Injektionsnadel in den zu untersuchenden Bereich der Schilddrüse und saugt damit einige Zellen heraus. Das klingt schlimmer, als es tatsächlich ist. Natürlich entsteht ein leichter Schmerz, und es kann sich ein kleiner blauer Fleck bilden. Doch ernsthafte Komplikationen, die ein ärztliches Eingreifen erfordern würden, sind außerordentlich selten.

Für die Untersuchung legen Sie sich auf den Rücken. Dann müssen Sie den Kopf leicht überstrecken, wobei zur Unterstützung ein Kissen unter die Schultern gelegt werden sollte. Der Arzt ertastet nun den zu untersuchenden Knoten, säubert die Einstichstelle mit Alkohol, sticht die Nadel in den Knoten und bewegt sie für ein paar Sekunden leicht auf und ab, um Biopsiematerial aus dem Knoten zu saugen.

Üblicherweise wird dieser Vorgang an zwei bis vier Stellen den Knotens ausgeführt, um ausreichend Gewebe für die mikroskopische Untersuchung zu erhalten. Im Anschluss an die Entnahme drückt der Arzt ein steriles Wattepad fest auf die Einstichstellen, um die Wundkanäle zu schließen und ein Nachbluten zu verhindern – nicht anders als bei jeder herkömmlichen Blutentnahme aus der Armvene. Da Patienten nach einer FNA oftmals leichte Schmerzen verspüren, sollten Sie unter Beobachtung noch einige Minuten im Sitzen verbringen, bis Sie wieder aufstehen und nach Hause gehen.

Sie werden vermutlich wenig begeistert sein, wenn Ihr Arzt eine Feinnadelbiopsie durchführen möchte. Versuchen Sie, das Ganze positiv zu sehen: In den allermeisten Fällen schließt die Untersuchung eine bösartige Erkrankung sicher aus. Und sollte sich doch eine Krebserkrankung zeigen, ist es allemal besser, sie wird schon jetzt erkannt als erst zu irgendeinem späteren Zeitpunkt. Denn je früher die Diagnose gestellt und der Krebs behandelt wird, umso besser stehen auch die – bei Schilddrüsenkrebs ohnehin günstigen – Heilungschancen.

Schilddrüsen-krankheiten und ihre Behandlung

Störungen der Schilddrüsenfunktion

Eine Störung der Schilddrüse kann zu höchst unterschiedlichen Krankheitsbildern führen. Wenn Sie die Symptome kennen und richtig einordnen, können Sie rechtzeitig reagieren und so in den meisten Fällen größere Beschwerden abwenden.

Verschiedene Krankheitsbilder

Erkrankungen der Schilddrüse sind häufig, was sich bereits daran ablesen lässt, dass jährlich rund 100.000 Deutsche an der Schilddrüse operiert und weitere 60.000 mit einer Radiojod-Therapie behandelt werden. Doch trotz der weiten Verbreitung ist die Einteilung der verschiedenen Erkrankungen nicht immer ganz einfach. Man unterscheidet sie zum einen nach der Stoffwechsellage, also einer Über- oder Unterfunktion der Schilddrüse. Beide Krankheitsbilder können dabei wiederum ganz verschiedene Ursachen haben. Darüber hinaus gibt es auch Schilddrüsenerkrankungen, die bei ganz normaler Stoffwechsellage auftreten können, etwa die Vergrößerung der Schilddrüse (Kropf beziehungsweise Struma). Die folgenden Abschnitte gehorchen deshalb keinem ganz strengen Muster, wie es beispielsweise in einem Lehrbuch der Fall wäre. Sie orientieren sich stattdessen an Stichwörtern und Beschwerdebildern, die Sie in Gesprächen mit anderen oder bei einem Arztbesuch hören.

Vom Jodmangel zum Kropf

Als vor 20.000 Jahren während der letzten Eiszeit die Gletscher abschmolzen, wurde das Spurenelement Jod in Deutschland, wie in vielen anderen Regionen auch, fast vollständig aus dem Boden ausgewaschen. Ein Prozess, dessen Folgen wir noch heute spüren: Mit naturbelassener Nahrung - also ohne Zusatz von Jodsalz - nehmen wir täglich im Schnitt nämlich nur etwa 70 Mikrogramm (µg) Jod auf. Viel zu wenig für eine gut funktionierende Schilddrüse. Sie benötigt zwischen 150 und 300 Mikrogramm am Tag, um die Hormone T3 und T4 zu produzieren. In dem Bestreben, aus dem wenigen zur Verfügung stehenden Jod dennoch ausreichend Hormone zu bilden, vergrößern sich häufig die Zellen der Schilddrüse - es bildet sich ein Kropf, der in der Fachmedizin Jodmangelstruma genannt wird. Im Bundesdurchschnitt haben 50 Prozent der Erwachsenen eine vergrößerte Schilddrüse, wobei Frauen wie Männer bis 70 gleichermaßen betroffen sind.

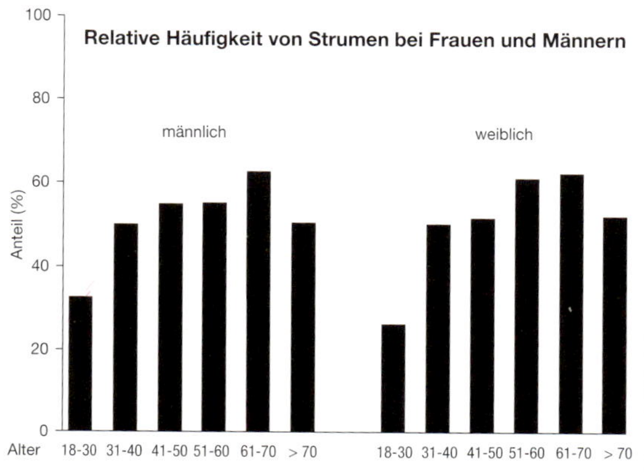

Quelle: Modifiziert nach Hampel et al., 1995

Doch es gibt neben Jodmangel noch weitere Risikofaktoren, zum Beispiel das Rauchen. So haben Untersuchungen gezeigt, dass Raucher gegenüber Nichtrauchern nicht nur etwa dreimal so häufig eine Struma entwickeln, sondern dass sie knapp doppelt so häufig wie Nichtraucher Strumen mit mehreren Knoten aufweisen.
Diese Begleiterscheinungen des Rauchens sind umso stärker, je ausgeprägter der Jodmangel unter der Bevölkerung der Gegend ist.
Dass radioaktive Strahlung - egal ob durch einen radioaktiven Fallout nach Kraftwerksunfällen, medizinischen Anwendungen oder Röntgenuntersuchungen - das Risiko für Schilddrüsenkrebs erhöhen können, erscheint nicht weiter verwunderlich. Schließlich weiß heutzutage jeder, dass derartige Strahlen zu Mutationen des Erbguts von Zellen und mithin bösartigen Veränderungen führen können. Offenkundig existiert jedoch auch ein Zusammenhang zwischen Strumagröße und Körpergewicht. So konnte eine Studie aus dem Jahre 2003 zeigen, dass ein Gewichtsverlust von mehr als zehn Prozent bei stark übergewichtigen Frauen zu einer Verkleinerung der Schilddrüse führte. Aus den Ergebnissen der Untersuchung schlussfolgern ihre Autoren, was auch andere Studien nahe legen: Dass nämlich die Strumagröße der Schilddrüse bei übergewichtigen Frauen abhängig ist von Körpergewicht und Körperfettanteil.
Obendrein gibt es offenbar eine wichtige erbliche Komponente. So entwickeln Kinder häufiger eine Struma, wenn auch Mutter und/oder Vater eine vergrößerte Schilddrüse aufweisen. Die Aussagekraft solcher Familienstudien ist jedoch beschränkt. Schließlich leben Eltern und Kinder in den meisten Fällen in der selben Umgebung, sind also auch den selben äußeren

Einflüssen ausgesetzt. Diese wiederum können für die familiäre Häufung der Struma verantwortlich sein. Das können natürlich sehr unterschiedliche Faktoren sein: In Raucher-Familien etwa müssten Strumen häufiger vorkommen, ebenso in Familien, die in ausgeprägten Jodmangelgebieten leben und die keinen Seefisch oder jodhaltige Mineralwässer zu sich nehmen (siehe Seite 127 und 130). Mehr Aufschluss bieten Zwillingsstudien, da bei eineiigen Zwillingen das Erbgut absolut identisch ist, während es bei zweieiigen Zwillingen unterschiedlich ist. Sowohl ein- als auch zweieiige Zwillinge können entweder in der selben oder in einer völlig anderen Umgebung leben. Daher lassen sich erbliche und Umweltfaktoren sehr gut voneinander trennen und berechnen.
Verschiedene Studien haben gezeigt, dass – so sich überhaupt eine Struma nachweisen lässt – acht von zehn eineiigen weiblichen Zwillingen in Jodmangelgebieten beide eine Struma entwickeln, während dies nur bei vier bis fünf von zehn zweieiigen Zwillingen der Fall ist. In Gebieten ohne ausgeprägten Jodmangel sind es 40 bis 50 Prozent der eineiigen Zwillingspaare gegenüber 13 Prozent der zweieiigen.
Neben dem möglichen Jodmangel, der eine wesentliche Rolle bei der Erkrankung spielt, hat also auch das Erbgut einen wesentlichen Einfluss auf die Neigung zur Strumabildung. Dänische Wissenschaftler haben für das Verhältnis zwischen erblicher und Umweltkomponente in Dänemark – übrigens ein Gebiet ohne ausgeprägten Jodmangel – für die Anfälligkeit zur Strumabildung ein Verhältnis von 82 Prozent (erblich) gegenüber 18 Prozent (Umweltfaktoren) berechnet. Dieses Ergebnis zeigt deutlich, dass die Vorbeugung durch eine ausreichende Jodversorgung für erblich vorbelastete Menschen ganz besonders wichtig ist.

Die Struma im Spiegel der Kunst

Schauen Sie einmal genau hin, wenn Sie im Museum ein historisches Porträt betrachten. Denn eine Untersuchung an 5.500 Bildnissen aus dem Schweizer Kanton Bern zeigte, dass unter den identifizierbaren Personen, bei denen die Halsregion erkennbar war, 41 Prozent der Frauen und 24 Prozent der Männer eine erkennbare Struma aufwiesen. Die Autoren der Untersuchung weisen darauf hin, dass diese Zahlen sicher zu niedrig sind. Für die Gesamtbevölkerung der damaligen Zeit schätzt man das Vorkommen von Strumen denn auch auf 80 bis 90 Prozent. Schließlich zeigen die Bilder nur einen kleinen Ausschnitt der damaligen Bevölkerung – wohlhabendere Leute, die sich verglichen mit dem Rest der Bevölkerung besser ernähren konnten. Zudem handelt es sich um so genannte Auftragskunst, die die Künstler wie die heutige digitale Bildbearbeitung geradezu zum Schummeln einlud. Oder würden Sie sich gerne mit Kropf darstellen lassen, wenn Sie die Wahl hätten?

Symptome und Beschwerden bei Jodmangel

Wenn die Stoffwechsellage normal ist – also weder eine Über- noch eine Unterfunktion der Schilddrüse vorliegt – wird ein Kropf (im folgenden stets medizinisch korrekt Struma genannt, Mehrzahl Strumen) oft über lange Zeit nicht erkannt. Das hat zwei wesentliche Gründe: Zum einen sind kleinere Strumen von außen nicht zu sehen und fallen dem Arzt meist allenfalls per Zufall auf. Zum anderen zeigen sich Symptome wie Kloßgefühl, Engegefühl am Hals, Schluckstörungen oder häufiger Zwang zum Räuspern erst, wenn die Schilddrüse andere Organe im Halsbereich be- beziehungsweise verdrängt - die Struma also bereits stark vergrößert ist. Achten Sie deshalb bitte auch selbst auf mögliche Anzeichen einer Schilddrüsen-Vergrößerung. Wenn Sie beispielsweise irgendwann Hemden oder Blusen mit einer größeren Kragenweite benötigen, sollten Sie hellhörig werden. Auch der Blick in den Spiegel kann - im Vergleich zu älteren Fotos - einen Hinweis liefern. Und wenn Sie Symptome wie Druck- oder Kloßgefühl im Hals verspüren, sollten Sie natürlich ohnehin zum Arzt gehen. Sie wissen ja: Je früher, desto besser.

Struma-Stadien

Die Weltgesundheitsorganisation WHO gibt eine grobe Einteilung in Stadien vor, die eine Beurteilung der Struma erleichtert:

Stadium	Beschreibung
0	Keine Struma
I	Tastbare Struma
I a	Nicht sichtbar bei zurückgeneigtem Kopf
I b	Sichtbar nur bei zurückgeneigtem Kopf
II	Bei normaler Kopfhaltung sichtbar
III	Sehr große Struma mit lokalen Stauungs- und Kompressionszeichen

Die Diagnostik des Arztes

Neben der Krankengeschichte, spezifischen Fragen zur Stoffwechsellage und der Bestimmung des TSH-Werts ist der Tastbefund bei einer Struma natürlich von entscheidender Bedeutung. Stellt der Mediziner dabei eine vergrößerte Schilddrüse fest, muss er auf diesem Wege auch prüfen, ob andere Organe im Halsraum bedrängt werden, ob die Schilddrüse Knoten aufweist, ob die Halslymphknoten geschwollen sind und einiges mehr. Der Befund muss dann mithilfe einer Ultraschalluntersuchung vertieft werden, zum Beispiel durch eine genaue Vermessung der Schilddrüse.
Wenn sich bei der Ultraschalluntersuchung zeigt, dass in der Schilddrüse Knoten vorhanden sind, muss Ihr Arzt mittels einer TSH-Bestimmung eine Schilddrüsenfunktionsstörung ausschließen. In manchen Fällen ist auch eine Biopsie oder eine Szintigraphie nötig.

Jodmangel oder andere Ursache?

Da eine Struma auch durch andere Ursachen als einen Jodmangel hervorgerufen werden kann, müssen diese im Vorfeld mithilfe anderer Testverfahren ausgeschlossen werden. Mögliche andere Ursachen können beispielsweise sein:

- Zysten aufgrund von Einblutungen in die Schilddrüse,
- die Basedow-Krankheit (Morbus Basedow) (siehe Seite 55ff.),
- verschiedene Formen der Schilddrüsenentzündung (siehe Seite 75ff.),
- angeborene Störungen der Hormonsynthese,
- angeborere Störungen des Jodtransports,
- verschiedene Arten von Tumoren (siehe Seite 86ff.),
- die Einnahme Schilddrüsen vergößernder Substanzen (z. B. Lithium),

- die Einnahme von Substanzen, welche die Herstellung von Schilddrüsenhormonen hemmen (so genannter Thyreostatika),
- erbliche Erkrankungen, aufgrund derer die Rezeptoren für das Schilddrüsenhormon T3 nicht auf T3 reagieren,
- Riesenwuchs (Akromegalie) und
- systemische Erkrankungen (z. B. Lymphome).

Die normale Größe der Schilddrüse

Alter	Größe in ml
Neugeborene	< 1,5 ml
1–4 Jahre	2–3 ml
4–5 Jahre	4 ml
6–10 Jahre	< 8 ml
11–14 Jahre	< 10 ml
15–16 Jahre	< 15 ml
Erwachsene Frauen	18 ml
Erwachsene Männer	25 ml

Die Ultraschalluntersuchung mit einem hochauflösenden Schallkopf ermöglicht dem Arzt eine sehr genaue Bestimmung des Schilddrüsenvolumens. Bei den oben angegebenen Normwerten handelt es sich aber natürlich nur um Durchschnittswerte. Weichen die tatsächlich gemessenen Werte ab, muss der Mediziner entscheiden, welche Konsequenzen daraus zu ziehen sind.

Die Behandlung einer Struma

Ausschließlich mit Medikamenten lässt sich eine Struma nur dann behandeln, wenn zwei Voraussetzungen erfüllt sind:

- Die Schilddrüse darf weder überaktiv (hyperthyreot) noch unteraktiv (hypothyreot) sein. Der Schilddrüsenstoffwechsel muss also normal sein – der Fachmann spricht dann von einer euthyreoten Stoffwechsellage.
- Die Schilddrüse sollte nur diffus vergrößert sein, darf also keinen Knoten aufweisen.

Geeignete Medikamente

Die häufigste Ursache für eine Struma ist ein über viele Jahre bestehender Jodmangel. Daher liegt es nahe, dass eine Behandlung mit ausreichend hohen Dosen von Jod zum Schrumpfen des Schilddrüsengewebes, eventuell sogar zu einer vollständigen Normalisierung der Schilddrüsengröße führen kann. Dies ist insbesondere bei Kindern, Jugendlichen und jüngeren Erwachsenen zu erwarten. Kinder bis zehn Jahren bekommen zur Strumatherapie 100 Mikrogramm Jod am Tag (µg/Tag), Jugendliche und Erwachsene 200 bis 400 µg/Tag. Aufgrund des hiesigen milden Jodmangels empfiehlt es sich, solch eine Jod-Therapie lebenslang fortzuführen. Dabei muss der Arzt die Effektivität der Behandlung regelmäßig mit Ultraschalluntersuchungen kontrollieren. War die Therapie erfolgreich, sollten Sie täglich 100 bis 200 Mikrogramm Jodid einnehmen, um eine erneute Strumabildung zu verhindern.

Wann ist ein operativer Eingriff nötig?

Nicht in allen Fällen reicht jedoch eine medikamentöse Behandlung der Struma aus. Wenn sich beispielsweise die Struma trotz Jodid-Therapie (und eventuell auch der Gabe von Thyroxin) nicht zurückbildet, wenn sie bereits eine bestimmte Größe erreicht (Stadium III, siehe Seite 34) oder sich knotig verändert hat, ist ein chirurgischer Eingriff nötig. Ein solcher lässt sich in der Regel auch dann nicht umgehen, wenn

- die Struma die Luftröhre stark einengt, sodass es zu Atemproblemen kommt,
- der Verdacht auf bösartige Veränderungen des Schilddrüsengewebes besteht (siehe Seite 86ff.) oder
- sich Bereiche der Schilddrüse von der hormonellen Steuerung abgekoppelt haben (so genannte autonome Funktionsstörungen).

Normalerweise reicht es aus, einen Teil – aber immer alle eventuell vorhandenen Knoten – des Schilddrüsengewebes zu entfernen. Der Mediziner bezeichnet dies als subtotale Strumaresektion beziehungsweise als Thyroidektomie oder Strumektomie.

Risiken bei der OP

Wie bei jeder Operation bestehen auch bei der chirurgischen Behandlung einer Struma gewisse Risiken. Zu diesen zählt zuerst die Narkose. Moderne Narkosetechniken und eine gute Vorab-Diagnostik minimieren jedoch dieses ohnehin verschwindend geringe Risiko immer mehr.

Doch auch während der OP kann es zu unvorhergesehenen Komplikationen kommen. So verlaufen in unmittelbarer Nähe der Schilddrüse wichtige Nerven, die geschädigt werden können. Doch auch dieses Risiko hält sich in Grenzen: Nur ein bis drei von hundert Patienten haben nach der OP unter Stimmpro-

blemen zu leiden. Sie haben eine »belegte« Stimme oder sprechen in einer anderen Stimmlage. Nur in den seltensten Fällen kommt es zu einer totalen Stimmlosigkeit (medizinisch: Aphonie).
Doch die Beeinträchtigung ist meist nicht von Dauer: Ein Drittel der Patienten kann binnen eines halben Jahres wieder ganz normal sprechen. Bei einem weiteren Drittel bessert sich der Stimmbandausfall im Laufe der Zeit deutlich. Eine beidseitige Lähmung der Nerven, die für die Stimmbänder zuständig sind, ist dagegen äußerst selten.

Die Nachbehandlung
Nachdem die Schilddrüse fast vollständig beseitigt wurde – aber auch wenn nur Teile des Gewebes entfernt wurden – ist es häufig notwendig, täglich Schilddrüsenhormone einzunehmen (im allgemeinen 75 bis 150 µg/Tag). Das leuchtet natürlich spontan ein, da ja nun Schilddrüsengewebe fehlt, welches folglich auch keine Hormone mehr produzieren kann. Doch die Situation stellt sich unterschiedlich dar – je nachdem, wie viel Gewebe entfernt wurde. Hat der Chirurg nur wenig Gewebe entfernt, ist noch Schilddrüsengewebe vorhanden, das Hormone herstellen kann. In diesem Fall müssen Sie also Jod bekommen, damit die »Restschilddrüse« weiterhin Hormone produzieren kann. Auch die Gabe von Thyroxin ist nötig, da die Eigenproduktion meist nicht mehr ausreicht. Wurde sehr viel Gewebe entfernt, verschreibt der Arzt nur Thyroxin, da die Schilddrüse ja nahezu funktionslos ist.
Nach einer Entfernung von Schilddrüsengewebe muss der Mediziner die mögliche Restproduktion von Hormonen durch die Schilddrüse sehr genau beobachten, um angemessen vorgehen zu können.

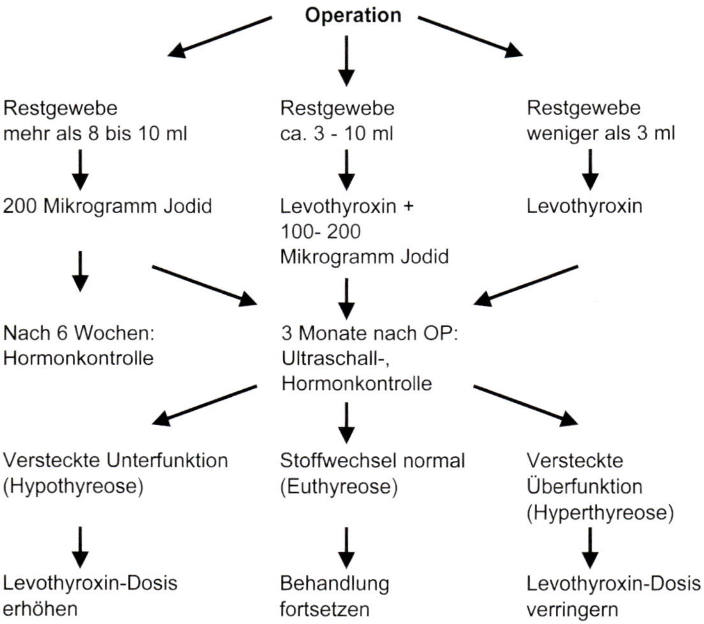

Quelle: Feldkamp, J./Scherbaum, W. A.: Schilddrüse, in Nawroth, P./Ziegler, R., Klinische Endokrinologie und Stoffwechsel, 2001

Der Mediziner kann die weitere Behandlung anhand eines so genannten Algorithmus bestimmen, den Sie oben finden. Ein Algorithmus im medizinischen Bereich ist eine wichtige Entscheidungshilfe für den Mediziner, die Behandlungsfehler reduzieren hilft.

Sie müssen nach einer Operation die Medikamente genau nach Vorschrift einnehmen. Sonst erhöht sich die Gefahr einer neuerlichen Strumabildung stark.

Die so genannte Radiojod-Therapie

Sprechen irgendwelche Gründe gegen eine OP, kann der Arzt auch eine so genannte Radiojod-Therapie (RIT) verordnen. Sie müssen in diesem Fall radioaktives Jod 131 einnehmen, das sich in der Schilddrüse anreichert und dort aufgrund der radioaktiven Strahlung einen Teil des Schilddrüsengewebes zerstört. Bis die Wirkung einsetzt – sich die Struma also verkleinert – dauert es jedoch drei bis sechs Monate. Erst nach etwa ein bis zwei Jahren ist die maximale Verkleinerung erreicht.

Das Haupteinsatzgebiet der Radiojod-Therapie ist jedoch nicht die Jodmangel-Struma. Sie wird vielmehr vor allem gegen bösartige Schilddrüsentumore eingesetzt sowie unter bestimmen Bedingungen auch bei einer Überfunktion infolge so genannter autonomer Adenome oder bei der Basedow-Krankheit angewandt.

In Deutschland darf die Radiojod-Therapie nur in speziellen Einrichtungen durchgeführt werden, um eine radioaktive Belastung der Umwelt (durch die Ausscheidungen des Patienten) und anderer Personen auszuschließen. Aus Kapazitätsgründen müssen Patienten daher zum Teil äußerst lange Wartezeiten in Kauf nehmen.

Trotz dieser Sicherheitsmaßnahmen ist die verständliche Sorge völlig unbegründet, dass die Radioaktivität mehr schaden als nützen könnte. Die Radiojod-Behandlung ist gängige medizinische Praxis und bringt nachweislich keine Schäden für die Gesundheit mit sich – etwa das Risiko von Krebserkrankungen. Lediglich leichte Nebenwirkungen können gelegentlich auftreten, etwa Probleme beim Schlucken, Kratzen im Hals und unspezifische leichte Schmerzen. Im Verlauf weniger Tage verschwinden diese jedoch in der Regel von selbst.

Knoten der Schilddrüse

Wie bereits erwähnt haben Studien gezeigt, dass 30 Prozent der deutschen Frauen über 18 Jahren und 21 Prozent der erwachsenen Männer eine knotige Struma haben. In der Altersgruppe unter 18 liegt der Prozentsatz immerhin bereits bei 2,5 Prozent.

So viel vorab zur Beruhigung: Die allermeisten Knoten sind gutartig und kein Krebs. Dennoch ist es für die Behandlung wichtig zu wissen, um welche Art von Knoten es sich handelt. Es gibt zum einen so genannte solitäre (einzelne) Knoten, zum anderen können Knoten aber auch in Form von mehreren abgrenzbaren Knoten (multinodular) auftreten. Bei einzelnen Knoten ist die Schilddrüse häufig, bei mehreren Knoten fast immer vergrößert.

Zur weiteren Abklärung wird der Mediziner zunächst eine TSH-Bestimmung vornehmen. Ist dieser Wert erniedrigt, folgt eine Szintigraphie. Mithilfe der Untersuchungen lassen sich »kalte«, »warme« und »heiße« Knoten unterscheiden:

- In einem »kalten« Knoten wird keine oder nur wenig der radioaktiven Substanz (Technecium; Jod) gespeichert – er zeigt also keine Stoffwechselaktivität. Mögliche Ursachen für kalte Knoten sind beispielsweise Zystenbildung, Entzündung, weniger Schilddrüsenhormone bildende Schilddrüsenareale und Tumore.
- »Warme «Knoten zeigen zwar eine – gegenüber dem normalen Schilddrüsengewebe – geringfügig gesteigerte Stoffwechselaktivität. Diese beeinträchtigt jedoch die normale Funktion der Schilddrüse nicht.
- »Heiße« Knoten sind überaktive Teilbereiche, die sich von der Steuerung durch das Hypophysenhormon TSH abgekoppelt haben und den radio-

aktiven Markerstoff deshalb vermehrt speichern. Dadurch »unterdrücken« sie das normale Schilddrüsengewebe der Umgebung.

Die Behandlung »kalter« gutartiger Einzelknoten

Wenn nachgewiesen wurde, dass es sich bei dem stoffwechselinaktiven (»kalten«) Knoten um einen gutartigen Knoten handelt (die hierfür aussagekräftigste Methode ist die Feinnadel-Biopsie) und Sie einen normalen Schilddrüsenstoffwechsel aufweisen (euthyreote Stoffwechsellage), so sprechen vor allem folgende vier Gründe für eine Behandlung:

- Druck auf Luft- und/oder Speiseröhre,
- Wachstum des Knotens,
- Wiederkehr einer Zyste nach Absaugung,
- kosmetische Gründe.

Was bringt eine medikamentöse Behandlung?

Die häufigste Therapie besteht in der Anwendung von Thyroxin – auch in Kombination mit Jod – um die Größe des Knotens zu verringern. Allerdings ist sich die Fachwelt nicht einig, ob die Behandlung mit Thyroxin wirklich die bestmögliche Therapie ist. Denn zum einen ist die Größenabnahme verglichen mit Kontrollgruppen, die andere Medikamente erhielten, eher gering. Zum anderen kann Thyroxin bei Frauen nach den Wechseljahren zu einem verstärkten Verlust an Knochenmasse führen. Insbesondere bei älteren Menschen sind außerdem Herzrhythmusstörungen nicht auszuschließen. Und: Man weiß nicht genau, wie stark (und ob überhaupt) man die TSH-Ausschüttung unterdrücken sollte, um ein optimales Ergebnis zu erzielen. Nicht zuletzt muss die Behandlung mit Thyroxin (und

Jod) lebenslang erfolgen, da es nach einem Absetzen der Medikation zu einem erneuten Wachstum des Knotens kommt. Als Alternative und insbesondere zur Verhinderung der Entstehung weiterer Knoten kommt auch eine Jodtherapie in Frage.

Operation und Radiojod-Therapie

Eine andere Möglichkeit ist es, das betroffene Schilddrüsengewebe operativ zu entfernen. Dadurch werden Sie vollständig von den Symptomen befreit, und die anschließende Gewebeuntersuchung erlaubt eine definitive Diagnose.

Auch eine Radiojod-Therapie ist bei kalten Knoten denkbar. Sie kann den Knoten innerhalb von zwei Jahren um 45 Prozent verringern. Die Methode hat jedoch vor allem zwei Nachteile: Zum einen müssen Frauen im gebärfähigen Alter unbedingt eine sichere Verhütungsmethode anwenden. Zum anderen kommt es bei etwa zehn Prozent der betroffenen Patienten innerhalb von fünf Jahren zu einer Unterfunktion der Schilddrüse.

Ethanol-Injektionen

Die vierte mögliche Therapie ist die Injektion von Ethanol (Alkohol) in die Knoten. Dadurch stirbt das Knotengewebe ab, und die umliegenden Blutgefäße verschließen sich. Der Vorteil dieser Behandlungsmethode besteht darin, dass sie kostengünstig ist und es nicht zu einer Unterfunktion der Schilddrüse kommen kann. Doch die Ethanol-Injektion hat auch Nachteile: Es sind mehrere Injektionen notwendig, die nicht ganz schmerzfrei sind, und deshalb die Bereitschaft des Patienten weiterzumachen, auf eine harte Probe stellen. Darüber hinaus ist die Methode bei größeren Knoten weniger effektiv. Sie kann zu vorübergehenden Sprechstörungen und in sehr seltenen Fällen sogar zu einer Reaktion des Immunsystems auf die eigenen Körperzellen führen (so genannte Autoimmun-Reaktion). Diese wiederum kann eine Überfunktion der Schilddrüse auslösen.

Vor einer Radiojod-Behandlung sowie der Behandlung mit Ethanol-Injektionen muss unbedingt eine Feinnadel-Biopsie vorgenommen werden. Nur so lässt sich unterscheiden, ob es sich um einen gutartigen oder einen bösartigen Knoten handelt, der mittels einer Operation entfernt werden müsste.

Behandlung einer Struma mit mehreren gutartigen »kalten« Knoten

Man würde zunächst vermuten, dass sich die Struma mit mehreren gutartigen und »kalten« Knoten (multinodale kalte Strumen) ebenso wie die diffuse Struma (Seite 37) problemlos mit täglichen hohen Jodidgaben verringern ließe. Schließlich entstehen die meisten Strumen durch eine Mangelversorgung mit Jod. Da jedoch Strumen mit mehreren Knoten in der Regel bereits viele Jahre bestehen, können die über viele Jahre entstandenen (knotigen) Veränderungen nur selten durch Medikamente zurückgedrängt werden. Zur Behandlung mehrerer gutartiger und »kalter« Knoten stehen folgende drei Möglichkeiten zur Verfügung: Operation, Radiojod-Therapie und Levothyroxin (und/oder Jod).
Zum Teil gilt für diese Behandlungsmöglichkeiten das, was Sie bereits über die Behandlung »kalter« gutartiger Einzelknoten erfahren haben. Doch es gibt Ein-

schränkungen: Zur Levothyroxin-Therapie beispielsweise gibt es derzeit nur drei kontrollierte Studien. Interessant ist dabei besonders eine zwei Jahre dauernde Untersuchung, in der Radiojod-Behandlung und eine 28 Tage dauernde Therapie mit Levothyroxin verglichen wurde (2,5 Mikrogramm je Kilogramm Körpergewicht). Dabei stellte sich heraus, dass 43 Prozent der Patienten auf die Therapie ansprachen und die Strumagröße sich um durchschnittlich 22 Prozent reduzierte. In der Radiojod-Gruppe hingegen sprachen 97 Prozent der Patienten auf die Behandlung an und erreichten eine Strumaverkleinerung um durchschnittlich 44 Prozent. Zudem zeigte die Studie, dass sich die Knochendichte in der Levothyroxingruppe verschlechterte, während sie in der Radiojodgruppe nahezu konstant blieb. Außerdem entwickelte mehr als ein Drittel der Levothyroxingruppe eine Überfunktion der Schilddrüse. Die Vorteile der Radiojod-Behandlung sind also zumindest in diesem Vergleich eindeutig.

Es gibt jedoch noch weitere Gründe, die gegen eine Behandlung mit Levothyroxin sprechen: Levothyroxin lässt sich bei Patienten mit ohnehin erniedrigtem TSH-Spiegel nicht anwenden, da dieser durch das Mittel zusätzlich sinken würde. Bei Betroffenen über 60 steigt dadurch das Sterberisiko – vor allem bei Herz-Kreislauf-Erkrankungen.

Zudem entwickeln sich bei Patienten mit mehreren »kalten« Knoten manchmal auch »heiße« Knoten (siehe nächstes Kapitel), was die benötigte lebenslange Behandlung mit Levothyroxin verhindert. Denn »heiße« Knoten produzieren »am laufenden Band« Schilddrüsenhormone. Die zusätzliche Gabe des Schilddrüsenhormons Levothyroxin wäre daher absolut falsch (der Mediziner nennt dies »kontraindiziert«).

Es gibt bei mehrknotigen Strumen keine einzig richtige Behandlungsmethode. Auch die Radiojod-Therapie bringt gewisse Risiken mit sich, da sie eine Schilddrüsenentzündung hervorrufen (drei Prozent) und in 15 bis 20 Prozent (mit den Jahren auch mehr) eine Unterfunktion der Schilddrüse auslösen kann. Zudem müssen bei großen Strumen häufig mehrere Behandlungen in ausreichendem Zeitabstand erfolgen, was jedes Mal einen erneuten Klinikaufenthalt nötig macht.
Die operative Entfernung von Schilddrüsengewebe hingegen birgt nicht nur das Risiko einer Stimmbandlähmung (rund 1,5 Prozent) und einer Unterfunktion der Nebenschilddrüsen (etwa 1 Prozent), sondern kann auch – falls viel Gewebe entfernt werden muss – zu einer Unterfunktion der Schilddrüse führen. Nichtsdestotrotz ist die Operation bei großen Strumen mit mehreren kalten Knoten meist das Mittel der Wahl.

Überfunktion der Schilddrüse

Die Diagnose Hyperthyreose, also eine Überfunktion der Schilddrüse, sagt noch nichts über die Ursachen des Krankheitsbilds aus. Sie besagt nur, dass den Zellen des Körpers zu viele Schilddrüsenhormone angeboten werden und dass der Körper daraufhin (möglicherweise) mit Symptomen wie beschleunigtem Herzschlag, übermäßigem Schwitzen und erhöhter Körpertemperatur reagiert. Doch nicht immer »spürt« man das Überangebot an Hormonen. So zeigen ältere Menschen in vielen Fällen gar keine oder nur sehr schwach ausgeprägte Symptome (zum Beispiel erhöhte Herzfrequenz oder Hitzeempfindlichkeit). Stattdessen ist bei Älteren das Risiko für Herzrhythmusstörungen und Verlust an Knochenmasse höher als bei Jüngeren. Doch auch unabhängig von der Altersgruppe unterscheiden sich die Symptome von Patient zu Patient oft erheblich.

Wie viele Menschen sind betroffen?

Laut einer umfassenden US-amerikanischen Studie an mehr als 17.000 Personen – der so genannten NHANES III-Untersuchung – leiden 0,5 Prozent der Bürger der Vereinigten Staaten unter einer so genannten klinischen Hyperthyreose, weitere 0,7 Prozent unter einer subklinischen Überfunktion. Bei einer klinischen Überfunktion sind nicht nicht nur die TSH-Werte erniedrigt, sondern insbesondere auch die Werte der Schilddrüsenhormone FT4 und T3 erhöht. Bei der subklinischen Überfunktion hingegen sind nur die TSH-Werte erniedrigt, die FT4- und T3-Werte liegen hingegen (noch) im Normalbereich. Doch neigt eine subklinische Überfunktion unter bestimmten Bedingungen dazu, sich zu einer klinischen Überfunktion »auszuwachsen«. Außerdem erhöht sie das Risiko für gefährliche Herzrhythmusstörungen (Vorhofflimmern), allgemein für Fehlfunktionen des Herzens und speziell für Frauen nach den Wechseljahren das Osteoporoserisiko. Doch haben Studien gezeigt, dass die genannten Risiken nicht für alle Fällen von subklinischer Hyperthyreose zutreffen. So gibt es zwar Hinweise darauf, dass auch TSH-Werte zwischen 0,1 und 0,45 mIU/L eine spätere Herzerkrankung wahrscheinlicher werden lassen. Die eben genannten Risikoerhöhungen hingegen gelten nur für jene, bei denen TSH-Werte unter 0,1 mIU/L gemessen wurden.

Die in der NHANES-III-Studie gewonnenen Daten bezüglich der Häufigkeit von Überfunktionen treffen in etwa auch auf die Bundesrepublik Deutschland zu. Mehrere Erhebungen im Rahmen der Deutschen Herz-Kreislauf-Präventionsstudie aus den Jahren 1984 bis 1991 haben ebenfalls einen Wert von 0,6 Prozent hyperthyreoten Patienten ergeben. Doch während es sich bei der Überfunktion in den USA überwiegend um Fälle der Basedow-Krankheit handelt, liegt in Deutschland bei 60 Prozent der Fälle eine Autonomie vor und nur in 35 Prozent Basedow. Der Grund für diese Diskrepanz ist einfach: Deutschland ist ein Jodmangelgebiet, die USA nicht.

Nimmt man den Wert der Herz-Kreislauf-Studie (0,6 Prozent) als aussagekräftig für die gesamte erwachsene Bevölkerung zwischen 25 und 69 Jahren an, so hätten im Jahre 2003 ganze 305.106 Bundesbürger dieser Altersgruppe unter einer Überfunktion der Schilddrüse gelitten. Weitere 355.958 Menschen wären als subklinisch hyperthyreot einzuschätzen.

Mögliche Ursachen für eine Überfunktion

Die Schilddrüsenüberfunktion kann unterschiedliche Ursachen haben. In Deutschland sind »heiße« Knoten und die Basedow-Krankheit die häufigsten Ursachen für eine Überfunktion der Schilddrüse – wobei wie gesagt fast doppelt so viele Menschen von »heißen« Knoten betroffen sind wie von der Basedow-Krankheit. In unterschiedlicher Häufigkeit kommt sie zudem auch im Rahmen einer Schilddrüsenentzündung vor. Eine so genannte Postpartum-Überfunktion zeigt sich oft bei Frauen nach der Geburt. Rund fünf Prozent der Gebärenden sind betroffen, bei Frauen mit Diabetes mellitus Typ 1 sogar 10 bis 25 Prozent. Seltener sind andere Schilddrüsenentzündungen, die durch Viren, Bakterien, Pilze oder Medikamente hervorgerufen werden. Darüber hinaus gibt es noch einige seltene beziehungsweise sehr seltene Ursachen wie Tumore der Hirnanhangdrüse und Schilddrüsengewebe an den Eierstöcken.

Was ist eine Schilddrüsenautonomie?

Der Begriff »Schilddrüsenautonomie« bedeutet, dass sich ein Knoten (autonomes Adenom; unifokale Autonomie) oder mehrere Knoten (multifokale Autonomie) von der Regulation durch TSH abgekoppelt haben. Die autonomen Gewebe(anteile) produzieren vermehrt Schilddrüsenhormone, was sich zunächst in mehr oder weniger stark erniedrigten TSH-Werten niederschlägt. In späteren Stadien erhöhen sich die Werte der Schilddrüsenhormone FT4 und/oder T3. Im Szintigramm (siehe Seite 24f.) werden die autonomen »heißen« Gewebe sichtbar, da in ihm das radioaktive Technecium stärker gespeichert wird als im normalen Umgebungsgewebe.

Wie entsteht eine Autonomie?

Warum aber werden manche Gewebeteile »heiß« und andere nicht? Bei einem lange andauernden Mangel an Jod wächst die Schilddrüse wie bereits erwähnt an, um den Jodmangel auszugleichen. Dafür müssen sich die Zellen der Schilddrüse teilen. Bei jeder Zellteilung aber muss der komplette Chromosomensatz – die Erbsubstanz Desoxyribonukleinsäure (DNS), in der sich der Bauplan der Zellen befindet – verdoppelt werden. Dabei kann es beim »Abschreiben« der Erbinformationen zu Fehlern kommen. Je nachdem, an welcher Stelle im Erbgut diese »Fehler« geschehen, können entweder »kalte« oder »heiße« Knoten, aber auch bösartige Veränderungen entstehen.
Hat sich erst einmal ein (oder mehrere) heißer Knoten gebildet, so produziert er Schilddrüsenhormone und unterdrückt damit die Produktion des Hormons TSH, welches das normale Schilddrüsengewebe zur Hormonproduktion anregt. Infolge dessen stellen die verbliebenen gesunden Schilddrüsenzellen immer weniger Hormone her. Je höher die Hormonproduktion in den heißen Bezirken, desto geringer ist die der gesunden Zellen. Das gesunde Gewebe wird deshalb zunehmend »kalt«, das autonom funktonierende dagegen immer »heißer«. Dennoch bleibt der Hormonstoffwechsel bis zu einem gewissen Punkt ausgeglichen (euthyreot). Denn die Mehrpoduktion durch das »heiße« Gewebe wird durch eine entsprechende Minderproduktion des gesunden Gewebes ausgeglichen. Ab einer bestimmten Größe der »heißen« Bereiche aber werden dann so viele Schilddrüsenhormone hergestellt, dass sich die Symptome einer Überfunktion zeigen können. Bei Einzelknoten ist dies jedoch im Allgemeinen erst ab einer Größe von drei Zentimetern Durchmesser der Fall.

Die Behandlung einer Autonomie

Hat Ihr Arzt eine Autonomie festgestellt, während sowohl TSH als auch die Schilddrüsenhormone im Normbereich liegen, ist dies meist noch kein Grund für eine Therapie. In diesem Fall heißt es abwarten, bis sich die Lage verändert hat. Das nächste Stadium im natürlichen Verlauf einer Autonomie nennt der Mediziner »subklinische Überfunktion«. In dieser Phase sind die TSH-Werte zwar erniedrigt (abhängig von der verwendeten Bestimmungsmethode zwischen 0,1 und 0,4), die Werte der Schilddrüsenhormone jedoch im Normalbereich. Normalerweise ist auch jetzt noch keine Behandlung notwendig, doch kann sie unter bestimmten Umständen in Betracht gezogen werden. Dann nämlich, wenn Sie bereits unter einer Herzkrankheit oder unter Knochenschwund (Osteoporose) leiden, Symptome einer Schilddrüsenüberfunktion zeigen oder älter als 60 Jahre sind. Dennoch ist die Behandlung auch in diesen Fällen kein Muss, sodass Ihr Arzt Für und Wider einer Behandlung mit Ihnen besprechen sollte, um die Risiken für Herz und Knochen zu minimieren.

Anders sieht es aus, wenn bereits eine Überfunktion der Schilddrüse besteht, also nicht nur die TSH-Werte erniedrigt, sondern auch die Werte der Schilddrüsenhormone erhöht sind. Am Anfang der Behandlung stehen dann Medikamente (die so genannten Thyreostatika: Thiamazol, Carbimazol, Propythiouracil, Natriumperchlorat), um die Werte wieder in den Normalbereich zu bringen. Eine Dauerlösung sind diese Medikamente jedoch in der Regel nicht, da sie unter anderem zu Übelkeit, Haarausfall, Geschmacks- und Geruchsstörungen, Leberenzymveränderungen und krankhaften Veränderungen des Blutbilds führen können. Außerdem bricht die Überfunktion sofort wieder durch, wenn Sie die Tabletten absetzen.

X

Dennoch sind Thyreostatika zu Beginn der Überfunktion-Therapie wichtig, um auf die weiterführende Behandlung mit Radiojod vorzubereiten. Auch wenn dies die am gängigsten angewandte Methode ist, kann Ihr Arzt dennoch eine Operation vorschlagen – vor allem dann, wenn

- gleichzeitig »kalte« Knoten vorhanden sind, die möglicherweise bösartiger Natur sind,
- andere Veränderungen vorliegen, die in absehbarer Zeit eine OP nötig machen könnten,
- eine große Struma vorhanden ist, welche die Luftröhre einengt oder
- eine schnelle Beseitigung der Symptome nötig ist.

Bei einzelnen oder wenigen Knoten kommt auch die Ethanol-Behandlung in Frage (siehe Seite 44f.). Das Verfahren ist vor allem dann sinnvoll, wenn Sie bereits unter anderen Erkrankungen leiden, welche die Radiojod-Behandlung und Operation zu einem Risiko machen.

Eine weitere Behandlungsmöglichkeit steckt noch in den Kinderschuhen: die Behandlung mit dem Laser. Dabei wird unter Ultraschallkontrolle durch eine Injektionsnadel ein dünnes Glasfaserfiberkabel in das Zielgebiet eingeführt und Laserlicht hindurchgeschickt. Die Laserenergie zerstört das krankhafte Gewebe sehr gezielt und fast ohne Nebenwirkungen, wie eine italienische Studie an sieben Patienten mit autonomen Knoten und fünf Patienten mit einer einengenden Struma gezeigt hat. Doch bis die Laserbehandlung bei einer Autonomie der Schilddrüse breite Anwendung finden wird – wie es etwa bei der gutartigen Vergrößerung der Vorsteherdrüse (Prostata) schon heute der Fall ist – werden vermutlich noch einige Jahre vergehen. Doch sind wie gesagt schon die ersten Ergebnisse durchaus ermutigend.

Wenn Sie Thyreostatika einnehmen müssen, sollten Sie bei folgenden Symptomen sofort den Arzt aufsuchen: Fieber, schweres Krankheitsgefühl oder Entzündung der Rachenmandeln. Die Symptome könnten zwar auch von einem starken grippalen Infekt herrühren. Sie lassen sich möglichweise aber auch auf eine selten auftretende Blutbildungsstörung (Agranulozytose) zurückführen, die sofort behandelt werden muss.

Details über die medikamentöse Behandlung mit Thyreostatika erfahren Sie im direkt anschließenden Kapitel. Der Grund, dass Thyreostatika dort so intensiv besprochen werden während sie hier »nur selten als eine Dauerlösung« angesehen wurden, ist, dass es bei einer Behandlung der Basedow-Krankheit mit Thyreostatika zu einer Rückbildung kommen kann, bei einer Autonomie hingegen nicht.

Die Basedow-Krankheit (Morbus Basedow)

Wäre die Geschichte immer gerecht, müsste das Krankheitsbild der Schilddrüsenüberfunktion, um die es im Folgenden geht, nicht Basedow-Krankheit, sondern eigentlich Graves-Basedow-Krankheit genannt werden. Denn nahezu zeitgleich beschrieben der irische Arzt Robert James Graves (1797–1853) und der deutsche Mediziner Karl Adolph von Basedow (1799–1854) vor rund 170 Jahren die typischen Krankheitszeichen. Noch älter sind allerdings Beschreibungen, die vor 800 Jahren in Persien aufgezeichnet wurden. Wollte man auch dieser Erkenntnis gerecht werden, trüge die Krankheit den langatmigen Namen »Al-Jurjani-Parry-Flajani-Testa-Graves-Basedow-Krankheit« – in der Tat etwas umständlich. So wird die Erkrankung in der englischsprachigen Welt »Graves' Disease« (Graves' Krankheit) und auf dem europäischen Kontinent »Basedow-Krankheit« genannt.

Die Basedow-Krankheit macht in Deutschland etwa 40 Prozent aller Schilddrüsenüberfunktionen aus – in Gebieten mit ausreichender Jodversorgung wie den USA mehr, in Jodmangelgebieten wie Deutschland weniger. Frauen sind fünf- bis zehnmal häufiger betroffen als Männer. Auch wenn nicht ganz sicher ist, woran das liegt, gibt es doch gute Erklärungsansätze für dieses Phänomen (siehe Seite 59). Die Erkrankung tritt zumeist zwischen dem 30. und 50. Lebensjahr auf, äußerst selten nur bei Kindern.

Bei der Basedow-Krankheit handelt es sich um eine so genannte Autoimmunerkrankung – eine Art von Erkrankung, auf die in diesem Buch noch häufiger zu sprechen kommen wird.

Die Symptome

Haben Sie eindeutige Zeichen einer Schilddrüsenüberfunktion? Sind Ihre TSH-Werte erniedrigt, die Schilddrüsenhormone erhöht, weisen Sie Augensymptome wie hervortretende Augäpfel und Augentränen auf oder leiden Sie eventuell unter entzündlichen, juckenden Stellen an den Schienbeinen? Klarer Fall: Basedow. Doch leider ist die Symptomatik nicht immer so eindeutig wie in diesem Beispiel.

Die häufigsten Symptome (bei mehr als 50 Prozent der Betroffenen) sind Nervosität, erhöhter Herzschlag oder Herzrasen, Wärmeempfindlichkeit und unerklärlicher Gewichtsverlust. Während aber bis zu 20 Prozent der älteren Patienten unter Herzrhythmusstörungen leiden, ist dies bei Jüngeren nur selten der Fall. Nur etwa jeder zweite entwickelt die angesprochenen Augensymptome – 75 Prozent von ihnen in einem Zeitraum von einem Jahr vor und einem Jahr nach der Diagnose »Überfunktion«.

Ein bis zwei Prozent der Patienten mit einer solchen Ophthalmopathie, also einer auf hormonelle Ursachen zurückzuführenden Augenkrankheit, zeigen auch Symptome einer Hauterkrankung, meist an den Schienbeinen (prätibiales Myxödem). Es handelt sich dabei um eine entzündliche Schwellung, die sich im Gegensatz zu anderen Ödemen (Wassereinlagerungen im Gewebe) nicht eindrücken lässt, und die zu einer Verhärtung des Bindegewebes in der Haut des Schienbeins führen kann. Bei manchen Patienten geht die Erkrankung mit Juckreiz einher, was zu Kratzattacken führen kann, deren Folgen dann dem Arzt auffallen. In seltenen Fällen kommt es auch zu einer Schwellung mit unregelmäßigen Wucherungen der Knochenhaut an Händen und Füßen, was zu Einschränkungen der Beweglichkeit führen kann.

Hormonell bedingte Augenkrankheit

Die auf hormonelle Ursachen zurückzuführende Augenkrankheit - auch endokrine Orbithopathie genannt - wird in sechs Stadien eingeteilt:

Stadium	Symptom
I	Zurückgezogene Oberlider
II	Zusätzlich Wassereinlagerungen in der Bindehaut, Lidschwellungen, Augentränen, Lichtscheu, Druckgefühl hinter den Augäpfeln
III	Zusätzlich hervortretende Augäpfel
IV	Zusätzlich Verschlechterung des Sehens (unscharf, verschwommen), Doppeltsehen
V	Zusätzlich Unfähigkeit, die Augen zu schließen
VI	Sehverlust infolge einer Beteiligung des Sehnervs

Diese Augensymptome werden von den Betroffenen zumeist als besonders belastend empfunden. Neben den sehr unangenehmen Folgen wie Augentränen oder Schwellungen ist hierfür gewiss das mögliche Hervortreten der Augäpfel verantwortlich, da dies in der Bevölkerung von vielen sofort mit der Basedow-Krankheit in Verbindung gebracht wird. Der Betroffene ist damit stigmatisiert.

So entsteht die Erkrankung

Die Basedow-Krankheit gehört zu den so genannten Autoimmunerkrankungen. Das sind Krankheiten, bei denen sich das Immunsystem gegen bestimmte Zellen des eigenen Körpers richtet und diese zerstört, wie es etwa beim Diabetes mellitus Typ 1 der Fall ist, bei der Antikörper die Insulin produzierenden Zellen der Bauchspeicheldrüse zerstören. Die Basedow-Krankheit ist jedoch die einzige Autoimmunerkrankung, bei der das Zielorgan der Antikörper – in diesem Fall die Schilddrüse – meist nicht zerstört wird, sondern im Gegenteil zu einer Überproduktion der Hormone T3 und T4 angeregt wird.

Vereinfacht ausgedrückt läuft der Vorgang folgendermaßen ab: Sind Sie gesund, sorgt eine bestimmte Klasse von weißen Blutkörperchen (so genannte T-Suppressor-Zellen) dafür, dass Ihr Immunsystem nicht etwa eigenes Gewebe angreift. Aufgrund eines genetischen Fehlers der T-Suppressor-Zellen können diese ihre Aufgabe beim Basedow-Kranken jedoch nicht erfüllen. So genannte B-Zellen bilden daher nun Antikörper, die – wie ein Schlüssel ins Schloss – in die Rezeptoren des TSH-Rezeptors passen. Im Normalfall dockt sich dort das von der Hirnanhangdrüse gebildete TSH an, um die Produktion der Schilddrüsenhormone anzukurbeln. Bei der Basedow-Krankheit aber werden die Rezeptoren von den Antikörpern besetzt, die gleichwohl auf diesem Wege auch die Produktion der Schilddrüsenhormone anregen. Die TSH-Produktion der Hirnanhangdrüse wird zurückgefahren, da ja ausreichend, immer öfter sogar zu viele Schilddrüsenhormone gebildet werden. Die Blutuntersuchung im Labor zeigt deshalb eine Schilddrüsenüberfunktion mit unterdrückten TSH-Werten und im Normalfall erhöhten FT4 (freies T4) und T3 an.

Wie die geschilderte Autoimmunkaskade zu den Augensymptomen führt, ist noch nicht ganz geklärt. Man vermutet jedoch, dass die TSH-Antikörper auch an TSH-Rezeptoren des Bindegewebes am Auge binden, woraufhin bestimmte Botenstoffe (Zytokine) gebildet werden, die im Endeffekt zu Schwellungen des Bindegewebes und der Augenmuskeln führen.

Ursachen und Risikofaktoren

Eine dänische Zwillingsstudie kommt zu dem Schluss, dass die Anfälligkeit für die Basedow-Krankheit zu 79 Prozent genetisch bestimmt ist. Dennoch gibt es weitere Faktoren, die als Ursachen beziehungsweise Risikofaktoren gelten müssen. Da ist zum einen offenbar das Geschlecht: Frauen sind fünf- bis zehnmal häufiger betroffen als Männer. Ebenso wie bei mehrknotigen Strumen und im übigen auch bei differenzierten Schilddrüsenkarzinomen (siehe Seite 86) sind Frauen offensichtlich benachteiligt. Auf die Frage, warum dies so ist, gibt es leider noch keine Antwort. Man weiß jedoch, dass die Schilddrüse während einer Schwangerschaft starkem Stress unterliegt, schließlich verursachen die hormonellen Umstellungen während der Schwangerschaft ein Absinken des TSH-Spiegels. In Gegenden mit mildem Jodmangel kommt noch eine Vergrößerung der Schilddrüse hinzu – Folge des vermehrten Jodbedarfs durch Mutter und Kind. Keine befriedigende Erklärung, aber immerhin ein Ansatz.

Man vermutet außerdem, dass es einen Mechanismus gibt, der bestimmte Gene abfragt, die in irgendeiner Weise mit der Basedow-Krankheit in Verbindung stehen, und dass dieser Mechanismus durch das im weiblichen Organismus stärker vorhandene Östrogen gefördert wird.

Zwei weitere Risikofaktoren werden mit der Basedow-Krankheit in Verbindung gebracht: das Rauchen und eine plötzlich erhöhte Aufnahme größerer Jodmengen. Das Rauchen erhöht allerdings nicht das Risiko für die Basedow-Krankheit selbst, sondern »nur« für das Auftreten der Augensymptome (Endokrine Orbitopathie). Dies sowie die Tatsache, dass Rauchen grundsätzlich auch ein starker Risikofaktor für das Auftreten einer Struma ist – neben all den anderen schädlichen Wirkungen – sollte ein Grund mehr sein, dem Glimmstengel abzuschwören. Dass Jod von zentraler Bedeutung für eine funktionierende Schilddrüse ist, wissen Sie bereits. Doch in Ländern mit einem ausgeprägten Jodmangel kann zu viel Jod gerade wegen der Mangelsituation auch Probleme auslösen. Dazu zählen neben der Basedow-Krankheit auch die Verschlimmerung der Symptome bei »heißen« Knoten sowie bei der so genannten Hashimoto-Thyroiditis (siehe Seite 75). Das bedeutet jedoch nicht, dass Sie nun auf Jod verzichten sollten. Sie sollten jedoch die sichere Dosis von 500 Mikrogramm am Tag möglichst nicht überschreiten.

Die Behandlung der Basedowschen Krankheit

Zur Behandlung der Basedow bedingten Schilddrüsenüberfunktion kommen vier Therapieformen in Frage:

- Medikamente zum Einstellen der Schilddrüsenhormon-Werte (Thyreostatika, wie bei Autonomie),
- eine kombinierte Therapie aus Thyreostatika und Schilddrüsenhormon (Levothyroxin),
- die Radiojod-Therapie und
- eine Operation zur Entfernung von Schilddrüsengewebe.

Die Behandlung der Augensymptomatik wird in einem eigenen Unterkapitel erläutert (siehe Seite 68ff.).

Die Therapie mit Thyreostatika

Um die Werte der Schilddrüsenhormone in den Normalbereich zu bringen, kann Ihr Arzt Substanzen verordnen, die Sie bereits in dem Kapitel über Schilddrüsenautonomie kennengelernt haben: Thiamazol, Carbimazol, Propythiouracil sowie Betablocker. Während in den USA vornehmlich Propythiouracil verschrieben wird, sind es in Europa vor allem Thiamazol und Carbimazol.

Die Substanzen sind nicht austauschbar – jede hat ihr eigenes Wirkungsprofil, bringt Vor- wie Nachteile mit sich. Thiamazol und Propythiouracil beispielsweise teilen zwar ein Wirkprinzip. Doch ist Thiamazol bei gleicher Dosierung wirksamer als Propythiouracil. Zudem reicht es bei Thiamazol wegen seiner längeren Halbwertzeit oftmals aus, das Medikament nur einmal täglich einzunehmen. Das erleichtert es Ihnen, dabeizubleiben. Auch sind die Nebenwirkungen bei Thiamazol etwas geringer als bei Propythiouracil. Trotz allem ist Propythiouracil unverzichtbar bei der Behandlung von Basedow in besonders schweren Fällen sowie für Schwangere und Stillende.

Die praktische Durchführung

Am Anfang erhalten Sie höhere Dosen, um die Schilddrüsenhormone in den normalen Bereich zu senken. Die Dosis wird im Verlauf der Behandlung jedoch allmählich reduziert, bis sie selbst und die Zahl der Nebenwirkungen möglichst niedrig ist. Aufgrund der möglichen Nebenwirkungen der Medikamente ist dieses Vorgehen durchaus sinnvoll. Der Weg des langsamen Erhöhens der Dosis – dieses Prinzip des Einschleichens wird bei anderen Medikamenten durchaus angewandt – ist zu Beginn der Basedow-Krankheit nicht angezeigt, da es zunächst um das rasche Senken der Hormonwerte geht.

Tagesdosierungen der verschiedenen Medikamente

Anfangsdosis	Substanz	Erhaltungsdosis
15–40 mg	Thiamazol	5–15 mg
20–30 mg	Carbimazol	5–20 mg
150–300 mg	Propylthiouracil	50–100 mg

Während der Therapie ist es wichtig, die Hormonwerte ausreichend häufig zu kontrollieren. Nicht nur, damit der Arzt den Fortschritt dokumentieren und die Dosis reduzieren kann, sondern auch, weil es im Zuge der reinen Thyreostatika-Behandlung zu einer Unterfunktion der Schilddrüse kommen kann.
Dies wird jedoch nicht immer anhand der Hormonwerte oder der veränderten Beschwerden deutlich – während der ersten Wochen bleibt der TSH-Spiegel trotz der Senkung der Schilddrüsenhormone meist zu niedrig.
Eine Unterfunktion kann jedoch auch dadurch auffallen, dass die Schilddrüse plötzlich wieder zu wachsen beginnt, anstatt zu schrumpfen. Einer Unterfunktion lässt sich während der Therapie pinzipiell auf zwei Arten entgegensteuern: Indem die Dosis der Thyreostatika gesenkt wird, und indem Sie zusätzlich Levothyroxin einnehmen – ein Schilddrüsenhormon. Diese Behandlungsweise nennt man Kombinationstherapie.

Chancen der Thyreostatika-Behandlung

In den allermeisten Fällen geht es vor allem darum, mithilfe der Thyreostatika-Therapie so schnell wie möglich eine ausgeglichene Stoffwechsellage zu erreichen. Man vermutet jedoch, dass die Behandlung sich indirekt auch auf das Immunsystem auswirkt, sodass sich auch dort die aus der Balance geratene Lage normalisiert. Eine konsequente Behandlung über 12 bis 18 Monate führt in 50 bis 60 Prozent der Fälle dazu, dass die Krankheit auch nach dem Absetzen des Medikaments über Jahre ruht oder sogar nie mehr durchbricht. Die Chancen auf Heilung stehen besonders gut, wenn

- während der Therapie der Thyreostatikabedarf kontinuierlich abnimmt und
- das Volumen der Schilddrüse unter 40 Milliliter ist.

Nach ein bis eineinhalb Jahren wird die Dosis über etwa zwei Monate allmählich immer mehr reduziert, bis Sie überhaupt keine Medikamente mehr nehmen müssen. Patienten, bei denen die Überfunktion wieder aufflackert, erleiden diesen Rückfall in der Regel binnen der folgenden drei bis sechs Monate. Bei den Übrigen bleibt der Schilddrüsenstoffwechsel oft über mehrere Jahre hinweg oder auf Dauer stabil.

Kombinationstherapie aus Thyreostatika und Schilddrüsenhormon

Alternativ zur reinen Thyreostatika-Therapie kommt die Kombination von Thyreostatika und Levothyroxin in Frage. Vielleicht scheint es Ihnen zunächst paradox, zusätzlich aktives T3 in Form von Levothyroxin einzunehmen. Schließlich hemmen Thyreostatika die Produktion der Schilddrüsenhormone beziehungsweise die Umwandlung von T4 in das aktive T3 (Propylthiouracil), um die zu hohe körpereigene Schilddrüsenhormonproduktion in den Normalbereich zu senken. Trotzdem

macht die Kombination mit Levothyroxin unter bestimmten Umständen Sinn. Zum Beispiel dann, wenn die Schilddrüsenhormone – aus welchen Gründen auch immer – nicht häufig genug kontrolliert werden können, um die Thyreostatikadosis rechtzeitig anzupassen. Oder wenn die Schilddrüsenfunktion unter der Thyreostatikatherapie ein sehr wechselhaftes Verhalten zeigt.
Bei der Kombinationstherapie müssen Thyreostatika in deutlich höheren Dosierungen eingenommen werden, was auch die Wahrscheinlichkeit von unerwünschten Nebenwirkungen erhöht. Eine Studie berichtete zwar, dass die Kombitherapie mehr bringt als die Beseitigung oder Prävention einer Schilddrüsenunterfunktion. Sie verringert die Rückfallquote nach dem Absetzen der Medikamente. Trotz mehrerer Nachfolgestudien konnte diese Aussage noch nicht bestätigt werden.
Trotz alledem hat die Kombinationstherapie einen sehr praktischen Effekt: Da die Gefahr einer Unterfunktion und ihrer negativen Folgen gebannt wird, müssen Sie seltener zum Arzt, um Ihre Werte testen zu lassen. In Anbetracht der Tatsache, dass eine Behandlung oft nur deshalb nicht funktioniert, weil der Patient selbst nicht konsequent »bei der Stange bleibt«, sollte auch dieser Aspekt bei der Wahl der richtigen Behandlungsmethode auf keinem Fall vergessen werden. Es ist von zentraler Bedeutung, dass Sie die Behandlungsanweisungen des Arztes strikt einhalten. Tun Sie es nicht, kommt der Mediziner schon deshalb in die Bredouille, weil er plötzlich Werte misst, die eigentlich nicht sein dürfen. Er hat dann Probleme, diese zu interpretieren, da er ja nicht wissen kann, dass Sie die Medikamente möglicherweise nur unregelmäßig nehmen. Sollte das der Fall sein: Teilen Sie es Ihrem Arzt mit, damit Sie gemeinsam andere Wege finden können.

Radiojod-Therapie und Operation bei Basedow

Es liegt auf der Hand, dass die bereits erwähnten Therapieformen zur Verringerung des stoffwechselaktiven Schilddrüsengewebes – Radiojod-Therapie und operative Entfernung von Gewebe – auch im Falle der Basedow-Krankheit zur Anwendung kommen können. Was die prinzipiellen Risiken angeht, so unterscheiden sie sich nicht von denen, die Sie auf den Seiten 38f. und 41 nachlesen können. Nach einer operativen Entfernung des Großteils der Schilddrüse ist stets eine lebenslange Einnahme von Schilddrüsenhormonen notwendig.

Welche Therapie ist die richtige?

Die Entscheidung, welche Therapie in Ihrem Fall die beste ist, kann letztlich nur Ihr Arzt treffen. Nur er kennt alle Befunde, weiß sie zu interpretieren und vermag die Vor- und Nachteile der verschiedenen Behandlungsmethoden einzuschätzen. Ein guter und verantwortungsbewusster Arzt wird Sie jedoch immer in diesen Entscheidungsprozess mit einbeziehen. Schließlich müssen Sie die Folgen tragen. Fühlen Sie sich unverstanden, sollten Sie mit dem Arzt darüber reden. Hilft dies nicht, müssen Sie eventuell einen Arztwechsel in Erwägung ziehen.

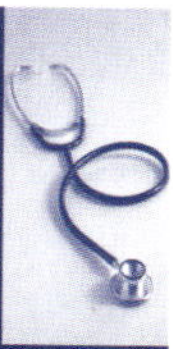

Besprechen Sie mit Ihrem Arzt genau das weitere Vorgehen. Rät er Ihnen zu einer bestimmten Therapieform, sollten Sie sich von ihm genau erklären lassen, welche Vorteile sie Ihnen bietet und warum er gerade diese Behandlungsmethode empfiehlt. Sagen Sie Ihrem Arzt auch, wenn Sie Bedenken haben. Nur dann kann er diese ausräumen und Ihnen (möglicherweise unbegründete) Ängste nehmen.

Eine Entscheidung für die eine oder die andere Behandlung ist aber nicht nur von Fakten abhängig. Wie jeder andere Mensch hat sich auch Ihr Arzt aufgrund seiner Erfahrungen und seines Wissenstands seine eigene Meinung gebildet. Er kann z. B. aufgrund sehr guter Möglichkeiten vor Ort dazu neigen, eine bestimmte Therapie-Variante in den Vordergrund zu stellen, während er eine andere eher vernachlässigt. So genannte Leitlinien, wie sie von verschiedenen Fachverbänden für Diagnostik und Therapie der verschiedensten Erkrankungen erstellt werden, bieten dem Mediziner immer nur einen Rahmen, in dem er sich bewegen sollte. Eine exakte Handlungsanweisung sind sie nicht.
Ähnlich geht es vielen Patienten. Obwohl sie sich ausführlich über Ihre Krankheit informieren, haben sie oft mehr oder weniger konkrete Ängste und Bedenken. In diesem Fall ist es die Aufgabe des Arztes, dem Patienten zu erklären, warum er die eine Therapie durchführen will und nicht die andere. Einen Teil dessen, was ein Arzt seinem Patienten erklären muss – es aus Zeitgründen in der Praxis jedoch leider nicht immer schafft – erfahren Sie im Folgenden.

Entscheidungskriterien des Arztes

Sofern nichts dagegen spricht, sollte zunächst immer eine Therapie mit Thyreostatika ausprobiert werden – eventuell in Kombination mit dem Schilddrüsenhormon Levothyroxin. Sie haben bereits erfahren, dass ein relativ hoher Prozentsatz der so für 1 bis 1,5 Jahre behandelten Patienten daraufhin lange Zeit oder sogar für immer von ihrer Überfunktion befreit bleibt. Und sollte es nach einer gewissen Zeit doch wieder zu einer Überfunktion kommen, kann diese so genannte konservative Therapie noch einmal wiederholt werden – diesmal vielleicht mit mehr Erfolg.

Bringt die konservative Behandlung nicht den gewünschten Erfolg, gibt es nur zwei Alternativen, die anhaltenden Erfolg versprechen: Radiojod-Therapie und OP.

Für eine Operation spricht, wenn

- die Struma ein Volumen von mehr als 50 Millilitern aufweist, da eine Radiojod-Behandlung mit zunehmender Strumagröße weniger effektiv ist.
- die Struma knotige Veränderungen – insbesondere »kalte« Knoten – enthält, da diese den Verdacht auf bösartige Veränderungen wecken.
- schwere Augensymptome vorliegen (endokrine Orbitopathie), da diese durch eine Radiojod-Behandung verschlimmert werden können (was sich jedoch durch eine vorbeugende Behandlung mit Corticoiden verhindern lässt).
- Sie als Frau im Verlauf etwa eines Jahres ein Kind haben möchten oder bereits schwanger sind. Durch eine Radiojod-Therapie steigt die Fehlgeburtsrate für ein Jahr nach der Behandlung leicht an. Zudem kann die Schilddrüse des Kindes durch radioaktives Jod geschädigt werden.
- Sie eine schnelle Heilung benötigen. Die Besserung nach einer Radiojod-Therapie verläuft nur allmählich und führt im Normalfall nach frühestens zwei Monaten zu einer ausgeglichenen Stoffwechsellage (Euthyreose).
- die Schilddrüse zum Beispiel die Luftröhre einengt und die Atmung behindert, sodass eine schnelle Beseitigung der Symptome zwingend erforderlich ist.

Für die Radiojod-Behandlung spricht dagegen, wenn

- es sich um eine kleine Schilddrüse handelt (unter 50 Milliliter).
- die Struma diffus ist und keine Knoten aufweist.

- zuvor bereits Operationen an der Schilddrüse vorgenommen wurden. Denn jede weitere OP lässt die Risiken ansteigen (zum Beispiel für Stimmbandlähmungen oder eine Unterfunktion der Schilddrüse).
- eine Operation aufgrund anderer Erkrankungen nicht in Frage kommt beziehungsweise die Risiken zu hoch wären (etwa bei schweren Herz-, Lungen- oder Nierenerkrankungen).

Die Therapie der Augensymptomatik

In der Regel bessern sich die Symptome bereits, wenn durch eine der voranstehenden Therapien – Thyreostatika, Kombinationstherapie, Radiojod-Behandlung oder Operation – eine ausgeglichene Stoffwechsellage hergestellt wird. Rauchen verschlechtert die Symptome jedoch und wirkt sogar bei ihrer Auslösung mit, sodass jedem Patienten mit endokriner Ophthalmopathie oder einem Morbus Basedow dringend davon abzuraten ist, zur Zigarette zu greifen.
Die Behandlung der Augensymptome orientiert sich über das Einstellen der Stoffwechsellage hinaus überwiegend an den Symptomen. Sie ändert also nichts an den Ursachen. Im Folgenden finden Sie eine Aufstellung der verschiedenen Symptome sowie die unterschiedlichen Behandlungsmöglichkeiten.

Lichtscheu (Photophobie): Die einfachste und zugleich einzige Maßnahme bei Überempfindlichkeit gegenüber hellem Licht ist das Tragen abdunkelnder Brillengläser.

Trockene Augen: Hier hilft das Einträufeln »künstlicher Tränen« in die Augen.

Fehlender Lidschluss: Um das Austrocknen der Augen und Schäden an der Hornhaut zu vermeiden, können Sie nachts einen so genannten Uhrglasverband angelegen - ein Pflaster in dessen Mitte eine kleine Glasscheibe sitzt, durch die Sie hindurchsehen können. Tagsüber träufeln Sie »künstliche Tränen« ins Auge. Bei stabilen Krankheitssymptomen kommt eventuell auch eine operative Korrektur des Lidschlusses in Frage.

Doppelbilder und Gesichtsfeldeinschränkung: Die Ursache für diese Symptome sind entzündliche Prozesse mit Wassereinlagerungen am Auge. Eine Therapie mit so genannten Glukokortikoiden (Hormonen der Nebennierenrinde) können Linderung bringen. Dazu erhalten Sie für sechs bis acht Wochen rund 60 Milligramm Prednisolonäquivalent, wobei sich die Dosis gegen Ende der Behandlung langsam auf null verringert. Gegenüber der Behandlung mit Tabletten hat die einmal wöchentliche intravenöse Corticoidtherapie geringere Nebenwirkungen und etwas bessere Therapieeffekte. Dürfen Sie keine Glukokortikoide einnehmen, bringen diese nicht den gewünschten Erfolg oder sollen einfach Kortikoide eingespart werden, kann Ihr Arzt auch eine Bestrahlung des Bereichs veranlassen, der hinter dem Augapfel liegt. Die nötige Strahlendosis wird dabei auf einen Zeitraum von etwa 14 Tagen verteilt. Bestehen die Doppelbilder nach diesen Behandlungsversuchen noch immer, können Glas- oder Kunststoffprismen Abhilfe schaffen. Ist die Krankheit stabil, kommt eventuell auch eine korrigierende Operation der Augenmuskeln in Frage.

Hervortretende Augen mit überwiegender Beteiligung (Vermehrung) des Fettgewebes: Das Fettgewebe hinter dem Auge wird operativ entfernt. Im Falle anderer Autoimmunerkrankungen wie beispielsweise der Rheumatoiden Arthritis wurden deutliche Fortschritte gemacht, was den Einsatz von Mitteln angeht, die das Immunsystem herunter regeln. Das Gleiche gilt für Substanzen, die direkt auf Botenstoffe zielen, die an der Entwicklung von Symptomen beteiligt sind. In Bezug auf die endokrine Ophthalmopathie aber muss hier noch Grundlagenforschung betrieben werden. Man weiß einfach nicht, welche Botenstoffe entscheidend beteiligt sind. Das liegt zum großen Teil auch daran, dass man an die Orte des Geschehens am Auge nur schlecht herankommt. Doch wird die Forschung sicher weitergehen, so dass sich auch die Behandlungmöglichkeiten der Augensymptome verbessern.

Sonderfall Schilddrüsenhormonresistenz

Eine Schilddrüsenhormonresistenz ist ausgesprochen selten. Man vermutet, dass nur etwa einer von 500.000 Menschen von dieser Krankheit betroffen ist. Die Schilddrüse stellt dann zwar ausreichend oder sogar zu viele Hormone her. Diese können aber wegen des Rezeptordefekts nicht ausreichend zur Wirkung kommen. Sie kontrollieren zum Beispiel nicht wirksam die TSH-Ausschüttung in der Hirnanhangdrüse und zeigen auch in bestimmten Zellen beziehungsweise Organen des Körpers keine ausreichende Wirkung.

Was die Laborwerte angeht, so weisen sie entsprechend erhöhte T3- und T4-Werte auf, nicht jedoch – wie es bei einer Schilddrüsenüberfunktion zu erwarten wäre – erniedrigte TSH-Werte. Diese liegen vielmehr im Normalbereich oder können sogar deutlich darüber ansteigen. Die erhöhten TSH-Werte führen bei den meisten Patienten zu einer Schilddrüsenvergrößerung, die wiederum häufig den ersten Anlass gibt, einen Arzt aufzusuchen.

Werden die seltsamen Laborwerte nicht durch einen Tumor, Medikamente, eine Schwangerschaft, Lebererkrankungen oder Antikörper gegen die Schilddrüsenhormone verursacht, kann der Arzt nur auf die seltene Schilddrüsenhormonresistenz tippen. Durch einen Gentest lässt sich diese Vermutung heute bestätigen. Denn die Erkrankung ist erblich und kommt in 75 Prozent der Fälle eindeutig familiär gehäuft vor, nur in 15 Prozent definitiv ohne erbliche Vorbelastung. Häufig finden sich unter den Patienten Menschen, die bereits eine Operation oder Radiojod-Therapie hinter sich haben.

Sonderfall Schilddrüsenhormonresistenz

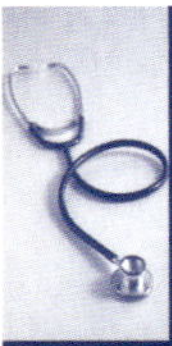

Falls Sie selbst oder ein naher Angehöriger von der seltenen Schilddrüsenhormonresistenz betroffen sind, sollten Sie sich sich im Familienkreis umhören, ob ein Verwandter ähnliche Symptome aufweist oder sogar schon von seiner Erkrankung weiß. Sie können anderen so eventuell wichtige Hinweise geben oder selbst von den Erfahrungen Betroffener profitieren.

Die erhöhten T3- und T4-Spiegel können die Symptome einer Überfunktion auslösen oder nahezu symptomlos verlaufen. In seltenen Fällen kann es auch nur in bestimmten Organen zu Symptomen einer Überfunktion kommen. Das liegt daran, dass nicht nur die Hirnanhangdrüse gegenüber den Schilddrüsenhormonen resistent sein kann, sondern auch das Gewebe der Zielorgane. Die Hormonwerte reichen in diesem Fall nicht aus, damit die Organe normal funktionieren. Ihr Stoffwechsel läuft daher nur auf Sparflamme.

Es gibt keine spezielle und allgemeingültige Behandlung für die Schilddrüsenhormonresistenz. Ihr Arzt kann sich stattdessen ausschließlich an Ihnen orientieren – eventuell auch an einem betroffenen Familienmitglied. In vielen Fällen ist eine Behandlung jedoch auch gar nicht nötig, da die Patienten symptomfrei sind oder nur über milde Symptome klagen. Bei stärkeren Symptomen einer Überfunktion kann der Arzt verschiedene Mittel ausprobieren, die der Vollständigkeit halber hier genannt, aber nicht erläutert werden sollen:

- D-Thyroxin,
- Trijodessigsäure (TRIAC),
- Betablocker bei Herzrhythmusstörungen.

Wenn bestimmte Organe – zum Beispiel die Knochen – nicht ausreichend auf die Schilddrüsenhormone reagieren, muss Ihnen der Arzt eventuell zusätzliche Schilddrüsenhormone verschreiben, damit auch der Bedarf dieser resistenten Gewebe erfüllt wird. Dies gilt ganz besonders im Kindesalter, wenn Körper- und Knochenwachstum sowie Gehirnentwicklung unbedingt gewährleistet werden müssen.

Mögliche Symptome einer Schilddrüsenhormonresistenz

- Struma
- Hyperaktivität bei Kindern
- Erhöhte Herzfrequenz
- Unruhe und Nervosität
- Starkes Schwitzen
- Geistige Entwicklungsstörungen

Unterfunktion der Schilddrüse

Eine Unterfunktion der Schilddrüse ist das häufigste Hormondefizit mit Krankheitscharakter. Die Spannbreite reicht von vollkommener Symptomlosigkeit bis zu schwersten Organausfällen und Koma. Wenn jedoch erst einmal der Verdacht auf eine Schilddrüsenunterfunktion besteht, kann sie sehr leicht diagnostiziert und in den allermeisten Fällen einfach behandelt werden. Das gefährliche ist jedoch, dass die Unterfunktion oft übersehen wird – insbesondere bei älteren Menschen.

Man unterscheidet zwei Formen der Unterfunktion: Bei der so genannten subklinischen Unterfunktion sind die TSH-Werte bereits erhöht (über 2,5 bzw. 4,0 mIE/L), die Schilddrüsenhormone liegen jedoch noch im Normalbereich. Bei der klinischen Unterfunktion ist der TSH-Wert erhöht, während die Schilddrüsenhormone erniedrigte Werte zeigen. Eine sehr seltene Form der Unterfunktion ist die so genannte thyreotrope Insuffizienz, bei der die TSH-Produktion bei gleichzeitig erniedrigten Schilddrüsenhormonen reduziert ist. (Zur Erinnerung: Zu niedrige TSH-Werte sind eigentlich ein Zeichen für eine Überfunktion, also ein Zuviel an Schilddrüsenhormonen.)

Die zwei Formen, von der bereits Neugeborene betroffen sein können, werden ab Seite 98ff. besprochen.

Da die Schilddrüsenhormone sozusagen der Motor unseres Stoffwechsels sind, kann sich eine Mangelversorgung mit Schilddrüsenhormonen an zahlreichen Organen und Organsystemen bemerkbar machen. Meist zeigen sich die Symptome erst nach und nach. Der Patient erkennt sie daher häufig nicht, weshalb der Arzt gezielt nachfragen müsste. Es gibt aus diesem

Grund viele unerkannte Fälle – insbesondere bei älteren Patienten.

Mögliche Unterfunktion-Symptome bei Erwachsenen

- Kraft- und Antriebslosigkeit, Depression, Müdigkeit
- Haarausfall
- Gewichtszunahme
- Wassereinlagerungen (Ödeme)
- Schwache Reflexe
- Untertemperatur
- Tiefe, heisere Stimme
- Blass-gelbliche Haut
- Muskelschwäche
- Verstopfung
- Niedrige Herzfrequenz
- Niedriger Blutdruck
- Erhöhte Cholesterinwerte
- Zyklusstörungen und Libidoverlust
- Bewusstseinseintrübung, verlangsamte Atmung, Koma

Schilddrüsenentzündungen

Eine Schilddrüsenentzündung (Thyroiditis) kann ganz unterschiedliche Ursachen haben. So wird beispielsweise die extrem seltene akute Thyroiditis durch eine Bakterien- oder Pilzinfektion hervorgerufen, die so genannte subakute Thyroiditis (auch »Thyroiditis de Quervain«) durch eine Virusinfektion der oberen Atemwege. Die häufigste Form der Schilddrüsenentzündung wie der Unterfunktion ist jedoch die Autoimmunthyroiditis (Hashimoto). Sie wird durch einen Fehler der Körperabwehr verursacht, ausgelöst durch Umweltfaktoren und/oder Infektionen, Medikamente, Bestrahlungen oder bösartige Tumore.

Die Autoimmunthyroiditis

Die Häufigkeit der Autoimmunthyroiditis (Hashimoto-Thyroiditis) steigt mit zunehmendem Lebensalter an. So sind immerhin 1,5 bis 2 Prozent der über 60-Jährigen davon betroffen – Frauen fünf- bis zehnmal häufiger als Männer. Messungen der für den Autoimmunprozess verantwortlichen Antikörper haben ergeben, dass diese auch in fünf bis zwölf Prozent der symptomlosen euthyreoten Erwachsenen vorhanden sind (vermehrt bei Älteren).

Eine britische Untersuchung – die so genannte Wickham-Studie – hat gezeigt, dass bei Frauen, die zwar symptomlos sind, aber die entsprechenden Antikörper in sich tragen, das Risiko um das Achtfache steigt, innerhalb von 20 Jahren eine Unterfunktion der Schilddrüse zu entwickeln.

Aus der Studie geht ebenfalls hervor, dass Frauen, die Antikörper gegen die Schilddrüse in sich tragen und deren TSH-Werte trotz normaler Schilddrüsenhormonwerte (subklinische Unterfunktion) bereits erhöht sind, sogar das 38-fache Risiko tragen.

Trotz dieser Erkenntnisse sind die Ursachen der Autoimmunthyroiditis noch nicht endgültig geklärt. Offenbar spielt zudem auch die erbliche Komponente eine gewisse Rolle.

Typische Beschwerden

Zwar bleiben Patienten mit Autoimmunthyroiditis trotz vorhandener Antikörper oft lange Zeit oder sogar für immer beschwerdefrei. Kommt die Krankheit jedoch zum Ausbruch, klagt so mancher über ein starkes Kloßgefühl im Hals, das sich in seltenen Fällen bis zu Schmerzen im Bereich der Schilddrüse steigern kann. Dies kann zum Beispiel dann der Fall sein, wenn die Autoimmunprozesse – also die Zerstörung von

Schilddrüsengewebe – besonders schnell verlaufen. Dabei kann die Schilddrüse manchmal bis zum Dreifachen der Normalgröße anwachsen.
Normalerweise verläuft die Krankheit schleichend, sodass die Symptome oft nicht erkannt werden. Wird das Schilddrüsengewebe dagegen in relativ kurzer Zeit zerstört, kann es vorübergehend (meist nicht länger als vier bis sechs Wochen) zu einer Schilddrüsenüberfunktion kommen, die dann über eine kurze euthyreote Phase (normale Stoffwechsellage) in eine Unterfunktion übergeht.

Wie kommt es zur Diagnose?
Es gibt einige Hinweise, auf Grund derer Ihr Arzt zu einer Verdachtsdiagnose gelangen kann:

- In Ihrer Familie sind bereits Fälle von Autoimmunthyroiditis aufgetreten sind.
- Sie leiden unter anderen Autoimmunerkrankungen, zu denen beispielsweise der Diabetes mellitus Typ 1, die Weißfleckenkrankheit Vitiligo und die so genannte atrophische Magenschleimhautentzündung (Gastritis) zählen.
- Es wurde eine vorübergehende Überfunktion der Schilddrüse diagnostiziert.
- Sie haben vor kurzem entbunden.
- Sie nehmen bestimmte Medikamente ein (Zytokine, Amiodoron).

Die körperliche Untersuchung, ein Ultraschallbild, vor allem aber die Labordiagnostik von TSH, T3, T4, der Nachweis von Antikörpern oder – falls erforderlich – eine Untersuchung von Schilddrüsenzellen (FNAB) ergeben eine klare Diagnose. Speziell der Antikörper-Nachweis sowie das Szintigramm ermöglichen es dem Arzt auch, die Autoimmunthyroiditis von der Basedow-

Krankheit zu unterscheiden, mit der sie zumindest phasenweise verwechselt werden kann.

Die Therapie der Autoimmunthyroiditis

Verläuft die Autoimmunthyroiditis wie so oft ohne oder nur mit geringen Beschwerden und bei normaler Stoffwechsellage, ist keine Behandlung notwendig. Ist die zeitweise verlaufende Überfunktion mit starken Symptomen verbunden, kann der Arzt Betablocker verschreiben, die nicht nur auf das Herz zielen (zum Beispiel Propanolol). Vielleicht fragen Sie sich nun, warum in der hyperthyreoten Übergangsphase kurz nach Beginn einer heftigen Autoimmunreaktion und der daraus resultierenden Überfunktion der Schilddrüse keine Thyreostatika verschrieben werden. Da in diesem Zeitraum durch die Zerstörung von Schilddrüsengewebe jedoch bereits fertige Hormone freigesetzt werden, die Thyreostatika dagegen nur die Produktion der Hormone hemmen, würde das nichts bewirken.

Die Schilddrüsenunterfunktion ist die häufigste Folge einer Autoimmunthyroiditis. Um sie zu behandeln gibt es nur ein Mittel: das Schilddrüsenhormon Levothyroxin. Denn was die Schilddrüse selbst nicht mehr zu leisten vermag, muss von außen zugeführt werden. Nur wenn Sie unter einer schweren Schilddrüsenunterfunktion leiden, die mit Bewusstseinstrübung oder stark erniedrigter Körpertemperatur einhergeht (das so genannte hypothyreotes Koma) müssen Sie intensivmedizinisch in der Klinik betreut werden. In diesem Fall verabreicht man Ihnen sofort intravenös eine hohe Dosis Levothyroxin, in einigen Fällen auch Trijothyronin, Hydrocortison und physiologische Kochsalzlösung. Anschließend wird die Zufuhr des Schilddrüsenhormons unter strenger Beobachtung wieder reduziert.

Die subakute Thyroiditis de Quervain

Eine andere Form der Schilddrüsenentzündung heißt subakut, weil sie langsamer und weniger heftig verläuft als andere Formen der Thyroiditis. Den merkwürdigen Beiname »de Quervain« erhielt sie nicht etwa von einem französischen Adligen, sondern von einem Schweizer Chirurgen, der die subakute Thyroiditis bereits 1904 näher beschrieb.
Etwa fünf Prozent der Patienten, die in spezielle Schilddrüsensprechstunden kommen, leiden unter einer solchen subakuten Thyroiditis de Quervain. Wiederum sind vor allem Frauen betroffen – und zwar zwischen dem 40. und 60. Lebensjahr. Wenngleich noch nicht bewiesen, scheint diese Form der Schilddrüsenentzündung durch Viren wie etwa Erkältungs- oder Grippeviren verursacht zu werden.

Typische Beschwerden

Die subakute Thyroiditis geht einher mit ein- oder beidseitigen Halsschmerzen, Schmerzausstrahlung in die Ohren, den Unterkiefer und hinter das Brustbein, leichtem Fieber, Schluckbeschwerden, leichter Heiserkeit, Gliederschmerzen und allgemeinem Krankheitsgefühl. Sie ähnelt also einem grippalem Infekt, allerdings ohne Husten und Schnupfen.

Leiden Sie unter einer subakuten Thyroiditis?

Bei einer subakuten Thyroiditis ist die Schilddrüse eher fest und reagiert schmerzhaft auf Druck. An den Laborwerten ist vor allem die hohe Blutsenkungsgeschwindigkeit auffällig – also die Zeit, in der die Blutkörperchen in einer senkrecht stehenden Röhre nach unten sinken. Dieser Test gibt Aufschluss über mögliche Entzündungen im Körper. Normalerweise beträgt diese Blutsenkungsgeschwindigkeit je nach Alter und Geschlecht 15 bis 30 Millimeter in einer Stunde. Bei der subakuten Thyroiditis de Quervain ist sie dagegen deutlich erhöht: meist über 100 Millimeter in einer Stunde.

Am Anfang der Thyroiditis kommt es bei 40 bis 50 Prozent der Patienten zu einer Überfunktion. Nur wenige Patienten entwickeln im weiteren Verlauf eine Unterfunktion. Diese dauert jedoch im Normalfall nur vier bis zehn Wochen. Danach ist der »Spuk« fast immer wieder vorbei und die Schilddrüsenhormone liegen wieder im Normalbereich.

Mögliche Therapieansätze

Bei den milden Verlaufsformen wird Ihr Arzt in der Regel zunächst eine Behandlung mit entzündungshemmenden und schmerzlindernden Mitteln wie Azetylsalizylsäure (500–1.500 mg/Tag), Ibuprofen (400–1.200 mg/Tag), Paracetamol (500–1.000 mg/Tag) und Diclofenac (50–150 mg/Tag) vorschlagen. Nur in schweren Fällen werden Glucokortikoide (Prednisolon, Startdosis 60 mg/Tag) notwendig. Sie verbessern die Schmerzen binnen ein bis zwei Tagen deutlich und werden mit abnehmender Dosierung – der Mediziner nennt dies »ausschleichend« – über sechs bis acht Wochen eingenommen.

Falls es durch die Freisetzung von Schilddrüsenhormonen aus zerstörtem Schilddrüsengewebe zu einer anfänglichen und vorübergehenden Überfunktion kommt, wird diese rein symptomatisch mit einem Betablocker behandelt. Führt die subakute Thyroiditis de Quervain zu einer Unterfunktion, verschreibt der Arzt Levothyroxin, um den Mangel an Schilddrüsenhormonen auszugleichen. Da sich die Fähigkeit der Schilddrüse, Hormone herzustellen, im Normalfall innerhalb einiger Monate wieder normalisiert, muss der

Arzt regelmäßig überprüfen, ob die Behandlung mit Levothyroxin überhaupt noch nötig ist, und wenn ja, welche Dosis angemessen ist. Nur in etwa 10 Prozent der Fälle entwickelt sich eine dauerhafte Schilddrüsenunterfunktion.

Akute Thyroiditis

Die Schilddrüse ist verglichen mit anderen Organen gegenüber den Attacken von Krankheitserregern wie Bakterien und Pilzen äußert robust. Für diese Unempfindlichkeit sind verschiedene Faktoren verantwortlich, etwa die extrem gute Durchblutung der Schilddrüse, ihr hoher Jodgehalt (Jod tötet bekanntlich Bakterien) und die Tatsache, dass in der Schilddrüse Wasserstoffperoxid für die Hormonproduktion gebildet wird. Dieser äußerst reaktionsfreudige und aggressive Stoff lehrt Fremdorganismen das Fürchten. Nichtsdestotrotz kann die Schilddrüse in sehr seltenen Fällen von Bakterien und sogar von Pilzen befallen werden, was vor allem dann vorkommt, wenn das Immunsystem geschwächt ist.

Die Symptome entsprechen den Zeichen einer Bakterieninfektion, wie man sie beispielsweise von einem Abszess im Zahnbereich kennt:

- Lokale Schmerzen, in diesem Fall ein- oder beidseitige Halsschmerzen,
- Fieber,
- lokale Schwellung,
- Schwellung der Halslymphknoten sowie
- Schmerzen bei Druck auf die Schilddrüse.

Der Arzt kann das Vorliegen einer Entzündung auch an bestimmten Laborwerten erkennen:

- Vermehrung der weißen Blutkörperchen, den so genannten Leukozyten,
- erhöhte Blutsenkungsgeschwindigkeit,

- erhöhte Werte der so genannten Akutphase-Proteine (z. B. C-reaktives Protein; CrP), die wahrscheinlich wichtig für die Immunabwehr sind.

In vielen Fällen ist es sinnvoll, eine Feinnadelbiopsie (siehe Seite 26f.) durchzuführen. Auf diese Weise lässt sich nicht nur die Diagnose absichern, sondern zugleich feststellen, welcher Erreger für die Entzündung verantwortlich ist. Gleichzeitig kann der Arzt eine Drainage aus dem entzündeten Bereich durchführen, was den Heilungsprozess beschleunigt. Die Hauptaufgabe bei der Bekämpfung der Infektion kommt jedoch einem Mittel gegen die auslösenden Erreger zu. Ist der Keim bekannt, kann der Arzt ein entsprechendes Antibiotikum sehr gezielt auswählen. Wurde hingegen keine Erregerbestimmung durchgeführt, so muss er ein breit wirksames Mittel wählen. Handelt es sich um eine Infektion durch Pilze, kommen dabei beispielsweise Amphotericin B oder Fluconazol in Betracht. Unterstützend sollte der Patient den Halsbereich kühlen und ein leichtes Schmerzmittel gegen die Schmerzen nehmen.

Um den Heilungsverlauf zu beschleunigen und die Symptome zu lindern, sollten Sie Ihren Hals regelmäßig mit feuchten Wickeln kühlen. Tauchen Sie dazu ein Leinentuch in 5 bis 10 °C kaltes Wasser, wringen Sie es aus und legen Sie es um den Hals. Darum wird ein trockenes Frotteetuch gewickelt und mit einer Sicherheitsnadel fixiert.

Schilddrüsenentzündungen im Überblick

Bezeichnung	Alter des Beginns	Geschlechterverhältnis Frauen:Männer	Ursache
Hashimoto-Thyroiditis	Alle Altersstufen mit einem Höhepunkt 30–50	8–9:1	Autoimmunerkrankung
Postpartum Thyroiditis (Nachgeburtliche Schilddrüsenentzündung)	Gebärfähiges Alter	-	Autoimmunerkrankung
Schmerzlose sporadische Thyroiditis	Alle Altersstufen mit einem Höhepunkt 30–40	2:1	Autoimmunerkrankung
Subakute Thyroiditis de Quervain	20–60	5:1	Unbekannt
Akute Thyroiditis	Kinder und 20–40	1:1	Infektion
Riedel's Thyroiditis	30–60	3–4:1	Unbekannt

Quelle: Pearce, E. N. et al.: Thyroiditis, in N Engl J Med 2003, 348: 2646-55

In Ausnahmefällen, wenn die Zerstörung der Schilddrüse extrem heftig verläuft oder wenn die Funktion der Schilddrüse durch Bildung von Narbengewebe beim Abheilen stark eingeschränkt ist, muss der Arzt eine Entfernung des betroffenen Gewebes in Erwägung ziehen. Nach der Infektion wird eventuell eine lebenslange Behandlung mit Levothyroxin nötig, je nachdem ob noch ausreichend gesundes Gewebe vorhanden ist, um die Versorgung mit Schilddrüsenhormonen zu gewährleisten oder nicht.

Iatrogene Schilddrüsenunterfunktion

Eine der häufigsten Ursachen für eine Unterfunktion der Schilddrüse ist die so genannte iatrogene Schilddrüsenunterfunktion, die vom Arzt selbst durch Diagnose oder Therapie hervorgerufen wird. Wie Sie in den vorangegangenen Kapiteln erfahren haben, muss in einigen Fällen bei einer OP Schilddrüsengewebe entfernt werden, zum Beispiel bei der Basedow-Krankheit, einer großen Struma oder einer Schilddrüsenautonomie. Je nach Art der Operation - halbseitige, fast vollständige oder vollständige Entfernung - variiert das Risiko sehr. Bei Operationen zur Behandlung der Basedow-Krankheit beträgt es zum Beispiel mehr als 40 Prozent.
Eine große Anzahl von Patienten werden aufgrund einer Radiojod-Behandlung hypothyreot. Auch Medikamente können die Unterfunktion auslösen (zum Beispiel Interferon, Amiodaron, Lithium).
Lässt sich der Hormonmangel umkehren - etwa wenn Sie Thyreostatika in zu hoher Dosierung einnehmen - lässt er sich durch eine einfache Dosissenkung wieder beseitigen. Ist der Mangel wie bei Totalentfernung der Schilddrüse nicht umkehrbar, muss der Patient lebenslang Levothyroxin einnehmen.

Die thyreotrope Insuffizienz

Hinter dem Wortungetüm »Thyreotrope Insuffizienz« verbirgt sich eine weitere sehr seltene Ursache der Unterfunktion: Die Hirnanhangdrüse bildet in diesem Fall kein oder nicht ausreichend TSH, sodass auch die Schilddrüse nicht zur Bildung von Hormonen angeregt wird. Für diese Fehlfunktion gibt es eine Reihe unterschiedlicher Ursachen, die an dieser Stelle nicht alle aufgeführt werden können. In den meisten Fällen sind es jedoch Gewebswucherungen in der Hirnanhangdrüse, die den TSH-Ausfall bewirken.

Was die Laborwerte angeht, wird Ihr Arzt den Verdacht auf eine thyreotrope Insuffizienz stets dann hegen, wenn erniedrigte TSH-Werte mit erniedrigten T3- und T4-Werten einhergehen. Die Wucherungen in der Hirnanhangdrüse können durch eine Computertomographie oder eine Magnetresonanztomographie festgestellt werden.

Je nach der Ursache kann die Therapie in der Gabe von Schilddrüsenhormon bestehen und/oder der Entfernung eines die Insuffizienz verursachenden Tumors. In bestimmten Fällen empfiehlt sich vorab eine Behandlung mit Hydrocortison, um eine überschießende Reaktion des Stoffwechsels zu verhindern.

Krebs der Schilddrüse

Wenn der Arzt einen oder mehrere Knoten in der Schilddrüse entdeckt hat, vermuten viele Betroffene gleich das Schlimmste: Könnte es Krebs sein? Deshalb die guten Nachrichten zuerst: Schilddrüsenkrebs ist ziemlich selten. Er nimmt unter den bösartigen Geschwülsten lediglich einen Anteil von 0,5 bis 1 Prozent ein. In Deutschland erkranken pro Jahr durchschnittlich nur zwei bis drei von 100.000 Menschen an Schilddrüsenkrebs. Frauen sind allerdings etwa doppelt so häufig betroffen wie Männer.

Die unterschiedlichen Krebsformen

Die Medizin unterscheidet verschiedene Arten bösartiger Tumore – je nach ihrem Entstehungsort in verschiedenen Gewebetypen der Schilddrüse. Die überwiegende Mehrheit der Schilddrüsenmalignome (so nennt man fachsprachlich die bösartigen Tumoren) machen so genannte Karzinome aus. Nur etwa fünf Prozent der Malignome der Schilddrüse sind Lymphome oder Metastasen, die ihren Ursprung in anderen Organen haben. Auf andere Malignomarten soll an dieser Stelle nicht näher eingegangen werden.

Karzinome

Karzinome sind Tumore, die in einem geschlossenen Zellverband (Epithel) entstehen – beispielsweise in der Hülle der Bläschen, in denen die Vorform der Schilddrüsenhormone gebildet wird. Man unterscheidet in der Schilddrüse papilläre, follikuläre, medulläre und anaplastische Karzinome.
In der folgenden Tabelle finden Sie die Häufigkeit des jeweiligen Karzinom-Typs laut einer systematischen Er-

hebung aus Deutschland (1996). Sie zeigt auch, wie viel Prozent der Patienten fünf Jahre nach der Diagnosestellung noch am Leben waren (Fünf-Jahres-Überlebensrate). Diese Zahlen entstammen einer großen US-amerikanischen Untersuchung an 15.700 Patienten.

Karzinomtyp	Prozent aller Schilddrüsenkarzinome	Fünf-Jahres-Überlebensrate
Papillär	76,4 %	98 %
Follikulär	27,2 %	92 %
Medullär	2,8 %	80 %
Anaplastisch	3,6 %	13 %

Quellen: Gilliland et al.: Prognostic factors for thyroid carcinoma. A population-based study of 15,698 cases from the Surveillance, Epidemiology and End Results (SEER) program 1973-1991, Cancer, 1997// Holzer et al.: Patterns of care for patients with primary differentiated carcinoma of the thyroid gland treated in Germany during 1996. U.S. and German Thyroid Cancer Group, Cancer, 2000.

Sie sehen, dass Karzinome mit der höchsten Überlebensrate – Mediziner sprechen auch von der günstigsten Prognose – in der Schilddrüse häufig vorkommen. Karzinome mit weniger guten Aussichten – allen voran die anaplastischen – sind dagegen die seltenste Form eines Schilddrüsentumors.
Hinzu kommt, dass anaplastische Karzinome vor dem 40. Lebensjahr eine Seltenheit sind. Die meisten Betroffenen stehen sogar bereits im siebten oder achten Lebensjahrzehnt.

Prognosen bei Karzinomen

Die beste Prognose haben

- Patienten, deren Karzinom einen hohen Differenzierungsgrad aufweist. Das bedeutet, dass die Tumorzellen normalen Schilddrüsenzellen sehr ähnlich sind und gut Jod aufnehmen.
- Patienten mit papillärem Karzinom.
- Patienten mit geringer Tumorgröße.

Was sind die Ursachen für Krebs?

Wohl jeder weiß, dass so genannte ionisierende Strahlung (radioaktive Alpha-, Beta- Gamma-Strahlen und Röntgenstrahlen) bösartige Tumore der Schilddrüse auslösen kann. Nach dem Reaktorunglück im russischen Tschernobyl im Jahre 1986 stieg in den folgenden sieben Jahre in Weißrussland, der Ukraine und anderen dem Fallout ausgesetzten Gebieten die Schilddrüsenkarzinom-Rate auf das 40-fache an – insbesondere bei Kindern.

Sehr wahrscheinlich ist an der Entstehung der Tumore auch das weibliche Geschlechtshormon Östrogen beteiligt. Denn Frauen sind deutlich häufiger betroffen als Männer. Bei Kindern vor der Pubertät – wenn also die Östrogenproduktion noch nicht eingesetzt hat – lässt sich dieser Unterschied nicht feststellen.

Auch die Molekularbiologen haben Veränderungen in den Genen gefunden, die zum Beispiel für die Beseitigung von Zellschäden verantwortlich sind (Protoonkogene, Tumorsuppressorgene). Ob diese Veränderungen jedoch die Ursache des Krebs sind oder ob sie erst als Folge anderer Mechanismen auftreten, ist

noch ungeklärt. Eine Ausnahme sind medulläre Karzinome, bei denen insbesondere bei den familiären Formen sehr häufig Mutationen in einem bestimmten Gen nachgewiesen wurden.
Inwieweit andere Schilddrüsenerkrankungen wie die Basedow-Krankheit oder knotige Strumen die Wahrscheinlichkeit von Schilddrüsenkarzinomen erhöhen, ist trotz zahlreicher Studien zum Thema noch unklar.

Symptome und Diagnostik

Treten mehrere der folgenden Indizien auf, wird Ihr Arzt sofort eine weiter gehende Diagnostik durchführen. Dies ist der Fall, wenn Sie

- einen schnell wachsenden Schilddrüsenknoten aufweisen,
- geschwollene Halslymphknoten haben,
- heiser sind,
- unter Schluckstörungen leiden oder
- Familienmitglieder haben, die bereits an Krebs erkrankt sind.

Ob sich der Verdacht erhärtet, kann der behandelnde Arzt anhand verschiedener Verfahren überprüfen. Eines davon ist der Ultraschall: Häufig stellt sich ein Schilddrüsenkarzinom als einzelner »kalter« Knoten dar. Auf dem Ultraschallbild ist er oft echoarm und erscheint deshalb auf dem Monitor hell. Selten nur ist ein Schilddrüsenkarzinom im Ultraschall echogleich (am Bildschirm gleichmäßig) oder echoreich (dunkel). Zudem ist es sehr selten, dass ein Karzinom in einem »heißen« Knoten auftaucht.
In einigen Fällen ist es auch sinnvoll, die Antikörper des Patienten bestimmen zu lassen. Ihr Arzt wird dies immer dann tun, wenn er eine Schilddrüsenentzündung nicht ausschließen kann.

Das Standardverfahren, um einen Verdacht auf ein Karzinom zu bestätigen oder zu wiederlegen, ist jedoch die Feinnadel-Biospie unter Ultraschallkontrolle. Erst die Untersuchung der so gewonnenen Zellen gibt größtmögliche Sicherheit, ob und wenn ja um welche Form von Krebs es sich handelt.

Besteht der Verdacht, dass das Karzinom eine Tochtergeschwulst aus einem anderen Organ ist (zum Beispiel aus Nieren oder Lunge) beziehungsweise dass das Schilddrüsenkarzinom seinerseits an anderer Stelle im Körper Metastasen gestreut hat, sind weitere Untersuchungen nötig, wie Ganzkörperszintigraphie und/oder Computertomographie. Mithilfe der Ganzkörperszintigraphie lassen sich von einem differenzierten Schilddrüsentumor ausgehende Metastasen auch in anderen Organen nachweisen, da diese ebenso wie die Schilddrüse radioaktives Jod oder andere radioaktive Substanzen (wie Thallium oder Gallium) speichern und so im Szintigramm sichtbar gemacht werden können.

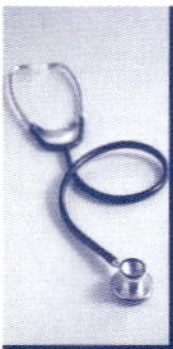

Auch wenn es an anderer Stelle dieses Buches bereits angeklungen ist, wollen wir Sie hier nochmals darauf hinweisen, wie wichtig eine vollständige und schnelle Abklärung einer möglichen Bösartigkeit ist. Viele von uns neigen aus Angst dazu, es so genau gar nicht wissen zu wollen. Das kann dann dazu führen, dass man Arztbesuche aus diesen oder jenen Gründen verschiebt, nur um sich zu »drücken«. Die Wahrscheinlichkeit aber, dass der Mediziner tatsächlich Krebs diagnostiziert, ist so groß nicht. Und falls es sich doch um ein Malignom handelt, stehen die Chancen gut, dass es sich um eine weniger gefährlichere Variante handelt. In jedem Fall aber sind Sie gut beraten, nach Kräften an der Diagnose mitzuwirken. Das unsichere Gefühl im Bauch ist sicher auch nicht angenehm. Und je früher ein mögliches Malignom erkannt wird, umso besser für Sie.

Erfolg versprechende Therapieformen

Im Vordergrund der Krebsbehandlung steht stets die chirurgische, möglichst vollständige Entfernung des Tumors, bestimmter Lymphknoten sowie fast des gesamten Schilddrüsengewebes. Auf diese Weise soll die Verbreitung von Tochtergeschwülsten (Metastasen) verhindert und die Schilddrüse auf die nachfolgende Radiojod-Behandlung vorbereitet werden. Nur bei besonders kleinen papillären Tumoren, so genannten papillären Mikrokarzinomen von einer Größe unter einem Zentimeter, reicht meist die Entfernung des betroffenen Schilddrüsenlappens aus.

Die Behandlung mit Radiojod

Um nach der Operation bestehende Tumorreste und chirurgische, mögliche Metastasen in anderen Organen zu beseitigen, erhalten Sie nach etwa sechs Wochen zusätzlich eine Radiojod-Therapie. Nicht nötig ist dies beim bereits erwähnten papillären Mikrokarzinom, weil von diesem nach der OP keine Gefahr mehr droht. Auch bei anaplastischen und medullären Karzinomen verzichtet man auf eine anschließende Radiojod-Behandlung. Denn in diesem Fall sind die Krebszellen nicht ausreichend differenziert. Sie ähneln also den normalen Schilddrüsenzellen zu wenig und können deshalb das radioaktive Jod gar nicht anreichern. Haben sich bereits Metastasen in den Knochen gebildet oder ist der Tumor in das Gewebe um die Schilddrüse herum eingedrungen, wird der Arzt eine perkutane Strahlentherapie vornehmen.

Nachdem das gesamte Schilddrüsengewebe entfernt wurde, kann der Körper selbst keine Schilddrüsenhormone mehr bilden. Sie müssen ihm diese Hormone deshalb nach der Operation von außen zuführen. Da in den meisten Fällen noch eine Radiojod-Behandlung folgt, wird das Schilddrüsenhormon mit der kürzeren Halbwertszeit (T3) gegeben. Der Grund: Damit das Radiojod optimal von allem restlichen und Metastasen-Schilddrüsengewebe aufgenommen wird, muss der TSH-Spiegel möglichst hoch sein, am besten über 30 mIE/L. Etwa vier Wochen vor der Radiojod-Behandlung stoppen Sie die Einnahme der Schilddrüsenhormone. T3 mit der kürzeren Halbwertszeit wird dann schneller aus dem Körper entfernt: Ebenso wenig dürfen Sie in dieser Zeit jodhaltige Medikamente oder Kontrastmittel einnehmen, die sich ebenfalls in den verbliebenden Tumorresten oder möglichen Metastasen ansammeln würden. Genau dorthin aber soll das radioaktive Jod.

Der Verzicht auf die Einnahme von Schilddrüsenhormonen führt in vielen Fällen zu den Beschwerden einer Schilddrüsenunterfunktion, wie Müdigkeit, mangelnder Leistungsfähigkeit oder einer gewissen Gewichtszunahme. All diese Symptome verschwinden jedoch wieder, sobald der Patient nach der Radiojod-Therapie wieder eine ausreichende Dosis Schilddrüsenhormon einnehmen darf. Neuerdings kann die Unterbrechung der Schilddrüsenhormontherapie bei einigen Patienten auch durch die Gabe von künstlich hergestelltem menschlichen TSH umgangen werden. So lässt sich die Phase der Schilddrüsenunterfunktion vermeiden.

Die Radiojod-Therapie darf wegen der Nebenwirkungen für das (ungeborene) Kind nicht bei Schwangeren und stillenden Müttern angewandt werden. Im Anschluss an die Behandlung darf die Patientin außerdem für ein Jahr nicht schwanger werden. Sie muss also eine sichere Verhütungsmethode wählen.

Nebenwirkungen der Radiojod-Therapie

Da bei der Radiojod-Therapie gegen Schilddrüsenkarzinome und mögliche Metastasen mit deutlich höheren radioaktiven Dosen gearbeitet wird als beispielsweise bei der Behandlung von autonomen Schilddrüsenknoten, können auch stärkere Nebenwirkungen auftreten.

Etwa 8 bis 14 Tage nach der Radiojod-Therapie leiden manche Patienten unter

- einer örtlichen schmerzhaften Schwellung der Restschilddrüse, des Tumors beziehungsweise der Metastasen (Häufigkeit: 10 bis 20 Prozent der Patienten),
- einer vorübergehenden Magenschleimhaut-Entzündung (Häufigkeit: rund 30 Prozent),
- vorübergehenden Veränderungen des Blut bildenden Knochenmarks mit verringerter Anzahl der Blutplättchen (Thrombopenie) und weißen Blutkörperchen (Leukopenie) (Häufigkeit: bis 70 Prozent, je nach Therapiedosis),
- einer Entzündung der Speicheldrüsen (Häufigkeit: etwa 30 Prozent).

Diese Beschwerden verschwinden jedoch von allein wieder und bedürfen eventuell lediglich einer symptomatischen Behandlung, zum Beispiel mit Schmerzmitteln. Später können je nach Radiojod-Dosis sowie je nach Häufigkeit der Anwendung weitere folgende Nebenwirkungen auftreten:

- Verminderte Absonderung der exokrinen (nach außen absondernden) Drüsen wie der Speichel-, Tränen- und Talgdrüsen (Sicca-Syndrom; Häufigkeit: 10 bis 20 Prozent).
- Verringerte Blutbildungstätigkeit des Knochenmarks (sehr selten).
- Fehlen reifer Spermien im Sperma (sehr selten).

Mit einfachen Maßnahmen können Sie manche Nebenwirkungen deutlich lindern: Trinken Sie reichlich. Teilen Sie Ihrem Arzt mit, wenn Sie unter Verstopfung leiden und lassen Sie sich ein Abführmittel geben. Bei Schwellung, Rötung und Schmerzen im Halsbereich sollten Sie regelmäßig eisgekühlte Wickel umlegen und eventuell ein entzündungshemmendes Mittel einnehmen (fragen Sie dazu Ihren Arzt).

Die Nachsorge

Dass der Körper nach einer Totalentfernung der Schilddrüse für den weiteren Verlauf Ihres Lebens auf die äußere Zufuhr von Schilddrüsenhormon in Form von Levothyroxin angewiesen ist, dürfte mittlerweile klar sein. Wie hoch die Dosis jedoch ist, hängt von der Form des Karzinoms ab. Bei papillären und follikulären (differenzierten) Karzinomen muss der Arzt die Levothyroxin-Dosis so hoch wählen, dass der TSH-Spiegel sehr niedrig gehalten wird (zwischen 0,1 und 0,2 mIE/L). Nur so kann verhindert werden, dass mögliches Schilddrüsenrestgewebe aktiviert wird. Bei medullären und anaplastischen Karzinomen hingegen kann die Dosis so eingestellt werden, dass der TSH-Spiegel im Normalbereich liegt – bei etwa 150 Mikrogramm Levothyroxin am Tag (2 Mikrogramm je Kilogramm Körpergewicht).

Natürlich muss Ihr Arzt auch kontrollieren, ob der Tumor vollständig entfernt wurde und mögliche Reste nicht wieder zu wachsen beginnen. Bei differenzierten Karzinomen (papillär, follikulär) wird deshalb zunächst drei bis vier Monate nach der Radiojod-Behandlung, dann noch einmal nach neun Monaten eine

Ganzkörperszintigraphie mit radioaktivem Jod durchgeführt. Bei Patienten mit hohem Risiko eines erneuten Auftretens der Erkrankung (der Mediziner spricht in diesem Fall von einem Remissionsrisiko) sollte die Ganzkörperszintigraphie regelmäßig alle ein bis zwei Jahre wiederholt werden. Auf diese Weise kann der Arzt feststellen, ob noch weitere Schilddrüsen-Karzinome im Körper existieren oder ob sich neue gebildet haben.

Eine weitere Möglichkeit dies festzustellen: Nur Schilddrüsenzellen stellen Thyreoglobulin her. Patienten, bei denen die Schilddrüse vollständig entfernt wurde, dürften diese Substanz also nicht mehr in ihrem Blut haben. Findet der Arzt dennoch Thyreoglobulin im Blut, existiert irgendwo im Körper noch oder wieder ein differenziertes Schilddrüsenkarzinom. Dieses gilt es zu finden und zu entfernen. Ergeben die Untersuchungen, dass kein Thyreoglobulin im Blut ist, so ist zumindest in Sachen differenzierter Karzinome alles in Ordnung.

Nach OP und Radiojod-Therapie wird dieser Test neben weiteren Basisuntersuchungen zunächst fünf Jahre lang alle sechs Monate durchgeführt, später nur noch jährlich. Zusätzlich schickt Ihr Arzt Sie alle zwei Jahre zum Röntgen, um mittels einer Röntgenaufnahme des Oberkörpers mögliche bösartige Veränderungen feststellen zu können.

Auch hier gilt natürlich, was an anderer Stelle bereits erwähnt wurde: Nehmen Sie die Folgeuntersuchungen unter allen Umständen wahr. Auch wenn Sie sich gesund fühlen, wird es Ihnen gewiss ein gutes Gefühl verschaffen, vom Mediziner zu hören, dass alles in Ordnung ist. Und wenn doch etwas ist: Je früher es diagnostiziert wird, umso schneller kann es beseitigt werden.

Nachsorge bei medullären Karzinomen

Wenn Sie ein medulläres Karzinom hatten, sieht die Nachsorge ein wenig anders aus. Es muss unbedingt geklärt werden, ob es sich um die erbliche Form der Erkrankung handelt – was etwa bei jedem vierten Karzinom der Fall ist. Sind Sie erblich vorbelastet, sollten Sie sich zusätzlich auf weitere hormonelle Erkrankungen testen lassen (Phäochromozytom, Hyperparathyreoidismus). Zudem ist es in solchen Fällen sinnvoll, auch die Familienmitglieder zu kontaktieren und sie aufzufordern – so sie damit einverstanden sind – sich auf die genetische Veränderung hin untersuchen zu lassen. Entdeckt man die Veränderung auch im Erbgut eines Angehörigen, sollte dieser vorsorglich die Schilddrüse entfernen lassen. Nur so kann dem Ausbruch der Erkrankung sicher vorgebeugt werden.

Bei einem medullären Karzinom muss zudem der Calcitoninspiegel getestet werden. Er sagt dem Arzt, ob weitere medulläre Karzinome im Körper vorhanden sind. Ein positiver Nachweis bedarf der weiteren Abklärung mittels Sonographie, Szintigraphie, Positronenemissions-Tomographie (einer speziellen Form der Szintigraphie) oder einer Magnetresonanztomographie des Bauchraums, um mögliche Tochtergeschwülste in der Leber aufzuspüren.

Schilddrüsenprobleme in speziellen Situationen

Bei Kindern, Frauen – insbesondere während und kurz nach der Schwangerschaft – und alten Menschen gibt es in Bezug auf Schildrüsenstörungen einige Besonderheiten zu beachten. Wenn Sie diese kennen, fällt es leichter, Auffälliges und Ungewöhnliches selbst zu bemerken und den Arzt darauf hinzuweisen.

Schilddrüsenstörungen in der Kindheit

Für die Entwicklung des Kindes spielt eine funktionierende Schilddrüse eine noch wesentlichere Rolle als im Erwachsenenalter. Denn die Schilddrüsenhormone sind unverzichtbare Schrittmacher einer gesunden körperlichen wie geistigen Entwicklung. Schließlich muss der Stoffwechsel von Kindern und Heranwachsenden, gewissermaßen nonstop auf vollen Touren laufen: Der Organismus muss wachsen, und im Gehirn müssen in kaum vorstellbaren Ausmaß neue Verbindungen geknüpft werden – Prozesse, die von der Schilddrüse und ihren Hormonen abhängig sind. Kein Wunder also, dass Säuglinge und Kleinkinder bis zum Ende des zweiten Lebensjahrs pro Kilogramm Körpergewicht fünf bis sechs Mikrogramm T4 pro Tag produzieren, vom dritten bis zum neunten Lebensjahr immerhin noch zwei bis drei Mikrogramm, als Erwachsene hingegen nur noch 1,5 Mikrogramm.

Probleme im Mutterleib

Bedenken Sie das zuvor Gesagte, so ist es nur logisch, dass der kindliche Organismus bereits im Mutterleib eine voll funktionstüchtige Schilddrüse entwickelt. Schon etwa ab der zwölften Woche lassen sich im Blut des Fötus Schilddrüsenhormone nachweisen, auch wenn diese teilweise noch von der Mutter stammen. Zwischen der 18. und 36. Woche steigen die Werte des freien T4 (FT4) langsam an. Die hormonelle Verbindung zwischen Hirnanhangdrüse (TSH-Produktion) und Schilddrüse hat sich ganz offensichtlich bereits etabliert. Im Normalfall ist das System zum Zeitpunkt der Geburt (40. Schwangerschaftswoche) denn auch voll ausgereift.

Das muss es auch. Denn bis zum Durchtrennen der Nabelschnur, ist die mütterliche Hormonproduktion stets unterstützend dabei. Schließlich macht die Schilddrüsenhormonmenge des Fötus bereits während der ersten 17 Schwangerschaftswochen ein Drittel der mütterlichen Schilddrüsenhormonmenge aus, obwohl die Schilddrüse des Ungeborenen in dieser Zeit noch gar nicht in der Lage ist, selbstständig Hormone zu produzieren. Mit der Geburt jedoch endet diese Unterstützung. Das Neugeborene ist in Sachen Schilddrüsenhormone auf sich selbst gestellt.

Angeborene Schilddrüsenunterfunktion

Etwa eines von 3.000 bis 5.000 Neugeborenen verfügt nicht über die Fähigkeit, nach der Geburt ausreichend Schilddrüsenhormone für eine gesunde Entwicklung zu produzieren. In 40 Prozent dieser Fälle ist die Schilddrüse gar nicht ausgebildet worden, in weiteren 40 Prozent ist sie nicht ausreichend entwickelt oder an falscher Stelle gebildet worden. In den übrigen Fällen ist die Schilddrüse zwar am richtigen Ort, aufgrund von Störungen jedoch nicht in der Lage, ausreichend Schilddrüsenhormone zu produzieren. Diese Störungen können beispielsweise die Herstellung des Thyreo-

globulins betreffen oder die Unfähigkeit, Jod zu konzentrieren beziehungsweise in die Schilddrüsenhormone einzubauen.
In einigen Fällen (rund zehn Prozent) ist die Unfähigkeit, ausreichend Hormone herzustellen, auch nur vorübergehend. Dies kann zum Beispiel der Fall sein, wenn die Mutter unter der Basedow-Krankheit leidet. Dann nämlich können Antikörper gegen TSH-Rezeptoren der Mutter über die Plazenta in den kindlichen Organismus gelangen und dort die Produktion der Schilddrüsenhormone blockieren. Mit dem Abbau der mütterlichen Antikörper im Organismus des Neugeborenen verschwindet jedoch auch die Schilddrüsenunterfunktion. Auch wenn die Mutter während der Schwangerschaft unter extremem Jodmangel gelitten hat, wird das Kind mit einer Schilddrüsenunterfunktion auf die Welt kommen – wo kein Jod, da auch keine Schilddrüsenhormone. Kurioserweise hatte bereits der Schweizer Arzt Theophrastus Bombastus von Hohenheim (1493–1541) – besser bekannt als Paracelsus – den Zusammenhang zwischen einer vegrößerten Schilddrüse (durch Jodmangel) und frühkindlichen körperlichen und geistigen Entwicklungsstörungen erkannt. Und auch wenn schon 1891 gezeigt werden konnte, dass ein Schilddrüsenextrakt diese Schäden verhindert, dauerte es doch bis in die 1970er Jahre, bis die Notwendigkeit einer frühen Behandlung erkannt wurde. Eine vorübergehende Unterfunktion kann jedoch auch durch ein extremes Überangebot an Jod während der Schwangerschaft oder kurz nach der Geburt und die dadurch bedingte Unterdrückung der Schilddrüsenaktivität ausgelöst werden. Ebenfalls vorübergehend ist die Unterfunktion bei Frühchen, deren Schilddrüse einfach noch nicht ausreichend funktionstüchtig ist.

Symptome, Diagnostik und Therapie

Wird die angeborene Unterfunktion der Schilddrüse nicht behandelt, kann dies zu verschiedenen Störungen führen, die sich unter anderem auf die Intelligenz auswirken. So hat eine Untersuchung aus dem Jahre 1972 gezeigt, dass hypothyreote Babys, die vor dem dritten Lebensmonat behandelt wurden, einen Intelligenzquotienten von durchschnittlich 89 entwickelten, später behandelte Säuglinge hingegen nur einen von 54.

Mögliche Symptome einer Unterfunktion

- Trinkschwäche
- Wachstumsverzögerung
- Störungen der Gehirnentwicklung und Bewegungskoordination
- Verlängerte Neugeborenengelbsucht
- Abnorm große Zunge (Makroglossie)
- Niedriger Blutdruck (Hypotonie)
- Untertemperatur (Hypothermie)

In Deutschland und in zahlreichen anderen Ländern der Erde wird die angeborene Schilldrüsenunterfunktion bei Neugeborenen bereits bei der standardmäßigen Blutuntersuchung in der ersten Lebenswoche entdeckt. Dabei darf der TSH-Wert am fünften Lebenstag nicht mehr als 20 IE/ml betragen. Liegt ein erhöhter Wert vor, so schließen sich weitere Tests an, um die Ursache herauszufinden (zum Beispiel eine Ultraschalluntersuchung, um etwaige Fehlbildungen der Schilddrüse zu erkennen).

Die Behandlung der angeborenen Unterfunktion besteht in der Gabe des Schilddrüsenhormons Levothyroxin. Dabei muss die Dosis während der ersten sechs Lebensmonate nicht nur anhand der TSH-Werte, sondern auch anhand der T3- und T4-Werte kontrolliert und eingestellt werden. Anschließend genügt der TSH-Wert als Prüfkriterium.

Levothyroxin-Dosierung nach Altergruppen

Alter	Mikrogramm/ Kilogramm	Mikrogramm/ Tag
< 6 Mon.	8 – 15	25 – 50
6 – 12 Mon.	8 – 10	37,5 – 75
1 – 6 Jahre	4 – 6	50 – 100
6 – 12 Jahre	3 – 6	50 – 125
12 – 18 Jahre	2 – 3	75 – 175

Quelle: Feldkamp, J./Scherbaum, W. A.: Schilddrüse, in Nawroth, P./Ziegler, R.: Klinische Endokrinologie und Stoffwechsel, 2001

Vorübergehende Neugeborenen-Überfunktion

Rund eines von 50.000 Neugeborenen leidet unter einer vorübergehenden Überfunktion der Schilddrüse. Die Ursache sind stimulierende TSH-Rezeptor-Antikörper der an Basedow erkrankten Mutter, die über das Nabelschnurblut in den Blutkreislauf des Ungeborenen gelangen. Nach der Geburt hält dieser Zustand ein bis zwei Monate an.

Im Normalfall zeigen sich die Symptome der kindlichen Überfunktion erst im Laufe der ersten Lebenswoche. Da die Basedow-kranke Mutter im Regelfall Mittel zur Unterdrückung der Schilddrüsenhormone einnimmt, sind diese in geringer Menge zunächst auch im Organismus des Säuglings aktiv und verhindern dort die Überproduktion der Schilddrüsenhormone. Je nach Halbwertzeit des Medikaments verlieren sie in den ersten Tagen ihre Wirkung. Die stimulierenden TSH-Rezeptor-Antikörper geraten in den Vordergrund und die Überfunktion bricht aus.

In manchen Fällen kommt die Schilddrüsenüberfunktion aber auch erst später zum Ausbruch. Dies ist dann der Fall, wenn im mütterlichen Blut sowohl blockierende als auch stimulierende TSH-Antikörper vorhanden sind. Zunächst können dann die blockierenden Antikörper dominieren, um nach einiger Zeit den stimulierenden den Platz an den Rezeptoren zu überlassen.

Das können Sie tun

Unter bestimmten Voraussetzungen sollte der Arzt unbedingt eine Neugeborenen-Überfunktion in Betracht ziehen. Bestätigt sich der Verdacht, muss er sofort handeln. Eine genaue Abklärung beziehungsweise Beobachtung ist nötig, wenn

- der Säugling Herzrhythmusstörungen in Form erhöhten Herzschlags (Tachykardie), eine Struma oder hervorstehende Augen hat,
- sich unerklärliche Hautblutungen, ein erhöhter Bilirubin-Wert des Blutes (Zeichen für Gelbsucht) oder eine Leber-Milz-Vergrößerung zeigen,
- die Mutter während der Schwangerschaft dauerhaft erhöhte Werte an TSH-Rezeptor-Antikörpern hatte,

- die Mutter während der Schwangerschaft dauerhaft hohe Dosen Thyreostatika benötigte,
- die Mutter wegen einer Schilddrüsenüberfunktion behandelt wurde,
- ein Geschwisterkind unter Überfunktion leidet.

Die Blutwerte des Babys können den Verdacht bestätigen: Erhöhte T4-, FT4- und T3- Werte sowie ein erniedrigter TSH-Spiegel sind ein eindeutiges Zeichen. Unter der Voraussetzung, dass es sich tatsächlich um eine vorübergehende Überfunktion handelt, wird das Baby mit Thyreostatika behandelt (Thiamazol, Propylthiouracil). Eine eventuelle Herzrhythmusstörung kann der Arzt mit Propranolol behandeln. Um abschätzen zu können, wann die Mittel gefahrlos abgesetzt werden können, sind möglicherweise Messungen der TSH-Rezeptor-Antikörper sinnvoll.

Sonderfall »Permanente Neugeborenen-Überfunktion«

In einigen seltenen Fällen ist die Überfunktion der Schilddrüse bei Neugeborenen leider nicht vorübergehend, weil sie auf eine Mutation (Genveränderung) des TSH-Rezeptors in der Erbsubstanz von Spermien oder Eizellen zurückgeht. Der Mediziner muss dies immer dann annehmen, wenn im mütterlichen Blut keine TSH-Rezeptor-Antikörper vorhanden sind, diese also auch nicht für die Überfunktion des Babys verantwortlich sein können.

Eine solche permanente Neugeborenen-Überfunktion muss unbedingt frühzeitig erkannt und behandelt werden, da eine Verzögerung zu irreparablen Schäden führt. So können die Schädelknochen zu früh zusammenwachsen oder Entwicklungsstörungen auftreten. Die Behandlung besteht in einer operativen Entfernung der Schilddrüse.

Schilddrüsenprobleme in speziellen Situationen

Schilddrüsenunterfunktion bei Kindern und Jugendlichen

Es gibt eine ganze Reihe von Ursachen, die im Kindes- und Jugendalter zu einer Unterfunktion der Schilddrüse führen können.
Die häufigste ist die so genannte chronisch lymphozytäre Thyroiditis (CLT, Hashimoto-Thyroiditis). Diese Form der Schilddrüsenentzündung ist wie die Basedow-Krankheit eine Autoimmunerkrankung und weist auch sonst viele Gemeinsamkeiten zu Basedow auf. Die CLT gibt es in zwei Varianten: mit Struma und ohne.
Die Krankheit ist bei Mädchen und Frauen häufiger als bei Jungen und Männern. Sie zeigt sich meist während der Jugendzeit, kann aber auch früher - sogar bereits im Säuglingsalter - oder später auftauchen. CLT tritt gehäuft in Familien auf, in denen bereits Autoimmunerkrankungen der Schilddrüse (Basedow; CLT) vorgekommen sind. Sie ist relativ oft gekoppelt mit dem Typ 1 Diabetes, anderen Autoimmunerkrankungen und Chromosomenanomalien (zum Beispiel Down-Syndrom).
Anders als bei der Basedow-Krankheit jedoch spielen nicht den TSH-Rezeptor stimulierende Antikörper die Hauptrolle, die bei Basedow zu einer Überfunktion führen. Vielmehr handelt es sich um Antikörper, die sich gegen ein Enzym richten (thyroidale Peroxidase), welches das aus der Nahrung stammende Jodid in das bei der Produktion der Schilddrüsenhormone benötigte atomare Jod umwandelt. Diese Antikörper lassen sich in 90 Prozent aller CLT-Patienten nachweisen.
In manchen Patienten kommen zeitlich begrenzt zusätzlich jene Antikörper vor, die bei der Basedow-Krankheit zur Aktivierung der Hormonproduktion

führen (TSH-Rezeptor-Antikörper). Sie führen auch hier zu Symptomen der Überfunktion. Der Mediziner nennt dieses Krankheitsbild Hashitoxikose. Ebenfalls nur in wenigen Patienten kommen den TSH-Rezeptor blockierende Antikörper vor, die zur Unterfunktion führen.

Folgende Ursachen können ebenfalls für eine Unterfunktion der Schilddrüse bei Kindern und Jugendlichen verantwortlich sein:

- Nicht alle Kinder mit einer angeborenen Unterfunktion werden bei der Neugeborenenuntersuchung erkannt. Dadurch kann es vorkommen, dass eine angeborene Fehlbildung der Schilddrüse erst später entdeckt wird, zum Beispiel aufgrund einer vergrößerten Zungenbasis oder einer Struma (bei einer angeborenen Störung der Hormonsynthese).
- Medikamente, die das Kind gegen andere Erkrankungen einnehmen muss, können eine Unterfunktion auslösen. Dazu zählen Mittel gegen Epilepsie (Antikonvulsiva, Antiepileptika), Lithium, Aminosalicylsäure, Aminogluthemid und Sertralin.
- Eine einseitige Ernährung mit übermäßig viel Brokkoli, Kohl, Süßkartoffeln, Sojabohnen oder Maniok kann ebenfalls eine Unterfunktion der Schilddrüse auslösen. Und auch in der Kindheit kann Jodmangel zu Strumabildung und Unterfunktion führen.
- Wie beim Erwachsenen kann eine Entfernung von Schilddrüsengewebe durch OP oder Radiojod-Therapie sowie radioaktive Bestrahlung von Tumoren eine Unterfunktion hervorrufen.
- Weitere mögliche Ursachen sind eine Schilddrüsenhormonresistenz (siehe Seite 71ff.) sowie angeborene oder erworbene Störungen des Hypothalamus oder der Hirnanhangdrüse.

Die Behandlung der kindlichen Schilddrüsenunterfunktion

Um Anpassungsprobleme zu vermeiden, verschreibt der Arzt eine im Verlauf von Wochen oder Monaten sich langsam der Zielmarke annähernde Dosis. Nur bei Kindern mit milder Unterfunktion kann der Arzt sofort die volle Dosis geben.

Doch selbst bei einem langsamen Einschleichen kann es – allerdings in äußerst seltenen Fällen – zu Problemen kommen. Gemeint ist ein Krankheitsbild namens Pseudotumor cerebri (übersetzt etwa: falscher Gehirntumor). Dabei handelt es sich eben nicht um einen Tumor, sondern um eine verstärkte Produktion von Gehirnwasser beziehungsweise eine Abflussstörung desselben, was zu einem erhöhten Druck auf das Gehirn führt – medizinisch: Intracraniale Hypertension. Die genauen Ursachen dieser Erkrankung sind nicht bekannt. Ein Symptom, auf das der Arzt deshalb bei Kindern besonders achten muss, sind Kopfschmerzen, die sich in dem Fall typischerweise zeigen.

Nachdem das Kind mindestens acht Wochen die Zieldosis erhalten hat, sollte der Arzt T4 und TSH messen. Ist der Hormonhaushalt ausgeglichen – das Kind also euthyreot – so reichen Kontrollmessungen alle sechs bis zwölf Monate.

Ein Hinweis noch: Kinder, die unter einer schweren und lang andauernden Unterfunktion gelitten haben, erreichen zudem möglicherweise nicht die vollständige, ihrem eigentlichen Potenzial entsprechende Körpergröße – selbst bei optimaler Einstellung der Medikation.

Schilddrüsenüberfunktion bei Kindern und Jugendlichen

Eine Überfunktion der Schilddrüse ist im Kindes- und Jugendalter selten. Wenn sie auftritt, wird sie in 95 Prozent der Fälle durch die Basedow-Krankheit verursacht. Die Folgen einer unbehandelten Basedow-Krankheit sind dabei bei Kindern vor der Pubertät schwerer als bei Jugendlichen nach der Pubertät. Die häufigsten Symptome sind:

- Gewichtsverlust trotz Appetitzunahme,
- Unregelmäßigkeiten der Herzfrequenz (erhöhter Herzschlag),
- verringerte Knochenstabilität,
- Verhaltensauffälligkeiten,
- schlechtere schulische Leistungen.

Auch Augensymptome (siehe Seite 68ff.) können beim Kind und Jugendlichen auftreten, sie sind jedoch meist weniger schwer als bei Erwachsenen.

So behandelt der Arzt

Wie beim Erwachsenen auch kommen zur Behandlung drei Strategien in Frage: Medikamente (Thyreostatika), Radiojod-Therapie und operative Entfernung der Schilddrüse (oder eines Teils davon). Üblicherweise beginnt der Arzt wie beim erwachsenen Patienten auch bei Kindern und Jugendlichen mit einer medikamentösen Therapie. Nach langjähriger Anwendung kommt es in 30 bis 40 Prozent der Fälle zu einer Heilung. Die Rückbildungsrate ist umso höher, je niedriger die Antikörperspiegel im Körper sind und je kleiner die Struma ist. Nebenwirkungen der Therapie treten in 20 bis 30 Prozent der jungen Patienten auf. Doch sie sind in den allermeisten Fällen harmlos. Die Nebenwirkungen können gelegentlich jedoch auch ernst oder sehr selten sogar tödlich sein.

Nebenwirkungen der medikamentösen Therapie (bei mehr als 500 Kindern)

Komplikation	Kinder
Leichte Steigerung der Leberenzymwerte	28 %
Leichte Verminderung der weißen Blutkörperchen (Leukopenie)	25 %
Hautausschlag	9 %
Verminderung der Granulozyten (Zellen des Immunsystems) im Blut	4,5 %
Gelenkentzündungen (Arthritis)	2,4 %
Übelkeit	1,1 %
Schwere allergische Verminderung der Granulozyten (Agranulozytose)	0,4 %
Leberentzündung (Hepatitis)	0,4 %
Verlust des Geschmackssinns	selten
Verringerte Blutgerinnung (Hypothrombinämie)	selten
Verringerung der Blutplättchen (Thrombozytopenie)	selten
Blutbildungsstörung (aplastische Anämie)	selten
Nierenerkrankung (nephrotisches Syndrom)	selten
Tod	selten

Quelle: Rivkees et al.: The Management of Graves' Disease in Children, with Special Emphasis on Radioiodine Treatment, in J Clin Endocrinol Metab, 1998

Der operative Eingriff

Durch eine operative Entfernung der gesamten Schilddrüse oder eines Teils davon lässt sich die Überfunktion in 80 Prozent der Fälle beseitigen. Eine Operation muss der Arzt immer dann in Erwägung ziehen, wenn

- die medikamentöse Therapie nicht den gewünschten Erfolg bringt oder schwere Nebenwirkungen auftreten,
- die Schilddrüse stark vergrößert ist,
- eine Radiojod-Therapie von dem Patienten und seinen Eltern abgelehnt wird beziehungsweise aus anderen Gründen nicht in Frage kommt.

Bei etwa 60 Prozent der operierten Patienten kommt es anschließend zu einer Unterfunktion, bei zwei Prozent werden die Nebenschilddrüsen dauerhaft geschädigt und bei weiteren zwei Prozent entsteht eine Stimmbandlähmung. Während 10 bis 15 Prozent der kleinen Patienten mit nicht vollständig entfernter Schilddrüse im Laufe der Jahre erneut eine Überfunktion entwickeln, sind es bei jenen mit fast vollständiger Entfernung nur drei Prozent.

Die Radiojod-Therapie bei Kindern

Die dritte Therapiemöglichkeit besteht in der Anwendung der Radiojod-Therapie (RIT). Die Heilungsrate bei einer Schilddrüsenüberfunktion durch Basedow liegt dabei bei mindestens 90 Prozent. Nur bei sehr großen Strumen dürfte die Effektivität der Operation besser sein. Bei einer ausreichend hohen Dosierung genügt in 85 bis 90 Prozent der Fälle schon eine einmalige Einnahme von Radiojod. Die Nebenwirkungen der Radiojod-Therapie sind obendrein recht gering. Nur selten kommt es zu einer Strahlen bedingten Entzündung der Schilddrüse, noch seltener zu einer Autoimmunreaktion auf das Schilddrüsengewebe. Allerdings verschlimmern sich bei 15 bis 30 Prozent der behandelten Kinder die Augensymptome - ein ziemlich hoher Prozentsatz. Um dies zu vermeiden, kann jedoch gleichzeitig eine Kortisonbehandlung durchgeführt werden.

Trotzdem sollte die Radiojod-Therapie bei Kindern und Jugendlichen nur zurückhaltend eingesetzt, die Möglichkeiten und Folgen der Behandlung gründlich mit allen Beteiligten besprochen werden. Eventuell wird nämlich das bei Basedow-Patienten ohnehin schon erhöhte Risiko, an Schilddrüsenkrebs zu erkranken, noch gesteigert. Bislang wurden allerdings noch zu wenige mit RIT behandelte Kinder über einen ausreichend langen Zeitraum beobachtet. Doch die bisher vorliegenden Ergebnisse legen immerhin nahe, dass das Risiko zumindest nicht wesentlich erhöht ist. Man nimmt zudem an, dass das Risiko bei Kindern unter fünf Jahren am größten ist. Was sich immerhin relativ sicher sagen lässt: RIT erhöht nicht das Risiko, dass die Behandelten im Erwachsenenalter selbst Kinder mit Erbschäden zeugen.

Für die Entwicklung von Schilddrüsenkrebs ist ein erhöhter TSH-Spiegel offenbar von entscheidender Bedeutung. Es liegt deshalb nahe, nach einer RIT eine konsequente Levothyroxin-Behandlung durchzuführen - nicht nur, um eine mögliche Unterfunktion der Schilddrüse zu behandeln, sondern auch um das Krebsrisiko zu senken. Es liegt nahe, dass hier in erster Linie die Eltern gefordert sind, auf die regelmäßige Einnahme des Hormons zu achten. Wer Kinder hat, weiß, dass sie es auch mit anderen wichtigen Aufgaben - etwa Zähneputzen oder Hausaufgaben - oft nicht so genau nehmen. Ein besonderes Problem können hier auch Jugendliche sein, die im Zuge »pubertärer Eigenwilligkeiten« gegen die Einnahme rebellieren. Besprechen Sie dies bitte mit Ihrem Arzt.

Schilddrüsenprobleme in der Schwangerschaft

Es wurde bereits mehrfach erwähnt, dass Frauen ein sehr viel höheres Risiko tragen, an der Schilddrüse zu erkranken als Männer. Viele dieser krankhaften Veränderungen treten bei Frauen vornehmlich in jener Lebensphase auf, in der sie Kinder bekommen. Oft werden sie sogar erst bei einer der normalen Schwangerschafts-Untersuchungen entdeckt. Es liegt daher nahe, dass das erhöhte Risiko zu einem großen Teil auf die Schwangerschaften und den damit einhergehenden vermehrten Jodbedarf zurückzuführen ist. Denn während der Schwangerschaft kommt es im Körper der Frau nicht nur zu Veränderungen, die in vielfältiger Weise die Tätigkeit der Schilddrüse beeinflussen. Es ist täglich auch eine deutlich höhere Dosis Jod nötig, um den Bedarf der mütterlichen und der kindlichen Schilddrüse zu decken.

Einfluss der Schwangeschaftshormone auf die Schilddrüse

Das Schwangerschaftshormon HCG (engl.: human chorionic gonadotropine) sorgt nicht nur für die Bildung des Gelbkörperhormons und mithin die Aufrechterhaltung der Schwangerschaft, sondern regt über die TSH-Rezeptoren auch die Schilddrüse zu einer vermehrten Hormonproduktion, möglicherweise sogar direkt zum Wachsen an. Bei jeder fünften Schwangeren kommt es dadurch gegen Ende des ersten Schwangerschaftsdrittels zu niedrigeren TSH-Werten; in zehn Prozent dieser Fälle sogar zu einer vorübergehenden Schilddrüsenüberfunktion.

Etwa die Hälfte aller Schwangeren leidet während des ersten Schwangerschaftsdrittels (manche auch länger) unter dem so genannten Schwangerschaftserbrechen – auch Morgenübelkeit genannt. Bei bis zu zwei

Dritteln der betroffenen Frauen kommt es zu einem Absinken des TSH-Werts und einem Anstieg der Schilddrüsenhormone (FT4, manchmal auch FT3). Auslöser ist auch in diesem Fall meist das Hormon HCG, das bei Schwangeren mit Morgenübelkeit höher ist als bei nicht betroffenen Frauen. Die dadurch bedingte Überfunktion ist in seltenen Fällen so ernst, dass sie einer medikamentösen Behandlung bedarf.

Hormone für zwei

Etwa 99,5 Prozent der Schilddrüsenhormone T3 und T4 sind im Blut an Eiweißstoffe gebunden, vor allem das so genannte thyroxinbindende Globulin (TBG). Bei Bedarf lassen sich die Hormone leicht wieder aus dieser Verbindung befreien. Während der Schwangerschaft, besonders im ersten Schwangerschaftsdrittel, sammelt sich im Blut unter anderem wegen der hohen Östrogenwerte mehr TBG an – bis zum Zwei- bis Dreifachen des Normalwerts. Zudem erhöht sich die Blutmenge, da der mütterliche Organismus den Fötus mitversorgen muss. Da dabei die Werte des freien Hormons FT4 im Blut annähernd konstant gehalten werden müssen, muss die Schilddrüse mehr Hormone produzieren, um die »TBG-Taxis« zu füllen. Geschieht dies nicht, so wird das freie FT4 eingesammelt, was wiederum zu einem nicht tragbaren Absinken der Hormonwerte und zu einer Unterfunktion führt. Vor allem in der Plazenta wird vermehrt T4 in T3 umgewandelt, da der Fötus insbesondere zu Beginn der Schwangerschaft zeitweise auch mit mütterlichen Schilddrüsenhormonen versorgt werden muss.

Infolge dessen produziert die Schilddrüse mehr Hormone und stellt den Körper damit bis zur Mitte der Schwangerschaft so auf jenen neuen Zielwert ein, der durch das Maß an zusätzlichem TBG vorgegeben wird. Der Anstieg an TBG bildet sich dann in den ersten vier bis sechs Wochen nach der Geburt wieder zurück.

Die Bedeutung der Jodversorgung

Aus mehreren Gründen ist die Jodversorgung ganz besonders während der Schwangerschaft von zentraler Bedeutung. Zum einen wird die Schilddrüse aufgrund der oben genannten Änderungen zu vermehrter Tätigkeit angeregt, sodass sie erheblich mehr Jod benötigt, um Schilddrüsenhormone herzustellen. Zum anderen benötigt auch der Fötus im Bauch der Mutter Jod, da seine Schilddrüse selbst im Verlauf der Schwangerschaft vermehrt Jod für die Herstellung eigener Schilddrüsenhormone braucht. Und zu guter Letzt steigt während der Schwangerschaft die Ausscheidung von Jod über den Urin stark an. Frauen im gebärfähigen Alter sollten deshalb ganz besonders auf eine ausreichende Jodversorgung achten. Die Deutsche Gesellschaft für Ernährung schätzt den Tagesbedarf in dieser Altersstufe auf 200 Mikrogramm am Tag. Wie dies zu erreichen ist, erfahren Sie ab Seite 123. Während der Schwangerschaft steigt der geschätzte Bedarf sogar auf 230 Mikrogramm täglich. In dieser Zeit wird der Bedarf glücklicherweise durch vom Arzt verordnete Mittel in der Regel gedeckt.

Selbst ein wenig ausgeprägter Jodmangel führt deshalb zu einer weiteren Aktivitätssteigerung und Vergrößerung der Schilddrüse (Struma) und kann krankhafte Veränderungen mit sich ziehen. Sind Ihre Jodspeicher dagegen schon vor der Schwangerschaft gefüllt und ist die Jodversorgung auch während der Schwangerschaft ausreichend, verändert sich die Schildrüse nicht – Sie bleiben gesund. Die Zusammenhänge sind in folgender Übersicht schematisch dargestellt.

Schilddrüsenprobleme in speziellen Situationen

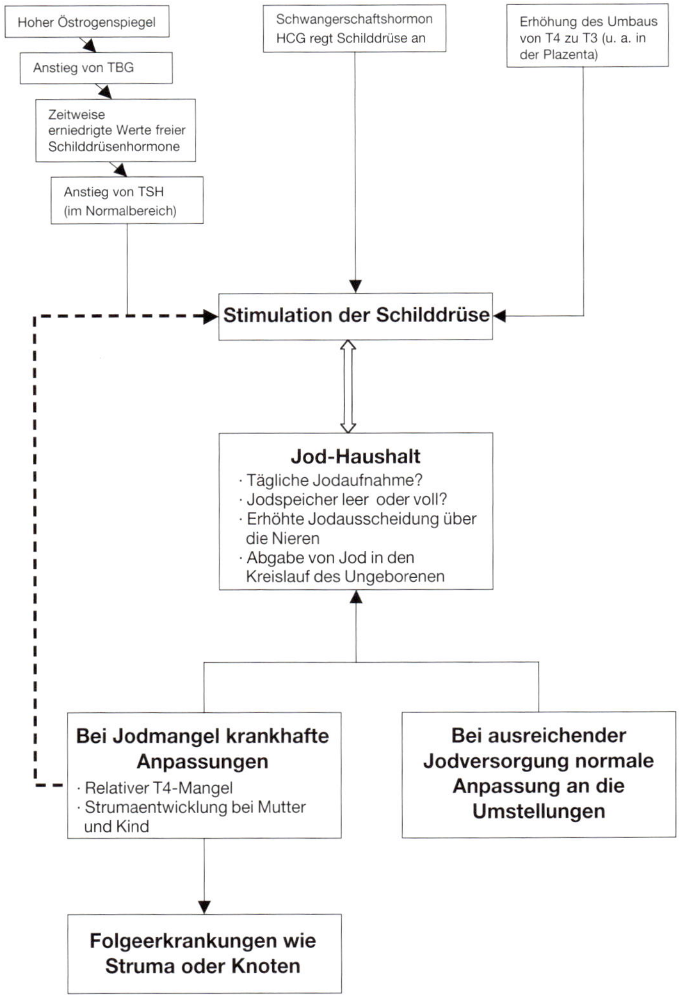

nach Glinoer: in Endocrine Reviews, 1997

Das Immunsystem einer Schwangeren

Es ist offenkundig, dass es in der Schwangerschaft häufig zu einer Autoimmunerkrankung kommt und dass diese nicht selten auch nach der Schwangerschaft wieder aufflackert. Dazu zählen auch jene Autoimmunerkrankungen, die sich gegen die Schilddrüse richten, wie die Hashimoto-Thyroiditis, die Blockade von TSH-Rezeptoren durch Schilddrüsenantikörper sowie die Basedow-Krankheit. In einer Studie an 1.660 Schwangeren etwa zeigte sich, dass jede zwanzigste der Frauen Schilddrüsenantikörper in ihrem Blut hatten, obwohl ihre sonstigen Werte (FT4, TSH) im normalen Bereich lagen. Drei Tage nach der Geburt aber sanken die T4-Werte um durchschnittlich 30 Prozent, wobei die Hälfte der Frauen im hypothyreoten Bereich lag. Die Analyse zeigte auch, dass diese Frauen ein erhöhtes Risiko für eine Fehl- oder Frühgeburt trugen und unter stärkeren Nachwirkungen der Geburt zu leiden hatten. Die Hashimoto-Thyroiditis führt in den meisten Fällen zu einer Unterfunktion, was dramatische Folgen für die Gesundheit von Mutter und Kind haben kann. Morbus Basedow dagegen kann eine Überfunktion auslösen, was ebenfalls nicht unerhebliche Probleme mit sich bringen kann (siehe ab Seite 117).

Schwangeren-Unterfunktion

Etwa zwei bis vier Prozent der Schwangeren sind bereits zu Beginn der Schwangerschaft hypothyreot - oft ohne es zu wissen. So eine unbehandelte Unterfunktion - egal, ob sie durch eine Schilddrüsenentzündung oder extremen Jodmangel hervorgerufen wurde - kann nicht nur beim Ungeborenen zu geistigen und körperlichen Behinderungen führen, sondern zudem eine Reihe anderer Risiken für Mutter und Kind erhöhen.

Gefahren einer Schildrüsenunterfunktion für die Mutter

- Blutarmut (Anämie)
- Blutungen nach der Geburt
- Herzstörungen
- Blutdruckerhöhung (Präeklampsie; Gestose)
- Vorzeitige Ablösung der Plazenta

Gefahren einer Schildrüsenunterfunktion für das Kind

- Komplikationen während der Geburt
- Frühgeburt und niedriges Geburtsgewicht
- Fehlbildungen
- Tod des Fötus oder des Neugeborenen

Um nur den wichtigsten Folgen der oben genannten Aufzählung Zahlen zuzuordnen: Ganze 31 Prozent der Schwangeren mit einer klinischen Hypothyreose erleiden eine Anämie, 19 bis 44 Prozent eine Präeklampsie und 19 Prozent erleben eine vorzeitige Ablösung der Plazenta. Bei 13 bis 31 Prozent dieser Schwangerschaften kommt das Baby zu früh auf die Welt und/oder ist untergewichtig. Der Fötus stirbt in drei bis acht Prozent der Fälle. Deshalb muss eine Unterfunktion unbedingt so früh wie möglich erkannt und mittels Levothyroxin und Jod (bei Jodmangel) behandelt werden. Wird eine vorher bestehende Unterfunktion bereits mit Levothyroxin behandelt, so muss die Dosis während der Schwangerschaft unbedingt gesteigert werden. Denn der Bedarf an Schilddrüsenhormonen nimmt während dieser Zeit um etwa 50 Prozent zu.

Schwangerschafts-Überfunktion

Die häufigsten Formen einer Schilddrüsenüberfunktion während der Schwangerschaft sind die Basedow-Krankheit und die vorübergehende Schwangerschafts-Überfunktion (GTT; engl.: gestational transient thyrotoxicosis). Eine Überfunktion der Schilddrüse während der Schwangerschaft ist jedoch eher selten und betrifft durchschnittlich nur eine bis zwei von 1.000 Schwangeren. Allerdings ist es oft schwierig, die Überfunktion zu erkennen, da einige Anzeichen sowohl bei einer normalen Schwangerschaft mit ausgeglichener Stoffwechsellage als auch bei einer Schilddrüsenüberfunktion auftauchen: Müdigkeit, erhöhte Herzfrequenz, Angstgefühle, Wärmeempfindlichkeit und vermehrtes Schwitzen.

Basedow-Krankheit während der Schwangerschaft

Schwangere mit Morbus Basedow tragen die Gefahr eines erhöhten Blutdrucks, einer Fehlbildung des Fötus, einer Frühgeburt oder eines geringen Geburtsgewichts Ihres Kindes. Anzumerken ist jedoch, dass eine Basedow-Erkrankung durch die Schwangerschaft oft auch ganz oder teilweise unterdrückt wird und erst nach der Geburt erneut zum Tragen kommt.
Während die Basedow-Krankheit bei Nichtschwangeren durch Thyreostatika, OP oder Radiojod-Therapie im Allgemeinen gut zu behandeln ist, bedarf die Behandlung einer Schwangeren großen Geschicks. Zum einen weil eine Radiojod-Therapie wegen der Strahlungsgefahren nicht in Frage kommt. Eine Operation bringt Risiken für das Ungeborene mit sich. Die Thyreostatika (Propylthiouracil, Thiamazol und Carbimazol) gelangen über die Nabelschnur in den Körper des Fötus, hemmen dort die Bildung der Schilddrüsenhormone und können so eine Unterfunktion des Ungeborenen auslösen.

Schilddrüsenprobleme in speziellen Situationen

Zur medikamentösen Behandlung verschreibt der Arzt deshalb nach Möglichkeit Propylthiouracil, da dieses Mittel wahrscheinlich in geringerem Ausmaß in den Körper des Ungeborenen gelangt. Doch auch die Behandlung mit Thiamazol oder Carbimazol ist möglich. Die Dosis sollte in jedem Fall aber so niedrig wie möglich sein, um die Schilddrüsenwerte gerade an der oberen Grenze des Normalbereichs zu halten. Sind höhere Dosen nötig, um die Hypertyhreose in den Griff zu bekommen, zeigen sich am Fötus alsbald Symptome einer Schilddrüsenunterfunktion. Weil das Medikament nicht konsequent eingenommen werden kann, zieht der Arzt meist eine Operation der Schilddrüse in Erwägung.

Sie werden sich vielleicht fragen, warum Sie als Schwangere neben einem Thyreostatikum nicht einfach Levothyroxin erhalten, um die Schilddrüsenunterfunktion im Fötus zu verhindern. Doch Levothyroxin gelangt anders als Thyreostatika kaum in den Organismus des Ungeborenen, sodass es dort auch nicht wirksam werden kann.

In vielen Fällen kann der Arzt bei einer Schilddrüsenüberfunktion die Thyreostatikadosis nach dem ersten Schwangerschaftsdrittel reduzieren oder sogar ganz absetzen. Ob und wann das möglich ist, erkennt der Mediziner an Ihren Laborwerten. Es versteht sich von selbst, dass die Kontrollen deshalb sehr engmaschig sein müssen.

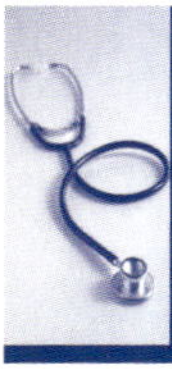

Folgen Sie während einer Schwangerschaft unbedingt den Anweisungen des Arztes, und nehmen Sie die verschriebenen Medikamente regelmäßig ein. Sie gefährden sonst nicht nur sich selbst, sondern auch Ihr Kind.

Vorübergehende Schwangerschafts-Überfunktion

Im Gegensatz zur durch die Basedow-Krankheit hervorgerufenen Überfunktion ist die vorübergehende Schwangerschafts-Überfunktion nicht auf eine Autoimmunreaktion zurückzuführen. Ursache ist vielmehr der Anstieg des Schwangerschaftshormons HCG, das die Schilddrüse über den TSH-Rezeptor zu einer vermehrten Produktion von Schilddrüsenhormonen anregt.

Die vorübergehende Schwangerschafts-Überfunktion taucht in zwei bis drei Prozent aller Schwangerschaften auf und ist damit rund zehnmal so häufig wie die Basedow-Überfunktion. Die Symptome einer Überfunktion, wie Gewichtsverlust beziehungsweise ausbleibende Gewichtszunahme, erhöhte Herzfrequenz und unerklärliche Müdigkeit, zeigen sich bei etwa jeder zweiten Betroffenen. Besonders schwer fallen die Symptome bei Frauen aus, die unter starkem Schwangerschaftserbrechen leiden. In seltenen Fällen können sie so bedrohlich sein, dass die Patientin in eine Klinik muss.

Es sei an dieser Stelle nochmals darauf hingewiesen, dass die genannten Symptome leicht als »normale« Zeichen einer Schwangerschaft missgedeutet werden können. Mit anderen Worten: Der Arzt kann die vorübergehende Schwangerschafts-Überfunktion allein an Ihren Blutwerten festmachen. Doch glücklicherweise bedarf die Erkrankung in den allermeisten Fällen gar keiner Behandlung. Sollten die Symptome wie etwa die Erhöhung der Herzfrequenz zu störend werden, kann Ihr Arzt für einen kurzen Zeitraum auch einen rein an den Symptomen orientierten Betablocker verschreiben. Nur in sehr seltenen und schweren Fällen erhalten Sie für wenige Wochen ein Thyreostatikum.

Schilddrüsenstörungen nach der Geburt

In den ersten sechs Monaten nach der Geburt kommt es bei drei bis acht Prozent der jungen Mütter zu einer so genannten Postpartum-Thyroiditis (Postpartum = nach der Geburt; Thyroiditis = Schilddrüsenentzündung). Dabei handelt es sich um eine Autoimmunreaktion, die zur Zerstörung von Schilddrüsengewebe führt. In den meisten Fällen verschwindet diese Form der Thyroiditis jedoch von selbst wieder. Durch die Zerstörung des Gewebes wird zunächst eine große Menge an Schilddrüsenhormonen freigesetzt, was zu einer vorübergehenden Überfunktion führt. Nach einiger Zeit gleicht sich der Hormonpegel wieder aus, ehe er für kurze Zeit in eine Unterfunktion übergeht, sich dann aber meist dauerhaft wieder ausgleicht. Eine Behandlung ist in der Regel nur in dem Zeitraum der Unterfunktion notwendig.

Nur bei wenigen Frauen geht die Postpartum-Thyroiditis in die Basedow-Krankheit oder eine andauernde Unterfunktion über.

Schilddrüsenprobleme im Alter

An einigen Stellen dieses Buches haben Sie bereits erfahren, dass sich Erkrankungen der Schilddrüse bei älteren Menschen weitaus weniger deutlich oder mit anderen Symptomen zeigen als bei Jüngeren. So macht sich eine Überfunktion bei älteren Patienten seltener in einer Erhöhung der Herzfrequenz oder durch Wärmeempfindlichkeit bemerkbar als vielmehr durch Herzrhythmusstörungen und einen zunehmenden Verlust an Knochenmasse. Beides ist im Alter bedrohlich, weshalb es sehr wichtig ist, die tatsächliche Ursache der Symptome zu erkennen und möglichst frühzeitig zu behandeln.

Ähnliches gilt für eine Unterfunktion: Die klassischen Symptome wie Müdigkeit, Appetitlosigkeit oder geringe Wärmeproduktion des Körpers (häufiges Frieren) werden oft nur dem Alter zugeschrieben. Auch wenn die Symptome meist nicht lebensbedrohlich sind, könnte doch eine einfache Diagnostik die wahren Ursachen aufdecken und den Betroffenen einer angemessenen Behandlung zuführen. Damit ließe sich das Lebensgefühl einer Vielzahl älterer Menschen deutlich verbessern.
Neben Über- und Unterfunktion gibt es auch altersspezifische Schilddrüsenerkrankungen. Die Wahrscheinlichkeit an ihnen zu erkranken, nimmt mit den Jahren zu. So kommt beispielsweise eine Vergrößerung der Schilddrüse mit Knoten umso häufiger vor, je älter der Patient ist. Entsprechend häufiger sind auch autonome, »heiße« Knoten mit einer Überproduktion an Schilddrüsenhormonen. Die meisten der betroffenen Patienten sind zwischen 60 und 80 Jahre alt. Auch »kalte« Knoten, die bösartig entartet sind, treten bei Älteren vermehrt auf. Wenngleich die Therapiemöglichkeiten im sehr hohen Alter oftmals durch zusätzliche Erkrankungen eingeschränkt sind, ist es doch unbedingt erforderlich, alle möglichen diagnostischen und therapeutischen Wege auszuschöpfen. In Anbetracht der stetig steigenden Lebenserwartung müssen sich die Ärzte mehr und mehr auch dieser Herausforderung stellen.
Es gibt aber auch Krankheiten, die mit dem Alter abnehmen, zum Beispiel der Morbus Basdow. Am häufigsten tritt diese Krankheit nämlich in der Altersgruppe zwischen 40 und 50 auf.

Beugen Sie doch einfach vor

Aktiv gegen Schilddrüsenstörungen

Sie können selbst einiges dazu beitragen, dass es erst gar nicht zu einer Erkrankung der Schilddrüse kommt. Denn mit der richtigen Ernährung, speziellen Jodtabletten aus der Apotheke und sogar mit ausreichend jodhaltigem Mineralwasser lässt sich vielen Beschwerden erfolgreich vorbeugen.

Dem Jodmangel entgegenwirken

Sicher ist Ihnen nicht entgangen, dass ein Begriff in diesem Buch immer wieder auftaucht: Jodmangel. Auf ihn lassen sich viele Erkankungen der Schilddrüse zurückführen, die unter der Bezeichnung »Jodmangelkrankheiten« beziehungsweise dem englischen Synonym »Iodine Deficiency Disorders« (kurz IDD) zusammengefasst werden.

Mindestens 1,5 Milliarden Menschen weltweit sind einem ständigen Jodmangel ausgesetzt – fast ein Drittel der Weltbevölkerung. Etwa elf Millionen von ihnen sind geistig stark behindert, weitere 43 Millionen geistig mehr oder weniger stark eingeschränkt. Betrachtet man allein das Auftreten von Strumen aufgrund von Jodmangel weltweit, kann es einen schon gruseln: In Afrika haben 124 Millionen Menschen einen Kropf (20 Prozent der Bevölkerung), in Südostasien 172 Millionen (12 Prozent), in Europa 130 Millionen (15 Prozent) und im östlichen Mittelmeerraum 152 Millionen (32 Prozent). Zählt man alle

WHO-Staaten zusammen (die Daten stammen auch von der Weltgesundheitsorganisation), dann haben etwa 740 Millionen Menschen weltweit eine Struma – mit all den möglichen Folgen, die wir an anderen Stellen des Buches mehrfach erwähnt haben. Kein Wunder also, dass weltweit versucht wird, Jodmangel bedingten Krankheiten vorzubeugen, indem die Menschen ausreichend Jod zu sich nehmen. Am einfachsten gelingt dies über die normale Ernährung, jodiertes Salz oder Jodtabletten. Dass so ein Präventivprogramm funktioniert, hat die Schweiz bewiesen, traditionell ein extrem jodarmes Gebiet. Dort wird bereits seit den 20er Jahren des 20. Jahrhunderts Jodsalz verwendet. Mit Erfolg: Jodmangelkrankheiten sind in der Alpenrepublik beinahe »ausgestorben«. In Deutschland hingegen gibt es Jodsalz erst seit 1959, in der Lebensmittelverarbeitung und Gastronomie darf es sogar erst seit 1989 verwendet werden. Von den paradiesischen Zuständen der Schweiz sind wir deshalb hierzulande noch meilenweit entfernt. Und die in der ehemaligen DDR vorhandene Jodprophylaxe wurde leider wieder abgeschafft. Die weltweiten Programme, eine Versorgung mit Jodsalz gesetzlich zu ermöglichen, haben allerdings in den vergangenen Jahren zu großen Erfolgen geführt. So haben heute 68 Prozent der Haushalte in WHO-Gebieten Zugang zu Jodsalz. Doch angesichts der genannten Strumazahlen ist hier immer noch viel zu tun.

Jodmangelkrankheiten nach Lebensaltern

Vorgeburtlich und Säuglinge

- Totgeburten
- Angeborene Fehlbildungen
- Erhöhte Säuglingssterblichkeit
- Geistige und körperliche Behinderung (Kretinismus)
- Erhöhte Anfälligkeit der Schilddrüse für radioaktive Strahlung
- Neugeborenen-Unterfunktion
- Struma

Kindheit und Jugend

- Struma (mit oder ohne Knoten)
- (Subklinische) Unterfunktion
- Eingeschränkte geistige Fähigkeiten
- Verzögerte körperliche Entwicklung
- Erhöhte Anfälligkeit der Schilddrüse für radioaktive Strahlung

Erwachsenenalter

- Struma (mit oder ohne Knoten) und Folgeerkrankungen
- Unterfunktion der Schilddrüse
- Eingeschränkte geistige Fähigkeiten
- Heiße und kalte Knoten bei Älteren

Liefert die Nahrung ausreichend Jod?

Laut Ernährungsbericht Deutschland des Jahres 2000 lag die durchschnittliche Jodaufnahme von Jugendlichen und Erwachsenen im Jahre 1996 bei 119 Mikrogramm (μg) pro Tag. Die Versorgung bei Männern war dabei mit 126 μg/Tag besser als die von Frauen (111 μg/Tag) und der über 70-Jährigen (105 μg/Tag). Dagegen empfiehlt die Deutsche Gesellschaft für Ernährung (DGE) für Jugendliche und Erwachsene bis 50 Jahren 200 μg/Tag. Ein Großteil der deutschen Bevölkerung nimmt also nach wie vor zu wenig Jod zu sich. Auch wenn sich die Lage im Verlauf der vergangenen 15 Jahre verbessert hat: optimal ist sie noch nicht.

Empfohlene Jodzufuhr

Mikrogramm pro Tag			
Säuglinge		**Jugendliche u. Erwachsene**	
0 bis unter 4 Monate*	40	15 bis unter 19 Jahre	200
4 bis unter 12 Monate	80	19 bis unter 25 Jahre	200
Kinder		25 bis unter 51 Jahre	200
1 bis unter 4 Jahre	100	51 bis unter 65 Jahre	180
4 bis unter 7 Jahre	120	65 Jahre und älter	180
7 bis unter 10 Jahre	140	**Schwangere**	230
10 bis unter 13 Jahre	180	**Stillende**	260
13 bis unter 15 Jahre	200	* Schätzwert	

Quelle: Deutsche Gesellschaft für Ernährung (DGE), 2003

Wer gern Fisch isst, hat's gut

Die beste natürliche Quelle für Jod in Lebensmitteln sind Seefische. Sie enthalten je nach Fischart bis zu 330 µg Jod pro 100 Gramm essbaren Anteils. Zu den Spitzenreitern zählen so beliebte Speisefische wie Kabeljau (170 µg), Seelachs (200 µg) und Schellfisch (243 µg). In Süßwasserfischen ist Jod dagegen nicht in nennenswerten Mengen vorhanden – die enthaltene Menge entspricht in etwa der von Kuhmilch (3,3 µg). Wenn Sie also gerne und häufig (d.h. dreimal pro Woche) Seefisch essen, ist es recht einfach, die erforderliche Jodmenge zu sich zu nehmen. Alle anderen werden es nur schwer schaffen, den täglichen Bedarf allein über die normale Ernährung zu decken.

Jodsalz als Standard

Jodiertes Speisesalz muss in Deutschland mindestens 15 und darf höchstens 25 Milligramm (mg) Jod je Kilogramm enthalten. Bei einem Mittelwert von 20 mg enthält ein Gramm Jodsalz also 20 µg Jod. Wollte man seinen Jod-Tagesbedarf allein über Salz decken, so müssten wir zehn Gramm davon zu uns nehmen.

Es ist in jedem Falle eine gute Idee, in der eigenen Küche Jodsalz zu verwenden. Zusammen mit dem Jodsalz, das sich in Fleisch- und Wurstwaren, in Backwaren sowie im Restaurant- beziehungsweise Kantinenessen befinden kann, sowie jenem, das wir über Fisch und Milchprodukte zu uns nehmen, ließe sich der Bedarf von 200 µg durchaus decken. Aber nicht alle Fleisch-, Wurst- und Backwaren werden mit jodiertem Speisesalz hergestellt. Hinzu kommt, dass das Risiko für einen hohen Blutdruck steigt, wenn Sie täglich mehr als sechs Gramm Salz essen – da Speisesalz eben nicht nur Jod enthält.

Liefert die Nahrung ausreichend Jod?

Durchschnittlicher Jodgehalt in Lebensmitteln

Lebensmittel	Jod (Mikrogramm) je 100 Gramm	Lebensmittel	Jod (Mikrogramm) je 100 Gramm
Meeräsche	330	Hering (Ostsee)	50
Schellfisch	243	Thunfisch	50
Seelachs	200	Trüffel	45
Kabeljau	170	Spinatsaft	43
Thunfisch in Öl	149	Frischkäse (70 % F. i. Tr.)	40
Nordseegarnelen (Krabben)	130	Hering (Atlantik)	40
Schillerlocken	122	Sauerkrautsaft	38
Lebertran	120	Feldsalat	35
Steckmuschel	120	Hartkäse	35
Miesmuschel	105	Lachs	34
Alaska-Seelachs	103	Sardine	32
Hummer	100	Zuchtchampignons	18
Rotbarsch	99	Seezunge	17
Ölsardinen	96	Spinatsaft	12
Bismarckhering	91	Hühnerei	10
Seelachs in Öl	77	Kondensmilch (mind. 10 %)	8,8
Bückling	72	Flunder	6,3
Rotwein	70	Joghurt (3,5 %)	3,5
Auster	58	Magermilch	3,4
Scholle	53	Kuhmilch (1,5 %)	3,3
Heilbutt	52	Kuhmilch (3,5 %)	2,7
Heilbutt (geräuchert)	52	Schlagsahne	2,4
Makrele	51		

Quellen: Souci et al.: Die Zusammensetzung der Lebensmittel, Nährwert-Tabellen, 2000; Hopfenzitz: Mineralstoffe – Fitmacher für den Körper, 1996

Jodtabletten für ein sorgloses Leben

Bei einer ausreichenden Versorgung mit Jod liegen in der Schilddrüse etwa 5.000 bis 15.000 µg Jod vor. Diese Menge ist als Reserve ausreichend für einen bis drei Monate. Sind die Jodspeicher jedoch erst einmal geleert – was bei vielen von uns der Fall ist – reichen auch die täglichen 200 µg nicht aus, das Depot wieder zu füllen. Die Dosis wäre dann ein reines »Von-der-Hand-in-den-Mund-leben«. Um die Jodspeicher wieder aufzufüllen, bieten sich daher Jodtabletten etwa mit 100 oder 200 µg Jod an, die es für wenig Geld rezeptfrei in der Apotheke gibt. Besteht dann aber nicht die Gefahr einer Überdosierung? Jein: In Gebieten ohne Jodmangel gilt zwar eine Dosierung von bis zu 1.000 µg Jod am Tag als unbedenklich. In Deutschland dagegen hat eine nicht unerhebliche Zahl der Bevölkerung aufgrund des über Jahre bestehenden Jodmangels eine Autonomie der Schilddrüse entwickelt oder leidet unter einer Hashimoto-Thyroiditis. Um nicht das Risiko einer durch Jod verursachten Schilddrüsenüberfunktion einzugehen, sollten Sie deshalb nicht über 500 µg Jod am Tag zu sich nehmen.

Schwangere und stillende Frauen

Nicht nur Menschen mit entleerten Jodspeichern brauchen eine Zeit lang Jodtabletten. Auch schwangere und stillende Frauen sollten darauf nicht verzichten. Laut Empfehlung der Deutschen Gesellschaft für Endokrinologie und der Deutschen Gesellschaft für Ernährung sollten Schwangere auf täglich 230 µg, Stillende sogar auf 260 µg Jod pro Tag kommen. Bedenkt man, welch schwere Schäden eine Minderversorgung des Ungeborenen oder Stillkindes verursachen kann, sollte die tägliche Jodtablette für Schwangere und Stillende selbstverständlich sein.

Manche Mineralwässer sind wahre »Jodbomben«

Einen wichtigen Beitrag zu einer ausreichenden Jodversorgung kann neben Seefisch, jodiertem Speisesalz und Jodtabletten auch Mineralwasser leisten. Um diese Quelle wirklich nutzen zu können, ist es jedoch wichtig zu wissen, wie viel Jod in einem bestimmten Mineralwasser tatsächlich enthalten ist. Denn was eigentlich positiv ist, kann bei manchen Menschen auch negative Auswirken haben. Wie bereits angesprochen können mehr als 500 µg Jod am Tag möglicherweise eine potenzielle Gefahr für Menschen mit autonomen (heißen) Bereichen der Schilddrüse oder einer Hashimoto-Thyroiditis darstellen. Während jedoch in einigen Mineralwässern pro Liter nicht einmal 20 µg Jod enthalten sind, liegt der Gehalt in anderen bei mehr als 1.000 µg – dem Doppelten der sicheren Dosis also. In der folgenden Auflistung können Sie auf einen Blick den Jodgehalt verschiedener Mineralwässer vergleichen. Sollte das von Ihnen bevorzugte Wasser nicht aufgeführt sein, hilft eventuell ein Blick auf die Analysedaten des Etiketts. Dort kann – muss aber nicht – auch der Jodid-Gehalt aufgeführt sein. Denn von Rechts wegen muss nur ein Auszug der Analyseergebnisse »unter Nennung der charakteristischen Bestandteile« aufgeführt sein. Das sagt nicht viel, deshalb werden Sie Jod auf nicht allzu vielen Etiketten finden. Fluorid, dessen schädliche Wirkungen bei Überdosierung besser bekannt sind, muss hingegen ab einer Menge von 1,5 Milligramm je Liter ausgewiesen werden. Für Quell- oder Tafelwasser ist die Kennzeichnungspflicht noch ungenauer. Aber wer weiß: Vielleicht kommen die Hersteller ja noch auf den Trick mit dem Jod – schließlich könnte eine Nennung des Gehalts angesichts der Jodmangelsituation dem Geschäft nicht schaden.

Jodgehalt von Mineralwasser

Unter 20 µg je Liter

- Alpquell
- Fonta Guizza
- Gasteiner
- Markusquelle
- Minaris
- Preblauer
- Römerquelle
- Silberquelle
- Vöstauer
- Waldquelle

Zwischen 200 und 1.000 µg je Liter

- Astoria
- Güssinger
- Juvina aktiv
- Long Life
- Radenska
- Severinquelle
- Sulzegger

Mehr als 1.000 µg je Liter

- Johannisbrunnen
- Gleichenberger
- Peterquelle
- Rogaska Donatquelle
- Sicheldorfer

Quelle: Blickpunkt (Zeitschrift der Schilddrüsenliga Deutschland)

Eine kurze Zusammenfassung

Gehen wir davon aus, dass Sie sich dieses Buch gekauft haben, um sich über die Bandbreite der Schilddrüsenerkrankungen zu informieren. Vielleicht deshalb, weil Sie selbst davon betroffen sind. Dann wird Sie dieses Kapitel über Vorbeugung – zumindest für sich selbst, vielleicht auch für Ihre Familie – wohl kaum interessieren. Haben Sie es gekauft, weil ein Angehöriger unter einer Schilddrüsenerkrankung leidet und Sie selbst gern vorbeugen möchten – oder vielleicht einfach nur, weil Sie das Thema interessiert – dann wollen Sie vielleicht noch genauer wissen, was Sie nun eigentlich zur Vorbeugung tun können. Die Fakten sind zwar schon genannt. Wie aber sollen Sie sie ordnen und werten?

Liefert die Nahrung ausreichend Jod?

Jod ist das A und O der Vorbeugung, so viel ist klar. Können Sie aber in Ihrer Ernährung wirklich jedes Mikrogramm Jod zusammenzählen? Natürlich nicht. Deshalb jetzt einmal ganz praktisch:

- Essen Sie nahezu täglich Seefisch, mindestens 100 Gramm?
- Trinken Sie täglich zwei Liter Mineralwasser, das etwa 100 Mikrogramm Jod pro Liter enthält (oder eines, das mehr enthält in entsprechend geringerer Menge)?
- Benutzen Sie zum Kochen Jodsalz in einer Größenordnung, die jedem Ihrer Familienmitglieder mehrere Gramm an Zufuhr bringt – und nicht nur insgesamt die Menge für einen enthält?
- Kaufen Sie nur Wurst- und Backwaren, die Jodsalz enthalten?

Das sind im Grunde die Fragen, die Sie klären müssen. Die Statistik des Normalverbrauchers legt nahe, dass die oben genannten Fragen meist verneint werden. Sie erinnern sich: die tägliche Jodzufuhr liegt im Schnitt bei knapp über 100 Mikrogramm. Wenn Sie es dagegen ganz bewusst angehen wollen, müssen Sie die oben genannten Fragen tatsächlich klären. Wenn Sie am Ende sagen können: Ja, das klappt, Tag für Tag, Woche für Woche – sehr gut.

Jodversorgung mittels Tabletten

Auf der anderen Seite steht eine Tablette, die etwa einen Durchmesser von einem halben Zentimeter hat. Diese Jodtablette – als Zusatz in der 100 Mikrogrammform oder als volle Kompensation des Bedarfs als 200 Mikrogramm-Variante – kann Ihnen selbst dann Sicherheit bieten, wenn Sie sich sehr bewusst ernähren.

Wer kennt das nicht: Keine Zeit, selbst zu kochen – her mit der Pizza. Was, schon wieder Fisch? Ich trinke aber lieber Kaffee als immer nur Mineralwasser. Diese Liste ließe sich unendlich fortsetzen – je größer die Familie, desto mehr Argumente gibt es. Wenn Sie sich dies alles vor Augen halten, ist es vielleicht keine schlechte Idee, Jodtabletten zumindest im Hause zu haben – wenn es mit der Ernährung einmal nicht so klappt, wie Sie es sich vorgenommen haben. Um keine Missverständnisse aufkommen zu lassen: Wir wollen hier keine Werbung für die Pharmaindustrie betreiben. Es geht uns nur um Ihre Gesundheit, für die eine ausreichende Jodzufuhr nun einmal zwingend notwendig ist – egal auf welchem Wege.

Ein Wort noch zum Rauchen

Dass Rauchen einer der Hauptfaktoren für die Entstehung von Herz-Kreislauferkrankungen, verschiedener Krebserkrankungen sowie frühzeitiger Hautalterung ist, dürfte bekannt sein. Doch mit dem Verzicht auf Zigaretten können Sie obendrein Ihrer Schilddrüse etwas Gutes tun. Wie an anderen Stellen dieses Buchs bereits erwähnt, haben Untersuchungen gezeigt, dass Basedow-kranke Raucher häufiger Augensymptome entwickeln, und dass Raucher auffallend häufiger als Nichtraucher eine vergrößerte Schilddrüse beziehungsweise Struma haben: etwa dreimal so oft und etwa doppelt so viele Strumen mit mehreren Knoten. Ein Rauchverzicht ist also ein wichtiger Bestandteil im Vorsorgeprogramm gegen Schilddrüsenerkrankungen.

Wichtige Adressen

Schilddrüsen-Liga Deutschland e. V.
Dachverband der Selbsthilfegruppen
für Schilddrüsenkranke und deren Angehörige
in der Thyroid Federation International
Ev. Waldkrankenhaus
Waldstraße 73
53177 Bonn
Tel.: 0228/3 86 90 60
info@schilddruesenliga.de
www.schilddruesenliga.de

Forum Schilddrüse e. V.
Rembrandtstr. 13
60596 Frankfurt/Main
Tel.: 069/63 80 37 27
Fax: 069/60 32 73 66
info@forum-schilddruese.de
www.forum-schilddruese.de

Arbeitskreis Jodmangel
Organisationsstelle
Postfach 1541
64505 Groß-Gerau
Tel.: 06152/4 00 21
Fax: 06152/8 17 88
info@praxis-press.de
www.jodmangel.de

Deutsche Gesellschaft für Endokrinologie
Geschäftsstelle DGE
Berufsgenossenschaftliche Kliniken Bergmannsheil
Universitätsklinik
Bürkle-de-la-Camp-Platz 1
44789 Bochum
Tel.: 0234/9 78 89 30
Fax: 0234/9 78 89 31
dge@endokrinologie.net
www.endokrinologie.net

Selbsthilfegruppe für Kinder mit
Schilddrüsenerkrankungen
Die Schmetterlinge e. V.
Kirsten Wosniack
Langeoogweg 7
45149 Essen
Tel./Fax: 0201/8 71 84 51
info@die-schmetterlinge.de
www.die-schmetterlinge.de

Hilfreiche Internet-Links

Thyroid Disease Manager (englisch)
www.thyroidmanager.org/thyroidbook.htm

Merck-Manual (englisch)
www.merck.com/mrkshared/mmanual/section2/chapter8/8a.jsp

Schilddrüsen-Net (Merck)
www.schilddruese.net

Patientenratgeber (Henning Berlin)
www.schilddruese.de
www.Forum-Schilddruese.de

Leitlinien zu Diagnostik und Therapie der Deutschen Gesellschaft für Nuklearmedizin e. V.
www.nuklearmedizin.de/publikationen/leitlinien.php

Infos zu Schilddrüsenkrebs
Klinik und Poliklinik für Nuklearmedizin UKM Münster
www.uni-muenster.de/Nuklearmedizin/info/welcome.html

Infos zu verschiedenen Schilddrüsenerkrankungen
Das österreichische Schilddrüsenforum
www.schilddruesenforum.at

Infos zur Basedow-Krankheit
www.morbusbasedow.de

Kurz-Infos zur Basedow-Krankheit
www.medizin-netz.de/icenter/basedow.htm

Infos zum Leben nach Schilddrüsenentfernung
Forum »Ohne Schilddrüse leben?«
www.sd-krebs.de

Infos zur Hashimoti-Thyroiditis
www.hashimotothyreoiditis.de

Infos zur Radiojod-Therapie
www.uke.uni-
hamburg.de/kliniken/radiologie/nuklearmedizin

Infos zu verschiedenen Schilddrüsenerkrankungen
Univ. Doz. Dr. Georg Zettinig
www.schilddruesenpraxis.at

Infos zu Schilddrüsenkarzinomen
Selbsthilfegruppe Schilddrüsenkarzinom
www.selbsthilfegruppe.at

Infos für werdende Mütter
Medizinische Fakultät der
Ludwig-Maximilians-Universität München
www.jod-fuer-zwei.de/seiten/startseite.html

Infos zur Situation in Deutschland
Schilddrüsen-Initiative Papillon
www.schilddruese.de

Literatur

Brauer, V./Hentschel, B./Paschke, R.: »Euthyreote Schilddrüsenknoten; Therapieziele, Resultate und Perspektiven der medikamentösen Therapie«, Deutsche Medizinische Wochenschrift, 2003, Band 128, Nr. 45, S. 2381

Cooper, D. S.: Hyperthyroidism, in Lancet, 2003, vol. 362, no. 9382, S. 459–468

de Groot, L./Henneman, G., et al.: The Thyroid and its diseases, www.thyroidmanager.org, 1-12-2002

Deutsche Krebsgesellschaft: Kurzgefasste Interdisziplinäre Leitlinien 2002 – Diagnostik und Therapie maligner Erkrankungen: Maligne Schilddrüsentumoren. 3. Aufl. 2002

Feldkamp, J./Scherbaum, W. A.: Schilddrüse, in Nawroth, P. P./Ziegler, R., Klinische Endokrinologie und Stoffwechsel, 2001, S. 103–154

Hampel, R./Kulberg, T./Klein, K./Jerichow, J. U./Pichmann, E. G./Clausen, V./Schmidt, I.: Strumaprävalenz in Deutschland größer als bisher angenommen, in Med Klin (Munich), 15-6-1995, 90[6], S. 324–329

Hegedus, L./Bonnema, S. J./Bennedbaek, F. N.: Management of simple nodular goiter: current status and future perspectives, in Endocrine Reviews, 2003, vol. 24, no. 1, S. 102–132

Krohn, K./Führer, D./Bayer, Y./Eszlinger, M./Brauer, V./Neumann, S./Paschke, R.: Molecular pathogenesis of euthyroid and toxic multinodular goiter, 2004

Miehle, K./Paschke, R. 2003, Therapy of Hyperthyroidism. Experimental and Clinical Endocrinology and Diabetes, vol 111, pp. 305–318

Rivkees, S. A./Sklar, C./Freemark, M.: The Management of Graves' Disease in Children, with Special Emphasis on Radioiodine Treatment, in Journal of Clinical Endocrinology Metabolism, 1998, vol. 83, no. 11, pp. 3767–3776

Roberts, C. G./Ladenson, P. W.: Hypothyroidism, in Lancet, 2004, vol. 363, no. 9411, pp. 793–803

Surks, M. I./Ortiz, E./Daniels, G. H./Sawin, C. T./Col, N. F./Cobin, R. H./Franklyn, J. A./Hershman, J. M./Burman, K. D./Denke, M. A./Gorman, C./Cooper, R. S./Weissman, N. J.: Subclinical thyroid disease: scientific review and guidelines for diagnosis and management, in JAMA, 2004, vol. 291, no. 2, pp. 228–238

Weetman, A. P.: Graves' disease, in The New England Journal of Medicine, 2000, vol. 343, no. 17, pp. 1236–1248.

Weitere Literaturangaben auf Anfrage erhältlich über den Verlag bei Bernd Neumann.

Register

Impressum

Wichtiger Hinweis:
Die im Buch veröffentlichten Ratschläge wurden mit größter Sorgfalt von Verfassern und Verlag erarbeitet und geprüft. Eine Garantie kann jedoch nicht übernommen werden. Ebenso ist eine Haftung des Verfassers bzw. des Verlages und seiner Beauftragten für Personen-, Sach- oder Vermögensschäden ausgeschlossen.

Bildnachweis:
Umschlagfoto: Mauritius/Stock Image
Fotos: Mauritius/Stock Image [M] S. 8/Abby S. 28; Medicalpicture/medicalart [M] S. 8; Zefa/Grace S. 14/sucré salé/Y. Bagros S. 122

Bibliografische Information Die Deutsche Bibliothek
Die Deutsche Bibliothek verzeichnet diese Publikation in der Deutschen Nationalbibliografie; detaillierte bibliografische Daten sind im Internet über http://dnb.ddb.de abrufbar.

Projektleitung: Bettina Huber
Redaktion: Sylvie Hinderberger
Herstellung: Veronika Preisler
Bildredaktion: Sylvie Busche (Ltg.), Lena Wendte
Umschlagkonzeption: Zero Werbeagentur, München
Reproduktion und Satz: kaltnermedia GmbH, Bobingen
Druck und Bindung: Offizin Andersen Nexö Leipzig GmbH

Printed in Germany

ISBN 3-426-64147-X

5 4 3 2 1

Besuchen Sie uns im Internet:
www.droemer-knaur.de

Weitere Titel aus den Bereichen Gesundheit, Fitness und Wellness finden Sie im Internet unter www.wohl-fit.de.